U0721733

飞雁 著

瓷间山河·浪淘沙

瓷间山河（上）

新华出版社

图书在版编目（CIP）数据

瓷间山河 / 南飞雁著. --北京：新华出版社，2022.12
ISBN 978-7-5166-6663-0

Ⅰ.①瓷… Ⅱ.①南… Ⅲ.①长篇小说—中国—当代 Ⅳ.①I247.5

中国版本图书馆CIP数据核字（2022）第246011号

瓷间山河（上下册）

作　　者　南飞雁

出 版 人：匡乐成
责任编辑：张　谦　于　梦　　　　特约策划：肖　博
封面设计：梦　柔　　　　　　　　特邀编辑：卢　毅

出版发行：新华出版社
地　　址：北京石景山区京原路8号　　邮　　编：100040
网　　址：http://www.xinhuapub.com
经　　销：新华书店、新华出版社天猫旗舰店、京东旗舰店及各大网店
购书热线：010－63077122　　中国新闻书店购书热线：010－63072012

照　　排：董海召
印　　刷：固安创彩印刷有限公司

成品尺寸：165mm×235mm　1/16
印　　张：36　　　　　　　　　　字　　数：700千字
版　　次：2023年6月第一版　　　印　　次：2023年6月第一次印刷

书　　号：ISBN　978-7-5166-6663-0
定　　价：86.00元（上下册）

版权专有，侵权必究。如有质量问题，请与出版社联系调换：010－63077124

目录

QIAN SHANHE
LANGTAOSHA

001	引子一	
005	引子二	
007	第一章	卢家兄弟
023	第二章	家族使命
039	第三章	鱼死网破
057	第四章	棋逢对手
079	第五章	大商之风
095	第六章	人心所向
119	第七章	危机四伏
141	第八章	禹王九鼎
161	第九章	祸从天降
181	第十章	得失之间
195	第十一章	东山再起
217	第十二章	风云暗涌
237	第十三章	后生可畏
261	第十四章	仇家？亲家？

目录

CHAN SHANHE
LANGTAOSHA

285   第十五章   开疆辟土

307   第十六章   千里回援

331   第十七章   情难两全

357   第十八章   商路，险路

377   第十九章   山雨欲来

389   第二十章   死生大义

417   第二十一章   时也，势也

439   第二十二章   得偿所愿

461   第二十三章   拼命二郎

477   第二十四章   福兮，祸兮

495   第二十五章   绝处逢生

517   第二十六章   思危，思变

537   第二十七章   宿命归途

557   终　章   神垕烟云

引子一

　　恭亲王遇刺的那个晚上，天字号库房的太监头儿严四刚泡了脚，一个小太监殷勤地给他刮着老茧，严四舒舒服服地在躺椅上伸了伸懒腰，忽然觉得哪儿不对劲。他转过脖子，一眼瞥见了旁边那个鼻青脸肿的老太监，便冷笑道："老家伙，瞧你还显摆不？"

　　老太监以前是伺候曹妃的，先帝咸丰一死，懿贵妃当上了皇太后，跟着曹妃的人都倒了霉。老太监仗着原先得宠，根本不把严四放在眼里，这可叫严四气炸了肺。

　　大清朝天字号库房在紫禁城东华门里传心殿的东侧，在这里存放的都是大清历朝历代的奏折、朱批和皇室档案，说起来冠冕堂皇，实际上却是紫禁城里品级最低的场所，连御马坊的人都看不起严四他们。库房呈"凸"字形建筑，存的又都是死气沉沉的物件，嘴里缺德的人就称这里是"棺材铺"。

　　今天下午，老太监刚被贬到这鸟不拉屎的地方，心情自然不好，嘴上更没了把门的，一口一个"棺材铺"地骂着。严四看管天字号库房五六年了，年年升迁无望，脾气本来就暴烈，老太监这副娇纵的模样能不让他恼火？一声令下，几个小太监把老太监按倒在地，一通胖揍，打得他呼天抢地。

　　想到这儿，严四得意地眯上了眼，嘴里嘟囔着："轻点！别给老子刮出血来！"

话音没落，一个声音从他们身后的黑暗处刺刺地响起来："是严四吗？"

这声音不高不低，有着一种天潢贵胄特有的傲慢和威严。严四脖子一缩，看也不看就跪下去，光着两只脚，如同捣蒜般磕头："恭王爷吉祥！"

恭亲王奕䜣从黑暗中慢慢走出，他穿着四团五爪龙褂，头上戴着缨帽，几颗东珠在黑暗中熠熠生辉。奕䜣一双鹰眼盯着库房大门，道："掌灯，本王要查验库房。"

几个小太监早把老太监拉远了，严四回身喝道："兔崽子们，愣着干什么，还不动作起来！"

天字号库房平时少有大官来，这里的太监们没几个见过世面的，都被突如其来的恭亲王吓住了，一个个跪在地上一动不敢动，听见严四的呵斥才站了起来，前后张罗着。

奕䜣一语不发地走进库房，一股子陈腐的气息扑面而来。奕䜣皱眉，下意识地抬手捂鼻，严四早有准备，恰到好处地递过去一块湿毛巾。奕䜣受用地哼了一声，道："打开天字一号。"

严四见这个马屁拍得恰到好处，心中暗自得意，便拉长了嗓子道："遵恭亲王令旨，天字一号，开锁喽！"

三个小太监上前，将三把细长的铜钥匙插进锁眼，一起转动。锁簧跳动，居然震起了一片灰尘。严四凑近，殷勤道："王爷，委屈您上前瞅瞅？"

天字号库房除了正门，连一个窗户都没有，十几根牛油大蜡发出的光亮透过迷雾般的尘幕，显得朦朦胧胧，每个人的脸都在这片迷离的光线中若隐若现，库房里弥漫着一种说不出来的诡异气息。

奕䜣屏住呼吸，用手驱赶着弥漫的灰尘，走上前去，举起一只手打开了柜子。严四将灯烛凑近，照亮了奕䜣眼前三尺见方的空间。奕䜣顺着光线，眯缝着眼看过去。忽然，他的手一哆嗦，湿毛巾居然脱手坠地。奕䜣的眼睛瞪圆了，里面闪烁的都是死一般的神色。

严四和小太监们一个个面无血色，他们仿佛看见了比鬼还可怕的东西。

严四两腿一软，扑通跪倒在厚厚的灰尘里，哀号道："天呀，这，这怎么话儿说！"

奕䜣刚才的王爷气度瞬间消失不见，他气急败坏地转身道："来人，库房的所有太监都给我拿下，一个也不许跑了！不把主犯审出来，全都砍了！"

太监们何尝见过这样的场面，一个个瘫软在地。大内侍卫们上前，抓小鸡似的把他们拎起来。严四猛醒过来，爬到奕䜣身边抱住他的双腿，苦苦哀求道："王爷，您圣明！小的实在是冤枉啊！"

奕䜣冷笑道："毁了禹王九鼎，将来皇上登基亲政的时候，拿什么给天下百姓看？你是想谋反吗？"

严四吓得魂不附体，语无伦次道："小的，小的真的是冤枉啊！看守库房五年了，这个天字一号我还是头一回打开啊！"

奕䜣一脚踢开他："等死吧你！"正说着，一个小太监趁侍卫走神的瞬间，从怀里掏出一把匕首，冷不防地刺向奕䜣。黑暗中匕首刃上迸出一道雪亮的光，像是漆黑的天幕中骤然刺穿天际的闪电。

奕䜣距离小太监不过两步，仓促之间已经无法躲开，就在侍卫们惊叫的当儿，匕首已经刺进了奕䜣的肩头，鲜血顿时迸射出来。这一刺几乎耗尽了小太监全部的体力，久经训练的侍卫们哪里还会让他有第二次机会，一个窝心脚踢来，小太监立时口吐鲜血，栽倒于地。

奕䜣生长在紫禁城里，自幼锦衣玉食，哪儿受过这等刀伤，顷刻之间半个身子都疼得麻木了。奕䜣扶着肩头，忍痛叫道："留活口！"

小太监吐了口血，声音变了腔，尖叫道："奴才为郑亲王报仇！"

奕䜣的眼中闪着刀子般的寒芒，一把拔出了匕首，当啷一声，掷在地上。侍卫们手忙脚乱地给奕䜣包扎伤口，侍卫头目看见伤口不断涌出的鲜血，松口气道："好险，刀上没淬毒。"

奕䜣没理会他，冷笑道："果然是端华的人，这禹王九鼎是你毁的吗？"

两个侍卫反剪着小太监的双臂，高高地抬起，小太监匍匐在地，不顾一切想要直起腰来。库房里忽而静寂，只有小太监浑身的骨骼咯吱作响，谁都看得出小太监是拼着骨折也要站起来，他凄厉地叫道："你们狼狈为奸，陷害郑亲王，你们不得好死！郑亲王遗命，九鼎神器是皇室的象征，不能落入你们手里！"

两个时辰之后，奕䜣脚步踉跄地走出了西太后寝宫，伤口处还在隐隐作痛。刚才与西太后的那场谈话仿佛秋天的一片枯叶，飘然落下，寂然腐朽，湮没于黄土之间。大清的宫廷里，这样的秘密谈话宛如紫禁城的琉璃瓦，数不胜数，但在今后的数十年间，它却的的确确地改变了一个地方，以及生活在这片土地上的人们。

当奕䜣迈出紫禁城的时候，一轮弦月高挂苍穹，第二天黎明的气息已经在悄然酝酿了。奕䜣心里，一定在盘算着给河南巡抚的那封密信，他也仿佛看到了遥遥千里之外，那个叫神垕的古镇。

引子二

公元1986年，历经千年的神垕古镇有了很大的变化。

在窑神庙旁，一个破旧的祠堂里，来了一群衣着不同于本地人的中年男女。

祠堂的主人是三户人家，在陪同来客的镇领导解释下，他们才明白这是本镇第一批返乡的台胞。

领头的一个中年人自称卢思垕，他很有礼貌地提出，他的爷爷卢豫江一家曾经在这里居住，这里也是他爷爷的兄长卢豫川和卢豫海度过人生最后一段时光的地方，如今他们兄妹几个特意从世界各地赶来故地重游，不知现在的主人能不能满足他们的愿望。

三位住户的男主人们商量了一阵，他们知道这个祠堂原本就叫卢家祠堂，既然来客是这个祠堂的前住户，又不是来争房产的，当然有权利参观一下故居了，何况还有镇上领导的陪同。

男主人们憨厚而热情地笑了，答应领他们在祠堂里四处走走。

来客们又提出让陪同的人回避一下，他们似乎还有一些说好的事情要做。在镇领导的劝说下，男主人们把各自的媳妇和调皮的孩子叫到一旁，让来客们随意在祠堂里参观。

几个来客很快就走进了后院，很久没有出来。男主人们终于有些担心，他们悄悄地来到后院门口，然而眼前的情景让所有人都惊呆了。

这些来客都跪在一堵好像被烈火烧过的矮墙边，抚摸着上面星星点点的乌黑印记，压抑而旁若无人地哭着……

所有人都默默地看着他们，没有人发出一点儿声响。他们不知道这些西装革履的人在为何而哭，但他们明白，这堵矮墙边，一定发生过一些让人难以忘怀的故事……

第一章

CHAN SHANHE
LANG TAO SHA

卢家兄弟

1　若为庸耕，何富贵也？

在卢维章的记忆里，咸丰十一年（1861年）的那个冬天格外清冷。

卢维章出生在道光十九年（1839年），今年二十出头，方脸浓眉，个子比哥哥卢维义还高出了一头多。乡下人开卢维章的玩笑，说是"红薯地里长出了南瓜"。卢维义一辈子最喜欢听的就是有人说他的兄弟比他强，每每听到这样的话，他不但丝毫不以为意，还都是笑眯眯的。可这话要是给卢维章听见了，非得动拳头不可。

卢维义此刻就走在前边，见卢维章的脚步慢了下来，回头笑道："老二，快点走，别误了董家发赏物的时辰。"

卢维章加快了脚步，追上了哥哥。卢维义低声问："老二，是不是为了恩科的事儿？你放心，你嫂子那儿给你攒着盘缠呢。"

刚才经过老街的时候，兄弟俩看见了乡学门口张贴的告示，上面说京城要举行新皇帝登基大典，特意赏了一次恩科，让镇上的秀才们互相转告，准时去开封府考试。要搁在以前，卢维章肯定会欢呼雀跃一番，可现在的卢维章满脑子都是媳妇和孩子。

他媳妇王氏再有一个月就生产了，前些天请来一个游方郎中把脉，郎中摇头晃脑讲了半天谁都听不懂的医道，最后撂下一句"保不定会早产"就扬长而去了。

这可吓坏了卢维章和卢维义。乡下女人最怕的就是头胎早产，媳妇身子骨本来就弱，家里也请不起大夫，真早产了，怕是凶多吉少，十里八乡中一尸两命的惨事还少吗？卢维章朝着董家圆知堂走去，心里却乱成了一团麻，思绪种种仿佛一锅煮烂的面条，捞都捞不起来。

董家圆知堂大门外，已经来了不少人，都是来看热闹领赏物的。董家是神垕镇的首富，老东家董振魁今年五十岁整寿，大房太太董杨氏又怀了身孕，分娩之期就在今晚。董家双喜临门，早放出话去，凡是来道贺的乡亲们，不分男女老少，一律能领到面、肉、油各两斤，意为"六六大顺"。仅此一条，已足见董家圆知堂的财大气粗。

刚过了戌时，圆知堂里鼓乐喧天，特意从湖南醴陵县重金买来的烟花腾空而起，什么双龙戏珠、彩霞满天、百鸟朝凤，把黑黢黢的天幕染得姹紫嫣红，虽不是过年，却比过年时热闹百倍。

不一会儿的工夫，圆知堂外边就聚集了差不多半个神垕镇的人口，如同沸水一般地喧哗起来，三条长桌前，霎时间排起了几条长龙。

卢家兄弟来得早，卢维章看见卢维义直奔派发面和肉的长桌而去，想喊住他已经迟了，只得苦笑了一声，挤进排队领油的人群里。

卢维章早有准备，一个自家窑里烧出来的小罐就抓在手里。董家的人各个换了身新衣装，笑容满面地张罗着派发赏物，每发出去一份，就在来人的手背上点一记朱砂。卢维章领齐了三份赏物，提着罐子离开了人堆，再想找哥哥的时候，已经觅不见他的身影了。

卢维章在不远处的一棵树下百无聊赖地等着，周围有不少领了赏物看热闹的人，七嘴八舌地议论着董家的排场。卢维章凑在人群里听着，模样很专注，却也不插话，只是淡淡地笑着。

此刻，一辆黑色大马车在圆知堂门口轻轻落地，车夫的号坎上写着"开封府东关仁和车行"，一看就知道是省城来贺喜的达官贵人。领头的伙计挑起门帘，一个上了年纪的男人从车里出来，满脸的喜色。

伙计高声喊道："日昇昌票号汴号大掌柜李鸿才给董大东家道喜！"

圆知堂门里早有人迎了出来，与李鸿才互相施礼，延请进了圆知堂。一个伙计模样的年轻人张大了嘴："我的妈哟，日昇昌票号的汴号大掌柜啊！我在开封府早就听说过日昇昌，那可是咱大清国最大的票号，光一个汴号，本金就不下一百万两银子！不上万两银子的买卖人家根本不做！为的啥？没做头，利太少！"

"没看出什么特别的啊？瞧他那模样，和我们家那个'老不死'的屠户姨父差不多……"

"人家是大掌柜，顶着七厘的身股呢？什么是身股你知道吗？"

"那谁不知道，人家晋商都讲究身股，无论是伙计还是掌柜，都有一份！"

"算你多少懂点，可你知道吗，人家日昇昌票号汴号大掌柜每年的红利，不下一万两银子！"

"吹吧你，我说最近几天镇里牛肉跌价了呢，原来都是给你吹死的……"

好几个人哄笑起来。卢维章轻轻一笑，继续听他们五马长枪地吹牛。说话间两队佩刀的绿营兵快步跑来，在圆知堂门口肃立两侧，而后是一顶轿子在圆知堂门口停下，来的是个银顶黄盖皂帏的八抬官轿，抬轿的都是戴着缨帽穿兵服的绿营兵。围观的人们都不说话了，伸长脖子朝那里看过去。

一个五短身材，面色白皙的中年官员猫着身子钻出轿子，他穿着九蟒五爪的官袍，外边罩着一块做工精致的锦鸡补子，告诉人们他是位地地道道的二品大员。

一个兵丁朗声叫道："进士及第，钦命河南布政使勒宪勒大人给董大东家道喜！"

人群中爆发出一阵惊呼。清承明制，在豫省没有设总督，布政使在清朝专管一省财赋、民政和人事，是地位仅次于巡抚的高官。豫省不比晋省，自古以来都有重农抑商的传统，"士农工商"的排位中，商贾中人敬陪末座，向来被官场瞧不起，没想到不过是神垕镇一个大商之家添了个儿子，连开封府里的藩台大人都给惊动了，还来亲自道贺。

圆知堂大管家老詹早得了消息，在门外候着，此刻笑容满面地迎上来，纳头跪倒在勒宪面前。勒宪上前扶起了老詹，两人像是老相识了，一路说笑着走进了圆知堂。看热闹的人们这才发出一片唏嘘之声。

一个中年人叹道："瞧见没，这就是董家的排场！任你是二品大员，接着咱神垕人的帖子，也得乖乖地来道贺……"

"你知道什么，豫商里就一个康百万，一个怀帮，再加上咱神垕镇的瓷商了。就咱一个镇子，每年的赋税银子占了全省的四分之一！人家董家又是神垕的首富，藩台大人怎么了，不也指望着咱缴银子纳税呢？不来才怪！"

人们的议论声又响了起来，吹牛的吹牛，不服的不服，热闹得像是镇上赶大集。卢维章静静地听着他们议论，两只眼睛却盯在不远处悄悄过来的一顶青布小轿上。

在圆知堂外停轿场里，各式各样的轿子马车琳琅满目，清代等级制度森严，三品以上的大官可乘银顶黄盖皂帏的轿，在京城内只能用四人抬，出京方可用八抬。四品以下地方官只准乘锡顶四人抬的小轿，一般地主豪绅就是再有钱，也只能坐黑油齐头平顶皂幔的轿子。停轿场里光是八抬的大轿就有四五个，四抬的轿子更是乌压压一片。

跟这些大轿相比，眼前这个青布齐头的两抬小轿显得很寒酸，看热闹的人也没把它放在眼里。等到一个顶多二十来岁、员外打扮的年轻人猫身钻出轿子的时候，卢维章腾地站起来，两只眼睛蓦地迸射出豁亮的光芒，脱口而出："真来了！"

旁边一个年轻人奇怪道："卢秀才，你说的是谁？"

卢维章没有答话，继续热切地追踪着那个年轻人的身影。年轻人并不急着让手下人通报，在圆知堂外饶有兴致地踱步，看着摩肩接踵领赏物的人们，不住地点头微笑，背在身后的手里，一把洒金的竹扇轻轻摇着。

有人哂笑道："这个破落户真是好笑，大冬天儿的拿了把扇子，没什么毛病吧？"周围一阵附和的笑声。

卢维章两眼中的亮光渐渐黯淡下去，看了看手里宝贝般的一条肉和一小袋面，又看见手背上三点大红色的朱砂，脸上萌动着自惭形秽的愧色，竟将手里的东西随手扔在地上，长叹一声道："若为庸耕，何富贵也？"

说话间，圆知堂正门、仪门都开了，董家大少爷董克温和老相公迟千里急匆匆迎了出来，脸上都带着兴奋的笑意，董克温老远就拱手朝年轻人施礼，高声道："康兄光临寒舍，蓬荜生辉啊！"

年轻人微笑还礼，还没等他说话，跟在董克温后边的老詹就高声喊道："巩县康店康鸿猷大东家给董大东家道喜！"话音没落，一旁伺候的几个小厮就放起了迎客的烟花和鞭炮，噼里啪啦的爆竹声里，两道烟火腾空而起，在人们的头顶上绽开千万条光芒。

老詹刚才那句话在人声鼎沸的圆知堂门外并不十分响亮，可"巩县康店康鸿猷"这七个字却如同七声闷雷，震得人们耳朵里嗡嗡直响。

康鸿猷跟迟千里见了礼，就携了董克温的手，一边朝圆知堂走去，一边笑道："拿这排场迎接我一个乡野粗人，有些过了吧？叔父身子骨可好？大半年没见了，上次在康店见了一面，至今受益无穷啊。"

董克温赔笑道："劳康大东家惦记，家父身子骨还好，此刻正在书房等候。"

董克温比康鸿猷看着显老，脸颊深深地凹陷进去，因为常年皱眉沉思，额头中间已经宛然有了一道深深的皱纹。两人虽是携手并行，但董克温举止间带着恭敬，康鸿猷却是潇洒随意中透着巨商的豪气和神采。临近花甲之年的老相公迟千里含笑跟在后边，表情比董克温还要谦卑。

这个排场当真非比寻常，大少爷董克温是圆知堂董家老窑的少东家，而迟千里给董家领东做老相公快三十年了，全权主持生意，地位仅在董振魁父子之下。普天之下当得起这样排场的布衣人家，除了巩县康店的康百万，还能有谁？

当时在圆知堂门外领赏物的、发赏物的、各位贵宾带来的轿夫走卒不下千人，现场却陡然寂静得如同子夜的深谷，众人无不一脸痴痴的表情，眼巴巴地看着他们两个人的身影消失在圆知堂深处。

巩县康店康百万，这个名号在明清两代响彻大江南北，是豫商当之无愧的领袖家族，也是民间供奉的三大活财神之一。康家自明朝中叶开始发迹，到了如今已经稳稳当当地富了三百多年，传承了数代而不衰。大清嘉庆年间，朝廷用了十年时间，在川、鄂、陕、豫、甘五省镇压白莲教起义，耗资军费达白银两亿多两，康鸿猷的祖父康应魁执掌下的康家也风生水起，供应了整整十年的军需物资，差不多两三千万两银子赚到了康家人手里。

康鸿猷继承祖业几年来，把康家经营得如日中天，船行大江南北，生意都做到了日本的东京、南洋的爪哇，人称"头枕泾阳西安，脚踏临沂济南，马行千里不食别家草，人行千里都是康家田"，足见康家的豪富惊人。

日昇昌的汴号大掌柜来道喜，董家只派了个管事的相公来迎接，就是堂堂豫省的藩台大人勒宪来了，也只是由大管家老詹接待，而康鸿猷仅仅是乘了一顶青布小轿前来，装束也是寻常员外的打扮，董家的大少爷和老相公倾巢而出，就差老爷子董振魁亲自来迎接了。

卢维章身边一个须发皆白的老人激动得浑身哆嗦，白花花的胡须颤抖着，道："天大的面子，这是天大的面子！"

"老秉叔，您说这话儿是啥意思？"

"康百万是谁？整个大清国有几个康百万？他能来咱神垕，这就是咱神垕人的面子，这面子是董振魁老东家给咱挣过来的！董家老窑这三十年来干得不'瓢'，人家康百万都敬着董家三分呢，这不是天大的面子吗？"

"这话说得对。就拿西帮晋商那些票号说吧，乾隆爷年间，在咱们河南一家分号都没有，自从有了康家、董家这样的大商家，西帮的票号一个赛着一个在河南设分号，他日昇昌不是有钱吗？比得过康家？漫说是日昇昌，就是什么大德通、蔚丰厚、天成亨、合盛元、志成信，哪个票号不盯着康家和董家？这就是咱神垕人的面子，咱河南人的面子……"

卢维章坐在地上，周围众人沸沸扬扬的议论声他一句也听不进去了，一颗心突突地跳着，再难以平静下来。

跟一般读书人不同，卢维章在四书五经、八股文章之外，最喜欢读的就是《商贾要略》《银谱》《常氏家乘》和《富家札记》之类的经商典籍，张口闭口都是古往今来商界精英的事迹。

为了这事，卢维义没少责怪他不务正业，可卢维章天生就爱商道，读书之余还甘愿替董家跑码头送货，更是屡屡遭到镇上读书人的嘲笑和讥讽。

圆知堂董家老窑以烧造日用粗瓷闻名天下，与江西景德镇白家阜安堂并称"瓷业南北两昆仑"，董家老窑一半多的瓷器都靠康家送到全国各地，卢维章也是因为这个才有机会到康店，遥遥地见过康鸿猷一面。

今天能在家门口见到这位豫商领袖，而且是距离如此之近，倒是卢维章没有想到的。想来那康鸿猷也不过是二十多岁的年轻汉子，可人家过的是什么日子？做的是什么生意？晋商叫嚷"货通天下"不过是本朝开国之后的事情，可人家康家明末年间就做到"货通天下"了，一个豫商领袖的名号稳稳坐了几百年，这才是男人干的事业！反观自己空有满腔商贾大计的抱负，却连媳妇头胎生产的补品都买不起，巴巴地来领这几斤面油的赏物救急，又是何等落魄，何等不堪！

卢维义从人群里挤了出来，手里提着东西，冲卢维章欢天喜地道："老二，我领出来了，你的呢？"

卢维章呆呆地坐在地上，听见了大哥的声音，好半天才收拢起海阔天空的心绪，站起身强笑道："早领了，在这儿。"

卢维义纳闷地看着他，奇道："咱俩同时去领赏，你这身子骨还不如我结实，你却怎的比我还先领出来？"

卢维章随意地一笑，"这倒也没什么，哥哥请看，"他指着人头攒动的场面，两条浓眉一抖一抖的，道，"董家的面、肉和油分三处分发，面和肉是称好的，而油则需自己拿物件盛，所以面和肉发得快，而油发得慢。咱俩来得早，那时人并不多，我就先去领油，而哥哥你先去领肉，你我几乎同时领到了东西，但我再去领肉和面就快了许多，而哥哥你却排了半天的队才领到油，这便是快慢之分的原由了。"

卢维义慢慢思忖，忽而笑道："细想起来，还真是这个理儿。"

卢维章眼里放光，滔滔不绝道："领赏而已，仔细琢磨一番，倒也合着商道。大凡生意，有时不是以大吃小，而是以快吃慢！哥哥，若你我兄弟二人去做同一桩生意，你慢而我快，饶是你身强体壮，却也输赢立现……"

卢维义脸上的表情有些呆滞了。他实在不明白这个弟弟为什么一张嘴就是经商，就是生意，这是读书人应该关心的事儿吗？

卢维义的笑容沉寂下去，默默地捡起弟弟扔在地上的东西，一言不发地转身走开。卢维章正讲得兴致勃勃，转身之间却发现哥哥走远了，当下明白了原委，满脸的兴奋像一件失手落在地上的瓷盘，顷刻间摔得粉碎。

他长叹一声，大踏步追了上去。

董家圆知堂就在乾鸣山北坡脚下，卢维章赶上卢维义的时候，两人已经走上了山路。一条小路在月光下显得清亮蜿蜒，圆知堂门口的喧嚣声逐渐弱了下去，耳畔只剩下风声不绝。

卢维义的脚步慢了下来。兄弟二人并肩夜行，脚下的路迥然陡了，两旁低矮的树丛里一派寂静，秋虫早已绝迹，夜风穿过之处，送来一片树叶萧索声，显得格外清冷。

卢维章的心怦怦地跳着，放弃科举考试的念头由来已久，去年的乡试落榜，读了十几年书连个举人都没考上，仅仅是因为没银子打点主考官！眼看着一同进学的人都上了桂榜，中了举人，自己的文章学养并不落于人后，但只能看着人家趾高气扬，原本滚烫的功名心思也就冷了下来。几个不眠之夜的艰难抉择之后，卢维章终于下定了放弃科举的决心。可这一番肺腑之言，他却不知该如何向大哥倾吐。十几年来，大哥殚精竭虑给自己攒银子读书，自己说不考就不考了，就像割肉一样，大哥会答应吗？

良久，卢维义打破了沉默，道："老二，你是不是打算不考了？"

"是。"卢维章鼓足了勇气答道。

"可是爹娘的遗愿，你忘了吗？"

"爹娘遗愿，永生不忘，不敢忘！可我这些年虽屡战屡败，却看透了科举，看透了官场。纵然我考上了功名，无非是做官，如今这官场里，做官就是做贪官。老百姓流传一副对联'豫省有官皆墨吏，百姓无罪也入监'！做了官，干的都是丧尽天良的丑事，取民脂民膏成就自家富贵，难道这就是爹娘的遗愿吗？"

卢维义停住脚步。此刻，兄弟二人已经站到了乾鸣山的山顶，翻过山，就是林里的瓷窑和工棚，也就是他们终日忙碌的地方。仅仅隔了一座乾鸣山，南坡的寂静与北坡的喧嚣竟如此鲜明，宛如昼夜之别。

咸丰十一年腊月二十九的月亮，比往常来得光鲜许多，照得脚下的路白亮崎岖。

卢维义叹气，言辞间带了悲声："老二，我明白你的心思。"

他抬头看了看弟弟，道："老二，你若是放弃了科举，这十几年寒窗受的苦，受的委屈，不就白费了吗？"

"怎能说是白费？这些年我一面读书，一面走南闯北为董家送货，这就是'读万卷书、行万里路'！哥哥，我问你一句，如今是什么年号？"

"咸丰啊。"

"再过几天呢？"

"再过几天，就是同治元年啊，衙门的告示都贴到镇里了。"

"我再问哥哥一句，当今圣上年纪多大？"

"这个，我可就不知道了。"

"可我知道！告诉哥哥，当今圣上只有六岁！我听驿站里的老伙夫讲，也看过朝廷的邸报，如今京城里，管事的是不到三十岁的恭亲王，眼下，南边几个富庶省份的督抚正全力围剿'长毛'①，可洋务之风已经在暗中酝酿，据我看，'长毛'的大势已去，不出三五年必被平定！"

卢维章缓了口气，接着道："一旦天下太平了，百废待举，朝廷里有支持办洋务的恭亲王，地方上有着手办洋务的封疆大吏，这天下大势，已经和往常迥乎不同了！眼下，商帮兴起已成定局，晋商以丝茶庄起家，以票号业聚财，重钱不重官，学而优则商，从小就教孩子赚钱；徽商则依靠贩盐、绸缎生意不断做大，重官不重钱，赚钱为做官，从小就教孩子做官。唯独豫商传承千年，自成一体，官商之间纵横自如，却一直在晋商、徽商甚至粤商、浙商的风头之下。依我看，豫商兴起就在今朝，若抓不住办洋务这个机会，那才是遗憾千古的恨事！"

卢维义在神垕土生土长，烧了一辈子的窑，对"洋务""生意"之类的字眼儿一窍不通，直听得懵懵懂懂，道："老二，啥是洋务？"

卢维章朗声笑了，耐心道："举个简单的例子，一个大家子，老爷子死了，大少爷掌权，里面有各方亲戚不服，外边有仇家寻衅，你说，这大少爷该咋办？"

"这个……我不晓得。"

"那大少爷想不想过太平富贵日子？"

"那还用说？"

"如今咱大清就是这个局面，朝廷和皇上要想富起来、阔起来，民间没人造反，海外没人入侵，只有一条路——办洋务！"

卢维义还是没弄明白，就道："那跟咱家有啥关系？"

卢维章一笑，这通天下大势和商帮兴起的论辩，和这个老实巴交的烧窑伙计离

---

① "长毛"指太平军。

得实在太远，自己满腔与董振魁甚至康鸿猷一较长短的鸿鹄之志，他又怎能知道？又怎会明白？于是他抢过哥哥手里的东西，大步朝前走去，笑道："哥哥放心，人不怕穷，就怕不肯变，我也不怕穷，就怕这天下大势不许我变！一旦风云际会，我总归要弄出点儿名堂，让咱卢家也跟这董家一样！"

卢维义憨厚地笑了，跟上兄弟，又把那些面、油之类的东西抢了过来，自己提着，道："好好好，你忙你的大事，我没别的念想，就是想给你、给豫川攒下来一座窑，让你做自己的生意，好吗？"

卢维章感激地看着他，情不自禁地大笑起来。卢维义有些无奈地摇头，他仿佛也在说服自己相信眼前的事实。也罢，既然弟弟心意已决，自己再说什么也毫无用处，何况……

卢维义不敢再想下去，只能扬脸看着满天的繁星闪耀，卢家列祖列宗的脸庞隐约显现在星子之间。卢维义暗想：难道这就是天意吗？

夜正长，路也正长，月亮罩着静谧的四野。下山的路异常平坦，似乎也被这对兄弟的话感动了。在漫长的岁月里，总归会有那么一两个人，一两句话，让这片土地为之感慨，为之动容吧。

2　官商之间

圆知堂的正厅里，此刻却是另一番景象。

当中的一张枣木大桌，琳琅满目地摆着各式佳肴，全是豫菜的名品，什么鲤鱼焙面、方城烧卖、炒三不沾、开封小笼包子、马豫兴桶子鸡、道口烧鸡、洛阳燕菜、固始茶菱、息县油酥、陈留豆腐棍、内黄灌肠、安阳燎花、商城葱烤鹌鹑……全是董振魁为了这次喜宴，特意从豫省各地招来的名厨主理，每道菜上都透着数十年熏陶锤炼的功夫，让人望而垂涎。

厅下，洛阳府的名戏班喜天成正在唱戏助兴，一腔一句都是原汁原味的豫东调。厅里十几个风姿绰约的丫头伺候着，在座的贵客只要稍有示意，立刻有丫头上来服侍。醇酒佳肴，美女韵腔，一时间竟仿佛天上仙境一般。

大东家董振魁此刻却不在正厅里，全是大管家老詹一人在支应。厅外，一群丫头逶迤而来，老詹大声叫道："开封府一膳宫孔大师傅献艺喽！"

两个美貌丫头端着一个大汤盆上来，盘子正中是只首尾完整的全鸭。老詹赔笑道："这是一膳宫掌勺大师傅孔杰的手艺，请各位贵宾品尝。"

在座的不是高官便是巨商，大江南北的山珍海味都吃腻了，谁会对这平淡无奇的鸭子感兴趣？无奈老詹一副恭让的神色，客人们纷纷动筷，不由得一阵惊讶，原来这鸭子不但皮酥肉烂，鸭肉中竟是一根骨头都没有！

老詹继续笑道："各位莫停，里面还有呢。"

客人们吃完酥软的鸭肉，里面赫然是一只清香全鸡，席间自然又是一番赞叹。鸡肉剥尽，里面又露出一只柔嫩润滑的全鸽，最后，在全鸽的肚子里，又是一只体态完整，腹中填满了海参、鱼翅、鲜笋的鹌鹑。客人们食用至此，方才品出这道菜肴的精奇之处，饶是那些见多识广的富商大贾，也无不拊掌赞叹。

老詹笑道："各位见笑了，这就是豫菜里的一绝——套四宝。这道菜，绝就绝在四只层层相套的全禽，个个通体完整又皮酥肉烂；绝就绝在从小鹌鹑到大鸭子层层包裹，却吃不出一根骨头来！"

他清了清嗓子，接着道："各位都是场面上风光的名人，南北大菜见得多了，以鸡、鸭、鸽加工的各种块、段、条、片、丝、丁、蓉、脯之类菜肴，数不胜数。然而，像咱们豫菜套四宝这样，集四禽为一体烹制菜肴的，却为数不多。套四宝味道称绝，选料精致，最为复杂的是剔除骨架。一般地说，鸭、鸡较为好剔，鸽子、鹌鹑骨头难除。剔骨时要聚精会神，手持锋利小刀，要求剔出的骨架块肉不剩，剔后的皮肉滴水不漏。套四宝的'套'是个关键，这需要鸭、鸡、鸽子、鹌鹑首尾相照，身套身，腿套腿，而后放上各种珍贵佐料上火熬制。不瞒各位，这道菜从今天上午开始熬，到端上桌来，整整五个时辰！"

酒桌前，几个山西票号的老帮们已是喝得前仰后合。祁县乔家大德通票号的汴号大掌柜孙鸣杰握着酒杯道："亏我还在开封领庄，这等佳肴竟是头一回见！"

日昇昌票号的汴号大掌柜李鸿才笑道："你们大德通号规严整，驻外老帮不得在青楼酒肆出入，可我们日昇昌纵然没这等刻薄规矩，这道套四宝我也是头一回吃上啊。"

祁县大德通和平遥日昇昌、"蔚"字五连号，是当今山西票号响当当的领军字号。山西票号历来以资本雄厚睥睨天下，对河南商帮一直看不上眼，以为豫省全是些泥腿子农夫，可自从豫商里出了康家、董家等几大商号之后，这等偏见才有所改观，各大票号也纷纷在河南开始设庄营业。

票号设立初期，利润全靠汇兑银子抽取汇水，商号遍布大江南北的康家、董家自然是他们竞相争取的大客户。也难怪仅仅是董家掌门人董振魁添了个儿子，就引来了整个山西帮在河南的票号老帮们。老詹一脸谦恭地站在厅口，瞥了瞥那群油光满面的票号大掌柜，不禁一笑。

康鸿猷虽是康家大东家，今年不过二十几岁，和董家大少爷董克温年纪相仿，在董振魁面前立时显得嫩了许多。康鸿猷在迟千里的带领下来到董振魁书房外，遥遥看见董振魁含笑背手，伫立在书房门外迎接，立刻抢前几步，施礼道："巩县康店康鸿猷，给董大东家道喜了！"

董振魁含笑道："老汉家里来了康百万，蓬荜生辉啊。"

康鸿猷忙摆手道："乡人随口叫的诨名，董大东家莫要取笑啊。"

董振魁哈哈一笑，携了康鸿猷的手，进了书房。

迟千里轻轻合上书房的门，蹑手蹑脚走出去几步，这才快步迈出小院。

书房里的两个大东家，掌握了大半个豫省商帮的财势，这两个不同凡响的人坐在一起，自然是有要事商议，这样的要事，他一个领东老相公自然是不便参与的。

迟千里鞍前马后伺候董振魁多年，对大东家的脾气秉性烂熟于胸，什么事该做，什么事不该做，拿捏得恰到好处，恐怕这也是他主持董家老窑二十多年屹立不倒、位置坚若磐石的缘故吧。

董振魁酷爱金石，书房里也到处可见名家大师的珍品真迹。康鸿猷对金石浅尝辄止，倒也看出了几件稀罕物件。

董振魁见状便笑道："康大东家喜欢什么，拿去就是。"

"小侄岂敢夺人所爱？"

"老汉一介农夫，留这么多不顶吃、不顶喝的东西也没用。"

"久闻叔父家有一幅宋徽宗的真迹《雪江归棹图》，与我前些日子收的那幅《欲借风霜二诗帖》一画一字，倒也是绝配了。"

康鸿猷的父亲康无逸与董振魁是至交，自康无逸故去后，康鸿猷执掌康家，对董振魁一向行的是子侄之礼，董振魁对此也欣然受之。

董振魁拈着胡须笑道："康大东家在京城琉璃厂不惜三十万两银子买到了《欲借风霜二诗帖》，一时轰动京城，老汉羡慕得紧啊！要是大东家有意思，老汉自当把《雪江归棹图》送到府上。不过话说明了，只准看半年，半年之后，大东家得把一画一字两样东西送到老汉这里，让老汉也把玩把玩，如何？"

康鸿猷不禁笑出了声，边笑边摇头道："还是老话说的对，十五玩儿不过二十的，老东家算盘打得不动声色，小侄实在佩服。"

一老一少不由得齐声笑了起来，康鸿猷慢慢放下一块鸡血石，道："今晚是老东家添子之喜，您不在外边应酬宾客，却把小侄召到书房来，有何指教？"

董振魁看着他笑而不答，却自语道："那帮老西儿们，恐怕吃得舒服了。"

正说着，河南藩台勒宪挑帘进屋，脚未落地，就听见他大笑道："好你个董大东家，一个套四宝，把老西儿们都吃呆了！"

勒宪是满洲贵族出身，凭着祖上的军功坐到了一省藩台的高位，对赋税理财之类的事并不上心，是个典型的满洲黄带子。

勒宪虽在任上无甚建树，却也不理会官场中根深蒂固的"士农工商"的成见，对本省的商贾大户历来照顾有加。巩县的康家、神垕的董家都是勒宪的座上客，老熟人了，因此见面也省去了许多官民之间的礼节。

勒宪落座，对董振魁道："老董，你请我和老康来你书房，有什么说法啊？"

康鸿猷忙笑道："在二位眼里，我可算不得什么'老康'！"

董振魁手里摩挲着一块玉石，道："咸丰爷驾崩，眼下是同治爷登基了，一朝天子一朝臣，官场、商场本就分不开，这对我商家而言不是小事。我特意延请了藩台勒大人前来，就是想和康大东家一道向勒大人讨教一二。"

豫商与晋商、徽商不同，晋商对官场不屑，徽商对官场热衷，而豫商却自古有"不即不离"的古训，秉持儒家中庸之道，在商场与官场之间游刃有余。一句"官场、商场本就分不开"点明了今晚谈话的主旨。

康鸿猷这才明白董振魁的真实目的，不由心中暗暗钦佩，也被他这番丝毫不回避自己的举动而颇为感激，便道："勒大人，康某洗耳恭听。"

勒宪似乎早有预感，笑道："你们一老一少，可是豫省大半的商家赋税啊！勒某不才，管着豫省的财赋，还指望着你们两个生意兴隆，给朝廷多交银子呢！据勒某所知，同治皇帝刚刚登基，实权并不在皇帝手里，如今恭亲王是皇上的叔叔，又是摄政王，皇上亲政之前这十年，恐怕还是恭亲王说了算。"

康鸿猷到底是年轻，城府养气上不及董振魁，脱口而出道："可在下听说，凡是皇上的旨意，都得加盖两宫皇太后的印章，可有此事？"

勒宪道："勒某正要说这个，恭亲王虽是摄政王，可这摄政王的帽子还是两宫皇太后给的，而东太后慈安为人忠厚暗弱，不及西太后慈禧精明强势，说到底，就连恭亲王也还是要看西太后的意思行事。"

董振魁沉默了半天，道："这么说来，董某就明白了，勒大人的意思是生意该怎么做，还怎么做，可是吗？"

勒宪笑着点头道："可以这么说，至少目前，变数不大。"

康鸿猷一愣，皱眉，想说什么。董振魁却站起来，按住他的肩头，哈哈大笑道："如此一来，老汉我就放心了。勒大人，我这里有些金石佳品，大人可有兴致瞧瞧？"

勒宪连连摆手，笑道："免了免了，我只喜欢狗儿啊、鹰啊、鸟儿啊之类的活物，就怕到你书房看着些石头、字画，你还是留着跟康老弟研究吧！前边喜天成的好戏正演着，我可不想错过了。"

康鸿猷本就对勒宪的一番话充满了问号，此刻顺水推舟道："既如此，康某就再叨扰董大东家一阵了。"

董振魁便朝外喊着："老詹，送勒大人入席！"

老詹站在门外应道："恭请勒大人入席！"

勒宪一路大笑着离去。书房里又剩下了董振魁和康鸿猷。两人重新落座，相顾无言，忽地，两人不约而同地大笑起来。

董振魁道："敢问康大东家笑什么？"

康鸿猷朗声道："敢问董大东家又是笑什么？"

董振魁慢悠悠站起，在屋里踱步，道："康大东家，恕老汉冒昧，勒大人刚才的言论，你可有何感想？"

康鸿猷止住了笑声，慨然道："小侄以为，勒大人身为二品大员，却怎的这般蒙昧！说什么变数不大，岂不知变数不大之间，却蕴涵着无穷变数！康某虽世代居住于乡野之间，却也听说过恭亲王十八岁即封亲王，如今总理外交事务。本月初一，恭亲王联合军机处上了'通筹夷务全局酌拟章程六条折'，两宫皇太后立刻恩准，成立了总理各国事务衙门，由恭亲王亲自领衔，恭亲王掌握着外交、通商的大权。连军机处这样的中枢之地里，军机大臣文祥、桂良也是恭亲王的亲信，像这样不到三十岁就总揽全国内政外交，上折子一上一个准的年轻王爷，我大清开国以来又有几个？康某不才，斗胆认为同治年间，正是千年未有之大变局之年！或许大清中兴就在此时！"

董振魁看着眼前慷慨激昂的康鸿猷，心中暗道后生可畏，难怪巩县康家自明末至今，富了近三百年而不衰，原来代代都有精英出现啊，转而想起自己的儿子，不禁有些黯然。

董振魁道："康大东家此言，与老汉不谋而合！我朝自道光年间虎门销烟，与英国开战，自此割地赔款，国疲民弱，又有洪杨一党在南方作乱至今，国库空虚，中华虽大，十个农耕行省的赋税，却还比不上一个通商的广东！朝廷是皇上的朝廷，不管谁当权，总归不愿过穷日子吧？老汉以为，重商之风已在暗中涌动，这正是我商家千载难逢的大好时机啊！"

康鸿猷拊掌道："大东家的话，说到小侄心里去了。我还听说，恭亲王倾心洋务，南方各省的督抚曾国藩、李鸿章等人与恭亲王遥相呼应，江南行省早就是国家的财源根本之地，洋务之风在那里已是箭在弦上了。这办洋务，开工厂，通外交，无不是开风气之先的做法，豫省商帮被徽商、晋商压的日子久了，或许……"

董振魁"腾"地站起，老辣的眼中迸发着豪迈，大声道："或许，这正是我豫商的翻身之日！"

康鸿猷痴痴地看着董振魁，忽而道："可惜这里无酒，不然就凭董大东家这一句话，就该喝一大杯！"

董振魁端起茶壶，一笑："老汉戒酒多年，今天是我添子之喜，可与康大东家一席话，却比添子之喜来得更痛快，大东家如不嫌弃，就以茶代酒，饮了此杯吧。"

康鸿猷年轻气盛，便接过茶杯一饮而尽，抹了嘴角笑道："好茶！这茶杯，可是董家老窑所出？"

董振魁尚未答话，却听见门外一串零乱的脚步声，便截断了话头道："外边是谁？"

"回父亲，我娘生了！"

董振魁缓缓落座，端着茶杯，轻轻吹了口漂在水面上的茶叶，道："知道了。"

"是孩儿的弟弟！"

康鸿猷道："贵府添丁，小侄给老东家道喜了！"

董振魁摆手，朝外边道："老大，告诉下人，照安排好的进行吧。"

"孩儿明白！"

董振魁慢条斯理地品着茶，康鸿猷倒有些坐立不安，便起身道："老东家，照规矩，小侄该去见见我那弟弟了。"

董振魁起身笑道："大东家何必多礼，老汉先谢过了。"

康鸿猷挑帘出去，老詹一直在外边伺候着，领着他走出院子，消失在夜色之中。

董振魁看着外面，忽地一阵眩晕，忙扶住桌子站定，抬起头来的时候，满脸老泪像是刚淋了雨，顺着一条条深深的皱纹流下。董振魁任泪水交错，爆发出一阵酣畅淋漓的大笑。

第二章

家族使命

1 同年同月同日生

乾鸣山南坡，在一千多个窝棚里，卢家窝棚显得有些与众不同。

所谓窝棚，是一种半地穴式的建筑，寻一处向阳背风的地方，依山坡走势，先向地下挖三四尺深的长方形坑，空间大小视居住人口多少而定，在坑内立起一两排房柱，柱上再加椽子，外端插进坑壁的土里，房顶铺着本地特产的一种长草，再盖半尺多厚的土培实，南面留出房门和小窗，其余部分用土墙封堵。

这种建筑修得容易，坏得也快，通常一番暴雨狂风之后便千疮百孔，只好重新修葺。卢家窝棚与众不同之处在于，每到艳阳高照的时候，窝棚顶上便摆出一片书籍，拿石块压着，风起吹拂，书页哗啦作响。知道的人便会笑道："卢家老二又在晒书了。"

乾鸣山南坡住的都是烧窑伙计，目不识丁的居多，偶有几个识字的，像卢维章这样家有藏书的人恐怕仅此一位，故而颇得伙计们的尊敬。昨天是腊月二十八，俗话说："二十八，贴花花"，不少窑工都来找卢维章写春联，写福字，卢维章自然是有求必应。这些年每到这几天，卢家里外都是上门求写春联的人。可今天是腊月二十九了，写春联的日子早过了，卢家兄弟急匆匆从北坡董家领了赏物回来，离得老远，就看见自家窝棚前，竟还围着不少的人，窝棚里传来妇女的嘶叫和呻吟。卢维义不由惊叫一声："糟了，难道是弟妹早产吗？"

卢维章的脸色早变得铁青，卢家世代贫寒，兄嫂张罗了好几年，前年才给他讨了一房媳妇，谁知第一胎就遇上了早产！卢维章的头一下子大了，风一般跑向自家的窝棚。

卢家窝棚分两处，兄弟两家各居一间，山墙相连。此刻卢维章的那间窝棚房门紧闭，隔着窗户，大嫂和接生婆子的身影毕现，夹杂着卢王氏的呻吟，声声深浅不一，仿佛已到了生死攸关的时刻。卢维章敲着门，大声道："娘子！娘子！"大嫂把门开了个小缝，急道："你添什么乱！好着呢！"随手把门重重关上。

"好着呢？"

卢维章自言自语，而卢王氏的声音在长长的一声呻吟后，慢慢低了下去。卢维章心思大乱，刚转身，房门又开，接生婆子探出头道："卢家老二！快准备着！"卢维章悚然看去，房门又闭上了。卢维义上前，扶着他道："老二，别急，快准备吧。"

"准备什么？后事吗？"卢维章焦虑地看着他，心中方寸大乱。

卢维义哭笑不得："什么后事！晦气！"说着，卢维义连连朝地上吐唾沫，又道："还不是女人坐月子的东西，快！"

卢维章这才恢复了心智，一面张罗，一面心里咚咚乱跳，忽而喜，忽而悲，仿佛大风卷过水面，再难以平静下来。

神屋风俗，坐月子的妇女讲究颇多，分娩后，通常在产房门上挂一条红布，表示一月内忌讳生人入内。好在卢家大嫂早就准备了些，但谁也没料到这个孩子会如此迫不及待，非要赶在同治元年之前来到人世。大概到了亥时，窝棚里终于传来了一声啼哭，守在门前的卢家兄弟闻声色变，卢维章拍着门大叫道："娘子！"

窝棚里陡然静了下来，只听得人的喘息和撩水的声音。不多时，大嫂开了房门，一个新生儿就在她的怀里。

大嫂笑意盈盈道："给老二道喜了，豫川添了个兄弟！"

卢维章接过儿子，冲进了窝棚。卢王氏脸色惨白，已是昏迷不醒，接生婆子熬着红糖水，絮絮叨叨："老二，我瞧着你媳妇真不是寻常女子！早产了个把月呢，竟把孩子平平安安生下来了！"

大嫂在一旁抿嘴笑道："这下好了，豫川有伴儿了。"

卢维义这才想起了什么，忙道："豫川呢？半天了，咋不见他的影儿？"

大嫂一愣："你跟老二出门不久，他就跟去了，怎么，没见着吗？"

卢维义眼前一黑，乾鸣山虽在人烟稠密之处，却也不乏豺狼虎豹出没，一个孩子走夜路，真是凶多吉少。卢豫川是卢家的长子，今年不过十一二岁，不像他父亲卢维义那般老实憨厚，倒跟二叔卢维章一般精明伶俐，尽管如此，也奈何不得吃人的野兽啊。卢维义心里仓皇，快步出门，四下寻着，却看见卢豫川远远地赶来，手里提着东西，竟也是董家的赏物。

卢维义上前，扬手就是一巴掌，喝道："家里这么多事，你跑哪儿玩去了？"这一巴掌一半是气，一半是喜，故而扬得虽高，落下却是轻飘飘的。

卢豫川笑嘻嘻躲过父亲这一巴掌，伸出手道："爹，你看，这是啥？"

卢维义看去，儿子手里的赏物是董家的不假，却是双份！当下好奇道："你怎么弄了双份？"

"爹，董家发东西，全靠领东西的人手上朱砂为凭，这朱砂不能抹，越抹越红，董家就靠这个朱砂点辨认。可朱砂耐磨，耐水，却不耐碱，我见你们去了，就偷拿了娘一些碱面，把记号给搓掉了。"

卢维章出了窝棚，笑道："这倒是个好法子，我怎么没想到？"

卢豫川看见二叔手里的褓褓，惊道："二叔！二婶生了？"

卢维章笑着点头，卢豫川扔了手里的东西，跷着脚朝他怀里看。叔侄俩欢天喜地，闹在一处。大嫂急匆匆跑出窝棚，叫道："我的老天爷，这还是腊月天呢，刚下地的孩子怎么能出门？快回去！"说着，连拉带扯地将叔侄俩弄进屋里。

卢维义轻轻一摇头，捡起地上的赏物，有些心疼地拍着肉条上面的灰尘。豫省民风淳朴，奸诈耍滑的事一向为人所不齿，不想卢豫川这么小的年纪，居然也学会了如何钻空子，而董家的人那么精于算计，居然给他钻成了！卢维义默默地提着东西，走向自家的厨房。老二媳妇生了男孩，后天就是"洗三儿"的日子，家徒四壁，哪里有招待客人的东西？爹娘去世以来，老二一门心思在读书上，操持日子的辛苦自不待言。今年烧了一年的窑，除了日常的开销，都供老二读书了，根本没攒下几个钱，如今年关将近，又添了孩子，也幸亏有了董家的这点赏物，不然连个像样的年夜饭都备不起。

卢维义看着眼前的四份赏物，想起来兄弟刚才在乾鸣山上的一席话。看来他是铁了心不去赶考了，家里少了这份负担，或许明年会好过一点儿。可老二是个读书人，烧窑之事说起来头头是道，究其实，也就是纸上谈兵而已。何况他文质彬彬，根本就不是干体力活儿的身板，即便是到了窑场，谁又能保证他能帮上忙呢？只可惜了这十年的苦心。家里日子艰难，眼下又多了张吃饭的口，老二媳妇虽然说本分、肯吃苦，可毕竟是个妇道人家啊。卢维义一边收拾着东西，一边思绪涌动，心中一时哀苦，一时欣悦，想着想着，悄悄抹了把眼泪。

2　祖宗衣钵

圆知堂董家老窑一共有三处窑场，分别是谦和场、理和场和义和场，掌窑的称作大相公，相当于现在的经理。圆知堂大东家是董振魁，老相公迟千里是大东家聘任的，跟西帮的大掌柜一样，全权掌管着日常商事和外务。老相公以下，分别是大相公、相公、小相公、伙计和窑工。在整个董家老窑的等级体系里，窑工是最低的，可一窑一窑的瓷器又都是出自窑工之手，窑工是整个窑场的根本所在。故而董家老窑设立之初，董家的先人就立下"不打、不骂、不欺"窑工的规矩，算起来神垕镇两三千口窑，只有董家老窑的三个窑场从未发生过东家和窑工反目的事情。

　　一到年关，东家就要跟窑工合账，兑付这一年来的工钱。合账历年来都是乱哄哄开始，乱哄哄收场。窑工们多半都是目不识丁的，东家账上记着你一年烧坏了几窑，哪能说认就认了，这可是一年的收成，家里多少张嘴等着呢。可窑工也不敢得罪东家，不然东家一翻脸，来年不许你包这座窑了，一家老小的嚼裹去哪儿找？既不愿任人宰割，又不敢据理力争，窑工们能做的只有四个字：软磨硬泡。

　　窑工是人，东家派来合账的相公也是人，眼看着就是除夕了，谁不想赶紧回家过年？窑工抱定了主意，你急我不急，也不跟你红脸，一口一个"相公"，恭敬极了，就是不在账上按手印，任你是相公也交不了差，回不了家，自然也过不了年。两下里就这么对着干耗，直到腊月三十的下午，窑工们还是一副笑嘻嘻的模样，多半是合账相公们实在拗不过了，只要大数差得不多，一分一厘也就马虎了起来。于是此时，各大窑场都是人声鼎沸，窑工们得胜回家，合账相公们草草了事拉倒。

　　日子久了，各大窑场纷纷改了规矩，改在十一月月末合账，就是想避开年关，让窑工们无计可施，倒也颇有成效。

　　董振魁烧了三十年的窑，对窑工们这点儿把戏焉能不清楚？可他就是坚持着年关合账的老规矩，从来没效法其他窑场。一来这是祖上定下来的规矩，贸然改变总会起些波澜；二来豫商自古就有"留余"的理念，豫商的领袖，巩县康店康鸿猷家里就挂着一块"留余"匾，写着留耕道人《四留铭》，云："留有余，不尽之巧以还造化；留有余，不尽之禄以还朝廷；留有余，不尽之财以还百姓；留有余，不尽之福以还子孙……"董振魁素以正统豫商自居，对"留余"二字深有感悟，圆知堂董家老窑雇佣的窑工不下千人，一人多给一钱银子，不过是百两之数，对东家来说九牛一毛，对窑工而言，这一钱银子就是比天还大！窑工欢喜了，来年烧窑自然更加卖力，说到底还是东家不亏本。无奈，神垕其他窑场的东家对此就是不解，还暗中耻笑董振魁被窑工们耍了，岂不知董振魁老辣之处正在于此。一个"商"字，董振魁的确是拿捏得"到家"了。

　　董家老窑理和场里，最后一批窑工终于合完了账，一个个兴高采烈回家去了。合账的相公李秉山今年六十多岁，忙了两天一夜，两只眼都熬红了。他合了账本，叹道："别的窑场都改了规矩，唯独老东家不改，苦的却是我们这些下边人。天都快黑了，家里饺子都烂在锅里了，儿子孙子一大堆在家等着，可就是回不去！"

　　卢维章甩了一下辫子，搓着手笑道："李相公说笑了，您是一家之主，您不回家，这饺子谁敢下锅？"

　　李秉山把一块碎银子递给他，卢维章忙恭恭敬敬地接过来。合账事杂，李秉山一个人忙不过来，每年都要让卢维章来帮忙核算，这块碎银子就算是报酬。李秉山把账本杂物放到褡裢里，笑道："你小子倒是个八哥嘴，说什么都好听！"

卢维章小心揣好了银子，非要送李秉山回北坡家里，李秉山知道他刚得了儿子，又是除夕之夜，焉有不急着回家的道理？便摆手谢绝了。卢维章坚持把他送到山脚下，这才转身回去，一溜烟儿朝家跑去。

今晚是除夕，有道是"富人家过年，穷人家也过年，各有不同的过法"。卢家窝棚里，虽没有琳琅满目的菜肴，可到了大年夜，一瓶酒、一盘肉、一盆大馅儿饺子还是有的。卢家往年除夕都在卢维义家的窝棚里过，可今年卢维义知道弟妹还在坐月子，就把年夜饭挪到了二弟家。卢王氏因为早产身子太虚，眼下还不能下地，办年货、年夜饭全是大嫂一人张罗的，卢王氏心里感激得很，她原本准备强撑着身子去隔壁窝棚过年，没想到天刚一擦黑，大哥大嫂就端着年夜饭到了自己家里，连她下床都不许，饭都端到了跟前。目睹此情此景，卢王氏两眼里不由得全是泪花。

卢维章刚进门，就闻见饺子的香气，连声道："大哥大嫂，怎么在这儿过年了？"

大嫂笑道："你们兄弟俩还分什么这儿那儿的？一家人，哪里过都一样。"

卢维义一直沉默着，仿佛心里有块巨石压着，即便是过年的喜气都化解不去。卢维章在饭桌前坐下，卢维义这才有了一丝笑意，道："一家人齐了，吃吧。"

卢家是贫寒之家，礼数却从未少过。当家的刚一发话，卢豫川早把筷子举得高高的，立刻连珠炮似的吃了起来，两个腮帮顿时鼓鼓囊囊。卢维章累了一天，此刻也是狼吞虎咽。只有卢维义夫妇怎么也吃不下，不无心酸地看着年轻的弟弟和年幼的儿子，蓦地，卢维义眼里的泪水竟夺眶而出，他赶紧背过身悄悄抹去了。

神垕镇的除夕之夜，有熬年的风俗。一家人团团圆圆聚在一起，桌上摆着花生糖果之类，一起天南海北地闲聊，直到子时已过，新年伊始的时辰，才纷纷睡去。

卢家也不例外，一家人聊到了亥时，卢维义起身道："老二，该给先人上香了，咱们过去吧。"回头又对大嫂道："弟妹还坐月子，你跟豫川照应着，外边天冷，我们兄弟俩去就行了。"

大嫂看了卢维义一眼，目光里似有千言万语，却只点头说了一个字："中。"

"中"是河南地方的土话，乃"行""好"之意，本是日常惯用的口语。大嫂嫁到卢家来十几年了，任劳任怨地操持家务，从未嫌弃过卢家一贫如洗的窘境，对卢维义也是言听计从，虽是目不识丁的村妇人家，却也恪守着"出嫁从夫"的纲常。但这句简简单单的"中"在今夜，在卢维义的耳中，却隐含了无穷的深意。卢维义看了她一眼，目光中竟饱含着说不尽的感激。世人皆知"贫贱夫妻百事哀"，可又有谁知道贫贱夫妻自有另一份默契与宽容。

兄弟二人来到了隔壁的窝棚，一张先祖画像就挂在窝棚山墙上，日子久了发黄起皱，不过大嫂天天小心拂拭，画像倒也一尘不染。卢维章擦着了火纸，点上蜡烛，不经意道："大哥，我看你跟大嫂今天有些不对劲，是有什么心事吗？"良久，却没听见卢维义答话，卢维章点着了香，回头去看时，却看见卢维义呆呆地站着，凝视墙上的画像，脸上早已是泪流满面了。

卢维章惊道："大哥！"

卢维义没有擦眼泪，任它无声地流着，低声喝道："不肖之子卢维章，还不跪下！"卢维章"扑通"一声跪倒在地。

卢维义道："卢维章，你知错吗？"

"我知道！"

"讲！"

"我已然决定放弃科举，有愧列祖列宗，有愧父母遗愿！"

"你还是不肯改变心愿吗？"

"大哥，我心意已决，绝不改变！"

卢维义暗中松了一口气，语气也缓和了下来。扪心自问：多少日子了，他等的不就是今天吗？卢维义直直地跪了下去，磕头。卢维章虽然不解，也跟着磕头。卢维义抬起头来，对着画像道："列祖列宗在上，不肖子卢维义，既受大命，多年不成，实在愧对先人。二弟卢维章，心思机敏，禀赋异常，远在卢维义之上，故今将祖宗衣钵传于卢维章，祈求列祖列宗保佑我辅佐二弟成就大命，光宗耀祖！"说罢，又磕了三个响头，而后起身，从怀里摸出了两本薄薄的册子，郑重其事地递在卢维章面前。

卢维章已经被大哥这一连串的举止弄得瞠目结舌。大哥在他心里一直是个没多少学问但忠厚的人，甚至带了些迂腐，话也不多，除了烧窑，对其他的事知之甚少，可今天大哥出口成章，讲的话有条有理，其学问见识似乎还在他之上！卢维章怀着一肚子疑惑，借了烛光，看着那两本册子。

一本上写着《宋钧烧造技法要略》，一本上写着《陶朱公经商十八法·补遗篇》。

卢维章惊道："大哥！这是……"

卢维义脸上的戚容，不知何时早已是烟消云散，取而代之的是满脸兴奋的潮红。卢维义道："二弟，先接过去再说。"

卢维章只得接了两本册子，一双眼睛却始终盯着哥哥。卢维义似是卸去了一副重担，搀扶着他起来，坐在椅子上，微笑道："你是当爹的人了，咱家的那点事儿，也该讲给你听了。"

卢维章抱紧了两本册子，心突突地跳了起来，目光里充满了惊讶、震撼和难以置信。

卢维章看着弟弟，心里一阵温暖。他比弟弟年长将近二十岁，加上父母早逝，他实际上是亦兄亦父的身份。真是时光流年啊，那个赖在他背上不肯下来的顽童，转眼间已是高挑的汉子了。卢维义的声音绵长幽远，好像是从脚下土壤的深处传来，又宛如乾鸣山上的小溪，蜿蜒流淌。卢维章痴痴地看着他，听着他的话，竟似木雕泥塑一般，半天一动也不动。

原来卢家先祖本是外地人，北宋初年为躲避战乱，从幽州迁徙到了神垕，落户扎根于此。神垕因钧瓷驰名天下，卢家受此影响，毅然弃农烧瓷，世代以钧瓷为业。到了宋徽宗年间，钧瓷烧造达到顶峰，宋钧成了钧瓷的代名词。朝廷在此设立皇家官窑，卢家先人卢本定已经是官窑里数一数二的能工巧匠了。卢本定聪颖过人，首创了双乳状钧瓷柴烧窑炉等诸多钧瓷之最，使得皇家官窑的产量和质量都有了长足的进步。北宋工商业极度繁荣，朝廷鼓励商货流通，卢本定自家的窑场也经营得红红火火。卢本定根据自己的经商心得，又从豫商先驱、"商圣"范蠡留下的《陶朱公经商十八法》中得到不少启示，将自己对豫商的理解附于书后，是为《陶朱公经商十八法·补遗篇》，成了卢家镇宅之宝。

可惜好景不长，靖康之难以后，宋朝皇室南渡，与金国划江而治。宋金两国在河南一带冲突不断，神垕饱经战火摧残，商路断绝，窑工四散，烧造几近绝境。为给宋钧保留一点血脉，卢本定将凝结了毕生心血写成的《宋钧烧造技法要略》一分为二，让他最看好的二儿子卢兴原带了一份抄本南渡临安，而他自己和大儿子卢兴野则留守在神垕。怎料卢家命运多舛，因在临安烧造宋钧不成，又有奸小之人暗中陷害，一代奇才卢兴原竟被朝廷问罪处斩，所携的抄本不知所终，神垕宋钧南方一脉就此灭绝，成为千古一叹。

在动荡的时局中，神垕的卢家日渐凋零，卢本定也在贫寒交迫之中与世长辞，留下了《宋钧烧造技法要略》和《陶朱公经商十八法·补遗篇》，让卢兴野继承了宋钧衣钵，企盼天下太平后重振宋钧大业。不料卢兴野资质平平，跟着父亲烧了几十年的窑，却对宋钧知之甚浅，难以担负起传承大任。元朝初年，粗犷豪迈之风盛行，朝野上下对宋钧的死活并不在意，加上宋钧烧造花费惊人，卢家败落之后沦为一介草民，以往的皇家官窑不计成本的做法实在难以维持，宋钧的复兴就此成为空谈。

数百年沧海桑田，元明清三代朝廷更迭，中原又时常处在战争频仍的艰难境地，卢家处境江河日下。即便如此，卢家人虽无法实现祖宗的大愿，却恪守住了一条，就是无论如何也要留在神垕，只要还有卢家人在这里，宋钧的复兴就有希望。卢本定留下的《宋钧烧造技法要略》和《陶朱公经商十八法·补遗篇》，在一代代的卢家子孙中秘密传承着。到了卢维义的爷爷卢士钊这一辈，卢家开始给董家老窑当伙计，冒着全家被赶出神垕的风险，在承包的窑里极其隐秘地烧造宋钧，终于有所突破。此时神垕镇钧瓷烧造只有日用粗瓷这一项，虽然各大窑场都在秘密研制宋钧烧造技法，但几十年来无一有成。

为了保住家族秘密，卢士钊定下了规矩，凡是烧出来的宋钧无论成色优劣，一律砸碎后深埋，直到有了自己的窑为止。卢维义的父亲卢升权英年早逝，便将衣钵传给了卢维义，临死前让他在有生之年务必做到两件事，一是给自家攒一座窑，二是供老二卢维章求得功名。没有自家的窑，即便是能烧出宋钧也不是自家所有，而老二卢维章天生是读书的种子，"重家教，尚中庸，积荫德"又是豫商的治家格言，卢升权实在不忍将二儿子生生从科举之路上拉回来。于是"光复宋钧、中兴卢家"这两副重担便沉甸甸地落在了卢维义肩头。

咸丰初年，卢维义精研祖宗留下的两本典籍，在先人积累的技法上不断摸索，宋钧的烧造技法日益成形，烧出来的成色也越来越好。苦于没有自己的窑，一切举动都要瞒着东家和窑场里的大小相公，只能在暗地里进行，故而进展极为缓慢。十年下来，卢维义耗尽心血，未老先衰，自感来日无多。偏好此时卢维章决意放弃科举之路，卢豫川又年幼不堪重任，为了传承家族使命，卢维义这才跟妻子商量了一宿，决定在除夕之夜，在祖宗画像前，将卢家衣钵正式传给卢维章。

"一个是宋钧，一个是经商，这两条就是卢家的命根子。宋钧，眼下咱家差不多能烧出来了，成色也说得过去，这一条算是在我手里有了底子，当然还有望你发扬光大。那天晚上在乾鸣山，我听了二弟的一番胸襟抱负，对天下大势，对商帮兴起的看法如此精到老辣，哥哥心中喜出望外！我读书不多，在生意场上打拼不是我所擅长，经商这一条就全靠二弟用心了。我这一辈子，别的都不图了，但求有生之年能攒下自己的窑，能光明正大地烧出自家的宋钧来，我死也瞑目。老二，从今往后，你就是卢家的当家人，我自然会全心全意辅佐你、帮衬你成就大业！"

卢维义的目光里充满了慈爱。他站起身来，轻轻抚着卢维章的头顶，手过之处，一片滚烫。他知道刚才的那番话，对眼前这个二十出头的青年而言意味着什么。但他又能如何？身为卢家子孙，那两本薄薄的册子就像两道突突燃烧的火苗，既照亮了前方的路，又灼伤着行者的肌肤。

这就是家族的使命。

卢维章应该担负起这样的使命，他也担负得起这样的使命。

卢维义眼中热泪滚动，却说："老二，上过香，咱俩该回去了，你没听见隔壁那边，豫海在哭呢。"

3　天机已泄

每年的大年初一到初八，神垕镇各大窑场停火休工，这也是窑工一年里仅有的一段假期。窑工们忙了一年，平常哪有时间料理家务，都趁着这几天时间，上坟的上坟，扫墓的扫墓，修葺窝棚，拆洗被褥。同治元年正月初六那天，正好是个大晴天，各家窝棚外都晾起了被子、棉衣，不能再用的就随手烧掉，算是寄给地下的逝者。此刻远远地瞧去，乾鸣山南坡的窝棚区里，到处弥漫着一片花花绿绿的人间烟火。

卢家的两处窝棚早该修葺了，几根椽子腐朽了，得加固一番，顶上铺的茅草、麦秸日子久了，也得重新换。神垕的春季多雨，不整修怕是难过雨季。卢家兄弟一早就忙开了，干到午饭时分，兄弟俩都是浑身大汗，卢维章索性脱得只剩个小褂，身上不住地冒着白烟。卢维义有些心疼，道："老二，差不多就行了，冻坏了身子可不中！"

卢维章擦了把汗道："等初八窑场点了火，我就要学着亲手烧窑了，烧窑是体力活儿，我以前没下过那么大的力，总不能干不下来给人笑话吧？"

卢维义笑道："谁敢笑话你？你是读书人，甭想那么多！"

卢维章自言自语道："读书人？"忽而自失地一笑："大哥，以前那个叫卢维章的读书人已经不在了，卢家多了个叫卢维章的窑工！"

卢维义一愣，倏尔恍然，与兄弟相视一笑。

卢维章去窑场做工的打算早就有了，自那晚从哥哥手里接过了卢家衣钵，这个念头便愈发强烈。卢维义烧了一辈子窑，深知烧窑的艰辛。卢维章虽说也是窑工家出生的，但他自幼便读书，家里的活都很少让他干，像窑场那样的重活他更是从未插手。神垕镇制瓷业自唐代萌芽开始，到同治年间已有一千来年的历史，早形成了一套严谨的工序流程。仅选料一项，就有选矿、风化、轮碾、晾晒、冰冻、池笆、澄池、陈腐等工序，再加上造型、成型、烧成，整个流程下来足足有七十二道工艺，贯穿了春夏秋冬四季，饶是常年烧窑的伙计都扛不下来，何况自幼就念书的弟弟呢？

卢维义手里的活儿不由得慢了下来，他取下腰里的葫芦，摸了摸，还没有出九，神垕镇正是滴水成冰的节气，葫芦里的水早就冰凉了。卢维义把葫芦塞进怀里，滚烫的胸膛遇上冰凉的葫芦，不由得猛地一紧，身子禁不住轻轻晃了起来。他捂了一阵，感觉水脱了凉，这才把葫芦递给卢维章："水不凉了，慢点喝，小心凉了肚子。"言毕，看着卢维章大口大口地喝了水，又抡起了榔头，卢维义便一把抢了过去，笑道："过完年进了窑场，有你出力的时候！"

神垕有句俗话，"三天戏，五天年，呲呲啦啦就过完"。初一到初八这几天假期说过就过去了，正月初九是窑场点火的日子。每年的这天，就由镇上各个烧窑的堂口公推一名大东家，由他亲自主持点火仪式。公推的章程看两点，一个是上一年的收成，一个是出银子的多少，占着这两条的，就有机会在自家窑场点上头把火。自从董家圆知堂在董振魁手上崛起以来，差不多二十年中，几乎每次主持点火仪式的都是董振魁。日子一久，每年例行的公推大会也成了摆设。这也难怪，无论是论收成，论实力，还是论窑场，董家老窑都是神垕镇当之无愧的翘楚。今年恰逢同治元年，董振魁又老来得子，所以这次点火仪式办得格外隆重。

点火仪式的地点在窑神庙。窑神庙也叫伯灵仙翁庙，坐落在神垕镇老街上，始建于宋代，在明弘治八年和清乾隆五十六年两次重建。近年来，镇上钧瓷生意蒸蒸日上，窑神庙也得到了多次修缮，建得气势恢宏，成了神垕镇一景。庙内有大殿、花戏楼、道房和东西日月厅，处处设计精巧、雕工细致。窑神庙正门是花戏楼，门口两根硕大的石柱，柱下立着两尊石狮。初九这天，石狮头上顶着大红色的锦花，两挂万响的长鞭从狮子嘴里吐出来，大殿里仙火点燃后，这两挂长鞭就噼噼啪啪地响起来，整个神垕镇欢天喜地，人们互相恭喜道贺，祈祷上天赐个好年景。

窑神庙大殿里供着三尊神像，正当中的自然是窑神孙伯灵。伯灵是字，窑神的大名是孙膑，也就是战国时期著名的军事家，相传孙膑当年随师父鬼谷子在豫州山中烧炭学艺，既是烧炭的祖师，也是瓷业的窑神，常年在此飨纳香火。左边那位是"土山大王"，也就是舜帝，相传舜曾经"陶河于滨"，后人烧瓷取土都是按照舜帝的指引，故而被视为司土之神。右边是个女神像，既不是帝王，也不是将相，而是个平平常常的烧窑女工。相传某朝某代，皇帝在梦中见到一尊如意瓶，釉色红似朱砂，鲜如鸡血，皇帝梦醒后便命神垕的窑工们烧制。无奈窑变极难掌握，根本烧不出那样的釉色，皇帝一怒之下要将神垕的窑工们的全家满门抄斩。一个窑工的女儿，名叫艳红，她愤而跳进瓷窑，但见窑内红光弥漫，竟烧出了温润如玉、殷红似血的如意瓶。后人便给艳红立了神像，尊称为"金火圣母"。普天之下，像这样的大殿还真找不出第二个，就是"三皇五帝"，也得在窑神一旁，就是黎民百姓，也能跻身神位，这就是神垕人千年不改的正气。

神像前的火炉里，常年不绝的仙火熊熊燃烧。董振魁穿着烧窑伙计的号坎，毕恭毕敬地敬了三炷香，旁边一个白发苍苍的老人家慢悠悠喊道："窑神爷赐火了，得劲哪！"

众人无不肃然应和道："得劲哪！"声声叠叠，从大殿传出去，老街上站的人，远处乾鸣山南坡各个窑场里跪倒在窑前的人，无不虔诚地跟着叫喊。再加上花戏楼前石狮嘴里吐出的万响长鞭乍然响起，整个神垕镇都沉浸在沸腾的气氛中，久久无法平息。

和"中"一样，"得劲"也是河南人的土话，用今天的话讲，就是"爽""顺心"的意思。神垕人做事不喜欢藏着掖着，到了兴奋的时候就爱来这么一句。日子久了，本来庄严的点火仪式上加了这么句不伦不类的土话，也没有人觉得有什么不妥，反而都扯破了嗓子叫出这一句。在山呼雷动的"得劲"声里，董振魁举起火把，伸向火炉。火把蘸满了清油，剧烈燃烧起来。董振魁转身，将火把交给大少爷董克温，董克温虔敬地接过火把，注目片刻，再将火把递给老相公迟千里，接下来是董家老窑的四大相公、八相公、三十二小相公，一直传递到董家谦和场、义和场和理和场，待这三处窑场近千口窑全都点上了火，才轮到其他堂口。等到所有的窑都点上了火，已经是晌午了。神垕人过年到此为止，繁忙奔波的新的一年也从此刻开始。

据老一辈的人讲，在董家老窑没有崛起之前，为争这第一把火的彩头，镇上各大窑场还得经过一番明争暗斗，比名气，比声望，比银子。董家老窑独享第一把火的日子，算来也快二十年了，神垕人似乎对此早就习以为常，谁也没觉得有什么不对的，哪个堂口就算是不服气，也只能把这不服气压在胸口，咀嚼品味这技不如人的悲哀。

理和场是董家老窑最大的窑场，一共是三百零三口窑，领场大相公是薛文举。卢维义和卢维章承包的是理字一百二十四号窑，火点起来的时候，卢维章感觉到浑身的血液仿佛随着火焰升腾起来，站都站不稳了。卢维义倒显得很平静，他熟练地从窑眼里看着火苗，吩咐着卢维章添柴、压火。卢维义在理和场干了快二十年，无论是出活儿的数量还是成色都是首屈一指，窑场里谁不知道卢老大的名声？眼前这座窑长九步，宽七步，正面是炉膛，背面是窑室，窑顶上一根烟囱高高耸起，窑虽不大，却如同卢维义的性命一般。卢维义轻轻拍着窑，像是在跟一个老伙计打招呼，瓷窑对于窑工而言，是吃饭的家伙，更像是不离不弃的朋友，何况这座理字一百二十四号的窑上，每一寸都凝结了卢维义毕生的心血。

卢维义扶着窑，忽地感到胸口一阵疼痛。或许是那天将衣钵传给了卢维章，了却了他的一桩心事，整个人忽然松弛了下来，像是没了水分的糠萝卜，浑身上下软绵绵的，原本结实的身板迅速地衰竭下来。他本来想瞒着家人，但几天工夫下来，竟晕倒了两次，吓坏了卢家大嫂和卢维章。这次点火烧窑，卢维章说什么也不让卢维义再干重活，生怕加重他的病情。家里刚过了年，穷得叮当响，年前发的那点窑饷都给卢维义攒了起来，说什么也不让动，连抓药的钱都不舍得花。说来也怪，卢家大嫂除了偷偷擦眼泪，也从来不劝丈夫找大夫看病，她知道丈夫的心气，自家的窑一天不建起来，就是病死，他也不会动用一个大子儿。不过天无绝人之路，昨天卢豫川连蹦带跳地赶回家，说是在禹州城里帮人打小工，挣了几十文大钱，卢维义这才拗不过大嫂和卢维章的苦劝，去镇上抓了付药。

可能真是穷到了极点，卢家大人谁都没有盘问卢豫川这几十个大子儿是怎么来的，或许他们也明白，在禹州城里再怎么干活儿，一个十来岁的小孩子也挣不了这么多，但谁又顾得上刨根问底呢？穷人的孩子早当家，权当是老天爷可怜卢家吧。卢维义喝着那碗黑乎乎的药汤的时候，也只能拿这个劝慰自己。然而，他无论如何也想不到，就在此时此刻，一个精心筹划的大网正在向毫无防备的自己撒过来。这张网实在太大太密，罩住了卢维义每一条退路，断绝了他一切求生的念想。

这场灾难的缘起就在一块巴掌大小的宋钧残片上。世间许多的秘密，总是在不经意间泄露出去。秘密像一个调皮的孩子，被院墙束缚得久了，总要找个机会伸伸头，跺跺脚，瞧瞧四方形的天空之外的世界。这块宋钧残片前天从卢豫川手里卖出，此刻就在董振魁的书房里，当然，董振魁已经看出了这块残片背后的秘密。他的心急剧跳动着，不错，正是"玫瑰紫"，传世宋钧里最为著名的窑变色。董振魁精研宋钧三十多年，深知一个"玫瑰紫"意味着什么。

宋钧以窑变为魂，窑变出来的钧瓷色彩繁若星辰，以玫瑰紫、朱砂红、天青、天蓝等数十种为上品。六百多年来，宋钧烧造技法绝迹民间，流传下来的被称为传世宋钧，件件都是价值连城。而眼前这块残片红中透紫，紫中泛蓝，正是传世宋钧里从"天蓝"色里演化出的"玫瑰紫"！这是董振魁最不想看到，又不得不面对的现实：什么添子之喜，什么重振豫商，若是没了宋钧烧造的技法，光靠烧制些寻常的日用粗瓷，一切都是空谈而已。

董振魁放下残片，慢悠悠道："老大，你有什么说的？"

董克温张嘴想说什么，不料出口却是一阵惊天动地的咳嗽，竟仿佛声声都牵连着肺腑，似有千万只猫爪抓挠着，一刻也停不下来。

自董克良呱呱坠地以后，董振魁便称董克温为老大，但他对这个老大实在不满意。父子二人秘密烧造宋钧十年了，以董振魁的财势，董克温的努力，却是十年辛苦一无所获，至今连个像样的宋钧都烧不出来，反倒被一个平平常常的窑工赶在了前头！董振魁暗暗叹息，老天真是眷顾巩县的康家，那里仿佛历代都有堪称人杰的子孙出现，康大勇、康应魁、康无逸、康鸿猷，一代代都有精明强干的掌门人执掌家业。豫商大家都明晓一个道理，钱多少是个头？只有人才是一个谁都抢不走的"聚宝盆"啊！而面前自家的大少爷，眼看就到而立之年，却一点儿城府都未曾修炼来。创业已是不易，守业更是艰难。眼下董家在豫省商界风生水起，多少人盯着董家圆知堂不放，多少人盼着董家马失前蹄，稍有不慎就是"兵败如山倒"的局面。商场如战场，豫商自古就讲究"每临大事有静气"，被人抢先一步已是极为不利了，当家人若是慌了手脚，岂不是雪上加霜？在这点上，十个董克温都比不上一个康鸿猷！

书房的气氛很宁静，也很压抑。父子二人相对坐着，却一句话也没有，都在想着心事。董振魁思索至此，顿生左右无所依、无所靠之感。也罢，看来大少爷此生是继承不了董家的家业了。好在还有二少爷董克良，虽然他还在襁褓之中，只要自己再活上个二三十年，处处精心教导，将自己经商几十年悟到的道理一一传授给他，说不定也能培养出来像康应魁、康鸿猷那样的豫商伟器。只是这一番打算，对痴迷钧瓷十年不悔的董克温来说，实在是太过于残酷了。

董克温强压住剧烈的咳嗽，勉强道："父亲，这都是孩儿愚笨，未能抢在别人前头烧出来宋钧，才让父亲身处被动之地。不过，孩儿从这件事上也看出了两点不解、两点希望。"

两点不解？还有两点希望？这倒是董振魁意料不到的。董振魁不由得心思一变，默默地注视着他，鼓励他说下去。

"不解之一，卢家烧造钧瓷只能秘密进行，而他承包的窑口，又是理和场出活儿最多的，他哪里来的工夫应付呢？不解之二，据老詹所言，卢家祖上是皇家官窑的工匠，卢家在神垕落户几百年了，想必这烧造之事从未停止过，那么为何几百年来都没烧成，偏偏到了卢维义这一辈，就被他烧成了？"

董克温一口气说了这么多话，胸口猛地一耸，几声咳嗽又起来了。董振魁压着突突乱跳的心，递给他一杯茶，关切道："慢慢说，别急坏了身子。"

董克温感激地看了眼父亲，饮了一口茶，略为定了定神，继续道："孩儿这身子越来越差了，愧对父亲的期许！"

董克温淡淡一笑，道："父子之间，说这个做什么？你的两点希望之处呢？"

"孩儿这两点希望之处，其实也是由两点不解而来的。当前卢家烧造出宋钧，已是不争的事实了，那么孩儿以为，卢家最大的弱点就是没有自家的窑口！按照神垕的规矩，东家出窑，伙计出工，产的东西都是东家的，卢家就算烧出来宋钧，也是咱们董家老窑的宋钧！这是第一个希望之处。第二，卢家既然祖上是皇家官窑的工匠，在宋钧烧造技法失传数百年后，又能有所成就，想必卢维义手里必有秘籍、要略之类的传承之物。孩儿十年辛劳虽未能成功，其实距离成功也仅仅是一步之遥，如能将这些东西弄到手，无异于如虎添翼，咱们董家老窑烧出宋钧来，也就指日可待了！"

董振魁只字不落地听着，心中惊喜交加。大少爷虽然开始慌乱了一些，但这番丝丝入扣的分析，无异于拨云见日，将当下一团乱麻的局面梳理得井井有条，就像一副似乎败局已定的残局，竟生生被他看出了败中取胜的玄机！如此的娴熟干练以往他竟是深藏不露，连当爹的都没有察觉。平心而论，大少爷这般筹谋实际上与自己的想法如出一辙，有的甚至还在自己之上，好一个"两点不解、两点希望"！看来十年辛苦的确不寻常，把个书呆子都历练出来了，今后圆知堂的生意不妨多交给大少爷一些，放手让他去历练，待二少爷也长大成人之后，董家有了这两个人才，何愁不能重兴豫商？何愁不能与康家并驾齐驱？

董克温仿佛看出了父亲瞬息万转的心思，咳嗽一声，强笑道："孩儿这点微末之见，想必父亲都预料到了。如今当务之急，就是想方设法弄明白，卢家究竟走了多远？究竟到了哪一步？才好作出下一步的决断。孩儿身体一天不如一天，不过三十岁的年纪就衰老如斯，又一直没有子嗣，孩儿此生并无他求，只求能在有生之年，烧出董家老窑第一口宋钧来，就是死……"

董振魁高声叫道："我不许你说那不吉利的话！"

董家家风历来是举止有序，温文尔雅，董克温服侍父亲多年，从未见过他如此高声言语过，自是一惊，愕然地看着父亲。董振魁缓缓站起，走到董克温身前，语气分外的柔和，道："老大，眼下为父已然老迈，而你正是当年，大敌当前，你怎能自暴自弃？你说的不错，咱们父子距离宋钧只有一步之遥！你放心，爹就是想方设法，也要弄清楚卢家的底细，若是真有秘籍之类，爹一定帮你弄过来。爹深信不疑，董家老窑的第一口宋钧，必定出自你手！"

董克温两眼满是热泪。自懂事开始，父亲在他面前还从未说过这样的话。探求宋钧烧造技法的十年中，他屡战屡败，屡败屡战，却只落得个顽疾在身，心病难去，连个子嗣都没能传下来。他一直以为父亲对他只有怀疑、只有不满、只有失望，焉知父亲对他尚有如此信任、如此重托、如此期许！董家老窑的第一口宋钧，这是董家子孙难以企及的荣耀啊。这是真的吗？可从父亲的目光里，又实在找不出任何可疑之处。

董克温屈膝跪倒，将脸埋在父亲的衣襟里，他多想抱着父亲的双腿痛哭一场，哭这十年的艰辛，哭这十年的磨炼。他甚至想摘掉帽子，让父亲看看他这十年间积攒下来的缕缕白发，他是个不到三十的青年汉子啊。但董克温只是强忍住泪水，仰头对父亲道："孩儿一定不负父亲，不负董家，无论如何也要烧出这第一口宋钧来！"

CIJIAN SHANHE
LANG TAO SHA

第三章

鱼 死 网 破

1 万劫不复一念间

卢维章踏进圆知堂的那一瞬间，他隐约预感到了什么。

没进理和场做工之前，他在董家老窑的总号打零工，帮总号的人四处送货，圆知堂也来过几次，不过每次都是到了仪门就停下了。他顶多算个帮忙的伙计，既不是在圆知堂入股的董姓本家，也不是来拜访的达官贵人，连仪门都进不去。若不是前几天薛文举大相公让人来到他家，说圆知堂藏书阁要翻修，每个窑场都摊了出工的人头，他哪有机会走进这片大宅院？

卢维章和一群窑工跟在老詹的身后，走进了这座宅院，他或许想象不到，卢家已经走上了一条万劫不复的道路，脚下平整的青石板路看起来寸草不生，却步步凶险，仿佛时刻都会迸裂开来，露出一个黑黢黢的陷阱。

圆知堂是神垕镇里最气派的宅子，藏书阁在后院，是个两层高的楼房，房顶有间阁楼，站在阁楼上可以俯瞰全镇的风貌，这在同治年间算是相当有气派了。藏书阁里全是董家历代留传下来的书籍，装了满满的两层楼。

董家银子多，书籍也多，其中不少是有关烧瓷的图谱、技法和专著，来帮忙的窑工没几个识字的，搬运书籍跟搬运矿料差不多。不少窑工都暗暗感慨，董家就是有钱，这么漂亮的藏书阁，哪儿用得着翻修？真是钱多了烧得慌！不过窑工们心里这么想，面上可没表露出来，开工之前老詹放出话来，来出工翻修藏书阁的窑工一天有十个铜板的工钱，一天一结。谁会跟钱过去呢？天晚的时候，得了工钱的窑工们个个笑逐颜开。给董家出工，窑场里的活儿不算，还能有额外的工钱，这样的好事到哪儿找去？有老婆孩子的窑工指望着这笔"外快"养家糊口，没成家的窑工想法就更多了，所以窑工们走出圆知堂的时候，全是一脸兴奋。

卢家头天来出工的是卢维义，回家的时候把十个铜板交给卢家大嫂，简单地吃了俩棒子面窝头，喝了碗黑乎乎的中药，便一头扎进自家的窝棚。第二天也是这样，到了第三天，愈发出奇，连饭也不吃了，匆匆看了看酣睡中的卢豫海，转身便走，隔壁窝棚里的灯一直亮到了半夜。到了第四天夜里，卢维义依旧是匆匆过来，又匆匆离去，连卢维章也看出了不对劲。

卢王氏还坐着月子，这个月里卢家的一日三餐都是在她家的窝棚里吃的。卢王氏娘家也是贫苦人家，她十七岁嫁到卢家来就备受哥嫂照顾。月子里大嫂更是寸步不离，格外上心，这让卢王氏感动不已，她对兄嫂的尊敬日深一日。

卢家大嫂收拾了饭碗刚一离开，卢王氏就小声对卢维章道："他爹，你看出来没有，大哥好像有心事。"

卢维章在理和场这些天，天天累得都快散架了，每天回家只想倒头就睡，饭都懒得动。尽管如此，听了媳妇的话，卢维章还是披上了棉衣，道："这几天大哥在董家出工，怕是累着了，我去瞧瞧，你先哄着豫海睡吧。"

卢维章看了看褓褓中的卢豫海，一双澄澈的眼睛圆圆地睁着，嘴角眉梢都透着灵气和笑意。父子四目相对，卢豫海竟发出一声轻轻的笑，那笑声虽短暂，在卢维章耳朵里却如同天籁一般。他叹了口气，自己没日没夜地做工烧窑，为的不就是这个什么都不懂的婴孩吗？卢维章拍拍儿子的小脸，裹紧了棉衣，推门出去。

卢维章走到卢维义身后的时候，卢维义居然一点儿都没察觉。一旁的大炕上，大嫂搂着卢豫川早睡了，窝棚里寂静异常，只有油灯的火苗滋滋叫着。

卢维章的目光掠过卢维义的肩头，悄悄落在一张草纸上，顿时发出一声惊呼。卢维义手一抖，毛笔跌在纸上。笔尖的墨汁星星点点，洇集成团。这片墨痕宛如窗外的夜色，沉郁阴聚，再难以化解。

卢维章屏住了呼吸，唯恐惊动了炕上的母子，低声道："大哥，你这是……"

卢维义搓了搓冰凉的手，苍白的脸上泛出了笑意，他有些颤巍巍地起身，从祖先画像下的神龛里取出一沓草纸，递给卢维章，小声笑道："这几天给董家翻盖藏书阁，给我瞧见一样宝贝，你瞧！"

卢维章顺势看去，卢维义手指处，赫然写着"禹王九鼎图谱"六个大字。

禹王九鼎！

卢维章的脑袋"嗡"了一声，目光再也聚不拢了，他连忙使劲儿揉了揉眼睛，定神看去。一张一张草纸上，画着各个鼎的图式，正面、反面、底口，旁边密密麻麻的全是蝇头小字，注释得非常细密。

卢维义研着墨，滔滔不绝道："禹王九鼎传自宋代，是中华版图的象征，也是皇族的象征。禹王治水功垂千载，又是家天下的第一位，皇家气度若上溯起来，非禹王莫属。这'九'字，乃数之极限，也蕴涵了九州之意。鼎乃传国重器，禹王曾收九牧之金铸九鼎于荆山之下，以象征九州，国灭则鼎迁。夏朝灭，商朝兴，九鼎迁于商都亳京；商朝灭，周朝兴，九鼎又迁于周都镐京。历代历朝兴替之际，便称作定鼎，足可见禹王九鼎之尊贵。这九鼎原为青铜所铸，秦末天下大乱，九鼎不知所终。宋代钧瓷鼎盛，制成了九鼎，象征九州，被宋仁宗定为传国神器，永世不许再造。宋末钧瓷凋敝，宋钧烧造技法就此失传，经过元、明两代数百年，费了无数国力、财力也未能恢复宋钧神技，这九鼎也越发显得神乎其神了。"

卢维章忘乎所以地翻着手稿，卢维义继续道："《尚书·禹贡》篇里记载了冀、兖、青、徐、扬、荆、豫、梁、雍，从北到东，到东南，到南，到西，到西北，最后回到中原，一共是九州。九鼎便是九州，九州即为九鼎。老二，你知道这禹王九鼎是谁家做出来的吗？"

卢维章自得了家传衣钵，早将《宋钧烧造技法要略》背得烂熟，焉能不知祖上这段辉煌绝伦的往事？他握紧了手稿，目光炯炯地看着大哥。

"是咱们老卢家！这份《禹王九鼎图谱》本来就是咱们老卢家的，九鼎制成后，这图谱便被官府强收了去，几百年了不见踪影，偏偏在董家藏书阁里被我瞧见了！我不敢拿回来，只能白天拼命记在心里，晚上照样誊写出来，即便如此，也是挂一漏万……"

卢维义说着说着，一口气没接上来，剧烈地咳嗽起来。忽然，一股鲜血毫无征兆地从他口里喷出，洒落在手稿上，滴滴点点，宛如落下一片红雨。卢维章慌忙上前搀扶，卢维义看了看炕上，大嫂和卢豫川还在熟睡，就放心地抹去了嘴角的血沫子，笑道："不妨事，窑场的人哪儿有肺上没毛病的？眼下九鼎的图谱还差荆州、梁州、雍州和豫州鼎，再干上几天，九鼎之数就凑齐了。等到有了咱家自己的窑，咱们兄弟俩头一窑就烧这禹王九鼎！你想想，那是啥成色？那是啥出息？"

卢维章眼中不知何时已是泪水盈盈。古人云："呕心沥血"，殊不知大哥为了强记《禹王九鼎图谱》，耗费的心智和精力又何止是一番心血能概括的？不过几天工夫，大哥已经是形容枯槁，发丝斑白，与以前那个粗壮结实的烧窑汉子判若两人了。卢维章感觉到手里的图谱霎时变得沉重无比，仿佛大哥整个生命的重量都凝结在了上面，又有谁能握住这份生命的重量呢？

到了第五天上工的日子，天刚蒙蒙亮，卢维章就拿了把大锁，锁住了大哥家的窝棚。在卢王氏又惊又怕的目光里，卢维章简单地收拾好了上工的东西，头也不回地离开了家，直奔圆知堂而去。

远远地，卢维章看见了那群簇拥在门口的窑工们，老詹拿着名册在点卯，窑工们纷纷攘攘地报着自家的名号："理和场一百号马贵！""理和场一百一十号黄在天！"……

"咦，你兄弟怎么没来，换成你了？"

"黄老二昨天晚上寻快活去了，还没回来呢！"

"今天上了工，该黄老大你快活了吧？"

"瞧人家兄弟俩，一个上工一个快活，商量得多周到！"

黄在天一脸通红，低着头不说话。窑工们中间爆发出一阵哄笑。卢维章的脚步丝毫没有停顿，他义无反顾地走进人群。让他感到奇怪的是，老詹看到他的时候居然只是一笑，仿佛在跟老熟人打招呼似的，他原本准备好的说辞竟是一点儿都没派上用场。

卢维章顾不上体味这笑容中的深意，大声道："理和场一百二十四号卢维章！"

老詹诡秘的笑容如同昙花一现，重重地在花名册上涂了个圈，道："人都到齐了，开工吧。"

卢维章仰头看了看那块哑金色的"圆知堂"牌匾，随着干活儿的人走进深深的庭院。

一个上午的工夫，卢维章一边装出卖力干活儿的架势，一边抓住一切机会寻找那本图谱。按照大哥的说法，那本图谱在编号为"壬"的箱子里，可他找了半天也没有发现那个箱子。

卢维章变得焦躁起来。翻修的工程再有两天就完工了，如果到时候不能把图谱完整地记下来，这辈子都怕是没有机会再见到了。然而这事儿又谈何容易，圆知堂大小房屋不下几百间，到处都有虎视眈眈的家丁来回巡逻看守，要想找到那个箱子无异于大海捞针。

时间过得飞快，卢维章的耐心也在一点点消耗，他的脑子里除了图谱之外，再也没有其他的杂念。

挨到中午饭的时候，老詹领着他们到了一个小院，一口大锅早已是热气腾腾，一片片肥肉漂在锅面上。不知谁叫了一嗓子"猪肉熬粉条！"窑工们便争先恐后地朝大锅围过去，各式各样的碗伸向掌勺的师傅。卢维章近乎麻木地跟着窑工们朝前挤去，他的目光无意中扫过堆在墙角的一排箱子上，就在这电光石火的瞬间，他的眼睛一亮。

一个普普通通的柳条箱子上，贴着一块红纸，上面一个隶书的"壬"字分外醒目。卢维章的胸口剧烈地起伏着，死死盯着那个箱子。图谱一定在里面！

掌勺的师傅不耐烦道："该你了，到底吃不吃？"

卢维章身子一耸，他强迫自己把目光收回来，送过去自己的碗。师傅不知是有心还是无意，一勺滚烫的饭一半倒进了碗中，一半结结实实地浇在卢维章手背上。旁边一个窑工替他惊叫了一声，卢维章却像是根本没有感觉，端着饭碗走到一旁，隔了好久，才发现手背上已经红肿了一大片。

他顾不上疼痛，两只眼睛不由自主地朝箱子那里瞟过去，他在等待着出手的机会。旁边几个窑工狼吞虎咽地吃完了，又涎着脸去缠磨师傅打第二碗。场面乱纷纷的，小院门口的几个家丁不无鄙夷地看着他们，指指点点地说笑，而窑工们交错的身影又正好挡住了家丁们的视线。

机会！转瞬即逝的机会！

卢维章不容自己再有丝毫犹豫，装作若无其事的模样，悄悄朝箱子那里移动过去。箱子盖没上锁，他轻轻打开了一个角，一本线装的古书安静地躺在触手可及的地方，封面上赫然写着《禹王九鼎图谱》。

卢维章的心骤然缩成了一团。他的脑子飞快地转动起来，怎么办？眼下这种局面，想要消消停停地强记图谱已是不可能了，可是，难道就这么空着手回去？大哥口吐鲜血的场面又浮现在他眼前……后天就完工了，那就意味着他再也不能见到这本图谱，也意味着卢家彻底失去了重造禹王九鼎的机会，这会要了大哥的命！

在那个瞬间，冲动终于战胜了理智。卢维章来不及多想，趁着窑工们和掌勺师傅的争执声越来越大，他轻手抓住了图谱，飞快地揣进胸口，滚烫的前胸倏地冰冷起来。得手了！卢维章简直不敢相信自己的眼睛，他下意识地转过身子，准备长长地喘一口气。

或许是刚才的心情太过紧张，他竟然没有发觉原本乱哄哄的小院忽地安静了下来，所有的窑工、家丁都像是被人施了魔法一样呆呆地站着，几十双眼睛齐刷刷地落在他身上。他立刻感受到了一种强大的压迫力，将他的五脏六腑挤压成了薄薄的一张纸。而其中的一双眼睛喷射出的目光，更像是两道灼灼燃烧的火焰，顷刻之间烧得他体无完肤。

老詹冷冷地看着他，龟裂的嘴唇之间掠过几个简单的字："拿下，给我搜！"

那本古老的图谱刚刚沾染了卢维章的体温，又裸露在了干冷的空气中，重新变得钢铁般冰冷。卢维章不知有多少双手、多少只脚踩踏在了自己身上，他拼命地抬起头，努力地想再看一眼那本图谱，然而他看到的却是老詹那张诡谲的脸，以及那个似曾相识的笑容。

2　窑工二指不可断

卢维义在圆知堂门外已经整整跪了两个时辰。

消息刚传到窑场的时候，他还在矿料堆前砸着矿石。神垕烧瓷第一道工序就是选料，老话儿说"南山的煤，西山的釉，东山的瓷土处处有"，这制瓷的釉料从西山上拉回来的时候，还是一块块巨大的矿石，要经历春暖软化、夏日暴晒、秋雨浸润和冬寒冰冻后，才能细细碾碎，放在大池里沉淀笆洗。

卢维义才抡了几下大锤，就觉得胸口紧抽，嗓子眼里一阵腥甜，一口血已经逼上来了。卢维义咬紧了牙关，躲过了窑工们好奇的目光，悄悄来到自己那口窑前，趁着四周没人注意，俯身刚一张嘴，一股鲜血便喷了出来。血是热的，甚至带着沸水般的温度，一遇见窑下白花花的残雪，立时冒起了一阵白烟。

卢维义靠着窑壁慢慢坐在地上，胸口急剧地收缩着。他半闭着眼，一颗心早飞到了圆知堂。他太了解自己这个兄弟了，年轻气盛，做事不计后果，那本图谱对于卢维章而言就像是一碗烈酒，刚喝一半，他已是不顾一切了，一旦真给他找到了……

卢维章出事的消息，就是在这个节骨眼上传过来的。卢维义如同遭到了晴天霹雳，连他自己都不知道是怎么翻过了乾鸣山，赶到了圆知堂。

他顾不上颜面，当街跪倒在大门外。整整两个时辰了，圆知堂里没有一个人出来，只有两个家丁面无表情地站在卢维义眼前，自始至终没说一句话。在家丁刀子般的目光下，街面上也没有一个人敢停下来问个究竟，都远远地避开了。卢维义就这么跪着，开始是双膝，渐渐地整个身子都冰凉了起来，就像圆知堂门前的青石台阶一般，最后，这样彻骨的寒意终于侵蚀到了他的心里，他的身子从里到外无一处不是冷若坚冰。

天幕低垂，大雪不知何时纷纷扬扬地下了起来，大片大片的雪花集聚成团，转眼间将神垕全镇盖了个严丝合缝。卢维义身上披满了雪花，远远看去就像披了一身洁白的孝服，只有两只眼睛里的光忽明忽暗，提醒着人们他最后的一丝希望还没有泯灭。

卢维义固执地跪着，他似乎已然看懂了董振魁的心思，继而看穿了整个阴谋。董振魁的这一招太险，也太毒辣了，他拼着禹王九鼎的图谱被卢家窃走的危险而设下的这个圈套，显然是任何一个卢家子孙都躲避不开的。但令卢维义不解的是，董振魁用了什么手段打探出了卢家的秘密？

圆知堂的门终于打开了。披着大氅的老詹像一匹悄然夜行的饿狼，不动声色地来到卢维义的面前。他冷峻地看着眼前这个被冰雪包裹的人，略一点头，旁边两个家丁上前，将已经冻僵的卢维义架了起来。圆知堂的门又关上了，门前那块裸露着青色条石的街面转瞬之间又被大雪覆盖，仿佛有一只来自天际的手，有意把世间的一切秘密、一切心机都遮掩起来，化作一片洁白。

尽管有所预感，当卢维义看到那块"玫瑰紫"的钧瓷残片后，刚刚回暖的身子仿佛又掉进了冰窟。除了卢维义，书房里只有董振魁、董克温和老相公迟千里。董振魁居中坐着，董克温和迟千里坐在两侧，而那块残片就在董振魁手里，缓缓地摩挲着，像是轻抚着一只温顺的猫。董振魁轻咳了一声，道："维义兄弟，为什么请你来，大概就不用我说了吧。"

卢维义跪在地上，游散的目光聚拢起来，最后停留在董振魁的手里。董振魁道："这块东西出自你手，我想你用不着多费口舌了，实话告诉你，这是迟老相公用五两银子，从你的儿子卢豫川手里买来的。你儿子是个孝顺的孩子，为了给你治病，他居然大模大样地在禹州集市上叫卖宋钧残片！不错，'玫瑰紫'，我知道迟早有人会烧出传世宋钧才有的'玫瑰紫'来，可是我没想到，这个人居然会是你……迟老相公，要说的话还是你来对他讲吧。老大，给维义兄弟看座。"

这显然是在谈条件了。虽然都是坐着，但迟千里的话仿佛是从高高的地方滚落下来的巨石，一次次地将卢维义脆弱的防线砸得千疮百孔。迟千里说了三句话：

第一句，卢家将现有的烧造技法毫无保留地交给圆知堂。

第二句，把卢家祖传的典籍献出来。

第三句，卢家全家必须在一月之内离开神垕镇，子子孙孙永世不得再踏入神垕镇半步。当然，作为回报，董家会给他们一笔可观的银子，至于多少，自然是一个惊人的数字。

如果这三条中卢维义有一条不答应，卢维章就会被以"盗窃私产"的罪名押送官府，充军宁古塔，终身给披甲人为奴。莫说宁古塔是关外极北苦寒之地，就是能活着走到宁古塔的囚犯都不多见，也就是说，卢维章必死无疑。最后，迟千里又补充了一句："如果维义兄弟这几条都做不到，又不愿你兄弟死在冰天雪地的关外，还有一条路可走。"

卢维义冰冷的脸颊上，隐约有了一丝颤抖。

"你和你兄弟俩交出两根食指，大东家就放了你们。"

卢维义的呼吸急促起来。两人交出两根食指对窑工而言，是除了死之外最高的惩罚，甚至比死亡更加恐怖。窑工拉坯、上釉、烧造各项精密至极的工艺全凭十根手指，祖师爷传下来的饭碗，只有十指齐全的人才能吃得上，少了一根手指便做不成窑工。董家的意思，分明是叫卢维义要么交出卢家所有的秘密，要么就此断了卢家烧造钧瓷的根本！

好一个阴险的计策！

董振魁似乎看穿了卢维义的心思，缓缓叹道："维义兄弟，你莫怪我的心肠太黑、太毒了。人苦就苦在不甘心上啊！你烧宋钧，是你不甘心卢家继续败落下去，我要你的烧造技法，是我不甘心董家输给你们卢家！人就是这么个样子……你若愿意，我们董家圆知堂情愿养活你一辈子，你想继续烧瓷也好，不想继续烧瓷、整天吃喝玩乐也罢，只要你们卢家从此往后一切听从我们董家的吩咐，我这一辈，我儿子这一辈，董家的子子孙孙都养着你们卢家，你看行吗？"

卢维义苍白似雪的脸上，竟然迸出一丝笑意，这笑意实在太古怪了，像是大势已去的凄楚，又像是反败为胜的诡异。卢维义同样是缓缓地叹了一口气，居然道："我想再看一眼《禹王九鼎图谱》。"

这倒是三个人谁都猜测不到的回答。董振魁略一沉思，便道："也罢，看一眼也无妨。"说着，让董克温把图谱从密匣中取出，递到卢维义面前。卢维义颤手翻着图谱，古老的纸页脆薄如蝉翼，隐约带着跨越时空的沧桑和神秘。慢慢地，他完全投入到了那一个个巧夺天工的图样中，仿佛天地之间只有一人一谱，再没有别的人和物了。良久，卢维义合上了图谱，默默地抚摸了一下，还给了董克温，悠悠道："我只愿跟董大东家一人说话。"

这等于卢维义承认了董家所有的推测，也情愿接受董家的条件了。不待董振魁发话，董克温与迟千里互相看了一眼，一同站了起来，快步走出了书房。传世宋钧的烧造技法失传了六百多年，就要在这个晚上，在这个书房里大白于天下了。无论董克温还是迟千里，都是愿拿着性命去换的，也都清楚这件事的分量。从一个神屋人，从一个钧瓷人的角度来看，卢维义的要求并不苛刻。他们两个人只是惊讶，只是得意，没想到这么一个简单的"请君入瓮"的计策，居然套出了一个石破天惊的秘密。

紧闭的书房门外，董克温与迟千里袖着手，面对面站着。两人互相看着，禁不住一起微笑起来。不管怎么说，卢家都在这场突如其来的较量中一败涂地了。董克温道："迟老相公立下了头功啊。"

迟千里摆手道："老汉以前真是小看了大少爷。我在董家领东做老相公快三十年了，一直以为大少爷是个纸上谈兵的书虫儿而已，没想到大少爷这招'请君入瓮'居然如此灵光！看来董老东家十年的苦心没有白费，董家后继有人啊。"

迟千里在圆知堂董家老窑功勋卓绝，即便在董克温面前也是口无遮拦。董克温眼看着大功告成，又何尝在意这些，只不过刚从暖意融融的书房里出来，被风雪劈头盖脸地吹打着，除了滚烫的心思之外，周身寒彻，肺上的老毛病又在蠢蠢欲动了……他刚想说话，忽听见书房内传来董振魁一声惊叫，那叫声惨烈得如同鬼魅。

"不好！"

董克温和迟千里同时意识到了危机。等他们冲进书房的时候，却看见董振魁好端端地坐在原位，只是面如死灰，双目中满是惊惧和难以置信。而卢维义满口鲜血，两只手更是血肉模糊，两根跌在地上的食指像是两只狰狞的眼睛，血淋淋地瞪着董克温和迟千里。

卢维义口齿不清地说道："董大东家是生意人，豫商最讲究'诚信'二字，您莫要忘了！"

眼前的情形再明白不过了，卢维义的的确确做到了董家提出的一条：卢家兄弟交出了两根食指。只不过这两根食指是卢维义一个人的，而且是他活生生从自己手上咬下来的！董振魁、董克温和迟千里三人谁都不会想到，一个视烧窑为生命的人竟然会干出如此决绝的事情，他们注定会为这一时的疏忽后悔终生。他们或许应该想到，一个把宋钧当作生命的人，为了宋钧，死都在所不惜，何况是区区两根手指？董家眼看这大获全胜的局面，居然在这两根残指前败得丢盔卸甲，败得毫无希望。

卢维义又嘟囔出了两个字，这次几个人都听清楚了，这两个字就像是两道闪电呼啸而过，把他们看似坚固的堡垒劈成了片片瓦砾。

卢维义说的是："得劲！"

这句土话从卢维义那张鲜血淋漓的嘴里说出来，带着一种胜利者特有的傲然和居高临下。是的，卢维义胜利了，他用最原始、最简单、最有效、最极端的办法，把三个自以为是的聪明人打得进退失据、无力还手。卢维义颤巍巍地站起来，他的身子摇摇晃晃，用一只残缺的手推开书房的门，走出去几步，忽地回头看着呆若木鸡的三个人，道："我兄弟呢？"

不等他们回答，卢维义像是一块轰然倒下的石碑，直挺挺地砸在了雪地上。大雪不知何时已经停了，厚厚的雪被沉重的身躯压出了一个坑来。卢维义残存的意识里，双手所及之处都是黏稠的感觉，不知是血，还是被血融化的雪。

整整二十年后，已然是临近耄耋之年的迟千里终于得到了董振魁的许可，告老还乡了。他是圆知堂董家老窑历史上最成功的一个领东老相公。在圆知堂为他准备的盛大荣休酒宴之后，迟千里像往常那样最后一次来到董振魁的书房。迟千里和董振魁的交情延续了四十多年，当年满腔宏图伟业的热血青年如今都已是白发苍苍。两个老人一起回忆起往事种种，从圆知堂草创时的惨淡，一直谈到鼎盛时期的辉煌，他们自然都提到了卢维义咬掉自己两根手指的那个夜晚。

二十年后的迟千里已经可以平静地看待过往的岁月了，他想了片刻，不由得笑道："无论如何，我还是佩服那个人的，自噬两指无异于自毁前程，不能再拉坯烧瓷，跟死了有什么两样？看来他胜就胜在他不惜一死，一个连死都不怕的人，奈何以死惧之？"

董振魁却没有笑，他凝望着跳跃的烛光，沉吟道："你说得或许有道理，但我以为，不是卢家胜了，而是我们董家败了。老二，你知道咱们败在何处吗？"

刚刚在弱冠之年的董克良微微一笑，道："孩儿如果没有猜错，董家败就败在董家是商人上了。"

董振魁故意道："此话怎讲？董家既然是商人，在商言商，图的就是奇货可居，为父为何又放了卢家兄弟呢？"迟千里先是愕然，倏尔明白了董振魁这是在考验董克良的应变之策，便轻轻一笑，目光炯炯地看着董克良。

"父亲说的，其实是小商的行径，哪里是大商家所为？既然父亲已经答应了他，只要他们兄弟二人能交出两根食指，就放了他们，既往不咎，卢维义做到了，父亲自然就要守信践诺。卢维义的惨烈之举不出几日就会震动整个豫省商帮，董家若出尔反尔，则信誉何存？就算是夺到了宋钧烧造的机密，又有谁敢跟一个不择手段又不讲信誉的家族做生意？那才是自毁长城的做法，以父亲的操守商道，断然不会那么做的。所以说，董家败就败在董家是商人，是大商人。"

迟千里入神地听着他讲完，拈须叹道："老东家，说句不中听的话，你我都老朽了，该享福就享福，该闭眼就闭眼吧，儿孙都成才了，还有什么放不下的？"

董振魁哈哈大笑起来，两只眼睛掠过一丝得意，他摇着手笑道："你们都错了。那天晚上，我已经让老詹领着人在书房外埋伏，原本是要取了卢维义性命的，你们想不到吧？"

这倒真是语出惊人了。迟千里和董克良不禁愕然。董振魁老迈的眸子里闪烁着精芒，娓娓而谈道："我们董家固然是商人，老二说得不错，是大商人。可董家是商人，更是瓷商。那天晚上我秘密安排人埋伏，就是因为我实在不愿、也不能放走一个天大的秘密，尤其是这个连我都不知道的秘密。"董克良似乎有些懂了，眼光波动，紧紧盯在父亲的脸上。

董振魁道："可我为什么又放手让他走了呢？刚才老二说对了一半，不错，我对董家的信誉看得比天还大，但这不是真正的原因。真正的原因是……"

董克良脱口而出："是卢维义这个人！"

董振魁赞许地颔首："这就对了。商道其实就是人道，卢维义身上那股子劲儿打动了我。卢维章舍命盗书，卢维义舍命护弟，这两个人既然都有这股劲儿，又都大难不死，今后必成大器，这就是天数。人怎能奈何得了老天呢？我那时只要稍微说句话，卢家兄弟就死无葬身之地，第二天一早全镇都会知道卢家兄弟是偷窃被抓而羞愧自尽，谁会怪罪到董家头上？豫商最推崇'留余'二字，'留余'有四个境界，不尽之巧还给造化，不尽之禄还给朝廷，不尽之财还给百姓，这三条都做到了，才有不尽之福还给子孙啊！"

董振魁负手走到窗前，慨叹道："光绪三年那场大旱，若不是卢维章……唉，说到底，就是人不能违抗天道，什么是天道？天道就是事不能做满。管子曰：斗斛满则人概之，人满则天概之。咱们豫商有两句话：自不概之人概之，人不概之天概之。那天我若是杀了卢家兄弟，就是把事情做满了，即便今后没有卢家的崛起，也会有赵家、钱家、孙家起来，就算没有赵家、钱家、孙家起来，头顶上还有个老天呢，一家一户不可能把生意做绝了……"

董振魁慢条斯理地说着，像一个上了年纪的寻常老汉在烛光下给子孙讲闲话，可他说的话又分明是给自己一生的商道心得作着总结，借以训导后人。纵观这番海阔天空的论道，说得无非是"商"和"人"，一个是功成身退的领东大相公，一个是深谙商道的大东家，另一个是初出茅庐的豫商少年英才，各自的一番谈吐却也高低立现。迟千里一生奔波在商界,一眼就看出卢家人身上特有的资质,可谓"见山是山,见水是水";董克良年少聪颖,禀赋异乎常人,由人道悟到了商道,可谓"见山不是山,见水不是水";而董振魁精研了一辈子的豫商之道,又从商道悟到了人道乃至天道,可谓"见山还是山,见水还是水"的最高境界了。

这个于大清光绪八年的谈话是整整二十年后的事情了。同治元年的董克良还是个刚刚诞生的婴孩,那个属于他,也属于另外一个婴孩卢豫海的时代还远远没有到来。

3 一口自家的窑

卢维义在圆知堂外跪的两个时辰,对一个病入膏肓的人来说无异于雪上加霜。卢维义心悸吐血的毛病最忌讳的就是伤寒,在整整两个时辰的冰雪砭骨之下,他耗尽了最后一点残存的精气。

卢维章背着卢维义离开了董家圆知堂,在过乾鸣山走夜路的时候又不知摔了多少个跟头,卢维章脸上、手上都是冰碴划出的血痕。等兄弟二人回到了自家窝棚,已是过了子时了。不过是半晌的工夫,卢维章盗书被抓的事就传遍了整个南坡,卢王氏忧心过度,数次昏倒,幸亏大嫂在一旁照应才没出岔子。当两个女人看见自己的丈夫人不像人、鬼不像鬼地出现在家门口时,两颗近乎衰竭的心才陡然平静下来。

卢维义在床上昏迷了三天,不停地说着胡话,似在跟什么人在争执。请来的几个郎中把脉之后都是摇头,连方子都不肯开了。

卢家窝棚里整日哭声不绝,死亡的气息弥漫在屋里屋外。谁都没有想到,到了第四天头上,卢维义自己醒了过来,仿佛老天爷真的可怜他,又给了他短暂的几天光阴,好继续未竟的心愿。周围的邻居都私下里议论说卢维义的命硬,虽说谁都知道他要死了,可他就这么一直硬挺着不肯死,敢跟老天爷拍桌子叫板,最后连老天爷都没办法,难道他真的要干件惊天动地的事才肯闭眼吗?

或许邻居们的疯话真的应验了。卢维义下了床的第一件事就是非要大嫂弄来纸笔给他。卢维义自断两指,笔是拿不住了,就用残手抓着笔杆,一笔一画地涂写。这件事只有卢家人自己知道,而卢家人里也只有卢维章知道大哥写的是什么。

卢维义不吃不睡,整整写了两天,终于掏空了所有的记忆,也几乎掏空了老天赏给他的这点儿时光。卢维义写完最后一笔,精神反倒像是好了起来,居然要了一碗饭。大嫂含泪给他下了碗面条，看着丈夫一口一口地吃完，自己早已是泪水成行了。

卢维义擦了擦嘴角，对大嫂道："你出去吧，我有事跟老二说。"

卢维章语不成声道："哥，到这时候了，还有什么要瞒着大嫂吗？"

卢维义强笑道："也罢，我活不了几天了，这些话就算是遗嘱吧。"

这句话彻底击碎了大嫂心中最后一丝侥幸，她终于掩面哭了出来。

卢维义道："哭啥，我这不还没死吗？豫川在隔壁吧？"

大嫂已是说不出话了，哽咽地点点头。

卢维义继续道："我这辈子，有三件事干得漂亮：头一件就是烧出了传世宋钧。当然，既然是传世，就不是现如今烧出来的，我手上烧出来的差不多跟传世宋钧一个样了，这件事干得漂亮；第二件，是我在董家救出了老二，救了老二，就保住了卢家中兴的希望，这件事也干得漂亮；第三件，是我不肯死，硬是从阎王爷那夺了几天的性命，把我毕生烧造钧瓷的心得都写了下来，把禹王九鼎的图谱也记了下来，前几个鼎还成，后来的就太马虎了，老二你将来得自己再琢磨，也不要全信我写的……我快不中啦，老二，今后你大嫂和豫川就交给你了。豫川慢慢就大了，这孩子我看得清楚，虽然聪明，可心浮气躁，烧瓷是细致活儿，他怕是干不了，你就在经商上多教教他。今后日子长了，他要是犯了错，你务必要看在哥嫂抚养你成人的份上，多多宽恕他，若真的是背叛列祖列宗的大错，你就把他赶出家门，留他一条生路吧……"

说着，卢维义的嘴角不知不觉地流出几缕血来，他却浑然不觉。

卢维章跪倒在地道："大哥，我若是辜负了大哥的托付，叫我天诛地灭！"

卢维义一脸的慈爱，道："快起来，快起来，别冰了膝盖……你别着急，我算着呢，还有几天活头，眼下你帮我办一件事。"

卢维章诧异地看着大哥。他简直不敢确定眼前这个人是活人还是鬼魂，天底下就算是真有"回光返照"这一说，难道还能跟常人一样如此镇定自若吗？卢维义没有给他任何怀疑的机会，一字一句道："你去一趟董家，告诉董振魁，明天中午，我要在理和场跟他见面，虽说禹王九鼎的图谱是卢家的，可你毕竟是不告而取，是你做的理亏，我要在全镇人面前给你挽回这个面子。不然我就是死了，也放心不下。今后卢家就靠你了，我不能让你背着个'贼'字过一辈子啊……"

卢维章痛彻心扉地听着，眼中再哭不出一滴眼泪。他听着听着，竟听到一阵均匀的鼾声，抬头看时，卢维义的头歪着，却已然进入了梦境。卢维章惊惧地站起来，茫然无助地看向大嫂："这……"

大嫂轻轻地把卢维义放平在床上，替他擦去嘴角的血迹，平静地看着卢维章道："你大哥安排你的事，还不快去！"

到了第二天中午，董振魁果然如期而至。

大东家来了，大少爷和老相公自然一左一右陪着，董家老窑几乎所有的大小相公更是不敢怠慢，一个个都来到了理和场。

卢维章背着卢维义来到一百二十四号窑前的时候，理和场早已是人山人海。卢维义从弟弟的肩头下来，站到董振魁面前。人群中爆发出一阵惊呼。谁都看得出来这个虚弱到极点的人随时都可能死去，但卢维义仍然活生生地站在他们面前，只是说话气若游丝："董大东家，卢某给您行礼了。"

董振魁是理和场的东家，卢维义是理和场的窑工，窑工见了东家要行礼，这是再普通不过了。尽管如此，当卢维义弯腰施礼之际，人群里又是一阵惊呼。董振魁受了礼，阴沉的脸上看不出任何表情，淡淡道："你要我来，我便来了，恐怕维义兄弟不是只想行个礼吧？"

"大东家言重了。我兄弟卢维章少不更事，一时糊涂，铸成大错，不惩罚他是不中的。按镇上的老规矩，请失主家鞭打我兄弟三十下，生死由天，自此两清。大东家的意思呢？"

董振魁淡淡一笑，道："我还是那句话，你若是愿意，董家可以养活卢家子子孙孙。"

卢维义向前走了几步，来到董振魁面前。董克温和迟千里同时抢在董振魁身前，拦住了他的去路。卢维义笑道："我愿意对大东家讲，你们反倒不许吗？"

董振魁神色一动。传世宋钧的烧造秘法实在太诱人了，他即便是多少看出了卢维义暗藏的诡谲心机，也忍不住咳嗽了一声，示意两人让开。

卢家同意了！虽然没有人知道董振魁和卢维义所指何事，但这件事的重要性已经不言而喻了。卢维章拼命想要冲过来，却被老詹和几个家丁死死拦住。卢维义朝两人拱拱手，颤着身子凑到董振魁耳边，低声耳语，说的却是：

"我若是不愿意呢？"

董振魁还是面无表情，也是低声耳语道："我既然答应放了你们俩，自然不会自食其言。我也不会打你兄弟，可镇上的父老乡亲众口铄金，你兄弟今后还能做人吗？卢家还有希望吗？我劝你还是答应了吧，至少可以死得瞑目。"

卢维义还是低低的声音道："人都是活个名声，大东家要什么有什么，为何偏偏要将卢家赶尽杀绝？也罢，既然大东家不允，我也就不强逼了。大东家是明白人，强逼人可不留好名声啊。"

所有在场的人都紧张地看着他们两个人，谁都不知道他们究竟在说什么，只看见卢维义一脸谦恭地乞求着什么，而董振魁自始至终都是一副冰冷的面容。

卢维义看了看这个强大的对手，低声说了最后一句话，只有两个字：

"得劲。"

董振魁一愣。短短的几天里，这是他第二次从卢维义的口中听到这两个字。

刹那间，他似乎明白了什么，等到他反应过来的时候，卢维义已经转过身去，一头撞向了那座窑。

谁都猜测不到卢维义与死亡抗拒了几天之后，会选择在这里、以这样的方式结束自己的生命。理和场一百二十四号窑是卢维义亲手修起来的，似乎在他修成这座窑的时候，他就知道自己的生命已经和它融为一体了，死在窑前竟像是一个同老朋友事先定下的约会，今天正是约好的日子。

一抹红云遽然绽现了。不过这抹红云不是在天际，而是在理和场那座熊熊燃烧的窑前。在上千双眼睛的众目睽睽之下，当死亡骤然降临的时候，人群里爆发出一片哗然，久久不能消散。不少人对着董家的人指指点点，言语神色间带着浓浓的义愤和鄙夷。

董振魁心里暗暗叫了声："好手段！"

眼下的局面再清楚不过了。所有人都以为卢维义已经答应了董振魁的条件，说出了那个不为人知的秘密，可董振魁依旧没有成全他提出的鞭打卢维章、恢复其名誉的要求。换句话说，是董振魁言而无信，活活逼死了卢维义！真是一招鱼死网破的求死之术啊。

卢维义不惜一死，却在刹那间改变了整个战局。董家失掉了人心，而卢家得到了的恰恰正是人心。人心向背之下，攻守双方已然是逆转了。董振魁的思路飞速地运转着，怎么办？是拂袖而去，继而丧失掉圆知堂董家老窑的名望，还是站在这里，为了一个根本没有得到的秘密而成全卢维义的遗愿？

形势已经不容许董振魁慢慢地思索对策了，他必须立刻做出抉择。此刻，卢维章挣脱了老詹和家丁的阻拦，扑在卢维义身上放声痛哭，声声如刀，刀刀见血地切割着董振魁的肌肤。人群中的议论声越来越大，在不断传过来的责难声中，董家人感到了强大的压力和不安。神垕人千百年来积淀锤炼的秉气开始显露出来，为了替死者讨一个公道，权势算得了什么？富贵又算得了什么？人家不过是为了给兄弟一个做人的机会，连自家的秘密都不要了，人都被你董家逼死了，你董家凭什么还站得住脚？良心都被狗吃了吗？

一个镇上德高望重的老者擦了把泪，来到董振魁身旁，一揖到地。

董振魁一向对乡绅宿老礼敬有加，慌忙搀住老者。老者拱手颤声道："按照镇上的老规矩，谁家男人被东家逼死在窑前，这座窑就是谁家的！要是卢维章鞭打三十而不死，这座窑理应归他所有，东家窑工就此两不相欠！"

董振魁紧咬牙关，那最后的抉择仍旧万难出口。老者咄咄逼人道："董大东家还不发话动鞭子吗？要真是如此，来年董家若是再有红白喜事，老汉是万万不敢再登门了！不但老汉我，恐怕是全镇上下的人自此再不敢在董家老窑做工，再不敢踏进你董家圆知堂的大门半步！"

理和场内聚集的人越来越多，差不多半个神垕镇的人都涌进了理和场，来看这桩自有神垕镇以来最为惨烈的恩怨。

董振魁来不及多想了，他清楚每多犹豫一刻，圆知堂董家老窑的名声就败坏一分，这件事一旦传扬开去，老者的话虽有些危言耸听，却不是没有发生的可能。防民之口甚于防川，丢了民心，皇帝都坐不住金銮殿，何况一个普普通通的商家？

董振魁默默长叹一声，他仿佛亲眼看见了卢维义的魂魄升腾起来，就在不远的半空中游离，而那魂魄的眼睛就在半闭半睁之间，用胜利者的姿态乜斜着他。罢了，这一仗依然是没有斗过卢家！谁叫自己一时贪念胜过了理智，谁叫卢维义竟不惜一死？

董振魁闭上眼睛，轻轻说了三个字："动手吧。"

鞭子与皮肉劈劈啪啪的撞击声响起的时候，董振魁在众人簇拥下黯然离开了理和场。在书房那场交手他输在了卢维义手里，这次在理和场的交锋他仍是一败涂地。他的身后，纷纷攘攘的议论声又响了起来，董振魁默默地想着，应该没有人再指责董家了，或许他们还会赞叹董家惊人的宽容和雅量。民心就是这么一个奇怪的东西。

董振魁扪心自问，自己刚才无非有两条路可走：要么成全卢维章，从此放虎归山，养成大患；要么置卢家于死地，成为千夫所指的小人。细细思索，竟是哪条路都会让董家元气大伤、损失惨重。世事难料，也罢，董卢两家的恩怨世仇已然铸成，今后的日子就留给今后再说吧。

董振魁一行走得远了，理和场上的皮鞭声还在响着。每一鞭子下去，都会在卢维章的背上绽开一道新的、深深的伤痕。

这一声声鞭子与血肉交错的声响，似乎穿越了生死，穿越了时空，穿越了人世间一切啼笑与感慨，一直回响在理和场，回响在神垕镇的上空，久久不能平息。

恍惚之间，时光已是十五年后，大清光绪三年了。

第四章

QUAN SHANHE
LANG TAO SHA

棋逢对手

1　光绪三年大饥荒

大清光绪三年是农历丁丑年。自从同治元年卢维义撞死在窑前，董卢两家结怨之后，神垕镇在这十五年间倒也算是平平安安，再没出过什么惊天动地的大事。

当然，所谓的大事都是尽人皆知的，像卢家钧兴堂的悄然崛起，董家老窑终于烧出了第一口宋钧这样的事情，神垕镇谁人不知、哪个不晓？而掩盖在庭院深深之间的各家秘事倒也是层出不穷，同治二年董家大小姐董定云离奇失踪的事就算是其中一件了。

董定云是庶出，在她十岁那年，她的生母董齐氏，也就是董振魁的二房太太病故，董定云可谓幼年命途多舛，虽说顶了个大小姐的名分，却从来不受大房太太董杨氏的垂青。董振魁一心忙于制瓷和经商，家里大小事务全部交给了董杨氏。董杨氏出身名门，虽不至于对二房太太的小姐横加责难，也着实管得严厉。董克温自幼熟读纲常五伦，对父母言听计从，慢慢地也不待见这位庶出的妹妹。久而久之，连婆子丫头都不把董定云放在眼里，董家宅院虽大，能和董定云说上话的，竟是一个人都没有。

同治二年，董定云已经二十五岁了，仍是待字闺中。按豫省的风俗，大户人家的小姐，"十五六跟人走，十七八抱娃娃"才是正理，像董定云这样二十多了还没出阁的，多少有些不平常。这年春上，董杨氏远赴福建厦门南普陀寺进香还愿，一去就是好几个月，董克温研制宋钧的事业正值如火如荼，董振魁也是一心扑在生意上，根本顾不上家务琐事。这么一来，偌大个圆知堂竟成了无人主事的局面。

事情就出在这年的九月。董家历来是董振魁主外，董杨氏理家，三十多年来风平浪静，可巧就在董杨氏离家这几个月，董定云却给董家做下一件丑事。

董杨氏千里迢迢从福建进香返家，也不知哪个多嘴的婆子告的密，说董定云与人有了私情，两三个月没来癸水，怕是珠胎暗结了！

董杨氏惊得再坐不住，当下把董定云叫来准备好生审问。不料没等她发话，董定云自己全都招了，不但承认怀孕已有四个多月，而且男方就是禹州城开药行的梁家少爷梁少宁！董杨氏闻言如同五雷轰顶，梁少宁是禹州城有名的花花公子，寻花问柳的行家里手，光是妻妾就有两三房，董定云平日大门不出、二门不迈，怎么会招惹上他？

　　董杨氏没有想到，罪魁祸首却是不到三岁的董克良。董杨氏离开神屋不久，董克良大病一场，在床上躺了一月有余，全靠董定云在身边照料，而来送药治伤的就是梁少宁。

　　董克良卧床的这一个多月，梁少宁隔三岔五地来送药，董定云芳华寥寂，梁少宁采花有术，这两个人整天待在一起，焉有不出事的道理？有眼明脑快的婆子丫头察觉出了蛛丝马迹，有心向董振魁和董克温禀告，却谁也不敢到他们面前去说破此事。

　　董杨氏眼前的董定云已是腹部微微显形，就是想遮掩也不好办了。董杨氏思前想后，竟是一点办法都没有，万般无奈之下，只得向董振魁如实禀报。董振魁呆了半晌，派老詹到禹州城探听梁家的底细。谁知那梁少宁的大房太太是河南臬台庄敦敏的亲侄女，平日娇纵蛮横，是禹州城有名的"母老虎"，她与梁少宁的两个小妾在府里斗得昏天黑地。眼下，别说是顺顺利利地把董定云嫁过去了，就是嫁过去，也只能给人做小，算是四房太太，堂堂董家能丢得起这个人吗？

　　董振魁苦苦思索了一天，终于下定了决心，把董定云关在后院一个小屋子里，对外宣称大小姐得了眼病，不能见日头。董振魁的主意是既然嫁不出去了，索性就把孩子生下来，待日子久了再想对策。

　　半年之后的一个深夜，董定云艰难产下一个女婴，刚落地就被董振魁连夜送出了神屋，不知去向，可怜大小姐董定云十月怀胎，连女儿的面都没能见上。梁少宁多少听到些风声，早借口去外地进药躲得无影无踪。董定云连遭重创，跟个活死人也差不多少。

　　又过了大半年，董振魁安排董定云去开封府拜访名医看"眼病"，路上遇见了土匪打劫，董定云落入土匪之手，自此下落不明。董家立即向官府报了案，衙门派了几个捕头查了一阵子，一无所获，董家似乎也并不像人们猜测的那样紧催官府不放，这件离奇的官司渐渐地就成了无头的死案，再没人过问。倒是二少爷董克良长大之后，对此事略有耳闻，但也只能怅然空叹了。

　　日子像是层层剥笋，一天连着一天，一年接着一年。没几年，同治皇帝龙驭上宾，光绪皇帝继位，转眼间就是光绪三年了。这年山西、河北、河南、山东四省大旱，"一家十余口，存命仅二三。一处十余家，绝嗣恒八九"，是为清末著名的"丁丑大荒"。

豫省自古就是农耕大省，受灾尤其严重。自去年春上下了一场小雨之后，直到今年三月滴雨未下，小麦略有些收成，秋粮却是颗粒无收。市面上小麦每石已经从不到二两涨到了三十二两白银的天价，一斤白面炒到了二百文，依然是有价无市。神垕人多以烧造钧瓷为业，从事耕种的人不多，日常所需粮食都是从全省各地贩运而来。到了五月，镇上几乎所有的粮铺都挂出了"歇业"的告牌，偌大一个神垕镇居然一粒粮食也买不到了。

　　镇上断粮，首当其冲的就是各大窑场。窑工们干的本就是体力活，眼下肚子都填不饱，谁还有力气烧窑？何况每年的窑饷都是年底合账，这才年中，今年的窑饷还遥遥无期，去年的窑饷半年来又都买了粮食，窑工们手里差不多分文皆无了。

　　按照神垕的规矩，东家除了窑饷，每个月还给窑工一吊大钱的月钱，可依着眼下的粮价，区区几斤粮食怎能养活全家？几天来，镇上最大的圆知堂董家老窑、钧兴堂卢家老号已有一半的窑停了火，其他的窑场也是冷冷清清。于是端午节这天，镇上瓷业公所在窑神庙举行了一次公议，各大窑场的大东家和老相公差不多都来了。原本热闹非凡的花戏楼上，此刻却是一派沉重压抑的气氛，让人喘不过气来。

　　致生场的大东家雷生雨生得黑胖魁梧，脸上有些星星点点的麻子，加上素来脾气暴烈，人称"麻雷子"。他头一个"点炮"发言道："诸位，不瞒大家，昨天我的管家去禹州城买粮食，带了二百两银子去，买回来不到六石粮食，还不够我们家六十口人二十天的嚼裹！二百两银子呀！更别说窑工家了，我们致生场是小窑口，我亲自到南坡瞧了瞧，好嘛，树叶都捋没了！窑上二百多号窑工，饿死了三十多个，去外地逃荒有五十多！粮价照这么涨下去，不出一个月，神垕镇怕是一口点着火的窑都没了。还过端午呢，连个做粽子的米都买不来，来了怕是也买不起！诸位大东家、老相公再议不出个子丑寅卯，我看大家一块儿卷了铺盖，领了老婆孩子去洛阳、去开封要饭去吧！"

　　花戏楼上响起了一阵轻笑，肃杀的气氛稍微有了些缓和。其他几个小窑场的大东家纷纷诉起苦来，内容大都与雷生雨如出一辙，场面顿时乱纷纷的。只有坐在戏楼正厅上座的两个人平静如初，似乎这场突如其来的危局事不关己。

　　这也难怪，左手坐的是圆知堂董家老窑的少东家董克温，老相公迟千里发辫花白，垂手站在董克温后边，两人自始至终一语不发；右手坐的是钧兴堂卢家老号的大东家卢维章，刚四十出头的年纪，他的脸上却是沧桑老成，看不出一星半点儿的波澜。圆知堂和钧兴堂一共有将近两千口窑，占了全镇瓷窑的十之七八，若论起损失，怕是没有比这两家损失更大的。可让其他大东家费解的是，这两家窑口的东家竟像是来看戏的，他们七嘴八舌倒了快半个时辰的苦水，董克温和卢维章却依旧是正襟危坐，连半个字都没讲。

还是雷生雨耐不住了，道："董少东家，卢大东家，镇上几千个窑工都眼巴巴地瞧着你们呢，你们二位倒是好歹说句话啊？"

"是啊，要是圆知堂和钧兴堂再不出面救市，神垕就完了！"

"干，还是不干，大伙儿都等着呢！"

几十双眼睛里透着可怜巴巴的乞求，齐刷刷地落在董克温和卢维章身上。卢维章微微一笑，道："钧兴堂不比圆知堂牌子老，也不比圆知堂财大气粗，还是董少东家说吧。"

镇上要公议应急之策的事，董克温早就知道了消息。昨夜，董振魁书房里的灯亮了一宿，董振魁、董克温和迟千里商量了整整一夜，主意自然是早定下来了。刚才一直引而不发，为的就是在关键的时候一言九鼎，力压卢家钧兴堂一头。

十五年前，卢维章靠哥哥拿命换来的一口窑起家，凭借独门的宋钧秘法迅速烧出了一批传世宋钧的仿制品。当时市面上一件正宗的传世宋钧，便是数万两银子，今人仿制的宋钧即便不如传世宋钧值钱，成色好的也值一二万两银子，顶得上小窑场烧一个月的粗瓷了。何况市面上传世宋钧有价无市，多少洋人揣着银子在那儿等着呢！

卢家烧出宋钧的消息轰动了整个神垕，不出几日，各地的商伙就踏破了卢家的门槛。头一批宋钧成色好的不多，卢维章精心挑选出的十多件宋钧根本满足不了客商们的胃口，刚摆出来就被抢购一空，这一次卢家结结实实地赚了十几万两银子。

卢维章用这笔银子首创钧兴堂，挂出了卢家老号的招牌。十几年下来，卢维章以大东家的身份亲自兼任老相公，在他的运筹帷幄下，卢家老号凭着宋钧日渐风生水起，越做越大，已经成了仅次于董家老窑的神垕第二大窑口。

对卢家的暴富，董振魁和董克温倒看得很坦然。自从十五年前董振魁放了卢维章一马之后，他就料到了眼下的这个局面。

卢家烧出的第一批宋钧里，那件成色最好的"玫瑰紫"如意瓶就是董振魁秘密派人花高价买回来的。此后，卢家每烧出一批，董振魁就暗地里买一件，交给董克温细细精研。整整十年的工夫，董克温不知耗费了多少心血，居然真的从卢家宋钧里琢磨出了个中玄机，独创"天青一色"，足以与卢家宋钧的"天蓝"旗鼓相当。

说来也算有趣，在董家为庆祝宋钧烧成的酒宴上，卢维章派人送来一件蟠龙瓶，并附短信一札。等酒席散了，董振魁展开信笺，却见上面寥寥数语，竟是首诗：

"卢家年年宋钧出，

董家年年宋钧买，

日后自家宋钧在，

岂料白送宋钧来。"

信札上歪歪扭扭地写着"卢豫川"三个字。董克温笑道："看来卢维章倒是有雅量的，不过这个卢豫川却是个心胸狭窄的人，自不甘心把几千两银子的宋钧送来，就写了首打油诗讽刺，不过这诗实在低劣，文法也太不通。"

董振魁却没有笑。董家不惜拼着家运研制宋钧，虽然最终成功了，不过这也是"毕其功于一役"的险棋。好在卢家是在宋钧烧造的伊始，又是"十窑九不成"，产量低得惊人。董家凭着三十多年积累的雄厚财力，苦苦追赶了十年，终于迎头赶上。目前两家都有了撒手锏，可谓旗鼓相当，有的是"针尖对麦芒"的好戏在后头。

董振魁把这封信札折好，锁在抽屉里，淡淡道："有人烧出了宋钧倒也没什么，可怕的是烧出宋钧的是卢维章！"

董振魁的这句话得到了应验。货再好，也得有人卖出去，董家宋钧的问世打破了卢家的垄断，此后两家拼的就不再是宋钧，而是各自的商道造诣。五年来，董卢两家明里暗中不停地角力，始终是在伯仲之间，难分高下。这次豫省大旱，神垕瓷业受到了百年未有的重创，可在董振魁看来，在这场纷乱的局面中，倒隐藏着一招制敌的商机。董克温此番参加各大窑场的公议，显然是成竹在胸、有备而来。

董克温听见卢维章的话，便道："卢大东家自谦了，不过圆知堂既然被各位同侪这么看重，不说几句怕是不中。家父临行前告诉我，民以食为天，窑场又以窑工为本，这次大旱，窑场不能忘了这个根本，所以，我们董家就抛砖引玉，提几条章程，交给诸位大东家议论。"

正厅里早已是一片静谧，所有人都目光热切而焦灼地看着董克温。

董克温清了清嗓子，道："眼下大旱之年，粮食是第一位的，董家愿意拿出五十万两银子购买粮食救急……大家安静一下，克温还有话说。大家都是商人，有道是在商言商，董家这五十万两银子自然不是白出的。除了董家老窑三处窑场的窑工，其他窑场的人来董家领粮食，董家分文不取，多少都算在各位大东家的账上，以一石粮食四十两为准，算是董家老窑在各窑场入的股。等灾年过了，各个窑场重新点火生窑，按股分红就是了，不知各位大东家以为如何？"

正厅里寂静了片刻，每个人的心里都在飞快地盘算着，忽而，各种议论声骤然响起。

"四十两银子一石？比市价还贵！"

"罢了罢了，等过了灾年，你我手里的窑一多半都成董家的了！"

"话不能这么说，你我现在有银子买粮吗？"

"这跟大白天打劫有什么区别！"

这样乱纷纷的场面早在董克温的算计之中。四十两银子一石，的确比市价还贵了好几两，不过现在禹州城都没粮食可买了，要想运粮得从湖广、江浙一带筹集，走漕运到徐州，再经归德府到开封，靠着车马劳顿才能运到神垕镇。加上一进山东，沿途全是灾区，眼珠子通红的饥民满山遍野，搞不好就会发生哄抢，还得请镖局沿途护送粮车。这哪儿是花钱买粮食，简直是花钱买金子！

除了董家，神垕镇哪一家窑场还能一下子拿出五十万两银子来买粮食？就算是卢家有这个财力，也得掂量掂量拼不拼得起，到最后也只能是保住自家的窑场。

董振魁在豫省商帮驰骋风云了四十多年，目光老辣至极，入股控制各大窑场的计划早就有了，苦于各个窑场视入股如洪水猛兽，一直找不到机会。如果董振魁此番入股成功，那么神垕镇一半以上的瓷窑就都成了董家的，董家便可一举压过卢家。如果没有这场大灾，别说是五十万两，就是一百万两都未必能让各大窑场就范，董振魁这笔生意算是做到家了。

董克温斜着身子，看了一下卢维章，俨然一副志在必得的模样。卢维章默默地抽着旱烟袋，敲了敲烟锅子，与董克温的目光不期而遇。卢维章平静的脸上掠过一丝微笑，道："少东家说的好！卢某也说几句吧。"

"本来就是公议，克温洗耳恭听。"

两人交谈的声音并不大，但正厅里蓦地安静下来，几十双眼睛焦灼难耐地盯着卢维章。

"董家老窑一出手就是五十万两，实在是让人钦佩！说实话，四十两银子一石也不是漫天要价，入股各窑场也无可厚非，都是商人，谁家的银子都不是天上掉下来的。不过这五十万两虽是巨资，在眼下也着实买不了多少粮食，要是少东家不嫌弃，卢家老号虽不敢跟董家斗富，也愿意拿出三十万两银子，跟董家一起买粮救急。不过粮价比董家要低一些，三十五两银子一石。至于入股的事情，卢家也不强求，全凭各位大东家自愿。卢某就这点子见识，请诸位同侪公议吧。"

此言一出，正厅里的气氛立刻炸了锅。七嘴八舌的议论声里，表情振奋的有，表情赞同的有，更多的是满腹狐疑的神色。

董克温也实在没有想到卢家竟敢在这件事上跟董家叫板，一时有些措手不及。董振魁出的这一招的确是高明，事前他们反复核算过卢家的财力，尽管在这十几年里卢家赚了不少银子，但卢维章把多半的银子都花在建窑上了，一口窑得几千两银子才修得起来，卢家白手起家，几百座窑花了差不多一百多万两银子，手头能流动的银子也就是十几万两。就算是卢家再富，按照卢维章为人处世的谨慎精明，也断然不会把全部身家都搭上。这三十万两从何而来？

卢维章起身离座，朝四下里拱手道："不管今天公议的结果如何，卢家这三十万两的银子是决不更改了，告辞！"

众目睽睽之下，卢维章飘然离开了正厅。董克温的脑子飞快地转着，既然这场战事是董家挑起的，卢家已经接下了战书，董家再无全身而退的可能。想到这里，董克温也站了起来，跟迟千里交换了一下眼色，道："董家人做事，一向是言而有信，克温刚才说的话自然也是决不更改，告辞！"

说着，董克温和迟千里一前一后离开了正厅，不过相比于卢维章的淡然，他们两人的脚步多少有些沉重，似乎有重重的心事压在心头。

董卢两家斗富买粮的消息眨眼间传遍了整个神垕，所有窑工都在眼巴巴地等着粮车的到来，各大窑场的大东家更是急得如同热锅上的蚂蚁。

没过几天，从董家放出话来，凡是领了卢家粮食的窑工，就不可再领董家的粮食。董振魁父子虽然猜不透卢家哪儿来的银子，却也看出了一点，眼下的旱情估计到了秋天才会有所缓解，这几个月里，三十万两银子买来的粮食断然不可能养活整个神垕的窑工！就算各大窑场都去领卢家的粮食，等到卢家的三十万两全砸进去、难以为继之日，大东家们还是得转过头来求董家。到了那个时候，董家开出的粮价就不是四十两一石了。

此时，大东家们一个个都傻了眼，只得在拿不准局面的情况下，严令各自窑场的窑工没有东家的意思，不得擅自去董家或卢家领粮食。

到了月末，董卢两家的粮车前后脚都到了。卢家押粮车的是大少爷卢豫川。从苏杭一带运粮整整走了一个多月，卢豫川虽是二十多岁风华初露的年纪，却也被一路的风吹日晒打磨得愈发黑壮。当年，卢维义撞死在窑前，卢家大嫂也自缢殉夫，那时候的卢豫川还是个十二岁的孩子，十五年来，他全靠卢维章夫妇的悉心照料才长大成人。卢家发迹之后，卢维章找了不少先生教他学问，可他一点都不用功，火热的心思都在卢家越做越大的生意上。卢维章屡次劝诫毫无结果，也只得听之任之。这次去南方贩粮，卢豫川自告奋勇前去，卢维章还一百个不放心，时刻提心吊胆地牵挂着。如今看着侄儿囫囵个儿地站在自己眼前，卢维章心里这才一颗石头落了地。

卢豫川给叔叔见了礼，笑道："跟董家打起来了吗？"

卢维章拍着他的肩膀，道："还能没打？从你走那天就打起来了。"

"咱家的粮车跟董家一前一后，乖乖不得了，董家的粮车足足比咱家长了一半！"

"叫你做的事情，没露出什么马脚吧？"

"叔叔放心，一切都是天衣无缝，运粮的人每到一站就换人，除了我贴身的那几个，连赶车的都不知道！"

卢维章满意地点点头，眼光里泛出慈爱的光，道："那就好，你去后院看看你婶子吧，豫海也在眼巴巴等你回来呢。"

卢豫川丧母时年纪还小，卢王氏在他眼里跟亲生母亲也差不多。弟弟卢豫海还未成人，对卢豫川崇拜得跟神人一样。这次去南方他说什么都要跟着，若不是卢王氏拦着，早跑得没影了。

卢豫川强忍着满腔的思念，见卢维章发了话，顾不上洗把脸就直奔后院而去。卢维章看着侄儿一根乌油油晃动的长辫，不由得一阵恍然，仿佛看到了当年在卢维义身边的自己。

十五年了，几千个日子如同白驹过隙，董、卢两家第一次针锋相对的较量已经开始。

卢维章心绪波动，默默地站起来，朝着半空中轻声道："大哥地下有知，就看着弟弟的手段吧。"

说来也怪，粮食没运到神垕的时候，镇上的人天天翘首企盼，可一车车粮食真真切切地运到了神垕，运进了董家和卢家，镇上的气氛反而平静了下来。

窑工们三五成群地围住了窑场的大小相公们，急切地追问东家的意思，究竟去哪一家领粮食？这样的大事岂是相公们能决断的。于是窑工们又在各自大东家的屋外聚集起来，远远看去，像是一群群蚂蚁。

窑工们苦熬了几天，大东家的意思却还是让继续等，窑工们不满的情绪终于爆发了。等？这个节骨眼上，等的除了一个死，还能等到什么？尽管各大窑场都贴出了告示，私自领粮食的窑工一律辞退，与窑场再无关系。但到了此时此刻，窑工们都顾不上今后了，人都保不住了，谁还管以后的事？先过了眼前的饥荒再说！

当下定决心的窑工们赶到圆知堂门外的时候，却看见了董家的告示。告示上的笔墨还湿淋淋的，大概是刚刚贴出来的。告示上写得很简单，也很明白，董家的粮食只发给有东家的窑工。换句话说，私自来领粮食的窑工是没办法领到粮食的。窑工们虽然见识不多，但在一片哗然之后，也能明白董家的用意。这救命的粮食是白领的，账都记在东家头上，将来是要拿股份还的，窑工们一个个穷得叮当响，凭什么白得粮食？何况董家也不是要赶尽杀绝，人家在圆知堂门口设了粥棚，每天开伙两次，这跟白领粮食其实也差不多。

开粥棚是董振魁琢磨了几天，对卢家使出的第二招。

董振魁最初的确没有想到卢家会真金白银地跟董家拼财力，在卢家粮车赶进神垕镇的时候，董振魁心底已经意识到，原先的几个步骤已然无法战胜卢家了，必须另觅奇招。董振魁和董克温、迟千里在书房里商量了好几天，这才想出了"开粥棚"这个撒手锏。

粮荒持续到现在，镇上饿死人的事情天天都有。眼下有粮食的只有董家和卢家，没粮食倒也罢了，手里握着囤积的粮食又不赈济灾民，这可是为富不仁的勾当，又都是乡里乡亲的，谁愿背下个见死不救的恶名？传扬出去，谁还敢跟你做生意？董家的粥虽稀了点，可毕竟不会饿死人了，而且率先开粥棚，就在道义上占了先机，也给卢家出了道难题。卢家要么死扛着不放赈，失尽了民心民望，要么跟着放赈开粥棚。等到卢家那三十万两银子买来的粮食都熬成粥发出去，董家还有余粮，到那时看他拿什么跟董家拼！

这一招的确是一石二鸟的妙计，不过董振魁也是亮出了最后的底牌。在他的心里，这次商战的焦点已经发生了根本性的变化。董振魁最初想到的是强迫各大窑场就范，让董家老窑入股，继而控制整个神垕瓷业市场，最终制服卢家。现在的情形随着卢家的强势介入，与当初的预想大不一样了，既然卢家都拼了老本，不妨大家都拿出老本来拼一拼。即便是到了最后，粮食都发完了，入股的计划也泡汤了，可卢家老号也会因为耗尽了财力，至少十年之间无法翻身，这岂不是跟当初的目的殊途同归？

这一番心思让董振魁等人踌躇满志，自以为稳操胜券了。不料董家的粥棚刚开了不到半天，卢家那边就传来了消息，卢家也开始设粥棚了，而且粥是可以插筷子而不倒的厚粥！

董振魁听了来人的禀报，好半天脸色铁青，道："告诉粥棚的人，咱们也做厚粥！"

董振魁隐隐感到了不安，任何一个有见地的商家都不会凭意气做事，从卢维章这十几年来的种种手段来看，他根本不是一个因一时冲动而贸然行事之人。但让董振魁等人百思不得其解的是，卢家的底气因何而来？这是盘亘在他们心里最大的疑问。而接下来的一连串事情更让他们感到了周身的寒意：卢家放出了话，所有粮食按丰年的粮价供应，来领粮食的窑工不管有没有东家，一律一视同仁，还可以先赊账，以后有钱了再还。

卢维章在被动地还招之后，终于开始主动出手了。

战局由此开始逆转。圆知堂门口人头攒动的粥棚不到两天就没人来了，这次不是窑工们不肯来，而是各大窑场的大东家们集体做出决定，允许手下的窑工去领粮食了，但只能去卢家领，凡是在董家领粮食的统统辞退。东家们都不傻，放着卢家的粮食不要，谁还去求董家的黑心粮？

雪片似的消息传到了董振魁的书房，董振魁咬了咬牙，道："就让他们卢家风光去，我倒要看看他们能撑几天！"

董振魁心里有数，卢家赶进神垕的粮车远远少于董家，按照卢家现在的做法，运来的粮食支撑不了几天了，整整三十万两银子无异于抽干了卢家的现银，等到粮食耗尽，又拿不出钱继续购粮，看卢维章拿什么接着斗下去。然而死扛了几天，又一个让董振魁等人目瞪口呆的消息传来了，卢家的一队粮车进了神垕，整整一百多辆粮车，上千石的粮食！

董振魁闻言脸色惨无血色，差一点儿跌倒下去。董克温忙上前扶住父亲，急道："爹，您这是怎么了？"

董振魁好容易才坐安稳了，慢慢抬起头，两眼满是痛心疾首，叹道："罢了，这一仗是打不赢了，快去请各大窑场的东家们，就说我请他们商议要事！"

比起在公议大会上的条件，董家这次开出的价码低了不少，只要窑场的东家们同意让董家入股，粮价全部按照丰年粮价的九成计算。几个东家暗中一合计，都觉得时已过、境已迁，董家的条件还是太高了。正琢磨如何跟董家讨价还价，卢家又贴出了一则告示：所有粮食免费供应，来领粮食的窑工若是因为领了粮食而被东家辞退，可以在卢家老号做工，来者不拒，全凭自愿！

2　谁人可霸天下之盘

　　神垕镇这场霸盘生意足足斗了一个多月。董卢两家在豫省商帮里都是叱咤风云的大商家，几乎全省商家的目光都不约而同地投向了神垕，所有人都被这场惨烈异常又精彩纷呈的商家大战吸引住了。

　　眼下已经是七月流火的季节了，而卢家这次使出的招数却比头顶上的日头更毒辣百倍。东家们不敢再有丝毫的犹豫，如果照着卢维章的做法，等灾年一过，神垕镇的窑工恐怕都跑到卢家老号去了，自己的窑场没了窑工，还拿什么点火烧窑？拿定主意之后，东家们主动找到了卢维章，一见面就把话挑明了，希望卢维章能把"粮食免费发放"这一条去掉，账多账少都记在东家头上，作为回报，过了眼前这个难关，卢家老号凭账目在各家窑场入股。也就是说，只要卢家不挖我的人，任是卢家说什么我都认了！

　　卢维章平静地看着眼前这些慌了手脚的东家们，微微一笑道："可以，不过有一条，现在就得把契约签了。"

　　东家们面面相觑，也罢，做生意就讲究个白纸黑字，谁叫如今自己的"根儿"让人家捏着？工夫不大，东家们就在卢维章早就准备好的契约上摁了手印，一个个垂头丧气地走出了钧兴堂，除了佩服，除了自愧不如，谁还能再说什么？

　　人都走了，房间里只剩下卢维章和卢豫川。卢维章有些呆呆地坐着，脸色一阵苍白，转而一股红潮上涌，腾地站起来，踉踉跄跄地走出去几步，仰天大叫道："得劲！"

　　卢豫川捧着一叠厚厚的契约，惊喜道："叔叔，咱们赢了？"

　　卢维章眼中迸出泪花来："是啊，咱们赢了！"

　　在得知卢家与各大窑场签订契约的消息后，董振魁顿时面如死灰。只要这些契约拿到开封去，西帮那些票号肯定会慷慨地借出大笔大笔的银子给卢家，有了银子，就有了继续跟董家叫板的资本。到了那时，董家就不再是跟卢家作对了，而是跟整个西帮的票号作对，以董家一己之力想在这场大战中取胜，毫无希望。

只有卢家叔侄二人明白，这一仗赢得实在太凶险。卢家钧兴堂的库房里，存粮仅够再支撑五日，若是五日之后还不能得到在各大窑场入股的契约，卢家就彻底败了。西帮的票号们精明得很，卢家以全部家产、窑场为担保，只借到了四十万两银子，加上自家的二十万两银子，一共是六十万两，一两不剩全都用在了买粮上。卢维章在瓷业公所的公议上故意说出三十万两，其实只说出了一半，图的就是麻痹董家人。董振魁精明了一辈子，各个方面都计算得分毫不差，却没料到卢维章敢从西帮票号那里借银子！一时大意，全盘皆输。

目前的局面再清楚不过了，董家的粮食还剩下许多，但手头已经没了现银，卢家的粮食所剩无几，却随时能调动票号的银子买粮，两家再斗下去的结局自不待言。

更可怕的是，天气一天比一天热，粮价也一天比一天低，堆在董家库房里的粮食开始发热霉变，每天糟蹋的粮食几十斗都不止，照这么下去，董家五十万两银子的粮食，过不了这个夏天就会变得分文不值。想卖？到了七月末，朝廷迟迟不到的赈灾粮食也即将发到了各个州县，虽然被贪官污吏们层层扒皮之后到老百姓手里的粮食不足四成，可朝廷的粮食是不要钱的，到时候董家的粮卖都没地方卖，只能眼睁睁看着几十万两银子付诸东流了。

灾年快过去了，窑场点火烧窑哪天不得花银子？可眼下董家的所有财力都耗在了这场霸盘生意上，偌大个董家圆知堂竟是一点儿周转的银子都没了。

董振魁等人黯然商议了一宿，董克温提出，眼下唯一保住董家老窑的做法，就是派人到巩县康店，请康鸿猷出面买下这些存粮，再请康家拿一笔银子入股董家老窑，帮助董家渡过难关。

说起借银子，西帮的那些票号这些天倒不断派人来，主动提出借银子给董家，可开出的条件是以董家全部生意、字号和窑场为担保，利息是平常的两倍，这可是趁火打劫的做法！两害相遇取其轻，除了向康鸿猷求援之外，董家再无力挽狂澜的办法。

迟千里听了董克温的对策，呆坐了良久，道："这是饮鸩止渴的下策啊。若真求了康鸿猷出手相救，今后十年里，董家老窑都得在康家的控制之下了！虽说两家的关系一直和睦，在豫省商帮里也是平起平坐的身份，一旦康家的银子进来入股，可就是主从之分了。"

他察觉到董克温的脸色骤然铁青，知道刚才的话深深地伤了这个年轻气盛的少东家，便又加了一句："不过比起西帮票号的条件，倒也未尝不可。"

董克温黯然垂头，即便迟千里不说，他自己焉能不知这饮鸩之计的利害？他已经被这场霸盘生意斗得身心俱疲，实在想不出更好的计策了。

董振魁从他的眼中看到了绝望，也看到了大势已去。董振魁心中漆黑一片，眼前灼灼燃烧的牛油大蜡发出的光芒丝毫也照射不到心中，自然也化解不了那团浓重而沉郁的悲凉。董振魁闭目独自品味着这场霸盘生意的来龙去脉，逐个拿捏着其中的每一个环节，思量卢维章的每一次出手。蓦地，董振魁眼中放出一道亮光："或许不至于此！"

迟千里和董克温都是一惊，两人实在不明白局面凋零成这个样子，董振魁还会心存侥幸吗？

董振魁老奸巨猾的脸上居然掠过一丝笑容，他大声道："明日一早，让老詹起程去开封府，记住，务必从卢家门口经过，也放出话去，就说老詹此行是向西帮票号借银子去了！"

董克温大惊道："爹，此乃董家的奇耻大辱，怎能让路人皆知……"

迟千里琢磨已久，顿时明白了董振魁的用意，心中佩服得五体投地，道："大少爷，老东家此意就是要让卢家知道这个消息！老东家，我真是不知道怎么说好了，自古商战都是以胜求和的多，像董家这样以败逼和的实在是凤毛麟角。不过我还是担心，董、卢两家毕竟不是寻常的商业对手，还夹杂着世仇恩怨啊，卢维章会收手吗？"

董振魁此刻双眼通红，然而却神采飞扬，完全不是刚才面如凝墨般的沉郁。他看了一眼迟千里，摇头慨然道："我算定卢维章会收手的。如今董家是只羊，卢家也是只羊，若是董家这只羊被卢家那只羊一角顶死了，自然会引出一只狼来！引狼入室是豫商最忌讳的，卢维章深谙商道，不会不明白这个……胜败大局已定之下，胜者有一胜一和两条路可走，输家也有一败一和两条路可走，既然董家败局已定，要想不输得干干净净，只有逼着卢家求和！"

逼着卢家求和？这真是石破天惊的想法！这般败中逼和的计策，怕是只有老谋深算的董振魁能想得出来，也只有他敢这么想。果然不出董振魁的预料，此刻的卢家钧兴堂花厅里灯火通明，卢维章和卢豫川叔侄二人已经商议了整整两个时辰。

卢豫川比起刚才已平静了许多，但目光中仍旧带着一丝疯狂、一丝不满。卢维章端起茶杯小啜了一口，微笑道："怎么，还是放不下？"

卢豫川猛地站起来，厉声道："对！我就是放不下！杀父之仇我怎能放得下！"

卢维章一怔，轻轻摇头道："你说的也对，不过今天说的是商家的事，在商言商，世仇恩怨暂且放在一旁。在此大荒之年，董家不顾救民报国商家要旨，反而拿粮食胁迫各大窑场让董家入股，这在头一招上就输了，输给了天理人心，输给了商家道义！董家逆天而行，卢家被迫迎战，你我叔侄处处被动，步步游走在刀刃之上，费劲了苦心，终于大获全胜，眼下卢家要置董家于万劫不复的境地，这是人之常情，我能理解……"

卢豫川手一挥道："既然如此，就请叔叔稳坐钓兴堂，看侄儿是如何掐死董家父子的！"

卢维章把玩着茶杯，慢条斯理道："豫川，你只要想这么做，就一定能做成，所谓墙倒众人推，董家本来就失了民心，得罪了各大窑场，你明天到窑神庙前振臂一呼，不用你动手去掐，光是唾沫星子就把董家砸死了。我只想问你一句话，董家现在缺什么？"

"银子！"

"董家要是有了银子，该怎么办？"

"继续跟卢家斗，可我不怕！"

"你不怕当然是好事，可是咱们手上的银子怎么来的？也是从西帮的票号借来的，他们会借给咱们银子，自然也会再借给董家，他们盼的就是咱们豫商窝里斗起来，盼的就是卢家跟董家拼死拼活，咱们斗得越厉害，他们背地里越高兴！董家一旦得了银子，恢复了元气，咱们两家就会继续斗下去。想斗就得拼实力、拼银子，票号的利息肯定要涨一倍不止！长此以往，怕是神垕镇上今后几十年挣来的银子都得给他们西帮票号还本付息，咱们却是空忙了一场啊。"

卢豫川久久地望着他，表情瞬息万变。他确实只顾着眼前势如破竹的胜利了，根本没想到今后，更没有想到西帮票号会打起这么个如意算盘。

卢维章也不看他，继续把玩着茶杯，自顾自地道："刚才，你说你要置董振魁父子于死地，让自己快活，让卢家可以大仇得报！但在我看来，就是董家父子都死了，我大哥能活过来吗？大嫂能活过来吗？他们黄泉有知，难道企盼的就是卢家子孙世世代代与人结仇，世世代代行走在刀刃之上吗？"

卢豫川泪流满面，坐在椅子上懵懵懂懂地发着呆。卢维章放下了茶杯，静静地看着卢豫川道："你的心思我再明白不过了，从你去苏杭买粮那天，你想做的就是今天这件事。不错，卢家的子孙都是顶天立地的男子汉大丈夫，有仇必报，有恩必偿，明天你就可以实现夙愿，致董家于死地！不过我却想除了这条路，卢家还有另外的路，也应当走另外的路。不是因为别的，就是因为你我不但是人，更是商人，是大商人！你既然梦寐以求想做个名垂青史的大商家，你就必须走另外一条路！"

卢豫川擦去了眼泪，还是不肯死心，争辩道："商家彼此攻伐，死人的事也不在少数，当前胜负已定，为何叔叔非要以胜求和？"

卢维章点上一袋烟，一股青烟从他口腔里悠悠冒出，遮住了他的脸。

在一层轻纱似的烟雾后面，卢维章两只炯炯有神的眼睛里闪烁着神采，他侃侃而谈道："你说胜负已定，这只是当前而已。只要董家肯拼个鱼死网破，董振魁就不用发愁银子。卢家钧兴堂十几年来建了八百多口窑，董家有一千一百口，超过了钧兴堂三成还多！论起实力，论起后劲，钧兴堂和董家老窑相较，还真看不出胜负。我刚才说了，董家仗势欺人，不顾人命，违背了天理人心和商家道义，但我们卢家做得又如何？不过是以其人之道还治其人之身，虽是被迫迎战，毕竟算不上光明磊落！你不要小看了董振魁，也不要以为董振魁就会甘心一败涂地，就能任我们为所欲为。一个西帮票号，一个巩县康家，随时都能融给董家上百万两银子。一旦董家借尸还魂，与卢家就这么恶斗下去，鹿死谁手，尚未可知！"

卢维章说到兴奋处，站起来踱着步，继续道："神垕镇以宋钧和粗瓷独步天下，不光是大清国的子民，就连洋人都揣着银子来买，每年流入神垕的银子动辄几百万，多少人眼红耳热地想插手进来。卢家和董家这场两败俱伤的霸盘生意，又有多少人暗中高兴，多少人想抓住这个机会染指神垕的瓷业生意？目光短浅是豫商的大忌，'四留余'你不知道吗？'留有余，不尽之财以还百姓'，董家是对手也是百姓，咱们不能看着董家败下去，让别人接手了董家的生意，引狼入室到头来吃亏的是自己啊……豫川，你放心，只要叔叔还在，一定能把你调教成一代豫商伟器！只不过眼下，你要学会忍，要真正明白什么是留余……"

就在人人都以为董家离败落不远了的时候，一个酷热难耐的傍晚，卢维章领着卢豫川悄悄来到了圆知堂的后门。不多时，一脸仓皇的老詹赶到了卢维章叔侄面前。卢维章淡然一笑道："詹大管家，久违了。"

老詹羞愧难当地低下头去，嘴里挤出一句话："董大东家请卢大东家到书房议事。"

十五年前的那个冬天，就是在这个宅院里，老詹指挥着家丁将卢维章按倒在地，那时的老詹是何等的耀武扬威，那时的卢维章又是何等的潦倒不堪。孰料十五年风雨苍黄，如今的两人同样是判若云泥，彼此的位置早已是斗转星移了。

卢维章摇了摇头，缓缓道："卢某此刻不便进去，还烦请通转董大东家，这次董卢两家的霸盘生意，其实谁都没赢。在大旱之年拿粮食做赌注，彼此只想着生意，却没想到一个个生死边缘的乡亲！就为了霸盘囤粮不放，白白饿死了多少人？想起那些因我们两家斗气饿死的人，难道董老东家就能置若罔闻吗？据我所知，董家现在还有不少粮食，如果董大东家愿意，卢家愿以市价全部买下董家存粮，以两家的名义一同赈济灾民……都是生意人，何苦这么你整我，我整你？非得一家彻底倒下吗？我们两家都是大窑口，指着我们两家生意过日子的窑工不下数千，加上家眷亲戚何止万人？一旦两家倒下了，这些人又靠什么活命？瓷业生意这么大，哪一家都不可能做到真正的霸盘。在全镇父老面前，其实你我两家都输了。"

言罢，卢维章轻轻一叹，转身离去。

黑暗中，一人击掌叹道："请留步！"

卢维章和卢豫川停下脚步，董振魁和董克温、迟千里慢慢地走到眼前。

董振魁六十多岁了，此刻竟是深深一揖，道："卢大东家说得在理，老汉来得晚了，请卢大东家恕罪！"

董振魁算到卢维章迟早会来了结这场霸盘生意，也算到卢维章不会走进圆知堂，但他本来也没有打算露面，只想在暗地里听听他开出的条件。不料卢维章不但没有赶尽杀绝，反而提出以市价购走董家的存粮来帮助圆知堂渡过难关。这等心胸气度又岂是寻常商家所能有的？

卢维章一席话无异于当头棒喝，董振魁素以正统豫商的"留余"观念治家经商，到头来自己没做到留有余以还百姓，也连累着卢维章不得不见招拆招，活活饿死了上千口人。若是一开始董卢两家就联手赈济灾民，自家的损失怎会如此惨痛，卢家又怎会在各大窑场入股成功呢？没想到自己一番苦心，到头来却成全了卢家。

董振魁嗓子喑哑，道："卢大东家盛情施以援手，老汉愧不敢当。不知董家能以何为报？"

卢维章脸色凝然，慢慢举起了手，黝黑的食指在半空中微微颤抖，道："我若是要两根手指、两条性命，董大东家能给我吗？"

说到这里，一旁的卢豫川已是泣不成声了，董振魁悚然变色。

卢维章的眼中泪光点点，手臂无力地垂下来，道："为了生意，董大东家逼着我大哥咬掉自己的手指，拼上自己的性命，想必这都不是董大东家的本意吧？说实话，置人于死地难道是咱们豫商的本分么？卢某不妨把话说透了，就算董家从康鸿猷或是西帮票号那里借到了银子，这场恶斗也只会无休无止地进行下去，到头来让晋商、徽商和粤商看咱们豫商'窝里斗'的笑话，抽干咱们豫商的血！霸盘，听上去多有气势，可天下有多大，天下的瓷业生意就有多大，你我两家能霸这天下之盘吗？董大东家真的要有所回报的话，卢某只愿和董大东家一起对天盟誓，从此董卢两家子孙永不做霸盘生意！"

董振魁等人听得呆了，等到他们意识过来，已经看不到卢维章叔侄二人的身影。月上西天，星子黯淡，在这无穷无尽的夜色里，董振魁悠悠一叹，整个人直挺挺地倒在了地上……

3 当时年少春衫薄

这霸盘生意的惨败对董振魁的打击非同小可，六十多岁的老汉一头倒在床上，天天不是闭目沉思，就是望着房顶发呆，一天也说不出两句话。

直到两个多月之后，方才恢复了一些元气。在此期间，卢维章果然按照那天晚上的约定，用了整整二十万两银子买走了董家的存粮，从此一战成名，跻身豫商大家的行列。

就像历史上的众多大事一样，这场发生在光绪三年的惨烈商战很快就被人遗忘了。日子一天天过去，神屋的窑工们像往常一样上工烧窑，历史的车轮没有停留在光绪三年，继续隆隆地前行着。

其实在光绪三年的秋天，就在卢家在霸盘生意里大获全胜的时候，卢家钧兴堂还发生了一件不大不小的事情，卢豫川的第一个妻子陈家大小姐难产而死。留下的一个女婴到底也没熬过那个冬天，随母亲去了。

卢豫川与陈家大小姐的婚事是卢维章夫妇一手包办的，对一心扑在生意上的卢豫川而言，七八年平淡的婚姻生活虽说不是蜜里调油，夫妻俩却也是有了感情。卢豫川万万没想到会发生这样突如其来的祸事，难免悲痛上一阵子，卢维章夫妇也是黯然神伤，给陈家大小姐办了一场风风光光的丧事。可这件事与董卢两家惊心动魄的霸盘大战相比，就显得有些微不足道了。

卢维章认为这是在霸盘生意里白白饿死的人在向卢家索命，加上卢王氏此时恰好也怀了身孕，唯恐冤魂再找上门来，卢维章便在自家的宅院里建了个佛堂，日夜香火不断地为死难者超生祈福。

说来也巧，就在陈家大小姐死后不久，陈家才十二三岁的二小姐陈司画也得了无名热病，整天昏昏沉沉地发着烧。陈家是禹州城的名门望族，在林场、煤场业举足轻重，而煤、柴又是烧窑必需之物。陈家老爷陈汉章是举人出身，终日念佛吃斋，在四十多岁上才得了二小姐，生怕再出什么闪失，情急之下竟然打算送她去尼姑庵里念佛避灾。

卢维章得了消息又好气又好笑，就派人把陈司画接到钧兴堂避灾养病。或许真是佛祖显灵，陈司画进了卢家后病情居然有了好转，卢王氏也喜欢这个聪明伶俐的小丫头，就把她留在了身边，与卢家二少爷卢豫海一起念书玩耍。

卢豫海这一年已经十五岁了，按照卢维章定下的规矩，卢家子孙年满十六岁就算是成年，要白天进场烧窑，晚上在家读书。

卢豫海机灵得很，知道如今这逍遥快活的日子为数不多了，更是毫无忌惮，变着法子调皮捣蛋，把整个卢家大院折腾得鸡犬不宁。卢王氏生怕儿子磕磕绊绊的有什么闪失，便派了几个小厮跟着，不料卢豫海一见这几个"尾巴"就心烦，从来不给他们好脸色看，动辄一顿拳脚打骂，被打的小厮们只能忍气吞声。

半年下来，被卢豫海赶走的小厮长随足有五六个，卢王氏又有孕在身，没办法亲自管教，只好把家里可用的人梳理个遍，竟是没一个人敢跟着二少爷。就在这个时候，陈司画进了卢家，卢豫海头一次有了同龄的玩伴，欢喜得不得了，整天一口一个"妹妹"地叫着，脾气也收敛了许多。卢王氏不禁喜出望外，特意从身边贴身的丫头里选了个小丫头，跟着陈司画随身伺候，这才算是了却了一桩心病。

小丫头名叫关荷，今年刚满十四岁，是去年卢维章从禹州城里买来的。关荷的亲生爹娘早就没了，此前收养她的养母也不幸病故，天底下再也没一个她的亲人了。卢王氏见她着实可怜，长得俊俏乖巧，做事又聪明伶俐，就留她做了贴身的婢女。

关荷也着实争气，虽然年纪还小，伺候起卢王氏真可谓无微不至，早上洗脸漱口，晚上洗脚更衣，半夜掖盖被子，没一件事不经心的。尤其是她一双小手上的功夫，卢王氏身上哪儿疼了酸了，只要是经她的小手一按，顿时神清气爽，跟服了太上老君的仙丹似的。一年多下来，卢王氏竟是须臾也离不开她了。若不是牵挂着卢豫海和陈司画，卢王氏说什么也不舍得放关荷离开。

关荷人虽小，遇事却很有主意，有时做出的事连大人都不及。她跟着陈司画不久，便遇到一件要命的事。

那天卢豫海带着陈司画去南坡的窑场玩，关荷奉卢王氏之命伺候陈司画，是婢女的身份，自然不能打扰他们的兴致，就不远不近地跟在后边。卢豫海一个十五六岁的少年，正是在女孩子面前逞强露能的年纪，一上了乾鸣山，他放着山路不走，净拣些人迹罕至的地方下脚，偶尔赶出来一只野兔松鼠之类的，惹得一旁的陈司画一会儿惊叫，一会儿捂嘴偷笑。陈司画自幼长在深闺大院，走路言语都有人提醒着检点端庄，哪儿像今天这样无拘无束地玩耍，一路上如脱笼的鸟儿般笑声不断，银铃儿似的笑声就像团团野花，点缀在山上。

卢豫海见哄得她高兴，越发有了劲头，远远地看见前面山壁上有一簇殷红绽放的小花，便道："妹妹，我去摘了给你。"

说着，不顾枝丫横亘的树丛，徒手攀缘而上。关荷远远地看见，立时脸色雪白。那花儿俗名叫"打破碗"，是神垕乾鸣山特产的一种花，花虽不显眼，但每每这样的花丛下面，都卧着一种叫铁线蛇的毒蛇，凡是有人动了花，铁线蛇就会误以为有人攻击，上去就是一口。被铁线蛇咬过的人不出一炷香的工夫就会半身麻痹，连碗都端不住了，故而这花儿才有了"打破碗"的诨名。关荷在禹州民间土生土长，打破碗花的厉害如雷贯耳，而卢豫海自打懂事就在钧兴堂里，哪会知道这个，更不用说陈司画这样的大家闺秀了。

关荷再想上前阻拦已是来不及了。但见卢豫海刚刚抓住那簇打破碗花，就听见他惨叫一声，连人带花跌在地上。陈司画吓得浑身乱颤，泪珠儿扑簌簌掉了下来，手足无措地呆立在原处。关荷跑到卢豫海身旁，顾不上什么尊卑男女的忌讳，一把挽起来他的衣袖，果然看见在他手腕处有三个蛇齿啮咬过的小眼儿。

卢豫海疼得直冒汗，见关荷目光仓皇地看着伤口，心里烦躁，挥手就是一巴掌，道："小贱人，看什么看！"

关荷冷不丁挨了一巴掌，有些吃惊地看着他，半天才道："少爷，你干嘛打我？"

卢豫海满不在乎地抹了抹伤口，见不流血了，站起身道："蚂蚁咬了一口，值得你这么大惊小怪？小瞧本少爷！"

关荷急得大叫起来："少爷，被蛇咬了不能走动，血流得越快毒性越大！"

卢豫海狠狠地瞪了她一眼，怒道："再敢胡说，看我不打你！"

陈司画被刚才的情形吓呆了，这会儿方才缓过神来，小碎步跑到他身边，脸上还挂着泪，道："豫海哥哥，你真的没事吗？"

卢豫海自以为然道："没事，让蚂蚁咬了一口，别听那个小丫头胡诌，光天化日的哪儿有蛇？你看这花儿……"

陈司画接过他手里的花，看那小花瓣色如胭脂、红润玲珑，当下破涕为笑道："好漂亮的花儿！"

卢豫海心里痛快得很，洋洋自得地回头瞥了一眼关荷。关荷早气得满脸涨红，胸口一顿一顿的，脸颊上几个指印分外醒目。卢豫海拉着陈司画的手道："走，去我们家维世场瞧瞧去，给你挑个好看的……"

一句话没说完，卢豫海只觉得一条腿忽地没了着落，直挺挺地摔倒在地，被蛇咬过的那只手像是木头般支在地上，再不听自己的使唤了。卢豫海失声叫道："我，我的胳膊！"

陈司画手一哆嗦，那簇花儿掉在地上，傻傻地看着他，只知道一口一个"豫海哥哥"地叫着，一点儿主意都没有了。关荷擦掉眼泪，蹲在卢豫海身边，仔细看着伤口。铁线蛇牙口极细，啮咬之后往往并不见血，毒液顺着血管流遍全身，不要一顿饭工夫就能要了人命。

关荷顾不上许多，掏出随身带的小剪子，一咬牙剪开了伤口的皮肉，用力挤着，一股黑黑的血淌了出来。陈司画长在深闺，连杀鸡杀鹅都没见过，哪儿见过活生生剪人皮肉的？顿时娇喘了一声，捂着胸口软绵绵地倒在地上，吓得不敢再睁眼。

关荷手上用着劲，卢豫海整条胳臂都没了知觉，一点儿疼也觉不出来，又惊又怕道："这……这……"

关荷负气不语，把嘴凑近伤口，用力吸吮，每吸出来一口黑血就吐在地上。工夫不大，吐出的血已经没了多少黑色，变得鲜红了。关荷从裙子上撕下一缕布，结结实实地把伤口扎了起来。

卢豫海这时才有了些痛感，但觉伤口处霍霍地疼着，强笑道："你是叫关荷吗？真想不到，你还有这样的手段。"

关荷赌气道："给你扎好了，你还给小姐摘花去呀。"

卢豫海脸一红，也没计较关荷话里带的刺儿，笑道："摘还是要摘的，不过，是摘给你。"说着，奋力支着身子站起来，又朝那个山壁走过去。卢豫海刚刚有了些知觉，腿还是麻的，没走出两步又摔倒了。

关荷又急又气，连忙上去扶住他道："你这人真是奇怪，被咬了一口还不够吗？"

卢豫海这下子老实了许多，乖乖地躺在关荷怀里，可两眼禁不住直勾勾地看着她。关荷正是含苞待放的年纪，身子骨一天天鼓胀起来，刚才这一番折腾更是让她气喘吁吁，浑身散发着少女特有的体香。

卢豫海平时见的不是正襟危坐的大家小姐，便是低眉顺眼的丫头婢女，这种带着些许野性的女性气息的女子却是从没见过，目光里带着几分好奇和戏谑。乡下女孩成熟得早，关荷虽才十四岁，也多少懂了些男女授受不亲的道理，何况眼前这个少爷毫无遮拦的、火辣辣的眼神，当下脸色涨红，起身想站起来，不料卢豫海另一只手一把抓住她道："你不答应我一件事，我就不让你起来！"

关荷羞急难当，只好半抱半扶着他，慌乱地点头。卢豫海道："今天的事，不许告诉我娘！"

关荷一愣，只得道："好，我答应你。"

卢豫海这才放了手。关荷扶他起来，心突突地跳着，下意识地回头看去，只见陈司画不知何时已经站了起来，死死地看着他们俩，目光里充满了懵懵懂懂的戒备和提防。

卢豫海和关荷都吃了一惊，卢豫海刚想喊她，陈司画甩了甩袖子，跟跟跄跄地走过来，抓着他的手道："豫海哥哥，你还疼吗？刚才真吓坏我了。"

关荷赶忙松开手，让陈司画扶着卢豫海，自己退到一旁。

在两个女孩子错肩的一刹那，主仆二人重新回到了各自的位置。

第五章

大商之风

1 鏖战洛阳城

光绪三年发生在神垕镇的霸盘生意中，圆知堂董家老窑铩羽而归，钧兴堂卢家老号也仅是惨胜，双方都是元气大伤。

第二年正月初八的窑神庙点火仪式，董振魁称病未来，实际上是成全了卢家点头把火。钧兴堂成立十几年，第一次获此殊荣，自然值得庆贺一番。

卢家从开封府请来了戏班子，唱着全本的大戏《雷镇海征北》，镇上乡绅父老来了一大帮，簇拥在花厅前看戏。聚会还在进行着，卢维章和卢豫川一前一后悄然离座，来到了钧兴堂后院卢维章的书房。卢豫川上午从叔叔手里接过了火把，那火光到现在还灼灼燃烧在他心里，这是卢家子孙企盼了几百年的荣耀。在书房里坐下，卢豫川的身心似乎还沉浸在那欢呼雷动的"得劲"声里，久久不能抚平激烈奔涌的心绪。

卢维章点上一袋烟，深深吸了两口。他太能理解这个年轻人的心气了。他在这个年纪的时候，一心走科举考功名，那经世报国的心思不也是这般火热？十几年了，当年那个踌躇满志的卢秀才，今天已经成了神垕乃至整个豫省数一数二的大商，这种白云苍狗的人世变迁来得如此突兀，甚至在卢维章本人静下来的时候，都不免枉自嗟叹。他凝望着脸色潮红的卢豫川，实在不忍心这么快就把他从少年激越的幻境里拉回到现实中来。

卢豫川忽然意识到了叔叔的目光，不由得破颜一笑道："叔叔总教导我每临大事有静气，看来我还是养气不够，不像叔叔这般镇定自若。"

卢维章宽容地一笑，道："我像你这般大的时候，头一次看见巩县康店的康鸿猷大东家，那个澎湃的心思至今难忘！年轻人就得是这个样子。眼下年也过罢了，窑火也点起来了，接下来干什么，咱们爷俩儿也该合计合计了。"

卢豫川道："合计个啥？烧窑，做生意呀。"

"做什么生意？"

"自然是卢家宋钧的生意了，难道咱还能做别的？"

"你再好好想想，遇事不要急着回答，自己琢磨明白了再说。"

卢维章这分明是已经有了全盘计划，却引而不发，意在点拨引导侄子。卢豫川看着一脸慈容的叔父，心里感到阵阵暖流。他皱着眉头，似是在想，又像是自言自语道："别的生意？不会，豫商做生意讲究'专而不滥'，钧兴堂的宋钧生意还在起步之年，不会涉足别的生意。神垕镇大乱之后，百废待兴，卢家在各大窑场都入了股，只要钧瓷生意越做越大，卢家就越兴旺，可叔父的意思……哦，我明白了！"

卢维章眼光瞬间一亮，鼓励他道："说下去！"

"镇上大乱刚过，各个窑场都在休养生息，要想迅速地打开局面，只有自己走出去，把生意做出神垕，做到全天下去。光绪皇帝登基以来，门户大开，各国在大清的各处通商口岸开设洋行，洋货不断在国内倾销，可有两样国内的东西洋人最稀罕，一个是丝绸，一个就是瓷器！仔细算下来，除了日用的粗瓷，最挣钱的还是宋钧，就在去年大灾的年景，仅是宋钧一项，神垕镇就挣了洋人差不多一百万两银子！只要咱们把生意做出去，到北京、天津、上海、旅顺、汉口、广州各个通商口岸去，不愁没银子赚！……叔叔，你说的可是这个吗？"

卢维章终于绽开笑容，点头道："这几年终究是历练出来了，我在你这个年纪的时候，哪里有这般见识！不过你只说对了一半。"

卢豫川一愣："一半？"

"不错。你看到了咱们把货送到洋人门口，去赚洋人的钱，这已经不容易了。可你还没看到一点，就是这洋人的钱不但好赚，而且该赚！大清国自道光以后，咸丰、同治两朝，加上如今的光绪一朝，每年光是在鸦片上，就有不下三千万两银子流出国门！为了鸦片，大清国前后打了两仗，每一仗都打不过洋人，打来打去，朝廷不但没能把鸦片挡在国门之外，反而冠冕堂皇地收起了鸦片的税款和厘金，你看看这几年从各个海关进口鸦片收的税厘占了大清各项税收的四成多。天下百姓不过是'士农工商'四种，当官的、扛枪的是指望不上了，种田的能顾着养家糊口已是不易，还能指望他们做什么？咱们做生意的虽然地位低，可眼下除了战场上真刀真枪的厮杀之外，能跟洋人叫板，能打败洋人的，只有咱们商家！我主意已定，要把钧兴堂的生意做出去，要大刀阔斧地挣他们洋人的银子去！"

卢豫川痴痴地望着叔叔。书房里一片寂静。钧兴堂前院花厅里，戏班子还在唱着《雷镇海征北》，扮演雷镇海的老生扯着喉咙唱道：

"刀劈三关我这威名大，

杀的那胡儿乱如麻，

乱如麻……"

一阵铺天盖地的"得劲"声传来，在静静的书房里，这唱词、这叫好声听得分外真切。卢豫川一下子明白了叔叔今天晚上点这出《雷镇海征北》的用意，真是用心良苦啊。

卢维章仿佛看出了他的心思，道："豫川，今天晚上唱的是《雷镇海征北》，明天唱的是《穆桂英征东》，后天唱的是《樊梨花征西》，大后天是《姚刚征南》！我就是要用这一连四天'四大征'的大戏来给你钱行！我今年才四十岁，如果没有你，这样南征北战的好事怕是要我亲自上阵了。这些年你到过不少地方，长了不少见识，去年跟董家老窑恶斗了一场，你的见识手段我也放心了。从今往后，我在神垕坐镇卢家老号的烧制宋钧，你就大江南北地跑去吧，什么时候把卢家老号的分号开得跟西帮的票号一样，神垕镇宋钧货通天下，我就是死也瞑目了！"

光绪年间，神垕的钧瓷生意有北上南下两条商路，北上这条路经河南府、怀庆府、彰德府入直隶，最后到达京师和天津府，南下这条路走南阳府、汝宁府到汉口。

卢维章选择开辟商路的第一站就是洛阳。这倒是个审时度势的做法。洛阳是河南府府治所在，北上的陆路和东去的水路都非常便利，历来是神垕商家走北路中转流通的第一站。洛阳城历史悠久，好几个朝代在此建都，到了清代虽沦落到区区一个府治，却也靠着水旱码头的交通优势成了豫省一大商贾云集之处。出了洛阳城东关，便是繁华的商业区了，晋商的潞泽会馆、山陕会馆都在这里，做绸布生意的商家多达千户。东关外垂柳巷是开封有名的古玩市场，在乾隆年间初现端倪的时候还是个小巷子，历经嘉庆、道光、咸丰、同治四朝的经营，到了光绪年间已是与京师琉璃厂、南京夫子庙和汉口居仁门等处齐名的古玩市场了。

垂柳巷说是巷，历朝不断扩建到现在，其实跟个大街也差不多。一路两旁经营字画、金石、玉器、钧瓷的铺子不下百十家之数，所以又叫古玩一条街。道光之后，洋行买办纷至沓来，垂柳巷的生意愈发红火。垂柳巷专营钧瓷的店铺有二十多家，大多是从神垕卢家老号、董家老窑进的货，多年来两下里彼此合作倒也顺当。垂柳巷最大的钧瓷铺子叫瓷意斋，东家李龙斌是个六十多岁的老汉了，在钧瓷界浸润了四十多年，从一个跑街小伙计做起，一步步有了自己的生意，到现在已经是洛阳城钧瓷商家的龙头老大，把持着过半的行市生意。卢豫川来到洛阳城第一个拜会的就是李大东家。

光绪三年的霸盘生意让卢家声名鹊起，瓷意斋与卢家老号又是多年的老商伙，故而卢豫川刚递了帖子进去，工夫不大，瓷意斋大东家李龙斌就亲自带着马老相公、田大相公出来，将卢豫川迎了进去。瓷意斋是个大铺子，李龙斌领着他经过生意兴隆的柜台，从前堂走进后院，边走边道："鄙号早接到卢大东家的书信，说是少东家要来洛阳公干，不成想来得这么快！老汉是垂柳巷大小钧瓷铺子公推的商会总董，早知道少东家今天就来，说什么也要由商会出面，给少东家接风洗尘的。"

马老相公自然也是一番寒暄的话。瓷意斋不比钧兴堂规模大，可怎么说也是个大商铺，几个领头的都是五六十岁的年纪，如果不是看在钧兴堂卢家老号的金字招牌，谁会对一个二十来岁的毛头小伙子如此礼遇？

众人说话间已到了后院，卢豫川站住恭敬道："李大东家，豫川今日来到宝号，一是要代叔父向洛阳城各位商伙拜个晚年，二是奉了叔父之命前来长长见识。豫川久居乡野，对生意上的事知之甚少，今天看了瓷意斋这等生意兴隆，真是大开眼界！李大东家与我叔父相交多年，也是豫川的长辈了，还望大东家不吝赐教，多多指点豫川才是啊！"

这番话说得李龙斌心情大悦，客气道："少东家莫要自谦，去年粮食霸盘生意，若不是少东家亲自南下买粮，卢家哪里会把董家打得无还手之力？这件事在豫省商帮中早已传为美谈了。古人云：自古英雄出少年。想当年卢大东家也是你这个年纪白手起家，手创钧兴堂卢家老号，不过十几年工夫，卢家老号居然能与圆知堂董家老窑分庭抗礼，卢家可谓少年英才代代出啊！我们做瓷器生意的也跟着沾了不少的光。"

李龙斌说着，拉着卢豫川的手往回走，笑道："既然少东家想瞧瞧瓷意斋怎么做生意的，老汉就领少东家四下里看看。"

马老相公略微皱眉，似乎意识到了什么，却不便坏了李龙斌炫耀一番的兴致，只好跟着他们重新回到前堂的柜台处。

瓷意斋大门临街，外边就是熙熙攘攘的垂柳巷街面了。上午时分，瓷意斋里一派热闹的情形。柜台上穿着同一式样号坎的伙计们忙忙碌碌，有的在招呼客人看货，有的跟客人讨价还价，处处井然有序。柜台一侧，田大相公正在跟一个洋人谈着生意。洋人金发碧眼，鼻梁隆起，戴着金丝眼镜，穿的却跟寻常商贾一个模样，用一口流利的中国话道："不行不行，这样的价钱我不能同意。"

田大相公一脸谦恭，说出的话却铁打一样："亨利先生，您也是'老洛阳'了，什么行情不懂？就这套瓷盘，大小三十六件，全是神垕镇卢家老号的正品，假一赔十！若不是去年全省大旱，卢家急着出货换银子，我们瓷意斋也拿不到八千两银子一套的！"

卢豫川微微一愣，这套瓷盘卖给瓷意斋的实价不过七千两，钧兴堂的毛利还不到两成，田大相公张口就是八千两银子，这又是多少的毛利？

亨利果然摇头道："可我刚从另一家铺子过来，他们开出的价钱是七千六百两。"

田大相公笑道："您要是图便宜，去别家买吧，咱们瓷意斋没次品。"

亨利脸红道："你怎么知道别人家一定是次品？"

"正品的价买了次品，是您手段不够高，次品的价卖出了正品，那是我们瞎了眼！亨利先生，您要是真想买个次品回去，也成，贵国懂宋钧的人多了，丢了人我们可不负责。"

亨利动了气，站起欲走，田大相公笑意盈盈地看着他，丝毫没有挽留的意思，反而叫道："牛二，给亨利先生叫辆车，车钱算咱们的！"

一个小伙计应声出去了。卢豫川一惊，不解地看着李龙斌。李龙斌胸有成竹地冲他一笑，示意他继续看下去。亨利走到了大门口，又站住了，嘴里嘟嘟囔囔，不知在讲些什么，回头直奔柜台而去，爱不释手地把玩着那套瓷盘。田大相公依旧是笑脸相迎。亨利看了半天，终于掏出了银票。田大相公接了银票，朝账房高声喊道："英吉利国亨利先生赏生意了，瓷盘一套三十六件，白银八千两！账房记下喽！"

柜台、账房各处的伙计们齐声喊道："谢亨利先生，得劲喽！"

亨利终于露出了一脸的喜色，大步走出铺子，两个伙计抱着装箱的瓷盘尾随而出。卢豫川看得呆了，拊掌大笑道："好手段！好手段！李大东家怎么看出那个洋人一定要买？"

李龙斌笑道："少东家是行家，那套瓷盘本来值七千两，隔壁那些铺子里同样的宋钧能砍到七千三百两，我们瓷意斋要价八千五百两，落到最后是八千两的整数。亨利不是傻子，他早就探明了价，为什么还甘愿多出这几百两银子？不为别的，一来是卢家老号的名气，二来是咱捏准了他的心思……不瞒少东家，从这个亨利刚到洛阳城的时候，咱们铺子里就有人盯上他了。他每天都干什么，去哪儿吃的饭，在哪儿喝的茶，喜欢什么，性情如何，认识哪些人，黑白两道有没有朋友，待几天要走，带了多少银子来，林林总总，事无巨细，咱们田大相公心里跟明镜似的！做生意尤其是宋钧这样的生意，成十个小生意不如做一件大生意。大生意都跟谁做？一个是朝廷，一个是洋人，这都是拿钱不当钱的角色！"

李龙斌这些话，卢豫川一字不落全都刻在了脑子里，啧啧称赞着。马老相公一直跟在他们身边，此刻心里的疑惑越来越重，不放心地看着卢豫川，终于道："少东家，还是到后院歇息一下吧，柜台上就这么点事儿，没啥看的。"说着，给李龙斌使了个眼色。正在兴头上的李龙斌被这个眼色打断了话头，立刻意识到了什么，倏尔起身道："正是正是，少东家风尘仆仆，在前堂坐着岂是咱豫商的待客之道？"

卢豫川微微一笑，跟着李龙斌走向后院。众人在客厅落座之后，卢豫川兴致勃勃，还想再聊聊经商迎客之道，李龙斌顾左右而言他，基本上是不接口了，只肯说些不搭界的闲话。这样的聊天味如嚼蜡，众人都是如坐针毡般地不安起来，唯独卢豫川依旧谈笑风生道："这次豫川来洛阳，除了开开眼，长长学问，还有几句话想跟李大东家说。"

李龙斌有些不耐烦道："好好好，今晚在醉春楼给卢少东家接风，到时候还望赏脸光临哟。"

卢豫川却自顾自道："豫川初来乍到，很多事都懵懵懂懂，有件事实在不解，还望李大东家指点！"

李龙斌看着马老相公道："卢少东家住的地方安顿好了吗？下午带他到龙门、关林各处走走看看，都是多年的老商伙了，这点儿地主之谊还是要有的。"说着，李龙斌站起来，一副送客的架势："唉，老汉年纪大了，多少有些难言之疾，就不陪卢少东家四处转了。"

卢豫川不得不站起来道："谢李大东家，豫川刚才说过，大东家可能没留意，但这几句话在豫川看来，还真是非说不可了。"

李龙斌没想到他居然如此执着，脸色蓦地一变，但他想了想还是道："少东家真是年轻，好盛的气势！人都讲老不欺少，看来老汉还真是非听不可了。"

李龙斌满脸冰霜地站着，并没有重新落座，客厅里的人也只好都不安地站着。卢豫川丝毫不以为意，笑道："豫川岂敢造次？实不相瞒，豫川到洛阳已经整整十天了，十天来豫川走遍了洛阳城，垂柳巷也来了不止一回。瓷意斋不愧是城中钧瓷商铺执牛耳者，刚才我亲眼看见柜上的手段，真是胜读十年书。不过豫川也有一个担忧，想请教李大东家。"

李龙斌鼻子里哼了一声，算是回答。卢豫川坦然道："垂柳巷经营玉石、古玩、金石、字画和钧瓷的商家有一百多个，专营宋钧和粗瓷的有二三十家。不知李大东家注意过没有，这些铺子有多少是咱们河南人开的？多少是山西人开的？不错，山西人喜欢做茶叶、丝绸、布料生意，做宋钧和粗瓷生意的是少数，但大东家别忘了，如今就利润而言，哪个生意最赚钱？我问过街面上的老人，十年前做宋钧、粗瓷生意的差不多全是豫商，到了今天，晋商、徽商都涉足于此，瓷意斋在洛阳城最大的对手博钧堂、治钧斋都是山西人开的！照理说我们卢家老号只是制瓷商人，怎么卖不干我们的事，卖给豫商是卖，卖给晋商、徽商也是卖，我们卢家稳稳当当赚银子就是了，管什么店铺买卖呢？但卢家与众位豫商大东家都是多年的老商伙了，当年卢家的宋钧刚烧出来，就是靠着众位商伙给抬到了天上，如今也不能隔岸观火，看着洛阳城的钧瓷生意被别的商帮把持。”

李龙斌陡然铁青了脸，干脆坐下来，话里藏锋道："原来豫川少东家是救咱们来了！"

卢豫川脸色微红，忙道："李大东家言重了！豫川这次来，是想跟诸位洛阳城钧瓷店铺的大东家们合计一件事，规范整个宋钧和粗瓷的生意，让那些竞相压价讨好洋人的店铺做不下去，让正经的店铺生意越发红火起来！李大东家是洛阳城钧瓷商会的总董，还望鼎力相助！"

李龙斌默默思忖道："相助？怎么个助法？"

卢豫川道："规范生意的规矩不是一家两家的事，钧兴堂卢家老号要在洛阳城设立分号，专销卢家宋钧。不但在洛阳城，将来在京师、在天津、在汉口都要设立分号，把生意做到全天下去！钧兴堂洛阳分号刚刚成立，在这件事上一切唯瓷意斋马首是瞻！"

李龙斌和马老相公交换了一个眼色，冷笑道："老汉我总算听明白了，卢家今天来人不是想拜什么晚年、长什么见识，豫川少东家是想自己进入钧瓷生意，跟瓷意斋分庭抗礼吧？老相公，把前天董克温董少东家的章程拿来，给卢少东家过过目吧。"

马老相公黑着脸，从怀里掏出一份书信，递给卢豫川。纸上字迹龙飞凤舞，写得洋洋洒洒，言辞颇为恭敬，主题却只有一个，就是圆知堂董家老窑要在洛阳城开设分号，邀请各大钧瓷店铺参加由圆知堂洛阳分号领衔的钧瓷商会，共同议价，同进同退，当然，作为报答，董家老窑所产的瓷器一律降价一成供应给各大商家。落款是"神垕董克温"五个字。

降价一成！卢豫川顿时汗流浃背，董克温这一手来得实在突然、实在可怕。没想到自己一番苦心筹划，居然给他走到了前头。卢豫川一时不知如何回答李龙斌，只好默默站起，将书信还给马老相公，一语不发地转身离开了。在他的背后，一阵轻笑响了起来，李龙斌道："卢少东家，今后还望卢家不要再提什么合作建商会的事了，瓷意斋虽不大，但也不怕什么董家老窑和卢家老号的洛阳分号！生意好坏自在人为，若是来日商场上遇见，莫怪老汉手不留情！"

卢豫川心下大乱，眼前这个局面他多少料到了些，却没想到李龙斌对钧兴堂染指钧瓷生意这么反感，这么寸步不让，况且又突然杀出来个搅局的董克温。离开神垕时踌躇满志，自以为会旗开得胜的心气现在看起来，竟像是孩童般可笑了。他出了垂柳巷，进了洛阳城，在临街的酒楼里要了一壶酒，心事芜杂地喝了起来，然而左思右想一点儿眉目都没有。这样待下去也出不了什么成效，可就这么回去无异于自己打自己的耳光。叔父以"四大征"的大戏给自己壮行，不料还没走出河南就打了败仗，还奢谈什么"南征北战""跟洋人叫板"？

一壶酒转眼间全都灌进了肚子，卢豫川有些醉意上来了。刚想再要一壶，却冷不丁见一个人在他面前坐下，城府极深的脸上看不出一点儿波澜，目光中却带着几分惋惜和关切。

"叔叔！"卢豫川惊叫起来。

卢维章淡淡一笑道："喝够了吗？喝够了随我回客栈吧。"

客房里，卢维章仔细询问了卢豫川和李龙斌谈话的每一个细节。最后，他意味深长地看了眼卢豫川，半是叹息半是责备道："豫川，你这番话不但没打动李龙斌，反倒把他推到了董家那边！"

卢豫川一身冷汗，忙道："那，那该如何补救？"

卢维章不无落寞地摇头，起身走到窗边，看着繁华的洛阳城，一语不发，良久才道："豫川，你错就错在态度不正，态度不正源于心术不正！看来我的意思你还没有真正领会啊。我们卢家在洛阳开分号，难道是同瓷意斋争夺生意吗？你的一番话只会让李龙斌觉得大兵压境，对你深怀敌意。你的心里怕是抱着'吞并垂柳巷所有商家，自己一家独大'的心思吧？临行前我再三告诫你，我们卢家是瞅准了钧瓷生意远非目前的规模，这才在天下广设分号，和众商家一起把盘子做大、把生意做大！还有什么豫商、晋商之争，真是可笑至极，这是你一个毛头孩子该说的话吗？照我看来，凡是在河南做生意、给河南的藩司衙门缴税的商家都是豫商！李龙斌在商海里摸爬滚打几十年了，是何许人物，是何等老辣，你的这点见解除了惹人耻笑，还能有别的效果吗？"

卢豫川羞愧难当，深深地低下头去，喃喃道："侄儿辜负叔叔的期许了！"

卢维章黯然回头，刚才一番疾风骤雨的话对这个初出茅庐的年轻人而言或许太重了，可"玉不琢，不成器"，但愿他能明白自己这番苦心。卢维章叹道："也罢，如不出我所料，董家老窑的分号这几天就要开张了，你且下去歇息吧，我要好好想一想，如何挽回当前的局面……"

2　真正的大商

果然不出卢维章所料，没过十天，董家老窑洛阳分号敲锣打鼓地开张了。董克温亲自主持洛阳分号的生意，给各大钧瓷商铺送去了请帖。这请帖送到各家的时候，无论是大东家、老相公还是普通伙计，都是悚然一惊。原来请帖非比寻常，竟是用纯金打造，一张四四方方的请帖差不多足足有半斤重，这样阔绰慷慨的出手除了董家老窑还有哪一家？从这块金砖似的请帖上，足以看出董克温对洛阳钧瓷生意的志在必得。到了董家老窑洛阳分号挂牌的那天，差不多全部钧瓷铺子的大东家都揣着一颗惴惴不安的心来到了洛阳城最大的酒店——醉春楼。

在酒宴上，董克温又提出了他的计划，这一次却是应者云集。各个商家对董家的野心洞若观火，与其硬着头皮扛下去，倒不如接受董家的条件，何况人家已经主动降价了一成，还有什么比这更实惠的？不过在这突如其来的胜利面前，董克温也有些不安，因为洛阳城里最大的钧瓷商铺——瓷意斋，并未来人，只是派了个管家说大东家李龙斌卧病不起，把纯金的请帖原封不动地送了回来，说是东西太重，恐承受不起！这分明是巧言婉拒的意思了。董克温深知瓷意斋把持着近半的行市，如果拿不下瓷意斋，今天这些小商铺就是全都招安了，又有何用？更让他顾虑重重的是，卢维章和卢豫川叔侄二人眼下都在洛阳，他们当然不会对自己的计划袖手旁观，一旦让他们反攻得手，自己的全盘计划就会立刻付之东流。

就在董克温苦思冥想如何攻下瓷意斋的时候，卢维章一人一行、青衣小帽地亲自来到了瓷意斋。几天的筹划谋略，卢维章已然是胸有成竹了。天色刚刚大亮，客人还不多。他刚走进瓷意斋，就有伙计上来殷勤道："这位大爷，您瞧点儿什么？咱们瓷意斋有传世宋钧，有今人仿造的宋钧，要什么瓷器有什么瓷器，只要您开口！"

卢维章蓦地一笑："我要套禹王九鼎，你们有吗？"

伙计傻了眼："那，那是朝廷的宝器，咱们老百姓家谁敢藏那个？"

卢维章又笑道："钧、汝、官、定、哥五大名窑，加上江西景德镇，你这么个小铺子怎么敢说要什么瓷器有什么瓷器？你知道什么是瓷器吗？小心大话说多了，风吹了舌头。"

伙计脸色一黑，知道今天遇见的不是善茬，一面回头朝后边使了个眼色，一面皮笑肉不笑道："这位大爷怕不是来买东西的，倒像是来搅局的吧？"

卢维章自己找了把椅子坐下。十几个伙计虎视眈眈地看着他，大有一拥而上的架势。卢维章不慌不忙道："也罢，今天就给你们讲讲什么是钧瓷……"

李龙斌得到前边传来的消息，说是有人打上门来砸摊子寻衅，立刻从床上爬了起来。这几天他对外宣称卧病不起，其实是在琢磨对策。眼下董家和卢家在洛阳已经交上了手，高手过招，所及之处寸草不生，如何避过这场大战，或者说如何在这场大战里获利，让李龙斌苦思良久，却依然毫无头绪。李龙斌闻讯匆匆赶到前堂的时候，却见所有的伙计都围成一圈，毕恭毕敬地听一人讲话，便猜出来的人是谁了，不禁微笑起来。但听那人侃侃而谈道："宋钧以窑变为魂，既不同隋唐瓷器之鲜艳，也不同明清瓷器之俗丽。今人的瓷器，大多是描梅画竹、雕龙刻凤，烧出来须发俱现、栩栩如生，可咱们宋钧呢？却是自有无穷的韵味，你说它像龙也好，像虎也好，像西天的彩霞也好，像黄河的流水也好，居然是说什么像什么，这就是瓷韵的由来了。"

刚才那个伙计心服口服地端茶送过去，大胆道："今人的宋钧与传世的宋钧比，有哪些不及之处呢？"

卢维章大模大样地啜了口茶，道："这话问得好。一朝一代有一朝一代的风水、气度、人心和趣味，同是一盘炒豆芽，家家都能做吧？可大户人家的做法跟百姓人家的做法不同，江南的做法跟中原的做法又不同……"

李龙斌不敢再让伙计们纠缠下去了，咳嗽了一声道："是卢大东家吗？"

伙计们见大东家来了，一个个退到一旁。卢维章含笑起身道："今天话说多了，在瓷意斋讲钧瓷，可不是跟班门弄斧差不多嘛，告辞，告辞。"

李龙斌深知卢维章此来大有文章，哪里肯让他走，上前一把拉住他的衣袖，连拉带扯地把他拽进了后院的客厅。伙计们得知刚才说话的居然是钧兴堂卢家老号的大东家卢维章，一个个张口结舌，好半天没缓过神来。卢维章在神垕烧出了今人第一口宋钧，轰动了整个大清国，连朝廷烧造禹王九鼎的重任都派到了他家，正经八百的皇差！何况去年卢家老号在粮食霸盘生意里打败了董家圆知堂，在豫省商帮谁不知道神屋卢维章的名号？久而久之，在众口相传之下，卢维章几乎是个无所不能的商贾巨子，谁又想得到卢维章居然是眼前这个毫不起眼的中年汉子呢？直到田大相公都出来吆喝了，伙计们这才回到各自的柜台上招呼客人，兀自啧啧赞叹着。

李龙斌和卢维章在客厅落座，两人虽说年纪差了二十多岁，却是忘年之交。卢维章也不隐瞒，开门见山就道明了来意。李龙斌越听越奇，到最后忍不住道："卢大东家，你莫不是开玩笑吧？"

卢维章正色道："豫商里有拿生意开玩笑的吗？"

李龙斌难以置信道："你把钧兴堂洛阳分号开在瓷意斋，从此进货都走出窑的价钱，这，这真是……"

"太不可思议了，是吗？不过卢某的话还没说完呢。坦白地说，卢某此举实在是不得已而为之。董家已经与十几家钧瓷铺子签了契约，从此专销董家钧瓷，都到董家那边去了，卢家今后吃什么？这是卢家的难处，无须对李大东家隐瞒，也瞒不过李大东家犀利的法眼。不过，若不同卢家联手，瓷意斋今后的日子恐怕也不好过，耗子钻风箱两头受气啊。说白了，你我两家联手，与其说是水到渠成，倒不如说是迫不得已。"

"卢大东家高抬瓷意斋了。不知大东家的意思，这红利怎么分呢？"

"二一添作五，坐地分账，有利对半分！不过有一条，瓷意斋的招牌还能再打十年，十年之后，瓷意斋就只能挂钧兴堂洛阳分号的招牌了，但李家依然是分号的大股东，李家子孙年年坐股分红！"

"成了！"李龙斌爽快地站了起来，对一旁听得目瞪口呆的马老相公道："还愣着干什么，笔墨伺候！"马老相公这才明白过来，喜不自胜地夺门而出，五十多岁的人跑得跟个孩子似的。

这场谈判出乎意料地顺利，连卢维章也想不到李龙斌会如此痛快地答应了所有条件。毫无疑问，卢维章抓住了李龙斌所有的弱点，一是瓷意斋在董卢两家的大战里进退维谷，正是两难的处境，稍有不慎就会彻底崩盘。二来卢家的条件远远超过了董家，按出窑价进货，等于是把本钱降到了最低，分红上窑场跟铺子五五分利更是闻所未闻，这需要何等的大手笔、大气魄！三来卢维章几天来的明察暗访，已经探明了李龙斌平生最大的憾事就是两个儿子一个比一个不争气，都是吃喝嫖赌样样精通的败家子，李龙斌操劳大半辈子才积累下这点产业，他一想起身后事就愁眉不展。

卢维章将钧兴堂洛阳分号开在瓷意斋，从此李家子孙有了"铁杆庄稼"，只要钧兴堂不败，李家人就能年年坐股分红，再没有"富不过三代"的担忧，这才是最终打动李龙斌的撒手锏。不过卢维章也没有吃亏，从此钧兴堂一家把持住了洛阳近半的钧瓷生意，不用钧兴堂出一兵一卒，瓷意斋上至老相公、大相公，下至跑街迎客的伙计，都成了卢维章旗下的干将！十年之后，卢家更是白白得了一个大商铺，这样的生意真是合算到家了。

卢家老号和瓷意斋合股建钧兴堂分号的事，不出半天的工夫就传遍了垂柳巷。刚刚与董克温签了契约的商铺无不大惊失色，一旦这两家联手，从烧制到销售真正成了一条龙，成本降低了三成还多，远远比董家老窑降价一成来得痛快！瓷意斋本来就是洛阳钧瓷生意的翘楚，加上卢家老号的鼎力扶持，今后还怎么做生意？于是各个商铺的东家们紧急凑到一起，打定了主意，集体给董克温提出了两条：要么董克温按照卢维章的条件办，要么各个商铺情愿赔钱也要撕毁契约，从此两不相干。

董克温实在想不到不过几天，局面竟然有了如此巨大的逆转。若是跟风而上，也降价三成，这些小铺子的销量又怎能跟瓷意斋相提并论？出得越多，赔得就越多，若是同意他们撕毁契约，这些天不就都白忙活一场？董克温遭此大变，多年的肺病又发作了，一天咳了好几次血。最后，他一咬牙道："成！咱也跟着降！"

卢维章知道董克温的对策后一笑置之。他已经明白，在这次的大战里，卢家无疑又占了上风，董家的亡羊补牢已经太晚了。那些中小铺子本就出货量有限，即便是把价钱降下来，又能吸引多少买主？钧瓷生意跟别的生意不同，肯花一万两银子买钧瓷的，谁还在乎那千把两的差价？到头来还是瓷意斋，不，是钧兴堂洛阳分号的生意兴隆。在李龙斌等人的精心运筹下，一切筹备事宜都在有条不紊地进行着。到了光绪四年二月初二，正是民间俗称"龙抬头"的吉日，钧兴堂洛阳分号的招牌赫然挂上了门楣，洛阳城万人空巷，大家都来垂柳巷里瞧热闹来了。

李龙斌换了身新袍子，外罩棕红色的马褂，一簇胡须在颔下飘着。他亲自赶到卢维章和卢豫川下榻的客栈，将卢维章迎了出来。卢豫川这几天待在客房里独饮苦酒，对叔叔运筹帷幄、决胜千里的雷霆手段佩服得五体投地，年轻气盛的锐气也收敛了许多，他此刻正跟在卢维章身后，再不敢轻举妄动了。李龙斌遥遥看见卢维章，立刻道："来人，给卢大东家戴花，把马牵过来，我亲自给大东家牵马！"

戴花骑马是豫商待人的最高礼遇。卢维章赶忙推辞道："李大东家见外了，今天虽是钧兴堂分号开业，其实也只是挂了个名，谁不知道还是瓷意斋的生意？这万万不可！"

马老相公早已把花戴在卢维章胸前，又要扶他上马。

李龙斌笑道："老汉思前想后，如今董家老窑的分号已经开张了。可区区一个瓷意斋，在名头上就输给了董家！老汉昨天在祠堂里拜过了李家祖先牌位，从今天起，原洛阳城瓷意斋相公、伙计全体入伙钧兴堂洛阳分号，再没有什么瓷意斋了，只挂钧兴堂洛阳分号这一个牌子！这事我想得急了些，事先没跟卢大东家商议，还望卢大东家不要怪罪哟。"

说着，他不待卢维章说话，回头高声道："伙计们，换新号坎！"

李龙斌带了十几个瓷意斋的伙计，听见他发话，一个个解开衣扣，把外边罩着的瓷意斋老号坎脱下，里面露出来清一色大红的"钧兴堂"号坎。

卢维章心里一动，由着马老相公将他扶上了马，李龙斌笑呵呵地牵着马缰绳走在前边。卢豫川跟在马后，与马老相公并肩而行，心里又是激越又是惭愧，好端端的生意被他办成那样个残局，叔叔一番作为，又生生地做成了眼下这全胜之势！真可谓"翻手为云，覆手为雨"，偌大个洛阳钧瓷市场竟给他玩弄于股掌之间。

一时间，耳畔鼓乐齐鸣、鞭炮震天，其他什么都听不见了。卢豫川身不由己地跟着众人蜿蜒前行。还是在醉春楼，虽说没有纯金请帖的气派，但钧兴堂洛阳分号的开张喜宴一点儿也不输给董家老窑。这顿饭自然是无人不欢，大家都兴尽而归。

洛阳分号开张之后不到三天，卢维章就把生意全权委托给了李龙斌等人，自己悄悄带着卢豫川踏上了回神垕的路。卢豫川一路上魂不守舍，整日里默不作声。卢维章心知肚明，却也没有说破他，只是催着马车赶路。等一行人出了河南府，到了开封府荥阳县，卢维章这才让马车停下来打尖歇息。荥阳县是官道要冲之地，从此往北一路平坦、直达京师，往东一百多里就是省治开封府。卢维章领着卢豫川走进一个驿站旁的茶馆，要了一壶茶。叔侄二人落座，茶桌摆在室外，头上是搭起来的凉棚，时值农历三月，天气乍暖还寒，人坐在露天地里还有些寒意。一壶茶不久就凉了，卢豫川有些呆滞地看着沉淀在茶杯底部的茶叶，竟是一句话都没有。

卢维章和卢豫川对坐良久，都是一言不发。不知过了多久，卢维章忽然道："三月天儿，小孩儿脸，说变就变的。你这次去开封，衣服不能脱得太快，等春天到了，天儿暖和了，我就去开封看你。"

卢豫川脸色陡然一变，脱口而出道："叔叔要我去开封府？"

卢维章笑起来，打趣道："一路上憋着不说话，一听去开封，就精神起来了？"

卢豫川有些不好意思，忙给卢维章倒了杯茶，见是凉的，便回头道："店家，快上些热的来。"

卢维章拦住他的手，道："不必了，我们这就走。你我叔侄二人在此话别吧，我回我的神垕，你去你的开封。"

卢豫川终于确信无疑了，脸色通红道："叔父还信得过我吗？"

"这是哪里话，卢家生意迟早要交到你的手里。这份家业是你爹挣下来的，我不过是替你看管几年，等你真正成了一代豫商的伟器，叔叔我就归隐山林，过闲散的日子去了……"卢维章淡然一笑。

见卢豫川神色松弛下来，他才接着提点道："你这次去开封，主要办两件事：一个是把钧兴堂的汴号建起来，打通通往运河的商路，这条商路一通，山东、江苏、浙江的局面就打开了，那里是洋行买办聚集之地，对卢家来说意义非同小可，这是头等大事。你去年南下买粮就是走的这条路，应该问题不大。第二个就是疏通与河南官场的关系。咱们豫商与晋商、徽商不同，晋商鄙薄官场，徽商热衷官场，这两样是一个担子的两头，走在两头都不好，进退回旋余地不大，走不好就走到头，一脚跌下去了。豫商的古训是不即不离，换句话说是若即若离。我思索了好几年，尤其是朝廷如今把重造禹王九鼎的重任交了神垕，交给了卢家和董家……这些年我一直在琢磨，来洛阳的时候我又翻看老祖宗传下来的《陶朱公经商十八法·补遗篇》，里面有句话让我眼前顿时一亮，老祖宗卢本定公说：'官之所求，商无所退'。这句话我以前就读过，一直不得要领，直到真正跟官场打交道了，才明白其中的深意。豫川，你讲讲看，这句话是什么意思？"

"字面来看，就是官场要咱们做什么，咱们不能后退推却，是这个意思吗？"

"不能推却之后的东西，你看到了吗？"见卢豫川茫然摇头，卢维章笑道："打个比方：一个原本很有钱的人落魄成了乞丐，来一个大户人家要饭，大户便施给他一碗饭，不料第二天那乞丐又来了，大户该如何？"

"嘲笑一番，撵得远远的，再不给他施舍！"

"这是晋商。"

卢豫川有些明白了，就顺势说道："悄悄观察乞丐，若是真的有东山再起的希望，就倾力扶持，以图共荣……"

卢维章赞许地一笑："这是徽商。"

卢豫川扑哧一笑道："那咱们豫商呢？"

"这正是我要讲给你的。如今的朝廷国库空虚，又是割地，又是赔款，朝廷开销巨大，哪儿来银子呢？就跟这乞丐一样，四处要钱。我们豫商结交官场，不能像晋商那样不屑，也不能像徽商那样孤注一掷。官之所求，商无所退，给他便给了，也可以把他当作靠山，但万不可将'宝'押到官场上。"

这番话里透着几分无奈，但现实确是如此。卢维章看了一眼身旁的卢豫川，神色凝重道："官场变迁无常，昔日座上客，今朝阶下囚，除了自己，谁也保不住你的生意！这就跟茶馆一样，人走茶就凉，今天你我叔侄二人在这里指点商场官场，谁又知道十几年前咱们卢家破败的模样？开封府是省治所在，官场深不可测，你此去结交官场中人，但凡不伤筋动骨，只要朝廷开口，他要什么咱给他什么，银子花在这地方不亏。但你要记住一条，把官场当靠山可以，当饭碗可不成！真正的大商，把朝廷、把官府玩弄于股掌之间，把自己的生意、自己的心思变成官府的一纸公文发出去，这才是大商的手段，大商的气魄……本朝开国初年金人瑞先生有云：人无正者，皆因饵不足也。你要明白，只要开出的价码够高，没有不动心的生意人，也没有不动心的官僚！这是把双刃剑，操在自己手里可以所向披靡，操在别人手里可就岌岌可危了。"

卢豫川深深地点头，叹道："这般看来，所谓不即不离真就是若即若离，何况豫商古训里说：'留有余，不尽之禄以还朝廷'……叔叔放心，我此去精心周旋在商场和官场之间，一定把叔叔交代的两件事办好。"

"我已经派了总号的苗文乡大相公去开封，他是老商家了，经验丰富，手段老辣。你拿不定主意的时候，多向他请教。"

"侄儿明白了。"

卢维章看着他，千万道思绪齐齐涌上心头。这番不厌其烦地教诲，这般煞费苦心地安排，除了至亲骨肉谁还能这样做？

卢维章站起身子，他实在找不到更多的话来叮嘱卢豫川了，洛阳城一战即败，应该让这个年轻人成熟起来了。

他看着不远处的两辆马车，一个朝南一个朝东，已经站在了不同的官道口上。卢维章久久地看着卢豫川，说出来的却只是简短的两个字：

"走吧。"

第六章

人 心 所 向

CIJIAN SHANHE
LANG TAO SHA

1 官之所求，商无所退

卢维章前脚刚回到神垕，禹州知州曹利成后脚跟着就来了。

曹利成与卢维章年纪相仿，是湖南岳州府人氏，同治年间的进士，开始在翰林院做了几年从六品的修撰，苦熬了快十年才升到了从五品的翰林院侍讲。直到他的恩师李鸿藻平步青云，做了吏部尚书、太子少保，曹利成这才终于熬到了出头之日，平级外放到地方做官。

李鸿藻在同治、光绪两朝是赫赫有名的清流派主将，与同样闻名中外的直隶总督李鸿章虽名字仅差一字，却彼此政见不合，一个老成守旧，一个倾心洋务，两人不可开交地斗了几十年。慈禧太后当年给年幼的同治皇帝载淳选老师，在满朝学富五车、满腹经纶的大臣里独独看中了李鸿藻一人。李鸿藻凭着天子之师的身份，在朝廷中的地位举足轻重，是公认的慈禧太后的一大心腹智囊，也是慈禧太后钳制洋务派的重要棋子。

曹利成是李鸿藻的门生故吏，虽说不在京师做官，但一言一举都是先请示老师后才敢付诸实施。前些年光绪皇帝继位不久，朝廷明诏河南巡抚马千山督造禹王九鼎，马千山刚接着明诏，吏部的公函就到了，点名要禹州知州曹利成具体全权督办此事。马千山是工部尚书翁同龢的门生，而翁同龢是光绪皇帝的老师，有名的帝党干将，与慈禧太后一党势同水火。眼下光绪皇帝还在幼年，帝党和后党的争斗尚未走到前台，但马千山从吏部这道公函上，已经隐隐约约嗅到了两党较量的意味。

刚刚接到这个差事的时候，曹利成如同捧了块烫手的山芋，感到了从未有过的压力。禹王九鼎是皇室的神器，象征着华夏九州，如今光绪皇帝还是个孩子，朝廷这么急着要重制九鼎，多少牵扯着皇室内部的一些瓜葛。俗话说：伴君如伴虎。眼下接了这份差事，稍有不慎就会误解了圣意，别说是革官削职，就是掉脑袋都有可能。曹利成把自己憋在屋里整整一天，依旧想不出什么两全之策，只好写了一封密信，派人火速送往京师李鸿藻处。

三五天后，恩师的回信来了，信上只有寥寥数语，说当今的朝廷是太后垂帘听政，十五年后光绪皇帝成人，太后就要还政给皇帝了，你我师徒自当报效朝廷，不负太后、皇帝圣恩云云。

曹利成看了书信，觉得恩师答非所问。自己为了禹王九鼎的事急得如同热锅上的蚂蚁，恩师却讲了一通不着边际的大道理，这又有何用？曹利成有些不相信似的翻来覆去地看着书信，良久之后顿时豁然开朗，恩师原来是用了春秋笔法，应对之策早在字里行间了。

第二天一大早，曹利成就来到了神垕镇，召集了所有窑场的东家，当众宣布了朝廷重制禹王九鼎的诏令。神垕镇能烧宋钧的只有董家老窑和卢家老号，这道诏令说白了就是发给这两家的。

曹利成焉能不知董卢两家的大名？一番公议之后，曹利成将禹王九鼎重制的担子分摊到了董卢两家，董家负责烧制冀州、兖州、青州、徐州四鼎，卢家负责烧制扬州、荆州、梁州、雍州四鼎，九鼎中最为重要，象征天下之中的中原豫州鼎，则是由两家分别烧制，择优而取。

曹利成说得明白，每造成一鼎，朝廷补贴白银两万两，限期五年之内务必造成。曹利成办完了这些事，自然神清气爽地回到了禹州城，提笔给李鸿藻写信报功。曹利成看得真切，恩师的意思分明是让他赶在光绪皇帝亲政前把九鼎重制出来，象征着慈禧太后垂帘听政上应天命，不然从同治年间就开始重造禹王九鼎了，为何偏偏在慈禧太后垂帘听政的时候造了出来？天下太平、朝廷清明才有祥瑞出现，后党借着禹王九鼎的盛名打压帝党的心思从此可见一斑。

此后，曹利成便是神垕镇的常客了。神垕镇本就是禹州的辖区，自从全权督造禹王九鼎重制以来，每个月曹利成都要来镇上走走，到董家圆知堂和卢家钧兴堂坐坐，询问重制工程的进度。

一晃三年过去了，加上去年全省大旱，曹利成忙完了赈灾放粮的事之后，已是光绪四年的春天。禹王九鼎一直是他心中的一块巨石，曹利成刚刚松了口气，就马不停蹄地赶到了神垕。谁料曹利成兴高采烈而来，迎接他的却是劈头盖脸的一瓢冷水。五年之期明年就到了，董家只烧出了冀州鼎，卢家也仅烧出了一只扬州鼎，其他的七只鼎居然都是屡烧不成，至今连个眉目都没有！

曹利成沉默良久，咬着细细的牙齿冷笑道："朝廷既有银子也有严命，前头每家两万两银子的补贴都发下去了，后边若是按期完工，朝廷的银子自然还会发下去，可一旦误了工期，朝廷下来的可不是银子了，而是明晃晃的大刀！"

董振魁近年来甚少出头露面，凡事都让大少爷董克温代劳。前几天董克温在洛阳心力交瘁、旧病复发，回到神垕家里卧床不起，这次只好是由董振魁亲自出面。曹利成虽是本地"父母官"，但毕竟只是个从五品的官员，董家结交的官场中人比曹利成位高权重的大有人在，董振魁从心底里并不在乎这个跟董克温差不多大的年轻官员，只是碍于面子才装出一副毕恭毕敬的模样。

　　见曹利成急红了眼，董振魁却是不慌不忙道："银子也好，大刀也罢，反正我们董家老窑就这点儿能耐了，知州大人，您也是懂宋钧的，五年烧出五只鼎，不啻痴人说梦！知州大人张口闭口朝廷的银子，您可知一只鼎烧出来要花费多少人工物力，区区两万两银子根本不堪敷用！卢大东家，你说是不是？"

　　卢维章微微一笑，道："要说银子，恐怕确实不够用。但以董家圆知堂的财力底气，并不会在意这两万两吧？我们卢家既然接了皇差，自然全力以赴。眼下工期过半，咱们两家说别的都没用，把心思都放到宋钧上，少想些其他的事，或许还有按期交货的可能。"

　　董振魁脸色大变。董克温在洛阳一败涂地已经让董振魁颜面无存了，卢维章这摆明了是嘲讽之意。曹利成多少听说了些董卢两家在洛阳交手的事，对两家的恩怨纠葛也心中有数，刚想说几句缓和气氛的话，却听见董振魁冷冷一笑道："卢大东家的言外之意，老汉领教了。去年董家遭遇大难，多亏卢大东家慷慨救济，可董家已然是元气大伤。不过请知州大人放心，重制禹王九鼎是皇差，董家当然不敢怠慢，卢家能做到的，董家肯定也能做到。告辞！"

　　董振魁拄着手杖远去，楼板上咚咚的敲击声逐渐消失，窑神庙花戏楼上只剩下曹利成和卢维章。曹利成气得浑身乱颤，指着董振魁的背影道："欺人太甚！"

　　卢维章站起道："曹大人息怒。话糙理不糙，董大东家虽说话糙了一些，但还是有几分道理的。重制禹王九鼎难于上青天，既没有成例可循，也没有图样可仿，全靠《尚书·禹贡》里几句语焉不详的话，五年烧五只鼎出来，的确是强人所难啊。去年大旱，董卢两家为了买粮赈灾，银子花了不下百万两，至今还要给西帮的票号大笔的利息银子，周转起来的确不易。还望曹大人不计前嫌，替我们两家好好向朝廷讲些好话，多少延长些时日，多给些补贴才好。"

　　曹利成对这个弃文从商、终成大器的传奇商人一向颇为礼遇，见他也这么说，禁不住长叹一声道："既然卢大东家也这么讲，看来这重制之事的确艰难至极，该说的话我自然会上告朝廷。但若不是朝廷在上头天天催着，我又是何苦催逼你们两家？我这个小小的知州，却被朝廷委以全权操办的专权，听起来冠冕堂皇，背地里那些焦虑难耐谁又明白……"

　　曹利成慨叹起来为官处世的难处，卢维章耐着性子又陪着坐了一阵，这才告辞出去。

一走出窑神庙，卢维章的脸色就明朗起来。他并没有急着回家，反而转身朝镇上的壶笑天茶楼走去。

董家大管家老詹就在门口站着，见卢维章过来，忙上前打千行礼道："卢大东家，我们老太爷在楼上恭候。"

卢维章笑了笑算是回礼，大步走进茶楼。雅座里，董振魁在饶有兴趣地摆弄着一套茶具，听见卢维章进来，头也不抬道："白家阜安堂又出新玩意儿了。你瞧这套茶具，茶壶里加了个转心的套壶，一壶能泡出两种茶来，想喝绿茶的喝绿茶，想喝红茶的喝红茶，真是匪夷所思！"

卢维章落座道："南方人心思机巧，这套茶具我也有，刚琢磨出来内在的玄机，已然画好了图式让窑场仿做去了。不过我又想出来个小机关，阜安堂的转心壶不免茶水相互混杂，我把一个套壶做成了两个，彼此不会渗漏，若是董大东家觉得好玩，我回头让人把图式送到府上去。"

董振魁放下茶壶，笑道："这就不劳卢大东家费心了。这样的小聪明我们家也能琢磨出来，等克温病好了，就让他琢磨去吧。他这个人不是经商的材料，弄点宋钧什么的倒是擅长。"

"大少爷的病好些了吗？都是维章的过错，还望董大东家见谅。"

"咳，年轻人心眼太窄，自取其辱罢了……哪儿有他那样做事的？一口就想吞下洛阳城所有的钧瓷铺子，结果只能是跌得更惨。他也不想想，是谁在洛阳城跟他交手。"

"董大东家言重了。若是董大东家亲自到洛阳督阵，卢某那点韬略还能斗得过董家？这话不说了，今天咱们这出戏，一个红脸，一个白脸，看来曹利成是上钩了。"

董振魁得意地一笑，给卢维章倒了杯茶道："老汉早知道曹利成的底牌！说什么五年之期，说什么一只鼎两万两银子，不知他自己在其中打了多少埋伏！朝廷的银子都是咱们商家缴税缴出来的，多拿一点儿也不算什么，总比赔款给洋人好些。光有朝廷催逼他还不成，咱们也逼他一逼，双管齐下，说不定事情就成了。"

"还是董大东家老谋深算。说实话，我们卢家已经造出了两只鼎，不知董家老窑进度如何？"

董振魁狡黠地笑道："彼此彼此，佛曰'不可说，不可说'啊。"

卢维章大笑，端起茶杯一饮而尽。两人又说了会儿闲话，卢维章这才告辞出来。刚才在曹利成那里，两人只不过是演了出预谋已久的戏，图的就是逼曹利成多给银子。商人经商，自然是能多赚就多赚了，在这一点上卢维章和董振魁一拍即合，戏演得天衣无缝。

曹利成心情沮丧地回到禹州，叫来手下最得力的两个幕僚师爷连夜写了奏折，只说去年大旱让董卢两家元气大伤，实在无力继续重制禹王九鼎，希望朝廷追加补贴银子云云。

除了官样的奏折，曹利成还给李鸿藻去了封密信，添油加醋地陈述了神垕镇各大窑场灾后的凋敝，恳求恩师打通户部的关节，再拨下来一笔专银。

不到一个月，军机处转发了户部的条陈，同意每只鼎追加两万两银子。这笔钱层层扣留最后到董卢两家手里的时候，自然不是两万两了，但毕竟是白白得来的，两家谁都没有较真。

卢维章在壶中天对董振魁坦言造出了两只鼎，并不是空穴来风，如今钧兴堂密室里，的的确确摆着扬州、荆州两只鼎。入夜时分，卢维章只身一人打开了密室，凝望着熠熠生辉的两只鼎，不由得悲欣交集，豆大的泪珠夺眶而出。

卢家这次接了皇差重制九鼎，靠的是当年卢维义回光返照写下的禹王九鼎图谱，卢维章睹物思人，想起了大哥大嫂相继自尽的惨状，焉能不满腹悲怆。

卢维章在密室里黯然失神，不知过了多久，忽而听见门外有一串轻轻的脚步声，夹杂着窃窃私语。卢维章皱眉起身，猛地拉开房门，但见屋外三个身影鬼鬼祟祟，正朝这里窥视着。

卢维章没好气道："豫海！晚上不去读书，在这里做什么？"

黑暗中，卢豫海垂着头走过来，道："我跟司画妹妹读完了书，在院子里走走，没想到走到这儿来了。"

卢维章看着从黑暗之处走出来的两个人，一个是陈司画，另一个是她的贴身丫头关荷。卢维章见有女眷在场，只得狠狠瞪了卢豫海一眼，斥道："还不回房睡觉去！你司画妹妹是大家闺秀，怎么能跟你似的目无王法家规！以后再到这儿来，小心你的狗腿！"

卢豫海听见这训斥如蒙大赦，忍住满脸的坏笑，一手拉着陈司画，一手拉着关荷一溜烟地跑远了。一直跑到自己的房外，他方才停下脚步。

陈司画和关荷都已是气喘吁吁了，关荷见自己的手被他紧紧握着，又羞又急道："二少爷，你怎么能……"

卢豫海放了手，故意黑着脸道："关荷，这次都是因为你！让本少爷想想，该怎么罚你呢？"

关荷睁大眼睛道："怎么会是因为我？"

"不是你说从来没去过密室的院子，我怎么会领你去？"

关荷不服道："小姐也说了呢，你怎么不罚小姐？"

陈司画刚刚气息平静下来，听见关荷这么说，挥着粉拳连连捶着她，气道："真没王法了，一个丫头居然敢教训起小姐来！看我不打你！"

关荷笑着跑开，回头道："来来来，你追上我就让你打。"

卢豫海看着两个妙龄少女彼此斗嘴嬉闹，顿时心旌荡漾起来。自从陈司画到了卢家，三人便日日搅在一起玩耍读书，可谓亲密无间。卢豫海和陈司画虽是少爷、小姐的身份，但在上次卢豫海被毒蛇咬伤、幸亏关荷从容搭救之后，卢豫海对这个小自己一岁的丫头另眼相看，不再摆什么少爷架子了。陈司画尚未成年，心机不多，加上对卢豫海言听计从，也处处学着他的样子。日子一久，关荷也渐渐没大没小起来，三个人玩儿得分外投机，一时竟是谁也离不开谁了。

可惜青春岁月总是匆匆即逝。过了中秋节，陈司画在卢家待了整整一年，身体已是康复无恙了，禹州城里的陈汉章夫妇耐不住思念，就派人接回了陈司画。

走的那天，钧兴堂上至卢王氏，下至卢豫海和关荷，都对这个十四五岁的小丫头难舍难分，陈司画更是哭得泪人一般。

直到陈家来的马车消失在远方，卢豫海才怅然若失地朝回走，不经意间瞥见了关荷，她的两眼早已像桃子似的哭红了，不由得心思一动，道："我这就跟母亲去说，让你留在我身边。"

关荷还在暗自垂泪，听见他这么说，倏尔抬头，脸上的戚容一扫而光："真的吗？"

卢豫海大包大揽道："包在我身上。若是母亲问你愿意不愿意，你怎么说？"

关荷脱口而出："愿意！"

卢豫海闻言哈哈大笑，迈步走进了钧兴堂。关荷仿佛怀里揣了只小兔子，惴惴不安地跟上，隐约感到无穷无尽的欢喜，同时也有着一丝难以名状的忧虑。

2　人不风流枉少年

卢豫海在光绪四年已经年满十六周岁，到了卢家子弟进场烧窑的年纪。

卢维章在钧兴堂年轻一辈的人里遴选一番，看中了一个叫苗象天的三十多岁的年轻相公。苗家两代人都在钧兴堂做事，苗象天的父亲苗文乡是外驻汴号的大相公，苗象天在卢家老号维世场做工多年，从烧窑伙计一步步做到了掌窑相公，在钧兴堂年轻一辈里也算是出类拔萃。

卢维章思前想后，把卢豫海去维世场见习烧窑的事交给了苗象天全权办理。

卢王氏虽说临近分娩之期，知道了这个消息，还是爱子心切，把苗象天叫到房里好生叮嘱了一番，最后道："豫海他生性顽劣，不服管教，一天到晚净给我捅娄子，都快愁死我了。这次他父亲把他交到你手上，你务必好好管教他，该打就打，该骂就骂，好歹让他学点真本事，也不枉他父亲和我的一番苦心。我现在身子不便，要搁在平时，一定要给你行个拜师礼的。"

苗象天哪里敢受这个礼，忙站起施礼道："夫人言重了。二少爷的名声在下早就听说过，别说我打他骂他了，恐怕再加上一个我，合起来也不够被他一个人打的！不过夫人放心，树大自然直，二少爷聪明过人，一定会学到卢家烧窑的真本事！"

卢王氏又是唠唠叨叨嘱咐了半天，才让苗象天告辞出去。等屋子里人都走了，关荷上来伺候她更衣就寝。卢王氏看着她忙前忙后，冷不丁道："关荷，你先别忙，我有话对你说。"

关荷一愣，放下了手里的活儿，垂手站在她面前。

卢王氏看着她，缓缓地叹道："那年春上，大少爷把你送到这儿来，说你举目无亲，活不下去了，我就说咱们卢家也是打苦日子里熬过来的，不能眼看着你一个孤儿家无依无靠的。想想你刚到我身边的时候，还是个多大点的小丫头！这才几年，就出落成个大姑娘了！我跟你虽说是主仆，这么多年我疼爱你，你孝顺我，跟个亲生娘俩儿也没什么差别。关荷你说，我卢王氏待你怎样？"

关荷开始一肚子诧异，被卢王氏悠悠几句话勾起了往事，早是泪湿双颊。听见她这么问，关荷两腿一软跪倒在她面前，泣道："夫人大恩大德，关荷甘愿为夫人去死！"

卢王氏和蔼地抚摸着她的头发，轻轻道："哪里谈得上生死？二少爷豫海跟我说了好几次，要你去他房里伺候，我一直没答应他。如今他房里的刘妈年纪大了，伺候不动他了。明天老爷就要在祠堂给他办个成年的仪式，从明天起他就要以少东家的身份进场烧窑，我寻思着窑场的活儿辛苦，烟熏火燎的伤人着呢，董家的大少爷董克温不就落下肺病了么？豫海身边没个得力的人伺候总是不成。当娘的就是这么爱惦记……我盘算几天了，准备把你派到他房里伺候。你年纪小他一岁，为人处世却比他精细，在他成婚娶媳妇之前，就靠你照顾他了。你若是还记着我对你的好处，就全心全意伺候他，不让他染上什么毛病，全须全尾地把他交到他媳妇手上……真是这样了，我卢王氏对你感激不尽！"

关荷听了这一席话，禁不住又惊又喜，又是满腔依依不舍，伏在卢王氏腿上啜泣了好久，这才抬起头来，泪眼婆娑道："关荷凡事都听夫人的。让关荷再伺候夫人一回吧。"

卢王氏扶着大肚子站起来，笑道："什么再伺候一回，等豫海成了亲，你还得回到我身边。说实话，这么多年让你伺候惯了，你一走，我心里还真是不舍得。"关荷闻声又落下泪来，忙悄悄擦了去，搀着卢王氏上床休息，自己的一颗心却突突直跳，早飞到卢豫海身边了。

卢王氏的红木卧床是请了南方巧匠花了三个月工夫才雕成的，一共是六百零六块红木拼接而成，一颗钉子都没用，工艺精妙绝伦。整个大床有三进，卢王氏自然是睡在最里面，外边还有个半高窄一些的卧榻，再外边是放衣服鞋袜的踏板。关荷这样的贴身丫头就睡在卧榻上，随时听从主子的吩咐。

夜深了，关荷躺在卧榻上一动不敢动，生怕惊动了卢王氏，也怕自己的心事给她勘破。她实在不明白卢王氏究竟为何要把她派到卢豫海身边，若是真心要她去贴身照料，为何又要说什么"全须全尾地把他交到他媳妇手上"这样的话，这不是明摆着对她不放心吗？想来想去，直想得她再也静不下心来。

卢王氏却是也没睡着。卢豫海在她面前讨要关荷做丫头好几次了，每次都被卢王氏一眼瞪了回去。卢王氏是过来人，焉能不知道少男少女整日耳鬓厮磨会有什么结果？可她眼下只有这一个儿子，一旦他在窑场里落下什么病来，身边又没趁手的人照顾，将来怎么办？左思右想，只有关荷去他房里照顾最合适。

卢王氏原本没有对关荷不放心，只是卢豫海再三申求才让她有了点儿警觉，故而今天晚上特意说了些等到卢豫海成了亲后再要关荷回来之类的话，目的就是提醒关荷不要忘记了主仆的身份，二少奶奶的位置也不是她一个丫头可以肖想的。卢王氏侧耳听着外边，关荷的呼吸声平静如常，倒不像是个怀春的女子，这才放下心来，酣然入睡了。

少东家进场烧窑是长大成人的象征，也是卢家的大事。卢豫海正式进场的那天，卢维章在卢家祠堂办了个仪式，亲手将一件崭新的钧兴堂卢家老号的号坎穿在儿子身上。卢豫海平素里大闹天宫的胆子都有，却最怕卢维章，此刻正规规矩矩地站着，一点马虎都不敢露出来。

卢维章给他系上了扣子，拍拍他的肩膀道："豫海，从你穿上这件号坎开始，你就是个成年人了。按照咱卢家的规矩，成年的子孙要去窑场见习烧窑，从烧窑的艰辛里体会到祖先创业的不易，慢慢去琢磨如何才能做好一个真正的卢家子孙！以前都是你母亲管教你，打从今天开始，我要亲自过问你的一言一行，一旦你做了什么不合规矩的事，轻则打骂，重则赶出家门，绝不再顾及父子之情。你以前做下了不少出格的事情，那时候你年幼无知，我都不跟你计较了，希望你能好自为之，不要辜负为父的一番苦心。"

卢豫海"扑通"跪倒在卢家先人牌位前，朗声道："祖宗在上，不肖子孙卢豫海一定谨记父亲教诲，不负祖宗期望！"

话虽这么说，卢豫海一出了钧兴堂，立刻换了副模样，对身边的苗象天嬉皮笑脸道："苗相公，咱们这就去维世场么？不然等吃了午饭再说吧。"

苗象天心里暗暗叫苦，急道："那可万万使不得！少东家头天进场烧窑，相公伙计都等着呢。"

卢豫海兴致来了，翻身上马道："瞧你那急样，我逗你玩儿呢！还等什么，快走啊！"

苗象天也上了马，没等他说话，卢豫海早扬鞭催马跑远了。苗象天苦笑一下，边赶边喊道："少东家慢点，留神别摔着！"

卢豫海兜住马，回头笑道："你才三十多岁，做事怎么这么拖沓！"

苗象天赶上来，答道："少东家责怪的是，维世场是卢家的产业，少东家一进场就是最大的爷，连大相公杨建凡都得听少东家的！您得有少东家的排场，这么匆匆忙忙就去了，大东家怪罪下来，我们可担待不起！"

卢豫海一听见卢维章，顿时老实了起来，把马带住慢行，不耐烦道："我就讨厌别人说什么卢家的产业，卢家产业再大，能跟皇上比吗？还有什么排场不排场的，照你的意思，非得八抬大轿抬我去，再摆几台大戏唱唱，排场就有了？我爹眼光贼着呢，他才不会管这些面子功夫，快走吧，别耽误烧窑。"

"少东家放心，您不到，没人敢开工！"

"真这么邪乎？那我还非得快马加鞭呢。"

卢豫海说着，又忘了苗象天的提醒，一鞭子下去，马儿立刻飞奔起来，眨眼间就冲上了乾鸣山。

苗象天身边一个老伙计皱眉道："苗相公，瞧见没，刚开头就管不住了！"

苗象天却露出笑容，道："那也未必，从言语上看，咱们这位二少爷断不是凡品！"说着，也催马赶了上去。

卢家老号一共三座窑场，分别是维世场、中世场和庸世场。卢维章自幼饱读诗书，经商后又以正统豫商观念治家，给窑场命名取的也是"维、中、庸"之意。卢家老号维世场一共有四百多口窑，占了卢家老号所有窑口的一半，在神垕全镇也是数一数二的大窑场了。

卢豫海骑马赶到维世场的时候，大相公杨建凡早就领着相公、伙计们排成两列，在维世场外恭候着，正门处摆着个香案，供奉的自然是窑神的牌位。卢豫海说到底还是个少年，从未见过这样的大场面，一时愣住了，下了马不知怎么办好。大相公杨建凡一介窑工出身，最是老实巴交的一个人，对于烧窑诸事无所不精，应酬接待却是一窍不通，卢维章用他也就看重了他忠诚厚道。

杨建凡见少东家懵懵懂懂地站着，仓促间也不知道如何是好，急得直搓手。幸亏苗象天尾随而至，见众人都傻乎乎地站着，便用力推着卢豫海朝前走。卢豫海越发慌了，两只脚死死地站在原地不动。

苗象天急中生智道："钧兴堂卢家老号少东家到！"

杨建凡这才意识过来，忙道："卢家老号维世场全体在此，恭请少东家上香！"

苗象天伸手道："少东家请！"

一千多双眼睛立刻聚集在卢豫海身上，他无法再装愣下去，只得振作精神，从杨建凡手里接过香，大踏步走到香案前，拱手跪倒，祷告道："窑神爷在上，烧窑伙计卢豫海求窑神爷保佑卢家维世场太平吉祥！保佑全体相公伙计福寿绵长！"

这番话却是出人意料，众人都暗暗称赞。少东家才十几岁的年纪，刚来的时候是有些着慌，一到正经处就显出大家少爷的风范了，到底是卢维章大东家一手调教出来的，姿态、言语、气度竟都跟他父亲一个模子刻出来似的！杨建凡一挥手，旁边立刻鼓乐震天，鞭炮炸响，他和苗象天一左一右扶起了卢豫海。杨建凡冲着窑工们喊道：

"钧兴堂卢家老号少东家已到，卢家维世场开窑大吉，开窑喽！"

窑工们的吆喝声震天响起来：

"得——劲喽！"

一千多个窑工乌压压一片，涌进了维世场，一片人头攒动的场面。卢豫海看着眼前这片红红火火的场面，激动得两眼放光。苗象天小声道："少东家，瞧见没，这就是卢家的产业，这就是少东家的产业！"

苗象天可能没有意识到，他这两句简单的恭维话，在这个少年的心里刻下了深深的烙印。卢豫海正是风华初露的少年心气，以往虽然也知道卢家是大家，却未曾想到这么大一片窑场、这上千口窑工都是卢家的产业！若不是众目睽睽，自己得装出来一副庄重平静的模样，卢豫海真想跳上维世场最大的那口窑上，扯着嗓子大喊几声才过瘾。

苗象天哪里会料到卢豫海的这般心事，当下陪着他在维世场各处观看了一番，笑道："大东家的意思是让少东家见习烧窑，怎么个见习法，也有两种，不知少东家喜欢哪一种？"

卢豫海狡黠地一笑，道："我猜猜看，头一种就是你们忙着，我在一旁看个仔细，回去也好跟父亲禀告，是不是？"

苗象天有些意外，只好点头称是。

卢豫海继续道："这第二种，就是我亲自下窑，什么选料、造型、成型、烧成的工序，我都要亲手试上一试，与一个烧窑伙计一般无二……"

苗象天挠挠后脑勺道："正是，只是这第二种见习法苦了些，怕少东家……"

两人说话间已经来到了窑场的大池边，刚刚经过池笆、澄池的土料堆得高高的。卢豫海大步走过去，抓起一把土料就抹在脸上。瓷土黏稠滑腻，顷刻间就把卢豫海染成了戏里的黑脸老包。

苗象天急道："少东家，你……"

卢豫海抹完了脸，又把土料抹得全身都是，跟身旁一个普通窑工没什么两样了，这才像个顽童般地回头笑道："苗相公，你看我像不像窑工了？"

苗象天哭笑不得道："这……少东家，瓷土黏性大，少东家皮白肉嫩的，这不糟蹋了吗？回头老爷夫人怪罪下来……"

卢豫海搓着手上的瓷土，摇头笑道："我若是出了窑场，还是皮白肉嫩的模样，号坎上一尘不染，那才会让老爷夫人生气呢！别废话了，快点儿带我烧窑吧，就从这选料取土的第一关做起！"

卢豫海说着，突然从一个挑担的窑工手里抢过扁担，自己扛上了肩头，耀武扬威地走向远处的工地。这下不光是苗象天，就连一旁的窑工们都看呆了，这是哪门子少东家？谁也不敢再提什么让他在一边瞧着的话了。

苗象天见众窑工们都傻了眼，便喝道："都傻愣着干什么，没看见少东家亲自下窑了！"窑工们这才喷喷议论着各自干活去了。

远远的一口窑后边，杨建凡默默地看着他们，暗自叹了口气，一行浑黄的泪水淌了下来，他一边轻摇着头一边朝回走。杨建凡今年五十多岁，以前在董家老窑理和场跟卢维义、卢维章兄弟一起烧窑，目睹了十几年来卢家老号的风生水起，是德高望重的维世场老人儿了，就连卢维章都对他十分恭敬。

这次卢维章让卢豫海到维世场见习烧窑，暗中嘱托杨建凡悄悄观察他究竟是不是烧窑的料，有没有继承卢家家业的可能。看到刚才那个场面，杨建凡心里终于一颗石头落了地。难怪卢家会以迅雷不及掩耳之势突然崛起，难怪卢家会一而再再而三地大败董家，原来卢家从卢维义、卢维章开始发家，到了卢豫川、卢豫海这一代，两辈人个个都不含糊！

他一步步蹒跚地回到工棚，擦去了老泪，对手下一个小相公道："给大东家写条子，就说少东家没有辜负大东家的苦心，卢家有望，神垕有望了！"

窑场里一天干下来，饶是精壮的窑工都扛不住，何况是一贯养尊处优的卢豫海。天一擦黑，苗象天就死活不让他再干了。好说歹说才把他扶上马，朝乾鸣山的北坡走去。

卢豫海表面上装得若无其事，一个劲儿地说："不就是这么吗？有什么累的，我看也是稀松平常。"

苗象天知道少东家是硬挺着逞强，想笑又不敢，只好一路逢迎着送到镇上。

还没到钧兴堂大门口，卢豫海就看见关荷孤零零地站在门前，朝这里翘首望着，心里不由一暖，回头对苗象天道："好啦，我也到家了，你赶紧回去歇着吧。"苗象天哪里肯走，一直送到大门口才打马回家。

苗象天一走，卢豫海的模样遽然一变，咬着牙低声道："哎，真不是人干的活儿！"

关荷正扶着他朝门里走，被他冷不丁冒出来的这句话吓了一跳，扑哧笑出声来："瞧你这怂样，刚才跟苗相公怎么说的？什么不碍事，什么一点儿不自在都没有，原来全是骗人的！"

卢豫海忍着腿脚酸疼，瞪了她一眼："有你这么做丫头的吗？敢嘲笑本少爷，小心挨打！"

关荷憋住笑，道："你想打我吗？你倒是打呀？"

两人说笑间已经回到了卢豫海的房内。卢豫海一头扎在床上，再不肯起来。关荷端来的晚饭他也不吃，只是一个劲地喊疼，让关荷给他捶背。

关荷只好扶他起来，一双小手在他肩上轻轻揉捏，哄他道："好了好了，我给你揉着，你好好吃饭行不行？窑场里活儿累，不吃点干的不成，伤身子呢。"

卢豫海乖乖地端起碗来狼吞虎咽，顷刻间一碗饭已经下肚了。关荷看着他的吃相，忍不住又拿一番俏皮话来数落他。卢豫海经她刚才这番揉捏，只觉得浑身疲劳去了大半，兴致也上来了，把白天在窑场见到的新鲜事一一说给她听。

关荷托着下巴，一眼不眨地看着他讲，一会儿吃吃娇笑，一会儿睁大了眼睛，比在茶馆听人说书还有趣。中间卢王氏差人过来询问，卢豫海只好又去卢王氏的房里说了会儿话，回来继续跟关荷聊天。

两人嬉闹到了三更天，关荷见夜色深了，便给他收拾好了床铺，道："今天不许再说了，明天一大早你还得去窑场呢，没了精神头儿可不行。"

卢豫海有些不情愿道："早着呢，咱俩再说会儿。"

关荷正色道："二少爷，夫人让我照顾你，可没说让我陪你聊一晚上不睡的！再说天这么晚了，一会儿打更的过来，见你屋里灯还亮着，回头该怎么议论我？毕竟你是少爷，我是丫头，男女有别……"

卢豫海忽然一把拉着她的手，笑道："我若讨了你做媳妇，不就可以聊一晚上了？"

关荷的脸色骤然通红，猛地抽回了自己的手，叫道："二少爷再这样，我就喊人了！"

卢豫海仿佛被鞭子抽了一下，愣在那里，一句话也说不出，眼睁睁看着关荷气鼓鼓地端着食盘出去，心儿兀自乱跳着。刚才那话是脱口而出，连他也想不到自己会说出那样的话。

他和关荷相处这一年多，处处亲密无间，原本拉拉她的手也是平常之举，不想今天关荷却如此敏感，如此庄重。卢豫海忽地意识到，自己穿上了卢家老号的号坎，俨然已经是个成年人了，关荷也已不是以前那个可以亲昵玩耍的小丫头，刚才她那娇嗔的模样，那涨红的脸颊，真跟个待字闺中的大姑娘没什么两样。

一股倦意袭上心头，卢豫海倒在床上，草草拉了被子盖着，满脑子胡思乱想。到了卢豫海这样十六七岁的年纪，难免有了些朦胧的思春之情，但他平时接触的同龄女子不过是关荷和陈司画两人，而陈司画乖巧腼腆又天真无邪，关荷精明俏皮又泼辣干练，都是如此的鲜明，如此的别致，真是各有一番风致和意味。

卢豫海想着想着，忽而脸庞发热，他想，难道是自己该娶媳妇了？大哥卢豫川娶了陈家的大小姐，自己娶陈家二小姐陈司画似乎也顺理成章，可这么一来，关荷又怎么办呢？她伺候自己和陈司画一年多了，照顾可谓是细致入微，从来没见过像她那样懂事活泛的丫头，一双灵巧的小手，一腔灵动的心思，一副窈窕的身段，她对自己也好像情有所钟，可她刚才又为何……可惜大哥卢豫川远在开封府，若是他在，自己这点心绪多少能向他倾诉一番。

卢豫海越想下去，心里越像有千万只猫爪在抓挠。不成不成，关荷再好也是个丫头的身份，怎能做卢家的二少奶奶？就是自己愿意，父亲、母亲能同意吗？要是这么看来，陈司画跟自己倒是门当户对，两家又是世交……最好是两个都娶进来，都陪着自己，真要那样就太好了……

卢豫海就这么云山雾海地遐想着，时而发愁，时而傻笑，不知何时才酣然成眠。

3　病虎能奈恶犬何

卢豫海在神厔家里为朦胧的少年情怀而辗转反侧的时候，卢豫川却在开封府最大的青楼会春馆里流连忘返。

在开封府几个月来，卢豫川接连做了几件大事，全都是风光体面大有斩获的。他先是借鉴叔叔卢维章在洛阳的做法，说动了开封府最大的钧瓷铺子雅格居的大东家高维权，以按出窑价进货、坐股分红并补贴五万两白银的代价，全盘接手了雅格居。高维权拿了五万两现银后隐退商海，稳稳当当地享受那四成股份带来的红利。

雅格居的招牌被钧兴堂汴号的名号取代，苗文乡坐镇开封领东汴号，做了汴号的大相公。其余的中小铺子闻风而动，纷纷签下契约，定购十年卢家老号的宋钧。

卢豫川做成了这几件大事，春风得意之余，写信告诉远在神垕的叔叔。卢维章自然是开心不已，回信大加勉励了一番。卢豫川再接再厉，又通过请人疏通关系，跟开封府走河道船运生意的康建琪结成了拜把子兄弟。康建琪字鸿轩，是巩县康店康鸿猷的堂弟。康家本就是靠船运起家，水上商路四通八达，有了康建琪这个把兄弟，何愁运河商路不通，何愁江南各地生意不旺？

卢豫川不出半年就完成了卢维章交给他的第一个使命，把卢家老号的宋钧源源不断地通过水路送往各大通商口岸，换回来的，自然是白花花的银子。

手里有了银子，卢豫川雄心勃勃地开始了卢维章的第二个计划，也就是打通与豫省官场的关系。

开封府是豫省省治所在，所辖祥符、陈留、尉氏、新郑等县都是要冲之地，开封城里巡抚衙门、道台衙门、知府衙门、知县衙门四级衙门共处一城，加上河运总督在此的行营衙门，豫省的驻防将军衙门、学政衙门、藩司衙门、臬司衙门等，一个开封城里仅正五品以上的衙门就有十七八处。若真是想全部打通这些衙门，有多少银子也跟投到水里差不多。

卢豫川秉承叔叔的教诲，并不急着下手，冷眼旁观了许久，才决定直捣黄龙，一上来就盯上了豫省巡抚马千山。他不敢擅自作主，跟汴号大相公苗文乡商议了一番，亲笔写信给卢维章，信中详细分析了豫省官场的派系实力，点明了马千山抚豫以来的种种施政手段，连他府里有几房夫人、几个儿子、儿子们婚嫁与否、夫人儿子们性情如何之类都一一列举出来。卢维章览信之后同意了他们二人的判断，又从钧兴堂总号拨出了巨银十万两，用来疏通卢家与豫省官场的关系。

卢豫川接到叔父的回信后欣喜若狂，打算立刻付诸实施，不料大相公苗文乡却对此心存疑虑。

苗文乡经商四十多年，早年跟卢维章一样，也抱着读书入世的念头，后来屡考屡败，这才放弃了科举，改行经商。苗文乡一开始在晋商的茶庄当伙计，处处受到上司的掣肘，快五十岁了还只是个账房先生。卢维章创立钧兴堂卢家老号之初，痛感手下缺乏良将，四处张贴求贤告示。恰好苗文乡正是郁郁不得志的关头，当下便辞了号，投奔卢维章而来。卢维章求贤若渴，自然是委以重任，让他做了钧兴堂总号的大相公。汴号开张在即，卢维章又让他驰援卢豫川，领东汴号。开封府是豫省商、政两界风云际会之地，地位极其重要，汴号大相公跟总号的老相公其实也相去不远了。

苗文乡二十年磨一剑，终成大器，对卢维章感激涕零，对钧兴堂的生意也是尽心尽力。可这么一员独当一面的大将，却跟卢豫川坐不到一处，上次就疏通官场一事联名写信请示卢维章，苗文乡已是看在卢豫川的面子上勉强答应。他原本以为卢维章不会允许这么明目张胆地收买朝廷命官，但让他大跌眼镜的是，卢维章居然同意了卢豫川的做法，而且一出手就是十万两银子！

苗文乡兢兢业业地主持汴号生意，深知这每一两银子都是辛辛苦苦挣下来的，就这么送给那些无恶不作的贪官污吏，他心里确有不甘。再加上在晋商里待的时间久了，实在是看不惯卢豫川这么热衷官场的做派。故而当卢豫川拿着十万两银票兴冲冲地找他合计下一步的时候，苗文乡积聚已久的不满终于爆发了出来，冷冷道："少东家有钱了，就这么扔出去吗？"

卢豫川冷不防听他来了这么一句，有些吃惊道："怎么，大相公的意思是……"

"对官场那么热衷，那是他们徽商的做法！崽卖爷田不心疼，你这么个花法，咱汴号可消受不起！再说了，那些官老爷贪欲旺盛，全是无底洞，你这十万两能买回来什么？还不如在神垕多建几处窑才是正经事。大东家也是一时糊涂了，怎么能这么胡来？你借口疏通官场，天天流连烟花柳巷，这是正经生意人做的事吗？不成，我得写信去总号！"

卢豫川听了半晌，已然明白了苗文乡一肚子牢骚的由来，一阵冷笑道："看来苗大相公是看不惯豫川的做法了，也罢，这事是我叔叔定的，你不愿干，我干！有什么火冲我叔叔发去吧。不瞒大相公，我刚刚约好了马巡抚的大公子，今天晚上是又赌钱又逛窑子，我不怕你背后告我的状！告辞了！"

苗文乡在钧兴堂十几年功勋卓著，从来没人在他面前说过这样的狠话，立刻气得瞪圆了眼睛，一颏白须哆嗦着，盯住卢豫川拂袖而去的背影，连连叹道："骄奢淫逸，败家之道也！"

苗文乡和卢豫川的信几乎同时送到了卢维章的书房。苗文乡在信里痛斥卢豫川行为不检，要卢维章收回成命。而卢豫川则是再三恳求叔叔召回苗文乡，说他披着个豫商的皮，长了个晋商的心，豫省千百年来士农工商的风气人心，怎么能跟以商为重的晋省相比？两封信针锋相对，争执不下。

卢维章从信里嗅到了汴号里弥漫的火药味，顿感焦灼不安。自古将帅不和是兵家大忌，自然也是商家大忌，汴号又是刚刚建立起来，怎么经得起这番窝里斗？苗文乡在钧兴堂劳苦功高，断不能因为跟东家的人有冲突就召他回来，不然就会让在钧兴堂领东的外姓大小相公们寒心。但卢豫川说的也不是毫无可取之处，疏通豫省官场是他们叔侄俩精心谋划的大计，苗文乡观念老一些，有些不理解在所难免，也决不能因为这个就放弃了全盘的计划。

卢维章思虑再三，怎么也想不出一个两全其美的办法，只得把提起的笔又放了下来，苦思冥想之后，才字斟句酌地给苗文乡写了封密信。他先是对汴号的生意大加褒扬了一番，接下来委婉地让他专心经营汴号，不要操心卢豫川的行为，信的末尾，卢维章诚恳地写道："兄为领东大相公，弟为总号大东家，兄弟二人分处两地，然心之所系，情之所牵，已非生意二字所能道也。兄且在汴号好生作为，待他日兄荣休归隐，弟当率钧兴堂全体同仁为兄树碑立传，以彰兄之丰功伟绩也。弟维章顿首。"

卢维章把信交给下人的时候，长长地吁了一声。他觉得在苗文乡看到这封信后，至少不会干扰卢豫川了，而卢豫川大概也会见好就收，不再与苗文乡斗气。

卢维章万万没有想到，汴号的局面好了没几天，更大的冲突又发生了。他只想到了苦口婆心地调解卢豫川和苗文乡这一帅一将之间的隔阂，却忘了钧兴堂外虎视眈眈的对手，而这次的冲突恰恰由外而来，不期而至。

董振魁在洛阳惨败之后，痛失一处大买卖，自然不会就这么心平气和地接受。他和卢维章都看到了洋人是今后宋钧的最大买家，又顺理成章地把视线投向了开封府。这一次董振魁选择了静观其变，任由卢豫川在开封府里纵横捭阖，又是收购铺子，又是打通船运。董振魁一直袖手旁观，待在神垕的家中蓄势待发。

董振魁看准了一点——苗文乡老派守旧，而卢豫川年少气盛，一老一少、一旧一新两个人朝夕相处，焉有不生间隙之理？事态的发展果然让他猜中了，就在苗文乡和卢豫川矛盾公开化的当天，董家派在开封府的眼线就把这个消息传到了神垕。董振魁拍案而起，狡黠地笑道："老大，你说咱们该怎么办？"

董克温大病初愈，脸色还很苍白，咳嗽了一阵道："父亲莫不是要我去开封？"

董振魁满意道："正是！他们'窝里斗'起来了，正好是咱们下手的机会。我已经给巩县康店的康鸿猷大东家写了信，你先到巩县一趟，带着康鸿猷的亲笔信到开封去，亲手交给康建琪，咱们也不求康家别的，起码在康家的船运上，董家要跟卢家一个待遇，这是其一。"

董克温有些不解，道："都是做生意，康家不会厚此薄彼吧？又何必屈尊写信求康鸿猷呢？"

董振魁摇头道："卢豫川跟康建琪结了拜把子兄弟，那康建琪是个性情中人，你两手空空地去了，保不齐会碰个软钉子。康建琪平生最服的就是他大哥康建璧，也就是康鸿猷，你只有拿着他的亲笔信去，才可以制住康建琪，确保万无一失。"

董克温心悦诚服地点头道："还是父亲考虑得周详。这其二呢？"

"第二件事，说起来也简单，你约苗文乡喝一次茶，力邀他离开钧兴堂，到咱们圆知堂来，我让他做总号二老相公！"

董克温不由得一愣："那苗文乡与卢维章十几年的交情了，就算是父亲铁了心要挖他，只这么喝一次茶哪里就说得动？"

董振魁呵呵笑道："我岂不知苗文乡大器晚成，现在正是对钧兴堂忠心不二的时候？我不是要你说动他，而是要你在请他喝茶的时候，一定要让卢豫川知道。"

董克温顿时明白了个中玄机，失声笑道："好一个借刀杀人之计！克温明白了，这就动身赶赴巩县。"

董振魁看着他还有些憔悴的病容，便道："你的病刚好些，再等两天也不迟。"

董克温新败于洛阳，正是图谋报仇雪恨之际，哪里肯耽搁几日，况且商场态势瞬息万变，容不得片刻迟缓。董克温谢过了父亲的好意，当下回房收拾了一下，即刻便起程了。

有董振魁的书信在先，要求也并不过分，康鸿猷很爽快地答应了董克温，给二弟康建琪写了封亲笔信。康鸿猷再三挽留他多留几日，董克温却心急火燎地婉拒了。

临别之时，康鸿猷道："仁兄走得这么急，怕不是仅仅为了船运的事吧？"

董克温微微一笑道："家父常年诵读佛经，佛曰……"

康鸿猷哈哈大笑道："不可说，不可说也！"

董克温含笑告别了康鸿猷，从康家在洛河的码头上了太平船。康家不愧是靠船运起家，一条太平船能容纳七八百人，若是装运货物，不下十几万斤！董克温在太平船上无心流连两岸的风景，这一路上倒也顺风顺水，不出半日就到了开封府汴河码头。圆知堂董家老窑在开封也有分号，只不过名气上不如钧兴堂的汴号响亮罢了。圆知堂汴号大相公马瑞宇早得了书信，就在码头恭候着。董克温与马瑞宇彼此再熟悉不过，见了面也没说别的话，直接赶奔圆知堂汴号而去。

圆知堂汴号在开封府相国寺大街上，隔着不远就是有名的茶馆熙熙楼。开封府虽不比北宋年间天下第一首府那么风光，如今作为一省的都会，自然也是八街九陌，大街上往来穿梭的南北商人络绎不绝。熙熙楼始得名于北宋末年，至今不下六百年了，期间几次遭战火焚毁，如今的熙熙楼除了名字如旧，其他地方再也找不到北宋年间的滋味。唯独四面墙壁上的龛匣里陈列的一件件宋钧，还能多少带给人们一些北宋的遗韵。

董克温让马瑞宇约苗文乡喝茶，定的就是这个地方。马瑞宇刚听了董克温的吩咐，一时竟然不知所措地站着，疑惑地看着他。董克温又道："放心地去，不要冠冕堂皇地从正门进，也不要做得悄无声息，明白了吗？"马瑞宇到底是个精明过人的大相公，总算听明白了后边这几句话，赶紧点着头去办了。

不出董克温所料，苗文乡果然一个人来了。熙熙楼的雅间布置得古朴雅致，两人落座之后，旁人都识趣地退下，董克温端起茶杯，轻吹着漂在杯口的茶叶，笑道："苗大相公，久仰大名，相见恨晚啊。"

苗文乡冷冷一笑道："董大少爷有话就请讲到当面，老汉柜上还有些事情要忙，没工夫多待。"

董克温笑道："苗大相公果然是爽快人！克温就开门见山吧，敢问苗大相公一句，如今钧兴堂汴号里，是苗大相公主事，还是卢豫川少爷主事？"

苗文乡一愣，随即道："钧兴堂上下几千口，无论相公还是伙计，吃的都是卢家的饭，自然是我们大少爷主事了。老汉只是替人领东而已。"

"这就奇了，豫商自古都是东家出钱，相公伙计出人，哪儿有堂堂汴号不是大相公主事的？"

"大少爷若是讲这些，老汉就不耽误工夫了，告辞！"

董克温叫道："且慢！克温还有话说！"

苗文乡这才重新落座，气鼓鼓地看着他。

董克温道："大相公和我都是明白人，如今大相公在汴号被一个黄毛小子欺负，豫省商帮里早就议论纷纷了。若大相公肯在钧兴堂辞号转到我董家来，家父许诺让大相公担任圆知堂总号二老相公，仅次于老相公迟千里！待迟老相公荣休之后，你就是圆知堂董家老窑的老相公了！"

苗文乡盯着董克温的双眸，眼睛里迸出一片火花，忽而失声大笑道："真是天下第一可笑！荒谬之极！苗文乡一介书生，不得已弃文经商，二十多年默默无闻，直到卢大东家启用之后才重见天日，你要我背叛卢家，背叛钧兴堂，可笑！可鄙！莫说卢家和董家有世仇恩怨，就是毫无瓜葛，老汉背主求荣，会引来豫商里多少人的耻笑！就是董大少爷有脸说这些话，老汉我还没脸听这些话呢！可笑，可笑！"

苗文乡一面说着，一面腾地站起来，连招呼也不打便拂袖而去。董克温面无表情地看着大开的房门，马瑞宇小心翼翼地进来，察言观色道："少东家，您……"

董克温淡淡一笑道："这件事做得漂亮，茶钱记在我的头上吧。"说着，飘飘然离开了雅间。

马瑞宇目瞪口呆地看着他的背影，嘟囔道："这个大少爷，真是病昏了头了……"

苗文乡又可笑又可气地回到钧兴堂汴号，看着案头堆积如山的账房单目，一点做事的兴致也没了。他实在捉摸不透董克温的用意。若是真的想挖卢家的墙脚，为何些许挽留的意思都没有？若是虚张声势，为何自己恶语相加也丝毫不生气？真是奇怪透顶。

不多时，有小相公来报，说是大少爷卢豫川有要事相商。苗文乡接到卢维章书信之后颇为感动，已打定主意不再过问卢豫川的所作所为。见是卢豫川派人来请，又是什么要事，知道没有推脱的借口，便只好把单目一推，起身赶赴后堂。

苗文乡走进后堂的时候，顿时一愣。原来不只是卢豫川在座，钧兴堂汴号的小相公、相公十几个人都在场，一个个神色肃穆，坐在卢豫川两侧。中央空着一个座位，自然是留给苗文乡的。卢豫川看见苗文乡到了，站起拱手笑道："苗大相公姗姗来迟呀。"

苗文乡不愿失了礼节，一笑回礼道："柜上生意太忙，来晚了，还请少东家不要怪罪。"他说着，走到座位旁欠身坐下。

还没等他落座，卢豫川突然变了腔调，还是一副笑脸道："既然这么忙，还有时间跟董克温在熙熙楼喝茶吗？"

苗文乡骤然一惊，一屁股坐了下去，脑门上冒出一层汗珠。他毕竟是在商海里摸爬滚打几十年了，商家彼此的钩心斗角无不烂熟于心，此刻他已经看出来了，董克温这招是阴毒的借刀杀人之计。然而卢豫川一向与自己不合，又是个得理不饶人的狠角色，在这件事上苗文乡多少有些理亏。顷刻间千万条计策在他头脑里盘旋闪过，不成，为了维护钧兴堂的大局，他只有沉默对之，等以后有了机会再慢慢解释。

苗文乡打定了主意，便淡淡一笑道："老汉的确跟董克温去了熙熙楼，不过一杯茶也没喝，话不投机自然就回来了，怎么，少东家已经知道了？这不过是商家之间的寻常来往，老汉觉得也没什么吧。"

卢豫川今天召集了汴号所有有身份的人来，为的就是一举扳倒苗文乡，哪里会让他这么简简单单一句"没什么"就一笔带过了？

他咯咯一笑道："好个寻常来往！若是别的商家倒也罢了，苗大相公在钧兴堂日子也不短了，董卢两家的恩恩怨怨你岂能不知？身为汴号大相公，跟一个仇家的人品茶聊天，说不定咱们钧兴堂这点底子董克温已然了如指掌了吧？敢问苗大相公一句，他还许给你什么好处？是老相公还是二老相公？迟千里在董家老窑资历极深，你一个外人进去，充其量也就是个二老相公吧？这不是背主求荣、吃里爬外的勾当吗？我若是这样的人，自己羞也羞死了，哪儿还有脸面在这里正襟危坐，一口一个'也没什么'！"

这通杀人不见血的话陡然间劈头盖脸而来，不但苗文乡本人，就是在座的各位相公都颇感吃惊。卢豫川丝毫不给苗文乡解释的机会，一个"吃里爬外"的罪名就稳稳当当地扣在他头上了！

豫商最讲究诚信，对商伙、对东家、对同僚都讲究个诚意待人，这样背叛商号的事是人人所不齿的。一旦背上这个名声，在豫商里的前途也就毁了，哪个商家还敢用他？可苗文乡对卢家的忠心耿耿众人皆知，在座的人又都是他一手提拔起来的，谁也不能相信他会做出这样的事。但苗文乡再大也不过是个领东的大相公，说白了除了地位高，其实也跟个伙计一样，都得听东家的意思。如今东家的人就坐在当场，东家说什么，下边的人谁敢不听？谁敢不信？

众目睽睽之下，苗文乡老脸涨红，一肚子委屈憋在心里，额头的青筋都凸现着，却是一句话也说不出来，只是连连摇头。

卢豫川看着鸦雀无声的场面，心里暗暗得意，当仁不让道："人往高处走，苗大相公正是春风得意的时候，大概是嫌钧兴堂的池子小了，养不了你这条大鱼吧？可圆知堂的池子就真的比钧兴堂大吗？我看也未必。钧兴堂讲究来去自由，既然苗大相公另有高就，何时让我们钧兴堂汴号的同仁们给你办个饯行的酒席，敲锣打鼓地欢送苗大相公呀？说不定董克温此刻就在门外，正准备着骑马戴花地迎接二老相公你呢！"

苗文乡被这一连串的恶毒嘲讽激得浑身哆嗦，扶着桌子站起，只感到霎时间天旋地转，忽而嗓子眼里一阵腥甜，一口血再也压不住了，随着剧烈的咳嗽喷了出来，洒满了前襟。在座的人无不大惊失色，一个个全都离了座，想上去搀扶，但都碍着卢豫川冰冷的目光没有动弹。只有一个伺候茶水的小伙计惊叫一声，扔掉茶盘扑了过去，眼里噙泪道："大相公，您这是怎么了？"

苗文乡嘴角还流着血，欣慰地看着小伙计，道："没什么，老了，病虎能奈恶犬何！罢了，总算还有你一个人没忘了我。小潘子，扶我出去吧。"

小潘子用力搀着苗文乡离开，十几双眼睛羞愧难当地看着他们俩。苗文乡边走边叹道："人言可畏，众口铄金啊！小潘子，你记下了，从今往后我不是什么大相公了，你还会跟着我吗？"

小潘子道："我这条命都是大相公给的，不管您做什么我都跟着你！虽说我是一个小伙计，但我知道您对卢家的忠心，老天爷都看着呢！"

苗文乡摇头叹息，目不斜视地看着前方，像是对小潘子说，也像是对所有在场的相公们说着，声音冷峻得瘆人："一个小伙计怎么了，说书的讲得没错，仗义多是屠狗辈，负心总是读书人！老汉对卢家、对钧兴堂的赤胆忠心苍天可鉴，商号里的人谁不知道？可今天在座的那么多有头有脸的相公，却连一个肯为老汉说句话的都没有！我还说董克温可笑可鄙呢，照今天这样子，这天底下第一可笑的人，无疑就是我苗文乡啊！"

小潘子含泪道："大相公您放心，今天这事，大东家不会不管！"

两个人旁若无人地说着话，走出了后堂。卢豫川铁青着脸，一语不发地背手而立，脸上能垂下冰流子。在场的人纷纷感到了无地自容，他们差不多全受过苗文乡的知遇之恩，有的还是被他破格提拔起来的，眼看着他今天受到这样的奇耻大辱，谁都不忍心再保持可耻的沉默。

一个小相公鼓足勇气道："少东家，苗大相公不是那样的人，他决不会做出吃里爬外的事，还请少东家明察！"

尴尬的场面一被打破，几乎所有人都叫了起来："对，请少东家明察！"

"苗大相公不能走啊！"

"在下敢担保，苗大相公不会背叛钧兴堂！"

卢豫川冷冷的眼神扫过众人，七嘴八舌的议论戛然而止。卢豫川鼻子里哼了一声，大步走出了后堂。

相公们静寂了片刻，又爆发出更加激烈的议论声。不管怎么说，苗文乡在钧兴堂的地位不是一天两天建立起来的，毕竟是将近二十年的苦心经营，上上下下的关系盘根错节，哪里是说扳倒就扳倒的？且莫说汴号了，就是在总号也有不少他的心腹干将。

刚才大家全都被这突如其来的袭击弄得不知所措，等到明白过来，无不为苗文乡鸣冤叫屈。有的相公更是提议联名上书给卢维章，给大相公讨个清白。

群情激愤之下，大家一窝蜂似的来到了苗文乡的住处，不料却扑了个空。门房老汉说，苗文乡刚刚收拾了东西，和小潘子一起匆匆离去，看样子是回神垕的总号了。众人面面相觑，也不知如何是好。

第七章

CHAN SHANHE
LANG TAO SHA

危机四伏

1　投鼠忌器的玄机

卢豫川接到卢维章书信的时候，刚刚从马千山的府上回来。

苗文乡离开汴号一月有余，卢豫川开始是惴惴不安，静待了几天之后，心情这才慢慢平复下来。看来叔叔并没有因为苗文乡的告状而对他有所不满，到底是至亲，打断骨头还连着筋呢，一个外人的挑唆能有什么用？扳倒了苗文乡，汴号上下自然都是唯卢豫川马首是瞻了。

原本愤愤不平的相公伙计们见总号那边迟迟没有音讯，可见卢维章对汴号发生的一切都已默许，自己卖力气挣钱养家，跟东家的人过不去总不会有好果子吃，谁还会去碰卢豫川的锋芒。苗文乡在钧兴堂是多么德高望重的老人，不就是因为跟他发生了抵牾，居然被一通辱骂给扫地出门了？加上卢豫川除了花钱上大手大脚，对相公伙计们还算客气，汴号的生意倒也风平浪静，一切照旧如常，外人丝毫看不出内部的沧桑巨变。

没了苗文乡在一旁掣肘，卢豫川做起事来更加游刃有余了，重新打起了河南巡抚马千山的主意。马千山一共有两个儿子，老大马垂章在外地做官，老二马垂理还没有功名，整日流连青楼赌场，光是在城南得胜坊就欠下了五万两银子的巨债。不但如此，他还在会春馆里包了个叫钱盈盈的头牌妓女，一包就是两个月，花的银子跟流水似的。马千山虽贵为一省巡抚，每年的养廉银子不过一万多两，哪儿够马垂理这般开销？

马千山早放出话去，"冤有头，债有主，儿子欠下的债儿子还，跟老子不相干，有种的找马垂理要去。"话虽这么说，马千山主政豫省七八年了，一个知府做上三年都有十几万两银子的积蓄，何况是堂堂一省的巡抚？马垂理的那些债主们一个个咬牙切齿，谁也不敢真去巡抚衙门里讨债。

偏巧京城里跟马千山有仇的一个监察御使得了消息，一封奏折直达天听，添油加醋地告了他一状，军机处照章办事，转发给吏部考功司核查。自古为官者哪有不被弹劾的，马千山经营官场几十年，无论是京城还是河南都有一张盘根错节的关系网，这么一点罪过自然毫发无损，却也是一桩提起来就皱眉头的心事，没少拿这个痛斥马垂理。久而久之，马垂理一见老子就躲着跑，跟老鼠见了猫似的，唯恐又被训得灰头土脸。

这件事传到卢豫川的耳朵里，居然成了天大的好消息。俗话说："救急不救穷。马垂理固然说不上穷，也不是还不起，只是作威作福久了，不想花钱罢了。卢豫川接近马千山的主意早已定下，只是一直苦于没有机会，眼下正是千载难逢的好时机。

卢豫川和马垂理是赌场上的老相识。卢豫川立刻发帖子约他出来喝酒，马垂理是个饕餮之徒，自然是欣然前来。

酒过三巡，菜过五味，卢豫川故意问起了他躲债的事，马垂理顿时跟霜打的茄子似的蔫了。卢豫川趁机拍胸脯保证，马垂理欠下的银子，全部由钧兴堂汴号代为偿还，算是交了个朋友。马垂理闻言大喜，当即就要跟卢豫川结拜兄弟。两人像模像样地跪地焚香祷告，卢豫川装出一副兴高采烈的模样，心里却对这个脑满肠肥的纨绔子弟鄙夷至极。谁家的银子都不是大风刮来的，若不是为了打通他老子的关节，谁愿意花这个冤枉钱？

靠着那张五万两现银的银票，卢豫川终于迈入了梦寐以求的巡抚衙门。马千山听说有人替儿子还债，倒不像是马垂理那样欢天喜地，反而细细询问了一番卢豫川的底细。再三考虑之后，马千山终于同意见上卢豫川一面，地点就放在巡抚衙门的后院花厅。踌躇满志的卢豫川在花厅里苦苦等了几个时辰，从傍晚一直等到了深夜，这才见到了马千山。

卢豫川遥遥看见一群人簇拥着一个衣着华丽的人走过来，忙双膝跪地，朗声道："神垕钧兴堂卢家老号卢豫川，叩见巡抚大人！"

马千山一副愕然的神情，仿佛真的是公务繁杂，刚想起来还约了这么个人。卢豫川伏在地上，听见一个漫不经心的声音道："你就是卢豫川？我听垂理讲过你，很好，很好。"

卢豫川又叩头下去，直起身子道："钧兴堂是小字号，今后还望巡抚大人多提携！"这是他第一次见到巡抚一级的官员，激动得牙关哆嗦，热切的目光打在马千山的身上。

马千山撩袍坐下，早有人送了茶过来，他接过去端在手里，微微一笑道："钧兴堂急公好义，很好，很好。"说着，把茶杯轻轻一举。

端茶送客是清末官场的风俗，卢豫川在官场里头混了这么久，当然知道这个动作的含义，本来准备好的一套说辞看来全都是白费工夫了。他虽不甘心，却也只好站起来道："巡抚大人过奖了，草民自当安分守己，做个顺民百姓。"

马千山乜斜了一眼，一个师爷会意，迎上来笑道："时候不早了，马大人还有许多公务要办，卢东家这边请。"

卢豫川又看了眼马千山，百般不舍地随师爷走出花厅。直到他进了钧兴堂汴号，还如同做梦一般。五万两银子，就换了那两句话？这个买卖真是赔得大了。

卢豫川懊恼地回到房里，心里再难以平静下来。他胡乱翻着几本账册，心情愈发烦躁，便披衣出门，对外边睡眼惺忪的车夫喝道："备马，去马行街！"车夫揉着眼睛套车去了，嘴里小声嘟囔着什么。

马行街夜市闻名全国，是开封府最繁华的地段。会春馆就在马行街上，看来少东家又要去找那个叫苏文娟的粉头去了。豫商里有严规，外出驻号跑码头的人，无论是大相公还是跑街伙计，一律不得带家眷、不得喝花酒、不得捧戏子、不得逛妓院，卢豫川死了老婆后还是鳏居独处，所以这几条，除了带家眷，其余的却是全给破了个遍。可在钧兴堂汴号里，他就是最大的爷，谁又敢说他的不是？

工夫不大，车马已经备好，卢豫川心急火燎地上了车，吩咐道："去会春馆！"

车夫应了一声，扬鞭赶马，心里却连连长叹。规矩有人定，自然就有人来破，卢豫川这么肆无忌惮地败坏豫商行规，难道大东家卢维章就一点儿都不知道吗？

月儿弯弯，惨白地悬在天际，照得开封城里外清亮无比。相国寺大街上寂寥无人，一辆马车吱吱呀呀地出了钧兴堂汴号的大门，朝着城东的马行街迤逦而去。

苗文乡回到神垕家中，一连三日闭门不出。汴号人事巨变的消息眨眼间传遍了神垕各大窑场，有幸灾乐祸的，有替他鸣怨的，也有冷眼旁观的，大家都在揣摩着卢维章的心思。

苗文乡膝下有两子，大儿子苗象天在卢家老号维世场做掌窑相公，二儿子苗象林在钧兴堂总号做学徒，尚未出师，一家人吃的都是卢家的饭。苗文乡受辱辞号，家里人反应最激烈的就是老二苗象林。

苗文乡回家的头天晚上，苗象林听了父亲的讲述，气得怒发冲冠，当即就要找卢维章评理。苗文乡瞪了他一眼，骂道："就你火气大，你一个学徒，能见着大东家吗？自不量力的蠢货，要是匹夫之勇能办成事，哪里轮得到你？"

苗象林急道："那也不能就这么辞号拉倒啊，你一个大相公，是大东家亲自下聘书定的，照豫商的规矩，就是辞号也得经过大东家批准，他一个卢豫川凭什么这么擅权？"

苗象天自始至终都没有说一句话，只是默默地坐着。苗文乡看着苗象林，摇摇头道："亏你还在总号干了这么多年，豫商最讲究每临大事有静气，事情既然发生了，你着急有什么用？多学学你大哥，遇事不要慌张，所谓乱中出错，自己阵脚一乱，那就是一点翻盘的希望都没了。"

他斥责了一番老二，转脸看着苗象天，淡淡道："老大，你琢磨半天了，说句话吧。"

苗象天思索良久，一直没言语，见父亲点了将，这才终于说话了。他这第一句话就语出惊人："爹，您说的对。我看卢豫川此举不但不是祸事，反倒是天大的好事！"

苗象林皱眉道："大哥越说越离谱，不明不白遭了'吃里爬外'的罪名，这算什么好事？"

苗象天一笑道："你慢慢听我说。卢豫川此举甚不明智，原因有三：第一，爹在钧兴堂劳苦功高，对钧兴堂、对大东家的知遇之恩没齿难忘，这是尽人皆知的，傻子才会相信爹能背叛钧兴堂！爹跟卢豫川一向不睦，也是尽人皆知。就算爹私见董克温不对，大家也会觉得卢豫川多少有些公报私仇的嫌疑，这事在情理上就说不通。其二，卢豫川凭着一个道听途说的消息，不问青红皂白就把爹赶出了汴号，丝毫不去调查个清楚，连'驻外大相公打理生意、东家不得妄加干预的老规矩'都不顾了，这就是违背了祖训，违背了祖训就是不孝，他又输在了道义上。第三，董克温此举摆明了是借刀杀人，趁着卢豫川和爹的矛盾下了黑手，背后的主使者毫无疑问就是董振魁。卢豫川中了圈套还洋洋自得，可大东家何等精明，董家这点把戏能瞒得过他吗？有了这三点，爹看似被动，实则主动，卢豫川看似春风得意，实则处处树敌，胜负之势已然是不言而喻了。"

苗文乡喟然叹道："卢大东家也是人，一个是亲侄子，一个是老朋友，他倒向哪边都不好办啊。"

"这正是我所说的天大的好事。大东家深谙豫商之道，在突发大变之际不会忘了规矩。正如爹所言，大东家现在是左右为难，而左右为难的结局最有可能是各打五十大板，此事最终不了了之！爹无疑受了委屈，大东家为了平息众怒，维护钧兴堂本姓外姓一视同仁的信誉，自然会对爹加以抚慰。爹已经是汴号的大相公，汴号在钧兴堂地位尊崇，跟半个总号老相公也没什么差别。如今大东家自领总号老相公，而爹再升一级也是总号老相公了，所以我说，大东家很可能会辞去老相公，将爹扶上钧兴堂一人之下万人之上的高位！我现在维世场辅佐二少爷卢豫海见习烧窑，在我看来，将来钧兴堂大东家未必就是卢豫川，侄子再亲能有儿子亲吗？爹不必担忧，二弟也不必急躁，我断定卢大东家或早或晚，定会给大家一个交代！"

苗文乡目光炯炯地看着他，道："依你之见，老汉哪儿也不去，就坐在家里等？"

苗象天笑道："对！爹万万不能去见大东家，一见就是担上了告状的嫌疑。此事事关重大，大东家此刻怕是心里早已有了处置的章程。用不了多久，汴号的生意就会被董家打得落花流水，到了那时，就是大东家想为卢豫川开脱，怕是都做不到了。爹何必同一个心胸狭隘的人计较，您就待在家里好好歇上一段日子，静观其变吧。"

苗文乡哈哈大笑，盘桓在他心头整整一天的阴霾终于散尽。在回神垕的路上，他已经从最初的慌乱中理出了头绪，而苗象天不过一顿饭的工夫，居然把整个事件分析得井井有条，大有青出于蓝的架势！天底下最让男人得意的事情，就是看到自己的儿子出类拔萃，这倒是个意外的惊喜了。

他满意地点点头："你的这番见解跟为父一般无二，看来这几年你在窑场里历练得有长进了。象林，明天你照旧去总号上工，但凡有人问起，你就说老爷子年纪大了身体不好，在家歇着养病，别的什么也不要讲。"

苗象林挠着脑袋，总算是听出了一些门道，不再嚷嚷着告状了。第二天，他到了总号账房，果然有不少人旁敲侧击地打听，苗象林就按照父亲的交代，照本宣科地一一回应。众人无不感到诧异，谁都没看明白苗老爷子到底打的什么主意。

真正明白苗文乡心思的，只有卢维章一个人。苗文乡返回神垕的当天，就有人把汴号发生的所有事情原原本本地讲给了他。

清末豫商讲究东家出钱，相公出力，大东家名义上不管具体的生意，但在各个分号都得安排人，不然谁放心把自家的生意一锅端地交给外人操办？小相公苏茂东就是他在汴号的眼线。

苏茂东论年纪比卢维章还大，也学过几个字，算是粗通文墨，平日里又喜欢喝茶听书，一封秘信写得声情并茂，虽说是白字连篇，读起来竟也跟本稗官小说似的。一时间，卢豫川的咄咄逼人、苗文乡的张口结舌、众位相公的敢怒不敢言等种种情形无不跃然纸上。

卢维章看后呆了半晌，仿佛亲身来到了汴号的后堂，不禁也被当时疾风骤雨般的场面深深震撼了，好容易才从想象里抽身而出。

他默默地放下了书信，在书房里来回逡巡踱步，心思就像荒地野草般滋长着，脑海里一片混乱。他知道卢豫川年轻气盛，满脑子都想做个一等一的豫商大家，也明白苗文乡在经商之道上太过于老成持重，但他终究没有想到以卢豫川之精明，苗文乡之忠诚，会在汴号闹出这么一出好戏来，会被董振魁如此明显的一招"借刀杀人"弄得满城风雨。

苗文乡负气还乡，等于把汴号统统交给了卢豫川，而汴号肩负着卢家老号东西南北商路的中转重任，董振魁父子对汴号又是虎视眈眈，稍有不慎就会连累到整个钧兴堂的生意。

卢豫川就是再有手段，经商上毕竟还是个生手，哪里能把整个担子挑起来？还是需要像苗文乡这样德高望重的老人坐镇汴号，才能做到万无一失。可卢维章转念一想，卢豫川在洛阳办砸了差事，一颗火炭似的心都在汴号上，何况前几个月的生意经营得着实不错，江南商路的局面也是如火如荼，实在是找不到结实的借口。

卢豫川赶走苗文乡，说白了也是嫌他观念守旧，为的是自己敞开手脚大干一番，若是在这个当口上召他回来，会不会冷了他的心？年轻人心态总归是波动不定，一旦在他春风得意的时候釜底抽薪，难免会就此颓废下去，再想振作起来怕是难上加难了，这又如何对得起为卢家死于非命的哥嫂呢？

所谓关心则乱，一边是自家生意，一边是骨肉亲情，卢维章苦思冥想了整整一夜，竟是一点儿对策都没有。

权宜再三之后，他只好给苏茂东去了封秘信，一则要他留心卢豫川的一举一动，如有意外立即来信告知；二则是注意打听汴号各位相公伙计的态度，如实回报。汴号刚刚建起来，相公伙计都是卢维章亲手从总号挑选出来的，个个都是钧兴堂得力的人才，虽然没了苗文乡坐镇指挥，只要卢豫川不太过胡闹，一时半会儿倒也不会出什么大事。在这一点上卢维章还是能放心的。

卢维章送走了信使，东方已是天光大亮了。不知不觉一整夜的工夫悄然过去，卢维章多少感到了周身的疲惫。

快二十年了，自打他手创钧兴堂卢家老号这个招牌开始，几乎每个夜晚都是在千头万绪的生意里度过的，六千多个日日夜夜一晃而过，把个四十多岁的中年汉子操累得身心俱疲。尤其从去年跟董家的霸盘生意以后，接连几场恶战下来，卢维章虽是全胜之师，可无论是精力还是体力都大不如从前了，种种苍老的痕迹在他身上暗暗滋生。

卢维章在小院里打了一趟太极拳。这套标准的陈氏太极是他特意到怀庆府温县陈家沟学来的，一招一式都透着陈氏太极的精髓之处。一趟拳打完了，他这才觉得恢复了一些元气，忽然想起当年哥哥卢维义呕心沥血强记禹王九鼎图谱的往事。

那时的卢维义多么精壮的身子骨，不就是因为费心太过而瞬间老迈的吗？由人及己，卢维章感到一阵凄凉。

多少人羡慕富商之家的钱财用之不尽，可商家夙兴夜寐的操劳、求一宿安眠的艰难、周旋在商海暗涛汹涌的战战兢兢竟是无人问起。纵观天下各省商帮，又有几个大商之家不是如此？又有几个大东家不是未老先衰？想到这里，卢维章再也无法把第二趟拳打完了，便收了势，默默地伫立在院里静思。

不知过了多久，一个人悄然进了小院，无声无息地站在卢维章背后，凝视了好久，慢悠悠道："听说老爷又是一夜没睡，身子熬得住吗？"

卢维章睁开了眼，回头道："你怎么来了？"

卢王氏人到中年，虽不如年轻的时候俏丽，也自有一种成熟妇人的风致。她跟卢维章成亲二十年，一起从苦日子里熬过来的，夫妻感情根深蒂固。在卢维章艰辛创业的时候，卢家还是家徒四壁，卢王氏一个人带着一大一小两个孩子，还要处处为卢维章着想，难处可想而知，可她从没让卢维章为家事分过心，自己独力承担了下来。

卢维章对此颇为感激，功成名就后便立了一条规矩，卢家子孙不得纳妾，只准娶一房夫人。这在豫商里倒是特立独行的做法，自古商家都是认定多子多福，娶个三四房夫人不但是自己享受，还是众人面前夸耀的谈资，只有神垕的卢家与众不同。不过别的大家子里妻妾争风吃醋、众子争夺家产的事情，在卢家却是从来没有过。再加上卢王氏持家有道，把钧兴堂里百十口人整置得各司其职，从没出过一点乱子，卢维章这才可以全身心地投入到生意里。

卢王氏深情地看着丈夫，轻手挽住了他的胳膊，笑道："今天觉得精神还好，在家里四处走了走，听下人说老爷书房里的灯亮了一夜，怕是又没能歇息吧？"

卢维章感到阵阵暖流，便微笑道："也没什么，操劳的日子久了，生意再熬人，能比烧窑更累吗？夫人就要生产了，有事打发个下人来就行，何必亲自来呢？"

两人说着话，卢王氏扶他走进书房，给他倒了壶热茶，看着他喝下去，这才道："我从没问过卢家生意上的事，今天我也不想问，不过此事牵连到豫川，我却是不能袖手旁观的。"

其实卢维章早就看出来她是为何而来，只是一直没有说破。见卢王氏开了口，他便笑道："就是夫人不说，这么大的事我也要跟夫人合计合计。既然夫人来了，不妨就说说吧……豫川的事情，你都听说了吗？"

卢王氏见他这么说，反而有些不自然了，脸红道："我一个妇道人家，本来不该管分外之事。但大哥大嫂是为卢家而死的，他们就留下了豫川这一点血脉，如今豫川犯了错，也是咱们叔叔婶子教导无方，不能把罪过都算在豫川一个人头上。"

卢维章脸色凝重起来，道："我也正是因为这个才难以决断啊……汴号发生的事情，家里的人都知道了吗？"

"神垕就这么大的地方，我想此刻不但是家里人，就是全镇各大窑场都传遍了吧？"

"如此说来，这件事不容再拖，必须尽早做个了断。不瞒夫人，我昨晚想了整整一夜，什么法子都想到了，还是难以抉择。豫川不问青红皂白就赶走苗大相公，出于公心，出于生意，我都不能坐视不管，不然规矩何在？没了规矩，还拿什么做生意？但除了这件事，平心而论他在汴号做的的确不错，贸然召回恐怕会伤了他的心气，也会使他对咱们有所不满。他毕竟是卢家的少东家，将来卢家全部家业都是要交给他的。家业大了，最忌讳的就是自己人的心不齐，一旦内乱起来，难免会给外人可乘之机……"

卢王氏深深地看着他，忽然道："豫川一心要做个比你还厉害的大商家，他在汴号是做大事的，不妨咱们把他召回来，也分给他个大事去做，照样能遂了他的志愿。这样不好吗？"

卢维章心机一动，急促地看着她道："夫人快快讲下去！"

卢王氏抚着肚子，笑道："我以为眼下钧兴堂最紧要的事，一个是四处开拓生意，一个是重制禹王九鼎。豫川在汴号做的是头一件，咱们把他召回来督造禹王九鼎，不也是为卢家做大事吗？何况朝廷催得那么急，禹王九鼎的图谱又是他父亲写成的，让他回来督造顺理成章，我想他也不会想得太多。只要豫川离开了汴号，不管是派苗文乡大相公回去，还是另外选派个人去，起码在豫商里不会有人再说卢家内外有别，只顾东家不顾生意了。豫川另外有了更大的差事，也是体体面面地离开汴号，脸上也没什么丢人的……我这是妇人之见，老爷就权当听个闲话吧……"

卢维章听得眼睛雪亮，腾地站起，急促地走了两步，道："这怎么是闲话！夫人一席话，我心里豁然开朗，这正是两全其美的办法，可叹我卢维章苦苦想了一夜，却没想到这样的计策！"

卢王氏赧颜道："老爷是当局者迷，我是旁观者清而已……事已至此，大可放心豫川了，但老爷不要忘了另外一个人啊。"

卢维章一拍脑门："你是说苗文乡？请夫人放心，我已经有了打算……今天晚上我就去苗家，见见苗文乡去。"

卢王氏看着他兴奋的模样，哧哧笑道："看老爷一提起生意就如此振奋，刚才是谁在院子里愁眉苦脸的，跟别人欠了几吊大钱似的，可笑死人了……"

2　我要你毁了禹王九鼎，你敢吗

苗文乡在汴号大半年了，这还是第一次回家。老伴苗李氏做了几十年的商家妇，对这倒是习以为常。豫商的规矩，驻外字号里不得携带女眷，无论是大相公还是小伙计，一律得驻外整三年才能给两个月的探亲假。

这次苗文乡是被少东家赶回来的，毕竟算不得光彩，但在苗李氏看来也没什么，六十岁的人了，还能有几年干头？眼下孙子都有了，正好一家人团团圆圆地尽享天伦，再不用去掺和什么生意了。故而刚用过早饭，苗李氏就抱着小孙子来到苗文乡房里。

见他兀自坐在桌前发呆，苗李氏笑道："好啦好啦，都干了一辈子了，这回可不是我不让你干，是人家卢家的人把你撵回来的，你还有什么说的？好歹也是从大相公位置上退下来的，还有什么不知足？你看咱家淘气，跟他爹、跟你一个模样。"说着，苗李氏把小孙子递给他，嘴里道："看咱们小淘气，爷爷回家了也不来看看，心里委屈着呢！"

苗象天得子的时候，苗文乡还在汴号张罗生意，光听说儿子生了个胖小子，乳名叫淘气，却是从没见过。昨天他心情暗淡地回到家里，也没顾得上去看看孙子，如今看见襁褓中的小淘气，一时间把满腹的思绪抛却脑后，接过孙子就再也看不够了。苗文乡在生意上操劳大半辈子，从未享受过含饴弄孙的天伦之乐，跟淘气嬉闹一番，不由得喟然叹道："也罢，卢大东家不来找我，我也不去找他，反正每个月二十两银子领着，你我老两口的月银也就有着落了，就算是荣休了吧。"

钧兴堂十五年大庆的时候，卢维章为了答谢各位相公，特意定下了规矩：凡是在钧兴堂草创时期就在卢家老号做事的，六十岁荣休之后，每个月还能领半俸的薪水，算是钧兴堂的一番心意。新堂规宣布的那天，钧兴堂大小百十个相公无不感激涕零。众目睽睽之下，卢维章端起酒杯道："天下四行，士农工商，人家都说上三行好干，商家最是难当，因为什么？当官的老了有俸禄，种地的老了有儿子，做工的老了有手艺。我们做生意的也是人，咱们老了、病了，也得过上人的日子。从此往后，钧兴堂是我卢家的，也是在座诸位的，大伙儿不为别的，就是为了日后养老，也得同心协力、好好干吧！"他的话刚说到一半，大厅里已是欢呼雷动，简直要把房顶掀翻。

回忆起那时的场面，苗文乡不免又是一阵长吁短叹，道："要说我还有什么不舍得，就是不能看到钧兴堂在我手上发扬光大！唉，辜负了卢大东家一番苦心了。"

苗李氏还没来得及接话，就听见外边有人高声说道："苗大相公此言差矣！"苗文乡一听见来人的声音，脸上立刻激动起来，抱着淘气就往外走，跟来人正好撞了个满怀。

苗李氏早看呆了，看见卢维章笑意盈盈地进到屋里，竟是一点儿反应都没有。卢维章见他还抱着孩子，就笑道："我说苗大相公回了神垕，怎么也不去我那儿说个话，原来是躲在家里抱孙子呢。几个月大了？"

他一边说着，一边掏出一块碎银子，塞给苗李氏道："象天也是小气，这么大的好事也不知会一声，连个送礼的机会都不舍得给我！孩子取名了吗？"

苗文乡这才意识到自己还抱着淘气，尴尬地把孩子递给了老伴儿，道："只有个乳名，叫淘气。"

卢维章放声大笑道："好名字，好名字！男孩儿不淘气，将来怎么能成材？"

苗李氏灵机一动道："那老婆子就斗胆请大东家给取个官名吧。"

卢维章此行就是为了打消苗文乡的顾虑，维护钧兴堂上下亲如一家的名声，当下便不推辞，仔细想了想道："就叫苗陶钧吧。陶在钧之前，因为陶是钧的老祖宗，钧又是咱们神垕的特产，苗大相公的孙子，值得起这样的名号！"

苗文乡没想到卢维章真的给孙子起了名字，又蕴含着那么深的期许，自己分明是被赶回家赋闲的，可卢维章一口一个"大相公"地叫着，难道大东家真的对自己还是一如既往吗？

他的心急剧地跳动起来，瞪了老伴一眼道："就你会添乱！快抱淘气下去吧，我跟大东家还有话说。"

苗李氏喜不自胜地抱了孩子下去，一路上"陶钧""陶钧"地叫个不停。

卢维章笑着看了看苗文乡，打趣道："原来苗家的规矩是不请客人落座吗？"

苗文乡这才意识到两人都还站着，老脸顿时一红，忙招呼他落座，道："大东家，我刚才……"

卢维章开门见山道："大相公且听我一言。今天，我是替豫川请罪来了。大相公在汴号受了委屈，这我都知道，你也不要跟年轻人一般见识。听象林说你身子骨不好，那就在家养上一些日子，等痊愈了再出来做事。我自领老相公的日子也不短了，一直寻思着找个人来分担。你在总号干了那么多年，又在汴号干得有声有色，遍观钧兴堂各路英才，这个老相公的位置非你苗大相公莫属啊……"

说罢，卢维章一脸诚恳地看着苗文乡，又道："这事就这么定了，聘书我明天就让人送过来。不过老相公还得等上几天，等我把汴号那边安置妥当……我眼下也有不少难处，不能立马就让你赴任。等时机成熟了，我自会照着豫商的规矩，给老相公荣升摆上三天的大戏庆贺，你看如何？"

苗文乡还能再说什么，只有俯首帖耳道："老汉何德何能，竟让大东家如此看重！"

卢维章摆手笑道："老相公莫要自谦了。刚才我听见你说什么荣休，说什么每月二十两银子，权当我什么都没听见。难道以老相公的抱负志向，仅仅是二十两银子吗？眼下我有了个章程，是跟他们晋商学的，今天正好跟老相公好好商议一下。"

苗文乡擦了擦溢出的老泪，道："苗文乡这辈子算是都给了钧兴堂了！大东家说吧，不过若是老汉没猜错，可是学晋商的身股之制吗？"

卢维章赞许道："老兄果然是老辣至极！这次汴号发生的事，前前后后我都了如指掌。董克温以二老相公之位虚席以待，老兄坚辞不受，这不是常人所能及的。你刚才也说，要把一辈子都交给钧兴堂，我当求之不得了，但只有一个老兄你还不够。钧兴堂的生意要想长盛不衰，只有每个人都像老兄这样才有希望。晋商里为什么很少有人辞号，就是因为一个身股制，一辞号以前的辛苦全都白费了，只有这样才能留住人，有了人才有做事的本钱！我昨天想了一晚上，毕竟每人的秉性和心胸各不相同，不是每个人都像老兄那样有坐怀不乱的气度，那种诱惑若是在别的分号大相公眼前，说不定就正中下怀了。所以我思索再三，还是得推行身股制。今后每个钧兴堂的人，上至你老相公，下至每一个伙计，都在账上领一份身股，具体多少等咱们详细合计了之后再定。一旦身股制建了起来，钧兴堂人人就都是东家，每年坐股分红，这样一来，不但没人敢再挖卢家的人，就是其他字号的人才还不都挤破了头到钧兴堂来？"

苗文乡顿足叹道："不愧是大东家，居然从董家借刀杀人之计想到了推行身股制！老汉没有二话，只要大东家下定了决心，老汉一定会全心全力协助大东家，做成这件豫商里开天辟地的大事！"

卢维章起身笑道："此事非同小可，我看老兄这些天是有的忙了，你就在家好好筹划此事，务必拿出个详细的章程来。等老兄正式上任的那天，我就可以腾出手来，一面全力以赴重制禹王九鼎，一面专心推行这身股制！好了，我今天可谓不虚此行，告辞了。"

苗文乡再三挽留也没能留下卢维章，只得看着他大步离开。

卢维章前后不过是待了一盏茶的工夫，却在谈笑之间定下了建立身股制的大事，也彻底征服了苗文乡这个干将，有了这个豫商精英的倾心辅佐，何愁大业不成？卢维章走后良久，他的话还仿佛阵阵春雷，不但在书房中盘旋不绝，也将苗文乡心头的坚冰融为一池春水。

卢豫川第二次走进巡抚衙门，心里多少有些忐忑不安。他本来在苏文娟房里听她弹琴解闷，琴声如泣如诉，却也化解不了卢豫川的满腔心事。这些日子因为马千山的事，他的心情实在是沮丧到了极点。

思虑再三，他还是提笔给神垕家里去了封信，告诉叔叔五万两银子花得不明不白，人家仿佛并不领情，根本没起到预期的效果。

好在卢维章似乎并没有怪罪，反而回信安慰他说跟官府打交道心急不得，只要钱花了出去，迟早定会有用，大鱼只有放长线才钓得起来。可卢维章越是这么说，卢豫川的心里越是愧疚。

为了实施打通马千山的计划，他不惜借故赶走了掣肘的苗文乡，在汴号引发了一场轩然大波，也破了豫商的传统。叔叔却并未因此责怪他。这次本是志在必得的一次出手，马千山却只是不冷不热地几句话就给他打发了，整整五万两银子就这么打了水漂，搁在谁家谁不心疼？他原本以为这一次必定会引来一番责怪，可叔叔偏偏又是轻描淡写地一笔带过。就是叔叔不在意，总号那么多张嘴能闲着吗？人言可畏、众口铄金啊！

卢豫川想到这里，再美妙的琴声也听不进去了。他怅惘地站起身，来到窗前。楼下就是熙熙攘攘的马行街，沿街叫卖的小贩、往来穿梭的行人、视线所及之处无不是一派繁华鼎盛的气象。

卢豫川呆呆地看着窗外，一时满腹愁绪齐齐涌上心头，郁结成团，仿佛亘在河中的一块巨石。他沉思良久，忽然感到腰际一阵温暖，低头看去，却是苏文娟的两条玉臂环扣在腰间，背后一阵娇声道："少东家有什么心事？连奴家弹琴都听不得了。"

卢豫川回身抓住她的手道："还不是生意上的事情，这跟你不相干。来吧，再弹一曲《春江花月夜》。"

苏文娟轻轻摇了摇头，道："好曲子要配上好心情，少东家心情不好，再好的曲子听上去也跟庙里和尚念经差不多，还有什么趣味？不如你我就这么站着，看看窗外的景致吧。"

苏文娟是江南扬州府人氏，今年刚刚是十八九岁的妙龄，在会春馆只卖艺不卖身，人称琴棋书画"四绝粉头"。

卢豫川与她初交的时候，并未觉得她有何独到之处，点了几次她的牌子后，再跟其他的姑娘在一起就觉得高低立现，竟是"曾经沧海难为水"的感触。苏文娟也是对他情有独钟，一颗心都扑在了他身上。两人相处的日子久了，越发的心有灵犀，许多事都是会心一笑，便彼此明了，用不着更多的言语。

此刻他们俩相拥站在窗前，苏文娟软软地靠在卢豫川的胸前，感受着他的心跳由快而慢，继而平静如常，不由得脸颊上露出两个深深的酒窝。美人如玉，拥在怀中，卢豫川似饮醇酒，渐渐地，手上也不老实起来，时而掠过她的两腮，时而轻触她的发梢。苏文娟嘤咛一声，挣开了他的怀抱，满面含羞笑道："少东家，奴家可是卖艺不卖身的。"

卢豫川正是青春年华，浑身的血液已经沸腾起来，怎能甘心就这么给她逃脱，便快步追了上去道："活冤家，你真就一点不动情吗？"

苏文娟笑而不答，只是一味地躲闪。两人在房里你追我赶，卢豫川终于扯到了她的衣袖，顺势一拉，披在她身上的轻纱罩衣顿时脱落。苏文娟惊叫一声抱住双肩，急道："少东家莫要再追了，给妈妈听见可了不得！"

卢豫川两眼喷出火来，大声道："不就是三千两的梳拢钱吗，我给！"

苏文娟又羞又急道："少东家且慢！"卢豫川早把她拦腰抱起来，大踏步走向床边。苏文娟用力挣扎，道："少东家，你能听我说句话吗？"

卢豫川只顾抱着她，一句话都不想再说了，把她横放在床上，两手乱扯着小衣。苏文娟拼命直起身来，叫道："少东家！你若是再这样，奴家真的要叫了！外边就有人时刻守着，到时候真的冲进来，岂不是两下里尴尬吗？"

卢豫川闻言一愣，苏文娟将散乱的衣服遮住身子，低声道："少东家对奴家的心，奴家岂能不知道？但会春馆有会春馆的规矩，奴家此刻还是姑娘的身子，一旦给少东家梳拢了，就是跟寻常娼妇一般模样了，难道少东家真的肯这样做吗？"

卢豫川懊恼地坐在床上，默默想着心事。苏文娟轻轻靠在他的肩头，道："既然如此，奴家也就豁出去脸面了……实话告诉少东家，奴家赎身的银子只要一万两！奴家这几年自己的积蓄也有四五千两，少东家就是只图奴家的身子，也得三千两啊……少东家若真是对奴家有心，不如加上奴家的私房银子，把奴家赎身出去，就算没有八抬大轿明媒正娶，入不得厅堂，奴家也情愿跟着少东家做个使唤丫头，伺候少东家一生一世！"

卢豫川悚然一惊道："你真有此意？"

苏文娟正色道："奴家若是有半句虚言，死无葬身之地！"

卢豫川心头一热，猛地抓住她的手道："文娟，我……"

门外不知是哪个不长眼的，偏在这个时候敲起门来。重重的敲门声打断了卢豫川的话，他没好气地骂了一句，在苏文娟脸上轻吻一下，回头大声道："谁在外边？"

"少东家，是我啊！"

卢豫川听出了来人是苏茂东，便为难地看了眼苏文娟，起身开了门，用身子挡住门缝道："大白天的你乱喊什么，汴号被人抢了不成？"

苏茂东急得满脸是汗，也顾不上去擦，尴尬万分道："少东家，是马二少爷心急火燎地找你，说是马大人有请，让你立刻去巡抚衙门！要不然，我也不会来这儿……"

卢豫川不耐烦道："好了好了，我知道了，你在楼下等着，我这就来。"说着，他把房门重重地关上。

苏茂东呆呆地看着门，旁边一个龟奴笑道："不打勤，不打懒，就打不长眼。

我说苏相公，人家正做着好事，你这不是自讨没趣吗？"苏茂东狠狠瞪了他一眼，嘟囔着什么，转身下楼去了。

卢豫川匆匆话别了苏文娟，马不停蹄地直奔巡抚衙门。一路上他坐在车里思绪百转，刚才在苏文娟那里的春情暖意早扔到了一旁。

他怎么也猜不透马千山究竟为何这么着急让他去，难道又是马垂理惹祸了，让他赶去掏银子救火吗？这次可万万不能那么爽快就答应了，汴号的生意刚刚做了起来，有多少银子去填这样的无底洞？

出乎卢豫川的意料，他刚刚在巡抚衙门前下了车，上次那个师爷就迎了上来，满脸笑容道："卢东家来了！大人就在书房恭候，请随我来吧。"

卢豫川懵懵懂懂地跟着他一路穿廊越阁，来到了衙门后宅的书房。马千山果然在座，房内再没有其他人，就连师爷将卢豫川送进房门，也是一施礼便退下了，轻轻合上了门。屋子里只剩下他们两个，卢豫川慌忙跪倒叩头道："神垕钧兴堂卢家老号卢豫川，叩见马大人！"

马千山道："免礼免礼，卢东家不是外人了，这边坐下吧。"

卢豫川志志忑忑地落了座，拘谨地斜欠着身子，道："不知马大人让草民来，是……"

马千山咳嗽了一声，道："本官叫你来，是想跟你商量件事。此事事关重大，无论你能做到与否，都要老老实实地回答本官，你可听明白了？"

卢豫川点点头，心脏剧烈地跳动着，屁股下仿佛生了盆炭火，怎么也坐不下去。马千山不动声色道："这事情说简单也简单，说难办也难办。我就开门见山地说吧，卢家老号是不是承接了重制禹王九鼎的皇差？"

卢豫川脑子一蒙道："是！"

马千山阴鸷的脸上掠过一丝笑意，道："你一定在想，卢家老号和董家老窑承接皇差的事豫省谁不知道？我是一省巡抚，你是一介商家，却都是给皇上、给太后做事。钧兴堂家大业大，卢家出手阔绰，这一点我已经看到了，如今我要你再为我做一件事，你可愿意？"

卢豫川天大的胆子也不敢明着跟马千山顶撞，只得硬着头皮道："只要卢家做得到，万死不辞！"

马千山满意地点点头："这就是了。你也莫怪我上次疏于礼节，那时人多嘴杂，我也是投鼠忌器而已。只要你肯帮忙办成了这件事，今后给皇宫大内的钧瓷供奉，我就定在你卢家了！"

卢豫川心中一喜，皇宫大内钧瓷供奉的专差可不就是他们叔侄二人梦寐以求的吗？他连忙离座跪倒道："豫川代叔父卢维章，谢过大人美意！"

马千山摆摆手道："你起来吧。这件事只要你们卢家想做，就一定做得到。不瞒你说，两个时辰之前，董家老窑的董克温刚刚离开我的书房，同样的话我也对他说过，不过他没有立即就答应下来。我也知道你并没有答应这件事的权力，你连夜赶回神垕，把这件事告诉你叔父卢维章。三天之后，我要听你们两家的答复。我答应你的，自然也会给董家，哪家能得到朝廷供奉的专差，就看你们哪家能做到这件事了。"

卢豫川斗胆抬头道："不知马大人所言究竟何事？"

马千山脸上浮现出鬼魅般的笑容，他紧盯着卢豫川，一字一句道："我要你毁了禹王九鼎，你敢吗？"

3   皇差与后差

卢维章书房里的灯光亮了整整一夜。

卢豫川回到神垕已是掌灯时分了，他一反常态地连卢王氏都没去拜见，直接赶奔卢维章的书房。恰好卢维章在房里跟苗文乡商量推行身股制的事。两个人谈兴正浓，冷不防见卢豫川破门而入，两人都是一惊。

苗文乡在汴号跟卢豫川斗得近乎反目，猛地见了他的面自然是万分尴尬，站起身道："老汉见过少东家。"

卢维章一看见卢豫川张皇失措的表情就知道汴号出了大事，反而平静道："豫川，还不见过老相公？"

卢豫川一愣："老相公？"

卢维章淡淡道："对，我已经正式下了聘书，苗文乡现在是钧兴堂卢家老号的老相公了。按照咱们豫商的规矩，东家的子孙在老相公面前行子侄之礼，难道你不懂吗？"

卢豫川做梦也想不到被他赶走的人居然成了老相公，但在卢维章凛然的话语和肃穆的脸色里，他分明感觉到这一切都是真的。他只好顺从地躬身施礼道："老相公在上，学生卢豫川这厢有礼了。"

卢豫川如此服帖倒是苗文乡没有料到的，他也算是大风大浪里走过来的，自然知道这个场合该说些什么。他连忙上前搀着他起来道："少东家这样作为，我老汉还有何话说？以前都是老汉太执拗了，一气之下就离开了汴号，把千钧重担都撂给了少东家，要是汴号生意真出了岔子，千错万错都在老汉一人身上，老汉先给少东家赔罪！"说着，他也是深施一礼。

苗文乡也看出来是汴号出了大事，不等他说就慨然将罪过都揽了下来，这就是老相公的肚量了。

卢维章见二人都表明了态度，心里颇为欣慰，就笑道："好了好了，说到底都是自家人，就一笑泯恩仇吧。豫川，你这次回来，可是汴号出了事情？"

卢豫川看了眼苗文乡，有些犹豫道："这……"

卢维章斩钉截铁道："豫商的规矩，除了家事，东家的一切都不背着老相公。你说的是家事，还是生意上的事？"

苗文乡再也站不住了，不安道："老汉还是暂且回避一下吧。"

卢维章刀子般的目光钉在卢豫川身上，刺得他一哆嗦，只得道："这……是家事，也是生意上的事，而且事关钧兴堂的前途……"

"那就说吧。"

卢豫川咽了口唾沫，再也不敢支吾，竹筒倒豆子般地把马千山的密令讲了出来。卢豫川在路上早盘算好了措辞，刚开始因为见到苗文乡有些慌乱，到后来他越讲越快，听得卢维章和苗文乡目瞪口呆。等他讲完了，长长地松了口气，他们两个却已是汗流浃背，如坐针毡。

卢豫川眉头紧锁，跟苗文乡交换了一个眼神。卢豫川道："马大人只给了三天时间，豫川这才不等叔父发话就自行回来了，望叔父恕侄儿擅离职守之罪！"

卢维章缓缓道："这不怪你。我说你刚才进门时那么慌张，这件事倒真是非同小可啊。豫商讲究每临大事有静气，你现在这么手足无措的样子，怎么成就大事？你先喝杯茶静一静再说。"

卢豫川面带惭愧地垂手站在一旁。卢维章看着苗文乡道："大变在即，老相公有什么见解？"

苗文乡摇头道："事发仓促，老汉一时也没有什么好对策。不过有一条我不明白，马千山是堂堂豫省的巡抚，督造禹王九鼎虽说是禹州知州曹利成，但真的出了什么乱子，难道他马千山就一点都不怕么？这真是让人百思不得其解。"

卢维章默默点头，一语不发。书房里一时静谧异常，三个人仿佛泥胎木塑般一动不动，彼此都能听见对方的心跳。这样压抑的气氛不知过了多久，一串脚步声响起，一个人冒冒失失地推门进来，叫道："大哥，你真回来了吗？"

进来的正是卢豫海。这些日子他一直在维世场见习烧窑，今天刚一回家，就听关荷说大少爷卢豫川回来了，顿时满身的疲惫一扫而光，恨不能立刻见到大哥。

卢豫海知道每次卢豫川回家都要向卢王氏请安，就匆匆扒了两口饭来到了后宅。卢王氏临盆在即，身子越发重了，话也唠叨个不停。卢豫海满腹体己话要跟卢豫川说，哪儿有心情听母亲闲聊。可他左等右等却不见卢豫川来，便急不可待地出门找了个下人询问，却说是大少爷一回来就进了老爷的书房，快两个时辰了也没出来。

卢豫海再也等不及了，这才不问青红皂白地闯进了书房。他还从没见过父亲、大哥和老相公苗文乡闭门议事的场面，一进来就是一愣，有些进退失措地站在门口，胆怯地看着卢维章。

卢维章直直地看着他，胸口急剧起伏着，眼看着就要发作了。苗文乡忙笑着打圆场道："二少爷，这儿没你的事，快回房去吧。"

卢豫海听了这话转身就跑，溜得飞快，一边跑一边心有余悸地回头看，没留神脚下绊了什么扑通摔倒，却也不喊疼，爬起来接着跑。卢豫川看他一副狼狈不堪的样子，忍不住一笑，连忙咳嗽了一下隐住笑声。

房中压抑到了极点的气氛给卢豫海这么一搅和，倒缓和了许多，三个人都松弛了下来。卢豫川开口道："不管怎么说，我觉得这件事万万做不得！"

卢维章脸上波澜不起，道："说说看。"

"这还用说吗？禹王九鼎是皇差，毁了就是跟皇上过不去！皇上一恼火，脑袋都保不住了，还奢谈什么朝廷供奉？"

卢维章道："可你说的大祸在日后，若是不听马千山的，大祸就在眼前！"

苗文乡沉思良久，道："我倒觉得少东家说得有理。马千山是巡抚不假，手握生杀大权也不假，但卢家老号向来是诚信经商，光绪三年大旱还给朝廷出了不少力，他总不会对此统统视而不见，胡乱给安个罪名吧？禹王九鼎是皇差，谁敢拿皇差当儿戏？"

卢维章听着他们俩说话，时而摇头时而颔首，最后才道："你们两个说的都不错，但都没有说到要害上。"

卢豫川和苗文乡都愣了，他们互相看了一眼，一起把目光盯在了卢维章身上。卢维章慢慢站了起来，在屋里缓缓踱步，边走边道："禹王九鼎是皇差，贵就贵在一个'皇'字上。皇自然就是皇上，是朝廷，是黎民百姓的主心骨。可你们想过没有，如今的朝廷是谁在主事？是谁说了算数？是光绪皇上吗？"这一连串的问话把卢豫川和苗文乡都问呆了，不约而同地摇头。

卢维章道："我告诉你们，不是！如今执掌朝纲的是太后！光绪是个尚未成年的孩子，一切都得听太后的吩咐。重制禹王九鼎与其说是'皇'差，倒不如说是'后'差，究竟要不要毁掉它，这就要看太后愿不愿意了。豫川，你在豫省官场打听了这么久，你可知道马千山的后台是谁？"

"是工部尚书翁同龢！"

卢豫川到底是在官场里混了些时日，大把的银子花了出去，这点官场的派系分别当然是烂熟于胸。他干脆利落地回答了出来，忍不住乜斜了一眼苗文乡，目光中多少带着揶揄之意。苗文乡自知在这件事上是他理亏，便装作没看见，心里不由得咯噔一下。卢维章没在意这些细枝末节，继续道："那翁同龢是何许人物，你知道吗？"

"翁同龢是有名的清流，也是光绪皇帝的老师啊。"

卢维章倏地站住，两眼放出精光道："你还不明白么？翁同龢是帝党，马千山以翁同龢为靠山，自然也是帝党。而禹州知州曹利成的恩师是吏部尚书李鸿藻，李某人是谁？是太后钦点的先帝同治的老师，是不折不扣的后党，曹利成不过是一个小小的五品知州，却是吏部点名的全权督造禹王九鼎的专差，你想他会答应毁掉禹王九鼎吗？那是万万不可能的。如果照这么分析，那就是后党想要禹王九鼎，而帝党则千方百计要毁掉它。眼前的局面是一个巡抚跟一个知州作对，可到了京城，就是帝党跟后党在角力，是光绪皇帝跟太后在角力！真是祸从天降啊，没想到咱们一介商人，居然会牵扯到朝廷党派纷争之中，稍有不慎，莫说是生意，就是性命都悬在一根头发丝上，杀身之祸近在咫尺！"

书房里刚刚缓和下来的气氛又一次骤然紧张起来。

卢维章虽然久居乡野，对朝廷局势看法却是明察秋毫，这番入木三分的见地说得卢豫川和苗文乡心悦诚服。

他们深知卢维章的预言并非虚张声势。从接了这份皇差开始，钧兴堂的命运就不可抗拒地跟整个朝廷的局面休戚与共了，在朝廷眼里，他们这些黎民百姓的性命跟一片树叶、一只蚂蚁又有什么分别？

卢维章看着他们两个，深邃的眼中涌动着大海波涛般的思绪。他慢慢地坐下，点上一袋烟，默默地吸了起来。书房里一时青烟缭绕。

这捉摸不定的朝局，难以预测的帝后党争，就跟眼前虚幻的烟雾一般，看似袅袅起伏、形状鲜明，但伸手去抓却是一无所获。更加匪夷所思的是，他们必须从这片缥缈的烟雾里抓出结结实实的东西来，这东西就是整个钧兴堂的命运！然而留给他们的只有三天的时间。

卢维章突然道："老相公，汴号里除了你和豫川，谁还能主持大局？"

苗文乡不假思索道："小相公苏茂东！"

卢维章又把目光投向卢豫川："你呢？"

卢豫川同样是毫不犹豫道："我看成！"

"就这么定了。豫川你别在开封府待了，苏茂东做事精明干练，我早有提拔他的意思，老相公这就通知下去，苏茂东由小相公破格擢升为大相公，主持汴号的所有生意。老相公也多操点心，总号跟汴号的通信由三日一封改为一日一封，再乱也不能乱了汴号，这是钧兴堂将来开拓生意的本钱！豫川，如今禹王九鼎是卢家最大的事，你就留在神垕督阵吧。至于马千山那里，你就说我答应他了。"

两人都是一惊，卢豫川急切道："叔叔真的要毁了禹王九鼎吗？"

"毁的前提是什么？是做出来。有东西才可能去毁，连东西都没有你毁个什么？做不出禹王九鼎，谁都不会放过咱们，你能指望马千山出面保住卢家么？我今天答应马千山，只是权宜之计罢了。你跟老相公一个负责督造禹王九鼎，一个坐镇总号的生意，越是局面大乱越要冷静，只有冷静才能左右住大局，而不是被局面所左右。"

苗文乡听了半天，终于插了句话道："老汉和少东家都有差事了，那大东家你呢？"

卢维章敲了敲烟锅，第一次露出了笑意道："我自然有我的事做。现在是什么时辰了？"

卢豫川掏出怀表看了看，道："叔叔，都快丑时了。"

卢维章站起道："你们各自忙去吧，我即刻就起程。"

卢豫川和苗文乡不约而同地跟着站了起来，叫道："去哪儿？"

卢维章扫了一眼这两个钧兴堂的顶梁柱。不久前他们还都是惴惴不安的神色，一夜长谈之后，此刻他们的脸上都焕发着大战在即的激越和豪情。

这才是豫商的做派！每临大事有静气，一逢恶战自壮然，卢维章心中又何尝不是激荡着一腔男儿血性？但这一切都被那张一贯波澜不惊的脸遮隐住了，他只是淡淡地一笑道："京城。"

第八章

CIJIAN SHANSHE
LANG TAO SHA

禹王九鼎

1　儿女之情犹可待

卢豫海直到早饭的时候，才听说父亲连夜起身出了远门。至于去了哪里，卢豫川却是只字不提。卢豫海有心追问，但看着大哥黑黑的眼圈，知道肯定是大事，也就没再问下去。

卢豫川一夜没睡，此刻看着满桌盘盘碗碗的食物，竟是食欲皆无，看着卢豫海在一旁狼吞虎咽，喑哑了嗓子道："你是在维世场见习烧窑吗？"

卢豫海填了一嘴巴东西，胡乱地点着头。卢豫川笑道："烧窑是体力活儿，我跟着你爹、你大叔进场烧窑的时候，比你还小了几岁呢！真是时光荏苒，转眼间连你一个孩子都长大成人了……烧窑辛苦得很，饭点不能乱了，你中午饭是回家吃还是在场里吃？"

卢豫海头也不抬道："哪儿有工夫回家，在场里吃的，家里有人送。"

"还是那个刘妈伺候你？"

"她早就不在我房里了，那么大的年纪，还指不定谁伺候谁呢……啐，这胡辣汤是越来越不地道了，就舍不得多放些羊头肉吗？油饼也欠火候。"

一旁侍立的管家老平忙解释了几句，卢豫川嗔怪道："你啊，真是越来越没规矩了。"

"大哥能不知道？窑工们全是大字不识一筐的汉子，你跟他们文绉绉讲礼数，谁待见你？要想真的跟他们打成一片，还非得丢掉那些规矩不可！说来也怪，我这么一改，他们对我比自家兄弟还亲！"

"真是奇谈怪论，小心你爹掌嘴！……那现在是谁跟着你？"

"在家里是关荷，在窑场里是苗象天苗相公。"

卢豫川一听见"关荷"这两个字，手不由得一哆嗦，刚夹起来的一块糕点居然掉了下去。

卢豫海愣道："大哥，你……"

卢豫川竭力平静着心思，却还是不禁脱口而出道："怎么是她？是我买回来的那个小丫头吗？她不是在你娘房里吗？怎么会到你房里了？"

卢豫海被这一连串的发问弄得脸红起来，支支吾吾道："是，是我娘让她来的，我怎么知道娘是怎么想的……不过那个丫头着实很机灵，挺讨人喜欢的……等回头再跟你说吧，时候不早了，维世场杨建凡大相公死板着呢，误了钟点可不得了，我走了。"

卢豫川欲言又止，呆呆地看着他跑远了。姊子也是糊涂，怎么能把关荷派到卢豫海房里去？二人都是正值青春年月，整日朝夕相处万一出了事……唉，都怪自己一时大意，偏偏把这个丫头带进了钧兴堂，这不是造化弄人是什么？

卢豫川再也吃不下去了，推开了饭碗道："都撤了吧，夫人起床了吗？"

老平忙道："夫人已经起来了，怕是正在用早饭呢。大少爷不是要去窑上督造禹王九鼎吗？怎么……"

卢豫川心事重重地摇了摇头道："先去给夫人请安吧，我还有些事要说。"

说着，他朝门外走去，脚步沉重异常，仿佛心有千斤巨石，压得整个身子都摇晃起来。他实在想不到在这个节骨眼上，竟然会发生这样的事。事已至此，总不能一错再错，坐视卢豫海和关荷就这么青梅竹马地发展下去，真出了事情谁能担待？但他又怎能对卢王氏挑明关荷的身份呢？若是从源头说起，这一切大错都是他一念之差铸成的，此时此刻真真切切是万难开口啊。

卢豫川一路思前想后，不知不觉已经来到了卢王氏的小院门前，蓦地停下脚步。老平见状，上前便要推门。卢豫川好像是如梦初醒，低声叫道："且慢！"

老平奇怪地回头看着他。卢豫川来回踱了几步，思忖一阵，黯然道："罢了，还是先去窑上吧。"说着转身走开，连头也不回。

卢豫川按照卢维章的布置，在第三天头上又去了巡抚衙门一次，向马千山表明了合作的态度。

马千山自然是心中大快，又是设宴款待又是大加赞扬，当下就开了帽子铺——什么豫商魁首、商贾楷模之类的高帽子慷慨地送出一顶又一顶，丝毫都不吝啬。

卢豫川心里叫苦连天，表面上却是谦恭得紧，把马千山吹捧得跟孔明转世般经天纬地，一个巡抚算什么，早晚是入阁拜相的红运！酒至半酣，马千山又把朝廷供奉的诱饵抛了出来，拍着胸脯打了保票。可卢豫川知道，这饭桌上的保票就如同嫖客跟妓女的海誓山盟一般，哪里有半分的可靠之处？

从巡抚衙门出来，一轮弯月悄然跃上了西天。卢豫川心头牵挂着苏文娟，便找了个借口支开了汴号的人，独自赶奔会春馆而去。他就要离开开封府了，汴号的生意是重要，可与禹王九鼎相比，汴号又算得了什么？神垕家里还有千斤重担等着他来挑，此番分别不知何时才能再跟她见面。

走到会春馆楼下，他又禁不住踌躇起来。

上去见了面又能做什么？苏文娟对自己的一往情深自不待言了，她此刻肯定翘首盼望着他能赎了她的身子，从此形影不离、白头到老。说实话，几千两银子卢豫川并不在乎，他在乎的是苏文娟的身份。他一个堂堂少东家流连青楼妓馆已是犯了豫商的大忌，娶个做过歌妓的女人回家，更是闻所未闻的石破天惊之举。卢家的规矩是只能娶一房夫人，若是让苏文娟进门，无疑便是大少奶奶的名分了，就是自己可以不去想这些，叔叔和婶子能应允吗？总号上上下下几千张口能放过他吗？何况他一心要做出一番事业，天有多大，他的抱负就有多大，日后跟商伙见面谈生意，提起来家里有个做过歌妓的夫人，脸面还往哪儿搁？

卢豫川在会春馆楼下徘徊良久，那最后的一步竟是万难迈出。正彷徨间，一个丫头悄没声儿地跑过来道："是卢少东家吗？文娟姑娘有信给你。"

卢豫川认出她是苏文娟贴身的丫头灵儿，恍然明白过来，匆匆展信一览。果然是苏文娟的亲笔，寥寥数语，录的是前朝诗人的名篇：

"去年元夜时，花市灯如昼，

月上柳梢头，人约黄昏后。

今年元夜时，花市灯如旧，

不见去年人，泪湿春衫袖。"

信笺有几处洇皱，想必是苏文娟的点点泪痕。卢豫川身子一凛，不觉间眼中隐隐泛着泪光。此刻会春馆楼上的一扇窗户打开，阵阵琴声幽幽而起，仿佛远在天边又分明是近在咫尺。卢豫川下意识地抬头看去。窗儿微启，琴声绵软纯净，宛如汩汩清泉从那扇窗子里传来，正是那曲《春江花月夜》。

灵儿也是泪眼迷离，低声道："卢少东家，文娟姑娘自你走后就再不挂牌接客了，每天都拿着私房银子交给妈妈，为的就是等着见你一面！卢少东家刚到她就看见了，见少东家一直没有上去，她让奴婢下来传个话，就说如果少东家要忙大事，她就一直等下去，今夜见不见面都行。如果少东家顾忌到上次谈的话，就千万莫要再见面了，请少东家日后自己多多保重吧。"

卢豫川急道："文娟姑娘到底是什么意思？"

此刻琴声戛然而止，大概是琴弦断了，可断了的何止是一根琴弦？卢豫川只觉周身上下的血脉都要随着琴弦根根碎断，痛感刚才的徘徊逡巡是何等的怯懦、何等的可鄙！他再也无法就这么站下去，攥紧了信笺大步走上了会春馆。

一进门，苏文娟便扑了上来。卢豫川见她两眼红肿，想来是刚刚哭过，不由得一阵心疼，握住她的手道："都是我的错，让你伤心如此……"

苏文娟仰头痴痴地看着他道："少东家休要这么说。我刚才在窗头看见少东家，一开始满心欢喜，可怎么也不见你上来，便什么都明白了。奴家虽说是一介歌妓的身份，却也读过几本书，知道些事理。你们男人，特别是你这样家大业大的男人，一到了动真格的时候，没有不犹豫、不动摇的。我说过，只要少东家肯要我，什么'夫人''太太'的我也不敢去奢求，但凡能做个使唤的丫头，伺候少东家一世奴家就心满意足了……"

卢豫川被她说中了心事，不无尴尬道："其实替你赎身也没什么，不过我们卢家家规森严，你总得给我个周旋解释的时间吧？既然如此，你从今往后就不要再挂牌了，每个月的月钱我替你交，不就是二百两银子吗？你好歹保着姑娘的身子，等我手头上的事情忙完了……"

苏文娟伸手遮了他的嘴，泪眼中萌动着笑意，道："不消少东家使银子，奴家自己的私房足以应付两年了……两年，我给你两年的时间，好吗？"

卢豫川不由得一愣，从没听说过一个粉头拿私房银子保住自己名节的。

面对苏文娟清澈见底的眼神，他此刻还能再说什么？只有深深地抱着她，一阵耳语呢喃。二人不过小别了几天，在他们心里却是跟几年差不多，自是有说不尽的闺房蜜语。

娼家也有娼家的规矩，苏文娟此刻还是个卖艺不卖身的姑娘家，光是梳拢的银子就得三千两，老鸨哪里肯看着白花花的银子从手上溜走？龟奴不时在外边咳嗽提醒，偶尔还寻个借口进来窥探一番，却也丝毫没有坏了二人的兴致。

房里的灯火彻夜未灭。

第二天一早，苏文娟服侍卢豫川用了早饭，含泪送他离开了会春馆，果真从此再不挂牌接客，任凭那些花花公子出再高的价钱也坚辞不受，连个曲子都不肯再弹了。惹得会春馆的老鸨暴跳如雷，却也是毫无办法。

一来苏文娟按规矩每月都交了月钱，更要命的是卢豫川离开开封府的时候，再三托付马垂理帮忙照应，务必保全苏文娟的贞节。马垂理自从和卢豫川结拜、拿了他五万两银子之后，对他佩服得五体投地，慨然答应下来。马垂理是省治开封府寻花问柳的魁首，在这帮纨绔子弟里一言九鼎，他一发话，再无人敢来会春馆点苏文娟的牌子。摆平了这一头，他又仗着是巡抚的二少爷，欺压百姓的手段颇有心得，对老鸨又是恐吓又是威胁，把她吓得魂不附体，再也没胆子故意刁难。

苏文娟闭门谢客，苦苦等候卢豫川来赎身，把满腔相思都化作一封封信笺送到汴号，再转寄到卢豫川手上。她知道豫商的规矩，生意人不能跟青楼女子通信，只得用了这个折中的法子。仿佛老天也可怜苏文娟的这番苦心，汴号新任大相公苏茂东对卢豫川临走时的暗示心领神会，处处给他们行了方便。好在汴号跟神垕总号的书信往来不绝，谁也不会在意这些。

2　宋钧不出田、由、申

卢豫川一回到神垕，立刻大刀阔斧地整顿了维世场重制禹王九鼎的专窑，抽调了卢家老号最得力的窑工，全力以赴日夜赶造。

无奈宋钧烧造极其艰难，即便是在北宋年间神垕钧瓷业最为鼎盛的时代，凭借皇家官窑不计成本的做法，烧窑尚且是"十窑九不成"，何况区区一个卢家老号？卢家现在已经烧出了扬州鼎和荆州鼎，而梁州鼎、雍州鼎还在试制中，最为头疼的就是九鼎之中的豫州鼎。

钧兴堂办这件皇差，全凭卢维义遗留下的《宋钧烧造技法要略》和《禹王九鼎图谱》，说来也似乎是天意，图谱上其余八鼎都画有图式记载，偏偏是缺了一个豫州鼎。豫乃中原，是整个九州的心脏，地位尤其重要。卢维义在图谱中写道，豫州鼎讲究"中、庸、和、谐"四字，却没有画出具体的图式出来，这就更是难上加难。仅是一个"中"字，便蕴含了"中华""中州""中原""中庸"等意，又和"重""种""忠"等字谐音，想在一只鼎上体现如此众多的意蕴出来，无异于让一头大象去钻老鼠洞，又是谈何容易。

又到了出窑的时候，卢豫川亲自守在维世场禹王九鼎专窑外，脸色凝重如铁。在他身后，大相公杨建凡和苗象天、卢豫海默默伫立着。所有的窑工都屏退了，里外伺候的全是些精心挑选出来的信得过的伙计。卢维章一直有严命，出窑时在场的人都要经他亲自核定，严防消息泄露出去。若不是卢豫川拗不过卢豫海的百般哀求，连堂堂二少爷也只能待在外面。

卢豫海这还是第一次目睹专窑开窑的盛况，激动得脸色潮红，心里扑扑腾腾地跳着。一个窑工上前打开了窑门，露出窑室里上下三层的匣钵阁子。众目睽睽之下，一个个匣钵打开了，映入他们眼帘的，是琳琅满目形态各异的宋钧成品。卢豫川深深吸了一口气道："杨大相公，掌眼吧。"

杨建凡在窑场风风雨雨几十年了，维世场一多半的窑口都是他亲手建起来的，在宋钧的造诣上并不亚于大东家卢维章，也是唯一一个接触过卢家宋钧烧造技法的外姓人。

杨建凡应了一声，当仁不让地走上前去，从匣钵里掏出一件豫州鼎，面无表情地摇摇头，递给了卢豫川。卢豫川看也不看就用力砸在地上，顷刻间，一只鼎已然化成碎片。

卢豫海吐了吐舌头，轻声对苗象天道："只要有一点瑕疵，就留不得吗？"

苗象天却不敢像他那样肆无忌惮，只是点点头，一语不发。

卢豫川回过头来道："豫海，钧兴堂的宋钧里没有一件带瑕疵，这就是钧兴堂的招牌，钧兴堂的信誉！以后你在钧兴堂独当一面了，这一条根本要时刻烙在脑子里！"

卢豫海从未见过大哥如此肃然的神情，不由得规矩起来，再不敢孟浪了。专窑前一时鸦雀无声，随后只有一件件宋钧与地面撞击的声响。专窑出的宋钧，一件就是一万两银子，这不大的工夫不下二十万两的银子就碎在脚下了，二十万两啊，堆起来差不多半个屋子了！卢豫海被眼前这个场面深深地震撼了，两眼里灼烧出道道火苗。

杨建凡从最后一个匣钵里掏出来豫州鼎，仔细打量之后，竟是神色一变，稳健的双手也颤抖起来。

卢豫川迫不及待道："大相公，几分成色？"

杨建凡颠来倒去地又端详一番，忽而面如死灰，叹道："可惜，可惜！几乎是完美无缺了，就是这一处，怎么多了几个气泡出来？"言罢连连叹息。

卢豫川上前一步，接过了豫州鼎看去，底座上方果真有一片气泡，大多已经碎裂，把宋钧上的纹路拦腰隔断。出现气泡是宋钧的大忌，平心而论，如果没有气泡，这件豫州鼎真的有十分成色了，可一旦有了气泡，却是一分成色皆无的下品。

卢豫海凑了上去道："大哥，白璧微瑕，自古都有的，我看先别急着毁了，等我爹回来再说，行吗？"

苗象天也忍不住上前附和。卢豫川原本就带着几分犹豫，经这几个人一撺掇，更是迟疑不决，便把目光投向杨建凡道："大相公的意思呢？"

杨建凡冷冷道："卢家老号的规矩，大少爷刚刚说过吧？"

卢豫川百般不舍地看了看那豫州鼎，咬了咬牙，高高地举了起来。卢豫海急中生智道："且慢！"众人都是一惊，目光都落在这个刚刚成年的年轻人身上。

卢豫海笑道："既然一定要毁了，就是不值钱，既然是一文不值，不妨就给我带回家玩玩儿也好。大哥，这回你总得答应我了吧？"

杨建凡皱眉道："二少爷差矣！瑕疵品不得流出窑场，这是钧兴堂的规矩！"

卢豫川一时没了主意。整窑的宋钧摔了个遍，他何尝愿意把这最后一件，也是成色最好的一件也摔碎了？卢维章回来就是今明两天的事，他又拿什么向叔父交代？

卢豫海上前对杨建凡深施一礼道："我爹定下的这个规矩，是为了不让瑕疵品在市面上流通，有损钧兴堂的名号。我要这鼎只是图个好奇，又不是要做买卖，怎么会流传到市面上去呢？我在维世场这么久了，大相公一直照顾有加，这次索性就成全了我吧！"说着又是一躬到地。

杨建凡还是皱眉不肯答应，卢豫川实在不忍心，也说了不少的好话。众人七嘴八舌劝了半天，终于打动了杨建凡。最后杨大相公长叹一声道："两个少东家都发话了，我还能说什么？不过这件豫州鼎必须登记在册，一旦出了事情与我维世场众人毫无瓜葛。"众人见他终于松了口，这才放下心来。

卢豫海欢天喜地地抱了豫州鼎回到了钧兴堂，边推开房门边道："关荷，给你瞅瞅稀奇，你见过……"话没说完，倒被眼前站的一个人惊呆了。

他上下打量一番，继而喜出望外道："司画妹妹！你怎么来了？"

陈司画离开钧兴堂快一年了，走的时候还是个动辄哭天抹泪的小丫头，不料才一年不到的时光，竟和当初判若两人。眼前的她宛如花蕾初绽，俨然一个亭亭玉立的大家闺秀了。

陈司画见他一进门就喊关荷，故意把脸一沉道："你眼里就一个关荷姐姐，哪里有我？早知道这样，说什么我也不可怜巴巴地等你了！"说着就要夺门而走。

卢豫海忙拦住她笑道："你还是老样子，一见面就是埋怨个不停。我且问你，这一年里我给你写过信没有？你又回信了吗？"

陈司画脸红道："男女授受不亲，你我都大了，怎么能老是书信往来呢？给人知道了不笑话吗？哼，我知道好几次你都到了禹州城，连我家的门都不进一下，这才是该打呢。"

卢豫海小心翼翼地放好了鼎，笑道："该打该打，你来打我吧。"便涎着脸凑了过去。

陈司画没想到他还真让她打，一时满脸通红，又羞又气道："天底下像你这么无赖的真是少有！你……"

两人正说着话，关荷端着食盒进来，见到这个场面不禁笑出了声，道："一个不愿打，一个却想挨，这倒是有趣了。"

卢豫海回头见是关荷，立刻上去打开食盒道："有什么好吃的？我都快饿死了。"

两个姑娘见他两眼冒火的模样，登时笑在一团。

三个少男少女阔别已久，此时一起用着夜宵，自然有说不尽的趣事，房中一时笑声不绝。卢豫海吃饱喝足，刚想把豫州鼎拿出来炫耀一番，却听见门外有人咳嗽一声道："二少爷！老爷回来了，叫你去他书房。"

卢豫海一愣，道："是老平吗？我知道了，这就去。"

两个女孩收住笑，一眼不眨地看着他。卢豫海挠了挠后脑勺道："爹回来了，叫我去做什么？家里的大事他一向不跟我说的，真是奇怪了。"

陈司画忧心道："叔叔一定是有事，你快去吧。"

卢豫海应声朝门外走去，关荷略一沉思，追上他道："老爷刚回家就找你，是不是你犯什么错了？"

卢豫海懵懂地摇头："我天天在窑场，到处都有人教导指引，能犯什么错？"

关荷还是不放心道："你已经是个成年人了，家里的大事不背你也好，记得多听少说，知道吗？"

卢豫海会意地一笑，推门而出。

关荷看着老平在前边领着他走远了，这才心事重重地转身进屋，抬头却是一愣。陈司画似笑非笑地看着她，满脸的惕然道："关荷姐姐真是好细心，有你在豫海哥哥身边伺候，我便放心了。姊子还在后宅等我呢，今晚要我陪她睡。"说着娉娉婷婷地站起冲她一笑。

关荷心里蓦地一紧，再想说什么的时候，陈司画已然出门走远了。屋里的气氛顿时冰冷下来，关荷呆呆地坐在桌边，心中五味杂陈，再也难以平复。

卢维章从京城回来已是深夜。他此行只带了一个贴身长随，主仆二人一路风餐露宿，不到两天就赶到了京城。趁着九门还没落锁，两人踏着夜色进了德胜门，在一家客栈住了下来。

第二天一大早，卢维章一个人出了门，直到夜半时分才回来，脸色跟窗外的天幕一般漆黑。长随也不敢问，多加了几分小心服侍他歇息。

天色刚亮，卢维章又是独自出门，临走时吩咐长随备好车马，随时起程。快晚饭的时候卢维章回到客栈，这回倒是脸色晴朗了一些，道："走吧。"

长随在客栈睡了整整一天，精神头旺盛得很，立刻赶车出城。谁也不知道卢维章这两天都在哪儿忙活了，但他一脸的疲倦却是再明显不过，一出了京城，就听见车里传来了如雷的鼾声。

直到过了直隶保定府，卢维章才一觉醒来，问长随道："到了哪儿了？"

长随回道："回老爷，已经过了保定府。"

卢维章想了一阵，道："掉头，回保定府，吃了早饭再走。"

长随不解道："要回去吗？前头就是个大镇子，在那儿吃也成啊。"

卢维章疲惫地笑道："保定府是直隶的省治，直隶总督就在保定，比神垕热闹多了，你不想瞅瞅吗？"

卢维章治家规矩甚多，对手下的仆人长随却是很和蔼，不像别的大家子里等级森严。长随见卢维章开起了玩笑，心里松泛了些，一边赶着马车掉头一边道："老爷要是想看热闹，京城里热闹多了，怎么才待了两天就走？"

卢维章悠悠道："办完了事情，该走就得走啊。"说着，长长地打了个呵欠。

长随知道他疲乏到了极点，便道："老爷再睡个回笼觉，我把车赶得稳一点儿。"话没讲完，车里的鼾声又响了起来。

保定府是直隶总督李鸿章的衙门所在。李鸿章自咸丰十一年出任直督以来，以"先富而求自强"为施政纲领，在直隶省内大兴"求富"之风，全省气象为之一新。保定府是直隶总督驻节所在，在李鸿章苦心经营十年之后，虽不比京城繁华，却也是个巨商大贾云集的地方。

马车在一个茶馆门口停下，卢维章下了车，朝四周张望几眼，道："就在这儿吧。"长随跟着卢维章进了茶馆，找了个空处坐下。

小二上前殷勤道："两位客官要点什么？"

卢维章道："随便上点早点吧。我们是赶路的，吃了就走。"

小二赔笑下去，工夫不大端上来两碗茶汤，几盘点心，道了声"客官请"就要离开。卢维章拉住他道："不忙不忙，我有个事要问问你。"说着，将一把大钱塞到他手里。

小二受宠若惊道："大爷客气！有什么话您尽管说！"

卢维章笑道："我是河南来的客商，想在直隶做点小买卖，不知是在京城做好，还是在天津卫、保定府做好？"

小二见茶馆里没几个人，索性坐下道："那要看大爷想做什么生意了。"

"营造生意。"

"这可是好买卖啊！"

"唔，怎么个好法？"

"当今太后最喜欢讲排场，京城里到处在大兴土木，听说眼下太后想趁着皇上没亲政，先把圆明园修起来呢！"

"哟，那可是大生意啊。"

小二一拍大腿："可不是这话儿？您甭怪我说话直，我瞧您也不像是个大商家，生意盘子想必也不大，甭指望大头生意了。您就是敲敲边鼓，别人吃肉，咱们喝汤，也是大把大把的银子！关键是找对人。"

卢维章看看左右，故意低声道："你是说走通官府？"

"大爷真是一点就透，正是走官府的路子！太后想修园子，朝廷里一帮子大臣不同意，连工部尚书翁同龢都上折子请停。说的也对，咱大清国整天割地赔款，哪儿来那么多银子使唤？再说了，这些大臣都是跟皇上一心的，不愿太后把银子都花光了，想把银子留给皇上亲政后用。可跟太后一心的那些王公大臣可不这么想，反正连大清国都是人家娘俩的，管他有银子没银子呢，讨好了太后才是正事！"

卢维章面露难色，道："那这么说，究竟这园子是修还是不修呢？"

"修！一准得修！您到京城瞅瞅就知道了，如今是太后比皇上大！只要太后想干什么，没她干不成的，就是皇上不同意也没办法。大清国以孝道治天下，从来都是皇上儿子听太后老娘的，有儿子不让老娘享福的道理吗？"

卢维章微微一笑道："照你这么说，我就放心了。"小二见他点了头，便揣了赏钱喜滋滋地离去。

长随听了这半天的说道，如坠云里雾里，刚想说话，却见卢维章的脸色骤然一变，识趣地闸住了话头。卢维章默默地喝了两口茶汤，道："付账吧，该走了。"他看了眼长随，又道："真的该走了。"

马车出了保定府，一路上再没耽搁，披星戴月地赶回了神垕。走到钧兴堂外已是快亥时了。卢维章下了车，对迎接出来的管家老平道："叫上大少爷和老相公，即刻赶到我书房。"

老平见他神色严峻，不敢怠慢，刚转过身去，却听见卢维章在背后道："二少爷回家了吗？也叫上他。"

卢豫海赶到书房的时候，卢豫川已经在座，兄弟俩相视一愣。卢维章正吃着面条，见儿子进来，就把碗推到一旁道："豫海年纪大了，也该学学生意了，今天就算是旁听吧。"

卢豫海想起了关荷的嘱咐，忙点头道："儿子知道，一定只听不说，好好跟大人学生意。"

卢豫川笑道："谁让你做哑巴了？有不明白的地方就问，这才是学生意呢。"

说话的工夫苗文乡也行色匆匆地赶到了，卢维章淡淡道："老相公请坐。既然人都齐了，就开始吧，豫川先说说窑上的事。"

卢豫川在心中已然盘算好了说辞，滔滔不绝道："叔父走的这几天，专窑又出了一窑，不过豫州鼎还是没一个成色好的。我寻思还是造型的事，这一窑出了二十多件造型不一的，按理说总该有一个成形，却件件都有瑕疵。造型是烧瓷的头一关，我看这问题就出在造型上……其余各个窑场都是按部就班，有掌窑相公和大相公统领，倒也没什么大事。"

卢维章未置可否，转向苗文乡道："各地分号的生意怎么样？"

"老汉按照大东家的吩咐去做，各地分号的生意有条不紊，从分号的来信上看，今年的生意要好于往年。汴号那边有苏茂东大相公主持，水陆商路都畅通无阻。别的也没什么了。"

三人自顾自地谈着生意，都没注意到一旁肃立的卢豫海。在座的都是他的长辈，卢豫海自然是没资格坐下的，他一边垂着手站在卢维章身后，一边竖起了耳朵听着，生怕漏过了一个字。此刻，卢豫海心里咚咚地跳着，一团热火在腹中灼灼燃烧。苗象天不止一次告诉他，大东家决策生意是钧兴堂的最高机密，什么时候让他参加，就是大东家觉得他真正长大成人了。他一直对这个时刻朝思暮想，今晚突然变成了现实，一颗年轻的心激动得难以形容。

卢维章见两人都说完了，点头道："没什么大事就好。眼前这些事情咱们就一件一件说吧。豫州鼎屡造不成，豫川说的也有道理，问题还是在造型上。大哥留下的《禹王九鼎图谱》里独独少了豫州鼎的图式，我看这不是大哥不知道，而是大哥不肯写！他是想留给卢家子孙一个想头儿，一个靠自己的脑子做出豫州鼎的想头儿！天下宋钧工艺最难的，莫过于禹王九鼎，禹王九鼎中工艺最难的，莫过于豫州鼎。只要咱们把这只鼎烧出来，天底下还有什么能难住钧兴堂的？说实话，我在窑场里这么多年，这个豫州鼎的难度还从未见过。咱们前前后后试了不下一百种造型，没一个成的，这些天我一直在想，是不是咱们从一开始就弄错了？"

苗文乡皱眉道："天下钧瓷出神垕，这神垕镇上最高明的工匠差不多都在卢家和董家，我听说董家到现在也没做出来豫州鼎，难道是咱们两家都错了？"

卢维章一笑，岔开话题道："豫川，老相公，我且问你们，宋钧的造型何止千种万种，说到底，究竟有没有什么万变不离其宗的所在？"

卢豫川和苗文乡互相看了一眼。苗文乡是中途转入钧瓷生意的，经商理财是行家里手，在烧瓷上却没什么大的造诣，不禁有些后悔刚才的贸然。卢豫川本就对苗文乡做总号老相公耿耿于怀，见他对自己的见解不无怀疑，更是心中不忿，憋气道："我想必然是有的！我还是那句话，问题就出在造型上！"

卢维章敏锐地注意到了卢豫川的神情，便替苗文乡打圆场道："老相公也是知无不言，有什么说什么，豫川你大可不必放在心上。依着我看，宋钧造型千变万化，却离不开三个字。"

卢豫海听得心里一阵激荡，忍不住叫道："不错！"

三人都是一惊，卢维章沉下脸道："你只是旁听，用不着你多嘴！"

苗文乡笑道："二少爷这些日子烧窑辛苦，怕是有些心得了，大东家不妨听听。"

卢维章一脸不屑："他一个毛孩子，能有什么心得！哗众取宠而已。"他嘴上这么说，心里却是"咯噔"一声，目光里多了几许惊讶和兴奋。卢豫海给父亲冷不丁几句斥责弄得尴尬不已，却是再也不敢多嘴了。卢豫川笑着鼓励他道："豫海，你就说说吧，权当是闲话了。"

卢豫海见父亲也似乎默许了，这才朝三人深深一礼，道："豫海斗胆僭越了。这些天我白天在维世场见习烧窑，晚上在家读书写字，忽然觉得这里头还真有些意思。就像父亲刚才说的，钧瓷的造型的确是林林总总，在我看来，就是三个字，田，由，申！饶是再离奇的造型，也没有出了这三个字！"

这番话真是语出惊人。三人听了都是默不作声，细细思量起来，卢豫海说得竟是无懈可击。宋钧里瓶、尊、鼎、皿、杯等眼花缭乱的造型，哪个不是在这三个字里？卢豫川当即赞道："豫海真是深藏不露！这般见识就是窑场里浸润多少年的工匠都讲不出来，他还是个……"

卢豫川本想说"他还是个孩子"，但面前这个苗壮的年轻人哪里还像个孩子的模样？便改口笑道："叔父，今后再也不要把豫海当作孩子了，您就让他跟着我，或是跟着老相公学生意吧。"

苗文乡也是顿足叹道："后生可畏！后生可畏！二少爷说得对极了。我看这禹王九鼎重制之事，也让二少爷参与进来吧。两位少爷一起冲锋陷阵，大东家在后主持大局，没有钧兴堂办不成的事！"

卢豫海见这一番话居然撞了头彩，立刻心潮起伏，居然傻乎乎笑出了声。卢维章回头喝道："得意忘形！还不给我退下！"

卢豫海涨红了脸，大气不敢出地给三人施了礼，乖乖地离开了书房。

卢豫川和苗文乡见他走了，不由都是一笑，连卢维章也不觉莞尔，对苗文乡笑道："算他学了些机灵，是跟着你儿子苗象天吗？"

"正是犬子。"

卢维章道："给苗象天记上一功！豫海今后就跟着杨大相公和豫川学烧窑吧。烧窑是瓷商的根本所在，他年纪还小，打些基础总是好的。"

三人又是一阵说笑，卢维章沉吟道："所谓大巧不工，既然前头试了那么多造型都没成功，不妨让工匠们换个思路，不要在'新'和'奇'上费心劲了……豫州是中原，咱们中原民风淳朴，弄那么多奇技淫巧的也是不伦不类。这件事就让豫川去办，只是时间要抓紧了。"

苗文乡见此事已有定论，便试探道："大东家千里迢迢往返于神垕和京城，不知那件事可有结论吗？"

卢维章知道这件事才是今晚议论的正题，他之所以刚才支走了卢豫海，实际上也是因为自己见惯了商海的波澜诡谲，不愿让他这么早就身陷其中。他当下敛住了笑意，幽幽一叹道："久闻京城是天子脚下，首善之都，可真是只有身临其境，才知道京城深不可测啊！我这次去京城，拜访了几位以前有来往的京官，也在民间打听来了不少消息。不瞒老相公说，打点京官比打点地方官价钱海了去了！我这次带的二十万两银票，花得干干净净！"

苗文乡脱口而出道："这么多！"

卢豫川大手大脚惯了，听见这个数字也是不禁咋舌。卢维章道："银子花到哪儿哪儿顺畅，这银子花得不冤枉。我见的这几个京官，有帝党也有后党，跟咱们合计的一样，两党各执一词。他们一听见神垕来人是惊奇万分，反复追问进度，一听说困难重重、进度缓慢，帝党的人便欢天喜地，后党的则是面沉似水……"

苗文乡道："那大东家的意思是……"

卢维章冷冷一笑道："依着我看，这鼎万不可毁！原因有二，第一是如今后党的势力远远强于帝党，尽管帝党翘首以盼皇上早日亲政，但我以为即便是皇上亲政了，这朝中实权还是在太后手里。第二，重制禹王九鼎是我大哥的遗愿，如果做不成，或是做成了又毁掉，将来我有何面目见大哥于九泉之下？"

卢豫川忧心道："那马千山那里怎么办？"

"还是豫商的古训：虚与委蛇，不即不离。不是还有董家吗？如果不出我所料，董家也在为此事绞尽脑汁。董振魁与豫省藩台勒宪交情莫逆，而勒宪是马千山的死党，我看董家难免会把宝押在马千山身上。对手之所取即是我之所弃。就算咱们跟董家一样都答应了马千山，难道他会把朝廷供奉交给咱们吗？两害相遇取其轻，咱们只有老老实实把皇差办好了，走到哪儿都踏实！"

卢维章和董振魁交手多年，的确是走到他心里去了。就在卢维章回到神垕那天，勒宪的轿子刚刚从圆知堂后门出来，董振魁父子三人一直送到了门外。看见轿子远去了，董克温疑惑道："父亲，真的就答应他了吗？"

董振魁诡谲地一笑，转脸向着董克良道："老二，你说呢？"

年纪轻轻的董克良还是头一次参与家族生意。作为董家二少爷，他一向都是按照父亲兄长的安排，读书写字，研习各类钧瓷、商业典籍，从来没有打听过生意上的事情。不知道老爷子今天哪里来的兴致，点名要董克温和董克良一起陪他与勒宪会面。董克良尽管是初出茅庐，但他一向秉承中庸守缺之道，谨言慎行，抱定了"万言万当，不如一默"的主意。此刻他也没想到父亲会问到自己头上，仓促间思索了片刻，道："孩儿觉得父亲并没有答应他什么呀？"

董克温笑道："父亲刚才分明说了，'一定协助马大人把事情做好'，这还不是答应吗？"

董克良斟酌着词句道："勒大人所指的事情是毁掉禹王九鼎，或者是拖延工期，不按时交货。而父亲答应他的那句话，既可能是如马千山和勒宪所指，也可能是如朝廷所愿，好好把禹王九鼎给做出来。答应得模棱两可，跟什么都没答应有什么分别？"

董振魁哈哈笑道："你们兄弟俩说得都对。豫商跟官府打交道，古训讲究个'不即不离'，为父如是答应了勒宪，便是'即'了，如是不答应他，便是'离'了，妙就妙在看似答应了他，实则什么都没答应。古人说得好啊，欲先取之，必先予之。董家觊觎朝廷供奉这么多年了，眼下正是千载难逢的大好时机，怎能就此错过呢？"

董克温兄弟俩相视一眼，深深地点头。宋钧朝廷供奉的专差每年都要二三十万两银子，抛却银子不说，光这个"朝廷供奉"的名号一打出去，立时能招徕多少生意，这才是拿多少两银子都换不来的！尽管如此，董克温还是担心道："若无法按期交货，曹利成能饶得了咱家吗？"

董克良精明过人，已然看出自己刚才的回答深得父亲的赏识，心情一时大悦，便笑道："哥，爹说过不让咱按时交货了吗？"董克温恍然大悟道："爹的意思我明白了。马千山逼得再紧，咱们也得按期完工。只要禹王九鼎是囫囵个交到官府的，谁都怪不了咱。至于这九只鼎能不能安全送到京城，可就不是咱操心的事了。"

董振魁快意地看着他们俩，转身朝圆知堂里走去，边走边道："曹利成定的期限差不多到了，你们兄弟二人拿出十分的力气，说什么也得在勘验大会之前，把鼎做出来！"

3　古朴之至与奇异之巅

光绪五年的七月，是一年之中最为酷热难耐的时候。禹王九鼎勘验大会就是在这个时候，在神垕镇窑神庙花戏楼上如期举行。上午巳时刚过，花戏楼下人头攒动，镇上的人差不多都是靠烧瓷为生，谁不想来看看失传了六百年的九鼎神器重现世间的盛况？

勘验大会的确规格颇高，不但是督造专差、禹州知州曹利成，就连省城里巡抚马千山、藩台勒宪等人都来了。

窑神庙里外站满了顶盔掼甲的绿营兵，一个个手握刀枪，神情肃穆，把看热闹的人远远挡在外边。花戏楼紧挨着大街，楼下人声鼎沸的嘈杂声不绝于耳，曹利成顾不得天气炎热，命人关上了所有的门窗，正厅里这才安静了许多。四处的几口大缸里装满了冰块，是特意从禹州乔家冰行买来的，嗞嗞冒着白气，不久就融化成一缸清水。

即便如此，曹利成还是满头的汗，一切张罗停当后，向马千山和勒宪施礼道："请大人示下，这就开始吗？"

马千山窝了一肚子的火。他没想到董卢两家答应起来一个比一个痛快，拖延到今天居然是谁都没听他的，全都如期交了差，真是一群奸商！这事要是报到京城恩师翁同龢那里，少不了又被一番训斥，也难免影响到自己的前程仕途。

他听见曹利成问自己，便没好气地哼了一声道："你是全权督造专差，自然你说了算，我跟老勒都是看客而已。"

曹利成对马千山的心思了如指掌，暗中冷笑一声，回头对堂下的董振魁和卢维章道："二位大东家，把东西呈上来吧。"

卢维章谦恭地对董振魁道："董大东家，按照九鼎的次序，请圆知堂先来。"

董振魁笑着说了句"承让了"便挥手示意，几个家丁抬着五只木箱上来，摆在正厅当中，复又退下。董振魁亲手打开箱子，依次取出了冀州、兖州、青州、徐州四鼎，每件鼎上都是黄缎覆盖着。董振魁向堂上道："马大人，勒大人，曹大人，草民不才，这几件都是千里挑一选出来的，全都在这儿了。"

马千山转着眼珠子道："不是还有一个箱子么？是豫州鼎吧。"

董振魁笑道："马大人圣明，这只豫州鼎却是还不能亮出来，得跟卢大东家的豫州鼎放在一处，才有趣味。"

曹利成便道："卢大东家，你还藏着掖着做什么，快亮宝吧。"

卢维章让几个手下也抬上了五只箱子，跟董振魁一样亲手取出来扬州、荆州、梁州、雍州四鼎，跟董家的四鼎并排放着，同样也是黄缎覆盖。两人相互做了个请让的姿势，一起抽去了黄缎。正厅里顿时仿佛霞光万道、瑞彩千条，八只鼎形态各异，窑变色精彩纷呈，一时间无人不屏息静静地端详，继而是哄然而起的赞叹。

卢家以家传宋钧"玫瑰紫"独步天下，而董家父子不甘人后，闭门磨砺十五年，自创宋钧"天青"一色，在烧造技法上与卢家可谓旗鼓相当。可若论起造型、工艺，到底还是董家老窑开窑近百年，人脉气度积淀得久了，略微占了些上风。大江南北瓷业同侪所谓"玫瑰紫盛，卧虎藏龙，谁与争锋，唯有天青"之语，便是钧瓷业内对董卢两家极高的评价。

正厅里早屏退了闲杂人等，除了官府和董卢两家的人，只有几个神扆各大窑场公推的代表，是曹利成特意延请来做判官的。饶是他们泡在窑场里日子久了，见惯了各种奇珍异态的钧瓷，此时此刻也都是看得呆若木鸡。

曹利成拊掌叹道："天底下竟有如此神物！真是苍生有福、社稷有福，中华神器从此再无缺憾了！"

马千山冷冷一笑道："曹专差看仔细了，这八只鼎都是完美无缺吗？"

曹利成道："大人英明，以下官的愚见，这八只鼎足以送入紫禁城了！当然，下官对钧瓷一窍不通，还得看各位判官的意思。"

曹利成是京城官场里出来的，是豫省官场有名的"京油子"，为官最是油滑老练。他见马千山话中藏着无穷的机锋，不动声色地将皮球踢给了众位大东家。致生场大东家雷生雨是公推出来的判官之一，此刻他实在压不住兴奋，头一个放炮道："我看成！也就是董家和卢家，换了别的窑场，门儿都没有！"

其余几个窑场的大东家也是众口一词。曹利成放下心来，笑道："两位大东家别再藏宝了，把豫州鼎拿出来吧？"

董振魁和卢维章相视一笑，卢维章道："还是请董大东家先亮吧。"

董振魁也不推辞，俯身取出了豫州鼎。大厅里短暂的平静之后，立时响起一阵惊呼。董家的豫州鼎造型精妙绝伦，取的是传统蟠龙鼎的样式，八条游龙盘踞鼎上，龙身隐没在云涛之中，龙头昂扬向上，直冲云霄。若是仔细观瞧，八条游龙身上居然是鳞甲分明，宋钧最著名的"蚯蚓走泥纹"和"龙开片"用得恰到好处，八条龙栩栩如生，呼之欲出，分明是盘在鼎上，又仿佛随时都会飞腾起来。尤其是云涛上隐隐透着蓝光，正如一片碧空如洗，这正是所谓董家独有的"天青"之色了。

雷生雨极为挑剔地看了个够，时而摇头，时而叹息，两只眼睛里竟恍然有了泪光，喃喃道："好，好宋钧，好手段！"

董振魁拊须微笑，不无自负道："雷大东家过奖了。为了这一件豫州鼎，老汉亲自掌窑勘火，烧了整整一百多窑，砸碎了多少件才得了这么一件。出窑之际，神屋镇大雨倾盆，电闪雷鸣，许多人都隐隐听到了龙吟之声！"

几个大东家附和道："天降祥瑞，这是天降祥瑞啊！"

"我说前些天怎么忽然下了大雨，原来是董家老窑出了宝贝，老天都惊动了！"

马千山为官日久，见惯了所谓的祥瑞异象，对这类讨上司欢心的话并不在意，但眼前这个鼎的确称得上神品，连他也忍不住"噫"了一声。而那勒宪本来就是个直性子的人，当下合了扇子叫道："乖乖不得了，真是神了！老子在皇宫大内也没见过！"

董振魁得意地一笑，乜着眼去瞅卢维章。一派赞叹声中，卢维章弯腰轻轻取出了卢家豫州鼎，跟董家豫州鼎放在了一起。原本热烈的场面霎时清冷下来，几个大东家面面相觑，面露疑色，就连是宋钧门外汉的马千山都是一愣。眼前这两只鼎虽然都是豫州鼎，却是大相径庭。除了圆腹三足还像个鼎的模样，其余俱是平平常常，这哪里还是个九鼎神器？分明像是个寻常人家粗鄙不堪的大锅而已。其余八只鼎无不是造型离奇脱俗，让人眼前一亮，唯独卢家这只分量最重的豫州鼎却是其貌不扬，简直是不伦不类了。判官们低头窃语了一阵，齐刷刷地把目光锁在卢维章身上。董振魁开始也是莫名其妙，但他越看表情越严峻，看到最后竟是忍不住连连颔首，复杂地摇了摇头。

曹利成依旧是满腹狐疑，迟疑道："卢大东家，你是不是……"

众目睽睽之下，卢维章的脸上却是波澜不起，平静地朝四下拱手道："曹大人，各位同仁，卢家的豫州鼎看起来并无独到之处，但究其奥妙，却也正是在这平常无奇之间。此物名为豫州鼎，豫州者，中原也。中原者，华夏之中也。这只鼎腹圆于中，圆者，天也；方足在下，方者，地也。天为乾，地为坤，此为上乾下坤、天道有序之意。鼎口为圆，意为太极，两耳高耸，意为两仪。《易经》有云'太极生两仪，两仪生四象，四象生八卦，八卦生自然万物'，这只鼎也合着易理。大人，诸位同侪，钧瓷以釉厚浑活为本，以出现景观为绝，以开片为奇。该鼎釉色整体呈红色，正是卢家独有的'玫瑰紫'，这红中有紫，紫中泛绿，古朴中透着大气。诸位不妨细细看一看，釉色泛绿之处，纹路平缓，正是豫省中原沃野千里之景观；釉色金黄之处，纹路奇异耸立，正是山川起伏之韵味；而釉色红紫之处，隐约有龙行之像，正是皇恩浩荡之征兆！最奇的还是这里，"卢维章指着一处道："这里分明有龙头的意味，可巧的是龙头崛起之处，有一片气泡，恰似龙口吞云吐雾而成。众位都是行家，宋钧最忌讳的就是窑变之后的气泡，一旦破裂则成色尽失，偏偏这一片气泡大小一十六个，没一个破裂的，全都是自然窑变而成！"

众人被卢维章这番侃侃而谈弄得张口结舌，继而是啧啧赞叹，叫好声如雷四起。卢维章一番旁征博引说得入情入理，连董振魁也是默默叹服。卢家豫州鼎无论是釉色、意境和开片，都是上乘之作，尤其是那一片反其道而行之的气泡，真是浑然天成，大拙即是大雅，让人禁不住赞叹造化的伟力。卢家豫州鼎与董家豫州鼎并排一放，却又是各有千秋。古朴的古朴到了极致，可谓是大巧不工、大象无形；而奇异的也奇异到了巅峰，堪称神工鬼斧、石破天惊！按理说大家都是在窑场里摸爬滚打出来的，孰高孰低看上一眼便心中有数，可谁又能想到同是一个豫州鼎，董卢两家却做出了两个截然不同的模样来，又都是独一无二的神品！要想在这两只鼎之间选出来一个佼佼者，怕是难似登天了。七八个大东家瞩目良久，全都摇头叹息，难以做出个决断。

曹利成皱眉道："两位大东家以为如何？"

董振魁看了眼卢维章，慨然道："草民以为，不妨将两只豫州鼎一起送到京城，让皇上乾纲独断吧。"卢维章颔首道："既然如此，草民也同意。"曹利成没想到两人竟是如此看法，便向马千山作揖道："马大人，您看……"

马千山跟勒宪附耳说了几句，这才道："事已至此，本抚台就允了二位大东家所言。既然九鼎之数已然凑齐，就不要再耽搁了。马参将何在？"

一个浑身戎装的将军从厅外走进来，厚重的马靴踩得地板震颤，拱手道："标下在！"

马千山指了指厅里的木箱道："即刻封存这十只鼎，马上送到开封府去，择吉日起程运往京城，不得有丝毫闪失！"

马参将领命，指挥士兵封好了木箱，抬到楼下。马千山冷冷地扫了眼董振魁和卢维章，道："大功告成，两位大东家心里都踏实了吧？曹大人，带队进京的事情有劳大人了，董卢两家各出一人随行看护。衙门里事情太多，本抚台就不随大队开拔了，一路上全靠诸位多多费心，务必把禹王九鼎全须全尾地送到皇宫大内才是！"

马千山这几句话在旁人听来无非是官腔了，然而听者有意，董振魁被他最后那句话激得身子一颤，抬头之际，竟发现马千山的目光正落在他的身上，不由得暗自叫苦，忙又深深地低下头去。

他细细品味了一番，也罢，俗话说"时也，运也，命也"，好歹把禹王九鼎做出来了，至于今后的事就让这些官场中人彼此倾轧去吧。

曹利成和董振魁、卢维章一起跪倒听差，其余的大东家们艳羡地看着他们几个，押送贡品进京，这是多大的荣耀！说不定皇上和太后老佛爷一高兴，白花花的银子不就赏下来了？何况从今以后，朝廷供奉的专差就在人家窑场落地生根，这又是何等的尊崇！一旦"专供大内御用"的名号打出去，那些洋鬼子当然会慕名而来，那洋鬼子手里的银子怕是比皇上还多呢。

1 昆仑崩绝壁，烈风扫寰宇

卢豫川上路之前，卢维章把他单独叫到书房再三叮嘱了一番。即便如此，卢维章还是心神不宁了好几天，暗自后悔没有亲自护送禹王九鼎。数日之后，汴号大相公苏茂东的秘信到了，说大少爷已于今日随大队起程赴京，他从开封府临走时，瞒着旁人到会春馆里接走了一个叫苏文娟的歌妓，可能是一路相伴进京去了。卢维章览信后不禁大惊失色。

卢豫川和苏文娟书信往来的事，从一开始他就知道，之所以一直没有说破，就是因为看在卢豫川丧妻日久，又是春秋盛年，哪儿有不偷食的道理？何况只是鸿雁传书而已，没什么更出格的事情，卢维章也就睁一只眼闭一只眼，并未讲到当面。可这趟进京的差事非比寻常，一旦出了什么闪失就是欺君罔上，株连九族之罪！卢豫川哪能如此儿戏，在这个节骨眼上居然狎妓冶游，把皇差当作游玩了！

卢维章思索再三，复信给苏茂东，重重申斥了他一顿，让他即刻起身追赶押送队伍，务必把卢豫川替换下来。又反复告诫他要将此事做得神不知鬼不觉，万万不能让官府的人知道，就算没出事，一条怠慢皇差的罪过卢家也是承受不起的。信发出去了，卢维章仍然难以平静，强忍了不到半天，实在是放心不下，便匆匆安排了总号的事宜，驱车直奔进京官道而去。

他刚刚到了彰德府境内，一个让他目瞪口呆的消息就传了过来：大队人马在直隶河间府夜里遭了大火，禹王九鼎全部告毁。直隶总督李鸿章大为震惊，派人勘察原因，最先起火的竟是卢豫川的房间，而隔壁就是放着贡品的仓房。不但如此，从他的房间里还搜出了一名女扮男装的歌妓！李鸿章盛怒之下，以狎妓放火的罪名将卢豫川当即锁拿进京，择日问斩。而前来给卢维章报信的，不是别人，正是趁乱逃出来的苏文娟。

卢维章看着眼前这个一身男装、发髻散乱的女子，恨不能立刻扑上去一手扼死她。如果不是她，卢豫川也不会如此神魂颠倒，卢家又怎会在如日中天之际突然遭此大难？他强压住心中的怒火，对早已魂飞魄散的长随道："立刻回神垕！"

长随呆了呆，道："那，这个女子……"

他胆怯地伸手指了指苏文娟，卢维章终于按捺不住，恶狠狠道："让她去死！"说罢大步走向马车。

苏文娟看着远去的卢维章，凄然苦笑，踟蹰了半晌，方才漫无目的地走开。

官府的人一天之后才赶到神垕，不容分说便封了钧兴堂所有的窑场。但在这之前短短的一天里，卢维章做了两件大事：第一件是通知各地的分号立即以最低的价格倾销所有的库存，把所有的现银全部换成银票，秘密送到总号。第二件就是亲自到神垕镇各大窑场大东家府上，以八折的价钱卖出了所有的股份。

大东家们本来就对卢家在光绪三年的入股耿耿于怀，见卢维章主动撤股，无不喜出望外，痛痛快快地答应了。卢家撤股的事眨眼间传遍了全镇，大家都在揣测卢维章的用意。卢家办成了皇差，正是春风得意的时候，难道卢家也缺银子了？等到如狼似虎的官差们封了钧兴堂、把卢家全家赶到了卢家祠堂暂居的时候，神垕人这才明白，原来卢家吃了官司，而且惹恼的还是朝廷，是远在京城的皇上，看来卢家这次真的是大祸临头了！

卢维章领着全家人在卢家祠堂住了下来。官司还没了断，钧兴堂一时半会是回不去了，上上下下一百多号人全都挤在了狭小的祠堂里，原本清净肃穆的祠堂一下子拥挤不堪，竟跟闹市差不多。卢王氏刚生下孪生兄妹卢豫江和卢玉婉，还没出月子，此刻也是顾不得许多，亲自下地张罗着安顿大家。卢维章站在祠堂外，面无表情地看着惶惶不安的家人，长叹了一声，对旁边的苗文乡道："老相公，所谓天有不测风云，就是这个场面吧？"

苗文乡凄凉一笑道："大东家常说豫商之道是'每临大事有静气'，当前风云突变，钧兴堂被封，各个窑场停火，大少爷生死未卜，大东家可千万慌乱不得！只可惜咱们商议好的推行身股制的章程怕是不得不暂且搁置了，也罢。"说着，他从袖筒里抽出一张银票，递给卢维章，"大东家，这是我在钧兴堂快二十年攒下的一点银子，都是大东家给的。眼下大东家有难，正是需要钱的关口，老汉也帮不上什么忙，这点银子务必请大东家收下！"

卢维章瞥了眼银票，摇头道："若是我沦落到动用老相公养老银子的地步，钧兴堂怕是一点指望都没了。你还是收起来吧。"他满脸真挚地看着苗文乡，道，"老相公的心意，维章自然明白。不错，如今'昆仑崩绝壁，烈风扫寰宇'，钧兴堂被封了，豫川还在大牢里，的确是危机重重。但我前些天已经做了布置，想必钧兴堂还不至于就此一败涂地……各地分号的银子到了吗？"

苗文乡忙道："大部分都到了，按照大东家的吩咐，全都在我家存着，一共是四十万两。加上在各窑场退股的银子，加起来足有七十万两之数。只要驻外的那些人不至于落井下石，十日之内还会有二十万两送到！"

"这笔银子是钧兴堂最后的底子了，有了银子就还有一线生机！你先给我提出来五十万两，我今晚就要进京。"

苗文乡一愣："还是打点官场吗？"

"豫川是我大哥唯一的血脉，我是他亲叔叔，怎能见死不救？莫说是五十万两，就是把钱都花光了，我还是要救！钱散人聚，钱聚人散，自古以来都是这个道理吗？"

两人正在谈着话，忽然祠堂里有人惊叫道："夫人昏倒了！"卢维章和苗文乡相视色变，一起跑进祠堂。卢王氏躺在关荷怀里，牙关紧咬，脸色苍白如雪。关荷掐着她的人中，一连串地叫着"夫人"，声调都没了人腔。卢豫海在一旁急得手足无措。

过了良久，卢王氏才慢悠悠转过神来，睁眼看见丈夫和儿子都在身边，心里多少宽慰了一些，幽幽苦笑道："老爷，我这身子真是病得不是时候，刚生下江儿和婉儿就……"

关荷抱着尚在襁褓中的卢玉婉，早已是泪流满面了。卢维章扶起她，柔声道："夫人说的是什么话！钧兴堂没了，窑场也没了，可全家人不是都在吗？二十年前，咱们卢家除了这几个人，还有什么？今天还多了俩孩子呢……当前卢家大难临头，家里的一切全靠你了，你可千万病不得！"

众人见他们夫妻说话，都不作声地退了出去。关荷一边垂泪，一边强装笑颜，安抚怀里大哭不止的卢玉婉。卢豫海傻傻地坐在台阶上，望着远处。可远处又有多远？祠堂里到处是慌乱走动的人，个个都如同丧家之犬，仓皇不安。他变得心烦意乱起来，忽地站起道："好端端一个家，怎会落到如此田地？"

关荷好容易才哄得卢豫江兄妹睡着了，泪眼盈盈地看着他，低声道："二少爷，卢家有难，你是大东家唯一的儿子，你可不能像我们下人这样乱了方寸啊。"

卢豫海一懂事就过着锦衣玉食的少爷生活，这两年在窑场里才算吃了点苦。此次钧兴堂突然被封，大哥被打入死囚牢，整个家说败就败了，他还是当初的二少爷吗？蓦地从天上跌到深渊，心情总是难以自若。甫一听见关荷的话，他立刻如同炮仗般炸响道："我能做什么？你一个丫头，居然教训起我来了！"

不少经过的下人吃惊地看了过来，指指点点。关荷窘迫地站在原处，被他突如其来的责骂震得手脚发麻，好半天才挤出一句道："我明白你了！"便含泪跑到一边。

卢豫海也被自己的话吓住了，呆立良久，这才走到她身旁，嗫嚅道："是我不对，给你赔礼了。"

关荷两眼哭得红肿不堪，抬头道："你在我心里，原本不是这么不讲情理的人！卢家都成这样了，你不想着怎么应对局面，跟一个下人发火算什么？我看这祠堂里容不下这么多人，夫人迟早是要遣散下人的，你就不想想要是我被撵出去了，可怎么办好？"

这倒是卢豫海没想到的。但家破人散，也是情理之中的事。他愣了一阵道："就是遣散下人，也不会遣散到你头上。他们都是有家有口的，总还有个退路，可你一个孤儿家举目无亲，到哪儿去呢？就算是娘要赶你走，我也决不会同意的。"

关荷心中一暖，柔柔怯怯地凝视着他，千言万语只化成了一句话道：

"我信你。"

两人一时无语。此时也无须更多的言词，只是默默地彼此对视，多少话语、多少心事都饱含在这相互对视之中了。他们不过是十七八岁的年纪，以前有过的朦胧暧昧此刻变得豁然明亮起来，仿佛洁白的坯布经岁月洗染，再也不是原来的模样，显得鲜艳无比。卢豫海耳目眩晕了一阵，终于道："你说，就目前这乱纷纷的局面，我该怎么做？"

关荷摇头道："我一个丫头，哪儿知道该怎么做？"她看着怀里的卢玉婉，说的话却是分明向着卢豫海："不过我要是你，一定帮着夫人把家里安置好。大东家有大事去做，不能让他分一丁半点儿的心思。"

卢豫海心里一动，父亲总是讲什么"每临大事有静气"，可一到事上，有几个人能做得到呢？反倒是关荷，不过是个丫头的身份，危急时刻却比自己这个须眉男儿还要镇定得多。

卢豫海不禁上下打量着她，仿佛是刚刚认识眼前这个女子。关荷脸颊一热，抱着卢玉婉走开。他一边思忖着关荷的话，一边连连点头，转身朝屋里去了。

不出关荷所料，卢王氏身子刚刚好了些，就把所有的下人召集到一起，当众宣布了遣散的事。大东家卢维章不知何时悄然离家，如今能主事的只有卢王氏和二少爷卢豫海。卢王氏一直在主持家务，卢豫海不过是个少年，自然全都听母亲的。下人们虽说多少有些预感，但毕竟在卢家都有了些年头，老爷夫人也一向平易近人，到了临别之际自然是哀声一片。

卢王氏等哭声小了一些，虚弱地道："卢家是败了，但不会就这么把大家扫地出门。凡是在卢家十年以上的，发银子五两；五年以上的，发银子三两；五年以下的一律发银子二两。大家也莫要嫌少，就算是我卢王氏命不好，用不起大家了！卢家遭此大难，再没更多的能给了，就请大家受我一拜！"

卢王氏颤巍巍地站起来，朝着下边深施一礼。在场的人想起卢王氏平日里的种种好处，又是一阵哭声，场面之凄惨，泣声之悲凉，观者无不扼腕叹息。一番遣散之后，卢王氏只留下了两男两女四个下人，其余的几十号人领了银子各自去了，祠堂里顿时显得空旷起来。

关荷抱着卢玉婉，呆立了片刻，猛地发现卢王氏正看着自己，赶忙垂了头。卢王氏注目她良久，开口道："你可知我为何留下你吗？"

关荷的眼泪夺眶而出道："夫人知道关荷孤苦伶仃，出了卢家就是死路一条！夫人大恩大德，奴婢就是死了也难以报答！"

"又是什么生死的，犯不着说这个。实话告诉你，是豫海在我面前再三哀求，我才答应他的。你真的想报答我，就答应我一件事吧。"

关荷直直地看着她。卢王氏叹道："我怕是活不长了，若是卢家日后真的一点希望都没了，你也莫要狠心弃他而去。等我死了，你务必要好好照顾豫海……我原本是要跟陈家提亲的，可卢家如今这个模样，也不忍心让司画那丫头嫁过来受苦……你答应我，要看着他成家立业、娶妻生子，这就算是对我的报答了。"

关荷满腹思绪交错在一起，酸甜苦辣的滋味一一涌上心间，艰难道："夫人放心，奴婢一定伺候少爷一辈子，看着他……看着他成家立业、娶妻生子……"说着，心中又涌起一股哀怨，化作两行清泪敷满了整个面庞。

2　每临大事有静气

卢家虽家道中落，但神垕镇上大多是同情之声。人们都没忘记光绪三年的那场大灾，若不是卢家慷慨出手，多少人根本活不到今天。恩人就是恩人，即便是吃了官司也还是恩人，哪儿能万事只求自保，连人情世故都不管了？官府说人家是坏人，咱们就跟着忘了人家的恩情，是人做的事吗？这就是神垕人的秉气。何况绿营兵只是封了钧兴堂，并没有拘禁卢家的人。

风头一过，不少人便来到卢家祠堂，送钱送物的络绎不绝。就连董振魁这样的生意对手，都念及当年卢维章宽容待己的义举，慨然挺身而出，与各大窑场的大东家联名向巡抚衙门上书，祈求朝廷看在卢家在光绪三年赈灾的义举，保全卢家人的性命。细心的人都看出来，卢维章此刻并不在神垕，家里家外都是病恹恹的卢王氏出面主持，真是难为这个妇道人家了。除了苗文乡和卢王氏，谁都不知道卢维章是何时离开神垕的，也没有人知道他去了哪里。

一个月后，朝廷的旨意终于下来了：卢豫川判了斩监候，总算逃了一死；而钧兴堂却被彻底查封，从此再不是卢家的产业，交由本省巡抚对外招商，继续烧制宋钧，但圆知堂董家老窑不得参与。圣旨是河南巡抚马千山亲自赶到神垕宣布的。旨意宣读到这里，马千山故意顿了顿，看着下面的众人。窑神庙里外匍匐在地的何止千人，闻言无不是大吃一惊。钧兴堂维世场、中世场、庸世场三处窑场，合起来一千多口窑，占了神垕镇所有窑场几乎三分之一，就这么顷刻间就跟卢家再没了干系，卢家老号从此销声匿迹了！谁是这三个窑场的新主人？谁能从巡抚衙门那里承办这三处窑场？一个巨大的问号浮现在众人的脑海里，尤其是那些觊觎卢家窑场已久的大东家们，恨不能立刻就甩开膀子大干一番，瓜分了钧兴堂才算尽兴。

马千山轻轻合了圣旨，道："旨意宣读已毕，当事人领旨谢恩罢。"

这场官司因卢家而起，宣读朝廷旨意自然少不了卢家的人。大东家卢维章下落不明，大少爷卢豫川又远在京师大牢里，此刻卢家能出面的男丁只有二少爷卢豫海了。可镇上谁不知道卢家二少爷只是个尚未及弱冠的少年，连家都没成，能见过什么世面？看来卢家真是没人了。上千双眼睛齐齐地落在马千山跟前，目光纷繁芜杂，有好奇的，有幸灾乐祸的，也有担心的，大家都想瞅瞅这个卢家二少爷的模样。窑神庙里一时鸦雀无声，只听得有人朗声道：

"草民卢豫海代家父卢维章领旨谢恩！"

声音刚落，一个身材颀长的年轻人大步走向马千山，从他手里接过了圣旨，朝京城的方向跪倒，磕了三个头，又稳稳地站起来，从密密麻麻的人群里坦然穿过，消失在大门处。人群中发出一阵压抑的惊叹，这就是卢家的二少爷吗？很多人都以为他无非是个纨绔子弟，靠着家势混日子而已，一离开父母的庇佑定然手足无措，说不定还能在众目睽睽之下吓得尿裤子呢。谁也没想到，刚才那个步履如常、神态自若的年轻人居然就是头一次在大庭广众之下抛头露面的卢豫海！

马千山也是出乎意料。他原本抱定了主意要给卢家来个下马威，在众人面前狠狠地出卢家的丑，让卢家再难以在神垕立足，也让不听话的董振魁领教一下自己的手段。怎想卢豫海年纪轻轻，却是一副城府颇深、极有见识的架势，举手投足大有乃父之风。他刚才那句应话、那番作为，又是在飞来横祸的情形里，就是个见多识广的成年人都未必能处乱不惊，他却从从容容应付过去了，毫无失态之处。难道真的是天不绝卢家，又出了一个像卢维章那样的人物吗？

马千山如意算盘落空，自觉无趣，便咳嗽一声道："原钧兴堂招商大会择日在开封府进行，望有意的大东家们留心衙门的告示，都散了吧。"

台下跪着的人们纷纷站起，嘈杂的议论声响了起来。大东家们言不由衷地彼此试探着承办钧兴堂的事情，想从对方身上觑到些蛛丝马迹。更多的人却都是在议论卢家的二少爷，啧啧赞叹声不绝于耳。

卢豫海手里拿着圣旨，迈着沉重的步子走回卢家祠堂。门口处，关荷坐在门槛上，遥遥朝这里张望着，目光里满是牵挂和不安。卢豫海走上前去，强装笑容道："我回来了。"

关荷痴痴地看着他，道："他们没有为难你吧？"

卢豫海故作松快地笑道："卢家已经是这个惨状了，那些混账若是还咄咄逼人，还有良心吗？你放心吧。"

关荷看了看里面，悄声道："二少爷，老爷回来了，刚进的门。"

卢豫海身子一凛，顾不上跟关荷说话，一路小跑直奔后堂。卢王氏床头，一个男子抱着两个襁褓面带笑意，正高一声浅一声地逗着卢豫江和卢玉婉，不是父亲还能是谁？霎时间，卢豫海两眼泪如泉涌，扑上去跪倒："父亲，你可回来了！"

卢维章听见身后的脚步声骤响，已经知道来的是谁了，不慌不忙地回头道："领旨了吗？"

卢豫海擦了眼泪，把圣旨递给他。卢维章掂量了一下，黯然笑道："豫海，你说这个圣旨，有多重？"

卢豫海一时不明白父亲所指，懵懂地一摇头。卢维章把圣旨放在桌上，道："整整五十万两银子，换来的就是这么道旨意！"

卢维章忽地变了脸色，咬牙切齿道："这是什么朝廷，这是什么皇上！"

卢豫海从未见过父亲如此失态，一时不知所措。卢王氏吃力地直起身子，靠在床头劝道："老爷，你不也常说财聚人散、财散人聚吗？豫川好歹捡了条性命，豫海刚才又是没给卢家丢脸，人都在，几十万两银子算什么？早晚都又挣回来了……老爷，你再给我讲讲，豫海真的没丢卢家的脸吗？衙门的人把他叫走的时候，我都快愁死了，生怕他年纪小，弄出个什么差错可怎么办好啊……"

卢豫海难以置信道："爹，你刚才也在窑神庙吗？"

卢维章莞尔一笑，目光里多了几分宽慰和欣悦，道："我是跟着马千山一路回的神屋。本来这件事该为父去的，可我并没有露头，就是想看看在关键时刻，你究竟能不能替卢家挑起这副担子！宣旨之际，我就在人群里看着你，你做得很好，比我想象得还要好！'每临大事有静气'，你算得上一个卢家子孙！"

卢维章教子历来严苛，像今天这样突如其来的大加赞许，还是破天荒头一次。天底下最让做母亲的感到荣耀的事情，莫过于儿子受人称道，卢王氏意犹未尽地笑道："豫海，你真是个大人了，连你爹都说你做得好啊！"说着又是一连串的咳嗽。卢豫海激动得浑身血脉潮涌，忙上前给母亲捶背。

卢维章笑道："你听了多少遍了，何至于如此兴奋？"

卢王氏压住咳嗽道："我就是爱听，你讲多少遍我都不嫌多！"

卢维章见她好了些，便把两个襁褓递给她，道："豫海，今天在这个房间里的都是至亲骨肉，有些话是到了讲的时候了，你且坐下吧。"

卢豫海顺从地坐在母亲床边，火热的目光追随着父亲。卢维章踱了几步，忽而道："照着圣旨，钧兴堂从今天起就跟卢家毫无瓜葛了。维世场、中世场、庸世场三处窑场，上千口窑待价而沽，只等着马千山主持的招商大会。豫海，在这个关头，你觉得该怎么办？"

卢豫海做好了应试的准备，却没想到父亲一上来就拿这样的大题目考他，便拧眉思索了一阵，试探道："若是孩儿没有猜错，父亲头一件要做的事就是另外再建个字号，重打鼓另开张，跟不属于卢家的钧兴堂斗！"

卢维章目光里飘过一丝喜色，皱眉道："说得容易，窑场字号是好建的吗？"

卢豫海道："这些日子父亲不在神屋，我经常去苗老相公家里讨教，学了不少的本事，跟苗家两位相公也商议过重建窑场的事情。建窑场需要三件东西：银子、窑工和秘法。银子咱们还有，我听老相公说，家里足足还有二十万两银子呢！有了钱，窑工也自然不用担心了。至于秘法，那更是咱们卢家的祖传，就跟戏词儿上说的那样，铁打的江山，谁也夺不去！"

"你只看有利的一面，可不利的一面呢？"

"不利的一面是钧兴堂卢家老号的牌子打出去多年，瓷业里无人不知。卢家痛失钧兴堂，原来的所有经营心血毁于一旦，就得重新建立起一个牌子，闯出来一条商路，这是最大的难处。还有神垕镇上的各大窑场，虽说以往跟咱们关系处得不错，但咱们另起炉灶，分明是又多了个抢生意的，难免会被旁人挤兑。再加上董家，圣旨说董家父子不能染指钧兴堂，话是这么说，可谁能担保他们不会使出来什么手段呢？一个董振魁就是老奸巨猾了，又加上一个董克温……孩儿听苗象天相公说，董家的二少爷董克良跟我同一天出生，在父兄十几年的调教下，本领见识堪称同龄人的翘楚，似乎远在孩儿之上！以孩儿的愚见，真正的对手恐怕还是董家。"

"既然胜败之数各占一半，咱家现在也不算穷困潦倒，犯得着再身涉险境吗？干脆守着这点积蓄，老老实实过日子，再不染指生意，不也很好吗？"

卢豫海睁大眼睛道："孩儿不信父亲真会这么做！身为卢家子孙，离开了窑场，离开了生意，跟行尸走肉有何区别？胜败乃兵家常事，何况这次是大哥遭人陷害，并不是咱们卢家在生意上败给了别人！父亲一旦重整旗鼓，内有父亲和大哥运筹帷幄，外有苗老相公主持生意，卢家东山再起指日可待！"

卢维章一时无语，像是在仔细品味着他的话，又像是想着心事。卢豫海兀自激越着，坐都坐不牢稳了，竟腾地站起来，还想再说下去。卢王氏给了他一个眼色，笑道："这是大事，总要等你大哥回来，一家人合计合计才好。"她转向卢维章，察言观色道："老爷，你在想什么？"

卢维章从沉思里缓过神来，叹息一声，嗓子喑哑道："我有些跑神了。我刚才在想京城的事……夫人，你可知旨意上为何留了豫川一条性命，又为何点明董家不得参与钧兴堂的招商吗？"

卢王氏轻轻一笑道："我不过是个村妇而已，这岂是我能想到的？"

"豫海，这些事我原本不打算对你说。但你今天的表现大大超乎了我的预料，看来虽说你刚刚成年，今后卢家也不得不要你提前独当一面了！为父在京城花的这五十万两银子，只给了一个人，你猜猜是谁？"

卢豫海脱口而出道："不是皇上，就是太后！"

卢维章点点头道："不错，这五十万两我交给了大内总管李连英，他是太后身边最信得过的人，交给他，也就是交给了太后。给他银子的时候，我对他讲了两个意思：第一个是卢豫川如是真被问斩，卢家从此绝不再烧造宋钧，禹王九鼎也从此再无重制的可能。其二，卢家愿意放弃所有的窑场以示悔过，但卢家的窑场绝不能交给董家，否则董家一家独大，而董家是帝党的人，自然也不会全心全力重制禹王九鼎。李连英听了我这些话，好半天没吱声，最后说了一句话。"

卢豫海急不可待道："是什么？"

卢维章道："他说，你若是弃商入仕，定是封疆大吏的前程！"说到这里，卢维章自失地一笑，"什么朝廷？他们眼里只有银子，除了银子还是银子！"

卢豫海崇敬地看着他，卢王氏道："不管怎么说，旨意已经下来了……那豫川什么时候能回家？这场大祸毕竟因他而起，老爷又准备如何处置呢？"

"我知道夫人早晚要提到这件事……豫海刚才说的对，卢家不能就此消沉下去，不然有何脸面去见列祖列宗？按说眼下正是用人之际，可豫川行为不检，铸成大错，按照卢家赏罚分明的规矩，不给他些教训是不行的，也难以服众。卢家这次的事在豫省商帮里已是传得满城风雨，豫川的名声已经彻底砸了，今后再出去谈生意，谁还敢跟他做商伙？我想让他从生意里撤出来，专心协助夫人在内理家，等风头过了再出山……刚才豫海说得不错，卢家绝不会就此沉沦下去，迟早要重新杀回来！眼下窑场上的事有豫海、杨建凡和苗象天他们照顾，对外生意上有苗文乡老相公主持，我也就放心了。"

卢王氏和卢豫海都是一惊，卢王氏脱口而出道："不成！老爷，豫川一门心思都在生意上，你让他撤出来，这不是等于要了他的命吗？年轻人见识到底是浅，万一就此颓唐了下去，这个人不就废了吗？他爹娘是为什么死的，老爷难道不记得了？"

卢维章摇头道："我正是为了保住他的心气才如此打算！夫人想想，他刚从鬼门关上走了一遭回来，心性脾气大不如前，可以说是判若两人！我在京城养蜂夹道刑部大牢里探视过他，丝毫不见当初的雄心和气度，跟个活死人一般无二了。你以为就他现在的样子能出去做生意吗？卢家现在无异于白手起家，前面数不尽的艰难险阻让一个心绪紊乱的人去冲锋陷阵，胜算几何？又焉能不败？这一次再败了，谁还能再给他开脱？他自己也无颜再见江东父老啊！我让他离开生意，就是想在他心里保留一点生意的种子，不至于几番挫折之后心灰意冷……大乱之后，他首先要做的不是报仇雪耻，而是休养生息，好生检讨以往的失误，从中得到教训，为以后再次出山积蓄力量。古人为了光复故国不惜卧薪尝胆整整十年，豫川在家里韬光养晦几年又有何妨？此事我意已决，夫人不用再讲什么了。"

卢王氏这才明白了卢维章的一番苦心，除了摇头叹息还有何话说。倒是卢豫海不服道："父亲，大哥一向是经商的好手，前些日子又督造禹王九鼎，就算不让他出去做生意，起码还可以在窑场里出力呀。父亲让他干干净净地撤出来，这跟戏词儿里把娘娘打入冷宫有什么区别？还望父亲三思！"

卢维章脸上挂起冰霜道："张口闭口戏词儿、戏词儿的，你整天还有心思泡戏园子看戏吗？你大哥是堂堂须眉男子！这回我就是要冷他一冷，让他知道天高地厚，让他明白什么是生意人该做的，什么是不该做的……像他那样包养个歌妓，最终酿成大祸，难道是豫商的作为吗？"

一家人正说得紧要处，关荷急匆匆跑了进来，脸色仓皇道："老爷、夫人、二少爷，门外来了个人，口口声声要见老爷和夫人！"

卢维章和卢王氏相视一眼，道："是什么人？"

关荷慌乱地捏着衣角，脸色红红道："是，是个女子，说是从开封府来的。"

卢维章登时怒火上冲道："是不是个二十岁左右的女子，长得颇有几分姿色？"关荷胆怯地点头称是。卢维章拍案而起道："这个不要脸的娼妇，还敢找上门来么？你叫上老平，一通乱棒把她打出去！"

关荷转身欲出，卢王氏急叫道："且慢！"

卢维章回头怒道："夫人还想见她吗？"

卢王氏虚弱地苦笑道："好歹是豫川心仪的人，虽然出身低了些，可咱们商家跟她们歌妓一样都是下九流，谁还瞧不起谁呢？豫川出事之后，还是她千里迢迢给老爷报的信，不然老爷哪里会有一天的时间筹划后路？说到底，这个女子毕竟有些过人之处，无论今后怎么办，拒人千里之外总是不好，传出去也不好听。老爷既然不愿见她，就让我见见她吧。"

关荷见老爷和夫人见解不一，手足无措地站在门口。卢豫海俏皮地看着她，眨了眨眼。关荷窘迫地深深垂下头，心里撞鹿般咚咚直跳。

卢维章思索了一阵，铁青着脸道："夫人这么说，我也不拦你了。只是那些歌妓嘴上功夫着实厉害，夫人千万不要被她的巧舌如簧蒙蔽了！"说着，他袖子一甩走出了后堂。

卢王氏长出一口气，道："让她进来吧。豫海不要走，跟娘一起会会这个女子。"

卢豫海本来就对苏文娟充满了好奇，自然是求之不得，便站在母亲身边，跟观音菩萨身旁的韦陀护法似的，抱起胸脯，板了脸盯着外边。工夫不大，关荷领着一个女子进来。她垂着头，连走几步跪倒在地，道："奴家拜见夫人，二少爷！"

卢王氏淡淡道："你抬起头来。"

苏文娟慢慢地仰脸。卢王氏和卢豫海都是一愣，果然是一张标致到了极点的脸庞，竟跟画儿上走下来的仙女似的！尽管脸色有些苍白，却平添了几分惹人垂怜的憔悴。卢王氏暗暗叹息，如此可人的女子，难怪卢豫川会痴迷至此。卢豫海看着苏文娟，朝关荷吐了吐舌头，关荷趁卢王氏不备，狠狠剜了他一眼，眼睛瞟向一旁，脸却绯红了一片。

卢王氏开口笑了，竟是一副拉家常的口气道："从开封府到神垕，你走了多久？"

"回夫人，奴家走了整整两天。"

"路上还顺畅吧？"

苏文娟脸上泛出苦笑，道："托夫人的福，还算顺畅。"

卢王氏点点头，忽而厉声道："好一个顺畅！我且问你，你到神垕，是谁让你来的？是谁请你来的？我们家豫川快被你害死了，你还来这儿做什么？难道是给他收尸？收尸也罢，你怎么不到京城去？既然来得了神垕，就去不得京城么？你是真心牵挂豫川吗？出事都快一个月了，怎么不见你来？偏偏今天来了圣旨，豫川判了斩监候，你瞧着他还有条性命，这才巴巴地来了？你图的是什么？难道你以为卢家会待见你吗？豫川还会对你钟情吗？都说'戏子无情，婊子无义'，我看真是名副其实，还得加上一条'无耻'！你害得卢家满门被抄，二十年的辛苦一扫而空，我若是你，哪里还有胆子进卢家的门，早羞得一头撞死在门口了！原来像你这样身份的女子脸皮居然比城墙还厚，居然还有脸找上门来，一口一个奴家，一口一个夫人！你当这里是你的会春馆吗？豫海，你给我记清楚了，今后若是你见到这样的女子，一句话也甭跟她讲，就跟见到一堆狗屎一般，远远地躲开！"

在场的关荷和卢豫海都被她这般突如其来的言辞吓住了。他们俩一个是贴身奴婢，一个是亲生儿子，在卢王氏身边的日子可谓不短，却从未见过她如此雷霆万钧的言语。原来老实人撒泼骂人起来，竟是这般苛刻，这般毫不留情。卢王氏发完了火，冷笑一声，兀自端起茶杯啜了一口，气定神闲地看着苏文娟。

卢王氏刚才那番话，句句都如同刀枪，直取人的性命。卢豫海尚且感到头皮阵阵发麻，何况是毫无防备的苏文娟？她怔怔地跪在地上，像是被抽掉了魂魄的木偶，脸上仅有的一丝血色也不复存在了，除了剧烈起伏的胸口，再也找不到一丝活人的迹象。后堂里静谧无声，四个人纹丝不动，只有床上的卢豫江和卢玉婉偶尔在襁褓里蠕动一下。

良久，苏文娟青白的嘴唇翕动着，艰难地吐出了几句话："夫人训斥得是，文娟这次来真的是好没趣，自取其辱罢了。卢家的大难的确因我而起，我还有何话说？唯有一死而已。"说着，她深深叩头下去，猛地站起冲出堂外，一头撞在石柱上。

事情骤然而起，卢王氏和卢豫海离得远，根本来不及站起，而关荷虽离得近些，但苏文娟抱了必死的念头，她也是猝不及防。卢王氏认定她不过是个歌妓，眼里只有银子，这次来卢家不过是想继续纠缠卢豫川的，故而才有刚才那番苛责至极的言辞，她哪里会料到苏文娟竟真的会不惜一死？三人眼睁睁地看着石柱上红光乍现之后，苏文娟软软地瘫倒下去，额角鲜血奔涌。

卢王氏失声高叫道："来人！快来人！"

自卢家衰败以来，卢家祠堂一向是死气沉沉，后堂外猛地出了这么大的动静，立刻引来了祠堂里所有的人，人们全都聚在了苏文娟身旁，见状无不是骇然咋舌。

卢维章大踏步走过来，众人纷纷让开，都等着他发话。卢维章蹙眉看着苏文娟的模样，道："怎么会这样？"

卢王氏语无伦次道："我，我只是说了她几句……"

"卢家刚刚吃了官司，再弄出条人命来，你还嫌麻烦不够吗？"

众人从来没见过老爷对夫人发火，一时都是噤若寒蝉。卢王氏哑口无言，后悔得肠子都青了。关荷仗着胆子探手放在苏文娟的鼻孔处，蓦地惊喜道："夫人，还有气儿呢！"

卢王氏方寸大乱，连连叫着"佛祖保佑""菩萨保佑"，卢维章转脸对老平怒道："还愣着干什么，快请郎中！"

3　一刀砍出来个"拼命二郎"

苗文乡得知卢维章回到了神垕，立刻让苗象天套了车，父子二人马不停蹄地赶到了卢家祠堂。郎中刚走，卢家的人无不是神情沮丧。苗文乡和苗象天互相看了一眼，知道出了大事，赶忙朝后堂奔去。苏文娟已经悠悠醒来，被关荷连逼带劝地喝了些药汤，苍白的脸上恢复了些血色。

卢维章背手伫立在院中，表情一片苍然。苗文乡朝后堂里张望了一眼，立刻明白了这里刚刚发生的事情，便道："大东家，屋子里的可是那苏……"

卢维章重重地点头，叹道："难怪豫川会沉迷在她身上，果然是个不寻常的女子……真是造孽啊，她肚子里还偏偏有了卢家的骨肉！"

苗文乡大惊道："这……大东家准备如何处置呢？"

卢维章拿出一张银票，递给了苗文乡："这是苏文娟醒来之后，死活交给夫人的。"苗文乡见银票上写着"凭此立兑现银七百两·日昇昌汴号字"，当下纳闷道："这是何意？"

"她自己偷跑了出来，要在卢家做一辈子的丫头来还债。不然，情愿一死谢罪。"

苗文乡奇怪道："这真是闻所未闻了！一个歌妓偷跑出青楼，却是来做丫头！那大东家的意思是……"

卢维章艰涩地叹息一声，道："罢了，等豫川回来再说吧，解铃还须系铃人……象天也来了？"

苗象天刚才看见大东家和父亲在商议什么，识相地退在一旁，这时赶忙上前打了个千道："象天随父亲来的，见过大东家。"

卢维章略一点头："家务事还有夫人，咱们就不用操心了。既然大家都来了，就说说生意上的事吧。钧兴堂招商的事情开封府那边有消息了吗？"

三人一边议论着，一边朝卢维章的卧室走去。关荷站在门口，推了一把卢豫海，低声道："他们商议大事去了，你快跟着啊。"

卢豫海犹豫道："这……爹也没叫我，我怕……"

关荷急道："你现在是大人了，家里的大事你能不参加吗？大少爷不在，你就是卢家的顶梁柱！"

卢豫海仍有些踌躇，苗象天急匆匆过来道："二少爷，大东家叫你去议事呢，快走！"

卢豫海感激地看了关荷一眼，随苗象天快步离去。关荷深情地看着他的背影，过了好久才喃喃道："二少爷，你可快点儿长大吧……"

过了几天，苏文娟伤势好了些，可以下床活动了，依然是痴痴呆呆地整日坐着，趁人不备又寻了一次短见。幸亏关荷眼尖，瞅见了她偷偷藏起的剪刀，这才没弄出人命来。这次之后卢王氏再不敢大意，让一个老妈子终日跟着伺候，不容一点儿闪失。她腹中的骨血虽一时无法确定是谁的，可若真是卢豫川的呢？这事万万马虎不得。卢维章在烧瓷经商上的功夫炉火纯青，可对儿女情长的家务事却是无可奈何，加上卢王氏百般劝解，也只得睁一只眼闭一只眼随她去了。

卢王氏虽然做主收下了苏文娟，到底嫌她是个歌妓出身，又给卢家惹下这么场大祸，心里的不快总是耿耿难消。苏文娟康复之后，让老妈子领她去给卢王氏请安，卢王氏却来了个身子不适，根本不见她。苏文娟知道尽管夫人闭口不提赶她出门的事，其实在心里还是无法接纳她，无非是看在她腹中孩子的份上，才违心地留她住了下来。苏文娟看上去是个弱不禁风的女子，骨子里却韧劲十足，憋了一口气在心中，再不寻死觅活了。她每日除了坚持去向卢王氏请安之外，便是闭门不出，做些小孩用的小衣小袜，一心等待卢豫川回来。

卢家居然收了个歌妓进门！这个消息立刻不胫而走，转眼间传遍了神垕全镇，成了人们茶余饭后的绝好谈资。就在人们兴趣正浓的时候，开封府会春馆又来了人，领头的自然是老鸨了，气势汹汹地领了十几个打手直奔卢家祠堂而去。

会春馆这桶油浇得正是时候。卢维章跟苗文乡结伴去了开封府，刚刚离开神垕，卢家除了下人，只剩下卢王氏和卢豫海。老鸨把祠堂大门敲得震天响，口口声声要把苏文娟领回去。老平出来好声好气地才说了几句话，就被老鸨一通臭骂给堵了回去，索性把大门紧闭，再没人出面了。此刻祠堂门口聚满了人，谁都没见过开封府的老鸨是何等的手段，一个个看得津津有味。老鸨也是来了兴致，跳着脚骂道："小贱人！天底下有你这么不要脸的吗？还说什么卖艺不卖身，呸！给老娘装什么正经！今天不把你这小蹄子抓回去，老娘就不走了！"

周围有好事的人笑道："你不走了？好，不妨就去我家吧。"人群里立刻哄笑声四起。老鸨气得一乐，不慌不忙道："哟，是哪个冤家看上老娘了？就怕老娘有这个心思，你还没那个物件呢！"那人应道："我有没有那个物件，你不看看咋知道？"老鸨便瞪着眼睛，摆出一副寻觅的姿势道："活冤家，你在哪儿呢？给老娘瞧瞧嘛！"说着上前抓住那人就扒裤子，吓得那好事者狼狈至极，慌不择路地逃了。众人见开封府的老鸨果然豪迈，真是大开眼界，纷纷然起哄喝彩。

老鸨得意扬扬，冲着众人道："瞧见没，老娘就是这脾气，不把苏文娟那个小蹄子抓回去，老娘绝不善罢甘休！"说着，她又转向紧闭的大门，高声骂道："卢家的人，都给我听清楚了，我看你们家也没什么好人！大少爷睡过的贱人，你们倒跟个宝贝似的收了……"

此刻，卢王氏就领着全家人站在门后的院子里，墙外老鸹的骂声一字一句地听得分外真切，宛如迎面飞来的一支支利箭。其实就算加上苏文娟，卢家也不过才七口人，还有两个尚在襁褓之中的孩子。而男丁除了老平和一个烧火的老汉，便只有卢豫海了。卢王氏紧紧抱着卢豫江，表情由平静变得盛怒，气得浑身哆嗦着。苏文娟早已是泪流满面，又羞又愧，站都站不住了。

卢王氏怒声道："苏文娟，这就是你给卢家带来的祸害！害了豫川还不够，你究竟要把卢家害到什么地步，才算遂了你的心愿？事已至此，你若还有半点良心，就好好闭门思过，好生对待你肚子里的孩子吧！"

老平愤愤道："夫人，我从后门出去，就不信找不来几个帮手！"

卢王氏厉声叫道："站住！"老平悚然一惊，不知如何是好。卢王氏冷笑道："叫帮手算什么，卢家的男人还没死绝呢！"她转脸对着卢豫海："豫海，你给我跪下！"

卢豫海撩衣跪倒，全身的关节都在咯吱作响。关荷怀里抱着卢玉婉，吃惊地张大了嘴，急得满脸通红。卢王氏一字一顿道："你回头看看，那堂里摆的是什么？"

"是卢家列祖列宗的牌位！"

"你可是卢家子孙？"

"正是！"

"卢家败落成这个样子，如果再让一个婊娼妇头儿光天化日地如此侮辱，卢家人还有什么颜面在神屋立足？还有什么脸面说东山再起？家里眼下除了外姓人，就只有你这么个男人了，你既是卢家子孙，今天就是要你出头为祖宗露脸的时刻！愣什么，去吧！"

卢豫海刚才就忍无可忍了，听了母亲这般激励的话，再也没有丝毫的胆怯和犹豫，腾地站起来："娘，孩儿就是拼出这条命去，也要给卢家争回这个脸面，也要让全镇的人都看看，卢家的男人到什么时候都是顶天立地！"他转身从烧火老汉手里抢过棍子，直冲向大门。

关荷不顾一切地拉着卢王氏的衣袖，急得失声道："夫人，外边那么多人，二少爷他……"

卢王氏尽管脸色雪白，却仍不松口道："男人不经历这样的场面，还叫男人吗？他若是好好地回来，就是长成一条汉子了，他若是连几个混混儿都镇不住，卢家怕是真的没指望了！"

老鸨正大放厥词之际，祠堂的门忽然大开，卢豫海血红了两只眼睛，提着根棒子冲了出来，一句话不说照头就是一棒。老鸨惊叫一声躲开，头是没给打着，腰里结结实实挨了一棍子，顿时瘫坐在地上。打手们见主人挨打，立刻叫嚣着上前，个个摩拳擦掌地把卢豫海围在当中。卢豫海握着棍子，眼里喷出火来，叫道："谁不怕死就过来，二爷今天不要命了！"

卢豫海一副拼命的架势，又是初生牛犊不怕虎，一下子震慑住了那些打手。其实他们都是老鸨临时找的街混混，谁肯为了那点儿银子就不要命了？何况强龙难压地头蛇，这里并不是开封府，卢家世世代代都在神垕，虽然败落了，毕竟还是土生土长，真动起手来周围的人能袖手旁观吗？故而一个个嘴上叫得厉害，谁都不愿第一个冒尖。

老鸨被手下揽起来，捂着腰道："你，你是谁？"

卢豫海轻蔑地哼了一声道："我就是卢家老二，卢豫海！"

老鸨恶狠狠道："老娘腰给你打断了，你赔老娘银子！"

卢豫海冷笑一声，从怀里掏出一把快刀，掷在地上，大声道："银子？哼，今天你为何而来，二爷我清楚得很。本来凡事都好商量，可你出口伤人，连我们祖宗八辈都骂遍了！你也不睁开狗眼瞧瞧这是哪儿，这是我们卢家的祠堂，供奉的是卢家列祖列宗的牌位！我若是再忍，还是男人吗？这儿有一把刀，你不是带了这么多人？好，我让你们一人砍我一刀，砍死了拉倒！砍不死的话，我一人砍你们一刀，也是砍死了拉倒！听明白没有？"卢豫海说到兴头上，嗖地甩掉了上衣，露出壮实的胸膛来，拍得山响道："来来来，第一刀就往这儿砍！二爷等着你们！"

时值隆冬，神垕的冬天历来都是苦寒至极，即便是穿了几层衣服尚且手脚冰冷，何况他还赤着身子？卢豫海刚才大汗淋漓，此刻身上冒着白气，在人群里分外显眼。众人都惊得呆了，尽管在领旨那天见识过卢豫海的做派，可此一时，彼一时，窑神庙毕竟是个讲理的地方，今天在这里却是以命相搏的厮杀！不是血性男儿，不是敢做敢当，谁能使出这一手？老鸨愣了一阵，推着一个打手道："废物！他让你砍，你砍就是了，犯什么嘀咕？出了事儿老娘担着！"

打手尴尬笑道："崔妈妈，真出了人命，不还是我吃官司吗？就你给的那点银子，怕是……"

老鸨怒道："王八蛋！这时候还惦记银子！"继而转向另一个打手，却见那人也是连连退后道："李老二都不敢，我充什么'大瓣蒜'？"

围观的人爆发出一阵鄙夷的哄笑。老鸨又羞又急，弯腰捡起刀来道："一个毛孩子，跟老娘玩横的吗？老娘什么阵势没见过？我就不信你真敢……"

"放你娘的屁！"卢豫海赫然大怒，"当啷"一声扔了棍子，咆哮道："这刀是假的？你二爷我是假的？今天我就在全镇人的面前，让大家都瞅瞅，卢家的男人说到做到，到什么时候都是响当当的汉子！"

他大步上前，饿狼似的盯着老鸨道："你算个什么东西，二爷我屈尊让你砍，你还挑理不成？你瞪什么眼？你发抖了吗？刀就在你手里，那好，头一刀给你！二爷还等着砍你呢！来呀！你倒是来呀！"他的嗓音尖锐沙哑，震得四处空气嗡嗡直响。

所有的人都被他吓呆了，那些本来冷眼旁观的人也是木雕泥塑一般，傻了眼看着他。老鸨一时气馁，想想又不甘心就此服软，可握着刀的手实在是不听使唤，根本举不起来。卢豫海不容分说攥住她的手，高高举起来，一刀砍在自己的胸前，老鸨吓得闭目尖叫起来。众人再看卢豫海之时，刀过之处血肉绽开，白生生的胸脯陡然现出一条深深的刀伤！粉色的肌肉断裂，像是小孩儿哭泣时张开的嘴。鲜血喷涌而出，顷刻间溅了老鸨一脸的血。老鸨仓皇地摸了摸脸上的血迹，连连叫道："是你抓着我的手，不是我砍的！不是我！"

卢豫海低头看了看伤处，忍着剧痛反手夺过刀，提在手里，强笑道："你急什么，二爷怪你了吗？你倒是砍过了，你手下谁还砍？"

老鸨领来的街混混都是些起哄架秧子的主儿，真是到了拼命的关头早慌了手脚。第一刀就是这样了，第二刀下去不死也得重伤，谁敢砍这第二刀？卢豫海失血过多，脸色苍白如雪，兀自叫着："好，你们都不敢砍是吗？二爷我可要砍了！"说着，他举着刀，脚步跟跄直奔老鸨而去。

老鸨一脸的血，已然是魂飞魄散了，猛地看见明晃晃的刀冲自己过来，吓得惊叫一声，转身就跑。卢豫海冷笑不绝，又举刀对着打手们过去，唬得他们屁滚尿流般四处逃窜，眨眼工夫就没影儿了。卢豫海掂刀四顾，再没有会春馆的人了，周围的人全是一副肃然起敬的表情。众目睽睽下，卢豫海仰天大笑道："得劲！"笑着笑着，他忽地一头栽倒下去，人事不省了。

门口处，卢王氏呆呆地看着这一幕，顿觉眼前一黑，叫道："儿子啊！"软软地靠在门框上，一步也迈不动了。关荷早已是心疼得痛彻肺腑，连哭都忘了，冲进人群扶起昏迷的卢豫海，在众人七手八脚的帮助下，总算把他抬到了后堂。

苗象天和几个以前在钧兴堂做事的相公闻讯赶到，见到这样的场面无不是骇然叹服。苗象天叫来了镇上最好的郎中，给卢豫海敷药疗伤。郎中把脉良久，喟然叹道："罢了，二少爷哪里像是个不到二十岁的人！这一刀得多大的心气，多大的狠劲才砍得下去！"

卢王氏急道："郎中，能好得了吗？"

郎中宽慰她道："亏得他年轻体壮！要搁在别的大家子少爷身上，整天吃喝玩乐、游手好闲的，说不定一口气过不来就完了。可您听听，二少爷这脉象多结实！夫人放心，这伤再重也是皮肉伤，不碍大事。"

关荷一直在旁伺候着，听见郎中这话如同泪海决堤，哭得没了人形，转身跑出门外。卢王氏回头看着她，先是一惊，继而是一阵苦笑。

这时，老妈子过来，附耳向卢王氏说了几句话。卢王氏脸色勃然一变，朝门外大声道："你告诉她，好好守住她的孩子，别的事她少管！卢家的男人是死是活，轮不到她来操心！害了我侄儿还不甘心，又来害我儿子！若不是看在她怀了身孕，我早就……罢了，你走吧。"老妈子吓得浑身直哆嗦。只听见门外"当啷"一声，好像是个药罐子被打碎了，随即是压抑的哭泣和凌乱的脚步声。

郎中听得目瞪口呆，不知道夫人为何突然动怒。而苗象天猜得到她这股无名火是朝门外的苏文娟发的，心里咚咚跳着，忙岔开了话题。卢王氏兀自一副盛怒的模样。送走了郎中，苗象天总算长出了一口气，领着几个相公上去，对卢王氏道："夫人，大东家还没回家，保不定那些歹人还要来寻衅滋事。我跟几个相熟的钧兴堂老人儿说好了，从今晚开始就在这里轮流守夜，直到大东家回来。夫人看可否？"

卢王氏对苗象天深深一礼道："这让我说什么好？真是日久见人心！卢家虽然败了，可有这么多人帮衬，难道真的没有希望吗？"

苗象天忙道："夫人言重了。今天二少爷一个人替卢家出面，居然打跑了一帮歹人，现在恐怕全镇都轰动了！今后谁还敢再说卢家一句不是？夫人说的对，有人帮衬还在其次，卢家后继有人，这才是希望所在啊！"

几个相公也是交口称赞："都说卢家是以儒道经商，却不知二少爷豪迈过人，真是英雄出少年，浑身是胆。这一刀下去，全镇人都说卢家出了个'拼命二郎'！"卢王氏听了他们的话，禁不住又是骄傲又是后怕，一想起来刚才发生的事情，仍是不免出了一身的冷汗。

第十章

CIJIAN SHANHE
LANG TAO SHA

得
失
之
间

1　渔翁得利

钧兴堂招商大会在马千山的主持下终于定在了腊月二十这天，在开封府豫省贡院隆重举行。贡院是一省乡试所在，进了这龙门的秀才生员，今年一旦中举，来年或中进士，或中状元，三年五载锤炼之后，就是国之重臣，出将开疆扩土，入相执掌中枢，全都从这里起步，贡院是何等的神圣庄严之地？

马千山特意把招商大会定在了贡院举办，一来是奉旨而行，二来也是有心让这些财大气粗的商家看看，银子再多，就像卢家钧兴堂那样，不也是一道旨意说封就封，说抄就抄了？说到底还是大清的天下，谁敢不听官府的，卢家就是榜样！

一进腊月，巡抚衙门的告示就贴进了神垕。各大窑场的大东家们闻风而动，私下串联开了好几次密会，最终定下一条：全镇窑场除了圆知堂董家老窑，捆在一起参与钧兴堂的招商，按出钱的多少瓜分维世场、中世场和庸世场，并公推致生场大东家雷生雨为总头领，代表全体股东赴开封府出席大会。雷生雨慨然受命，仗着全镇窑场在后撑腰，此行可谓是志在必得。可他趾高气扬了一路，一进了开封府就傻了眼，全国各地做瓷业生意的巨商大贾差不多全都到了，偌大个开封府，各大客栈都挂出了客满的招牌。

雷生雨靠着老关系，好歹找了个客栈落脚。晚饭去了大梁门内大街有名的第一楼，他刚一进门，竟然发现旁边一个桌上，赣省景德镇白家阜安堂大掌柜段云全正狼吞虎咽地吃包子呢！

雷生雨有些忐忑地上去打招呼，段云全一嘴的江西官话道："乖乖不得了，今晚净碰见熟人了！"

雷生雨抽椅子坐下，道："老段，你也是来参加招商的？"

段云全笑道："老雷你不也是吗？"

两人各怀心思，相视大笑。不一会儿，门外又进来几个老熟人，最后进来的两个，赫然是巩县康店的康鸿猷和康鸿轩哥俩儿！雷生雨和段云全心里都是一凉，连康百万都来了，看来明天的招商大会指不定多好看呢。

俗话说"雷声大，雨点小"，轰轰烈烈的招商大会只开了半天就有了结果。大会是奉了圣旨召开的，自然是由马千山领着所有人先拜了圣旨，又由豫省商帮的魁首康鸿猷领着众商家拜了财神关帝，这才正式开始。

马千山拈着山羊胡道："今天的大会可谓高朋满座，天下对钧瓷生意有意的巨商大贾，差不多都在座吧？大家图的什么？有人说是生意，有人说是窑场，我看却只有两个字——银子！"

此言一出，满座皆笑，紧绷的气氛顿时缓和下来。马千山笑了笑，道："千里经商只为财，在商言商，有什么可笑的？为了确保今天招商的公平，本抚台特意请了本省商帮的领袖康鸿猷大东家，跟本抚台、勒藩台一起主持。诸位可有疑义？"

康百万的名声在明清两代响彻大江南北，经商的谁不知道河南的康百万？故而无不是点头称是。康鸿猷起身离座，朝四下里拱手道："既然如此，康某就恭敬不如从命了。昨天晚上，康某跟马大人、勒大人一起商议出来几条章程，就由在下向众位同侪说道说道。"

贡院大殿里鸦雀无声，无数双眼睛火辣辣地看着康鸿猷。他展开了手里的纸，朗声读道："河南巡抚马千山，河南布政使勒宪，为本省禹州神垕钧兴堂奉旨招商一事，特制章程如下：甲、各大商号代表地无分南北，年无论老幼，皆可报价招商；乙、各大商号代表只许报价一次，当场宣布，以价高者取之；丙、各大商号须交保银十万两，若中标而有意拖延不付者，保银分文不退，全数充公……"

康鸿猷声若洪钟，在贡院大殿里嗡嗡回响。这样的章程真是闻所未闻，既然谁都能报价，为何只许报一次？这不是逼着人往天大的价钱上抬吗？这样的念头在雷生雨心里翻腾起伏，他素来是炮筒子脾气，等康鸿猷宣读已毕，便嚷道："这章程有失公允！"

经他这么一点火，各大商号的代表们纷纷叫了起来，都说章程过于偏颇，说不上公道。一时间大殿里人声鼎沸。康鸿猷微笑地看着众人，待声音平了一些，笑道："大家都是老生意人了，谁不知有买有卖？章程是台上二位大人奉旨拟定的，断无更改之理！康某也觉得无可厚非，不过是谁家银子多，谁买了去而已。诸位，凡是肯报价的，就到殿外巡抚特设的账房交保银领帖子，不肯报价但想瞧热闹的，对不住，就请到开封府街上溜达溜达去吧。"

在场的众人面面相觑，大老远跑来了，谁不是想蹚蹚这道浑水？哪儿能连价也不报就打道回府？何况康鸿猷又搬出了"奉旨"这道撒手锏！众人嘴里议论个不停，却没一个人像康鸿猷说的那样，出门遛大街去，全都蜂拥而出，霎时间把几个账房棚子围得水泄不通。全国各地赶来的商号不下百十家，顷刻间上千万两银子就进了巡抚账房。等大家重新回到了大殿里，在老位置坐下来，一个个全是双唇紧闭，眉头紧锁，捏着帖子的手不停地抖着。

康鸿猷看着他们的模样，扑哧笑着打趣道："出去遛大街的人，应一声吧！"

雷生雨闷声闷气道："既然出去遛大街了，哪儿还能应声？"其实众人都看得出康鸿猷是在开玩笑，唯独雷生雨直脾气不拐弯，却把这笑话当真了，当下众人全都开怀大笑。

康鸿猷见状正色道："好了，各位仔细想想，给大家一炷香的工夫，香尽便收帖子！"

众人有的冥神苦思，有的抓耳挠腮，形态各异，却都是捂着帖子，生怕给别人瞧了去。一炷香说完就完，几个笔帖式上前收了帖子，厚厚的一摞，放到了马千山面前。马千山翻着帖子，时而点头，时而发笑，把台下心急如焚的商号代表唬得坐立不安。马千山心里冷笑道，这群奸商，你们有钱，老子有权，你们有地，老子有兵！今天就看看是权大还是钱大！他心思已定，便朗声笑道："各位商家，本抚台这就当众宣读吗？"

商家们又好气又好笑，纷纷嚷道："烦劳抚台大人了，快宣读吧！"

马千山拈了拈胡须，却把帖子又放下了，笑道："本抚台一直很纳闷，都说如今国库空虚，入不敷出，连本抚台的养廉银子都发不下来，我还以为真是都赔了洋鬼子呢！如今一看这帖子，本抚台才恍然大悟，敢情这银子都在各位手里头呢！"

商家们急得心头冒火，却也只好勉强发出一声哄笑。雷生雨嘀咕道："什么巡抚，我看他根本不是招商，是把咱们当猴子耍呢。"身旁几个商家一阵窃笑。

马千山叹了一番，这才举着帖子宣读起来："神垕镇除董家老窑外全伙窑场，公出银子一百三十万两！"

大殿里一阵喧闹。神垕镇各大窑场联手招商，这可是从来没有过的盛举！雷生雨不无得意地四下示意，可没等他来得及炫耀一圈，马千山便兀自宣读道："赣省景德镇白家阜安堂，出银子一百五十万两！"

雷生雨顿时蔫了，一百五十万两！雷生雨脸上的嫉妒丝毫没有掩饰，便对他道："老段，你脑子出毛病了？"

段云全乐呵呵道："咳，就当出了回毛病吧。"

周围一片啧啧赞叹声，不少人窘迫地低下头去。马千山读了大半的帖子，那些出了几十万两银子的商号简直无地自容，好几个人瞧着形势不对，悄悄地溜出了大殿，唯恐再待下去自取其辱。马千山读到最后一个帖子，表情遽然一变，他捏着帖子颠来倒去地看了一阵，终于点头道：

"禹州梁家药行，出银子一百九十万两！"

大殿里立刻一片死寂，倏尔议论声、质疑声、不满声如同响雷般炸起来。

雷生雨难以置信道："禹州梁家？是梁奇生梁老爷子家吗？"

旁边一个人接话道："梁老爷子早就老得不能主事了，现在梁家是大少爷梁少宁在主事。"

雷生雨顿足叹道："毁了，毁了，好端端的钧兴堂三处窑场，上千口窑，落在一个卖药材的人手里，算是全毁了！"

"听说梁少宁管事的这几年，梁家都快揭不开锅了，哪儿来的银子？"

"是啊，莫非其中另有隐情？"

雷生雨连连摇头，瞥见段云全也是一脸的没趣，便道："老段，我看你也是白忙一场啊！"

段云全咬牙切齿道："老雷，我敢打包票，这里头绝对有猫腻！"

尽管众人七嘴八舌地议论着，梁少宁却是春风得意。只见他穿着苏州绸面棉袍，外头罩着牡丹花印的马褂，一双开封府马记鞋铺黑面千层底的厚靴，胸脯挺到了天上去。他起身离座，紧走几步来到台前，从马千山手里接了帖子，气定神闲地朝下面拱手道："少宁不才，承蒙诸位成全了！为答谢各位南北同仁，今晚我把第一楼全包了下来，万望诸位赏光！"

雷生雨气得再也坐不住了，鼻子里哼了一声，站了起来一脚踢翻了椅子，气鼓鼓地走出了大殿，冲着棚子里的账房先生怒道："还老子的保银！"

这么一出闹剧传到神垕的时候，卢家正在吃晚饭。卢维章苦笑了一声，对老平道："你一路辛苦了，坐下来吃饭吧。"

卢家以往的规矩，一日三餐都是分两桌，男人一桌，女眷一桌，下人都是在厨房里吃的，上不了正席。眼下卢家家道中落，那些规矩也就因时制宜地改了，成了主人一桌，下人一桌。说是两桌，其实总共也不过是七八个人。苏文娟身份比较特殊。卢豫川还在京城，虽说秋审已过，斩刑变成了斩监候，又变成了终身拘役，最后成了拘役在家交银子赎罪。话是这么说，但他毕竟还没回家，苏文娟到底是大少奶奶还是使唤丫头，也还没个定论。苏文娟自己颇有主见，主动坐在了下人这一桌。卢王氏素来不待见她，也就随她去了。

老平见卢维章发了话，这才施了一礼下去。卢维章却是再也举不动筷子，投箸叹道："想来想去，居然还是让董振魁得手了。"

卢王氏奇道："不是说禹州梁家吗？"

卢豫海不无冷静地分析道："董家和梁家是世交，梁家虽然还顶着禹州第一药行的招牌，其实早已是败絮其中，别说是一百九十万两，就是打个对折都未必能拿出来！董家找的无非是个傀儡，梁少宁志大才疏，听说还抽着大烟，两家又有世交，正是董振魁上佳的人选。"

卢维章点头道："豫海说得不错……这些东西，都是苗老相公告诉你的？"

卢豫海忙道："是的。孩儿这些天跟苗老相公整理身股制的章程，抽空听他讲了不少的经商之道。"

卢维章道："苗家父子三人，除了老二苗象林资质平平，苗文乡和苗象天都是不可多得的人才！尤其是苗象天，你务必跟他好好相处，此人是我特意提拔起来，就是为了将来留给豫川和你用的。"

卢豫海一愣道："父亲，您不是说过，要把大哥从生意上撤回来吗？"

卢维章凝神看了卢王氏一眼，又看着他道："你记住，这个家业是你大伯拿命换来的，就算你大哥犯了错，可他还是大少爷，是卢家的接班人。你是他弟弟，今后只能有一个心思，就是辅佐你大哥，好好把家业发扬光大！"

卢豫海凛然道："父亲放心，我一定不忘今晚的教诲！"

晚饭一过，卢豫海就趁着关荷给他收拾房间的工夫，把饭桌上的谈话讲了一遍。关荷利索的动作忽然放缓了，皱眉道："别的大家子都是父传子，哪儿见过父传侄的？就算是再亲，侄子能亲过儿子吗？老爷真是个大好人啊！"

卢豫海倒是不以为然道："我们兄弟俩自幼亲密无间，他管家，我管家，不都是姓卢的管家吗？有什么大不了的。大哥是经商的好手，等风头过去，他出面主持家业了，我跟你不正好图个逍遥自在吗？"

关荷脸一红，道："又来了！我不是跟你说过吗，夫人看上的是司画妹妹，我一个丫头，这辈子也就是伺候你们的命！"

卢豫海笑道："即便如此，我也要把你要去，咱们三个表面上是主仆，暗地里不还是一样的吗？"

关荷苦笑道："二少爷，本来我看着你这些日子学生意大有长进，可在这事上却总不开窍！你不知道，女人的心思在有些事上却比针尖还小呢！你容得下我，司画妹妹呢？她也容得下我吗？卢家的规矩你又不是不知道，男人只能娶一房夫人，说到底我也是个丫头的命……"

卢豫海身子一怔，慢慢琢磨着她的话。关荷心绪纷乱起来，偷眼看着他呆傻的模样，不由得心疼起来，只好心里暗暗叹息着，笑道："好了好了，咱不说这个了，好吗？"

卢豫海却是一点兴致也没了，自顾自地喃喃道："司画妹妹有多久没来了？自打卢家败了，就再没见过她……"

马千山似乎是有意跟卢家过不去，刚刚主持了钧兴堂招商大会，恰好赶上卢豫川被押解回开封府。他没有按照旧俗通知卢家来领人，反倒是派了一辆囚车，十几个衙役，浩浩荡荡地把他押送回了神垕。神垕镇自古民风淳朴，上百年太太平平的日子都过来了，就是在大灾之年也没出什么流寇匪盗，猛地见一队官差进了镇子，还带着辆高高的囚车，便都赶过来看热闹。一见车里的人无不变色咋舌，竟然是卢家的大少爷卢豫川！

卢维章听说了消息，便领了卢豫海在门外候着，翘首等待卢豫川归来。可他们左等右等却不见衙门的人，让老平一打听，才知道衙役们不知得了谁的吩咐，鸣锣开道、耀武扬威，居然在镇上游起街来！这下子卢家大少爷的风头算是出够了。卢维章当时就是脸色铁青。他知道卢豫川是最要面子的人，几个月的牢狱之灾就够他受了，又在家乡给人游街示众，把人都丢在家门口了，对他而言，焉能不是最致命的一击？

卢豫海按捺不住，当下要去找衙役们评理，被卢维章一声喝住了。衙役们在神垕大街小巷兜了大半天，直到腿脚疲乏了，才掉头往卢家祠堂而来。

衙役头见卢维章和卢豫海跪在门口，便上前掏出巡抚的钧令，居高临下地大声朗读道："兹有犯人卢豫川，狎妓纵火，致使贡品被毁，本应依律处斩。天有好生之德，皇恩浩荡，以孝治国，念该犯上无父母，下无子嗣，不忍断其一门血脉。特于秋审后，将该犯解回原籍，从此闭门思过，战战兢兢，圈禁十年，不得有违！如有再犯，定斩不饶！此令，豫省巡抚马千山。"说罢，衙役头把钧令晃了晃，笑嘻嘻地对卢维章道："大东家，都听明白了吗？用不用本差再念一遍？"

卢豫海虽是跪在地上，满腔的怒火早已燃遍全身，听见他如此盛气凌人的口气，愤然站起道："不就是巧要银子吗？没门儿！二爷我没听见，你有种再念一遍，念到你累死在这里，二爷还是没听见！"

四周围满了看热闹的人。自上次独力挑战十几个壮年男子之后，卢家二爷"拼命二郎"的名号在神垕家喻户晓，谁不知道卢家出了个血气方刚的卢豫海？今天一见果然不虚，光天化日之下，竟然脸对脸地跟官府的人叫板，大家都暗暗替他担心。

衙役头没想到卢家还有这样的血性汉子，恼羞成怒道："来人！给我拿下！"

卢维章回头瞪了儿子一眼，转过身不动声色道："他一个小毛孩子，官爷何必跟他一般见识？这点银子诸位路上买点茶喝吧。"

卢维章从袖筒里抽出一张银票，塞到衙役头手里。周围的人鄙夷地看着他们，嘘声四起。

衙役头见了银票，尴尬地站着，怒道："你，你大胆！你这是公然行贿本差吗？"

卢维章淡淡笑道："官爷这话就不对了。官爷大老远从开封府过来，为的不就是银子吗？到了镇上，又是敲锣，又是游街，怕是累坏了吧？俗话说：骂人不揭短，打人不打脸。衙门的规矩我也懂点，斩监候的犯人不得游街示众，为的就是保全犯人的脸面，让他还有机会重新做人！连皇上都放了我侄儿，官爷您又何必苦苦相逼呢？这个案子是李鸿章李中堂亲自过问的，在下跟李中堂也见过几次面，官爷就不怕我豁出命去，上告到刑部吗？我看官爷还是接了银子，好生回省城吧。"

"我，我就是不接你的银子，你能怎么样？"

"你不接，就是没打算了结此事，既然官爷不肯放过我卢家，卢家自然奉陪到底！"

"你，你还打算怎样？"

"卢家不惜倾家荡产，也要进京找李中堂、找太后告这一状！不接银子要吃官司，接了银子反而没事，官爷自己瞧着办吧。"

衙役头被他这番抢白弄得张口结舌，仔细想想也句句在理，真是刑部追究下来，马千山哪里会替他兜着？到头来还是他做个怨死鬼！衙役头万般无奈，在众目睽睽之下面红耳赤地接了银票，挥手让衙役们放下卢豫川，一群人悻悻地去了，所经之处如同过街老鼠，四周无不是嘘声震天。

待官府的人离开，卢豫海冲上前去，紧握着卢豫川的手，两行热泪滚落下来道："哥，你还好吗？"

卢豫川这几个月在牢里吃够了狱卒狱霸的欺负，憔悴得形销骨立，残存的一丝心气又被刚才的游街示众弄得荡然无存，此刻目光呆滞地看着卢豫海，一会儿傻笑不停，一会儿惊恐万状，竟跟得了失心疯的病人一般无二。围观的人惊讶地看着他，这哪里还是当初意气风发的卢家大少爷？众人都不忍再看，纷纷悄然离去。卢维章痛心疾首地摇摇头，黯然道："老平，扶大少爷进屋吧。"

2　百念皆灰烬

卢王氏让关荷下了一大锅面条，又从齐家肉铺买了一整块肘子，饭刚端了上来，眨眼间就被卢豫川一扫而光。众人围坐四周，心酸地看着卢豫川狼吞虎咽的模样，他这几个月遭的罪可想而知。

卢王氏刚说了句"慢点，锅里还有"就再也忍不下去，抽泣着掩面离开。卢维章在一旁默默坐着，黯然神伤。卢豫海大把大把地擦着眼泪，牙关咬得吱吱作响。卢豫川终于放下了筷子，长叹一声道：

"得劲哪。"

卢豫川说着，傻乎乎笑了起来，忽而伏案恸哭，发出老牛般哞哞的哭声，声声催人肺腑。卢维章站起道："好好哭吧，哭够了再去我房里。"

卢豫川扑通跪倒在他膝前，抱住他的双腿道："叔叔，这都是马千山陷害侄儿的！不报此仇，侄儿誓不为人！"

卢豫海叫道："哥，我跟你一起找他去！"

卢维章静静地站着，缓缓抬起头，不知何时泪水淌满了脸颊。他伸出手，狠狠地一巴掌打在自己脸上，大声道："大哥，大嫂，我对不起你们啊！为什么不是我，为什么偏偏是豫川！"

直到深夜，卢维章的房里还是灯火通明。卢家此刻能主事的人差不多全到了，连向来不过问生意的卢王氏也坐在一旁。

卢维章吸了整整一袋烟，敲掉烟灰，看了看在座的人，终于开口道："卢家的人都到了，苗老相公也在，今天说的虽然是家事，却也跟今后卢家的生意息息相关。这场官司到今天为止，总算是过去了。眼下的当务之急，就是把卢家的窑场重新建起来！我是卢家的掌门人，就在这儿宣布几件事：既然有了朝廷圈禁的旨意，从今天起，豫川不便再抛头露面了，跟你姊子在家打理家事。窑场的事情由我和豫海主持，外边的生意就靠老相公张罗了。唉，卢家二十年心血一笔勾销，现在就拿出当年白手起家的精气神儿来，不出五年，依旧是要把神垕镇搞得天翻地覆！诸位……"

卢王氏一边听着卢维章的话，一边忧心忡忡地观察着卢豫川的脸色。果然，当卢维章说到让卢豫川撤出生意的时候，卢豫川表情遽然一变，不等卢维章把话讲完，便冲动地站起来道："叔叔，您是信不过我了吗？"

卢维章皱眉道："你的事，我一会儿再跟你单独说，先让我把话……"

卢豫川不顾一切道："不！我非说不可！为什么不许我做生意？若不是还有这个想头，我早在牢里自我了断了！叔叔，我要报仇，我要向马千山，向董克温报仇！家里的事有姊子在足够了，我一个男子汉窝在家里算什么？"

卢维章叹息一声，示意他坐下，缓缓道："既然你非说不可，那就说说吧。我且问你，这次卢家大难，是不是因你而起？"

"……"

"卢家赏罚分明，没有将你逐出家门已是有背祖训了，你还想要我怎样？你别忘了，你现在还是个戴罪之身，是朝廷下令圈禁了你，是大清律不许你再出山做生意！为了救你出来，卢家花了五十万两银子，我连眉头都没有皱一下，今后卢家每年要向官府交纳五万两的赎罪银子，一直交十年，为的就是替你除掉这身罪名，好让你从头来过！……就算不管这些，就凭你现在的浮躁心气，能做成什么大事？有商伙肯跟你谈生意吗？卢家现在是在刀尖上行走，稍有不慎就再无希望了，容不得有丝毫闪失！你是卢家子孙，卢家要你出头的时候，你便是不肯出头也不行，卢家要你不出头，你就是卢家的大少爷、少东家，却是也万万不能！"

卢豫川面色死灰："十年，十年哪……说到底，叔叔还是信不过我啊！"

卢维章目光中饱含痛苦，放慢了口气，语重心长道："豫川，你我是至亲，你爹娘不在了，我一直是拿你当亲生骨肉来看的。你扪心自问，我这些年待你如何？我今年四十多岁，这些年劳力伤神，未老先衰，怕是连这十年的活头都不足了！我这么做图的什么？还不是把家业重新振作起来，将来好囫囵个地交给你吗？你要明白，我不是要你从此再不做生意，等卢家恢复了元气，还是要靠你来执掌家业！不管你是无辜也罢，罪有应得也罢，眼下你毕竟是个有罪的人，你出面做生意，只会给卢家的中兴带来麻烦——且不说马千山会不会答应，光是神垕就有多少双眼睛火辣辣地看着咱们呢，咱们不能授人以柄不是？你是卢家的长子，是铁打的接班人，卢家败了是你的，成了还不是你的吗？你怎么就放不下这一时的意气，好好韬光养晦呢？你若是担心日后，我今晚就立下誓言，只要你不做出背叛卢家列祖列宗的事情，将来我一定把比钧兴堂大十倍的产业交给你，如有反悔天诛地灭！"

卢维章这般言词可谓推心置腹，苗文乡深感意外地看着他，卢王氏早已泪流满面，就连一直怀有异议的卢豫海都眼含热泪了。但卢豫川此刻心绪大乱，竟是一句话也听不进去："叔叔的好意我心领了，但豫川只想冲锋陷阵，绝不坐享其成！"

卢豫川的话震惊了在座所有的人。屋子里一时静谧万分，大家都被他忘乎所以的姿态惊呆了。卢维章愣了半晌，痛心道："豫川，叔父这番话，就一丁点儿都没有打动你吗？"

"我只想做生意，要我离开生意，不如让我去死！"

卢维章终于被彻底激怒了，大声道："那你现在就去死！"

卢王氏和卢豫海同时叫了起来，一左一右地拦住卢维章。卢豫川恍惚地看着他，呆了一阵，居然绝望地冷笑道："看来豫川铸成大错，叔父今生都容不得豫川了！您是大东家，是卢家的掌门人，我又算个什么东西？好，豫川这就去死，从此与叔父两不相欠！"

卢豫川的冷笑仿佛钢刀般切割着卢维章的心，尽管有妻子和儿子拦着，他还是大声道："好，卢豫川真是条顶天立地的好汉子！包养歌妓的时候，你怎么不去死？狎妓失火的时候，你怎么不去死？被人游街示众，丢尽了列祖列宗颜面的时候，你怎么不去死？……卢家几乎倾家荡产地救你出来了，上上下下都为你的前程忙碌操劳的时候，你却口口声声要去死！你以为你一死了之，你就为卢家立了大功吗？除了亲者痛、仇者快，还会有别的后果吗？"

话音未落，一阵压抑的啼哭声隐隐传来。卢豫川听到这再熟悉不过的声音，身子顿时一震，冲过去打开了门，赫然看见苏文娟站在门外，肚子已然微微隆起，难道是有了身孕不成？卢豫川脑子蒙了，扯住她的手，颤声道："你，真的是你？"

苏文娟一句话也说不出，捧着脸大哭不止，仿佛积蓄了大海般的眼泪，此刻要一股脑地流干才肯罢休。卢豫川倒退了几步，浑身无力地靠在门槛上，语无伦次道："怎么会这样，怎么会这样！"

卢王氏追出门外，含泪对卢豫川道："她等你快三个月了……豫川，你就看在他们娘俩的份上，也不能做傻事啊。"

卢豫川懵懵懂懂地看了看卢王氏，又看着苏文娟，喃喃道："这是真的吗？"

苏文娟再也听不下去，转身跑开。卢王氏推了他一把，低声道："快去吧。"

卢豫川鬼使神差般挪开了脚步，循着她的身影追了过去。卢王氏呆呆地看着他，又一股眼泪夺眶而出。

与钧兴堂相比，卢家祠堂不过是个小小的院落。苏文娟就住在西边的一间耳房里，屋子里只有一床一桌，再无别的摆设，显得格外冷清。卢豫川追进房门，苏文娟早已扑倒在床上，后背大起大落地抖动着，却一丝哭声也听不到。卢豫川木然地坐下，良久才道："你还好吗？"

苏文娟哀恸了许久，虚弱地缓缓直起身子，刚一看见卢豫川，又是止不住的悲声。卢豫川握着她的手道："我在牢里这几个月，怕是苦了你了。"

苏文娟摇头道："跟大少爷受的苦相比，奴家的苦算得了什么？瞧你消瘦成什么了……"

"你既然在神屋，刚才怎么不见你出来？"

"夫人说让我去的，我想你们一家人见面，肯定得先议论大事，我就等着你。"

卢豫川苦苦一笑，道："真是议论大事啊……你知道吗？我今后不能做生意了。"

"那也好，奴家好好伺候大少爷。天天陪着大少爷，你要我干什么，我就干什么，不好吗？"

卢豫川痛苦难耐道："连你也这么说！你不知道我的心气吗？离开了生意，我怎么活？"

苏文娟拉着他的手，轻轻放在自己的肚子上道："大少爷，你摸摸，这是你的骨血。就是为了他，你也要忍过这一时。老爷不是说了吗？等风头一过……"

卢豫川仿佛触到了火炭般骤然抽回了手，可能他自己也觉得有些生硬，便强笑道："好，好。我问你，你怎么会到了神屋？"

苏文娟凄凉地一笑："大少爷吃了官司，开封府上下都传开了。我在会春馆里再也待不下去，就自己偷跑了出来，到了神屋……我寻过一回短见，却又被郎中查出来带着你的骨血，夫人就让我暂且住下，一切等你回来再定……大少爷，你肯留下我吗？"

卢豫川思索了一阵。按理说他此刻无论如何也不能再伤了苏文娟，但他现在满脑子都是被迫离开生意的痛楚，心智早已散乱，竟是冷冷地一笑："我明白了，他们怕我不肯放弃生意，就要你来做说客，是不是？你还好意思说什么我的骨血！我问你，你一个女子，会春馆是你说走就走的吗？你赎身的银子哪儿来的？一万两啊，你有那么多银子吗？"

苏文娟仿佛蓦地被人打了个耳光，惊惧地看着他："大少爷，你这话是何意？"

"不错，在进京路上我是说过要给你赎身的，不然你怎么会把身子给了我？我进了大牢，音讯不通，你拿谁的钱赎身？"

苏文娟肝肠寸断道："我知道大少爷必定会这样问。奴家清白的身子给了大少爷，是奴家心甘情愿。可这在会春馆能瞒得住吗？奴家刚回去，就被妈妈检查出来了，整整打了我一天！第二天非逼着我接客，我宁死不从，你又被打入死牢，我就想到了先你而去。但我觉得天底下最对不住的，就是你们卢家，所以我才偷跑了出来，要在老爷夫人面前谢罪，妈妈领着人找上门来要人，二少爷还……"

"他们便收留了你，是吗？我全都明白了，他们不就是让我娶一个歌妓做夫人，从此在商伙面前无地自容，逼着我自惭形秽，从此离开生意？哈哈，多如意的算盘哪……"

苏文娟万念俱灰地看着他，再没有比这更伤人的话了，仿佛整个人被丢进了冰窖里，再也感觉不到周遭的一丝温情。她轻轻一叹，道："原来说来说去，大少爷还是惦记这个！我一个良家的女儿，难道生来就是做歌妓的命吗？大少爷，我只要你一句话，你要我死，我这就死在你眼前！"

大概卢豫川也感觉到自己出口伤人了，但他刚被生生从生意场上贬了下来，又要面对这个尴尬万分的局面，无论如何也无法立刻就泰然处之。他焦躁地在狭小的房间里来回走着，时而仰天长叹，时而唉声叹气。他原本以为回到了家就可以一切重新来过，可接二连三的事情却让他实在无法承受，这般苦楚，这等难堪，竟然比牢里还要难以忍受！

苏文娟定定地看他良久，惨声道："大少爷是容不下奴家了，错就错在奴家不该那么早就把身子给了大少爷！若是今天奴家还是个姑娘的身子，大少爷还会这样对待奴家吗？"

卢豫川停下脚步，复杂地道："文娟，你老老实实告诉我，你腹中的孩子，真的是我的吗？"他见苏文娟闻言痛不欲生，急道："你莫怪我这样问你，我……"苏文娟心已凉透，轻声道："大少爷起了疑心，我还有什么诉辩的？怕是只有以死明志了。只可惜我这肚子里的孩子，还没出生就要……"

　　说着，她从枕下摸出一个绣筐，里面全是给小孩做的衣服鞋袜，不由得睹物情涌，泪如雨下。她痴痴地翻看了一阵，冷不防抓起剪刀，朝心窝刺去。饶是卢豫川看见了剪刀早有防备，还是给她深深刺进了皮肉，立时血如泉涌。

　　卢豫川连连叫道："我不过一问，你这又何必？"

　　苏文娟朦胧地看了他一眼，软软地叫了一声"冤家"，便人事不省了。

　　卢豫川拔出利剪，死死抱住她，一时间心头百念皆化为灰烬，不禁空洞地看着前方，继而发出一声惨绝人寰的厉叫。

第十一章

CIJAN SHANHE
LANG TAO SHA

东山再起

1 暗潮涌于大变之先

没了卢家老号的竞争，正月初八窑神庙点火仪式又成了董家的天下。各大窑场的大东家们看着董振魁点起了头把火，心里都不好受。董家出风头也就罢了，偏偏在初八这天，由禹州梁家承办的钧兴堂也点了火。千把口窑冷清了大半年，终于再次红火了起来，恢复了往日的人气和喧嚣。大东家们一个个恨得牙关紧咬，他梁少宁算个什么东西，不知在马千山身上花了多少银子，居然异军突起，好端端一锅饭竟给他抢了去！

其实各位大东家和梁少宁都知道，如今的钧瓷生意并不好做。自卢家钧兴堂烧出第一窑宋钧出来，董家圆知堂不久后也烧出了宋钧，神垕钧瓷业便迥然分为两大系。一系是宋钧，另一系是日用粗瓷。卢家和董家仗着各自的独门宋钧秘法，把持了宋钧一系，挤兑得其他窑场只能靠烧造普通的日用粗瓷为业。宋钧在市面上的需求量远不及日用粗瓷，但价高利厚，一件成色好的宋钧顶得上好几窑的粗瓷碗碟。各大窑场苦于没有宋钧的烧造秘法，只有望洋兴叹了。

本来两系的生意还算井水不犯河水，但卢家败落的时候，朝廷封了卢家所有的窑场，却鬼使神差地没有封掉卢家各地的分号。卢维章抓住这个时机，立刻通知各地的分号，把所有的库存宋钧一股脑倾销了出去，卢家的宋钧一降到底，居然只比粗瓷贵了一两成！这下子等于在各大窑场包括董家老窑背后狠狠扎了一刀。

宋钧烧制极难，每年的成品就那么多，故而价钱一直居高不下。卢家和董家也一直心有默契，不约而同地控制销量，图的就是把利润维持在很高的水平，谁知卢维章临走之际玩了这一手！卢家各地的分号不折不扣地执行了他最后这条指令，一时间质高价廉的卢家宋钧充斥市面，严重冲击了市价。买家都不傻，卢家宋钧一向声名远播，价钱又一下子到了底，谁还肯花大价钱去买董家的东西？就是自己不喜欢宋钧，囤积起来一批倒手再卖，也是一笔可观的收入。

卢家宋钧的倾销不但搅乱了宋钧市价，也把靠日用粗瓷为生的各大窑场逼上了绝路。都是盘子碗碟之类的器皿，卢家宋钧比日用粗瓷也贵不了多少，谁还愿意买粗瓷？没多久，各大窑场所产的粗瓷再也无人问津，大批退货一车车地拉回了神垕。

各大窑场见状大惊失色，不得不跟风降价，跟卢家拼起了价钱。这时卢维章又使出一招，让各地分号放出消息，说卢家遭难，从此钧兴堂歇业退市，再不烧制宋钧，眼下的卢家宋钧无一例外全是绝品！无论是大清国内的买主还是洋人收藏家闻讯都是激动不已，谁不希望手上的东西是后无来者的绝品？全是红了眼睛拼命抢购。就是普通老百姓家，也乐得去买个花瓶、杯盘之类的，好歹是宋钧啊！虽说是今人仿制的，可那"玫瑰紫"瞧起来，也跟天价一样的传世宋钧没什么区别！结果是卢家临了又收了一大笔银子，宋钧和粗瓷的市价一落千丈，每个窑场都积压了大批的货物难以出手。每年买宋钧和粗瓷的就那么些人，就那么些银子，没个一两年的休养生息，这市价怕是根本回不到正常的水平。

这个打击对神垕镇瓷业堪称致命。今后这一两年里，就算是各家窑场红红火火，就算烧出来的东西堆积如山，却也卖不上价钱。可以说是烧得越多，赔得越厉害！这正是应了茶馆说书人嘴里《三国演义》的典故，真是"死孔明吓走活仲达"，不同的是人家诸葛亮也只是吓唬一下司马懿，而卢维章这一手却把整个神垕折腾得天翻地覆，神垕瓷业简直难以为继了。

大东家们无可奈何之下，联合起来到了圆知堂，恳求董家老窑出面救市，不要再袖手旁观了。董振魁却是高挂免战牌，称病不出，谁都不见！大东家们吃了个闭门羹，心里更加惊慌，一个个灰头土脸地离去。董克温送走了他们，脸上敦厚的微笑立刻消失了。他叹了一声，转身直奔董振魁的书房。他心中跟那些人一样，也是焦躁不安。卢家倾销宋钧，董家老窑遭受的打击最重，只不过是几十年的老字号了，加上实力雄厚，比其他窑场日子好过一些。董振魁当初对此一笑置之，说了句惊天动地的话："让他卖去，咱赔得起！"可眼下董家总不能一赔再赔，眼睁睁地看着辛辛苦苦攒下的银子都砸进去啊！

董克温来到书房，却看见董振魁一副事不关己的模样，正跟董克良你一句我一句地对着楹联！董克温又好气又好笑，按着性子听了几句，这才道："父亲，他们都走了。"

董振魁回头看着他，兴致勃勃道："老大，这书房的对联该换了，我跟老二商量了半天，凑了这么两句，你看中不中：耒耕三省，当思创业艰难；船行六河，须防不世风云。你觉得如何？"

董克温言不由衷道："甚好甚好，我明日就让人换了。"

董振魁道："有了这句治家格言，董家子孙一定要好好领会，记在心里，奉如圭璋！"

董克良一笑道："爹，你就莫要急大哥了，他这副急不可待的样子，分明是有大事要跟您讲。"

董振魁漫不经心道："又是那帮大东家吧？他们若是再来，你就告诉他们，董家老窑从不跟人在价钱上斗气！卢家就那么点库存，不是都卖了吗？以后好好做生意就是了。"

董克温赔笑道："父亲说的是。但眼下咱家老窑各处窑场局面红火，可价钱一直那么高，销量上不去，都压在库房里了。长此以往不是个办法啊。"

董振魁皱眉道："老二，你说该怎么办？"

董克良道："为今之计，要么降价，要么减产，怕是没别的办法了。"

董克温摇头道："降价之举万万要不得，卢家是在退市之际才倾销的，那是孤注一掷的做法，董家今后的日子久了，这一招自然不可取。减产倒是个好办法，可那些相公、伙计怎么办？难道也要裁撤吗？"

董振魁收敛了笑容，正色道："老大，我告诉你多少遍，豫商讲究个'每临大事有静气'！我岂不知个中利害？我刚才故意说什么楹联之类，就是想让你学会遇事不慌不忙，阵脚稳住了，才好寻思对策。这一点上，你不如你兄弟！"

董克温惭愧地垂头道："父亲责罚得对，孩儿的确不如二弟处乱不惊！"

董克良闻言坐不住了，赔笑道："父亲，迟千里老相公功成荣休，大哥如今是老相公。他一心扑在生意上，我却是个在旁看热闹的，心态不一样，表现自然也不一样。其实大哥的经商之道远在孩儿之上！"

董振魁摆手道："你们俩别互相吹捧了，都是一家人，搞这个名堂做什么！克温，你传令下去，董家老窑明天起出面救市，率先在神垕自行减产，裁撤之类的事就不必了，但窑工伙计的窑饷、相公的薪俸一律降低两成！你要把话说到明处，这都是卢维章闹的，让他们有怨气就找卢家去闹吧！一旦宋钧恢复了往日的市价，窑饷和薪俸再都涨回来！"

说到这里，董振魁仰头叹道："卢维章啊卢维章，想不到就是卢家败了，还能把神垕搅得天昏地暗！我若是有了这么个儿子，此生再无憾事！你们两个好生记住，日后若是卢家卷土重来，不到万不得已千万不能跟卢家针锋相对，你们俩眼下还远远不是他卢维章的对手。"

董克良笑道："父亲只怕是过虑了。卢家如今兵败如山倒，最要命的窑场都没了，还指望什么东山再起？"

董克温摇头道："克良，卢维章是没了窑场，但他这次倾销宋钧，得了不下二三十万两银子，这还是小数吗？卢家当年白手起家，一文钱都没有，不也是十几年的工夫就崛起了？眼下他手里有银子，还有秘法，我看他用不了几年就能重新做起来！父亲刚才吩咐的极是，董家老窑带头降薪，其余的窑场估计也会如法炮制，到时候让神垕所有的窑场、所有的窑工都对卢家怨声载道。就凭这一点，卢维章的中兴计划就得拖上一年不止。"一席话说得董克良叹服点头。

董振魁莞尔一笑道："好啦，大事已定，老大你下去布置吧，我跟老二再琢磨琢磨堂里的楹联……"

卢家祠堂这几天人来人往，前来求见卢维章的大东家、老相公络绎不绝，差不多都是恳求卢维章放各大窑场一马，莫要再倾销下去了。卢维章倒不像董振魁那样称病不出，待谁都是满脸的笑容，一口一个"好好好""是是是"地答应着。卢维章是有名的不苟言笑，他越是这样满口应承，来人越是心惊胆战，心里怎么也踏实不得。

入夜时分，卢家总算清静下来，卢维章对老平道："去把苗老相公父子请来，还有杨建凡大相公，就说我有要事相商。"

老平支应了一天，刚打算闭门招呼晚饭，见大东家发话，便试探道："大东家，不先吃饭吗？"

卢维章抬头看着他，满脸压抑不住的兴奋道："不吃了，快去请！"老平不敢怠慢，立刻出了门。

苗文乡和苗象天赶到卢维章书房的时候，卢维章、卢豫川和卢豫海已经在座了，正谈着最近的家事。卢豫川自离开生意以来，变得沉默寡言，整天怔怔地对着天空发呆，谁也不清楚他心里究竟想些什么。今晚他看见苗文乡父子联袂而至，知道他们要谈生意，便起身淡淡道："叔父先忙吧，豫川告退。"

这样冷冰冰的场面谁看了心里都不舒服，苗文乡一脚门里一脚门外地站着，表情尴尬不已。

卢维章摇头道："你是少东家，今天要谈的事情关乎卢家日后的大计，你虽然不能出面主事，运筹帷幄还是少不了的。你且坐下吧。"

卢豫川皱眉思索了一下，这才重新落座。不多时杨建凡也到了，卢维章见人都到齐，便道："今天在座的，都是卢家中兴的干将。卢家自大难以来，沉寂了快一年了，我一直在家韬光养晦，为的就是如今这个局面！各位在卢家遭难之际不离不弃，维章感激得紧，请先受我一拜吧。"

卢维章起身离座，朝苗家父子和杨建凡深深一揖。三人赶忙起身还礼。卢维章亲手扶他们坐下，自己在房中缓缓踱步，道："钧兴堂被封的时候，我给日后留下了伏笔。这伏笔就是放手倾销宋钧！眼下不但是宋钧市价大跌，就连粗瓷的市价也是一落千丈。各大窑场自顾不暇，正是我们重整旗鼓的大好时机！杨兄，窑工那边你联络得如何？"

杨建凡道："按大东家的吩咐，这些日子老汉跟不少以前钧兴堂的同仁联络，他们一听说大东家要重建窑场，无不是欢欣鼓舞。梁少宁那个败家子根本不是做宋钧生意的材料，除了窑工，掌窑相公、大相公差不多全换成了他的人，这些人哪个懂得烧窑？好端端的窑场给他糟蹋得乌烟瘴气！我听说董家老窑马上就要出来救市了，这市也救得着实奇怪，一个是减产，一个是降薪！这一下又把窑工给得罪个遍。老汉估计，只要大东家宣布重新建窑，绝对不愁没人！"

卢维章笑道："想不到董振魁居然走了这一步臭棋！他本来是想撺掇窑工，把怨气都算在卢家身上，可他就没有想到，我等的就是他这一手！杨兄，明天你就放出话去，卢家即将打出'卢瓷正宗'的名号重建窑场，名字就叫留世场，接下来还要建余世场，取的就是豫商'留余'二字！凡是来卢家留世场做工的，大小掌窑相公的薪俸和烧窑伙计的窑饷一律提高一成！苗老相公，各地分号的情况如何？"

苗文乡听了卢维章的话，心中暗暗叹服不已，听见他问到自己，忙道："回大东家，钧兴堂被封之际，老汉让各地分号按兵不动，朝廷的旨意也只是封了钧兴堂在神垕的窑场，各地分号大体都保存了下来。洛阳分号的李龙斌、汴号的高维权等大股东都来了信，说是誓死与卢家共进退，绝不跟梁少宁的钧兴堂打交道。如此一来，最重要的两个分号全都毫发无损。大东家倾销宋钧以来，给了各地分号整整三成的提留银子，每个月的月钱不降反升，这帮子驻外的相公伙计无不感激涕零，一再来信表示忠心。请大东家放心，只要卢瓷正宗的牌子一打出去，原来钧兴堂的分号立马就能改头换面，还是卢家的生意！"

卢维章满意地点头。这些情况他都了然于胸，今天故意要他们再说一遍，一则是要他们互相鼓舞，二则是有心消弭卢豫川不得参与生意的低落，让他感受到卢家暗中勃发的澎湃生机。他看了眼卢豫川，见他果然攥紧了拳头、全神贯注地在听着，心里不由得放松了许多，宽慰道："老相公，卢家这几个月养活这些人又花了多少银子？但人心都保住了！这笔银子花得实在不冤……象天，账上还有多少银子？"

苗象天老练地翻出随身的小账本，递给卢维章道："大东家，变卖各大窑场股份，一共得了二十万两银子，倾销宋钧又有三十万两银子入账，除去各类花销、分号月钱，如今还有三十八万两银子可用！"

卢豫川听了半晌，心里一阵感叹：难怪各地分号对叔父忠心耿耿，难怪这些日子卢家整天都是粗茶淡饭，原来光是养他们就花了十多万两银子！倾销宋钧提留的三成也是十多万两，这些驻外的人真是一夜暴富啊。他兀自想着，脸上微微露出几缕不安的神情。

卢维章没注意到他态度的变化，点头道："眼下各大窑场尝到了咱们倾销宋钧的苦头，就算有心挤兑咱们，怕也是有心无力了。卢家没了钧兴堂，都以为卢家从此一败涂地，但财散人聚，只要咱们肯花钱，建窑的、烧窑的、驻外的人根本不用犯愁！但是我觉得光靠一时的高薪留不住人，也不是长久之计。我还有个想法，大家一起合计合计。效仿晋商推行身股制，是我和苗老相公筹划已久的，如今卢家再次白手起家，不妨从一开始就把身股制建起来，让来投奔的人想走也走不了，心甘情愿给卢家做事！不知各位有何见解？"

卢豫海第一个发言道："我看成！"

苗文乡道："二少爷说的对，老汉也觉得在当前推行身股制，正是恰到好处。按照拟就的章程，凡是烧窑伙计，一律顶一毫的身股，掌窑小相公是一厘，相公是三厘，大相公是五厘，此后按劳绩逐年增加，干到一俸身股的，无论是窑工还是相公，荣休之后每月还有荣休银子！如此一来，出不了十日，神垕镇上但凡有点本事的人都得闻风而动，挤破脑袋也要在卢家窑场做工！"

卢豫海笑道："我看是不是再加上一条，就是这辈子干不到一俸，得不了荣休银子的，也可以把身股当遗产传给子孙，什么时候干到一俸，卢家照样给他荣休银子！这样的话，窑工、相公的子子孙孙都能为我所用，岂不是更好？"

卢维章大笑道："那就加上这一条！有了身股制，卢家就如虎添翼了！"他看见杨建凡还没吱声，便道："杨兄，身股制是大事，你有什么想法？"

杨建凡皱眉听他们议论了半天，一直沉默不语。他以前在董家老窑理和场做工的时候，跟卢维义兄弟关系最好，是看着卢豫川长大成人的，卢豫川后来进场见习烧窑，也是他手把手言传身教，对卢豫川的感情异常深厚。这次卢豫川犯错，卢维章罚他不许再做生意，杨建凡多少有些不解。但这是马千山圈禁卢豫川十年的钧令，他也挑不出什么毛病。

今天他见到卢豫川憔悴不堪的模样，心里难过得不得了，当年跟卢维义情同手足的往事一股脑涌上心头，只顾着心里慨叹了，卢维章和苗文乡滔滔不绝的言辞没听进去几句。蓦地听见卢维章开口问他，仓促之下只得道："这个……我多少明白大东家的意思，大东家是看如今重建窑场缺乏人手，想广招贤才，这是应该的。可我觉得高薪已然足够，实在是不可多得的人才，柜上格外开恩就是了，身股制这样的章程，是他们晋商票号的做法，在豫商瓷业里能行得通吗？何况此前并无先例，大张旗鼓地捅出去，在豫商里难免会有非议。卢家倾销宋钧已经得罪了不少瓷业上的同行，若是把豫省商帮全都得罪了，今后还怎么做生意？"

他这么一说，书房里的气氛顿时冷了下来。苗文乡摇着头刚想反驳，被卢维章一个眼色按住了。他微笑道："看来杨兄心里有别的想法，这蛮好，今天本就是求各家之言，都是一面之词能成什么大事？……豫川，你觉得这身股制如何？"

卢维章看似不经意间的询问，却在这几个人心中激起一阵波澜。苗文乡和苗象天互相看了一眼。卢豫川已是不问生意的闲散之人了，卢维章拿身股制这样的根本之策问他，难道又要重新启用卢豫川不成？苗家跟卢豫川有说不清的宿怨，倘若卢豫川重新得势，苗家还能在生意上举足轻重吗？他们父子心里顿时七上八下起来。卢豫海却是一脸的兴奋，急不可待地看卢豫川。就连卢豫川本人也深感意外，他根本想不到叔父会问自己的意思，略一思索，淡淡道："叔父勒令侄儿脱离生意，这些日子里侄儿严守本分，从来没关心过生意上的事，一时半会儿也没什么见解。还请叔父英明决断吧。"

卢维章焉能听不出这话里的怨意？也不去理会，一笑道："我让你脱离生意，只是不许你抛头露面而已，今天是关起门来商议大事，你就算不问生意，也总是卢家子孙吧？有什么想法但讲无妨的。"

杨建凡意识到刚才的话实在欠着考虑，又见卢豫川张口闭口不乏抱怨的意味，暗自替他担心，当下着急道："老汉只懂得烧窑，生意上的事一窍不通，大少爷有什么就直说！大东家对你的器重众人皆知，千万别耍小孩子脾气！"

卢豫川看着他炯炯的目光，自失地一笑。杨建凡在场面上尊称他大少爷，背地里训斥起来，跟老子训斥儿子似的，从来不讲情面。卢豫川对他也是一向敬如父辈，见他都上了火，拳拳期待之情溢于言表，再不说话就是太不识趣了，当下只好道："既然叔父和杨大相公都发话了，豫川就说几句。身股制的事情，我听豫海说起过，刚才苗老相公和杨大相公的话我也听了。好处就不说了，反对的意思不过是两条：第一条，给窑工顶身股在豫商里没有先例；第二条，杨大相公担心伙计都顶了身股，相公们就失了颜面，管理起来多有不便。敢问杨大相公，是不是这些？"

杨建凡连连点头称是。卢豫川继续道："要说没有先例，那倒真是没什么大碍，天底下没有先例的事情多了，凡是规矩都得有人第一个去做，关键在于这事有没有道理，值不值得去做。我在驻外的分号做过一段日子，亲眼见到别的商号来钧兴堂挖人才，也见过自己的伙计一有点儿出息就另攀高枝的。给伙计顶身股，是为了留住人才，人才是什么？人才是生意的根本！没了伙计烧窑，没了相公掌窑，没了驻外的人开通商路，卢家还有什么？只要能把人才都吸引到卢家来，为什么不能开这个先例？至于豫商里的不满，我看也是大可以一笑置之。我敢说，不出一年，这身股之制定然风行豫商！到时候不但没有人埋怨卢家破了规矩，反倒都会羡慕卢家高瞻远瞩！"

卢豫海点头叫好。卢豫川微微笑道："这是其一。第二条，伙计顶了身股后不好管理，这也不是理由。身股制和管理制不是一回事，伙计再大也是伙计，相公再小也是相公，伙计不服管理，这就是不服规矩，相公一句话就能辞他出号！相反，伙计们顶了身股，还能传给子孙，谁又会为了逞一时之气，把以前得到的身股都废掉呢？照这么说，伙计顶了身股之后，反而会加倍珍惜眼前的所得，哪里还有心娇纵犯上？"

杨建凡见自己的疑惑被卢豫川一一反驳，不但一点儿窘迫都没有，反倒觉得给了他一个出头的机会，让众人都看到他的见识抱负，这比什么都让他高兴。他立刻拊掌笑道："还是大少爷说得好！这番话把老汉心里的疙瘩都说清楚了。老汉这下子没二话，双手赞同这身股制！"

卢维章重重地点点头，道："豫川分析得精彩之至！豫海，你在家要勤向你大哥讨教，生意上的事情也多跟他切磋……豫川，我知道你心里对叔父颇有怨言。这是人之常情，连我自己静下来想想，也觉得从此让你完全离开生意，也太过于残酷了。那天是我一时气急，说得重了，你莫要放在心上……"

说到这里，卢维章仰天一叹，道："我这些日子仔细想了想，的确是对不起你。你跟苏文娟的婚事，我也不该横加阻挠，既然你们两情相悦，相敬如宾，我做长辈的还想怎样？今天你回去，代我向大少奶奶赔个不是，今后请安、家宴之类的礼节，该有的还是得有……我看今后就这样吧，出头露面的事情，就让豫海替你去做，他一个毛孩子懂什么？旁人都知道这是你在背后帮的他！在家里商议生意，你还跟往常一样。等到官府规定的十年期限一到，你还是风风光光的卢家少东家！"

卢豫川木然地看着他，又逐一扫过众人，似有满腔的惊骇，说不尽的委屈。杨建凡瞪了卢豫川一眼道："大少爷，你还不谢过大东家！"

卢豫川脸上掠过一丝苦笑，按住心中汹涌澎湃的巨澜，起身一揖到地："豫川谢过叔父！"

卢维章心中大悦，道："时间不等人！我看五月端午就是好日子，又是夫人的生日。就定在端午节，留世场正式开工建窑！"

豫商自古以"每临大事有静气，一逢恶战自壮然"为训。卢家这次卷土重来，周围强敌环伺，董家老窑、梁家钧兴堂等镇上各大窑场哪个肯心平气和地看着卢家重新崛起？一场恶战在所难免。因此众人从书房里走出来的时候，无不是大战在即、浑身雄赳赳的架势。唯独卢豫川行色有些恍惚，步履维艰地跟在众人身后。夜色正深，卢豫川送走了苗家父子和杨建凡，和卢豫海并肩站在门口。卢豫川看着弟弟，他脸上的兴奋如此鲜明、如此坚定，正像当年初出茅庐的自己。时过境迁，弟弟已经悄然长大，而自己却没有了当年的豪情和胆气。卢豫海还沉浸在喜悦之中，道："大哥，爹准许你参与生意了，今后咱们兄弟俩携手作战，早晚替你报仇！"

卢豫川艰涩地一笑，拍了拍兄弟的肩头，心中一股哀怨泛滥开来：叔叔既有此意，又为何不早说！可叹如今大错已然铸成，你还会再一次原谅我吗？

2　九州之铁铸一字

在神垕镇所有人的眼里，卢家大少爷从京城大牢里回来之后，就像一把撒在小青河里的盐，再也看不见了，从此消失在了人们的视野里。只是偶然在镇上的酒馆里，还能看见他独自买醉的情景。见到的人都说，卢家大少爷算是废了，再也不是从前那个南下千里运粮、大闹洛阳城和开封府、手创钧兴堂汴号的卢豫川。经历一场牢狱之灾后，当初意气风发的卢豫川已经死了，取而代之的是一个心灰意冷的落魄男人。然而有人却不这么认为。

四月春深的夜晚，就在留世场开工前夕，在一个谁都没有想到的地方，卢豫川的对面，悄然坐下了一个谁都没有想到的人。

卢豫川冷冷地端起了酒杯，一饮而尽道："想不到是你。"

董克温笑道："不仅是你，要搁在半年前，我也想象不到我们会坐在一起饮酒。"

一旁陪坐的梁少宁打圆场道："好了好了，不打不相识嘛！两位大少爷今天喝了这酒，就是朋友了，别这么剑拔弩张的，都给我个面子不成吗？"

卢豫川又兀自饮了一杯，嗤笑道："给你面子？你的面子值多少钱一斤？"

三人里梁少宁年纪最大，今年已是五十露头了。在小自己很多的卢豫川毫不客气的嘲弄之下，他竟是脸皮厚得刀枪不入，一笑置之道："我的面子算什么！一点价都没有！"

卢豫川道："算你还有点自知之明。董克温，我卢豫川已经是个'刀枪入库，马放南山'的人了，我跟你实在没什么话好说。你是来羞辱我也罢，拉拢我也罢，我也不想知道。告辞了！"

梁少宁瞠目结舌地看着他拂袖而起，走出了包间，这才怒道："这个王八蛋，一点面子都不给老子！"

董克温自己端起酒来，笑道："你今天只说对了一句话，你想知道吗？"

梁少宁愣道："哪一句？"

董克温一字一顿道："你的面子算什么！"说罢，也是哼了一声，扬长而去。

梁少宁吃惊地坐在原处，许久才恶狠狠道："全都是王八蛋！"

卢豫川从酒馆里出来，孑了一人走在深夜的街头。不知不觉已是春深时节，忽而一阵凉风拂面吹过，他立刻觉得身子一紧。他根本没想到梁少宁把他神秘兮兮地约到这里，居然是来见董克温。难道自己跟梁少宁暗中合伙的事，董克温都知道了？他越想越心寒，一时连脚步都迈不开了，一种陷入圈套的感觉油然而生，压得他难以自持。如果事情真的如此，想必自己已经成了董振魁对付卢家的一张王牌，可怕的是在此之前自己斟酌再三，竟然丝毫没有看出梁少宁不过是董家的傀儡！

事情的原委还要从几个月前说起。去年腊月二十八，卢豫川和苏文娟瞒着卢家所有的人，悄悄打开了祠堂的门，在祖宗牌位前焚香祷告，从此结为夫妻。

第二天一大早，在度过了凄凉的洞房花烛夜后，卢豫川和苏文娟换上了新人的衣服，苏文娟胆怯道："大少爷，你真的要去跟老爷夫人讲明吗？"

卢豫川微笑道："我爹娘死得早，他们就是我的亲人。大喜的事情不跟他们讲，说不过去。"

苏文娟还是忐忑不已。卢豫川坦然自若地端起一杯酒，一饮而尽道："喝了这杯喜酒，我就什么都不怕了，拼了这条性命，也得让他们认了你这个大少奶奶！"

苏文娟拗不过他，卢豫川携了她的手，两人一起到了后堂，给卢维章夫妇请安。卢王氏刚刚起来，一见苏文娟换了身大红色的棉袄，立刻什么都明白了，气得脸色铁青。卢豫川丝毫没有在意，拉着苏文娟跪倒，道："叔叔婶子在上，豫川夫妇给二老叩头了！"

卢维章端坐在太师椅上，闭目不语。卢王氏颤声道："豫川，你可想明白了，苏文娟她是个……"

苏文娟仿佛被人抽了一耳光，浑身哆嗦了起来。卢豫川握紧着她的手，轻轻冲她一笑，对卢王氏道："婶子，文娟对我有情，我对文娟有意，昨天晚上我已经领她拜过了卢家祖宗和我爹娘的灵位，她如今就是我卢豫川的夫人了！不管叔叔婶子怎么看她，不管叔叔婶子认不认这门亲事，我卢豫川都认！"

卢维章终于睁开了眼睛，缓缓道："你娶了她，真的不后悔吗？"

"绝不后悔！"

"她的身份，你不在乎吗？"

"既娶了她，自然不在乎。"

"可卢家在乎！"卢维章拍案而起道："你毕竟还是卢家的少东家，娶了一个这样身份的女子，将来怎么跟商伙见面？你就不怕受人耻笑吗？你还做不做生意了？不错，她的确是怀了身孕，姑且真的是卢家的骨血，我就算认了孩子，可绝不会认这门亲事！你说你拜过了祖先灵位，我问你，祖先答应你了吗？你爹娘答应你了吗？你就这么不明不白地跟她成亲了，让我死了之后，如何去见你的爹娘于九泉之下！"

卢豫川长跪于地，朗声道："豫川夫妇焚香上告于天，洒泪下告于地，怎么会是不明不白？豫川知道叔叔婶子容不下文娟！我斗胆问一句，若是我拿命来换叔叔婶子点这个头，二老肯答应吗？"说着，他脸色蓦地一变，嘴角流出一缕鲜血。

苏文娟也没料到他会如此，大惊道："大少爷，你怎么了？"

卢豫川擦掉血迹，柔声道："文娟，你别怕。出门的时候，我喝的那杯酒里，有……"

卢豫川说到这里，忽然大口大口地吐起血来。卢维章和卢王氏见状骇然起身，卢王氏惊叫道："豫川，你，你到底喝了什么？"

卢豫川胸前洒满了鲜血，他虚弱地掏出个纸包，气若游丝道："叔叔，婶子，豫川不孝，那杯喜酒里……有毒！……豫川眼看着就死了，如果二老肯认文娟，豫川便服解药，如果二老还是不认，我就到阴曹地府里向我爹娘请罪！"

苏文娟霎时间哭成了泪人，一句话也说不出。卢维章只觉得天旋地转，紧紧按住胸口。他实在没有想到卢豫川是喝了毒酒而来，竟不惜以死相逼！卢王氏哭着上前，去抢他手里的解药。卢豫川已是弥留之际，手里死死攥着纸包，任卢王氏用力去掰，哪里能掰得动？卢王氏挥手打了苏文娟一耳光，惨声道："你，你非要害死豫川吗？"

苏文娟泪流满面，半边脸顷刻间红肿起来。她丝毫没觉出疼痛，却异乎寻常地冷静道："大少爷，你等等我……"说着，竟是眉头也不皱一下，不加思索地生生一口咬向自己的手腕，血管破裂处，股股鲜血顿时喷溅出来。苏文娟定定地看着伤口，凄然一笑，把脸贴在卢豫川脸颊上。

卢豫川的脸色越来越苍白，腿脚不停地抽搐着，手里的纸包却越攥越紧。显然他已是毒性攻心了。时间不容卢维章再有丝毫的犹豫，转眼间，眼前就是两尸三命的惨剧！卢维章扶着桌子，撕心裂肺道："我答应你，我都答应你！"

卢豫川手一松，纸包坠在地上。他趁着最后一丝清醒，对苏文娟轻声道："文娟，你听见了吗……"

苏文娟脸上惨白得吓人，没等她回应，卢豫川已是人事不省了。苏文娟哀叫一声，伏在他身上放声痛哭。卢王氏呼天抢地地叫来了下人，大家七手八脚地给卢豫川灌下解药，又给苏文娟包扎了伤口。卢王氏稍稍安心，再去看卢维章，却见他呆呆地坐着，手指还在颤抖，两行泪水已然覆盖住了脸庞。其实在那个时候，生死对于卢豫川而言，已是平淡至极的事了。自被叔叔贬谪离开生意之后，他的世界里只剩下一个苏文娟。卢豫川对她用情之深、爱意之切，早已超越了任何事情。倘若真能以死换来卢维章夫妇对她的承认，他就是真的死了，又有何妨？

卢豫川在春风得意之日骤遇牢狱之灾，算是死了第一回；满心复仇之际偏偏不得过问生意，算是死了第二回。人死两次，一颗心早已凉透，在万念俱灰之时为至爱之人去死，就像在死透的心上再扎一刀，根本觉察不出多少的痛楚。在生死边缘上来回走了几遭，卢豫川自觉看淡了一切，家事也懒得去管，除了每日与苏文娟厮守，便是到酒馆流连，每次都是不醉不归。卢家的家规甚严，子孙不得在外酗酒，像卢豫川这样破罐子破摔的行为，卢维章又焉能不知，但他却也是怜悯侄子内心的凄苦，才没有深究。就这样，卢豫川颓废了一些日子。

一个夜晚，卢豫川又泡在酒馆里，连喝了三壶本地产的烧刀子烈酒。烈酒和满腹的心事融合掺杂，卢豫川眼睛里都能喷出火来。旁边一个桌上，几个窑场的相公不时朝他这里看，指指点点，夹杂着窃笑。卢豫川虽然半醉，但意识尚未散乱，心思一动，顺势装作醉倒的模样趴在桌上，鼾声大作。那几个人见他如此，声音越发大了。只听见一个人道："瞧见没，那真是卢家大少爷！"

"还能有假的吗？给官府囚车押回来的，威风得很呢，全镇谁不知道？"

"听说他成亲了，娶的是个娼妇！当年开封府会春馆里的头牌！"

"是吗？卢维章能答应？这不合豫商的规矩啊。"

"这小子以死相逼，那个娼妇又怀了身孕，就是卢维章也没办法！"

"哟，想不到卢家还出了个情种呢！"

"话说回来，谁知道那娼妇肚子里的孽种是谁的？早知道卢家这么好说话，我也去会春馆点那个娼妇，播下咱的种，有人替咱养活，这事该多美……"

卢豫川再也装不下去了。这些话句句如刀似剑，把他的心蹂躏得再无一处完整。他晃晃悠悠地站起来，掂起酒壶，猛地健步来到那人背后，狠狠地朝他后脑勺砸下去。只听见那人惨叫一声，头上顿时血如泉涌。事起仓促，几个说怪话的人猝不及防，竟是根本没反应过来。卢豫川冷笑道："你们几个算什么东西，居然敢欺负到大爷我身上了！今天算是教训，往后我见一次打一次，你们信不信？"

卢家虽说今不如昔，但百足之虫至死不僵，何况谁都知道卢家还有个"拼命二郎"卢豫海，那可是眼里揉不得沙子、打架不要命的角色！几个人一使眼色，扶着挨打的人狼狈离去。卢豫川经这么一折腾，酒劲也涌了上来，朝老板叫了声："记在账上，回头一块儿算。"老板早看呆了，除了惊恐万状地点头，一句话也不敢说。卢豫川脚步踉跄地出了酒馆，只觉腹中翻滚，没等他走到墙根就大口吐了起来。这阵子他浪荡得厉害，身子大不如前，这一吐似乎要把五脏六腑吐得干干净净。时值深夜，路人稀疏，闻见他冲天的酒气无不侧目而视，唯恐避之不及。

良久，卢豫川抬起头来，已是泪流满面。他刚过而立之年，正是宏图大展的时日，自己又何尝愿意就这么颓废下去，可是十年之限遥遥无期，三千多个日日夜夜如何打发？只有付诸一醉而已。众人皆醉我独醒是一种境界，众人皆醒我独醉或许也不易得罢。他吃力地站起来，蓦地发现身边不知何时站了一个人，正冷冷地打量着他。卢豫川看出了他是谁，便问也不问地转身离去。那人讪讪笑道："大少爷就这么走了？好歹也是救命之恩，连个谢字都没有吗？"

卢豫川朝一旁看去。刚才在酒馆寻衅的几个人被另外一伙人制服了，棍棒、匕首之类的凶器扔了一地。卢豫川一笑，漫不经心道："有冤报冤，有仇报仇，这也是天数。我得罪了他们，让他们打就是了，梁大少爷管这闲事干什么？这个人情，豫川领不得。"

梁少宁挥挥手，几个大汉押着那些人远去了。他抱拳一笑道："卢大少爷，这里不是讲话的地方，咱们换个地方如何？"

卢豫川淡然道："有话就这里说吧，我还有事，没工夫听你说话。"

梁少宁居然不羞不怒，仍是笑意满面道："既然如此，梁某就开门见山了。我只想问大少爷一句话，你们卢家那个叫关荷的小丫头，身份来历究竟如何？"

卢豫川早已料到他会这么问，坦然道："关荷的身世真好像一出戏啊……她娘是个大家子里的小姐，招惹了一个花花公子，生了她这个孽种之后，那公子吓破了胆，便躲了起来。害得小姐下落不明，关荷被她亲姥爷和亲舅舅卖到了外地。我听说了此事，瞧着她可怜，就收留了她。买她的地方是禹州城西关荷花池，我就以地为名，给她取了个名字叫关荷。可巧，我偏偏听说她父亲造孽深重，到现在也没个一儿半女，有心成全他们父女，让关荷认祖归宗，又怕她的混账父亲穷困潦倒，出不起银子啊……"

卢豫川平平静静地说着，冷眼如钩，死死地盯着梁少宁。一席话说得梁少宁再也笑不出来了，他根本想不到事情过去了快二十年，他和董定云这段孽情居然还有人知根知底。他脸上红一阵，白一阵，窘迫不堪道："卢大少爷莫要再说下去了……你给个价钱，多少银子肯放了她？"

卢豫川放声大笑起来。寂静的街上只有他们两个人，这笑声凄厉幽远，震得梁少宁手脚发麻。卢豫川笑毕，脸上又是冰霜覆盖，道："我不要银子。"

"那，那你要什么？"

"我要股份，钧兴堂的股份。"

梁少宁被他接二连三的逼迫压得抬不起头，只好道："你要多少？"

卢豫川冷笑道："六成！"

梁少宁惊得连连摇头道："这不可能！梁家承办钧兴堂，入股的人不少，我自己才有多少股份，哪里能给你那么多！"

卢豫川咄咄逼人道："我看你五十多了吧？你那三四房夫人，搁在谁家不是儿女成群？怕是你这些年流连在窑子里，身子都掏空了，还有能耐再生吗？你若不怕梁家成了绝户头，就当我什么都没说。"

梁少宁咬牙切齿道："三成！我给你三成！"

"你记住，这三成是你给我的，不是给卢家的！"

梁少宁愣了一会儿，蓦地明白了。卢家是卢维章在执掌，给卢家就是给卢维章，而卢豫川深受被贬之苦，怎能不嫉恨他叔叔？看着他们家族内讧是梁少宁再乐意不过的，当下便笑道："那是自然，你大少爷的股份，跟卢维章毫不相干，我晓得其中的忌讳。我明日就写股份过手的契约，大少爷捡个方便的日子来拿吧。"

卢豫川哼了一声，转身就走。梁少宁急道："大少爷，我闺女她……"

卢豫川回头一笑："平地里冒出个爹来，娘还是我们卢家的仇人之女，总得给我个时间从长计议吧？"

"就算是从长计议，也得有个准儿啊？"

"等我能出面接下了钧兴堂，就让你们父女团聚！"

梁少宁被他戏弄得久了，终于勃然大怒道："好你个卢豫川，你是戏耍我吗？谁不知道朝廷圈禁你十年？拿了我三成股份，还要我等十年！我，我……"

卢豫川轻蔑地看着他，讥笑道："嘴巴放干净点，别动不动就满嘴喷粪！你还能怎样？打上门来要人？凭据呢？这些底细只有我知道，我一旦矢口否认，你拿什么要人？董家会让你揭开这个丑事吗？怕是不等你要着了闺女，你自己的狗命就没了！我看你还是老老实实的好！"

梁少宁听得目瞪口呆，好半天挤出一句话道："得劲！这回你得劲了吧？"他这句话不知是说给卢豫川还是说给自己。说罢，他惨笑一声，狠狠跺了跺脚转身离去，一边走，一边使劲抽着自己的耳光。

卢豫川看着他远去了，脸上浮现出魔鬼般的微笑。连他也想不到，叔叔那边为了盘回钧兴堂绞尽脑汁之际，他已然不动声色地拿到了三成的干股！他大踏步朝卢家祠堂走去。叔叔你不是要我不得过问生意么？那好，咱们叔侄二人就斗斗看，看是你卢大东家先得手，还是我卢豫川先得手！到了真相大白之际，我看你还有何面目再执掌卢家产业，有何理由再不许我插手生意！

梁少宁果然是思女心切，第二天就写了股份过手的契约，揣在怀里苦苦等卢豫川来拿。卢豫川也真能沉住气，一连三天都没露面，把梁少宁急得坐卧不安。他这回承办了钧兴堂，幕后的人就是董家。签字画押之时董振魁说得明白，梁家的七成股份里有董家四成暗股，他再交出去三成，自己竟是落了个两手空空，几乎白忙一场。无奈梁家人丁不旺，世代单传，为了求子嗣，梁少宁一连娶了四房太太，却连一个开怀的都没有。偏偏跟董定云孽缘一场，就生出来个孩子！虽说是女儿，可聊胜于无。将来找个入赘的女婿，让孩子姓了梁，好歹也算有个传宗接代的。谁知连这个女儿又在卢豫川手里，成了挟持他的把柄，生生换走了三成股份！即便如此，自己眼巴巴送给人家，还不见人家承情，做人做到这个份上，还有什么意思可言？

　　到了第四天晚上，心急如焚的梁少宁终于见到了卢豫川。两人先后进了壶笑天茶馆的雅座，没等卢豫川坐稳了，梁少宁便急不可待地掏出了契约，递给了他。卢豫川细细看了一番，笑道："梁大东家，你若是想反悔，现在还来得及哟！"梁少宁被他讥讽惯了，也没放在心上，强笑道："豫川，你就别拿你老哥哥开心了，快点办吧。"卢豫川嗤嗤冷笑着，在两份契约上签名摁了手印，收起一份，将另一份还给梁少宁，又道："梁大东家，我是该这么叫吧？如今咱们是商伙了，你不妨把钧兴堂眼下的状况，给我这个大股东讲讲吧。"

　　梁少宁沮丧道："有什么好讲的？你叔叔倾销宋钧，把整个行市搅得一塌糊涂！原先钧兴堂各地的分号也都自行摘了牌子，我的号令出了神垕一点儿用都没有！钧兴堂窑口虽多，一没有商路，二没有卢家宋钧烧造秘法，眼下只能烧些寻常的粗瓷，生意可谓惨淡啊。"

　　卢豫川仍是一脸揶揄道："我给你出个主意，保准儿好使！"

　　梁少宁顿时来了兴致："豫川，你这话就对了！眼下咱们是一条船上的，钧兴堂好了，大家不就都有银子赚吗？你有什么主意？"

　　卢豫川一本正经道："找你老丈人董振魁啊！董家宋钧的'天青'一色大名鼎鼎，你去找他哭诉一番，他老爷子看在董定云的面子上，好歹给你些独门秘法，不是什么都有了？"

　　梁少宁这才明白卢豫川还是在拿他开心，愣了半晌，大失所望道："唉，我还以为是多高明的计策，原来就是这个！"

　　卢豫川正色道："有件事情，我还没顾得上问你。梁家在你手里衰败得差不多了，你哪儿来的银子承办的钧兴堂？股东里除了你我，究竟还有谁？"

　　梁少宁在这件事上早有准备，张口便道："梁家所有商号全都抵押给了日昇昌，得了一百多万两，神垕里雷家致生场、吴家立义场、郭家兴盛场背地里其实都入了股，一共凑了一百九十万两。豫川，我这是拿梁家所有的家产承办的钧兴堂，眼下更是有了你的股份，你千万不能见死不救啊！"

　　梁少宁已然是哀求的口气了。卢豫川仍是不肯罢休道："你老丈人家呢？钧兴堂这么一大锅肥肉，他能无动于衷吗？"

　　梁少宁哭笑不得道："豫川，你就莫要再取笑了，我到现在连董家的门都不敢进，他怎么可能入股？再说了，圣旨上写得明明白白，董家不得参与钧兴堂的招商，董家就是再大的胆子，也不敢抗旨嘛。"

这句话倒是打动了卢豫川。他思索一阵道："也罢，我就给你些我手头的秘法。全套的秘法都在我叔父那里，我知道的只是些皮毛，也就是两三成的功力。钧兴堂有了它，好歹能维持个一两年。你拿了这些秘法去，就说是从钧兴堂老人那里得来的，千万不能把我泄露出去，明白吗？"

卢豫川从怀里掏出几张信笺，递给了他。梁少宁喜出望外，当下便看了起来。卢豫川不耐烦道："你一个纨绔子弟，能看懂吗？你就好好收起来，交给你的掌窑相公们，他们自然知道该如何行事。"

梁少宁如获至宝地收好了秘法，笑道："豫川，你跟你叔叔还是僵着？"

卢豫川勃然变色道："我们卢家的事，你还是少掺和的好！"

梁少宁一副不慌不忙的模样，慢条斯理道："好好好，你们家的事我不管。那我闺女的事，我总能问问吧？"

卢豫川再也不想跟他纠缠下去，便起身道："这个你放心，我答应你的事，一定给你办到！"

梁少宁见他要走，忙道："那今后怎么见面？"

卢豫川头也不回地答道："年底按股分银子的时候，我自然会来见你。不是那个时候，你少来烦我！"话音刚落，人已经出门了。

梁少宁气得笑了，自言自语道："天底下还有这样的白眼狼！"

卢豫川做梦也想不到，这几张信笺在梁少宁手上连一夜都没过去，便囫囵个儿到了董振魁手上。董振魁父子三人喜出望外。虽然只有薄薄的几页纸，但上面写的全是卢家宋钧的独门秘法，换句话说，就是卢家赖以生存的最高秘密！董克温在窑场里泡了整整二十年，乍一看到这些，立即如饥似渴地看了起来，时而皱眉沉思，时而开怀大笑，完全沉浸在其间无法自拔。

董振魁提心吊胆地问道："老大，你看这秘法是真的吗？"

"千真万确，就是卢家的秘法，这一点儿谁都偷不来！可惜太少了……"

董振魁一颗心放回肚里，耐着性子等他看完。董克温看罢之后，居然是兴奋得两眼含泪道："爹，这四十万两花得值！卢维章就是再神机妙算，也算不到他的侄儿居然会把秘法送给了董家！"

董振魁微笑道："当初我力主支持梁少宁，你还一直反对，非说……嗯，往事就不说了。眼下只要卢豫川开了这个口子，就是想收手怕是也由不得他了！你告诉梁少宁，董家再给他二十万两银子，让他好好把钧兴堂支撑下去！"

董克温刚开始的确是反对帮助梁少宁入主钧兴堂，头一个是朝廷有旨意，不许董家染指钧兴堂，唯恐事情泄露出去吃官司；第二个原因就是梁少宁多年前与董定云的那件家丑，他们父子俩实在不愿让年少的董克良也知道此事。董克良如今才二十岁，在董振魁的允许下，也参与了家族重大生意决策。刚才董振魁差点说漏了嘴，好在董克良丝毫没有在意这些，大声道："不能给他那么多！钧兴堂不过是个幌子，只有钧兴堂始终半死不活，卢豫川才会源源不断地偷出秘法来。爹，梁少宁只是条饿狗，喂得太多了，他就懒惰起来了……十万两足够！"

董振魁笑道："那就依你，给他十万两！"董克温将秘法递给父亲，董振魁看也不看，道："你都记住了？"

"这点东西，跟孩儿的性命一样，绝对忘不了！"

董振魁还是有点不放心，便道："老二，你拿去抄写一份，把原件还给梁少宁！一旦卢豫川不听话了，这份他亲笔写的秘法，就是对付卢家的撒手锏！"

卢豫川在钧兴堂入了暗股的事，除了他和梁少宁，以及隐在幕后的董家父子，再无旁人知道。卢维章无论如何也想不到，侄儿就在自己眼皮子底下，居然做出了这样的大事。

卢豫川独处的时候也细细斟酌过，这事迟早是要水落石出的，结局无非有两种：一个是没等到他圈禁十年期满，钧兴堂就被叔叔盘回了，那时账目一核对，立刻真相大白，他少不了要担个不忠不孝的罪名。钧兴堂当前是敌人，暗中入股可谓不忠；违背叔叔意思，泄露了卢家秘法可谓不孝，这不忠不孝的罪名一旦背上，就是背叛了列祖列宗，若照着家规理论起来，自己这个少东家、继承人的身份便烟消云散了。另一个结局是经他十年苦心筹划，先于叔父掌握了钧兴堂，那就是惊世骇俗的大手笔，到时候自己登高一呼，卢家上下谁敢不听自己的？就是叔叔又能奈我何？十年之后，叔叔已经是往六十上走的人了，自己却正在壮年，又立下大功，还不是堂堂正正地做卢家的掌门人？

一头是万劫不复的深渊，一头是如日中天的富贵，商家不就是永远都在这两者之间疲于奔命吗？

其实卢豫川原本对所谓少东家、接班人之类的名号没有觊觎之心，总以为卢家产业虽是在自己父亲卢维义手上奠基，但手创钧兴堂卢家老号、把卢家产业经营得风生水起的却是叔叔卢维章。加上弟弟卢豫海天资聪颖，精灵剔透，隐隐有了大商的风范，父业子承也是亘古常理。他做个老相公已是心满意足，只要能老死在生意场上，做自己真心喜欢的事情，还有什么比这个更诱人呢？几个月的沧桑变故之后，卢豫川的想法有了天壤之别。不错，朝廷是有圈禁十年的旨意，可朝廷的旨意多了，朝廷还不许官员贪污受贿、不许民间匪盗横行呢，要是朝廷的话句句都管用，天下还会是眼前这个样子么？就算不能抛头露面会见商伙，自家的产业、自家的生意也不让过问，天下哪儿有这样无情无义的叔叔！这是因为什么？不就是因为他是卢家的掌门人，他的话在卢家有着至高无上的权威吗？看来只要大权不在自己手里，便只有任人宰割的份了。

那天晚上他见到梁少宁，起初的心思只是借着关荷在手狠狠地敲诈他一笔银子。但这个念头忽而一变，银子有什么用？就是拿到了银子，也是卢家的，换句话说就是叔叔的。在张口的瞬间，他就打定了主意，改要了钧兴堂的股份。梁少宁是个不折不扣的败家子，钧兴堂在他手里早晚要倒闭，他先占了股份，将来趁势入主钧兴堂，掌握三处窑场一千多口窑，这是何等的伟业？有了钧兴堂做后盾，就算叔叔不愿让出掌门人的位置，就算他是把自己赶出了卢家，自己也有了用武之地，又何愁将来没生意可做？

然而卢豫川自以为得计不久，就有了卢维章书房里那次关于重建卢家窑场的密谈。卢维章出人意料地松了口，准许他从此参与卢家生意，除了不能抛头露面，什么都能做。这个别人眼里天大的喜讯对卢豫川而言，不啻晴天霹雳。倘若叔叔早这么做，他又何苦冒着背叛祖宗的罪名跟梁少宁合伙？何况不久前见了董克温，隐约可以觉察出董家就是梁少宁幕后的指使者，想必那些秘法已经落在董家手里了，自己此前所为更是私通仇家的做法。父亲卢维义就是董家活活逼死的，他连杀父之仇都不顾了，跟董家的人搅到一处，一旦真相大白于天下，还有何脸面在卢家立足？

卢豫川想过千百条退路，对叔叔开诚布公地认错，却没这个勇气；跟梁少宁翻脸毁约，又怕董家将此事宣扬出去。他一时间四顾茫然，到处都是悬崖峭壁，朝哪个方向走都是死路一条！不但如此，在那次见到董克温后不久，眼看就是留世场开窑的日子了，梁少宁居然又来找他了，这一次居然张口就要秘法。卢豫川气得两手发麻，质问道："梁少宁，你老老实实地告诉我，你的后台是不是董家？"

"是又如何？不是又如何？"梁少宁知道早晚要摊牌，此刻他手握卢豫川亲笔写的秘法，还怕他不就范吗？故而摆出一副无赖的嘴脸，笑嘻嘻地看着卢豫川。

卢豫川冷冷道："如果真是有董家给你撑腰，我看咱们这商伙也做不得了，你闺女你也别指望要回去了。"

"哼，卢豫川，现在轮不到你跟我讨价还价！我就老老实实告诉你，这钧兴堂背后的就是董家！怎么，你害怕了？我再老老实实告诉你，你写的那些秘法，如今就在董克温手上！那个小子可是个烧窑的天才，说不定现在连'玫瑰紫'都烧出来啦！"

尽管已经有了思想准备，但一经确实，卢豫川还是眼前一黑。又是董家！真是冤家路窄啊。他直直地盯着梁少宁，一字一顿道："姓梁的，我真想活撕了你！"

梁少宁大笑道："我活得挺好！用不着你操心！钧兴堂的生意有董家扶持，也算过得去。不过我劝你还是把秘法原原本本地偷出来，交给我。你好好享用你那三成的股份就是了。我闺女呢，迟早还是我梁家的人！你若是敢说出半个不字，我就去找你叔叔，把那几张纸一亮，瞧你还有何话说？"

卢豫川呵呵冷笑道："你脓包一个，也敢来威胁我？你前脚踏进我家门，我后脚立马就杀了关荷，自己大不了也就是一死而已！人死无对证，你也少不了背上个窃取别家秘法、栽赃陷害的罪名！你以为董家到时候会保你吗？你不但得不到秘法和闺女，还得惹上一身的官司！我们家老二的脾气你也知道，真把他惹火了，你的狗命还保得住吗？"

梁少宁没料到他竟想到鱼死网破的计策，顿时傻了眼，嘴上却还硬着道："卢豫川！你少给我装大瓣儿蒜，你不敢！"

卢豫川瞥了他一眼，笑道："那咱俩这就去我家，你找我叔叔，我去杀你闺女。看谁不去！"说着，一把拉了梁少宁就往外走。

梁少宁哪里有这个胆子，一下子软了起来，连连道："豫川，有话好好说，这都是董振魁和董克温逼着我干的！你有气别冲我撒呀！"

其实卢豫川也是被他逼得铤而走险，他深知卢豫海跟关荷早已暗生情愫，别说杀关荷了，就是动她一根手指头都办不到！他暗中平静了一下心绪，冷冷地放了手。梁少宁唉声叹气地坐下去，道："我才是瞎了眼，搅和到你们两家的恩怨里，两头不讨好！你说吧，董振魁要我这几天就把秘法送过去，不然就断了给钧兴堂的银子！你给的那点秘法根本不顶用，你叔叔倾销宋钧，把路子都堵死了！现在钧兴堂全靠董家暗中给的银子周转……你好歹也是股东，说什么也得帮我出出主意呀。"

卢豫川默默思忖了良久，一个计谋霍地闪现在脑海之中。眼下他被董家抓住了把柄，随时都有被揭穿的可能！既然横竖都是个死，何不临死前再拉上个垫背的？他想到这里，咯咯一笑道："既然都摊了牌，我也顾不得许多了。你去告诉董家，秘法我可以全本给他，但是我有个条件！"

"你说！"

"我要董家手里所有钧兴堂的股份！"

梁少宁呆了半晌，苦笑道："你以为董家会答应吗？再说了，董家怎么可能在不知道你给的秘法真假之前，就把股份都给你？你又怎么可能不等股份全都到手，就把秘法给董家？做买卖得讲究互相信任，你们两家是仇人，谁都信不过谁，这笔买卖怕是做不成！"

卢豫川断然道："做不成就拼个鱼死网破吧！我卢豫川不怕身败名裂，他们还怕什么？"

梁少宁又愣了一阵，实在想不到别的办法，只好道："那你等我消息，我去找董振魁说说。"

出乎梁少宁的意料，董振魁居然想也没想，一口就答应了卢豫川的要求。在他眼里，钧兴堂是死的，秘法是活的，拿个死物换了活物回来，这是再划算不过的买卖。不过董振魁也提了个条件，必须先由董家证明了秘法的真伪，才能将董家的全部暗股交给卢豫川，为了表明诚心，可以先将董家的两成暗股交给卢豫川，一旦验明无误，立即将剩下的一成双手奉上。梁少宁盘算了一下，这么一来卢豫川手里就有钧兴堂一半的股份了，再加上董家后付的一成，卢豫川居然不费吹灰之力就接管了钧兴堂！

梁少宁兴冲冲地找到了卢豫川，不料他又冒出来一个要求。端午节是卢家新窑场留世场开工建窑的日子，他只有趁着举家筹备此事，才能有机会偷出来全本的秘法。或是两月，或是半年，总归是年底之前一定到手，让董振魁准备好暗股过手的契约，等着他拿秘法来换就是了。梁少宁听了听，也觉得在理，当下又马不停蹄地来到董家，把卢豫川的意思照本宣科地转达了。董克温深知秘法关系重大，须臾之间也是偷不出来的，卢豫川既然满口应承了，又自己定下了期限，他也没办法再苦苦相逼，弄不好逼急了他，两下里真的鱼死网破，秘法也终将化为泡影。董克温想了想便同意下来。末了，他一副狐疑的表情道："梁少宁，你这么颠三倒四地来回折腾，卢豫川给了你多少好处？"

梁少宁哭笑不得道："你们俩大少爷都是我亲爹！是我亲爷爷！行不行？我还敢要好处吗？你们差不多把我都逼死了……说的也是，一点儿好处都没有，我这不是皇帝不急急死太监吗？唉，我好歹也是五十多岁的人了，让你们两个三十多的人当猴耍，给你们卖了还帮你们称银子呢……"

第十二章

CUAN SHANHE
LANG TAO SHA

风 云 暗 涌

1 横空出世身股制

留世场开工那天，艳阳高照，乾鸣山上郁郁葱葱，南坡回龙岭下人山人海，除了新招募的七八百个相公、伙计，光是来看热闹的就不下两三千人。留世场窑址是卢维章亲自选定的，回龙岭扼住了乾鸣山的一头，风水地脉绝佳，距离南山的煤场、乾鸣山林场都近在咫尺，取料运输极其便利。这块地皮还是卢维章当年慧眼独具，出了天价买下的。钧兴堂被封的时候，卢维章留了个心眼，把回龙岭这块地过户给了苗文乡，保全了日后重整山河的根本之地，也体现了对苗文乡的无比信任。

窑神爷祭过了，万响长鞭也放过了，卢维章站在高台之上，放眼望去，台下整整齐齐站着留世场的相公、伙计，都穿着大红色的新号坎，胸前"卢瓷正宗"的大字分外夺目。杨建凡根本不像个六十岁的人，和年轻相公们一样跑前跑后张罗了半天，这才来到卢维章身旁，兀自激动得直搓手。他对卢维章笑道："大东家，今天这场合可不一般，你好歹要说几句！"

卢豫川和卢豫海此刻一左一右，就站在卢维章身后。卢维章笑着回头道："豫川，豫海，你们说，我该讲些什么？"

卢豫川知道自己的稳军之计过不了一个月就要露馅儿，到时候还不知如何打发董家，正是一腔心事无从寄托。

此情此景更是加重了他的焦虑，他腹中百味杂陈，只得勉强应道："自然是勉励大家尽心尽力、不辞辛苦，为卢家早日成就大业各尽所能了。"

卢豫海却笑道："爹，我看你什么都不要讲，而是朝大伙儿鞠个躬，什么都有了！"

苗文乡在一旁叫好道："正是！此时无声胜有声，大东家这一躬鞠下去，保管大伙一个个都鼓足了劲！"

"苗老相公说的对，我该鞠这个躬！"卢维章点头道："不过，我一个人鞠没意思——豫川，这个躬，你陪着我一块来吧。"

众人都是一惊。脑子转得快的，如卢豫海、苗象天等人，立刻领会了卢维章的意图。家族生意最讲究传承有序，古人说：富不过三代。那是说一代人不如一代人。如果在这个万众瞩目的场面下，卢家两代掌门人一起出面行礼，有什么比这个更能打动人心、安抚民意？卢豫川虽然被圈禁在家，可眼前毕竟是自家的生意，他这么一出面，少东家的身份不言而喻，那些七嘴八舌的风言风语自然土崩瓦解。可谁都猜不到卢维章心里还有着更多的打算。卢豫川吃了官司，又被游街示众，名声和胆气一落千丈，竟成了谁都瞧不起的落魄少爷。他有意让卢豫川跟自己一道出现在神垕人眼前，与其说是重塑他的名望，倒不如说是给他一个重新崛起的机会！这等煞费苦心，这等精心筹划，把自己亲生儿子都撂在一旁，不是出自至亲骨肉又有谁做得出来？

卢豫川想到这些，心里已是雪亮，两眼模糊起来，情不自禁喊道："叔叔！"

这句话含着多少痛悔、多少自责，恐怕只有卢豫川自己明白了。台上的人都以为他是被卢维章的挚情打动才以至于此，便都上前劝解。卢维章不再多说，携了他的手，一起走到台边，对台下朗声道："各位留世场的相公、伙计，各位弟兄们，各位神垕镇的乡亲！今天，是我卢瓷正宗打出名号的第一天，也是留世场开工建窑的大喜日子，我跟我侄儿卢豫川，在此谢过大家了！"

卢维章深深一躬到地。卢豫川下意识地跟着他行礼，眼角却有一串泪珠儿跌在台上。神垕有窑场差不多千把年了，从来没有大东家给窑工伙计行礼的。卢维章这一躬引得几千人一起叫好，声声传入云霄，竟跟一串响雷似的在回龙岭上下激荡。

卢维章直起身子，眼中也是晶莹点点，道："各位相公、伙计们，大家或许会问，我这侄儿豫川，不是个戴罪之人吗？他怎么能抛头露面做生意了？我卢维章在此向大家宣告，豫川是犯了错，可他作为卢家少东家，继承人的身份从来没变过！我是大东家，豫川是我亲侄儿，这份卢家的产业一半是我的，一半是豫川的！除非天崩地裂、万物不存，除非豫川背叛卢家列祖列宗，否则此事绝无更改之理！今天留世场开工，是我卢家自己的事情，豫川在此露面一不有违国法，二来名正言顺！"

卢豫川难以置信地看着叔叔，这分明是向所有人证实他还是卢家的少东家，他还是决策卢家大事的核心人物！这是真的吗？然而，从叔叔满是期许的目光里，却看不到一丝一毫的可疑之处。

卢维章继续道："今天大家入了我卢瓷正宗留世场的大门，就是我卢维章的亲人，是我卢维章的兄弟！在卢家一穷二白之际，大家毅然投奔卢家，我卢维章何德何能，实在是无以回报。我草拟了一个章程来报答大家，这就是从留世场建窑开始，在卢家窑场实行身股之制！豫川，你来跟大伙儿讲讲，什么是身股之制。"

卢豫川懵懂地看着叔叔，此刻卢维章容不得他再有一点犹豫，低声教他道："身股制你再熟悉不过，就在章程里拣主要的，讲一通就成！"

卢豫川顾不上想别的，朝他深深一礼，当下便走到台前，对台下拱手道："豫川是戴罪之人，又圈禁在家不能出面做生意。但今天都不是外人，豫川就把这身股制向大伙儿说一说。从今天起，留世场就要正式实行身股制了。什么是身股呢？就像各大窑场，差不多都有别家的股份，每年坐股分红，有股份的便是股东。以往股份是出银子买的，是财股。如今大伙儿拿身子、拿力气也能顶股份，所以叫身股、力股。凡是留世场的烧窑伙计，一律顶一毫的身股；掌窑小相公是一厘，相公是三厘，大相公是五厘，此后按劳绩逐年增加，干到一俸身股，也就是说相当于财股一分的，无论是窑工还是相公，荣休之后每月还有荣休银子！"

卢豫川的事早就在神屋镇家喻户晓了，台下几千人见他走上台面，都是悄然一惊，原来他还是卢家的少东家！有不少人偷偷议论起来。这纷纷扬扬的议论声很快就销声匿迹，所有人都被卢豫川口中的"身股制"震撼了，豫省商帮开天辟地以来，谁听说过这身股制？连窑工都成了股东，这下子不是什么都乱了？短暂的平静之后，几千张口骤然间再也闲不住了，更大的议论声四下里响起。有人高声质疑道："伙计只有一毫的身股，就是干上四十年、五十年，也到不了一俸啊，这不是哄人的吗？"话音刚落，立刻有一片附和声，几千双眼睛齐刷刷地落在卢豫川身上。

卢豫川很久没有经历这样的大场面了，与生俱来的豪气压抑了许久，终于被眼前的情景激发出来。他不慌不忙道："这位说话的，想必是个窑工兄弟吧？我问你，你有儿子吗？"

那人也是胆大，憨憨地叫道："有！我有俩呢！一个叫狗蛋，一个叫狗剩！"

众人都哄笑起来。卢豫川笑道："你今年有三十多了吧？"

"三十五啦！"

"窑场的活儿辛苦，就算你能干到六十五吧，你还有三十年干头。如果你做得好，按劳绩每年增加身股，到了你干不动了，能有三厘的身股，对不对？你荣休那天，不管是狗蛋也好，狗剩也好，你挑一个儿子出来，从他进场烧窑那天算，他就有一毫的身股，加上你留给他的三厘，顶得上一个掌窑相公了！或者两个儿子平分，每人都能分一厘五毫的身股，这下你听明白了吧？你儿子再干三五十年，就算还到不了一俸，你孙子那一辈，不就干到了？"

狗蛋爹惊喜万分道："这身股还能传下去吗？"

卢豫川耐心地笑道："能！凡是这辈子干不到一俸，得不了荣休银子的，也可以把身股当遗产传给子孙，什么时候干到一俸，卢家照样给他荣休银子！"

狗蛋爹"扑通"跪倒在尘土中，扯嗓子叫道："卢家大恩大德，我老李家世世代代给卢家干一辈子！"

他这么一跪，几乎所有穿着"卢瓷正宗"号坎的人都效仿起来，黑压压跪倒了一片，无不是说着感激涕零的话。卢豫川看着欢呼雷动的情形，胸中积郁已久的块垒早已化解殆尽，冲天的豪迈又燃烧起来，撩袍竟也跪倒在台上，粗野地吼起来："各位兄弟，这身股制得劲不得劲？"

千把人一起吼道："得劲！"

卢豫川接着吼道："从今往后，卢家的产业就是大家的产业，你们都是股东！大家不为别的，就为了自己，为了儿子，为了孙子，好好干哪！"

台下又是一阵欢呼雷动。卢维章见状转身，悄悄擦去眼角的泪花，对台上众人道："咱们走吧。"

卢瓷正宗留世场就这么轰轰烈烈地开窑了。留世场实行的身股制无异于平地起惊雷，炸得各大窑场的大东家们面容失色。自董家老窑减产降薪之后，各窑口纷纷跟风效法董家，有的还不止降了两成的薪俸和窑饷，引起许多相公和窑工的不满。一边是降薪，一边是身股，大家都不傻，谁还在你这儿干？留世场开窑不久，便有大批的相公和窑工投奔而来，群情之踊跃，态度之坚决，大大出乎了卢维章的预料。

杨建凡按照既定的方针，一律是来者不拒，来一个收一个，不出一月就招了不下两千人，不少还是以前各大窑场的顶梁柱。卢维章顺水推舟，连半年后才兴建余世场的计划都提前了。到了六月，余世场也开工建窑，两处窑场加起来六百口窑，虽远不及当年卢家老号的规模，在神垕镇也算是名列前茅的大窑口了。

卢家闪电般地重新崛起，就像黄河绝口似的不可阻挡，如此迅雷不及掩耳的态势，让神垕镇所有人都深感震惊，继而是心服口服。这就是卢维章的手段！卢家钧兴堂被封到现在，前前后后不过半年多的光景，卢维章忍辱负重，潜心谋划了几个月，一出招便是惊世骇俗的大手笔。八月末，留世场、余世场相继建成，正式点火开窑，正赶上十月这一年里烧造宋钧最好的日子，卢家在家里有独家秘法，在外边有窑口林立，各地还有分号开辟商路，这出窑的哪里是什么宋钧，分明是拿西山的土烧出来了白花花的银子！

就在卢家生意蒸蒸日上之际，家里却出了件大事，让全家上下哀叹不已。苏文娟怀胎十月，眼看就要生子了，偏偏一时不慎遭了小产。四五个接生婆子忙了一宿，好歹保住了大人的性命，产下的却是个夭折的男婴。此刻卢瓷正宗余世场才刚刚开工建窑。说来也怪，每到卢家顺风顺水的时候，总会出点这样的惨祸。当年卢家生意兴隆，卢豫川头一个夫人难产而死，孩子最终也没能保住。如今卢家刚算是卷土重来，卢豫川第二个儿子又胎死腹中。镇上人都说这是卢维章和卢豫川叔侄俩命太硬了，老天爷公道得很，生意上春风得意，家里便留不住孩子。这固然是牵强附会之词，可在卢豫川听起来，却是另有一番滋味。

苏文娟醒过来，头一句话就是问孩子，问得周围几个伺候的下人纷纷落泪。关荷擦了擦眼泪道："大少奶奶还年轻着呢，以后日子长了，还愁……"说到这里，关荷也哽咽着说不下去了。

苏文娟怔了半晌，仰天哀叫道："大少爷，我的命怎么就这么苦！"话没说完又昏了过去。

这回连卢王氏都惊动了。卢王氏对他们两口子逼婚的事一直耿耿于怀，但苏文娟小产、婴儿夭折是家里的大事，她不得不亲自来到床前看望。

直到掌灯时分，苏文娟才悠悠苏醒，看见身旁坐着的卢王氏和卢豫川，不由得悲从心来，勉强撑着身子，道："夫人，大少爷，我苟且活到现在，就是因为肚子里的孩子。眼下孩子没了，我还活着做什么？老爷夫人对我这么好，是我一再对不住卢家！卢家有规矩，只能娶一房夫人，请大少爷这就一纸文书休了我，另外找个门当户对的黄花大闺女，好好生个孩子吧！"

卢王氏本来并不待见这个出身青楼的大少奶奶，却也没料到她会有如此的要求，心里也是一软，便宽慰她道："你莫要想这么多，这样的事搁谁身上都不好受。我想豫川也不是无情无义之人，你们俩也算是一起患难的夫妻，哪能说休就休呢？"

卢豫川一直面无表情地坐着，见卢王氏这么说，便沙哑道："文娟，婶子说的对，我卢豫川命中无子，那是我前世罪孽深重，命该如此，与你何干？眼下卢家刚有些转机，我的心思都在生意上，对你疏于照顾，要说对不住的，是我对不住你！等你身体养好了，好好帮着婶子打理家务……你我都还年轻，日子稠着呢！至于说休妻之类的话，今后切莫再提了。"

苏文娟喃喃忏悔道："自打有了这个孩子，卢家的灾祸一件接着一件，总算有了希望，孩子却没了……我出身也在书香门第，家道中落才沦落青楼，原本打算守身如玉，等大少把我赎身出来，伺候大少爷一辈子……父亲从我知事就讲红颜祸水、毁人社稷，当时我也是听得切齿扼腕，没想到我自己就是这样的不祥之人！老天爷，你为何叫我是个女人！"苏文娟说得浑身痉挛，强压着一肚子哀怨，不肯放声痛哭，可脸上已是泪水横溢。

卢王氏说到底毕竟是个女人。女人天性就是耳朵根子软，此番触景生情，她不由得也是泪珠滚滚。她起初对苏文娟歌妓的身份耿耿于怀，这么多日子相处下来，也看得出她不是水性杨花的人。尤其是她做了大少奶奶，丝毫没有一朝得势便猖狂的举动，处处留心，时时在意，恭敬长辈，体恤下人，与家里上上下下的关系相处得极好，就连卢维章那样苛刻至极的人也挑不出任何毛病来。卢家遣散下人之后，家里人手不够，她把大少奶奶的身份抛到一旁，力所能及的事情从不让下人插手，这次小产，若不是她抢着去后院翻晒被褥，又何至于酿此惨祸？

两个女人互相劝着，却劝出来更多的泪水，又都不愿哭出声来，只是默默地坐着，任眼泪肆无忌惮地流淌。卢豫川再也看不下去，低声道："婶子，文娟就交给你了。柜上还有事情，我先去忙了。"说罢大踏步出来，站在门外的大树下，两行热泪终于夺眶而出。

卢豫川知道，苏文娟怀着孩子多少大风大浪都过来了，眼下身边又不是没人伺候，碰上这样的悲剧不是天意又是什么？难道是因为自己做下了背叛祖宗的过错，上天便如此降灾惩罚吗？虽然距离年底还有半年，梁少宁已经被董克温逼得来催两次了，说是董家没耐心再等下去，要么卢豫川赶紧把全本的秘法送上，要么就将他以往的所作所为公之于众！

卢豫川深知自己心中的计策过于毒辣，多少有些犹豫。可经历了第二遭丧子之痛，他的心情变得钢铁般冰冷。不过是身败名裂而已，就算从此被人指责痛骂，再难以在神垕立足，又有什么大不了的？董克温逼得越急，离董家倒霉的日子就越近！思虑至此，卢豫川擦去眼泪，回头看了看半掩的房门，里面兀自传来幽幽的泣诉。

2 一目之仇报不得

与卢家的欣欣向荣相比，梁少宁的钧兴堂可谓江河日下。董克温借口秘法迟迟不到，断然停了暗中资助钧兴堂的银子。转眼间到了年底，又是一年合账的日子，梁少宁哪里拿得出钱来？只好终日东躲西藏，生怕那几个股东找到自己。可就这么躲下去也不是办法，躲过初一还能躲过十五吗？好在钧兴堂以前靠着禹王九鼎的大功，跟董家平分了朝廷供奉，到年底了，这笔银子也该到了，多少可以应付一阵子。梁少宁如意算盘没打多久，又一个晴天霹雳骤然而至，钧兴堂的朝廷供奉全数被禹州知州曹利成退回，理由是成色不足，难以进贡！

这下子全镇哗然，梁少宁最后的底牌也不复存在。在钧兴堂入股的致生场大东家雷生雨、立义场大东家吴耀明、兴盛场大东家郭立三全都坐不住了，联名给梁少宁下了帖子，请他务必在十一月初七这天到壶笑天茶馆议事。如若不来，他们就要公开出售自己在钧兴堂的股份，到时候爹死娘嫁人，各人顾各人，谁还管你梁少宁？

这份帖子着实要命，梁少宁拿了帖子就直奔圆知堂，一路上两条腿直打哆嗦。谁知董振魁来了个拒不见面，只派了董克温出面安抚了一番，说是钧兴堂败落至此，董家深感遗憾，希望梁少宁好自为之，不要忘了连本带息偿还董家剩下的一成暗股。梁少宁一时如同掉进了冰窟，周身上下一概凉透，连死的心思都有了，便破口大骂起来，说董振魁当初找他承办钧兴堂，就是要眼睁睁看着他被钧兴堂累死，看着梁家彻底家破人亡，为失身给他的董定云报仇雪耻！真是条毒辣至极的计策，偏偏自己当时鬼迷心窍，还以为董家不计前嫌呢。

董克温却不急不躁，等他发够了火，笑道："梁少宁啊，眼下还有一条路。只要你逼着卢豫川把卢家宋钧的秘法送过来，董家就继续支持你的钧兴堂。不然，一切就看老天的意思了。"

梁少宁怒道："卢豫川说好的是以年底为限，眼下还有俩月呢！你怎么知道我弄不来？"

董克温不慌不忙地端茶送客道："那克温就静候佳音了！恕不远送！"

没等到十一月初七，梁少宁和雷生雨、吴耀明等大东家就见面了，这次召见他们的是禹州知州曹利成。

窑神庙花戏楼正厅，曹利成稳稳地坐着，一杯茶喝得有滋有味。梁少宁、雷生雨等人提心吊胆地站在一旁，模样恭恭敬敬。一个衙役端了个宋钧笔洗呈上，曹利成漫不经心地掂量一下，随手扔了出去，笔洗登时化为碎片，几个人都是一惊。

曹利成黑着脸道："这就是钧兴堂的宋钧？能跟以前比吗？以前钧兴堂的东西，掂在手里分量就结实，瞧瞧现在的货色，还笔洗呢，当门闩都没人要！"

梁少宁结结巴巴道："是是是，这不是正想辙吗？"

"还想辙呢！"曹利成冷笑起来，拿过一个出戟尊，看也不看就摔在地上道："出戟尊都做成尿壶了！"

其实众人都看得出来，曹利成这是摆明了跟钧兴堂过不去，可谁也不敢言语。梁少宁窘迫地看了眼雷生雨，支吾道："我们也想往好了弄，可卢家的宋钧秘法、窑上得力的老人全都在卢家呢，我们也没办法啊！"

曹利成哼了一声道："没办法就别招揽这生意！没听人说吗，没有金刚钻，不揽瓷器活儿，别说金刚钻了，你们连把瓦刀都没有，还想做宋钧生意？脑子给狗吃了？"

梁少宁和雷生雨、吴耀明、郭立三都傻眼了。雷生雨急道："曹大人，朝廷供奉是皇差，就请朝廷下个旨意，让卢维章把秘法和老人儿都交出来，我们肯定能干好！"

曹利成一脸莫名其妙地看着他，忽而一阵大笑，笑得眼泪都出来了，连连指着雷生雨道："你，亏你还是个大东家！真笑死我了……"

雷生雨也意识到这无异于与虎谋皮，不禁羞愧难当道："这，这怎么办？"

曹利成止住笑声道："怎么办是你们的事！钧兴堂今年的朝廷供奉是没了，预支的银子月底统统给我交回来，少了一两我叫你们吃不了兜着走！"

梁少宁鼓足勇气道："那，那明年的朝廷供奉……"

曹利成道："明年？我看够呛！要造型没造型，要工艺没工艺，要窑变没窑变，我已经上了折子，如实向朝廷禀告了。你们要还想干，就回家烧香祈求皇上可怜吧！"

梁少宁一咬牙，顾不得当着众人的面，叫道："曹大人，今天我也什么都不顾了，实话告诉大人，这钧兴堂里有藩台勒大人的股份！您就是看在勒大人的面子上，好歹给我们留条活路呀！"

曹利成冷笑起来："勒宪是吗？我也实话告诉你，勒宪在京城的老爹开罪了太后，眼下已经是交刑部议处了。我看勒大人自己都难保，还会管你们吗？记住，今后少拿别人压我！真是可笑至极！"说罢，气鼓鼓地拂袖离去。

梁少宁意识到大事不妙，装作追赶的模样溜了出去。

雷生雨等人瞠目结舌地看着他的背影，良久才琢磨出道儿道儿来，雷生雨气急败坏道："又给他跑了！"说着就要去追。

郭立三拦住他苦笑道："后儿个就是初七了，咱不怕他还躲着不见！"

雷生雨气得直骂娘："这个王八蛋，什么梁大东家，梁大脓包！"

十一月初七这天，雷生雨、吴耀明和郭立三早早地来到了壶笑天，三人见了面，却是相顾无言。神垕镇各大窑场联手参加钧兴堂招商之际，这三个人眼馋钧兴堂的产业，私下里跟梁少宁合谋入股。哪里会料到钧兴堂在他们手里这么快就一败涂地？雷生雨一向是快人快语，到了今天这个惨淡的局面，却也是哑口无言，兀自生着闷气。

郭立三六十开外了，一把胡子支蓬着，苦笑道："今天是四个人，来了仨，这不是跟打麻将三缺一差不多吗？"

雷生雨瞪了他一眼道："你这个老汉真是老糊涂了，还有心思开玩笑！"

吴耀明哀叹道："不开玩笑又能怎样？我早就提醒你们，卢家不知在曹利成身上使了多少银子，你们就是不听！非说什么梁大脓包跟勒宪关系好，到头来抵什么用？你以为梁大脓包来了，就有希望吗？当前最重要的，是怎么把财股要回来，红利是不敢指望了，能把本钱捞出来就谢天谢地！"

"不瞒二位，我前天见了卢维章！"郭立三一副不慌不忙的架势，展开了折扇，慢悠悠扇着，打量着他们。

雷生雨眼前一亮道："卢维章怎么说？他肯盘回钧兴堂吗？"

郭立三故意道："唉，我这个老汉真是老糊涂了，他说了什么话，我偏偏一句都记不得。这可如何是好？"

雷生雨知道他是得理不饶人，便起身一揖道："郭大爷，你是我亲爹，你是我亲爷爷，好吗？"

吴耀明笑道："你听他胡说，他就是忘了自己是谁生的，都忘不了卢维章的话！"

郭立三见雷生雨服软，就笑道："老吴你还别说，老雷这么一讲，我还真想起来了！"

两人的目光顿时热烈起来，死死地盯住他。郭立三道："卢维章说了，盘回钧兴堂是他的夙愿，可他不能就这么盘回去。头一个条件，所有入股的人，不管是明股还是暗股，一律都得撤回去；第二，财股连本带息如数退还，红利一文没有；第三，梁少宁就此离开神垕，再不能插手宋钧生意。就这么三条，你们看着办吧。"

雷生雨立刻拍案道："答应他！这三条都答应他！"

吴耀明皱眉道："暗股？卢维章怎么知道这里头还有咱们几家的暗股？"

郭立三瞪了他一眼："废话，我都找上门去了，他还能不知道吗？"

"钧兴堂好歹干了一年了，能一点红利都没有吗？"

雷生雨急道："卢维章的意思再明白不过，钧兴堂还是卢家的，别人休想染指！能把本钱要回来就算不错，你还妄想什么红利！"

"老雷说得不错。"郭立三沉思了一阵道："眼下有实力盘下钧兴堂的，一个董家，一个卢家。去年的圣旨今年还管用，董家是没指望了，除了卢家你还能指望谁？再让马千山来个招商大会吗？换个人承办，说不定又是个赵大脓包、钱大脓包、孙大脓包呢！恐怕咱们连本钱都捞不回来！卢家是正统的豫商，他能买下咱们的股份，已经是给咱留余留足了。卖给别家还不如卖给卢家呢，好歹是乡里乡亲，将来也好见面……"

经郭立三这一番分析，雷生雨和吴耀明纷纷点头称是。吴耀明心肠软，摇头道："话是这么说，可梁大脓包还是大东家，也占着大头，不跟他打个招呼，说不过去吧？"

雷生雨怒道："爹死娘嫁人，各人顾各人！他梁大脓包要是有一点儿本事，钧兴堂何至于此？不知从哪儿弄了几张秘法，还掖掖藏藏跟个宝贝似的，你瞅见没，曹利成退回来的宋钧，一个成色好的都没有！你还有心情说他！"

吴耀明长叹一声，算是同意了这个计划。梁少宁并不在场，自己的命运就被这几个人决定了，来与不来又有什么区别？

三人主意刚定，梁少宁就一脸死灰地推门进来了。雷生雨劈头盖脸道："梁大脓包，你可算来了！"

梁少宁一副死猪不怕开水烫的模样，旁若无人地坐下，苦笑道："你们刚才议论了半天，我都在门外听见了……卖了吧！都卖给他卢维章！爹死娘嫁人，各人顾各人……"

三人都是脸颊一热。谁都想不到梁少宁还来了隔门窃听这一手。雷生雨红着脸道："少宁，你也别埋怨我们哥几个，人情归人情，生意归生意……"

梁少宁猛地抬头，一脸凶神恶煞，一字一顿道："你以为卢维章盘回了钧兴堂，就威风凛凛了吗？我告诉你，他不盘回钧兴堂算你们命好，他一旦盘了回去，哼，你们就等着卢家天翻地覆吧！"他端起茶杯，冷冷道："钧兴堂的股东都在，今天也没酒，我梁大脓包就以茶代酒，来呀，干了这杯散伙酒！"

三人傻傻地看着他，一时都没了主意。梁少宁一饮而尽，"啪"地摔了杯子。雷生雨铁青着脸，哀叹道："咱们这么多汉子，就斗不过一个卢维章！"

郭立三道："人多顶个啥用，又不是打群架！"

吴耀明苦苦一笑道："打群架卢维章也不怕，他还有个拼命二郎呢！"

三人都不再说话，雅座里陷入一片死寂。

梁少宁扫了他们一眼，带了几分哀求的口气道："我要是你们，就再等几天。年底快到了，我还留着一手撒手锏呢！成了，大家都能过个好年，不成，大不了一锅端还是卖给卢维章！你们看行不行？"

雷生雨等人面面相觑，不明白梁少宁究竟是何意。雷生雨道："少宁，你能有什么撒手锏？说来听听嘛。"梁少宁狰狞一笑，再不说话，转身摇摇晃晃地推门走了。

梁少宁的最后一丝希望就是卢豫川能在年底期限之前履行承诺，交出全本的卢家宋钧烧造秘法。也许真是天无绝人之路，一进腊月，卢豫川就告诉他，秘法到手了！梁少宁喜得老泪纵横，立刻趾高气扬地通知了董家。

到了约定的日子，董克温拿了两成股份转手的契约，卢豫川带了卢家宋钧秘法，当着梁少宁的面交割完毕。连梁少宁都想不到这笔买卖做得如此干脆利索。

卢豫川冷冷地朝董克温道："秘法已经在你的手里了，豫川盼着董大少爷早日烧出来'玫瑰紫'！"

董克温微微一笑，不卑不亢道："克温也盼着卢大少爷早日接管钧兴堂！"

虽说做了买卖，董卢两家毕竟还是仇人，卢豫川揣好了契约，便拂袖离去了。董克温更是急不可待地直奔圆知堂，恨不能立刻就点火烧窑。董振魁却有些忐忑。卢家秘法是何许的机密，卢豫川就真的偷出来了？卢维章那么精明的人，真的就对侄儿一点儿防范之意都没有？看着董克温跃跃欲试的模样，董振魁咬了咬牙道："你还是先看仔细了再点火，我总觉得此中有什么蹊跷之处。"

董克良也是满腹狐疑道："大哥，爹说的没错，弄清楚了再烧，总不会有坏处吧？"

董克温毕生最大的心愿，就是烧出来属于董家的"玫瑰紫"，哪里肯再有半刻的等待。当下便急道："爹，卢豫川暗中跟卢维章较劲，一心要咱们剩下的一成股份，好抢在卢维章前头，顺顺当当地接管了钧兴堂！不然他为何早不交晚不交，偏偏在卢维章即将盘回钧兴堂的时候，把秘法送来了？我认为他不会在这上头耍什么心眼……再说，秘法是真是假，只要按图索骥，真正烧了就能知晓！不过是烧窑而已，又不会死人，大不了空欢喜一场！反正钧兴堂也是半死不活的状况，早晚也会被卢家盘回去，真是砸了那两成股份，也是丢了块烫手的山芋给了卢豫川！何况咱手里还有撒手锏呢！爹，儿子这辈子无儿无女，就这么点念想了，您就让我烧烧试试吧！"

自从在洛阳败给了卢维章，董克温就落下了病根。他也是好久没有一口气说这么多话，肺上的毛病又起来了，大声咳嗽不止。董振魁明白这份秘法在儿子心里的分量，真是让他过几天再烧，非得憋出毛病不可！他想了想，只好道："那你就去烧吧，务必留个心眼，看出来哪里不对劲马上收手！"

董克温兴奋得满脸潮红，一边咳嗽一边大步离开。董振魁还是不放心，便对董克良道："你跟着你大哥，瞅见情形不对就把他拉回来！他这个人视宋钧为命……我这眉毛老是一跳一跳的，唉……"董克良也是担心不已，立刻追了出去。

董家的秘密窑场只有一座窑，就设在圆知堂后宅一个不起眼的小院里。二十年来，董克温除了外出，其余时间全都泡在了这里。他照着卢豫川提供的秘法，拉坯、配料、素烧、上釉一系列程序全都是顺顺利利，全无一丝破绽之处，眼下只等着最后一道釉烧了。董克良刚在弱冠之年，加上平常父亲有意培养他经商，对烧窑的事情知之甚少。他看着大哥忙得起劲，自己却帮不上忙，便带了愧色道："大哥，你看你累的，我也帮不上忙！……你瞧着这里头有诈吗？"

董克温三天三夜没合眼了，此刻却是睡意皆无，亢奋不已道："兄弟，哥不用你帮忙！你就等着吧，董家第一窑宋钧'玫瑰紫'，今天晚上就出窑了！"

"真的吗？"董克良惊讶道："竟会如此顺利？"

"这是董家列祖列宗的庇佑，也是老天爷睁眼，不让卢家独霸这'玫瑰紫'！哼，宋钧神技，岂是一家一姓能霸占的？"董克温掐着钟点，对一旁的伙计道："你备好松木，我一发话，你就加火候！"

秘密窑场里只有一个伙计，是董克温千挑万选出来的心腹，此刻大气都不敢喘一口。董克温走到窑前，趴在观火眼上仔细看着火候，大声道："开炉室，加火！"

伙计赶忙照办。董克良悄悄来到大哥身后，紧张无比道："大哥，就快成了吗？"

董克温的眼睛一眨不眨地贴着观火眼，道："快了，快……"

没等他这句话说完，只听见窑膛里噼噼啪啪一阵碎响，竟跟过年时放鞭炮相似！董克良本能道："大哥，有问题！你听这声音……"

董克温当然听到了这阵异响，心中也是一阵不解，眼睛却不离观火眼，疑惑道："难道是开片吗？怎么会这么早？"

宋钧以窑变为魂，以开片为奇。所谓开片，又称"进瓷"，指的是宋钧一经出窑，匣钵内瓷体的高温骤然下降，釉面上会进裂出丝丝裂纹，而釉面晶莹剔透，纹路清晰可辨，故素有"闲观窑变神韵色，静听宋钧开片声"之说。董克良多少明白些宋钧瓷理，也知道开片是宋钧出窑后才有的，哪里像现在还在烈火窑膛里就开片了？他见哥哥忘乎所以地不肯退回，急得直跺脚道："大哥，这根本不是开片！你快点……"

然而窑膛里的宋钧却容不得董克温反应了。在场的人只听见窑膛里一声惊天动地的巨响，上中下三层的匣钵全都炸裂开来，饶是厚厚的窑壁也抵挡不住这瞬间爆发的力道，轰隆隆坍塌下去。一股剧烈的气流夹杂着窑壁砖石、宋钧残片、木柴等物四射开来，竟跟战场上的开花炮弹一般，顷刻间覆盖住了整个院子。一时间尘土弥漫，充斥人的口鼻，哪里还能叫出声来？哪里还能分辨出东西南北？

董克良被气浪冲得横着身子飞了出去，重重地落在地上。他顾不上背部撕裂般的疼痛，胡乱挥手驱赶着院子里滚滚浓烟，扯了喉咙叫道："大哥！大哥！"除了伙计半死不活的呻吟，大哥竟是没有一句回应。董克良心知不妙，踉踉跄跄地站起来，手脚并用地四下里刨着，声音早没了人腔。

时值深夜，这声巨响无异于平地惊雷，怕是整个神垕镇的人都听见了。董家圆知堂上上下下百十口人刚刚入睡，全都被震醒了，不少人光着脚跑向出事的地方。董振魁一直待在书房静候佳音，那声巨响蓦地炸起，唬得这个快七十岁的老汉连拐杖都忘了拿，竟跟个小伙子似的飞奔而来。刚到门口，就看见几个下人抬着董克温出来，他早已是昏迷不醒，脸上落满了尘土，一只眼睛还往外冒着鲜血！

董振魁不顾一切地扑了上去，连声呼唤道："老大？老大？你醒醒啊！"

老詹搀扶着他，低声道："老爷，大少爷只是昏过去了，心口还跳着呢！得赶紧请郎中！"

董振魁泪眼迷离道："老二呢？"

"二少爷没事，就是背上开了个大口子，已经包扎了。"

董振魁远远地看见董克良被人搀着，脸上身上都是血迹。他不由得痛彻心扉地哀叹一声，忘记了身边还站着那么多人，失声嘶喊道："卢维章！老汉不灭了卢家，誓不为人！"

董家大少爷烧窑炸瞎了一只眼睛、二少爷身受重伤的事情眨眼间就传遍了神垕。董振魁那句发誓要灭了卢家的话自然也是传得沸沸扬扬。卢维章听说后万分诧异，董克温是镇上烧窑顶尖的好手，以他的见识、作为和经验，无论如何也不会弄得炸窑啊？就算是出了事，这跟卢家又有什么关系？难道是董振魁这个老汉心疼得昏了头，口不择言吗？董卢两家的恩怨世仇全镇无人不知，或许他真是一时气极，冷不丁就说出了这句话。卢维章也着实没有想到问题居然会出在卢豫川身上，便对此事一笑置之，不再去想了。

圆知堂自出了事后，人心惶惶了两日，暴怒的董振魁总算是冷静了下来。一番缜密的考量之后，他才意识到卢豫川这条请君入瓮之计，竟是抱了拼个鱼死网破的心思。卢豫川明明知道自己被董家抓住了把柄，难逃家法处置，这才设下了如此毒辣的棋局。董家若想报复，卢豫川泄漏秘法的事情固然大白于天下，落了个身败名裂的结果。而董家的所作所为就能放在人前、经得起推敲吗？卢维章一纸诉状告到曹利成那里，说董家买通了卢豫川，窃取卢家宋钧秘法，而那曹利成早就被卢家的银子喂饱了，禹州城的衙门还不跟卢家开的一样？董家一旦惹上这场旷日持久的官司，说不定被曹利成辣手盘剥上几年，就是倾家荡产也未必能赢！……可叹自己两个儿子，一个瞎了一只眼，一个身受重伤，自己这个当爹的只能眼睁睁地看着，却没办法为他们报仇雪恨！

董振魁正在怅惘哀痛之际，却听见书房外一阵喧哗。老詹快步跑了进来，神色仓皇道："老爷！两个少爷说什么也得来见老爷，拦都拦不住，眼下就要进院了！"董振魁惊道："你们，你们是干什么吃的！连俩病人都拦不住！"

正说着，几个下人抬着董克温进了书房，董克良拄着拐杖，亦步亦趋地跟在后边。董振魁一看见脸上裹着厚厚白纱的董克温，心痛得五脏六腑全都碎了，连声叹气道："其余人都给我滚！"

老詹朝下人们一使眼色，下人们会意退下。老詹也躬身退下，轻轻关上了房门。董克良见没了外人，便道："父亲，我跟大哥商议了好久，唯恐父亲一心替我们弟兄报仇，又中了卢家的奸计！"

董振魁料到了他们的来意，垂泪道："不能给你们报仇，我还怎么当爹啊！"

董克温伤势最重，躺在担架上根本动弹不得，虚弱不堪道："爹，这都是孩儿性子太急，中了卢豫川的奸计！卢家秘法说釉料里需要掺入硫黄，我当时就觉得不对劲，可我又被'玫瑰紫'弄得神魂颠倒，居然冒险试了一试……"董振魁哀叹不已。窑场烧窑，最忌讳的就是一硫二硝，董克温哪能不知道这个大忌？可烧出董家第一窑"玫瑰紫"实在是太诱人了，董克温竟然傻到样样照办！

董克良含泪道："爹，这事咱只能认了！千万不能忍不了一时的意气，跟卢家打这个官司！父亲总教导我们哥俩，'不谋万世者，不足谋一时；不谋全局者，不足谋一域。'董家若是找卢豫川报仇，肯定要牵连出私下入股钧兴堂、买通卢豫川盗窃秘法这些事，每一件都是证据确凿，每一件都能要了董家的命！卢家说到底，不过赔了卢豫川这一条命，而董家抗旨不遵，这是满门抄斩、株连九族的大罪！……爹，咱们父子三人这次算是栽了！好汉打落牙和血吞，君子报仇十年不晚！卢维章不是要盘回钧兴堂吗？就要他盘回去好了！等到他知道卢豫川背叛祖宗的事，自然有人替咱们处置卢豫川！"

董振魁凄凉地看着两个儿子，默然良久，终于道："老大，老二，你们放心，爹有生之年，一定替你们讨还这笔血债！卢维章，我不灭了卢家，死不瞑目！"

3　真相大白

本来神垕镇的人都兴致勃勃、眼巴巴等着看董家是如何跟卢家动手的，不料一连等了半个月，也不见老董家有什么动静，一个个遗憾不已。好在这时，钧兴堂终于要改朝换代了，不甘寂寞的神垕人便又有了新的谈资。日子久了，董家炸窑的事情也就逐渐被众人忘却，就像日出雪化、冰河解冻，总归是一汪清水，与时光一道滔滔不绝地朝东流去。

钧兴堂易手，在神垕怎么说也是个大事。就连正式交割的仪式都是禹州知州曹利成亲自前来主持。仪式的地点还是在窑神庙花戏楼，正厅中摆着一条长桌子，曹利成在头位上坐着，卢维章坐在一侧，梁少宁、雷生雨等人坐在另一侧，卢豫川、卢豫海、苗文乡等卢家的人垂手肃立在卢维章身后。曹利成笑道："今天是你们商家说事，本官不管你们怎么谈，只是做个见证罢了。好了，开始吧。"

章程早就由卢家拟好了。自古成者王侯败者寇，梁少宁他们面对这样的城下之盟，还有何话说？当下便一一签字画押。卢维章脸上还是那副波澜不惊的表情，伸出手蘸了八宝印泥，在契约上重重按了下去。雷生雨抱拳笑道："卢大东家这一手真是漂亮！本银如数退回，每股还给了五百两的红利！我们几个无论如何也想不到！"

卢维章平静道："都是乡里乡亲的，好歹在钧兴堂一年了，宋钧生意的水深水浅大概也知道了吧？就是撤了股，也不能让人家说我们卢家小气。"

梁少宁把一摞厚厚的账册推给卢维章，话里有话道："钧兴堂这一年来的账册都在这儿了，各类契约什么的也都在，请卢大东家好好过目吧，得看个仔细哟！"

董克温瞎了一只眼的真正原因，只有为数不多的几个人知道，梁少宁就是其中之一。在知道董家炸窑之后，梁少宁吓得手脚冰凉，唯恐董家把一肚子怨恨倾泻在他身上，立即躲回了禹州家里。

雷生雨等人哪里知道这些机密之事，一等再等也等不来梁少宁所说的"撒手锏"，越发觉得这个人混账透顶，齐齐打上门去，逼着梁少宁点头将钧兴堂盘给卢维章。梁少宁明白大势已去，又挨了不少冷嘲热讽，只得全数答应了。他早把卢豫川亲笔写下的秘法、过手股份的契约等物统统夹在了账册里，只等卢维章发现之后，替自己报仇。

卢维章却似乎丝毫没有听出梁少宁的言外之意，略一示意，苗象天便上前抱过账册，返回原处。账册是商家的命根子，账册过手就意味着生意过户。曹利成见状笑道："本官恭喜卢大东家！大东家大功告成，钧兴堂物归原主，可喜可贺！"

一时间正厅里全是恭维讨好之词，声声不绝于耳。卢维章一一拱手回礼，淡淡道："今晚在醉春楼，卢家设宴款待曹大人和各位同仁，维章身子不适，就让豫川和豫海陪大家吧！"

梁少宁本来盼着卢维章当场清点账册，好让卢豫川的丑事当众公开，见卢维章并无此意，多少有些怅惘。他的目光寸刻不离卢豫川，接话道："那少宁要跟卢大少爷好好喝几杯呀。"

卢豫川微微一笑道："豫川是戴罪之身，出不得台面，可能让梁大东家失望了。"说着，紧跟卢维章离去。众人都不解梁少宁这几句怪话的意思，当时也不是问话的场合，便一哄而散，各自去了。梁少宁怨毒的目光注视着卢豫川远去，这才发出一声诡异阴鸷的冷笑。

苗象天回到总号，立刻着手清理这一年来钧兴堂的所有账册。清账是盘回钧兴堂后的头等大事，苗文乡屏退了大小相公，父子二人和卢豫海一头扎进了总号秘账房。苗象天号称神垕第一神算子，一条大辫子盘在脖颈上，一个人面前摆了两副算盘，左右开弓，噼里啪啦地打将起来，嘴里还念念有词，那架势煞是好看。

苗文乡和卢豫海并排坐在一旁，还在为刚才的事兴奋不已。卢豫海笑道："老苗打得好算盘！老相公，这都是你的教诲吧？"苗文乡不无得意地拈须微笑。

卢豫海道："咱们原本打算三年内盘回钧兴堂，可那梁少宁也实在是脓包，这才一年工夫就干不下去了，真是可笑。"

苗文乡摇头道："有件事我一直琢磨不透，梁少宁败得如此迅速，难道董家就听之任之？既然如此，当初为何还要帮他们承办呢？显然不是为了银子，也不是为了窑场，那么究竟是……"

苗文乡这句话还没说完，苗象天打算盘的手忽地停下，算珠撞击声戛然而止。卢豫海和苗文乡相视一愣，再看苗象天的时候，只见他紧握着一份契约和几张信笺，双手不住地颤抖，连声叫道："二少爷，爹，你们来看！"

两人不敢怠慢，快步来到他身旁。苗象天已是面如土色，喃喃道："这不可能，不可能！"

卢豫海眼尖，早把那契约看了一遍，也是遽然色变，脱口而出道："这是梁少宁的陷害！大哥绝不会做这样的事！"

苗文乡哆嗦着手摸出老花镜，把契约从头到尾草草一览，又翻着那几张信笺，刚看了两行就不敢再看，心中已然知道事情不同寻常，当即道："象天，这账没法清了，你这就当着二少爷的面，把所有的账册封好。二少爷是东家的人，就请你来做个见证：这份契约我是看了，可这几张卢家宋钧秘法我可是没看！你和我带上所有的东西，这就找大东家去！今天这事不管真也罢，假也罢，都给我烂在肚子里！卢家大变在即，这个节骨眼上谁都不能马虎！"

卢豫海从未见过苗文乡如此惊惶，尤其是听到"卢家宋钧秘法""卢家大变在即"这两句话，顿感四面八方涌来的巨大危机，心脏骤然剧烈跳动起来。苗象天伸手扯过几张记账用的大白纸，哗啦啦把账册封好，骑缝处摁上了手印，再三检查之后才递给父亲。苗文乡抱了账册，把契约和秘法揣在怀中，一语不发便夺门而出。卢豫海兀自心跳不止，苗象天急道："二少爷，你还愣着干什么？"

卢豫海猛地道："老苗，你说我大哥真的……"其实苗象天也是没了主意，只好道："快去找你爹！他肯定有办法！"卢豫海重重地叹了一声，追苗文乡去了。

卢维章从花戏楼出来，就直接进了卢家祠堂，这时正在祠堂里跪着，卢豫川就跪在他身后。卢王氏是女眷，只能远远地跪在一旁。祠堂里香烟缭绕，除了他们三个再没别人。正前方是层层叠叠的祖先牌位，当中挂着那幅年久发黄的祖宗遗像。卢维章瞩目良久，终于道："列祖列宗在上，不肖子孙卢维章，把老号盘……

盘回来了！"

他蛰居一年，耗费了多少心血精气，眼下功成名就，怎能不百感交集，一句话未完就已痛哭失声。卢豫川知道此刻总号正在清点账册，自己的所作所为眼看就要败露了，心里也是千滋百味。痛悔，惊惧，哀恸，羞愧，种种情感齐刷刷地涌上心头。一侧的卢王氏早已泪流满面，却是一味强忍着没有出声。卢维章擦掉了眼泪，起身坐在椅子上，对卢豫川道："豫川，你也起来吧。"

卢豫川顺从地站起，依旧是低着头，不敢正视眼前这个人。眼下大厦将倾，狂澜既倒，除了引颈受刑，还有别的办法吗？

卢维章静静道："从我接受卢家衣钵算起，到今天为止，整整二十年了。那时还是咸丰十一年呢。就在这张祖宗遗像前，你爹亲手把一本《宋钧烧造技法要略》，一本《陶朱公经商十八法·补遗篇》传给了我。这二十年里，我领着全家，靠你爹娘拿命换来的那口窑，把卢家的产业做到了今天这个模样，不敢说丰功伟绩，也算是对得起卢家列祖列宗，对得起你爹的谆谆嘱托了。从去年卢家遭难到现在，也有一年光景了，我没睡过一个囫囵觉，整天就冥思苦想一件事，那就是盘回钧兴堂卢家老号！如今大功告成，你瞧我这身子，差不多也跟个废人一样了……心悸吐血的毛病是卢家人的旧疾，你爹也是死在这个毛病上。这一年里，我背地里吐了好几次血，你婶子说什么也要我放手不干了，我每次都劝她说，卢家老号是在我手上丢的，我得把老号盘回来！不能只留给豫川一个留世场、一个余世场，维世场、中世场和庸世场都是卢家的产业，我得全须全尾地交给豫川……"

卢豫川死人般站着，恨不能一头撞死在卢维章眼前。卢王氏再也忍不住了，放声哭道："老爷，你心愿都了了，咱不干生意了，让豫川领着豫海去干吧，咱们好好过太平日子不行吗？"

卢维章深深地看了她一眼，点头道："豫川，你婶子说的是。今天是钧兴堂物归原主的日子，也就是我卢维章归隐山林的日子。当年我承接衣钵的时候，只有《宋钧烧造技法要略》《陶朱公经商十八法·补遗篇》这两样，再加上你爹呕心沥血写成的《禹王九鼎图谱》，一共是三本，我今天全都传给你！从今天起，什么圈禁十年，什么不得出头露面，统统不要去管他！官府那里我算是看清楚了，俗话说'火到猪头烂，钱到公事办'，花钱没有办不成的事……你接了这三本传家宝，就是卢家的掌门人了！卢家没有别的，一个是宋钧，一个是生意。窑场那边有我和你老杨叔帮你照应着，你大可以放心，至于生意上的事，苗文乡、苗象天父子都是经商的好手，有他们辅佐你也出不了什么岔子。你兄弟卢豫海，也算是个人才吧，你记住，要量力而用。一旦发现他干不了大事，就把他贬回家里，万万不能看在兄弟情分上，坏了卢家的生意……"

然而卢维章这番语重心长的嘱托注定无法继续下去了。祠堂外响起一串脚步声，随即有人用力地敲门道："爹，你在里面吗？"

卢维章勃然变色，瞥了眼卢王氏道："真没王法了，这就是你的好儿子！"卢王氏听见卢豫海叫门也是一愣。卢维章让他在总号清账，一是有意历练他，二是要在这里单独跟卢豫川交代大事。这个愣小子怎么就糊里糊涂闯进来了？卢维章觉得该说的话都说了，便没好气地大声叫道："进来吧！"

门开处，头一个进来的却是老相公苗文乡。也许是真的有急事，苗文乡那么老成持重的人，居然被门槛绊了一下，差点儿一头栽倒，幸亏卢豫海眼疾手快，在后边扶住了他。苗文乡顾不上失态，匆匆走上前去，把怀里的账册和那份契约、写有卢家宋钧秘法的信笺交到卢维章手里，这才看见卢豫川也在场，立刻意识到刚才这里进行了一场怎样的谈话，不由得长叹一声，想好的话再也讲不出来了。

卢维章看着契约，又看了看那几张信笺。上面果真是卢豫川的笔迹，写的却是卢家独门宋钧秘法！卢维章心中巨浪翻涌，脸上照旧是波澜不惊的表情。他看罢抬头，盯着卢豫川，慢声道："豫川，你看看吧。"

卢豫川从苗文乡惊慌失措的举止上已然知道了他的来意，此刻早已是万念俱灰，扑通跪倒在地道："叔叔在上，侄儿犯下背叛祖宗的大错，唯有以死谢罪！"

卢维章难以置信地看着他，轻轻道："你为何一句辩白都没有？你为何就这么承认了？我情愿你说这是梁少宁和董振魁阴谋陷害，离间我们叔侄感情！你只要这么说，我就信你……你倒是说话呀！"

卢豫川只觉得万箭穿心，伏在地上连连叩头道："豫川已知罪无可恕，不敢推诿！就算叔叔肯为侄儿开脱，在祖宗遗像前，在父母牌位前，豫川实在良心难安，无法自圆其说！请叔叔按家规发落吧！"

卢维章呆坐在祖宗遗像前，痛心疾首地看着众人，喃喃道："苗老相公，卢家不幸，出此丑事，让老相公见笑了……"话音未落，一口鲜血喷薄而出，染红了手里的秘法和契约。众人惊叫一声赶过去，只见卢维章牙关紧咬，不省人事了，兀自紧紧攥着那鲜血淋漓的几页纸。

第十三章

后 生 可 畏

1 再赴京师

人生百年，"喜怒哀乐"四情最为伤人。卢维章本就是强撑着病体，由盘回钧兴堂的大喜骤然转到侄儿背叛的大悲，气得口吐鲜血卧床不起，一病就是大半年。此间全仗苗文乡主持大局。好在苗文乡忠心耿耿，虽没大的开拓，倒也维持了卢家老号五处窑场红火的局面。

卢维章重新下床主事，已到了光绪八年。明年是慈禧太后五十寿辰，朝廷又给神垕派下了皇差，让董卢两家各献寿礼三十六件。旨意是禹州知州曹利成亲自来神垕宣读的。卢维章大病初愈，脸色还苍白着，在卢豫海的搀扶下接了圣旨，虚弱道："卢家承蒙皇恩浩荡，曹大人又是多方关照，一定不辱使命！"

曹利成见他病恹恹的模样，关切道："大东家身子骨吃得消吗？前些日子我派人送来的方子，可有用吗？"

卢维章笑道："烧窑的人，肺上多少都有毛病。曹大人的药果然济事，好多了。"

曹利成叹道："那是宫里传出来的方子，专门清肺健脾的……我刚从董家出来，董振魁有七十多了吧？真不知他老汉吃了什么补药，竟是硬朗得跟年轻人一般！倒是大少爷董克温瞎了一只眼，身子骨差劲得很。"

"他不是还有个老二董克良吗？"

"我看董克良倒是英姿勃发，见识谈吐都像他爹，将来恐怕也是个厉害的角色！"

"他已经是个厉害的角色了。"卢维章招呼下人给曹利成看座，随口道："今年春上，我让豫海在汴号见习做生意，他硬是不识好歹，竟跟董克良过了过手。好在有苏茂东大相公在一旁帮衬，算是打了个平手。"

卢豫海愤愤道："还说老苏呢！若不是他瞒着我，私下里留了十万两压库银子，我早把董克良打翻在地了！"

卢维章瞪了他一眼，道："我说过多少次，霸盘生意做不得，那是把双刃剑，搞不好就是两败俱伤！你一个毛孩子懂什么生意，还不给我闭嘴！"

卢豫海跟董克良在开封府为争夺宋钧商路的那场霸盘生意，从立春一直斗到立夏，这是董卢两家少主人头一次交手，更显得意义非凡，全省哪个商家不知道？

此事的缘起还在董克良。开封府是豫省省治所在，陆路水路四通八达，神垕镇的钧瓷生意全靠开封府这个水旱码头中转。董克良一到开封府，立刻把船运银子提高了一成，要包下康家船行一半的钧瓷商船。时值隆冬，运河冰封，船行歇业，董克良开出的价钱打动了康鸿轩。康家和董家是世交，康鸿轩也对眼前这个出手惊人的年轻小伙子顿生好感。卢豫海得知这个消息，一面飞马向神垕总号报告消息，一面亲自来到康家船行求见。康鸿轩此时也得了哥哥康鸿猷的秘信，让他务必记住生意不能一边倒，万不可一时意气答应了董家。康鸿轩平生豪放无忌，最服的就是哥哥康鸿猷，自然如数照办。卢豫海跟康鸿轩商议了一晚，同意了康家提出的船运银子同董家看齐的要求。卢豫海告辞走后，康鸿轩立即给巩县的哥哥写信，说豫商里后继有人，一个董克良，一个卢豫海，都是英雄年少，今后在宋钧业可有好戏看了！

卢豫海跟董克良头回交手算是打平了，但两人都不服彼此。第二次交手接踵而至，这次却是卢豫海挑起来的。

卢豫海从康鸿轩那里回来，苦思良久，始终觉得商路控制在康家手里不是长久之计，就打起了自己组建船行的主意。建船行得有三样东西：木材，工匠，船夫。卢豫海少年胆大，没请示总号就动用了汴号五万两银子，买下了离开封府最近的嵩山林场整整一半的林子。他又把身股制的大旗打了出去，一下子招来了一百多个熟手工匠，一股脑送到登封县，就地取材建造大船。不出两个月，四十多条大船运抵开封府，正赶上运河开冻，大船下水，钧兴堂卢家船行敲锣打鼓，正式挂牌开业。

董克良痛失先机，自然不甘示弱，也步步紧逼了上来。他的主意也绝，根本没打算自己造船，而是只用了不到造船一半的价钱，就包下了康家五十艘大船，而且一包就是十年！

董卢两家的船队先后在开封府汴河码头下水，前后也没差几天的工夫。让卢豫海耿耿于怀的是，苏茂东唯恐总号怪罪，私下瞒了十万两压库的银子，要不然就依着卢豫海浑身是胆的做派，非得再弄出几十条大船，力压董克良一头不可。

董振魁和卢维章都深知霸盘生意的厉害，光绪三年的往事还历历在目，稍有不慎就会越陷越深、不可自拔。两家掌门人不约而同地把儿子召回了神垕，这场商战才算就此告一段落。即便如此，两位少爷的两次交手已是惊心动魄、精彩纷呈了。豫省商帮闻风而动，都是扼腕叹息，自己家怎么出不来这样的后代！

曹利成对这段公案自是早有耳闻，对卢维章道："大东家言重了。二少爷今年才二十露头吧？咱们俩二十岁的时候，别说动辄五万、十万两银子的买卖了，就连一百两银子是啥模样都没见过！后生可畏、后生可敬啊！老兄教出来个好儿子，怕是睡觉都会笑出声吧？"曹利成恭维一番，忽而想起了什么，道："这些日子我怎么不见大少爷卢豫川了？是病了吗？"

卢豫海心里一怔，转脸看着卢维章。卢维章淡淡道："他在牢里落下了病根，也是时好时坏而已。怎么，曹大人想见见他吗？"

曹利成从卢豫海的脸色一变看得出卢豫川肯定不是有病在身，哪里肯管他们的家事，赶紧转了个话题。场面已经冷了下来，曹利成也觉得无趣，又聊了几句就告辞了。卢维章没忘问老平道："曹大人随从的点心银子都给了吗？"老平忙道："都给了，一人二两，还是老规矩。"曹利成笑道："大东家总是这么客气！以后还怎好登门呢？"卢维章笑道："我是有病的人，就不远送了。豫海，替为父送曹大人！"

曹利成说什么也不让卢豫海送，两人推让一番，还是让老平送他们一行离去了。钧兴堂后院里只剩下卢维章父子二人。卢豫海搓着手笑道："爹真是好大方！一人二两啊，几十两银子就这么花出去了！咱们汴号的伙计，一年到头也就是七八两银子的薪俸。"

"官之所求，商无所退，我早就对你讲过了。"卢维章欠了欠身子，重新躺了下去，道："去年明明是你大哥拿了假秘法去坑人，董克温丢了一只眼，可董振魁为什么不敢报官？还不是因为他明白卢家跟曹大人的关系！几十两银子算什么？每年的朝廷供奉，说是三十万两的进项，我一把手就给了曹大人六万两！整整五分之一啊！"

"这么多！"卢豫海听了也是咋舌不已："怪不得他对咱家这么照顾！"

"朝廷供奉一共是四十五万两，按理说是卢家和董家两家平分的，曹利成硬是让咱拿了大头，还说明年要再追加，被我劝住了。"

"这个我懂，留余嘛。"

"生意，有生才有意。要是做生意的同行都给咱整死了，还有何意味？曹利成不过是贪图提留银子，他就没想到，万一朝廷发觉了，岂不生疑？曹利成咱们已经喂饱了，若是倒了台，咱们还得重新再伺候一个新的知州大人，又是得从头花银子疏通关系，赔本的还是咱家。"

卢豫海跟父亲聊了半天，其实心里还有别的话要说。后来他实在憋不住了，便壮着胆子道："父亲，大哥的事……"

卢维章喟然叹道："就知道你要提这个，说吧。"

"大哥这一年里老实本分，跟大嫂也是和和睦睦。事情过去这么久了，眼下又接了皇差，正是用人之际，父亲就让他回来做事吧。"

"况且不做生意，是他自己提出来的。何况我认了他在钧兴堂一半的股份，每年坐股分红，虽说都顶了个'卢'字，已经跟他是分伙另过、两家人的意思了。唉，说到底，还是一个'贪'字！若不是他当初勾结梁少宁……儿啊，我又何尝不愿卢家人团团圆圆？他自己要搬出去的，我也答应了，如今再反悔……也罢，你去问问豫川的意思，他要是还想回来，一家人还是一家人；他要是不愿，你也别勉强他。等我死了，钧兴堂卢家老号留世场、余世场留给他，'卢瓷正宗'的招牌也留给他。想做生意就做，他不想做就承办出去，好歹能养老了……"

卢豫海听了这话喜出望外，立刻跑出钧兴堂去找卢豫川。自去年卢豫川东窗事发、自请逐出家门却被卢维章拒绝后，他就带着苏文娟，连个丫头仆人都没要，悄悄离开了家，在钧兴堂对面租了几间房子住下。卢维章和卢王氏虽然恨他背叛祖宗，居然连家传秘法都给了梁少宁，但看在卢维义夫妇的面子上，还是以卢豫川的名义买下了那处房产。卢维章在病中思前想后，又怕他从此断了生计，便按月把他在钧兴堂的五成红利送到家里。卢豫川可能是自感无颜再见叔叔，从离家后就再也没走进过钧兴堂。倒是苏文娟一个人寂寞的时候，就到钧兴堂里找卢王氏、关荷等女眷聊聊天，说来说去到最后还是以泪洗面而已。听了弟弟转告的话，卢豫川还是不加思索地婉言谢绝了。卢豫海大失所望，只得悻悻离去。

苏文娟听见门响，从侧室走出来，斟酌着词句道："大少爷，你这是何苦？叔叔都给了台阶，咱们就顺势而下，认个错不就行了……"

卢豫川遽然暴怒起来："你一个妇道人家，知道什么！我不下这个台阶，自然有我的道理！我已经不是少东家了，拔了毛的凤凰不如鸡！你给我好好在家待着，最好以后再也不要去钧兴堂了！"

苏文娟愣了一愣，苦笑道："什么都依你就是……不过你不管卢家的生意也就罢了，何必再跟梁少宁搅在一处？他是个臭名远扬的人，你跟他在一起，总归对名声不好。"

"名声？哼，我卢豫川如今还有名声吗？"

苏文娟眼里已是泪光点点，道："你把卢家秘法交给旁人，又入了暗股，这事叔叔婶子全给你压下了，还有谁知道？就连你放弃了少东家的身份，他们都没答应你……镇上人都说你是在圈禁期内，怕连累了卢家的声誉才自请离家的，这是深明大义的做法，谁不对你肃然起敬？大少爷，你在我心里永远都是那个叱咤风云的大少爷！不是过了两年吗？再有八年，你的圈禁日子就满了，你为何不照着叔叔的话，好好韬光养晦这几年，像叔叔那样东山再起呢？"

这些话无不正中卢豫川的心事。他颓然坐下，自言自语道："八年，那时该是光绪十六年了吧？"他看了看苏文娟，一股眼泪夺眶而出："没了生意做，我怎么熬过这八年啊！"苏文娟上前，轻轻抚着他的脸颊。卢豫川看见她手腕上的伤痕，蓦地想起去年她为了以死明志，咬破手腕自尽的场面，不由得连连叹息。苏文娟揽他入怀，任他肆无忌惮地恸哭，呢喃道："大少爷，八年说过就过去了，你不能做生意也好，我拿热身子陪你……"

卢豫海乘兴而来，败兴而归，心里感慨不已。看来大哥是铁了心不回来了。他那么一个要强的人，那么一个拿生意当性命的人，能做出这样决绝的事情，心里肯定是苦不堪言。卢豫海暗自感叹着，不知不觉已经回到了钧兴堂。此刻去回禀父亲也显得自己多事，想来想去，他便直接回到自己房里，对着墙壁发呆。关荷在房中打扫，见他进来愁眉不展，连个话都没有，就关切道："你怎么了？哪里不舒服吗？"

卢豫海没好气道："我得病了，快死了，行了吧？"

关荷被他冷不防抢白了一句，心里不满道："我知道你得了什么病！"

"什么病？"卢豫海有些好奇起来，笑着问她。

关荷嘴角一撇道："相思病呗！你想着司画妹妹好久没来了，就跟戏词儿里说的那样：'你是倾国倾城的貌，我是多愁多病的身'……"

卢豫海见她吃了干醋，心里快意道："我就喜欢见你耍小性子的模样，来，让我摸摸你心跳得怎样，跟一头小鹿似的，对不对？"

关荷啐道："又是这副没脸没皮的样子！男女授受不亲，你还想摸……"关荷不觉脸红起来，拿了笤帚就往外走。

卢豫海跳过去抓她的衣服，关荷一边躲闪，一边急道："二少爷，司画妹妹来了，就在夫人的房里呢！你别这么猴急，要是给她看见了……"

"我已经看见了，又能如何？"话音刚落，从外边挑帘进来一个女子，满脸笑吟吟的，看着他们俩慌乱的模样。关荷臊得再也站不住了，闪身出了房门。

卢豫海挠了挠后脑勺，尴尬道："司画妹妹，你什么时候到的？"

陈司画旁若无人地坐下，打量着房间里的摆设陈列，笑道："关荷的手艺的确不错，你一个少爷的屋子，布置得如此雅致啊。"

卢豫海想起了什么，赶忙到床头小柜子里取了一样东西，转身回到陈司画面前，笑道："这是我从开封府特意买了送给你的，正宗的汴绣，你瞧着可好？"

陈司画嘴一撇道："哼，还特意！连个瞎话都讲不圆。我刚从夫人房里过来，她也欢天喜地拿着块汴绣给我看，还说是你特意买了送给她呢！只怕是这'特意'的人，还有关荷吧？"

卢豫海当下大窘，道："都是苏茂东这个老家伙！这事都办不好，买了四个一模一样的……"

陈司画沉了脸道："四个？还有谁？"

卢豫海见说漏了嘴，只得坦白道："还有一个是给大嫂苏文娟的，她跟大哥在钧兴堂对面住，对我一向很好，我就……"

陈司画暗笑他老实，便道："豫海哥，你的心思够大的啊！卢家所有的女眷，上到夫人大嫂，下到一个丫头，差不多都得了你的好处，我看你也别出去做生意了，回来理家吧，肯定是把好手！"

卢豫海搓了搓手道："你这话真叫人好笑，你也是卢家的女眷吗？还没过门呢，就这么心急了……"

这下轮到陈司画脸红耳赤了，羞得一句话也讲不出来，起身便走，临走没忘把那块汴绣攥在手里。卢豫海也不去追，待她跑远了，这才返身来到床前仰天躺下，兀自笑意不绝。他笑了一阵，忽地想起了一个人，笑容顿时凝固在脸上，起身大叫道："关荷！关荷！"良久无人应答。卢豫海呆呆地坐在床边，一时心绪繁杂，再不见一丝笑容。

卢维章接了寿瓷皇差，深知事关朝廷和太后，当然不敢怠慢，亲临维世场专窑主持烧制。在他事必躬亲的督造之下，维世场专窑集中了卢家老号五处窑场的能工巧匠，不分昼夜地赶制寿瓷。中秋节刚过，贡品如数烧制完毕，炉、瓶、盆、尊、洗、罐、鼎、寿桃、佛手、寿星等一共凑成了六六三十六件寿瓷，个个都是千里挑一的成色。经禹州知州曹利成等人勘验之后，大赞这批寿瓷形神兼备、宝光内蕴、莹润如玉，当下就入箱密封，贴上了官府的封条，即刻护送入京。

有了数年前那场大祸的教训，卢维章力排众议，不顾身体每况愈下，毅然决定抱病护送寿瓷进京。临行前，他又单独叫来了杨建凡，托孤一般地把卢豫海交给了他。杨建凡此刻已是卢家老号的二老相公，统筹五处窑场的日常烧造，见卢维章如此信任，掬了两把老泪道："大东家，老汉有一件事始终憋在心里，既然大东家信得过老汉，还请大东家帮老汉解了这个心结！"

　　卢维章长叹一声道："我知道你牵挂豫川……这件事迟早要提的，你且看看这个东西。"

　　杨建凡接过去几张纸，上面还带着星星点点的黑红。他一眼就看出是卢豫川的笔迹，再看下去，越看越震骇，变色道："这，这不是卢家宋钧秘法吗？"

　　杨建凡与卢维义、卢维章兄弟的渊源已经有几十年了，是卢家老号唯一一个知晓卢家宋钧秘法的外姓人，这些秘法早就烂熟于心，岂有看不出的道理？卢维章见他失态，便沙哑道："此事我本不想提起，徒增伤心罢了。豫川背着家人在钧兴堂入了暗股，这事你或许有所耳闻。但豫川私自把卢家宋钧秘法交给梁少宁，你就不知道了吧？这些事情我都瞒着所有人，为的是保全豫川的名声……你看那些血迹，一年了，若不是因为这件事，我又怎会一病不起，又怎会憔悴成眼前的模样……"

　　杨建凡闭目哀叹道："豫川啊豫川，你好歹也是卢家的子孙，怎能做出这样的蠢事！"他摇头痛惜许久，擦掉眼泪，屈膝跪下道："大东家，豫川是我看着长大的，我知道他的心劲！泄露秘法固然是大错，可老汉恳求大东家留他一条生路！维义兄弟临死之前，再三托我照顾豫川，你就看在维义兄弟的面子上……"他哽咽着说不下去了。

　　卢维章忙搀他起来道："杨兄，你放心，等我从京城回来，就在神垕众位乡亲面前给他一个交代。豫川不是有五成钧兴堂的股份吗？我认这个股份，从此钧兴堂一分为二，维世场、中世场和庸世场留给豫海，留世场和余世场交给豫川，但都得打卢家老号的招牌！毕竟一笔写不出两个卢字。这样一来，也算是对得住我大哥大嫂了。"

　　这样的"交代"还是前无古人，大出杨建凡的预料。且莫说卢豫川这五成股份是拿秘法换来的，本身就来路不正，可卢维章不但认了，还把留世场、余世场八百多口新建的钧窑交给了他！杨建凡叹道："罢了，有你这样的大东家，钧兴堂何愁不胜？卢家宋钧没道理不发扬光大！老汉烧了大半辈子的窑，这把老骨头就交给维章你了。一个字，值！"

　　卢维章轻笑摇头道："你不是交给我，是交给卢家！我眼下这个身子骨，怕是没几年好活了。等我死之后，无论是豫川还是豫海，你都要鼎力辅佐。尤其是豫海，跟豫川当年一个样子，只惦记着生意，就不知道'皮之不存，毛将焉附'的道理，没了窑场，没了宋钧，还指望做什么生意？我这次进京，少则三五个月，多则七八个月，不但要把寿瓷贡品平平安安地送到太后手里，还要趁机在京城、天津和保定勘察一番，看看能不能把钧兴堂的京号、津号、保定分号挨个建起来！你不是有三个儿子吗？除了老三年纪还小，其余的两个这次都跟着我去。我看他们如是可造之才，说什么也得派个相公、小相公之类的差事给他们……至于豫海，就全靠杨兄你严加管教了。苗老相公那里，他已经学得差不多了，就差在窑场里好好磨炼一下性子，别动不动就折腾个霸盘生意出来！"

杨建凡虽然是窑工出身，胸中文墨不多，却也听得出卢维章此番谈话的深意。茶馆里整日说着《三国演义》，那"白帝城先帝托孤"一回里刘皇叔对诸葛亮说的话，其情，其感，其心，其意，也不过如此吧？杨建凡听得既热血沸腾又凄凉无比，眼前这个刚过四十八岁生日的汉子，字字句句已是嘱托后事了！他还想再说什么，却见卢维章讲了那么多话、一副力不从心的样子，只好深深一揖，告辞了出去。离开钧兴堂良久，杨建凡还是怔怔地坐在车中，唏嘘慨叹不已。

董卢两家护送寿瓷进贡的人马是一同出发的。董振魁七十多岁了，身子就是再硬朗也经不起车马劳顿，而大少爷董克温五官不全，依律不能进京面圣，只得派了二少爷董克良代父前往。两家人马浩浩荡荡离开了神垕，消失在通往京城的官道上。

卢豫海见车队走远，回头对苗文乡道："老相公，我看我还是去汴号待几天，船行的生意没人盯着不行。那帮船夫一个个全是老油条，一见没我管着就放了羊，全逛窑子喝花酒了！我看总号再立条新规矩，船夫的月钱直接走票号汇到家里。他们个个全是怕老婆的，一年回不了几天家，又怕家里出事，又怕老婆偷人，咱们替他们把家里的事儿都安抚好了，那帮船夫还不都安心给咱们做事了吗？"

苗文乡听了他的话，不由得暗笑，道："主意倒是个好主意，老汉这就通知下去。不过二少爷怕是回不了汴号了。"

卢豫海一愣道："我爹去京城了，谁他娘的敢……"

苗文乡笑而不答，朝一旁的杨建凡努了努嘴。卢豫海气急败坏地转身，一见杨建凡黑着张老脸在运气，立马软了下来，嬉皮笑脸道："杨大叔，不，杨大伯伯！您老人家这是生哪门子气呀？我给您揉揉胸口，您告诉我那小子是谁，我拼命二郎这就找他算账去……"

杨建凡哭笑不得道："二少爷，苗老相公说得不错。大东家临走的时候，特意嘱咐我管着你，寸步不离神屋，就在维世场好好烧窑！"

卢豫海跳了起来，大叫道："我不信！"

杨建凡两手一摊："不信就问你娘去，说实话，二少爷，我早就想好好管教你了。堂堂一个钧兴堂的二少爷，满嘴的脏话，成何体统！我就是烧窑伙计出身，现在做到了二老相公，也没见非得满嘴脏话才压得住场子呀？还有你这疯疯癫癫的脾气，你以为那'拼命二郎'是夸你呢？走吧，好好在窑场磨磨你的性子，再想着去汴号……"

苗文乡和苗象天就在他们一老一少身边，闻言都是不觉莞尔。杨建凡跟卢家兄弟都在圆知堂董家老窑做伙计的时候，是乾鸣山南坡窝棚营子里的邻居，两家关系一向密切。再加上杨建凡生就是不苟言笑，卢豫海从小就怕他，有道是"卤水点豆腐，一物降一物"，卢维章这回算是找对人了。苗家父子虽说深受重用，却是钧兴堂创立后才进来的，也管不住这位一身是胆的二少爷。卢维章卧病不起的时候，不得已让卢豫海出山主事，可他初出茅庐就跟董克良做起了霸盘生意，虽说钧兴堂没吃亏，却也让苗家父子着实提心吊胆了好几个月。眼下有更厉害的主儿管他了，他们如同送走了一座瘟神，高兴还来不及，又怎肯再替这"瘟神"说话？苗文乡只顾装着跟儿子谈柜上的生意，对卢豫海求救的眼色视而不见。

杨建凡黑着脸道："怎么，非要老汉把大东家拽回来，让他亲自对你讲吗？"

卢豫海咽了口唾沫，道："能带随从吗？"

"不准。"

"带个丫头呢？"

"更不准！窑场是男人的地方，不能让女人进！"

苗象天也觉得杨建凡过于苛求了，便回头笑道："二老相公，就让二少爷带个丫头吧。大东家只是让他烧窑磨炼性子，又不是让他跟寻常窑工一样被使唤。烧窑辛苦，身边没个应手的人伺候，万一累坏了身子……二少爷迟早得出去做生意嘛！"

杨建凡思忖一阵，勉强道："就听苗相公的。不过只准带一个，不能领一群丫头进去！"卢豫海总算有了些安慰，笑道："这个我晓得，那些窑工都如狼似虎，一见了女人还干得动吗？"

杨建凡没好气道："又是满嘴喷粪！走吧，这就去。"说罢拉着卢豫海就走。苗文乡良久地注视着他们的背影，忽而道："象天，二少爷是不是该成亲了？"

苗象天笑道："我听夫人说，就是禹州城陈家的二小姐，叫陈司画的那个。"

苗文乡失声笑道："那不是大少爷头房太太的妹子吗？"

"可不是她吗！两家长辈都有这个意思，就等着大东家从京里回来，就正式下聘定亲了。听说董振魁也上门提亲，被陈汉章堵了回来。咳，董振魁说是提亲，惦记着陈家的林场和煤场才是真的！"

"我倒是听说董克良对陈司画一见钟情……真是能将陈司画娶进卢家，也算一段佳话了。二少爷说的那个丫头，是从前夫人房里的那个，叫……关荷。"

"对，就是那个丫头，叫关荷。"

苗文乡摇头道："唉，夫人也是爱子心切，那个丫头也不小了吧？整天待在一起，万一出了什么风流公案，我看二少爷怎么收场！你回头旁敲侧击地提醒夫人一二，她是聪明人，点到为止就行……二少爷可是咱的主心骨，大少爷虽然离开了卢家，却时刻都有杀个回马枪的可能。我们苗家跟他素来不合，真是给他掌握了钧兴堂，苗家就大祸临头了！"

2 大鹏展翅恨天低

关荷这还是头一次踏进窑场。好几年前，她和陈司画好说歹说，才说动了卢王氏，让卢豫海领他们去窑场看稀罕。谁知又在路上出了事，卢豫海为讨陈司画欢心被毒蛇咬伤，卢王氏一口咬定这是老天爷不让他们去窑场，吓得他们谁也不敢再提了。这次卢维章临走时安排卢豫海进场烧窑，竟是连家都不许回，吃住都要在窑场里。卢王氏将身边的人扒拉一遍，男的心粗，照顾伺候上肯定不及女的；而女的下人虽多，卢豫海只看中了关荷一人。

卢王氏说到底还是担心儿子，一咬牙就同意了，但要关荷每天晚上回家住，白天再去伺候起居。尽管限制诸多，卢豫海还是满意得很。他和关荷刚进窑场，就指着林立的窑口，骄傲道："你看，这所有的窑，所有的伙计、相公，都是我卢家的产业！"

关荷照着卢王氏的吩咐，换了身男装，此刻是一副男仆的打扮，在窑场里并不起眼。但她毕竟整日在深宅大院里，眼见到处都是男人，早羞红了脸。她壮着胆子顺势看去，目光所及之处，相公、伙计都穿着大红色"卢家老号"的号坎，运料的，运柴的，澄池的，看火的，拉坯的，无不是忙碌异常、热火朝天的架势。卢豫海来了兴致，不管一旁的杨建凡皱起眉头，便跳上窑场正中的高台，大声道："各位兄弟！我卢老二又回来啦！"

四年前，卢豫海刚刚成年之际，曾在维世场烧过一阵子的窑，跟上上下下的人处得很好。钧兴堂这几年里虽两次易手，但干活的大多还是老人儿，都记得这个"不像少爷"的少爷。再加上卢豫海代父领旨、痛打会春馆老鸨、跟董克良大战开封府等少年豪迈的事迹众口相传，神垕镇谁不知道卢家二爷的威名？维世场的相公伙计们一听见有人高喊"卢二爷"，便齐刷刷地抬头看着高台，果真是个挺拔的青年汉子！当下无不叫道："二少爷好啊！"

卢豫海高声道："大伙儿辛苦了！都累不累呀？"

众人开怀大笑，纷纷道："不累！""顶了身股啦，再累也不觉得累！"这下子连杨建凡也不禁笑出声来。关荷崇拜地看着卢豫海，眼睛里放着亮光。

卢豫海乘兴又喊道："大伙儿在卢家干活，得劲不得劲？"

这次倒是千百张口一起吼了起来，宛如阵阵滚雷："得劲！"

卢豫海大笑道："好好干吧！中午我请客，每人大肉包子管够！"这才朝四下里拱手施礼，跳下了高台。

杨建凡迎面笑骂道："你小崽子真中！你一句话，我那厨房现在就得忙起来！一千多号人，大肉包子还管够，这一两千斤包子去哪儿弄啊？锅都不够使！"

卢豫海笑道："我光顾着高兴了，没想到这些。你让人去钧兴堂告诉我娘，就说我今天请大伙儿吃包子，她总有办法！"

关荷扑哧一笑："你就知道麻烦夫人！还是我回去吧，中午我一准儿带着包子过来。"

杨建凡本来对二少爷带丫头进场很反感，还以为是来了个成事不足败事有余的小脚女人，可他一见关荷利索的装束，大手大脚的做派，立刻心生好感；又听她主动揽下了活儿，更是刮目相看，道："不愧是二爷的人，做事果然朗利！那就有劳姑娘了！"关荷绯红了脸，道了个万福就转身离去。

杨建凡道："派个人跟着吧，一个姑娘家走山路……"

卢豫海笑道："不用管她！光天化日的，别看她是个女子，厉害起来就是男的都怕！"杨建凡一笑，便不再多言，领着卢豫海去了专窑。

专窑外插着栅栏，有个老汉专门在此看守。他见杨建凡和卢豫海到了，表情虽然恭敬得很，却还是伸手要号牌。杨建凡从腰里摘下号牌递给他，笑着解释道："维世场是卢家老号奠基的窑场，在老号里地位甚高，而维世场专窑又是场中关键之地，更是重中之重。大东家有令，只有拿了号牌的人才能进出。你别看他老，也是在维世场干了不下二十年的老人啦，梁少宁承办钧兴堂的时候，他毅然辞号回了家，过了整整一年要饭的日子！大东家取的就是这个忠心……"

卢豫海忙上前深深一揖道："老大爷辛苦，豫海给大爷行礼了！"

老汉激动得手足无措，连声道："这话怎么说！前些天大东家来，也是给老汉我行礼，今天二爷来，也是……唉，这样的东家去哪儿找啊！"

老汉兀自感叹着，杨建凡和卢豫海早进了专窑。说是专窑，从外边看上去也跟寻常的钧窑没什么不同。卢豫海凝望着七八口窑，有些愕然道："这就是专窑了？"

杨建凡笑道："二爷是不是觉得有些意外？那就对了！要是一眼就能看出门道来，那还叫专窑吗？你那年看豫州鼎出窑是在晚上，那能看出个什么名堂？二爷莫急，听老汉慢慢给你讲。"

卢豫海跟在他身后，毕恭毕敬道："豫海洗耳恭听大伯的教诲。"

杨建凡眯着眼，慢悠悠道："这窑还是你卢家祖传的，消失了几百年啦，在你爹手上才恢复起来。你知道宋代皇家官窑吗？六百年前，皇家官窑就是这个模样！"

卢豫海惊道："真的失传了六百年？"

杨建凡瞄了他一眼，道："老汉骗你弄啥？等你接了大东家的衣钵，里面有一本《宋钧烧造技法要略》，是你们老卢家祖宗写的，头一篇就是各式建窑的图谱！钧兴堂被封的时候，是老汉我跟你爹、苗老相公一起，流着眼泪把专窑砸毁的。这是卢家最大的机密，怎么能让外人瞧了去？盘回钧兴堂之后，又是我跟你爹，亲手把专窑又建了起来……老天爷保佑吧！这好玩意儿可千万别再遭罪了！"

卢豫海听了这番讲述，不由得对眼前这几座窑肃然起敬，再不敢小觑。杨建凡道："宋代皇家官窑最大的特色就是双火膛，也叫双乳膛官窑……皇家官窑有三不，你知道吗？"

卢豫海摇头，杨建凡道："不计工时，不惜成本，不出瑕疵，这就是三不！搁在那时，官窑积蓄了一年的人力、物力、原料，只烧十月份这一季，而且只选三十六件，别的就是成色再好也是砸碎了深埋，图的就是这个吉利数！官窑对选料、造型、成型、烧成规定得极为苛刻。就拿选料而言，今年的土明年才能用，非得经过选矿、风化、轮碾、晾晒、冰冻、池笆、澄池、陈腐一共三十二道工序，还要经历春暖软化、夏日暴晒、秋雨浸润和冬寒冰冻，吸纳了一年四季的灵气，才能派上用场！还有这造型也是非同寻常。宋代官窑出的钧瓷，型体都是宫廷画师精心设计的，还得经过皇帝的御点亲批，那个规整、那个考究，岂是寻常匠人所能为？成型也是如此。官窑的工匠都是从民窑里千里挑一选出来的，一进官窑就是官家人了，分上、中、下三等九品，头等工匠每月的俸禄比知县都多！再加上官窑规矩森严，干得好了是荣华富贵，干砸了就是掉脑袋！你说，谁敢在官窑里儿戏？"

卢豫海听他滔滔不绝地讲着，愈发肃然起敬。杨建凡领他走到窑前，抚着窑壁道："你也知道，宋钧以窑变为魂，都说宋钧是'生在成型，死在烧成'，说的就是窑变的艰难不易得！咱们烧窑的人都有两只手，董克温是个'独眼龙'，也能烧窑，可就是没见过断胳膊的残废干这活儿的，为什么？烧窑讲究一把泥，一把火，非得两手齐全不可。一把泥是说选料成型，一把火说的就是这窑变。这双乳膛窑的奥妙就在两个火膛轮流使用，你从这个看火口朝里看看，现在这座窑刚开始烧，用的是主火膛，烧的是南山的枣木柴，火焰长，火苗柔和。等烧上整整十个时辰，主火膛的柴就烧尽了，热度也提上去了，可还差最后一股气儿，怎么办？"

卢豫海笑道："就该点着二火膛了，对吗？"

"对。二火膛的柴是西山的松木柴。经主火膛烧了那么长时间，松木早变成了炭，又含着油性，一点就着，烧得快，劲头也大！宋钧只要再烧五个时辰，就能出窑啦。"

卢豫海啧啧赞叹道："真是让豫海大开眼界！"

杨建凡从怀里掏出个葫芦，喝了几口，道："二爷，你虽生长在钧兴堂，可这烧瓷的种种艰辛难处，怕是只晓得个皮毛。卢家老号维世场、中世场、庸世场，再加上新建的留世场和余世场，五处窑场好几千人，都指望着烧窑养家糊口！窑场才是钧兴堂的根本所在……我不是说生意不重要，前头大少爷豫川吃亏吃在不懂烧窑，一颗火热的心都放在生意上了！这是教训啊，二爷你千万莫要学他的短处！"

卢豫海深深点头道："大伯语重心长讲了这么多，我要是一点儿都没领会，还算个人吗？不过，我听了半天，觉得这烧窑跟做生意大有异曲同工之妙。不知大伯想听听吗？"

杨建凡早就知道卢豫海禀赋异于常人，巴不得他触类旁通、举一反三，立刻道："二爷请讲！"

卢豫海侃侃而谈道："仅就烧成而言，讲究的是文火慢烧，火候一到就急火攻'心'！《陶朱公经商十八法·补遗篇》里'温水煮蛙'一策，说的就是这个！青蛙弹跳力度惊人，把青蛙丢在沸水里，一沾水就跳出来了。可把青蛙放在凉水里慢慢煮，等青蛙察觉出水温不对，腿脚早煮得松软，再想跳跃可就来不及了！我再加把大火一烧，活活煮死它！就拿这次跟董老二斗船行生意，我就是神不知鬼不觉地买了半个嵩山林场，等他明白过来，我那一百多号人早在登封干起来了！唉，就差那最后一把火，老苏瞪着眼说没银子了，我只好收了手，其实汴号还留着十万两压库银子呢！唉……"

杨建凡连连点头道："说的是！卢家的传家宝就那么两样，一个是宋钧，一个是生意……"

一老一少就在窑前高谈阔论起来，不知不觉已是正午时分。维世场大相公柴文烈跑过来，隔着老远叫道："二爷！杨老哥！包子来啦！"

杨建凡正说到兴头上，听见他没头没脑地嚷着什么包子，纳闷道："包子来了是何意？"

卢豫海笑道："大伯忘了，我请维世场各位兄弟吃包子啊！"

杨建凡这才想起来了，忙问："老柴，包子都做好了？一两千斤哪！"

柴文烈额头全是汗，一边抹汗一边道："这回可不是二爷请客了！是夫人亲自送包子过来的，好家伙整整三辆大车，全是大肉韭菜馅儿的包子，闻着都解馋！神屋镇今天的包子，咱们维世场包圆啦！"

维世场的饭场就在大池边儿上。毕竟是杨建凡一手带出来的，千把号人一起赶着饭点盛饭，队伍却排得整整齐齐，丝毫不见一点儿混乱。卢豫海和杨建凡、柴文烈等人赶到的时候，不少窑工都已经领到了包子，各自找地方狼吞虎咽了起来。

远处的工棚下，卢王氏坐在长椅上，关荷和几个丫头婆子左右站着，正一个个掩面窃笑。卢豫海跑到棚下，对母亲施礼道："孩儿一时说了大话，劳累母亲了！"

卢王氏笑吟吟道："你哪儿是劳累我？全家人都让你折腾得不轻！眼下钧兴堂里还没开饭呢，连厨房的人都让我撵到街上买包子去了……"

卢豫海刚想笑，却听见盛饭的地方一阵喧哗。一个人憨声抗议道："为什么不给我？"

有人笑道："别人最多领六个，你李大柱一个人就要十个！就是二爷请客，也不能这么没分寸呀！"

李大柱怒道："别人肚量小，俺肚子大，咋地？"周围又是一阵哄笑。

卢王氏那么端庄的人，听见这话也是莞尔一笑，关荷捂了嘴笑得花枝乱颤，身边的丫鬟婆子早笑得直不起腰来。卢豫海有心讨母亲欢喜，便大步上前，来到长桌后，问："谁是李大柱？"

李大柱瓮声瓮气道："就是俺！"

卢豫海忍住笑道："你知道俺是谁吗？"

"你是卢家二爷，打会春馆老鸨子，跟自己身上玩儿刀的那个！"

大家都憋着不敢笑。卢豫海笑道："你一顿饭吃了几个包子？"

李大柱昂首道："不算稀的，三两的馒头得四五个，这包子不顶饥，也就十来个吧。"

所有人都笑出声来。卢豫海暗自称奇，道："二爷的话，你信不信？"

"二爷的话谁不信？谁不信俺撅了他的舌头！"

"好，这是一筐包子，足有百十个吧？你就可着劲造，能吃多少吃多少！"

李大柱二话不说，左右手齐下，每只手都拿了两个包子，跟嗑瓜子似的往嘴里一丢，没见他嘴里怎么嚼便咽了下去，眨眼间四个包子就没了！

众人都看得傻了，但见他喉头不停地蠕动，双手飞快地抓着包子，小肚子不一会儿就鼓了起来。这会儿再没人笑了，都直直地看着他，异口同声地数着："十六个，十七个，十八个……"正数到兴头上，一个老汉推开看热闹的挤了进来，照头就是一巴掌，叫道："叫你嘴馋！丢人败家的兔崽子！"

李大柱抓住最后的机会又塞了俩包子进嘴里，含混道："爹！二爷叫俺吃的！"

老汉又羞又急道："二爷叫你死呢？"

李大柱挺着胸脯叫他爹打，憨声道："二爷拿伙计当人看，就是叫俺死，俺也不眨眼！"

卢豫海身子一震，忙示意几个人把老汉拦住，道："老伯别生气了！你儿子吃得多，干得多，身股涨得就快！有这么个好儿子是福气呀，你打他干什么？"

老汉哭笑不得道："二爷，乡下人不知好歹，让您见笑了！"

卢豫海笑道："什么乡下人不乡下人的，我们卢家也是烧窑伙计的出身！我光屁股满地爬的时候，各位里说不定还有人把过我撒尿拉屎呢！是不是？"

这下大家都笑开了，一个老汉擦着泪花道："可不是吗？我在董家老窑理和场那会儿，还真抱过你咧！二十年啦！"

卢豫海一脸诚挚的笑容："大柱哥为啥吃那么多？一句话，肉包子香！这不要钱的肉包子更香！说实话，我从小到大没吃过什么苦，可我见过吃苦的日子。各位都是老实巴交的伙计，一年到头也不见几回肉腥，能不馋吗？从今天起，不光是维世场，卢家老号五处窑场，每月开一次荤，过年再加一顿！家里有孩子的，把孩子领来一块儿吃，账都算到二爷我头上！"卢豫海的目光逐一扫过众人，朗声道："不过我也有一句话，二爷的包子好吃，也不能白吃！吃了包子该怎么着了？"

"好好烧窑！""拼命干活！"……

"对！"卢豫海咯咯一笑，道："你们好好干活，拿的是卢家的银子，吃的是二爷的包子，可涨了身股是你们自己的！二爷我替你们高兴！各位兄弟敞开了造，我还是那句话，统统管够！"

卢豫海在众人的欢呼声里回到工棚下，卢王氏早已激动得两眼噙泪，杨建凡和柴文烈也是钦佩地看着他。卢豫海站在母亲面前，像个孩子似的笑道："孩儿跟伙计们开个玩笑，逗母亲开心罢了。"

柴文烈叹服道："这哪儿是玩笑？神垕镇那么多窑场，就咱们卢家老号的伙计干劲儿最足，为什么？一个是身股制，一个是东家以诚相待！出门打听打听，东家请客开荤，夫人亲自送饭，这是伙计们天大的体面！人都图个脸面，二爷今天是给足了维世场面子了。"

杨建凡对卢王氏道："我以前老听大东家说留余，有一条是'留有余，不尽之财以还百姓'，一两千斤包子值几个钱？就是五处窑场都给，一万斤包子又值几个钱？大家子里设宴，一个套四宝就比一万斤包子值钱！可别小看这一万斤包子……李大柱说得好，就是二爷让他死，他连眼都不眨一下！民心啊！这就是民心！"

卢王氏笑着接过关荷递来的手绢，擦了擦眼泪道："你们别高抬豫海了，他就是这么个混世魔王的脾气！总是没个正经的……"她起身离座道："你们都快吃点吧，一会儿又要忙活了。我这就回钧兴堂去，一家子几十口人还没饭吃呢！"众人纷纷笑起来，送卢王氏一行。

卢王氏走到维世场大门口，对关荷低声道："好生照顾二爷，晚上给他安顿好，早点回家！"关荷忙应了一声，扶她上了马车，自己回到卢豫海身后。众人看着卢王氏等人上了乾鸣山，这才转身回到维世场里。

3 我自风流我自嗔

卢豫海在维世场一待就是一月有余，除了跟杨建凡一起研习宋钧烧制，还琢磨出不少窑场管理良策，跟杨建凡、柴文烈等人商议之后便付诸实践，无不是效果良好。一时间卢家老号气象一新，生机勃勃。别的窑场都是一到收工的点就没了人，可卢家老号的窑场里，伙计竟是得撵着才肯走。天落黑了，杨建凡和柴文烈还在卢豫海住的房里商量着事情。杨建凡见关荷端了一大碗烩面进来，便起身道："二爷吃饭吧，我跟老柴也该回家了。关荷姑娘什么时候走？用不用我派人送送？"

卢豫海笑道："你们赶快走吧，一会儿老平就该来了，每天都是他来接关荷的。"

杨建凡和柴文烈都是一笑，抱拳告辞出去。关荷看他们远去了，便笑起来。卢豫海埋头吃着烩面，奇怪道："你笑什么？"

关荷笑道："你没发现吗？现在大家都不叫你二少爷了，改口叫二爷，你知道为什么吗？"

卢豫海倒真没在意过这些，就笑道："你说呢？"

"因为你长大了，有出息了，不是以前那个少不更事的毛孩子了，'少'字也就叫不出来啦！"

卢豫海咕咕咚咚喝完了最后一口汤，心满意足道："还是你做的烩面香……嗨，我才不管他们怎么叫我呢，不过是个名儿罢了。你想让别人怎么称呼？叫你二少奶奶吗？"

关荷却不像以前那样跟他斗嘴，而是苦笑一声，收起了碗，轻声叹道："二爷别拿我开心了。我就是个丫头的命……二少奶奶是司画妹妹，老爷夫人都见过陈家的长辈了，谈得挺好，说是老爷从京城回来就下聘定亲。"

卢豫海瞪目道："我怎么不知道？"

"你是卢家的二爷，卢家锦衣玉食地养活你成人，眼下卢家要你找个门当户对的二少奶奶，你能不听话吗？我也不敢奢望别的，就怕你跟司画妹妹成亲了，夫人又得把我收回去……我倒不是不肯，只是……"关荷忽地发现话说得太多了，就及时收了口，再不说下去。

卢豫海愣了半晌，道："你是不肯离开我，是不是？"

关荷背对着他，一边洗碗，一边道："司画妹妹跟以前不同了，你没瞧出来吗？心机怕是比我还多呢！上次她到钧兴堂寻你，听说你在窑场，是我跟着你伺候，还偷偷找夫人哭了一回……我原想着伺候二爷一辈子呢，看来司画妹妹却不是这么想，我还是……"

卢豫海猛地站起来，从后面抱住她道："我就是不许你走！夫人那边我去说，只要你打定了主意！"

关荷拼命挣扎着，低声道："二爷，有人来了！"

卢豫海笑道："窑场都收工了，除了把门的人，哪儿还有人？就是有，他们也不敢到这儿来。"

关荷被他抱得喘不过气，又不敢叫出声，只能无声地挣扎着，却被他越抱越紧。卢豫海看见她白皙如玉的脖子，脑子一热，用力亲了下去。关荷低低地呻吟了一声，再也无力反抗。她抓住最后一丝清醒，急中生智道："是老平！"

卢豫海吓得立马松了手，两大步跳得远远的。侧耳静听，门外寂寥无人，哪儿有老平的影子？这才意识到中计。关荷见他吓得如此模样，禁不住笑道："一听见老平来了就吓成这个样子，还逞能呢。"

卢豫海不无颓然地坐下去，叹道："这可怎么办好？我总不能生生地看着你走啊。相处这么多年了，一听你要走，我这心里跟掉进冰窖似的。真惹恼了我，索性去跟母亲说个明白，就说我离不开你！要是你不在我身边，我谁都不娶！"

关荷没接他的话，靠在灶台上，整理着衣衫，若有所思道："前些日子见了大少奶奶，听她说当初大少爷也是海誓山盟，可老爷夫人死活不同意，他们两个一个喝了毒酒，一个咬断了血管……"

卢豫海打断她道："你跟大嫂不同，你虽说是个丫头的身份，好歹也是良家女子。这么多年了，你还看不出来我是个怎样的人吗？我何曾因为你是丫头就有丝毫瞧不起你的意思？话说回来，大嫂那样的身份，我爹娘不照样认了？你又何必在这件事上苦恼？"关荷垂头不语，满腹的心事搅在一处竟是黑压压的沉重。两人再也不说话，都在想着心事。不久老平赶车到了，接走了关荷。卢豫海看着马车离开维世场，心里难过不已，在空空荡荡的场子里来回逡巡，一腔愁绪竟是丝毫没有化解。

卢豫海心烦意乱地走到护场队的房里，几个家丁正围着炉子烤红薯吃，见他进来都是一怔。领班的头目忙起身道："二爷是来查岗？护场队一共八个兄弟，三个出去巡场子了，其余五个都在这儿。"

四个铁塔般的汉子站了起来，瓮声道："听二爷差遣！"

卢豫海愣了半天，憋出来几个字道："有酒吗？"

头目笑道："天儿冷，柴大相公特意给了一坛酒暖身子的，来，给二爷热酒！"

卢豫海坐在炉前，火焰高高地窜着，众人都站在他身旁，不敢就座。卢豫海闻到了烤红薯的香味，粗声粗气道："愣着干啥，吃啊！"大家这才笑着各自找位置坐下。

不一会儿酒烫好了，正是本地的烧刀子烈酒，屋里到处弥漫着辛辣的酒香。卢豫海接过一碗酒，想也没想就一饮而尽。几个护场的伙计都愣了。烧刀子酒性极烈，小口抿着尚觉得辣嘴呛肺，何况是如此豪饮？

卢豫海抹了抹嘴，道："再来一碗！"伙计们只好满满地给他倒上，卢豫海又是一口喝干。伙计们再不敢由着他的性子来，卢豫海叫道："怎么，二爷喝不得你们的酒吗？"他站起来去抓酒壶，脚下一软，一头跌倒在地。伙计们见他口气不小，才饮了两碗就醉了，嘴里却还不甘示弱，有心想笑又不敢笑，只得七手八脚地把他抬回房里，特意留了个伙计看着他。卢豫海在醉意里兀自大呼小叫不止，一会儿喊着"关荷"，一会儿喊着"司画"，足足折腾了半个时辰，这才力竭睡去。

次日，整整一天的工夫，卢豫海都是无精打采，做什么都提不起兴致。杨建凡以为他这些日子劳累过度，也不忍心说他。唯有关荷知道他的心事缘起，可即便是知道又能如何，只有背地里掉些眼泪而已。两人见了面也是各自沉默，几多衷肠、几许无奈全化成一个眼神、两声叹息了，又何必说出来徒增怅惘。

一到了十月末，神垕就算是进了雨季，一年里最好的烧窑季节也就过去了。下午，天空突然乌云大作，云涛翻涌，把神垕镇压得严严实实，空气里阴郁得伸手能抓出把水来。杨建凡见惯了不测风云，立即通知各处窑场收工护料。窑场烧窑，靠的是煤和柴，这两样东西一旦泡了雨水，烧窑时火候便更不易控制。古谚说得好，"湿水柴火莫进窑，烧一窑，毁一窑"，因此各个窑场最怕的就是下雨。

维世场今年生意不错，旺季里为了保证烧窑所需，高价从南山煤场、东山林场买来大批的煤和柴，还剩下不少，在空场上堆积如山。眼看就是一场瓢泼大雨，真给毁了谁担当得起？

柴文烈顿时慌了手脚，杨建凡也是急得跳着脚骂娘。维世场里人手虽多，可这会儿都在各自承包的窑前窑后忙着，平时护料的就那么十几个人，两座小山似的煤柴两个时辰也运不完！

杨建凡情急之下，顾不上柴文烈的面子，跳脚大骂道："你干什么吃的？这么多料，怎么不早藏起来？你们烧不完，让总号调配给其他窑场多好！你就等着减你的身股吧！"柴文烈苍白了脸，把辫子绕在脖子上，推了把小车就去运料。

卢豫海猛地上前拉住他，道："老柴，你是大相公，这不是你干的活儿！"

柴文烈的声音里带了哭腔："二爷，我办砸了差事，我认罚！大东家那么信任我，我推一车不是少淋一车吗？"

卢豫海厉声道："愚蠢之至！你办砸了差事，罚是肯定的！"说罢，他拉着柴文烈直奔高台，放声吼道："所有人都听了！手里的活儿都停下来，到二爷这儿集合！二爷又要给大家发银子了！"

千把号人面面相觑，虽然不知道卢豫海在讲什么，却都不敢怠慢，顷刻间从四面八方涌到高台下。杨建凡和柴文烈闻言也是愕然。卢豫海一笑，指着空场上的料堆道："大家瞅好了，那边堆的全是煤料和柴料，我要你们每人都去抱一点，等雨停了，只要是没沾上水的，二爷我拿现钱论斤收购！"

窑工们听得糊里糊涂，煤柴原本就是场里的，哪儿有自己掏钱买自家东西的？杨建凡听到这里心中已是雪亮，暗暗佩服卢豫海临危不乱，上前喊道："二爷发话了，你们还愣着干什么？话听懂了吗？只要不沾水，能拿多少拿多少！拿的都是银子！"

这下子谁都听明白了，一个个摩拳擦掌，嗷嗷叫着朝空场那边冲了过去。柴文烈看得张口结舌，杨建凡又骂道："你还傻站着干什么，快去维持秩序！别抢出乱子来！"柴文烈如梦初醒，领着十几个相公赶了过去。两堆料看着虽多，也架不住上千号人的疯抢，不一会儿就见了底儿。窑工们牢记杨建凡的提醒，趁着雨还没下，各自找地方躲了起来，老母鸡护小鸡似的死死地看着抢来的料。这哪儿是料，分明全是现钱啊！

卢豫海心里松了口气，对一脸乌黑、羞愧难当的柴文烈道："老柴，你刚才急什么？不就是两堆料吗？毁了就毁了，差事办砸了就认罚，长个教训就是。你瞧你手忙脚乱的模样，让伙计们看见不笑话吗？不是说不能犯错，知道错了，脑子不能懵！可你推了个小车就上了，忘了去组织人手抢运，这是最大的失职！卢家聘你做的是大相公，不是聘你做运料的伙计！你说，凭这个减你半厘身股亏不亏？"

柴文烈臊得简直无地自容，喃喃道："二爷教训得是，不亏！"

关荷和杨建凡也是头一回见卢豫海大发雷霆，把比他大两轮的柴文烈训得跟个孩子似的，都是暗自好笑。杨建凡上前劝道："二爷别生气了，老柴也是一心为了窑场。"关荷也走过去，借着递给他水葫芦的机会悄声道："好歹是个大相公，你给人家留点面子！大东家不还说'留余'吗？"

卢豫海今天第一次听见她说话，心里一热，便不再多说，仰脸猛灌了几口。就在这抬头的工夫，几滴枣子般大小的雨点砸了下来，激起地面上团团尘土。随即是一道夺目的闪电，把黑漆漆的天幕劈成两半。远处一个闷雷隆隆滚到头顶，骤然炸响，竟跟天崩地裂一般摄人心魄。大雨不像是洒下来的，倒像是有人蹲在云彩上，拿了盆子一盆盆浇下来的；到后来连浇也算不上了，如同天河决口直落九重，哪里还辨得出雨丝，到处是湍急的水幕！

关荷惊叫一声，浑身颤抖了起来，卢豫海一把抓了她的手，勉强睁着两眼，在大雨中下了高台。

等他们摸到房门口，却发现屋檐下站的全是伙计，一个个脱得精光，衣服全裹在煤和柴上。卢豫海和关荷周身上下再无一处干的地方。两人挤进了人群，关荷早羞得紧闭了双眼。卢豫海抹去脸上的雨水，对一个伙计道："你不怕冻着啊？脱得这么干净！"

伙计憨厚笑道："二爷，俺身子结实，这点雨算什么！就是去的太晚，没抢到多少东西。"

卢豫海笑骂道："有种！"众人纷纷肆无忌惮地大笑起来。卢豫海正笑着，只觉得手上一松，原来是关荷抽出了手，红着脸推门进屋去了。一个伙计眼睛直直道："二爷，身上沾了水俺才看出来，那是个女的！"卢豫海捶了他一拳，不顾身后哄然响起来的大笑，跟着关荷进了门，反手把门关上。

关荷松开了发髻，正拿了块毛巾擦头，见卢豫海闯进来，背过脸道："你进来做什么？"卢豫海笑道："我看你瞒得真是灵光，伙计们今天才发现你是个女儿身！"关荷下意识地低头，浑身衣服湿透了，原本宽大的衣服贴在身上，少女的玲珑曲线显露无遗，越发地窘了，恨恨道："你也跟他们一样，净瞧我的笑话！"

卢豫海笑着上前道："我哪儿跟他们一样？他们只能远远地看着，我却可以凑近了细细地瞧，不是吗？"说着坐在了关荷身边，手里拨弄着她湿漉漉的头发。

关荷的脸涨红了，知道外边站满了人，不能高声说话，只得悄声道："二爷，外边都是人呢！"

卢豫海哪里管得了那么多，凑得越发近了，道："你管他们做什么？他们还不是都听我的？我让他们听见，他们就听得见，不让他们听见……"他说着话，鼻孔嘴巴喷出的热气扑在关荷的脸颊上，像盆炭火般烧得她再也坐不住了。

关荷推开他站了起来，脸上动了怒气道："你以为我事事都听你的，连名声都不顾了吗？"

卢豫海眼睛盯在她胸前，再也离不开，只觉得浑身的血液都沸腾了起来。他还是第一次看到关荷青春袭人的身段。外衣紧紧附在身上，一道抹胸托着她的胸部，痕迹分外明显。关荷察觉到他如火的目光，顿时羞得转过身去，两手护住了胸脯。

卢豫海觉得口干舌燥，嘶哑道："关荷，你就不明白我的心吗？"

关荷心一软，苦笑道："二爷，你早晚要娶妻生子的，可惜那人不是我。你若是心里真有我，就该千方百计维护我的名声！丫头私通少爷，这本就是死罪了，你非要看着夫人动家法，把我卖到青楼妓院去吗？到了那时，我就是想伺候在你身边，怕是都不可能了！"

卢豫海呆呆地看着她，狠狠抽了自己一耳光，骂道："不要脸的东西，不知廉耻的东西！你就管不住你的性子吗？"

关荷垂头无语，两行眼泪早顺着脸颊淌落下来。两人不知静静地沉默了多久，直到杨建凡风风火火地推门进来，二人才发现外边已是风停雨住，天际赫然露出一道彩虹来。

卢豫海心事重重地出了门，杨建凡兀自兴奋道："二爷，全都保住了！要不是你急中生智，好几千两银子的料就全完了！"

卢豫海强笑道："如此甚好，答应伙计的务必要兑现！怎么个兑现法，你跟老柴商议去吧。"

杨建凡这才看出来异样，上下看着他，猛地道："二爷，你脸怎么这么红？是发烧了吗？"

卢豫海也忽地感觉到四肢绵软，全身的关节都霍霍地疼着，却还是口硬道："没事，就是刚才给雨淋了，不碍事的。"

杨建凡皱眉，伸手放在他额头，惊道："好热！你还说没事呢！"

卢豫海固执道："说没事就没事，咱们跟老柴去……"说着就朝外走。没走出几步，他便觉得眼前有什么光亮一晃，一句话没说出来就倒在了地上。

卢豫海醒过来，发现已经在钧兴堂自己的房中了。床头坐着一人，正拿着手绢擦泪，不是母亲还是谁？卢豫海吃力道："娘，你怎么在这儿？"

卢王氏一怔，泪珠儿一串串地掉了下来，良久才止住了眼泪，悲声道："你都烧了两天了，快把娘吓死了！你爹不在家，你若是出了什么好歹，落下个什么病根，我还怎么活啊。"

卢豫海强笑道："我这不是没事吗？"他朝四周瞅了瞅，脱口而出，"关荷呢？"

卢王氏的声音立刻变了个腔调，冷冷道："你管她做什么？她不在这儿。"

卢豫海被母亲的声音激得冒出一身冷汗，坐起来追问："她在哪儿？"

卢王氏的表情冷若冰霜，斩钉截铁道："我把她调到我房里了，从今以后，是冯妈在你房里伺候。"她瞥见卢豫海大惊失色的样子，冷笑道："你看我干什么？我是钧兴堂的夫人，是你亲娘，家里下人的调度我说了算，就是你爹都没话说！这次若不是她，你会得这场病吗？烧成这个样子，还'关荷''关荷'地喊着，家里的下人、请来的郎中都听见了，你把人都丢尽了！幸好你爹不在，要是给他听了去，还有关荷的命吗？"

卢豫海大口喘着气，道："那，那娘准备怎么处置她？"

"哼，你一个少爷，那么操一个丫头的心，这本身就可疑！我实话告诉你，关荷年纪也不小了，我这个月就找个人家，远远地把她嫁出去，再也别动做二少奶奶的心思！"

卢豫海被这当头一棒打蒙了，好半天才道："娘，你不能把她嫁出去！"

卢王氏怒气冲天道："反了你了！这个家是你当还是我当？你难道真要娶一个丫头当太太？你大哥豫川娶了个歌妓，多少人在背地里讥讽卢家！你还想娶个丫头，非得让卢家在神垕站不住脚才肯罢休？"

卢豫海混乱不堪的脑子里忽然灵光一闪，不顾一切道："可，可关荷已经是我的女人了！"

这下轮到卢王氏目瞪口呆了，她难以置信地看着儿子："你，你说什么？"

卢豫海再不容自己有丝毫退路，道："我，我把她睡了！就这么着！"

卢王氏扬手一个耳光打过去，咬牙切齿道："你再说一遍！"

卢豫海那股"拼命二郎"的无赖劲上来了，伸着脸让她打，嘴里仍是一连串道："睡了就是睡了，我敢做敢当，怕都有了身孕……"

只听见房门口有人哀唤了一声，撕心裂肺地痛哭起来。卢王氏气得停了手，走到门口把哭泣的人拉到他床前，大声道："你，你对得起她吗？"

陈司画哭得站都站不住了，伏在卢王氏肩头饮泣不止。卢豫海如同被人浇了一背的冷水，不敢去看陈司画伤心欲绝的模样，只是一味喃喃道："这，这……"

他刚才一时情急，只顾着阻挠卢王氏把关荷嫁出门，竟是一点儿都没想起这世上还有个对自己同样情有独钟的陈司画！无奈大话都说出去了，现在就是想收场，又有谁听得进去他说的呢？

卢王氏抚着陈司画的头，对卢豫海道："你以为你那么说，我就不敢动关荷了吗？你给我听好了，关荷若还是个姑娘的身子，好歹还能嫁个庄户人家；她若真是给你破了身子，我就把她卖到会春馆去！这都是你害的她，谁都赖不着！"

第十四章

CHUAN SHANHE
LANG TAO SHA

仇 家 ？ 亲 家 ？

1 有人欢喜有人泣

自宋代程朱理学兴盛以来，女子贞节变得异常重要。寡妇再嫁都要惹得满城风雨，对未婚女子的要求更是苛责无比。按照神垕镇的风俗，新婚之夜在新人床榻上铺一块白绢，若是有星星点点的落红，第二日便将白绢高挂在门口，以示娶了名副其实的黄花闺女，男方还要为此再摆上几桌酒席，接受街坊邻居的祝贺。若是挂不出来，便会引来一片风言风语，举家颜面扫地。

卢王氏之所以认定陈司画是二少奶奶的最佳人选，除了门当户对，还有一条就是看中了陈家诗书传世，家教甚严，想必陈司画未过门前不会做出伤风败俗的丑事。谁知就在两家长辈都暗许了此事，只等卢维章回来就下聘定亲的时候，卢豫海口口声声说他和关荷已经是陈仓暗渡了！

卢王氏万分震怒之下，却也是一时没了主意。卢维章此刻远在京城，一时半会儿根本回不来，即便是快马送信也要五六天才能打个来回，到时候黄花菜都凉了。卢王氏左思右想，让下人去卢豫川家，请来了大少奶奶苏文娟。

两人一见面，卢王氏再顾不得许多，当下一五一十地讲明了实情，苏文娟也是遽然变色。

卢王氏道："事情就是这样，大少奶奶，你说该怎么办？"

苏文娟是何等精明的人，已经多少猜到了卢王氏的想法，虽说心里实在不愿讲，也只好说："头一件事，就是查验一下关荷的身子！"

卢王氏一副愁眉不展的表情道："我也这么想，可究竟怎么能查出来呢？"

苏文娟脸色苍白道："第一个方法，就是让二爷和关荷进洞房！这是最方便的，是不是姑娘身子一试便知。"

卢王氏摇头道："这恐怕不行！关荷虽说是个丫头，可也是好人家的闺女，我瞧着她也不像是水性杨花的女子……若是豫海逞一时口舌之快，真让他们洞房了，又不能明媒正娶，这岂不是祸害了人家？卢家还有良心吗？"

苏文娟道："关荷心思重，如是想按这个法子做二少奶奶，卢家当年遭难的时候为何不这样？那时卢家人心惶惶，她真是趁乱勾引了二爷，夫人和老爷也就只好认了。可现在卢家如日中天，官府那边又是打点得顺畅，关荷断然不会这么傻！"

卢王氏终于讲出了真实想法："大少奶奶，我说句话，要是难听了些，你也不要怪罪我……"

苏文娟强颜一笑道："夫人这是哪里话？我以前在会春馆待过，卖艺不卖身，那个行里对这等事最忌讳不过，法子多着呢……"

卢王氏没想到她主动这么说，心里不由得也是难过得很。又见她说着说着，两行清泪跌落脸颊，自知不该提起这些伤心往事，却又实在是毫无办法。她只好掉泪道："文娟，我焉能不知道以你我现在的身份关系，重提旧事实属不该……大少奶奶，你是卢家的人，卢家眼下有了难处，既不能真让那两个冤家进洞房验证，又不能传得路人皆知，万般无奈，我只有求大少奶奶帮忙了！"

苏文娟最后一点退路也给她掐断了，只得擦泪道："这个我懂……夫人，除了入洞房，还有三个法子。头一个是守宫砂，那是一进青楼就要点上的，关荷自幼在卢家生长，自然是没有了。第二个就是鹦鹉血，取活鹦鹉身上的血，滴在女子的手背，若是凝成一团，便是守着贞节，若是朝两边滚动，便不是姑娘身子了。第三个最让人难堪，在缸中铺满香灰，女子赤了下身坐在缸上，让她说话出气。若是黄花的身子，香灰纹丝不动，若是破身的女子，香灰便会吹拂变样……"

卢王氏知道她能说这些，心中定是痛苦难耐，打断她道："好了，你莫要多说，这已是十分不易了……"

苏文娟摇头道："可是夫人，这三个法子其实全都是牵强附会，不知害了多少女子！要说有用没用，那就要看人心里是怎么想的了……这最根本的法子还是入洞房！不过眼下这又是行不通的法子……"

卢王氏不忍再让她说下去，便道："好了，后两个法子足够了！你让下人去准备吧，明天就给关荷验身子！"

人生不如意事常八九。卢王氏一心要把此事压下去，不让家丑外扬，但偏偏事与愿违。她刚刚让人把验身子的东西备齐，钧兴堂里便来了个不速之客，点名要见卢家管事的。卢维章进京未归，卢豫海又被卢王氏锁在厢房，如今能出面待客的就只有卢王氏了。可此时她哪儿有心情在这个节骨眼上分心，便让老平前去打发。不料没过多久，老平气喘吁吁地回来复命道："夫人，那人不肯走！"

卢王氏愣道："卢家跟他的事情早就了解了，白纸黑字的契约还在呢，他为什么不肯走？"

老平掏出一个信封道："梁少宁说了，夫人一看这张纸就明白了，肯定会见他。"

卢王氏拆信一阅，脸色顿时惨白起来，信上只有两个大字：关荷！

卢王氏跌坐在椅子上，呆了许久才道："梁少宁呢？"

老平看得傻眼道："就在前堂正厅坐着呢！"

卢王氏腾地站起道："你把他叫到后院老爷书房，让他在院子里等我！"

卢王氏待了一阵，这才起身去书房。她见老平守在门口，便道："你好生看着，谁都不许进，你也是只许听，不许插话，知道了吗？"

老平唯唯诺诺地应了一声。卢王氏反手关了门，刚平静了一下心绪，那边梁少宁早拱手迎了上来道："少宁见过卢夫人！"

卢王氏哼了一声，走到小院的石椅边坐下，冷笑道："梁大东家有话便说吧。"

梁少宁是有名的厚脸皮，见她连让座的意思都没有，也不尴尬，便站着道："少宁冒昧前来，实在是唐突了，请夫人恕罪！若非家父病重，危在旦夕，少宁说什么也得等到卢大东家回来才登门的！"

卢王氏大出意外，斟酌道："贵府老太爷身子不好，你该去找郎中啊？你来钧兴堂究竟是为了什么？"

梁少宁苦笑道："夫人，这灵丹妙药就在府上！我此来没别的意思，就是恳求夫人看在卢家和梁家以往的情面上，将小女关荷送回梁家，让我爹临死之前看看他的外孙女！还请夫人成人之美！"

卢王氏惊得手脚冰凉："你，你说关荷是你女儿？"

"正是！夫人如若不信，可去问问豫川大少爷……"

梁少宁这回真是急坏了。梁家老太爷梁奇生今年足有九十岁，不问生意倒也罢了，偏偏这十几年里一门心思都信了佛，病重的时候当众立下遗嘱，若是梁少宁无后，所有家产都捐给佛祖，自家一分不留！梁少宁哪里肯干，顾不得卢豫川跟他许下的期限，连招呼都没跟他和董家打，自己便找上门要闺女来了！

梁少宁浑身一无是处，就仗着嘴皮子伶俐，当下连脸面都不去管，竹筒倒豆子般把二十年前跟董定云的私情、卢豫川买下关荷、老爷子立的遗嘱等事讲述一遍，最后痛哭流涕道："夫人，我这人是窝囊废一个，要是连那么点家产都捐给了佛祖，那我们全家还吃什么？一人一根绳子都买不起，轮流上吊，死了得了！夫人大恩大德，就让关荷跟我走吧！哪怕是见过我爹再送回来呢？夫人您就当行行好吧！"说到这儿，梁少宁扑通一声跪在卢王氏前面，伏地号啕大哭起来。

卢王氏怎么也想不到会有这样的变故，愣了好半天一语不发，脑海中一片空白。梁少宁抬头道："夫人，怎么说我也是往六十上奔的人了，要不是实在没了办法，我跟您这儿丢人现眼的干什么？要是夫人不答应，我一头撞死拉倒！反正左右都是个死，还给佛祖省了根绳子钱……"

卢王氏长叹一声道："你，你冷静一下……这么大的事，还牵连到董家，我一个妇道人家又怎么做得了主？我这就往京城送信，让我家老爷速速回来主持大局，你看好吗？"

梁少宁呆坐在地上想了想，卢王氏说得句句在理，这事也只有卢维章发话才能算数。卢王氏今天没把事情一口回绝，实属不易，他还能奢求什么？梁少宁擦泪起身，伸出一个巴掌道："五天！从京城到神垕，说什么五天也该回来了，五天之后，我领着梁家所有人跪在钧兴堂门口，要是要不回闺女，我们全家便撞死在那对石狮子上头！……爹啊，你这不是活活逼死你儿子吗？还普度众生呢，您先普度普度儿子我吧……"

梁少宁一路哀号着，自己推门出了院子。卢王氏兀自坐在石椅上发呆，老平蹑手蹑脚地走近了，试探道："夫人，您看……"

卢王氏连连摇头，叹道："你都听到了吧？你这就去京城，无论如何也得把老爷请回来！"

老平小心翼翼道："那关荷跟二少爷的事……"

卢王氏忽然大声道："说，都给他说！他自己的儿子，是杀是剐他自己拿主意！"说到最后，已是声嘶力竭的口气。老平吓得一哆嗦，连连点头，返身冲了出去。

梁少宁到底是个干过大事的，心思比常人灵动得多。他知道要闺女这件事比登天都难，从钧兴堂回来一到家，就把府里的人都叫了过来，让他们四处放出风声，要把关荷的身世来由弄得人所共知。梁少宁这回是豁出去了，不管卢维章是什么打算，不管董振魁是什么反应，先造成既成事实再说。梁家的人没别的能耐，四房夫人"窝里斗"了二十多年，上上下下一个个都学会了挑拨是非、添油加醋的本事。不到两天的功夫，神垕镇里谁不知道卢家的丫头关荷是梁少宁的私生女，董家老太爷董振魁是关荷的亲外公，董克温、董克良是关荷的亲舅舅！

消息传到董家，立刻引起一场轩然大波。董振魁气得连摔了七八个杯子，刚从京城回来的董克良不知从哪儿弄了杆鸟枪，口口声声非要亲手杀了梁少宁，替姐姐董定云讨个清白不可。这件事的底细董克温最明白不过，他也没想到明明把关荷卖到了开封府，怎么会被卢豫川买了去？父子三人聚在董振魁的书房。董克良抱着鸟枪叫道："爹，你还犹豫什么？梁少宁分明是有意败坏董家的名声，我这就去杀了他，就是官府追究下来，也不是咱的错！"

董振魁和董克温互相看了一眼，谁都没吭声。他们心里跟明镜儿似的，这件事毕竟是董家大小姐董定云私相授受，梁少宁都认了，董家就是矢口否认，能说清楚吗？不然董定云离奇失踪又该怎么解释？何况关荷的长相、气质跟董定云如出一辙，想不认都不行！董克良见父亲兄长都不说话，以为是得到了默许，扛着鸟枪就往外走。董振魁失声道："老二！"

董克良咬牙切齿道："父亲放心，我一定要了梁少宁的狗命！"

董克温叫道："你充什么好汉！"趁他一愣神的工夫，冷不防伸手把鸟枪夺了下来。董克良意识到了什么，叫道："怎么，难道大姐真的……"董振魁面如死灰道："她不是你姐！她不是董家的子孙！"

董克良这才明白原来外边的传闻竟是真的，不由得怒气冲天道："果真如此！我非杀了梁少宁不可！"

董克温拦住他劝道："梁少宁算什么杂种？值得你跟他拼命？你还是老老实实坐着，一切都听爹的！"

董振魁看着两个儿子，颓然叹道："家门不幸，出此丑事……我原以为过去了这么多年，谁都不记得了，如今又给梁少宁翻了出来！唉，去年他承办钧兴堂，是我给他的主意，我不但想趁机收买了卢豫川，还有一个心思，就是想让梁少宁爬得越高，摔得越重，让他活活摔死了，好给定云报仇！可他居然没摔死，这是故意寻咱们的晦气啊……都怪我一时意气，不该去捅这个是非……"

董克温道："爹，事情都这样了，想这些有什么用？眼下当务之急是如何妥善处理好此事，把董家受到的冲击降到最低！"

"不光是董家受冲击，难堪的还有卢家。"董克良平静了一下，大声道："此事虽是因大姐和梁少宁而起，但弄到如今不可收拾的局面，罪魁祸首还是卢豫川！卢维章回来了，不管他认不认这件事，卢豫川都少不了受罚。何况我还听说，卢家叔侄因为泄露秘法的事，已经是水火不容了，要说乱，首先乱起来的也是他们卢家，董家反而能趁乱渔利！"

董振魁深邃的眼睛里波光一闪，道："老二说得有道理。你们传下话去，董家的人对关荷这件事不知道、不清楚、不掺和！我要等卢维章做了决断后再做打算。要是他放关荷去梁家，咱们就中途把关荷劫过来，反正是姥爷想外孙女，谁都不敢说什么！要是卢维章他不认，咱们更好办，只当梁少宁统统是在胡说，反正风言风语有卢家替咱扛着呢！"

董家父子定下对策，安心等待卢家的态度。不但董家、梁家翘首盼着卢维章回来，神垕镇的人谁不想知道这牵扯到董、梁、卢三个名门望族的风流官司究竟会是如何收场？一时间，镇上街头巷尾，凡是有人的地方都在议论此案，大有黑云压城城欲摧之势。

在卢家，这件事的主导人物无疑就两个：一个是卢维章，想必此时正风尘仆仆地往神垕赶；另一个却是谪居一隅、时刻待机而动的卢豫川了。

家里发生这样的大事，卢豫川自然是洞若观火。苏文娟离开了钧兴堂到家后，一五一十地把关荷同卢豫海的事讲给了卢豫川，他只是冷笑了几声，道："早晚要出的事，有什么可吃惊的？"

苏文娟知道他对卢维章夫妇有一肚子又悔又恨的牢骚，也只有苦笑几声，不再多言。可梁少宁叫门讨闺女、关荷的身世真相大白后，卢豫川的表现有些出人意料。他现在是个闭门不出的人，凡事都让苏文娟出面去打听。他详细地听了各家的态度，静默了良久，两行眼泪无声地涌出。

苏文娟顿时慌了，忙道："大少爷，你不要难过，你已经离开钧兴堂了，老爷还能再如何罚你？"

卢豫川擦了眼泪，居然笑道："妇人之见，何其愚也！叔叔不但不会罚我，他还要把我请进钧兴堂，让我出面主事呢！想不到啊想不到，我当年灵机一动，居然埋下了如此精彩的伏笔！"

苏文娟不解道："大少爷，老爷知道了关荷是你买进卢家的，难道不会罚你吗？"

卢豫川笑道："按家法自然是要罚的，可真的按了家法，头一个受罚的是豫海！叔叔的身子骨眼看着不行了，原本指望豫海能独当一面，可眼下豫海犯的是私通仇家之女的大罪，少不得要逐出家门！他这么一走，卢家的产业除了我还有谁能掌管？文娟，你放心，我虽然恨叔叔当初不对我明言，害我一时糊涂泄露了秘法，但在我心里，我对叔叔的敬重从来没有消减过。等我执掌了卢家，对叔叔、对婶子一定视若亲生父母，等叔叔撒手人寰，我还要把豫海接过来，我们一起把卢家的生意做得比天还大！"

苏文娟被他这番深藏不露的雄心深深震住了。一年多来，她总是担心卢豫川就此颓废下去，可她怎么也没想到，这个朝夕相处的枕边人还对卢家的产业时时不忘，还对生意热心如此！她一时不知是福是祸，道："大少爷，你还惦记着卢家的产业吗？"

卢豫川哂笑道："为何不惦记？就算卢家的产业不是我一个人的，总有我的份吧？叔叔都承认我的五成股份！我跟董家有不共戴天之仇，逼死我爹娘，陷害我坐牢，逼我泄露秘法，害得我差点儿家破人亡！这些大仇不报，我卢豫川枉为七尺男儿！"

"可你泄露了秘法，叔叔也没有把你逐出家门啊？难道他会因为关荷一个丫头，就把亲生儿子赶出去吗？"

"宽以待人，严于律己，这是叔叔的秉性。就算他舍不得儿子，下不了狠心，我跟豫海的罪过也是打了个平手，豫海一时半刻也没办法出面做生意了。这就是我的出头之日！"卢豫川兴奋地站了起来，在苏文娟面前来回踱步，忽地站住，惊道："不成！豫海跟关荷的事眼下还瞒在钧兴堂里，别人都还不知道！万一叔叔……文娟，你帮我做件事！"

苏文娟猜到了他的意思，坚决道："万万不可！你要我把豫海跟关荷的事捅出去，这万万不可！老爷夫人对我们那么好，关荷对咱们也一向恭敬，更不用说豫海时刻都在想着你了。你这么做，不是把豫海逼到绝路上吗？"

卢豫川气道："你跟我究竟是不是一条心？你不也是总盼着我振作吗？不也是总说要熬个出头之日吗？我告诉你，出头之日近在眼前！要是错过了，怕是一生再也没这个机会了！一旦豫海逃脱了罪罚，就算他将来主事了，重新起用我，做到天上去也不过是个老相公。文娟，难道你就看不出来，我这几年吃亏就吃在不是掌门人上！要么终生寂寞、碌碌无为，要么直捣黄龙、唯我独尊！否则大权旁落，我的抱负就是再大又有何用……文娟，你忍心看着我一死才痛快？"

苏文娟呆呆地看着他，半晌才下了决心，叹道："你是我此生最爱的人，为了你我不惜去死，还在乎什么名声吗？就是去害人遭天谴，我也愿为你去做……"

卢豫川心里一软，抚着她的脸颊，轻声道："文娟，你这不是害人，你这是帮我……你放心，等我重新回到钧兴堂，对叔叔一家人都按你的意思办，好好替你还了这笔债……"苏文娟再也说不出话，无力地倒在他怀里，串串泪珠洒落前襟。

卢维章回到神垕，正是吃中午饭的时候。神垕镇的人都端着碗，三五成群地聚在一处赶饭场。最新的消息刚刚传到众人耳朵里，原来梁少宁跟董定云的私生女关荷居然跟卢家二少爷卢豫海私通，肚子都大了！真是风流代代传啊，有什么样的娘就有什么样的闺女。也怪不得这些日子没看见卢豫海在镇上露面了，想必已经用了家法吧？这个消息跟烈火浇油似的，眨眼间传遍全镇。

卢维章的马车在钧兴堂门口刚一停下，立刻引来了众人的目光。老平第一个跳下车，却没见卢维章的影子。不大一会儿工夫，老平从钧兴堂跑了出来，几个下人抬着个门板跟在后边，众人的心都提到了嗓子眼。车帘掀起，下人们七手八脚地抬下来一个人，放在门板上抬进了钧兴堂，卢家大门随之紧闭。

卢维章病倒了！卢维章是让人抬进家门的！

这个消息立即不胫而走。全镇都被这几天一个接一个的新闻惊到了。董振魁听说了卢维章的病情，不像董克温那么幸灾乐祸，反倒是愣了一阵，喟然一叹："儿女不成器，最难过的，还是爹娘啊。"董克温不禁想起当年董定云事发之际，董振魁气得昏厥的场面，也是再笑不出来了。

钧兴堂上下没几个人见到卢维章，他一进家门就被抬到了后宅卢王氏的房里。卢维章谁都没召见，只让老平通知苗文乡、杨建凡两人速来钧兴堂议事。下人们都知道府里出了大事，大东家一定是跟两个老相公商量对策。旁人不许踏入后宅一步，连茶水都是卢王氏亲自进出伺候。

这场谈话一直持续到天色落黑，老平的脸色跟黑黢黢的天幕一样。他从后宅奔了出来，显然是奉了急令。不多时，一年多没出现在钧兴堂的大少爷卢豫川跟着老平身后，急匆匆地走进了后宅。

卢豫川忐忑不安地推门进去，一眼看见卢维章躺在床上，立即快走几步跪倒道："叔叔，豫川来了。"

卢维章此次进京之前就病得不轻，再加上一路风餐露宿，此刻早已是连身子都坐不起来了。他在卢王氏的搀扶下才勉强坐起，虚弱不堪道："是豫川啊，快起来吧。"

卢豫川想起叔叔对自己千万般好处，泪水夺目而出道："叔叔怎么病成这个样子？没按时服药吗？"

苗文乡和杨建凡都是眼圈通红，见卢豫川长跪不起，上来扶起他道："大少爷不要难过，大东家还有要事嘱托呢。"

卢豫川心里咚咚直跳，强压住心思坐了下去。卢维章靠在床头，脸色病态地潮红着，道："豫川，家里发生的事你大约都知道了。关荷是你买进来的，你是一片救人的好心，我也不怪罪于你……我现在只问你一句话，关荷真的是梁少宁跟董定云的私生女吗？"

卢豫川肃然道："此事千真万确，不过只有豫川知道底细！叔叔若是想不认，豫川就一口咬定梁少宁是无中生有！"

卢维章苦笑，幽幽叹道："这么说来，关荷还真是董家和梁家的种了。事实如此，我也没什么好说的。关荷是个孽种不假，但她是在钧兴堂长大成人的，抛却出身，也算是个良家女子了。豫海他色胆包天，竟看上了一个丫头，还做出了丑事，这才是让我痛心疾首的地方！我跟两位老相公商量过了，也问过你婶子的意思。我打算认下这门亲事，豫海既然祸害了人家闺女，翻脸不认账，这对不起人家闺女，也绝不是我们卢家的做派。亲事我认了，但家法不能改！豫海是不能再待在神屋了，我已决定把他们两口子逐出家门！什么时候有出息了，把丢的脸面挣回来了，再让他回来。"

卢豫川惊道："叔叔此言差矣！豫海毕竟还年轻，你这么赶他们出去，跟让他们去送死有什么区别？再说，叔叔大病在身，我又是戴罪之人，豫海这一走，谁来主持大局？"

卢维章微微一笑："你啊。"

"这……侄儿犯了大罪，承蒙叔叔开恩，没有被逐出家门，这一年来闭门思过，后悔不已。让我这么一个上对不起朝廷、下对不起卢家的人出面主持大局，谁能心服口服？名不正则言不顺！何况豫川自出狱以来心灰意冷，诸事皆不如意，连儿子都夭折了……今天的豫川已经不是当初的豫川了，做生意的心思早已灰飞烟灭，请恕豫川不敢受命！"

卢维章摇摇头，一语中的道："你说你后悔不已，我信你；你说你今非昔比，我也信你；可你说你无心再做生意，我却是根本不信！你是我看着长大的，我怎么不明白你……"

卢豫川不作声了，卢维章看了他一眼，继续道："你是卢家子孙，你犯了罪过，我也惩罚过了。你心里对我又悔又恨的意思我再清楚不过……去年你自请逐出家门，我没答应你，可你就是嘴上不说，心里对我的怨恨也少不了的……你莫要辩解。不过你想想，我要是真的容不下你，早就把背叛祖宗的事公开了，可眼下全镇除了董家和梁少宁谁还知道你泄露秘法的事？没有吧？我知道你一心都在生意上，就给你留了条后路，一旦你真心悔改，我就重新起用你，你还是钧兴堂卢家老号的接班人！眼下卢家有难，是要你出面挽回局面的时刻。你若是还有卢家子孙的血气，就得挺身而出，替叔叔、替卢家执掌生意。你若执意不肯，莫非是要我这垂死之人亲自给你下跪、求你出手相助吗？"

苗文乡最不愿看到卢豫川卷土重来，刚才他再三苦谏，卢维章只是摇头坚拒。眼看卢豫川入主钧兴堂大局已定，他就是再不愿意也无可奈何了。他听见卢维章这番话，抹了把老泪道："大少爷，现在不是推托的时候！大东家是为了卢家的声誉才赶走二少爷的，这个关键时刻你不出头，还有谁能出头？"

杨建凡闻言也是一阵劝导。卢豫川这才跪倒在地道："叔叔，豫川再不答应，就是不孝了！不过我有一个条件，求叔叔务必应准，否则豫川甘愿一死也绝不出山！"

卢维章盯着他，道："除了豫海的事，什么都答应你！"

卢豫川叩头道："侄儿说的就是豫海！侄儿一时糊涂泄露了卢家秘法，这是天大的罪过，叔叔尚且没把我逐出家门。豫海私通仇家女，同样也是一时糊涂，同样的罪过，不一样的惩罚，卢家人怎会心服？若叔叔执意要赶豫海走，您就把他赶到汴号或是随便哪一家分号算了，豫海做生意是把好手，不能就这么把他赶走！"

杨建凡立刻道："大少爷说的对！赶出神垕就足够了，何必非要逼得二爷走投无路呢？"

苗文乡更是剑走偏锋道："二爷毕竟是大东家亲生骨肉，就是大东家忍心，难道夫人会那么绝情吗？"

卢王氏的手一哆嗦，眼巴巴地看着卢维章，却是一句话都没说出口。卢维章虚弱地摆了摆手道："他要真是个人才，就没有走投无路这一说！要是个窝囊废，卢家留他又有何用？我心意已决，你们都别说了……夫人，后天就是梁少宁来要人的日子吧？事情太急了，你现在去准备，明天就给豫海办亲事！后天，当着梁少宁的面，让豫海他们两口子离开神垕！"

2　虽千万里吾往矣

出乎所有人的意料，卢维章回家的第二天，钧兴堂里不但没有鸡飞狗跳，反而张灯结彩、热热闹闹地办起了喜事！一打听才知道，卢家不但承认了关荷的身份，还要娶她进门做媳妇，连梁家、董家都接了卢家的帖子，要他们来赴婚宴！

众人开始还不信，直到一辆辆彩礼车队从卢家出来，浩浩荡荡朝禹州方向去了，这才明白卢大东家这回又玩儿了个绝的。事情明摆着，卢家二爷是不该招惹人家闺女，可梁家、董家的脸面又何在？不来赴宴，显得做贼心虚，来了无异于确认了当年的家丑，更是名声扫地。如果卢维章翻脸不认关荷，董家正好新账老账一块儿算，告卢豫海强奸民女，卢家岂不是雪上加霜？卢维章这一招不但化解了这个危机，维护了钧兴堂诚信为本的声誉，还顺势给了董家一记耳光。卢维章为人做事从不张扬，但每次出手都是惊人之举，可仔细想想，又无不是稳当周全，让人挑不出丝毫的毛病来，这才是大商之手笔！

卢家彩礼车队停在禹州城柿子园大街上，整整压了半条街，引得无数人围观。卢家的代表老平一身新衣，笑容满面地敲门求见亲家公。梁少宁眼看明天就到了五日之期，正在家里急得团团转，哪里料到卢家彩礼车队都到了家门口？仓促之下连嫁妆都来不及置办，只好临时从市面上买了点东西，亲自赶着车朝神垕而去。而帖子送到董家的时候，董振魁却没有梁少宁惊喜交加的心情，他默默地看罢帖子，递给董克温道："卢维章这是把老汉我架到炉子上烤啊……你们兄弟俩拿个主意吧，去，还是不去？"

董克温和董克良早知道了帖子的内容，互相看了一眼，谁都没说话。董振魁苦笑道："好歹你们俩也是关荷的舅舅，外甥女成亲，咱们能不去人吗？你们俩都不肯去，那就老汉我去丢这个脸吧！"他仰面长叹一声道："卢维章啊卢维章，你连儿子都不要了，算你狠……克温，让账房准备银票，算是董家出的陪嫁。大脸都丢了，这个小脸再也丢不起！"

傍晚时分，钧兴堂里锣声喧天，鼓乐齐鸣，万响的鞭炮也噼里啪啦响起来。正厅里座无虚席，董、梁两家的长辈和贵宾都坐在首席，卢维章和卢王氏穿了礼服，端坐在上座主位上。卢王氏盼着儿子成家立业盼了多少年了，眼下真的到了这一天，却是迥异于以往的期许，心里如同打翻了五味瓶，酸甜苦辣咸什么滋味都有。卢维章倒是精精神神地坐着，看不出一丝的病态。梁少宁以娘家人自居，以为此番计谋大功告成，跟钧兴堂卢家结了亲家，还用愁今后没好日子过吗？故而此刻他兴致勃勃地跟在老平身后，跑前跑后地张罗客人，俨然一副老丈人的模样了。

众人都看不惯梁少宁得志便猖狂的架势，又碍于今天是卢家办喜事，只是暗地里鄙薄地看着他，指指点点地议论。董振魁心情复杂地坐在首席。两个儿子都不肯来丢人，害得他孤身一人前来，心里本就苦不堪言；偏偏又听见四下里众人的议论，对梁少宁的反感越发厉害，便对身旁的小厮道："你把梁少宁叫过来。"小厮听命而去。

梁少宁自从办砸了钩兴堂，再没脸登董家的门，以为董振魁看在外孙女的面子上要跟他修好，自然是喜出望外地过来见礼。岂料董振魁一见他便道："有人说你是瘸子吗？"

梁少宁莫名其妙道："没，没人这么说啊。"

董振魁压着火气道："既然没人说你瘸，你这么招摇过市地做什么？这是人家卢家办喜事，关你什么事！好好坐着！"

梁少宁张口结舌道："关荷是我闺女，我是卢家的亲家啊。"

董振魁气得笑了："你还要脸不要脸了？坐下！"梁少宁这才意识到自己做得过了，只好颓然落座。

老平见客人差不多到齐了，便去跟卢维章低声说了几句，挺拔了身子喊道："各位亲朋好友！今天是我们卢家钩兴堂二少爷卢豫海大喜的日子，多谢各位莅临赏光！小的替老爷夫人谢谢各位！"说罢是深深一躬。正厅里掌声雷动。

有人扯了喉咙嚷道："新郎新娘呢？快出来接红包呀！"众人都是开怀大笑，纷纷附和起来。

老平朝四下拱手道："各位别着急呀，小的还有几句话没说呢！老爷夫人吩咐了，新郎新娘这段姻缘，不是奉了父母之命、媒妁之言，在理法规矩上多有亏欠之处。因此，在新人出来给诸位亲朋好友行礼之前，要先对两家的长辈忏悔告罪，圆了欠下的礼数！不知各位以为然否？"

老平这番话说得极为诚恳，众人虽没料到会有这么个插曲，细细思量之后也都觉得无可厚非。本来是一出丢人的丑事，经这么"忏悔告罪"之后，跟正经八百的婚事又有什么区别？也就是卢维章能想出这些花招来。

老平见众人点头称是，便笑着走到首席前，对董振魁道："董老太爷，您就请上座吧？"

梁少宁攒了半天的劲头，就等着露这个脸，却见老平丝毫没有请自己的意思，当下急得脱口而出道："我，那我呢？"

这句话说得声音很大，好多人都听得一清二楚。董振魁早站了起来，不无鄙夷地看了他一眼，昂首走到上座，朝卢维章夫妇一抱拳，撩袍坐下了。老平不慌不忙地对梁少宁道："对不住，老爷请的是董老太爷，至于梁大脓包……东家，好像没提您的名字呀？要不您上去问问？"

上座只摆了三把太师椅，眼下都坐了人，哪儿还有梁少宁的份？而梁大脓包的名声实在是响亮，老平刚才不知是有心还是无意，竟差点儿把这个名号也喊了出来。众人爆发出一阵醑畅淋漓的大笑。梁少宁就是脸皮再厚，也经不起这样的侮辱和不屑，怒道："我是新娘子的亲爹！你们卢家就这么欺负人吗？"

老平依旧是笑容满面道："不给您行礼，是我们二少奶奶、您亲闺女说的！您要是有心看热闹就坐着，要是觉得没趣，外边戏班子还没开场，您现在出去，还能抢个好位置呢！"

明眼人都看得出来，卢家这分明是有意刻薄梁少宁了。老平不过是一介管家，若不是卢维章的意思，他就是天大的胆子，也不敢这么明目张胆地讥讽！

上首席上的雷生雨哼了一声道："梁大脓包，别忘了给我也占个位置！"

梁少宁气得笑了，赌气道："我闺女成亲，我连看看都不许吗？我偏不走，就坐在这儿了！"众人又是一阵哄笑，做人做到这个份上，谁也不忍心再取笑他了。

老平见梁少宁服软，笑了一声，转身回到上座边，朗声道："两厢肃静！新郎新娘见过两家长辈！"

两个下人从一侧上来，在上座前放下两个蒲团，发出铿然两声响动。原来这蒲团也不寻常，并不是常见的草编裹棉，而是硬生生两块铁板！等两位新人出来，更是满座皆惊：卢豫海和关荷都没穿大红礼服，关荷头上顶着一块红布，穿的却是一身村妇的粗布衣服，而卢豫海则是祖露了脊梁，背上横七竖八全是鞭子的伤痕，肩头赫然捆着几根粗粝的荆条！

雷生雨张大了嘴，叹道："负荆请罪！老卢玩儿的这是哪儿一出啊！"在众人的惊讶声中，卢豫海和关荷跪在铁板上。董振魁实在没想到这样的场面，只得老眼微闭，不忍心再看下去。卢王氏手里的佛珠本来捻得飞快，此时也是戛然停下。

正厅里鸦雀无声，卢维章悠悠发话道："卢豫海，你知错吗？"

"孩儿知道错了！"

"关荷，你知错吗？"

"媳妇知道错了！"

"向你外公认错吧。"

两人朝董振魁深深叩头下去，道："孩儿给外公认错！"

董振魁听见关荷的声音，如同董定云就跪在眼前，两行老泪忍了多时，此刻终于跌落下来。他颤声道："知道错了就好……"说完了这句，他竟是再也讲不出话来，只是一再摇头。

卢维章大病在身，虚弱道："你们二人，一个是主，一个是仆，主仆私通，伤风败俗！我们两家的长辈，深深以你们二人为耻……今天成全了你们，问心有愧，上无颜面对祖宗，下无颜面对乡邻。集九州之金铁，难以铸成如今之大错！你们既然说知道错了，怎么弥补过错，有什么打算吗？"

这几句犀利、刻薄至极的话，哪里像是父母在儿女的喜宴上说的？众人听得真真切切，全都是骇然变色、悚然心惊。一听见卢维章要卢豫海自请处罚，一个个更是竖直了耳朵。

卢豫海长叹道："孩儿大罪在身，自知万难在神垕立足。孩儿自请逐出家门，从此自生自灭，所作所为跟卢家再不相干！"

卢维章点头道："关荷，你愿意吗？"

关荷的脸被红布盖着，声音虽然颤抖，却也是斩钉截铁道："媳妇与丈夫生死一处，绝无怨言！"

正厅里不下二十桌酒席，一百多个人听得惊心动魄——这哪儿还是办喜事，简直就是动家法的场面！众人心里咚咚直跳，全都盯紧了卢维章。卢维章颤巍巍站了起来，朝众人一揖道："各位亲朋好友，常言道：国有国法，家有家规。维章今天这么做，出于无奈，扫了诸位的兴，请大家海涵。卢豫海刚才说的话，想必大家都听到了，这是他心甘情愿的，我身为卢家钧兴堂的掌门人，在此准了他的心意！……然，子不教，父之过，维章教子无方，罪无可赦，情无可原，错无可恕！愧对列祖列宗，让卢家蒙羞受辱，无颜再忝为掌门人。从今往后，维章闭门思过，卢家日常大小事务由少东家卢豫川暂为主持，万望诸位同侪商伙看在以往的情分上，继续支持卢家钧兴堂的生意！"

说罢，卢维章深深一揖到地，良久才直起身子，对卢豫海和关荷道："你们向诸位亲朋好友行礼吧。"

卢豫海强忍着刻骨铭心的痛楚，领着关荷向众人行了大礼。老平擦了擦眼泪，道："吉时已到，两厢动乐！新郎新娘一拜天地，跪……"

旁边上来一男一女两个下人，给卢豫海和关荷披上火红的礼服，两人重新跪倒在铁板上，叩头下去。老平嗓子都变了腔调："得劲了……起……"

两人站起来，老平继续道："二拜高堂，跪……"

卢维章脸上露出笑意，凝神看着他们俩。董振魁和卢王氏脸上却还带着戚容，百感交集地望着两个新人。两人重新跪在铁板上，膝盖与铁板的撞击声闷然响起。

老平道："得劲了……起……"

卢豫海和关荷相对站着，虽然有红布遮掩，但他知道，那张躲在红布后面的脸一定是笑靥如花。多少惊涛骇浪，多少痛苦衷肠，为的不就是今天吗？得偿所愿固然欣慰，但也深深地伤害了父母，这一喜一悔、一乐一哀的情怀，也只有他们两个事中人才能体会了……只是不知陈司画此刻在哪里，又会是怎样的心情。造化弄人啊，结局已然如此，再想那些又有何用？

老平的声音哽咽起来："夫妻对拜……"

卢豫海和关荷对拜下去。雷生雨闷声道："好！"正厅里掌声、叫好声四起。老平道："得劲了……送二位新人入洞房，行合卺之礼……"

一个丫鬟上来，把一段红绸递给卢豫海，另一端塞进关荷手里。卢豫海昂首而下，关荷跟在丈夫身后亦步亦趋，消失在所有人的视线中。

老平见婚礼诸事已毕，便抹掉眼泪道："各位亲朋好友，卢家略备薄酒喜宴，请诸位举杯入席吧！"众人早被这接二连三的震撼弄得恍惚不已，哪里还有吃酒作乐的心思，虽都换上了笑容，却一个个兀自唏嘘感慨着。

雷生雨饮了一杯，起身来到上座前，躬身道："卢大东家治家有方，以德服人，处处都站在一个'理'字上。我老雷没二话，服了！"他从袖筒里抽出一张银票道："这是白银三千六百两，愿卢家钧兴堂生意顺风顺水，愿卢大东家福寿绵长！"

老平接了银票，大声道："致生场雷大东家，喜银三千六百两！"

雷生雨这么一带头，备了银子的宾客们纷纷上前道喜、送银子。老平一溜声地喊着："立义场吴大东家，喜银三千两！""兴盛场郭大东家，喜银三千两！"

梁少宁摸着怀里那张银票，脸上实在是挂不住，却也没办法溜号，只得挤在人堆里，羞答答地递上银票。老平看了银票，加大了嗓门道："二少奶奶的娘家、禹州梁大东家，嫁妆银子三百两！"众人爆发出一阵哄笑。

卢维章依旧是波澜不惊的表情，对梁少宁点头致谢。董振魁干脆闭上了眼，看也不看他。

梁少宁在笑声里回到座位，雷生雨打趣道："梁大东家真是豪爽！一出手就是惊人的数目！"

梁少宁这次真是丢人丢到家了，兀自厚着脸皮自我解嘲道："我连闺女都送出去了，银子算啥！"

董振魁见来宾们都送了银子，便转脸对卢维章低声道："老卢，关荷是我外孙女，她爹是个窝囊废，就不说他了。老汉也准备了点银子，权当嫁妆——不过我把话说到明处，这银子是给我外孙女的！你不要儿子了，老汉我还心疼外孙女呢！他们两口子今天成亲，明天还不知道往哪儿去，这点银子就留给他们做个盘缠吧。"

卢维章微微一笑道："老哥的意思维章自然照办。"董振魁这才放了心，把银票递给了老平。

老平接了银票，竟是一愣，半晌才道："二少奶奶的外公、圆知堂董家老窑董大东家，喜银两万两！"

正厅里顿时一片寂静。郭立三叹道："罢了，还是人家董家有钱！又是二十年不见的外孙女，两万两真不算多！"

雷生雨还是没忘记羞辱梁少宁，便道："少宁，不是我说你，你瞧瞧你老丈人，人家怎么做事？再瞧瞧你这老丈人，唉。"

梁少宁被他噎得说不出话，只好装作没听见，撕了一条鸡腿大嚼起来。众人知道他今天倒足了霉，都是哈哈一笑，没人再搭理他了。

不多时，酒席上杯盘狼藉，宾客们酒足饭饱，大家便一股脑地涌出了正厅，到外边看戏去了。今天卢家请来了洛阳喜天成戏班，唱的曲牌也有意思，正是原汁原味的豫西调《西厢记·拷红》，专讲小姐、少爷私订终身的，看来卢家倒是敢作敢为。扮演红娘的是红遍豫、陕、晋三省的名伶九岁红。梆子声一落，九岁红碎步登台，几个台步下来，朝着观众做了个扮相，真个是巧笑倩兮的风流模样！台下掌声雷动，一出场就是个满堂彩。九岁红跟扮演老夫人的老旦一唱一和，把台下人看得如醉如痴。

红娘：去探病想对你明白言讲。

老旦：你何不言讲？

红娘：怕夫人家法严你不容商量。

老旦：不商量你就敢探病书房！

红娘：一再说狠狠心不去探望。

老旦：就不该去探望！

红娘：她舍不了张君瑞恩深意长。

老旦：快快快地往下讲？

红娘：把是非和轻重左右掂量，才不顾羞和丑去到书房，也怨你老夫人你做事不当，你不怨你自己，你来拷打俺红娘！

……

董振魁本来不愿在钧兴堂久坐，见客人们都去看戏了，便要起身告辞。卢维章拦住他道："董大东家莫要急着走，维章还有话要说。"

董振魁不愿两家的面子就此撕破，只得跟着他到了后院的书房。刚一进门，早有一人施礼道："豫川见过董大东家！"董振魁这才明白他果真是还有事，卢维章引咎退居幕后，卢豫川此刻已是钧兴堂实际上的掌门人了，怪不得刚才在喜宴上看不到他，原来在这儿等着呢。

董振魁见到害自己儿子丢了一只眼的仇人，心里恨不能立刻上去亲手掐死他，但脸上却是笑容不绝道："是豫川啊？不，应该是豫川大东家了吧？"

卢豫川脸红道："大东家终究是叔叔，豫川不过是在叔叔养病期间代为主事，哪里是什么大东家？老伯休要取笑了。"

卢维章招呼二人落座，淡淡道："我是个重病在身、时日无多之人，让豫川主事也是提前历练他，钧兴堂早晚还不是他的？今天斗胆请董大东家多留一会儿，就是想当面嘱托豫川：从今往后，神垕镇的宋钧生意，钧兴堂一切都唯圆知堂马首是瞻！豫川毕竟还年轻，此后少不了要让董大东家指点，若是办了什么错事，还望董大东家跟教训自己孩子一样，该打就打、该骂便骂才是啊。"

卢豫川忙起身一揖到地，道："豫川先谢过老伯！"

董振魁在商海里泡了几十年了，什么场面没见过？董家手上有卢维义夫妇的性命，卢家手上有董家大少爷的一只眼，两家的深仇大恨岂能是一两句好听的话就能摆平的？卢维章说钧兴堂此后全听董家的招呼，说得就是再恳切，也跟小孩儿过家家似的，真到了商战你死我活的时候，谁都不会记得今天的话。

董振魁一笑道："两位东家言重了！钧兴堂如今如日中天，五处窑场红红火火，怕是老汉的圆知堂没这个底子，担不得这么大的面子！不过要说倚老卖老、教训后人，我还是有些底气的，毕竟是七十岁的老汉了。"

三人言不由衷地笑了起来。卢维章见董振魁答应下来，心里多少宽慰了些。董振魁又要告辞，他便不再挽留，让卢豫川代自己去送。董振魁也不推辞，跟卢豫川一起出了门。卢维章呆坐了半晌，直到卢豫川回来复命才缓过神来，道："董振魁又说什么了？"

"没说什么，只是说两家结了亲戚，今后要跟一家人一样之类的话。"

卢维章点头道："我知道你，想置董家于死地而后快，是不是？你设计夺了董克温一只眼，两家的冤仇越发深了……钧兴堂如今是你主事了，你要明白一点：百足之虫，至死不僵，何况董家老窑眼下蒸蒸日上，离死还远着呢！你的毛病就是心浮气躁，做事容易冲动，再加上两家的宿怨，稍不留心就会中了董家的计策。董卢两家的恩怨迟早要算个总账，可眼下不是时候！不然就是两败俱伤、别人趁机渔利的结局……'君子引而不发，跃如也'，等钧兴堂在你手上有了压倒董家的优势，那才是了结恩怨的时刻！你主事了，我虽说还顶着大东家的位置，也绝不会干预你，你就放手放胆去做吧！但你务必牢记我的话：一不做霸盘，二不与争锋！《象》曰：亢龙有悔，盈不可久也。飞得越高，跌得就越重……钧兴堂的产业由你爹奠基，由我开创，如今轮到你来守成了。创业难，守成更难。你不要时时刻刻都抱着'争老大'的心思，不能过于张扬……只要你守住了钧兴堂眼前的局面，就绝不会落在董家的后面！"

卢豫川点头道："叔叔说的，豫川牢记不忘！"

卢维章闭目道："我和董振魁这一辈人已是夕阳西下了，董家两个少爷，董克温在经商上资质平平，毁了一目后不再出面做事了，但现在董家的顶梁柱是董克良，他却是个敢于下死手的人，你万万不可小瞧了他！将来两家一旦有了冲突，你要么避其锋芒，实在避不过去了，务必要有十足的把握，留足了退路，才能跟他交手！董克良不像他爹那样事事处心积虑，但也不像他爹那样优柔寡断……开封府那次霸盘生意，豫海明明占了上风，他居然想出了包下康家船行的计策，轻轻松松就把局面扭转过来，二十万两的生意，他就真敢独自作主，还真给他做成了！"

卢豫川恭敬道："叔叔，豫川还是戴罪之身，掌管卢家产业实在是力不从心啊。豫海跟董克良正是冤家对头，有豫海在，还用得着担心董克良吗？侄儿恳求叔父把豫海贬到汴号去，有他镇守住汴号，卢家可谓万无一失！"

"此事不消再议了。"卢维章摇头道："明日一早，你就送豫海一家起程吧，去哪儿都由着他们。我跟你婶子也不再见他们了……今天是他们洞房花烛之夜，本来有许多话想嘱咐他，就算了吧。我还是那句话，有本事的人，赶得再远也能自己活下去，没本事的人，就像梁少宁那样的，给了他金饭碗也得饿死！"卢维章慢慢地闭上了眼，靠着椅背不再说话。卢豫川斟酌良久，也不便再说什么，便一揖告退。

卢豫川的家已经搬回了钧兴堂，想必此刻苏文娟正在房里等着他。

时值初冬，万木凋零，一树怆然，满目萧瑟。寒风起处，卷起枯叶纷飞。卢豫川心潮起伏地走在钧兴堂曲折悠长的游廊里，心中的万分激越难以平息。

不过几日的工夫，他的命运居然有了天壤之别。眼下卢维章把钧兴堂交给了他，又亲手赶走了他最大的对手卢豫海，他如今在钧兴堂一言九鼎，谁敢不服？不过他也深知，钧兴堂上上下下的人都信服二爷卢豫海的能为，对于他还在观望之中。要想真正站住脚，树立起大爷的威望，只有做成几个漂亮的生意才行，除此之外，别无他法！

他又想起了卢维章书房外的楹联：每临大事有静气，一逢恶战自壮然。现在正是他破阵夺旗，杀敌立威之际！

卢豫川蓦地站住脚，望着黑黢黢的天幕中熠熠生辉的几颗星子，陡然吼道：

"刀劈三关我这威名大，

杀的那胡儿乱如麻，

乱如麻……"

这是当年卢维章送他北上开辟洛阳商路，临行前以"四大征"为他饯行时《雷振海征北》里的唱词。那时他还是初出茅庐的少东家，正是雄心勃勃、年轻气盛的心境。如今他执掌了钧兴堂卢家老号五处窑场，做起事来更是豪气干云。卢维章刚才的谆谆嘱托宛如一片残霞，给平地而起的狂风一卷，早已是无影无踪，再觅不得。

卢豫海的新房就是他往日居住的地方。丫鬟水灵伺候两人安顿下来，一边忙着，一边笑嘻嘻地跟关荷逗趣。

关荷端坐在婚床上，心里的波涛狂澜兀自无法平静。几天来她先是获罪被关，从丫头变成了勾引少爷的罪人，眼看小命难保，可转眼之间又从罪人变成了二少奶奶！一时连她自己也难以面对这样斗转星移的巨变。

水灵趁卢豫海不备，悄悄趴在关荷耳边道："关荷姐姐，要二爷先说话！"

关荷做丫头的时候，跟水灵关系最好，一直都是姐妹相称。神屋的风俗是新婚之夜谁憋不住先说话了，今后的日子里就难免凡事都听对方的。关荷焉能不知这个习俗，忍不住一笑。

卢豫海回头笑道："水灵，你说什么呢？"

水灵咯咯笑着："奴婢请二少爷、二少奶奶安寝！"说着关上了房门。

新房里只剩下两个新人了。外边看戏的宾客们发出的叫好声、掌声不时传来，显得新房里格外地安静。卢豫海蹑手蹑脚地来到关荷身边，猛地掀开了红布盖头。关荷低眉顺眼地盯着脚尖，局促得浑身颤抖。卢豫海也不说话，上来就把她揽到怀里，伸手去解她的衣扣。

关荷忍不住叫道："二爷！"

卢豫海停了手，哈哈大笑道："水灵怎么嘱咐你的，全忘了吗？这下子是你先说话了吧？"

关荷这才知道刚才的话全给他听了去，禁不住满脸通红道："我嫁给了你，一辈子定然都听你的，我才不管什么谁先说话呢！"

卢豫海大笑不止，便要吹灯上床。

关荷急道："二爷且慢！"

卢豫海举着烛台，笑道："娘子喜欢亮着灯吗？"

关荷气得笑了："你总是没个正经！我有话要对二爷讲……"

卢豫海把烛台放在床头，又坐到关荷身边道："你讲呀，我就喜欢听你讲话，听一辈子都听不够。"

关荷靠在他肩头，呢喃道："我真是做梦都想不到，真的嫁给你了，这真是……我是个因私情而生的孽种，却跟你也有了私情，害得你触犯家法，受了那么多责罚——背上的伤还疼吗？打你的时候，我跟夫人就在一旁看着，夫人嘴里说'打得好'，心里难受着呢，连佛珠都掐断了。我本来抱着必死的心思，可我一看见你，就不想死了。你为了我遭了那么多罪，我就这么不明不白地死了，对不起你啊……"

"说什么死不死的，到不了生死的份上！我还要跟你好好过日子、好好生儿子呢。"

关荷羞得满脸红晕道："都是你！对夫人说什么，说什么跟我有了……夫人和大嫂不知从哪儿弄的法子，验了我半天的身子，若不是我当初狠心拒绝了你，能有今天吗？"关荷慢慢从怀里抽出一张白绢，道："大嫂说了，什么法子验身子，都不如初夜落红服人。大嫂偷偷给了我这个，要我自己证明清白……"

卢豫海自然知道这些礼数，便嘻嘻一笑，揶揄地看了她一眼，方方正正地把白绢铺在床上。关荷早就瘫软成了一根面条，依偎在他怀里，凝神看着烛焰。那火苗如她的心儿一样突突跳跃燃烧着。关荷深情地看了眼卢豫海，轻轻吹灭了烛光。

新房外，卢王氏呆呆地站在门口，见屋里熄了灯，两行泪水夺眶而出。良久，房里传来关荷压抑的呻吟声，卢王氏惨然一笑，默默地踟蹰远去。

3　南下景德镇

光绪八年十一月初三，神垕镇下了入冬以来的第一场大雪，目光所及之处一片洁白，好像披在远行人身上雪白的大氅。

这天也是卢豫海自请逐出家门的日子。雪停之后，钧兴堂上至苗文乡、杨建凡两位老相公，下至普通的仆人长随，都拥在钧兴堂门外给卢豫海夫妇送行。卢豫海从年初在开封府一战成名后，钧兴堂上下无不叹服，再加上他又在窑场锐意革新，创下了不少新规矩、新章程，如今正是人心所向的大好局面，可偏偏就在此刻，卢豫海却因触犯家法而不得不离开卢家，众人心中难免都是百般不舍。

卢豫海倒显得分外洒脱，对杨建凡笑道："杨大伯，我定下的那些规矩，像是每月开一次荤之类的，还请大伯督促着办，不能我走了，规矩就废了。马上就过年了，好歹让咱们的伙计家家都吃得上大肉馅的饺子啊！"

杨建凡落泪道："此事不消嘱咐，老汉知道该怎么办……"

卢豫海又转向苗文乡道："老相公，汴号那边的船行是我一手建起来的，领班相公牛显山贪酒好色，除了这点毛病，还是个忠厚老实、能信得过的人。你平日里多去信申斥，时时提醒着他！"

苗文乡也是唉声叹气道："二爷的话老汉记住了，用人不拘一格是二爷的脾气，我一定照办！"

十几个窑场相公见两位老相公都说了话，便一拥而上道："二爷！窑场的伙计们舍不得你走啊！"

卢豫海指着他们笑道："你们这群人，大白天不在窑场里蹲着，到这儿来凑什么热闹？若是烧砸了几窑东西，我一个个活骟了你们！头一个就是你老柴！"

大相公们都笑不起来，柴文烈上前道："二爷，您就是再减我半厘身股，我还是得来送送！有了身股制，再加上二爷的新章程，窑场里就是没相公坐镇招呼，伙计们也是拼了命干活！二爷这就要走了，不知二爷打算去哪儿落脚？"

卢豫海狡黠地一笑："南边！"

杨建凡愣道："南边？"

苗文乡心里顿时明白了，道："二爷要去江西景德镇吗？"

卢豫海笑道："还是老相公知道我的心思！景德镇是瓷业重镇，又得了大办洋务的风气之先，我听说那里都开了什么公司、建了什么新章程，早就想去瞅瞅了！这次我一去，少不得在景德镇闯荡一番，搅它个天翻地覆才行！"

众人面面相觑，都想不到卢豫海明明是被逐出了家门，却一点儿颓唐都没有，反而是一副兴高采烈、踌躇满志的模样！一时都不知说什么好。

卢豫海望着钧兴堂的大门，皱眉道："我大哥呢？他去请我爹娘去了，怎么这么半天还不出来？"

众人刚想劝解，却见卢豫川匆匆而来，对卢豫海摇了摇头，为难道："叔叔和婶子说了，再见面的时候，就是你挣回了脸面、衣锦还乡之日。我看他们怕是还在气头上，你就在我那儿暂住几天，等他们消了气再……"

卢豫海怔怔地看着他，忽地跪了下去，道："大哥，我不能在二老身边伺候了，他们身子骨都不好，豫海求大哥好好照顾他们！"说着深深叩头下去，抬头之际，热泪终于涌了出来。

卢豫川忙扶他起来，洒泪道："兄弟走好，家里的事有你大嫂支应，你就放心吧！我在众人面前起誓，不出三年，一定召你回来！"

卢豫海擦了眼泪，朝一旁的马车喊道："娘子，都准备好了吗？"车里传来一个声音道："一切都好，二爷发话吧。"

卢豫海朝众人一揖，笑道："光棍多好当，凡事说走就走！一有了婆娘，就不方便啦。"众人见他临别之时还不忘诙谐，一个个都破颜笑了，随即又是满脸的哀伤和不舍。

卢豫海跳上马车，对众人道："二爷走了！"

众人情不自禁地上前，有人哭出了声。卢豫海扬鞭催马，看着前方，大吼道："二爷走了！得劲哪！"

众人追着送了好远，卢豫海一路唱着《雷振海征北》：

"刀劈三关我这威名大，

杀的那胡儿乱如麻，

乱如麻……"

声音袅袅不绝，在神垕镇上空久久地盘旋着。众人都没有注意，就在马车开动的时刻，钧兴堂大门里站着两个泪流满面的女人，呆呆地看着卢豫海夫妇离去。

苏文娟扶着站立不稳的卢王氏，颤声道："夫人，回去吧。"

卢王氏含泪摇头道："我再看一眼，再看一眼……"

苏文娟道："夫人为何不上前去送呢？老爷就是再绝情，您好歹是二爷的……"

卢王氏的身子又颤抖起来，苏文娟再也说不出话。两人见马车消失在视野之中，这才转身蹒跚而去。苏文娟想起了什么，从怀里掏出一样东西，递给卢王氏道："夫人，这是二少奶奶关荷托我给您的，您看看吧……"

卢王氏接过那条白绢。白绢上星星点点几处落红，正如杜鹃啼血，催人泪下。卢王氏手一松，白绢飘飘落地，跟满地的白雪融为一体，点点红迹依稀可见。

南飞雁 著

瓷间山河

瓷间山河·长风振

下

新华出版社

第十五章

开疆辟土

QIAN SHANHE
CHANG FENG ZHEN

1　空手套白狼

卢豫海和关荷一路风餐露宿，经汝宁府过武胜关入湖北，由武昌府上船沿江而下入江西，终于来到了饶州府浮梁县景德镇，此时已是光绪九年的春天了。

此时的两江总督是一代名臣左宗棠。左氏与前任两江总督刘坤一、彭玉麟等都是清末中兴重臣，洋务派主将，二十多年积累经营下来，江苏、安徽、江西三省大兴"求富、自强"之风，是洋务运动的重镇所在，开一代风气之先。

自门户开放以后，洋行买办纷至沓来，景德镇瓷业生意欣欣向荣，又学了不少洋人建场经营的手法，面貌为之一新。卢豫海初来乍到，尽管没有来得及寻根究底，却也被这等场面深深打动。

卢豫海在景德镇南北大街租了间房子，刚安顿好了家什，便兴冲冲地带着关荷出门逛街。

景德镇上南北、东西两条大街穿城而过，于城中心交汇在一处，称为十字大街，是全镇最繁华的所在。沿街两行都是各大窑场的门脸和瓷器铺子，旗帜招展，叫卖声不绝。伙计不像豫商那样老老实实地待在柜上，一个个都站在字号门外，朝着来往的行人兜揽生意。

卢豫海看罢多时，叹道："怪不得这些年南帮的生意如此红火，这还只是江西呢！江苏、浙江那边，跑街的伙计都能说洋人的话！咱们豫商的伙计根本没有跑街这一项，老是待在柜台上，眼巴巴干等着生意上门，那还得了！"

关荷见他出神，便哧哧笑道："你生来就是个生意人，眼下刚有了落脚的地方，你不寻思怎么养活媳妇，净领着我逛街了！"

卢豫海笑道："你这话说得有趣，我领你逛街还不承情吗？以前在钧兴堂里，你是丫鬟，我是少爷，也没见你这么不知足呀？"

关荷嗔道："我跟着你，总不是就图个逛街游玩，到头来饿死在景德镇吧？老话儿说得好，'嫁汉嫁汉，穿衣吃饭'！"

"我可是'娶妻娶妻，挨饿受饥'！"卢豫海机灵地对答道："本来一个人好好的，一人吃饱全家不饿，偏偏讨了你这么个喂不饱的笨媳妇，天天嚷着要吃饭！敢情是娶了个饭桶吧？"

关荷笑得合不拢嘴，也不顾是在大街上，连连捶着卢豫海道："就你不正经！"

卢豫海欣然挨了她几记粉拳，拉了她的手朝一边地摊上走去，嚷道："吃饭，吃饭，咱这就吃饭喽！"

小吃摊扯了个招牌条幅，写着"正宗毛家赣南小炒鱼"，一字排开的几个摊子上坐了不少人。卢豫海和关荷四下瞅了瞅，立刻有个老汉过来招呼："请少爷少奶奶这边坐，二位想吃什么？"

卢豫海一嘴的正经官话道："我们是外地来的，就吃你们这儿的特色小菜。你们这儿什么有名？"

老汉憨厚地一笑："咱们这儿鱼饼、鱼饺、小炒鱼是名菜，合称'赣州三鱼'，二位就一样来点儿吧？"

卢豫海笑道："我这个婆娘肚量大，你给盛得实惠点儿才好。"

老汉笑道："江西人不欺生，怎么会不实惠？您就等着吧！"

关荷早羞红了脸，悄悄拧了他一把，低声道："你再不正经，我就走了！"

卢豫海忍痛笑道："这就奇了，你张口闭口说吃饭吃饭，怎么给你饭吃了还不乐意？"

两人说笑间，老汉已经把菜肴、主食端了上来。卢豫海细细看着小炒鱼，道："老伯慢走，我有话问你咧。"

老汉笑着坐下，道："看来少爷也是个会吃的人，敢问有何见教？"

卢豫海拿筷子夹了块鱼，慢慢咀嚼着，道："鱼是用醋炒的吧？不错，是新鲜的草鱼，加了生姜、香葱、红椒、酱油和醋，下热油锅炒出来的。嗯，色泽金黄，味嫩肉滑，还带着醋香！炒鱼放醋，这倒是以前没见过……"

老汉呵呵笑起来道："果然碰见懂吃的人了！少爷说得一点儿不假，咱们江西人把醋叫作小酒，这小炒鱼还有个名号，就叫小酒炒鱼啊！"

卢豫海放下筷子，笑道："这么说我还撞对了！南北大菜我吃过不少，这小酒炒鱼还真是头一遭吃到！老伯，在下还有个事情，想向老伯讨教呢！"

老汉心里正美着，满口应承道："少爷请讲。"

卢豫海指着远近的窑场门脸道："这景德镇里最红火的生意是瓷器生意吧？"

"那还用说？瓷都嘛！"

"哪一家生意最好？"

"要说生意最好，还是人家白家阜安堂！全镇一多半的生意都是白家的。"

"那又是哪一家原先生意好，现在又不行了呢？"

老汉眯着眼想了想，道："那就是许家韵瓷斋了。唉，老许家就是倒霉，以前生意挺好，跟老白家也差不多少。许家大掌柜许从延前几年大病了一场，花了不少的银子，身边又没个儿女。本来窑场里还有不少的好手，又全被白家挖墙根儿挖走了。许家瓷器现在是要造型没造型，要花样没花样，生意说不行就不行了。"

卢豫海点头道："多谢老伯！这三样菜，您再多来一份，我打包带回家去。我这个婆娘就是能吃，不到晚饭时又该叫唤饿了。"

老汉看得出他们是少年夫妻，说不尽打情骂俏的甜言蜜语，便赔笑下去了。

卢豫海和关荷足足在镇上逛了一天，直到天落黑才携手回了住处。

卢豫海租的房子在南北大街杏仁胡同，靠近景德镇的北门。关荷车马劳顿了几个月，今天又陪着卢豫海逛了整整一天，早已是浑身乏透了。

她见卢豫海捧着腮帮子发呆，便笑道："二爷，你不累吗？"

卢豫海没搭理她，思索良久突然道："关荷，咱们还有多少银子？"

关荷靠在床头心算道："临走时大哥大嫂给了两千两，苗老相公、杨老相公每人给了一千两，其他的相公等人也每人给了五六百两，路上花了不到一千两，再加上外公给的两万两……"

卢豫海不耐烦道："我问你个整数，又不是合账，你说那么零碎干吗！"

关荷哭笑不得道："你就是这么个急性子，我哪儿知道你是要个整数？告诉你吧，咱还有两万八千两银子呢！够用了。"

卢豫海略一沉思，道："够用？指望它过日子，自然是够了——今后你就当这两万多两银子压根就没有，提也不要再提！明天我去当铺把车马都当了，二爷我要空手套白狼！"

关荷吃惊道："你把车马都当了，咱们怎么回神垕？"

卢豫海狡黠地一笑道："要是我发了大财，建起了钧兴堂景德镇分号，咱还愁没银子回家吗？娘子就在家瞧好吧，不出一年，二爷我必定'杀得那胡儿乱如麻'！"

卢豫海是个说干就干的人。第二天一早，他便向关荷要了几百两银子，赶了马车直奔当铺。

铺子里的掌柜见他衣着华丽，以为又是个败家少爷，便道："破烂溜丢马车一辆、疲瘦老马一匹，纹银十二两！"

卢豫海气得笑道："掌柜的，您瞧清楚没有？这马车的顶子是新的，车辐刚刷了漆，马也是三岁口呱呱叫的牲口，怎么到了你嘴里就成破车老马了？"

掌柜的心里好笑，脸上还是谦恭道："那少爷就去别家瞅瞅？不过我告诉少爷，出了这门，可就不是这价了。"

卢豫海在汴号做生意那会儿，对三教九流都颇感兴趣，当铺这里头的弯弯绕也略知一二。每地的当铺都有行规，进门的生意各家都有照应。出了这家的门，别的铺子立刻都得了消息，一见当物就刻意压价，别说十二两了，就是十两怕都难！

卢豫海恨得牙根直痒痒，耐住性子道："你们的规矩我也懂，不就是串通一气欺负老实人吗？二爷我也懒得跟你们遛腿儿，十五两！少了一钱老子都不干，就是回家砸车杀马炖肉吃了，也比受你们的干气强！"

掌柜的眯着眼打量他一阵，道："十四两！成就成，不成您请便！"

卢豫海把马鞭子塞给他，笑道："成交！"

掌柜的便大喊道："破烂溜丢……"

卢豫海一把抓住他的衣襟，咬牙切齿道："你再作践我的东西，小心二爷我打你！"

卢豫海本来个头就大，掌柜的踮着脚才到他鼻子处，给他这么突如其来地一抓，吓得连连道："不说了！不说了！柜上听见没？纹银十四两！"

卢豫海这才放了他，笑道："掌柜的真是好手段！我若是东家，一定给你加薪水！"说罢哈哈大笑，去柜上领了银子转身离去。

掌柜的捂着胸口，一口一个"北方佬"骂起来。

当铺就在东西大街上，卢豫海出了当铺的大门，迎面而来的是铺天盖地的买卖吆喝声和喧嚣尘上的人气。卢豫海看着眼前的场面，冷笑了几声，揣好了十四两银子，大踏步走入人流之中。

他没急着去韵瓷斋，而是去了别家窑场门脸里，问东问西地打听起来。伙计们见他衣着不俗，认定是个大买家，无不是殷勤有加地伺候着，有问必答。卢豫海在门脸里泡了整整一天，把听来的青花瓷的门道牢牢记在心里，最后掏出银票买了几件上等的青花瓷器，这才心满意足地走了。

一进家门，正看见关荷生火做饭，他便笑道："娘子辛苦了，今天拿什么打牙祭？"

关荷瞥了他一眼，佯怒道："还说呢！放着银子不让花，就你给我那一两多碎银子，就等着吃糠咽菜吧。"

卢豫海笑着把买来的瓷器放好，把十四两银子递给她道："这不是来银子了。"

关荷啐道："当车马当来的吧？哼，那套车马值二十两银子，你打了多少埋伏？中午也不回家，害得我吃了一碗凉米饭，你倒大吃大喝去了，还攒了不少私房银子吧？"

卢豫海盯着她的脸，良久才笑道："我就喜欢看你使小性子的模样……我告诉你，这凉米饭吃不了几天！"

关荷做好了饭端上桌来，笑道："别白日做梦了，好好吃了饭，快歇息吧。"

卢豫海端起碗狼吞虎咽道："你吃了先睡，我得会儿忙呢！"

关荷扑哧笑道："我就不睡，我等你。"言语中带了数不尽的爱意。

话虽这么说，到了子夜时分，关荷还是熬不过他，自己翻身睡着了。次日黎明，她才悠悠醒过来，却见卢豫海伏在桌子上，又写又画地忙个不停。

关荷道："二爷，你不要命了？一宿没睡吗？"

卢豫海仿佛没听见似的，站起来伸了个懒腰，回头道："你自己做点吃吧，我得出门了。"

关荷目瞪口呆地看着他推门出去，连头也没回。等她意识过来，哪里还看得见他的影子？只好苦笑一声。

卢豫海又是到了傍晚才回家。关荷问他去哪儿了，他含混地说去窑场看看，不停地打呵欠。关荷见他着实累坏了，也不忍再问，早早地服侍他就寝。

第二天一早，卢豫海便心急火燎地把她推醒道："我那身伙计的衣服呢？"

关荷迷迷糊糊道："不是在包裹里吗？好端端的你穿那身衣服做什么？"

卢豫海翻出了衣服，穿上就朝外走。关荷急道："桌上有包子！你拿一个再走！"

卢豫海吃着包子出了杏仁胡同，便直奔韵瓷斋而去。韵瓷斋的生意的确不好，这几年门脸不断搬迁，从最繁华的十字大街搬到了东西大街的尽头，再往前走就出了西门了。卢豫海打听了半天才摸到韵瓷斋如今所在。

往来商客很少来这里，门口站的几个跑街伙计也是无所事事，揣了袖子在一起唠闲话。见有人来了，一个伙计上前殷勤道："这位东家，是来买青花的吗？许家青花瓷名冠景德镇，您算是来对了！"

卢豫海一副木讷的表情，看了看伙计，一口河南话憨声道："我没饭吃了，家里还有媳妇，求各位大爷开恩赏口饭吃吧！"

伙计们相视一愣，继而失望地摇起头来。一个年长的伙计道："这位河南老乡，你找错门了！这老许家没几天干头了，若不是老东家心眼儿好，我们几个早辞号投奔别家了！你来这儿找活儿干，那不是瞎找吗？"

卢豫海抹起了眼泪道："老哥，我不要钱，只要一天三顿饭，能养活两口人就成！您好歹去跟东家说说，就当是积德行善了！"说罢连连作揖。

老伙计为难起来，几个伙计也都是叹息。

一个苍老的声音传了出来："外边是何人喧哗？"

卢豫海忙扭头去看，一个老者手挂拐杖，蹒跚而来，一身药气，满脸病容。卢豫海知道这就是东家许从延，立刻快走两步跪倒："小的余海，恳求许东家收留！"

许从延一连串的咳嗽，上下打量着卢豫海，叹道："韵瓷斋的生意，你也看到了……也罢，老朽一向见不得受难的人，你要是肯干，就留下来吧。不过丑话说到前头，你可是没工钱，只管一天三顿饭！"

"我家里还有个媳妇呢。"

"好好好，连媳妇的饭一并管了，行了吧？"

卢豫海连连叩头谢恩。许从延道："老袁，你就跟他交代交代吧。唉，真是奇了，我还不知道能干几天呢！"说罢摇头而去。

卢豫海叫道："老东家留步！"

许从延颤巍巍转过身来，奇怪道："你还有什么事？"

卢豫海笑道："老东家真是宅心仁厚，余海不知怎么报答才好！既然我进了韵瓷斋，就是老东家的人了，有些话想跟老东家一个人说，不知行不行？"

许从延一愣，又是一番打量，也许是看出了些门道，便道："反正老朽也是在家等死之人，你就跟我来吧。"几个伙计看得瞠目结舌，眼睁睁看着卢豫海跟着许从延进了后堂。

许从延的书房里到处都是药罐，一个小炉子上还熬着药，嘟嘟地响着。许从延招呼卢豫海坐下，虚弱道："你有什么话，就请讲吧。"

卢豫海笑而不答，从包袱里掏出来几张纸，摆在书桌上。许从延凑近看了看，两只老眼放出光来："这，这不是图谱吗？"

卢豫海道："正是！这是白家青花瓷的图谱，小的承蒙老东家不弃，愿意将这些图谱送上，当作个见面礼吧。"

做瓷业生意得有三样东西：图谱，技法，伙计。头一位就是图谱。白家阜安堂之所以生意兴隆，就靠着层出不穷的造型图谱。此乃白家最为机密的要害之处，向来是秘不示人。这个满口河南话的年轻人是如何窥探到的？

许从延不由得疑惑道："你，你究竟是什么人？"

"肉人！嘿嘿，开句玩笑。我家世代在河南禹州神垕镇，说起来烧窑也有好几十年了，这点不过是雕虫小技，真本事还没亮出来呢。"

"神垕镇以前是董家老窑最厉害，这二三十年又出了个钧兴堂卢家老号，你们余家好像……"

"老东家真是见多识广！我们余家就在卢家烧窑。不瞒您说，我是跟媳妇私奔出来的，爹娘都不要我们啦！要不然，我怎么能跟您见面呢？"

"私奔？唉，大不孝啊！……你还有什么想法？"

"三个月！您给我三个月的时间，我要是不能把韵瓷斋的门脸再搬回十字大街的老地方，您辞了我！"

"那工钱……"

"我还是分文不要，管住我们两口子一日三餐就行！"

许从延直直地看着卢豫海，好半天才道："成！反正韵瓷斋也没几天活头了，死马当活马医吧。"

卢豫海笑了起来，伸手把图谱抓起来，塞到炉膛里，几页纸顿时化为灰烬。

许从延惊道："你！"

卢豫海拍了拍脑上的月亮门："老东家，这点东西都在我脑子里呢！您的韵瓷斋如今还剩下一处窑场、百十口窑，您打算交给我多少口？"

许从延摇头笑道："看来余少爷是有心之人啊！不瞒你说，面上还有百十口窑，伙计们却都跑得差不多了，也就是二三十口还能点火……都给你！你就折腾去吧。"

"老东家这么爽快？"

"不爽快也迟早是白家的，万一能成呢？你放手去干吧……就是把这点家底子都败了，老朽又是无儿无女，也没什么指望了，无非是将来出手时少卖点银子。"

卢豫海也没料到他会如此直白，一上来就推心置腹了，心里不无感动道："老东家放心！韵瓷斋绝不会就这么完了！"说罢深深一躬到地。

2　从此就是一家人

时光荏苒，一晃就是一年多过去了。

韵瓷斋在卢豫海的操控下，果真烧了不少绝妙的青花瓷出来，一时间也是轰动景德镇。可事态进展却大大出乎卢豫海的预料，虽然有了好玩意儿，可韵瓷斋的生意一直是不温不火的局面，跟白家阜安堂相比还是差距甚远。即便如此，韵瓷斋总算是度过了有史以来最为艰难的一段时光，也算是起死回生。因此在光绪乙酉年春节到来之际，韵瓷斋还是在老东家许从延的主持下，热热闹闹地办了几桌酒席，犒劳一年来为了生意疲于奔命的伙计们。

有了卢豫海的出现，许从延这一年多不再过问生意，经过精心调养，身子骨硬朗得多了。他率先举杯道："各位伙计！今天是除夕了，晚上大家都要回家团聚，这顿中午饭就是韵瓷斋提前给大家拜年！愿诸位万事顺意，家家物富人康！"

伙计们纷纷举杯同贺。卢豫海如今虽说是韵瓷斋主事人，却仍旧是伙计的身份，跟大家坐在一起有说有笑，分外亲热。

许从延嘴唇略微沾了沾酒，又道："各位！老朽在这儿还有两件事要讲。第一件，余海来韵瓷斋一年多了，做的事情大家有目共睹，我决定从今天起，聘余海为韵瓷斋大掌柜，继续主持韵瓷斋的生意！不知各位有何见解？"

韵瓷斋起死回生，全靠卢豫海一人。伙计们跟他朝夕相处，也都敬重这位身怀绝技、言语谦和的年轻人；何况他本来做的就是大掌柜的事情，无非是没有当众宣布罢了，当下便一个个嚷起来附和。

许从延笑道："那这件事就这么定了。既然余海已经是大掌柜了，那第二件事就由他来讲吧。"

卢豫海稳步走到许从延身边，朝四下拱手致意。众人目光炯炯地看着他，全场一时鸦雀无声。卢豫海看了看大家，不由得笑道："本来当个伙计多好，成了大掌柜觉得浑身不自在！大家也别管这些虚名，咱们还是好兄弟！"伙计们听了无不鼓掌大笑，许从延也是不觉莞尔。

卢豫海道："这第二件事，也是大东家一直挂念的事。韵瓷斋的青花瓷不输给白家，可生意一直上不去。我打听过，白家每进项一百两，韵瓷斋只进项二十两，足足差了八成！今天请大家吃饭，也想请诸位帮忙出出主意，怎么才能把生意做上去？"说罢，他一脸诚恳地看着在座的众人。

伙计们都是在韵瓷斋做了多年的老人儿了，深知自家的富贵荣辱跟韵瓷斋休戚相关，便纷纷献计献策。有的说重新装修门脸，有的说降价打名声，有的甚至提议请风水先生来勘风水。

卢豫海和许从延相视一笑，待场面平静了些，卢豫海道："诸位说的都有道理。开拓生意是大事，也不是一天两天就能定下来的。明天柜上放假，这几天大家就在家里好好琢磨琢磨，有婆娘别只顾着抱婆娘，没婆娘的也别总往窑子里钻！来，喝酒！"

伙计们闻言哈哈大笑。这顿饭吃的无人不欢，足足闹了两个时辰才各自散去。

直到酉时，卢豫海才一身酒气地回到家里。关荷这一年多来早习惯了他早出晚归，见他进了门，笑道："大掌柜回家了？"

卢豫海愣道："你怎么知道？"

关荷盈盈笑着道："刚才许老东家的老伴儿来了，送了不少的年货，还说今天你就是韵瓷斋的大掌柜了。怎么，你还想瞒着我不成？"

卢豫海挠了挠后脑勺，既骄傲又羞赧地笑道："一年多才混了个大掌柜，有什么好说的？东家送了什么年货？还用我去买吗？"

关荷瞪了他一眼，嗔怪道："等你这个大掌柜想起来年货的事，连饺子都吃不上了！我早买了，还扯了几尺法国的洋布，过年给你也做身新衣服！总是邋邋遢遢的，没个大掌柜的模样。"说着取出来布料，给卢豫海身上比着，得意道："还是我的眼光好，就剩这点法国洋布了，我都买了回来！唉，再想买到还不知是什么时候呢！"

卢豫海一愣道："满大街的布料铺子，怎么会买不到法国洋布？"

关荷乜斜他一眼道："亏你还是个抛头露面的男人！眼下大清国跟法国开战了，前几天江西的官兵往前线开拔，又扛枪又抬炮的，声势大着呢！"

卢豫海喃喃道："法国，开战……"

他急切地在屋子里来回踱步，猛地一跺脚，"有了！"

关荷惊道："你，你怎么了？"

卢豫海兴奋地拦腰抱起来她，平地打着旋儿道："太好了！两国一开战，咱们的好日子就来了！"

关荷懵懂地看着他，慌道："你，你快放下我！锅里还煮着饺子呢！"

卢豫海这才放下她，急切道："我从神屋带来的书呢？"

关荷道："都在床底下呢！死沉死沉的——你怎么今天想起来看书了？"

卢豫海俯身扒拉出一个大书箱，急不可待地翻出来一本书，失声笑道："书到用时方恨少啊！没想到我千里迢迢带来的这套魏老夫子的《海国图志》，今天要派上用场了！"说着便健步朝门外走去。

关荷喊道："大年下的你去哪儿？"

卢豫海头也不回道："去铺子里！饺子等我回来再吃！"

关荷气得把勺子一摔，嚷道："你疯了吗？今天是除夕，铺子里早没人了，你还要不要家了？"

卢豫海刚走到院子里，听见这话也是一怔，转身回到她身边，笑道："好好好，娘子莫要怪罪了。不如你跟我一块儿去铺子里，反正家里就咱们俩，东家老两口没儿没女也是凄凉，咱们跟老东家一块儿过年吧。"

关荷心思一动。他们在景德镇可谓举目无亲，而往年在神屋过年，都是热热闹闹、欢天喜地的场面，猛地冷清下来，她也觉得分外凄凉。

见卢豫海这么说，关荷便道："去就去，你急什么？我好歹换件新衣服，带点年货什么的……"

卢豫海估计得一点儿不错。

铺子里的人都回家过年了，只剩下许从延和老伴儿两个人。许从延一生积德行善，却连个一儿半女都没有，每到过年都是老两口最哀伤的日子。看着别家老人儿孙绕膝、尽享天伦之乐，自己却是无穷无尽的寂寞凄凉。

一盘饺子端了上来，许从延落下两行老泪，叹道："若是儿子还在，今年也是三十岁了……"

老伴儿许张氏早哭得像个泪人。

就在此时，外边敲门声不断，许从延擦了老泪道："大过年的，谁会来咱家？"

老两口携手结伴来到门口，许从延道："是谁在外边啊？"

"我，余海，领着媳妇儿给二老拜年来啦！"

许从延惊喜万分，忙拉开门闩让他们进来。卢豫海提着年货，对老两口深深一揖。关荷亲昵地挽着许张氏，四个人一起来到后堂。

卢豫海见桌上孤零零只摆了一盘饺子，便道："娘子，快去厨房再弄点饺子，这一盘还不够我一个人塞牙缝呢！"

关荷笑着点头，许张氏哪里肯叫关荷下厨，两人推托一番谁都不让，最后只得一起去了厨房。

许从延看着卢豫海，不知不觉又是泪流满面，道："生意事多，害得你过年也回不了家……也罢，你就当今天是一家人团圆吧。"

卢豫海笑道："老东家这是哪里话？我正发愁没老人孝敬呢。想来想去，咳，铺子里不是现成的两个老人吗？这多好！我凭空捡了个爹，您凭空捡了个儿子，这不就是一家人了？"

"儿子？"许从延凝神看着他，心里由来已久的想法脱口而出道："大掌柜，我是个没儿没女的绝户头，你呢，有家也回不去。如果你乐意，我就认你当个干儿子，你看如何？"

卢豫海出乎意料道："老东家！"

许从延含笑道："韵瓷斋这点儿产业也是你盘活过来的，只要你认了这个干爹，韵瓷斋就都归你了！我跟老伴儿也没别的指望，但求你将来能给我们俩养老送终就成！"

卢豫海咬紧了嘴唇，忽然道："既然认了儿子，还有什么干不干的，从今往后我就是您亲儿子！我媳妇儿从小没爹没娘，她就是您亲闺女！爹爹在上，儿子给爹磕头了！"说着便跪倒在地，卖力地磕了三个响头。

许从延喜出望外地道："快起来，快起来，别磕疼了！"

卢豫海站起来，两眼里泪光点点："爹，不瞒你说，我跟媳妇儿私奔的时候，我爹还有着重病，我娘身子骨也不好。来景德镇一年多了，我连个信都不敢写，生怕他们又因为我生气，爹，如今我有俩爹、俩娘了，我心里痛快得很！拿我们神屋镇的土话讲，就是'得劲'！"

许从延看着卢豫海，越看越觉得欢喜。本来他还觉得心里忐忑，生怕卢豫海一口回绝，今后连商伙都做不成了，哪里料到他居然答应得如此爽快。当下站起，走到门前朝厨房嚷道："老伴儿！你听好了，咱又有儿子啦！还有儿媳妇！"

许张氏从厨房里探出头来，先是一脸的惊诧，等听明白了，软软地靠在门框上，"阿弥陀佛"诵起经来。

卢豫海挽着许从延重新落座，两人相互注视的目光与以往大不相同，已是同亲人一般无二了。两人聊了几句闲话，说来说去还是说到了生意上。许从延便道："孩儿啊，韵瓷斋交给你，我心里比什么都踏实！现在是一家人啦，你明年有什么打算，就原原本本给爹讲吧。"

卢豫海微微一笑道："若没有认亲，这件事我还真不好张口！这着棋太凶险，成了，韵瓷斋一鸣惊人；不成，韵瓷斋一败涂地，还得背上骂名……"

"韵瓷斋是你的，你想怎么弄，就怎么弄，我还信不过自己儿子吗？"

"眼下大清国跟法兰西国开战了，爹知道吗？"

"知道，镇上商会下午刚来的帖子，要各家各户都出银子劳军呢。"

"爹，咱的机会来了！"

"你，你慢点说，我怎么没听明白？"

卢豫海耐心道："战端一开，朝廷跟法国就是敌人。据我所知，法国洋行一向是景德镇瓷器的大买家，动辄二三十万两银子，全是走上海的法兰西银行，再由西帮票号汇到景德镇，是不是？"

许从延点头道："这个不错，他们都是走蔚丰厚票号，蔚丰厚的老帮裴洪业是我的老商伙了。"

"法国人来买瓷器，大多是春天买，赶在三月份之前买齐，再走俩月的海路送回法国，过他们的国庆日！法国没皇帝，是议会说了算。国庆日就跟咱们皇上做寿一样，隆重得很，少不了咱们大清国的瓷器。眼下两国一打仗，法兰西银行的买卖算是不行了，早晚得冻结！可洋人买瓷器的银子都汇到景德镇了，抽也抽不走，只能存在蔚丰厚的银窖里……"

许从延眼睛一亮："你是要跟法国人做生意？"

"对！这笔银子他们想不花都不行，不然过节没东西送礼！不但得花，而且还得赶紧花，等到朝廷禁汇的旨意一下，这笔银子全得充了国库！如今是洋人急着花银子，蔚丰厚也不敢久存银子，只要咱们两下里一使劲，逼着他们乖乖地把银子掏出来！"

许从延沉思道："你先等会儿——这么好的生意，白家阜安堂能不知道吗？要是咱们两家都找法国人，以阜安堂的名气，未必能轮到咱韵瓷斋啊。"

卢豫海笑道："爹，这个您甭操心，只要您把蔚丰厚裴洪业那边说通了，请他穿针引线，我保管法国人一见咱的东西，再不要白家的货！"

许从延放心道："好，就冲你这句话，我明天就去找老裴！"

"咱再给他一成的好处，就给他本人，不怕他不帮忙。"

"一成？那就是三万多两银子啊！"

"舍不得孩子套不着狼！三万多两算什么，我当年跟董克良在开封府交手，一出招就是五万……"卢豫海说得兴起，不由得说漏了嘴，再想收住口已然来不及了。

许从延蓦地一惊，直勾勾看着他，好半天才道："孩儿啊，你老老实实告诉我，你究竟是谁？"

卢豫海吞吞吐吐道："我，我是余海啊……"

许从延一拍大腿，颤声道："你，你是不是姓卢？你说的董克良，是不是圆知堂董家老窑的二少爷？我早就听说卢家老号的二少爷被赶出了家门，不知去向……余海，豫海……卢家那二少爷就是豫字辈的，你说你跟董克良交手，难道你就是卢……"

神垕钧兴堂的名号在大江南北瓷业界如雷贯耳，做瓷器生意的谁不知道卢家跟董家的那点儿恩怨？许从延卖了一辈子瓷器，对这点典故了如指掌，再加上卢豫海这一年多如有神助的作为，若不是家学渊源又岂能为之？两下里一对照，许从延心里已是雪亮。

卢豫海见再隐瞒不下去了，扑通跪倒道："爹爹在上，卢豫海给爹爹磕头认错！请爹爹不要怪孩儿隐匿之罪！"

许从延张口结舌地看着他，手指颤抖着，竟是一句话也说不出来。

这时，许张氏和关荷娘俩做好了饺子，端着盘子有说有笑地进来，看见这个场面无不震骇。

卢豫海擦泪道："爹，娘，豫海离开神屋，的的确确是被赶出来的，也的的确确跟我与关荷的亲事有关。爹跟娘若是见怪，豫海这就卷铺盖走人！"

关荷听到这里才知道身份已经暴露，前年被赶出神屋的一幕幕往事无不历历在目，禁不住哭出了声。

许张氏凭空得了个宝贝儿子，正是满心欢喜的劲头，哪里肯看着刚认下的儿子再跑了，失声叫道："老头子，你犯糊涂了吗？这么好的儿子闺女，你让谁滚？干脆我跟他们一块滚，留你一个糟老头子上吊去吧！"

许从延哭笑不得道："罢了罢了，我哪里怪罪他了？"

他又转向卢豫海叹道："……只是你该一开始就对我明说，这一年多你甘愿做个伙计，真是委屈你了！老朽我不花一文钱，雇了钧兴堂卢家二少爷做伙计，传出去不让人笑掉大牙吗？"

卢豫海这才站起来，当着关荷的面，把自己自请逐出家门的前尘往事一一道来。老两口听罢多时，无不唏嘘不已。

许从延思忖良久，试探道："孩子，你亲爹不认你，那是他在气头上。等你功成名就、衣锦还乡了，别忘了你在景德镇还有一双父母啊！"

卢豫海见他起了杂念，拼命二郎的狠劲又勃然而起，把指头伸进嘴里使劲一咬，顿时满嘴的鲜血，把三人都吓得呆在当场。卢豫海把血指头举起来，任鲜血滴落在酒杯里，清亮亮的酒立刻红了。他端起酒杯一饮而尽，"啪"地摔在地上，大声道："爹，娘，卢豫海把二老当作亲生爹娘来孝敬！如有反悔，天诛地灭！"

许从延还没来得及说话，许张氏早一巴掌打在他身上，气道："都是你信不过孩子！让孩子遭这个罪！你还有良心吗？"说着便翻箱倒柜地找云南白药。

许从延顿足叹道："你这个孩子，弄这个做什么？我就是无心一说，你怎么……"

关荷也是心疼不已，嘴上却道："爹不知道，他脾气暴着呢！以前在神屋，有地痞来家里捣乱，他愣是拿刀朝自己身上砍，生生地把那群地痞吓跑了！"

卢豫海只是笑，一句话也不说。

许从延默默地点了点头，道："今天该说的话都说了……孩子，我既然当了你爹，总得给你个压岁的红包吧？我刚才想了想，韵瓷斋都是你的了，还能给你什么呢？老朽除了这点家产，就剩下韵瓷斋这块牌子了……这样吧，等过了年，连这块牌子爹也不要了，就挂上钧兴堂景德镇分号的牌匾！你看如何？"

自古商贾都视招牌为性命，卢豫海深知韵瓷斋历经几代人才传到许从延手里，说不要就不要了，这该是多大的信任、多大的勇气！

他刚想说什么，许从延淡淡一笑道："韵瓷斋本来就是父子相传，我没儿子，早晚也是顶给旁人。如今我儿子也有了，传给你岂不顺理成章？韵瓷斋跟钧兴堂相比，差得远了。你既然决心跟白家阜安堂对着干，韵瓷斋的名号太不起眼，只有钧兴堂能跟白家抗衡！我有心成全你建功立业，你还有什么好推辞的？再推就是不孝！此事就这么定了——老伴儿，这饺子都凉了，你跟闺女快回锅热热去，我跟儿子还有生意要谈！"

3　挣洋人的银子

许从延跟卢豫海商议已定，大年初二就亲自到蔚丰厚票号拜访老友裴洪业。

卢豫海的分析丝毫不差，裴洪业为了法国人那笔巨款为难好久了。他有心退回这笔银子，又怕得罪了法国人。战事早晚得过去，两国哪儿能打一辈子的仗，一旦退回去，往后法国人的银子怕是再也赚不了了，这可是票号生意的支柱啊。但这笔巨款搁在手里的确扎手，万一哪天太后和朝廷动怒，一道旨意下来，把全天下票号里法国人的银子都充了公，这么大的亏空算谁的？朝廷跟洋人打败仗打了几十年了，将来议和一成，得胜的洋人只管上门要钱，区区一个票号，能把这笔账算给朝廷吗？三十多万两银子啊，往年抢生意都抢不来，如今却成了烫手的山芋，竟是留不得也丢不得的两难局面。

许从延来得正是时候。老友见面，不出几句话就切入了正题。趁着裴洪业大呼为难之际，许从延道明了来意。两下里自然是一拍即合。

裴洪业答应请法兰西洋行经理拉法兰先生来景德镇面谈此事，日期就定在正月底二月初，而许从延务必在此之前烧出样品。许从延满口应承下来，临走之时把提留一成的意思也交代了，裴洪业笑道："这不是老哥你的意思吧？你这人我再熟不过，你没这样的大手笔！只怕又是你那个姓余的伙计出的主意！"

许从延诡秘地一笑："老弟说得极是，正月初八我们韵瓷斋在三笑楼请客，镇上各大商家都请了，老弟你一定要赏光啊！"

裴洪业送走了许从延，立刻派快马去南京请拉法兰。说到底，他还是被那一成银子的提留打动了，这是神不知鬼不觉的勾当，自己每年在票号拼死拼活地干，十年也挣不来三万多两！

正月初八这天，得了许从延亲笔请帖的各大商家都如约来到了三笑楼。谁都不明白许从延葫芦里卖的什么药。去年韵瓷斋生意不错，听说全仗了一个外地来的伙计，可一个伙计能有多大能耐，能把景德镇整翻天吗？酒过三巡之后，许从延当众宣布了卢豫海的身份，并亲手给钧兴堂景德镇分号的大匾揭了幕。众人闻言一片哗然。钧兴堂的名号实在是太响亮了，没想到卢家居然派了个二少爷亲自来景德镇开拓生意，还隐姓埋名干了整整一年多！

众目睽睽之下，卢豫海终于露面。他先是给众人拜了年，又当众发誓，从此视许从延夫妇如同亲生父母，百年之后为他们二老送终行孝。众人又是一片哗然，韵瓷斋百十年的招牌，说换就换了！

白家阜安堂的大掌柜段云全就在上首酒席上坐着，跟卢豫海近在咫尺之间。他使劲揉了揉眼睛细看，可不是卢家二爷吗？那年他在钧兴堂探望病中的卢维章，正赶上卢豫海跟董克良在开封府大战之后被召回神屋，自己亲眼见过他。两年不见，没承想他竟有了如此之深的城府，做成了这等轰轰烈烈的大事。可钧兴堂的胃口实在是太大了，不但垄断了江北诸省的瓷器生意，还把手伸到自己眼皮子底下来了！

这顿突如其来的酒席，众人吃得可谓忐忑不安。一众人散去，宾客们纷纷直奔自家的铺子商议对策，一个个如临大敌的架势，可他们再有什么想法也晚了。正月初九一大早，钧兴堂景德镇分号的大匾高高挂起，震天响起的鞭炮锣鼓声无不向人宣告：钧兴堂来了！

发了新号坎的伙计们兴高采烈，以后大家就是钧兴堂的人了，钧兴堂谁不知道？谁不羡慕？人家烧的是正经八百的宋钧，还担着朝廷供奉的名号，怕是实力比老白家的阜安堂还大呢！

伙计们满院子找卢豫海道喜，却根本寻不到他，里里外外只有原来的老东家许从延坐镇。伙计们心里疑惑，找到伙计头老袁询问，老袁也是神秘地眨了眨眼，训斥道："都给我回去！该上柜的上柜，该跑街的跑街，大生意就要来了！"

卢豫海此刻正埋头在窑场烧窑，一直忙到元宵节，总算是提前烧出了头一批样品。正月十五的夜里，家家户户张灯结彩，关荷见卢豫海终于回家了，乐颠颠地张罗着煮元宵。

卢豫海狼吞虎咽，一连吃了几大碗，这才心满意足道："娘子，把我那身最漂亮的衣服整出来，过几天我要跟洋人谈生意！"

关荷吐了吐舌头道："洋人？哪一国的洋人？"

卢豫海得意道："法兰西人。"

关荷吃惊不小："法国人？眼下两国不是正打仗吗？"

"我就是瞅准了打仗才跟他们谈的，不然，我去哪儿找他们？你就瞧好吧，朝廷打不赢的仗，我卢豫海替朝廷打赢了它！"

关荷抿着嘴笑了，从柜子里把离开神垕时那身少爷的衣服拿出来，服侍他穿好，深情地望着他，好半天没说出话来。

卢豫海见她发呆，便笑道："你怎么了？"

关荷急忙抹了眼泪，道："没什么。这还是你当新郎的时候穿的呢！一转眼一年多了。唉，也是我没福气，连个……"

卢豫海知道她的心病。关荷昼思夜盼给他生个一儿半女，将来回神垕对卢维章夫妇也算有个交代。但到景德镇以来，他们夫妻俩虽说是朝夕相处，却也是聚少离多。卢豫海又一心扑在生意上，每每一回家，倒头就睡，连句话都懒得说，这样哪里生得出儿子来？关荷明白他太要强，不忍再让他分心，却也没少因为这个暗自垂泪。

卢豫海心里一沉，不无愧疚地脱了那身衣服，把她揽在怀里道："不就是个儿子吗？等打赢了这一仗，我好好在家歇上一段日子，还愁没儿子？"

关荷被他说得破颜一笑："就你逞能！有你这么生儿子的吗？"

卢豫海坏劲儿又上来了，嘿嘿笑道："那我就不明白了，娘子告诉我，怎么生儿子呀？"

关荷羞得涨红了脸，闭着眼睛，浑身打着冷战。卢豫海仰天大笑，拦腰抱起了关荷，大步向床边走去。

法兰西洋行驻华经理拉法兰是个四十多岁的人，留了一脸黄胡子，戴着副金丝眼镜，直到二月中旬才到景德镇。

自去年以来，虽然两国还没有正式宣战，但是战火却从海上一直烧到了陆地，越南那边已经是打得如火如荼了。战事初起的时候，法军捷报频传，说法国远征军陆军司令尼格里率军进攻谅山，广西巡抚潘鼎新不战而退，法军乘胜攻下了镇南关，直逼广西边境。在华的法国人闻讯无不弹冠相庆，以为清朝政府割地赔款已成定局。

拉法兰也是踌躇满志，不管蔚丰厚景德镇分号的裴洪业如何催促，就是不肯起程。他跟裴洪业也是老相识了，知道自己存在蔚丰厚的巨款让老朋友万般为难，却只装作没看见。

景德镇的中国商人都清楚他是专门收购瓷器的，哪个不想吞下他这笔生意？他越是拖，那些狡猾的中国商人就越急，局面自然是对他这一方越有利。

可拉法兰的如意算盘没打多久就告吹了，一到西历的三月末，噩耗突然传来，中国军队在钦命广西关外军务帮办、老将军冯子材的率领下，在镇南关下大破法军，取得了镇南关大捷，重伤法军司令尼格里！没过几天，又传来战报说中国军队乘胜追击，连破文渊、谅山等重镇，将法军赶到了狼田以南。法军自此一蹶不振，别说打到广西，眼看就连大本营狼田也守不住了！

这下子拉法兰顿时慌了手脚。再拖下去，不但会面临中国商人刻意抬高价格的尴尬，一旦清朝政府正式宣战，那笔巨款可就岌岌可危了。拉法兰再不敢拖，立即起身赶赴景德镇。

他一路上装作英国商人，躲过了不少盘查，一直走了十天才赶到。随行的翻译是个五十多岁的绍兴人，名叫钱百芒，一副干瘦精明的模样。其实拉法兰在中国待的时间也不短了，中国话都听得明白，只是此行事关重大，钱百芒又是自告奋勇陪同前往，便带了他以防不测。他却不知道钱百芒已经跟白家阜安堂的大掌柜段云全联系妥当，早就把他那三十六万两银子划在囊中了。

拉法兰胆战心惊地来到景德镇，当天晚上就住在了蔚丰厚景德镇分号里。裴洪业盼得两只眼睛都绿了，总算见到了老朋友。

两人开门见山地定下方案，明天秘密延请钧兴堂的人来，当场勘验样品的成色，一旦确认立即交割银子。钱百芒听了半晌，不由得大惊失色。他哪里知道就这么一个月的工夫，景德镇怎么平地里冒出来个钧兴堂？裴洪业肯定收了黑钱了！

钱百芒见他们主意已定，再不插话就来不及了，便用法语道："拉法兰先生，景德镇著名的瓷器店铺很多，为什么只让钧兴堂来呢？白家的阜安堂也很好啊，听说他们为了拉法兰先生你前来，早就专门准备了样品，为何不让他们一起来勘验呢？"

拉法兰正是内心惶惶之际，想了想也没觉出什么不妥，便用结结巴巴的汉语道："这样也好，明天就请裴朋友通知白家的朋友，不过别再请其他的朋友了。局面很混乱，我不想招来官府的朋友。"

裴洪业不知钱百芒跟拉法兰说了什么洋文，居然把阜安堂也拉进来了，又不便露骨地为钧兴堂说话，只得狠狠地瞪了钱百芒一眼。钱百芒却跟没事人一样，对他的敌意视而不见。

第二天，钧兴堂和阜安堂的主事人一前一后进了蔚丰厚。这次是卢豫海和段云全亲自出马，足见两家对这笔生意的志在必得。两个"朋友"见面，免不了寒暄一番，互相打探底细。

拉法兰见他们这般虚伪，忍不住道："你们中国人真是奇怪，明明想把对方打败，做成这笔生意，却装得很亲热，我很不理解。"

卢豫海不服气地笑道："洋商伙这话说得不对了，按我们中国的话说，这叫'买卖不成仁义在'。就是对头，私底下也不能生分了。哪儿跟你们洋人似的，动不动就舞枪弄棒的打架。"

裴洪业一时急了起来，生怕卢豫海性子暴烈，把洋人得罪了可怎么做生意？不料拉法兰却哈哈大笑道："我知道，中国是礼仪之邦，不跟人打架的。"

卢豫海嘟囔道："那也未必，你们在越南给打得还不够惨吗？"尽管这句话声音不大，拉法兰没怎么听清，却也唬得裴洪业脸色大变。

钱百芒偷笑了一声，道："两位大掌柜都来了，咱也别说废话，把样品都亮出来吧？"

卢豫海笑道："老段，你玩儿瓷器的时候，我还穿开裆裤呢！就你先亮吧？"

段云全正琢磨着怎么应付，却听见拉法兰奇怪道："卢朋友，你说的是什么意思？我从来没听说过。"

卢豫海龇牙笑道："您来中国才几年？你们洋文字也就那么二十来个，我们中国字好几万个，一时半会儿学不完！"

拉法兰素来对中国文化热衷不已，信服道："看来卢朋友很讲究礼貌。你说的对，中国文化博大精深，我虽然是外国人，愿意好好学习你们的文化，好好跟你们做生意！"

裴洪业鼓掌笑道："说得好！都是生意人，在商言商嘛！有银子赚才是经商的道理。大家不都图一个'钱'字吗？"

拉法兰神色肃然起来，摇头道："裴朋友说得不对，我是生意人，可我也是法国人，我热爱我的祖国！我的父亲在建立共和国的战争中献出了宝贵的生命，我以他为荣，以我的共和国为荣！"

裴洪业一时尴尬起来，卢豫海笑道："拉朋友，你误会老裴的意思了。经商固然以追逐利益为宗旨，但我们中国人讲究'天地君亲师'，还有句话叫'国家兴亡，匹夫有责'！我们中国商人里，从来不缺少尽忠报国的楷模！就在我们河南，春秋战国的时候，有个大商人叫弦高，是郑国人，在贩牛的途中听说秦国人来偷袭，又来不及回去报信，就把自己的牛赶到秦国军营里头，说是郑国的国王派来劳军的。结果自己的牛全给秦国人宰了吃了，而秦国人以为郑国早知道了消息，就撤兵回去了。你说，这位弦高老兄不就是你说的'热爱祖国'吗？这样的人多了去了……"

拉法兰道："弦高贩牛的故事，我在你们的历史教科书上读到过，很好。我还知道，你们中国有位著名的圣人叫孔子，他的弟子子贡就是个成功的商人！还有著名的范蠡朋友，是你们中国的'商圣'……"

卢豫海听他旁征博引，心里也生出几分敬意，便道："你说的这位范朋友，我们还管他叫陶朱公，嘿嘿，他也是我们河南老乡啊！不瞒拉朋友你说，我们卢家的传家宝里，有一本《陶朱公经商十八法·补遗篇》，就是从范老爷子那传下来的！"

拉法兰眼睛顿时一亮："能简单介绍一下吗？我对中国的商业发展史很感兴趣，我在巴黎大学攻读远东商业发展史的博士学位，你的传家宝很有，很有意思！"

卢豫海便道："这'十八法'足足这么厚！"

他夸张地比画着："我就简单把题目给你背背吧，我看你戴着老花镜，多了你老人家也记不住……"

卢豫海咳嗽了一声，道："生意要勤紧，切勿懒惰，懒惰则百事废；议价要订明，切勿含糊，含糊则争执多；用度要节俭，切勿奢华，奢华则银财竭；赊欠要识人，切勿滥出，滥出则血本亏；货物要面验，切勿滥入，滥入则质价减；出入要谨慎，切勿潦草，潦草则错误多……"

旁边的裴洪业、段云全和钱百芒都看得傻了。这是玩儿的哪一出啊？卢豫海跟拉法兰一个说，一个听。说的人侃侃而谈，听的人聚精会神，别人竟是连见缝插针的机会都没有！段云全额头冒出汗来，气得手脚冰凉。钱百芒也是目瞪口呆，只有裴洪业暗中竖起了大拇指，这个卢二爷真不是凡人，把洋人哄得跟个孩子似的！

卢豫海兀自继续背着："刚才说的是总纲，底下分的条目可就多了，就像在经营信用上：买卖信为本，经营礼当先；经营讲信誉，经商路自通；人无信不立，店无信不兴；一客失了信，百客不登门！就拿今天这桩生意来说，我当着明白人不说糊涂话，我就是挣拉朋友您的银子来了！可我要让你心服口服地把银子给我，不但给我，还得说我的东西成色好，说我卢豫海做生意守信用、讲信义！"

拉法兰听得如醉如痴，叹道："'人无信不立'，这句话出自儒家的《论语》吧？我总听中国人说儒商，今天总算见到了！谢谢！"说着，学着中国人的模样打了个千。

卢豫海心想：你又弄错了，打千是见面时用的，眼下老子跟你理论半天了，你还打什么？

段云全见卢豫海说了半天，兜了个大弯子又折回到自己的生意上，真是用心良苦啊。今天的风头让他一个人抢完了，自己再不能示弱。他好容易抓住这个机会道："拉法兰先生，现在就看样品吧？"

拉法兰如梦初醒道："对，对，看样品。"

段云全恨恨地打开了箱子，掏出几件成色十足的青花瓷器来，小心翼翼地放在桌上道："拉法兰先生，您上眼瞅瞅吧，全是顶尖的货色！"

拉法兰扶着眼镜凑了上去，仔细端详起来。他在景德镇收购了十几年青花瓷，算是个行家里手了。说实话，白家今天的确是志在必得，连压箱底儿的家伙都摆出来了。什么双陆尊、三羊尊、虬耳尊、蒜口绶带如意尊、撇口橄榄瓶、太白坛、菊瓣盘等，无一不是精妙绝伦，色泽、画法、工艺、造型处处都是上乘之作。

段云全见拉法兰不停地点头赞许，得意道："哼，光凭练嘴皮子算什么，做买卖看的是真功夫、硬成色！说得天花乱坠，一拿出家伙来就傻眼了！"

卢豫海谦恭地道："老段，今天我真是领教了，阜安堂树大根深，造诣非凡，钧兴堂的景号刚成立起来，今后还指望阜安堂多多提携呢。"

段云全趾高气扬地把脸扭到一边，并不答话。卢豫海一笑置之，对拉法兰道："拉朋友，该看我的了吧？"

钱百芒嘀咕了几句洋文道："我看白家的青花瓷就很好，也是多年的老朋友了，钧兴堂的样品还用看吗？"

拉法兰摇头道："市场竞争是残酷的，老朋友是老朋友，生意是生意。"

他这句话是用汉语说的，卢豫海就是听不懂钱百芒的洋文，也能猜出个八九不离十。他趁拉法兰转身的工夫，冲着钱百芒狰狞一笑，吓得他老实了许多。

拉法兰对卢豫海道："我想看看你们的样品，我希望卢朋友的样品跟卢朋友的口才、知识一样出色。"

卢豫海自信地笑道："那就请拉朋友上前吧！"

裴洪业的心都提到了嗓子眼。他看得出段云全是把阜安堂最顶尖的瓷器都拿来了，深深地替卢豫海担忧。

卢家钧兴堂烧宋钧那是没的说，可青花瓷与宋钧烧造技法迥乎不同，一个讲求烧造时的窑变，全凭天然形成；一个重视前期的描绘画技，人工占了很大因素。钧兴堂的景号这才成立不到一个月，原先那些韵瓷斋的能工巧匠差不多全给白家挖走了，一时半会儿哪来那么多上等的青花瓷？裴洪业恍惚之间觉得那笔提留银子离自己越来越远，不由得默默叹息起来。

就在裴洪业心怀鬼胎之际，卢豫海已把一个样品摆上了桌，是个玲珑剔透的静瓶。段云全死死盯着那件样品，尽管面上不愿露出来，暗中还是赞许不已。卢豫海是神垕烧宋钧的出身，不过一年多的工夫，居然把青花瓷拿捏得如此地道！虽说不上炉火纯青，也是一等一的货色。但老白家阜安堂毕竟是浸润在青花里两百多年了，功夫底蕴还是略胜一筹。段云全见大局已定，脸上微微露出胜利的笑意。

然而拉法兰的态度却大大出乎众人的意料。他目光炯炯地看着静瓶，眼圈红润起来，摘掉了瓜皮帽，朝着静瓶深深地鞠了一躬。段云全和裴洪业大惊失色，而钱百芒已然是面如死灰。段云全难以置信地站到拉法兰身边，去看那静瓶的正面。只见上面根本不是寻常见的风景、字画的图案，而是简简单单的蓝、白、红三块颜色，下面写了一行谁都看不懂的洋文。

卢豫海微笑道："拉先生，这件静瓶如何？"

拉法兰擦了擦眼泪道："卢朋友，非常的好！这是我们法兰西共和国的国旗，是我的先辈在葬礼上盖在身上的国旗！下面还有法文，写的是'自由、平等、博爱'，这是法国革命的象征！"

卢豫海道："还有哪！"说着又掏出来两三件，都是造型寻常的瓶、尊、洗之类。段云全瞪大了眼睛看去，件件上都有三色旗、宫殿、庙宇之类的风景。其中一个青花瓷盘更是让拉法兰看得心潮起伏，那瓷盘上画着几尊大炮，炮口对准了一幢城堡似的建筑，下面写着洋人的数字"1789"。

拉法兰忘乎所以地叫道："国旗！凡尔赛宫！巴黎圣母院！上帝啊，这是巴黎国民自卫队攻陷巴士底狱的场面！"

裴洪业、段云全都被拉法兰的失态惊得站在原地，只有通晓法国典故的钱百芒在心中哀叹一声，知道大势已去。拉法兰一家好几代都是法国资产阶级革命的积极参与者，他的父亲、爷爷、爷爷的爷爷都在历次革命里或牺牲捐躯、或功成名就。那法国国旗就是革命的象征，凡尔赛宫则是法国议会所在，攻陷巴士底狱更是革命的开端之战！拉法兰猛地看到这些，没放声痛哭就不错了，这点失态算什么！

拉法兰紧握住卢豫海的手道："看到了熟悉的景色，就像回到了我伟大富饶的共和国！马上就是共和国的国庆日了，这些礼物太珍贵了！卢，我谢谢你！"

卢豫海不动声色地道："谢个球啊，我这是挣你的银子呢……我还有个好玩意儿呢。"说着又拿了尊滴水观音出来。

其实滴水观音在景德镇是平常之物，再小的门脸里都能找出个十件八件的。可卢豫海硬是生生地给观音菩萨换了身洋人的衣服。在拉法兰眼里，那仁慈端庄的笑容，那俯视众生的姿态，这尊滴水观音根本就是天主教的圣母玛利亚！而从圣母手中净瓶里缓缓滴出的水珠，正好落在脚下一个小天使捧着的水罐里，竟是分毫不差。

拉法兰哆嗦着手，从怀里掏出一个金光闪闪的十字架，放在嘴边亲吻了一下，朝圣母像连连画十字，喃喃道："这个太神圣了，太奇妙了，我要买下来送给我的母亲，还有我亲爱的妻子爱玛！"

话说到这里，局面胜负再明显不过了。任你老白家的青花瓷再好，洋人里有几个是真正懂行的，看得出毫厘之间的细微高下？人家拉法兰买瓷器是搁在法国货架上卖的，那些没见识的洋人一见什么这宫那院的，还有他们的国旗、洋菩萨，而且是漂洋过海的正宗中国瓷器，还不都疯抢吗？想到这里，段云全心里已经凉透，这一仗败得确实窝囊，却实在是输得心服口服。卢豫海不过是二十多岁的年轻人，他这是从哪儿打听出来的？

拉法兰激动不已道："裴朋友，你现在就交割银子吧，所有的银子都交给卢先生！"

裴洪业心里跟打翻了蜜罐一样，大声道："得嘞！卢大掌柜，整整三十六万两啊！钧兴堂景号刚成立，就做了这笔大买卖！老汉我服了你了！"

卢豫海却转了转眼珠子，大声道："且慢！这笔生意，钧兴堂不能独享。"

拉法兰诧异道："卢朋友是什么意思？难道这笔银子不够多吗？"

卢豫海摇头道："多是够多了……拉朋友不是对中国商业之道感兴趣吗？请问，你知道不知道'留余'二字？"

拉法兰纳闷地摇摇头。

卢豫海道："'留余'都不知道，还博士呢！告诉你，这'留余'二字是我们豫省商帮的古训。'留余'有四种境界：'留有余，不尽之巧以还造化'，就是说要留余给山川风水；'留有余，不尽之禄以还朝廷'，就是说不能为富不仁，商贾要心系国家；'留有余，不尽之财以还百姓'，就是说生意不能做绝，要给对手留有余地；这三样都做到了，才能'留有余，不尽之福以还子孙'，就是给子孙积下了阴德——我们中国说'佛祖保佑'，按你们洋教的说法就是'上帝保佑'了！咳，我说了半天，你听得懂吗？"

拉法兰被他说得应接不暇，好半天才道："好像懂了一些……不过你的意思我明白了，是不是你要分一些生意给这位段朋友，让你们的佛祖保佑你的子孙？"

他听得懵懵懂懂，可裴洪业和段云全都听得再明白不过了。段云全惊喜道："二爷，您真要分给我生意吗？"

卢豫海笑道："不错！钧兴堂初来乍到，说什么也不能不给阜安堂这个面子——这样吧，我们景号取个整数，那零头就给你们阜安堂做吧！说实话，洋人里还真有懂行的，阜安堂的青花瓷毕竟还是有名气的，不能让洋人光瞅稀罕，得让他们长点儿见识……"他转向拉法兰道，"拉朋友，你看怎么样？"

拉法兰还在琢磨着"留余"，听见卢豫海问自己，便道："这样也好。我的选择就更多了，客户也会更满意，谢谢卢朋友为我着想！我要回房去了，卢朋友讲的事情，我要马上记录下来，回国路上好好体会。"

事情到这里已是功德圆满。段云全对卢豫海佩服得五体投地，什么是大商？这就是大商！一个零头就是六万两白花花的银子啊，这回不但没有空手而归，还学了不少本事。看人下菜碟是生意经里最基本的道理，但凡做生意的谁不懂得？可人家卢豫海就能独辟蹊径，处处挠到洋人身上最痒的地方，不但银子到手了，洋人还觉得花得值！

段云全含泪收好了样品，唏嘘感慨着告辞了。钱百芒见他连一点儿对自己的表示都没有，急得直叹气。

裴洪业心里多少可惜那六千两银子的提留，可白得了三万两也不是小数了，便凑过去低声笑道："老钱，你也别生气，白家的生意是卢家赏的，跟你没关系！"钱百芒气得狠狠剜了他一眼，知道自己白跑一趟，却也只能吞这块黄连苦果。

出门之际，卢豫海悄声对裴洪业道："老裴，提留的一成还按三十六万两算，你帮了钧兴堂的大忙，不能吃这个亏。"裴洪业身子一震，正想推辞，但见卢豫海仰天大笑而去，兀自喊着"得劲！真得劲！"

第十六章

千里回援

1 渔阳鼙鼓动地来

拉法兰用三十六万两银子收购的青花瓷器，因为数量实在惊人，直到光绪十一年初夏才算准备停当，按计划走陆路运到了九江府。拉法兰在南京急得团团转，唯恐耽误了西历七月十四的法国国庆日，三天一封快信催问进度。一听说货备齐了，他立即从南京包了四艘机轮船直下九江码头。九江府是座名城，长江中下游的航运重镇，每日在此中转停靠的大小轮船不下千数。但四艘洋人的机轮船齐刷刷地停在码头里，也是前所未有的盛事，看热闹的人络绎不绝。

装船的那天，钧兴堂景号和阜安堂的送货队伍浩浩荡荡赶着车子过来，立即引来了无数道好奇的目光。卢豫海和段云全骑马走在最前边，自然最受人瞩目。段云全从商几十年了，从未遇见过如此壮观的场面，激动得无以复加。卢豫海倒是一副从从容容、不慌不忙的模样。等二人在埠头上下了马，卢豫海回头朝钧兴堂景号的人打了个手势，一面大条幅从队伍里呼啦啦竖了起来，正面写着"九江父老物富人丰"，背面写着"钧兴堂景德镇分号恭祝"！二百多个伙计和雇来的脚夫每人从怀里掏出个大红色的小旗，漫天舞动着，齐声大喊道："钧兴堂，威名扬，出景德，到九江，咱的货，漂过洋！英吉利，法兰西，谁都夸咱手艺强！"

卢豫海朝他们大吼道："得劲不得劲？"

众人齐声回应道："得劲！"

这句河南土话从二百多个江西老乡嘴里吼出来，多少变了些味道，可卢豫海依旧是听得热血沸腾。按他的想法，钧兴堂走到哪儿做生意，都是豫商，哪儿有豫商的伙计不会喊"得劲"的？出门之前，他临时训练了一个下午，才折腾出这场好戏来。段云全看得目瞪口呆，周围看热闹的不下几千人，这下子谁不知道景德镇出了个钧兴堂？谁不知道钧兴堂的生意做到了英吉利和法兰西？想必不出两天，九江府就要众人皆知了，这比雇一千个跑街的伙计去吆喝都管用！可这么个好点子为何自己没想到？段云全摇头叹息之余，又一次感受到了技不如人的悲哀。

拉法兰早就在埠头上翘首等着，见卢豫海精心安排的这个场面，也是佩服地连连点头。卢豫海和段云全领着拉法兰清点交割货物，拉法兰发现多出来两车，诧异道："卢朋友，合同上没有这两车啊？"

卢豫海笑道："拉朋友，这批瓷器得漂洋过海，海上风浪滔天，捆得再严实也难免有破损。这两车算是我们钧兴堂额外白送的，就当是给老太太和你媳妇的见面礼。说白了，合同上是没有，但你掏了三十六万两银子，拉到法国只有三十五万两的货，你们洋人该说我们中国人不地道了。我不能给中国商人丢这个脸！"

拉法兰钦佩道："这就是豫商的'留余'吗？"

卢豫海眼泪都笑出来了："对！你还挺用功啊！"

拉法兰叹道："我一直以为贵国重农抑商，想不到在商业文化上还有这么多的独到见解，回国的路上，我终于可以静下心来完成我的博士论文了。"

卢豫海拍拍他的肩膀道："好好用功吧。我们好玩意儿多了，不怕你'博士'了去！"

一百六七十辆车的货眨眼工夫就装上了船，拉法兰跟卢豫海和段云全挥手告别，眼神里充满了依依不舍。卢豫海大声吼道："一路顺风！二爷还等着你送银子呢！"四艘机轮船马达轰鸣，一会儿工夫就不见了踪影。卢豫海看着看着，原本兴奋的脸色沉了下来，回去的路上一句话也不说。段云全问道："钧兴堂这下真的是名声大振了，二爷怎么还不开心啊？"卢豫海铁青着脸，好半天才道："机轮船就是厉害！我在钧兴堂汴号船行里造的太平船，每艘能装一万斤的货，我以为已经够大了。可你瞧瞧洋人的机轮船，那么多的货装上去，刚到船上的吃水线！运货也好，打仗也好，又快又稳，怪不得朝廷整天打败仗！"说着，狠狠抽了一鞭子，马儿嘶鸣一声，撒蹄飞奔而去。段云全听得不明所以，但见一骑绝尘之处，再也看不见他的身影。

卢豫海手创钧兴堂景德镇分号，又做成了拉法兰这笔大生意，一时间在景德镇出尽了风头。许从延和关荷见他大功告成，便催他向神垕老家报喜。卢豫海夫妇自光绪八年离开神垕，从未向家里写过一封信，两下里音讯断绝快三年了。眼下卢豫海终于建功立业，再不去信实在是说不过去。卢豫海架不住许从延和关荷的一再催促，终于提笔给神垕老家写了两封信。一封是给钧兴堂总号老相公苗文乡的，信很简短，说的无非是景号已经按照豫商的规矩成立了、他自己做了大相公、生意开拓也很顺利、特请总号派账房先生来驻号合账等生意上的事。第二封是写给父亲卢维章的，详细陈述了离家以来的种种遭遇见闻，把生意上的进展一笔带过了。这封信写得情真意切，言语动人，洋洋洒洒不下万言，最后才委婉地请求父亲准许他回乡探望。

两封信发出去了，卢豫海自此天天盼着神垕来信。孰料转眼间一个月过去了，却连只言片语都没寄来。卢豫海的性子本来就急，脾气越发大了，见了不顺眼的事张口就骂。除了许从延老两口，就是关荷都时不时被他痛斥一番，更别提下面的相公伙计了。一时间，景号里人人见了他就跟老鼠见猫一样，唯恐事情做得不当而挨骂。直到第二个月中旬，神垕那边终于来了消息。伙计们见来人衣衫不整，满面风尘，又是满口的河南话，推测跟大相公多少有些关系，立即把他领进了后堂。碰巧卢豫海刚骑上马要出门，一见来人立刻叫了起来："象林！你不是苗象林吗？"

苗象林抢步跪倒在马前，痛哭失声道："二爷！我可找到你了！你得为我爹报仇啊！"

卢豫海大惊道："你爹？苗老相公怎么了？"

苗象林放声痛哭起来，似有满肚子的委屈难以倾诉。卢豫海从他的神色中看得出神垕目前肯定是一个翻天覆地的局面，强压住一腔不安，把苗象林拉到了自己房里。关荷正准备着回神垕带的各式礼物，乍看见苗象林的模样也是惊慌失措。苗象林哭了半天，终于开口道："二爷，我爹对卢家忠心耿耿，却被你大哥活活逼死了，你得为我爹做主啊！"

卢豫海但觉四周阴风森森而至，颤声道："你，你慢慢说。我自有分寸。"

苗象林悲切道："这话说起来长了，你让我怎么说啊！"

卢豫海终于忍不住了，大怒道："你还是个爷们儿吗？有话就说，说不出来，一头撞死去吧。"

苗象林给他这么一骂，反倒冷静了下来。关荷见他嘴唇都起了水泡，忙端给他一碗茶，苗象林咕咚咚两口喝完，这才把事情的原委说了出来。

自卢豫海和关荷离开神垕老家后，卢维章便退居幕后。钧兴堂的日常事务统统交给卢豫川去打点。卢豫川刚一掌权的时候，也是萧规曹随，凡事都按照卢维章惯常的做法处理，倒也一直没出什么乱子。

光绪九年的春上，慈禧太后的万寿庆典在京城举行，卢家呈送的三十六件寿瓷大放异彩，轰动了京城官场。后党的官员们趁机称赞这是天降祥瑞，老天都认为太后劳苦功高，要不然宋钧失传了六百多年，雍正、乾隆、嘉庆、道光几代皇帝都没能恢复过来，怎么偏偏在太后垂帘听政的日子里恢复了？大内总管李连英也没少说钧兴堂卢家老号的好处，慈禧太后一时大喜，赏了卢维章一件黄马褂，恭亲王也亲笔题写了匾额"宋钧遗韵"。两件赏赐从京城运到河南，巡抚马千山虽是百般不情愿，也只能亲自护送这两件皇室的赏赐来到神垕。卢家在窑神庙花戏楼连唱了十天的大戏以示庆贺，卢家老号和卢维章的名望一时达到了顶峰。

卢豫川被这样大好的局面鼓舞了起来，决定乘胜出击，同时开办钧兴堂的京号、津号和保定分号。老相公苗文乡对此怀有异议，认为摊子一下子铺得太大，总号的五处窑场难以供给，建议暂缓开办。卢豫川还是吃亏在心胸上，他总以为苗文乡是不忘当年汴号受辱之仇，故意阻挠他建功立业。杨建凡是此刻唯一可以左右局势的核心人物，卢豫川对他也是言听计从。杨建凡本来赞同苗文乡老成持重的观点，但他也深知卢豫川一心要做几件大事，不忍泼他一瓢冷水，就抱定了中立的立场。卢豫川和苗文乡两人争执不下，官司一直打到了卢维章那里。不料卢维章听了二人的陈述后一语不发，只是淡淡地表示：钧兴堂是卢豫川说了算，自己安心养病，不愿插手，今后生意上的事情也不要再来问他。苗文乡顿时目瞪口呆，心里凉了半截。

卢豫川得到了叔叔的默许，立刻把苗文乡、苗象天父子冷落一旁，亲自领了一批亲信远赴直隶。不到两个月，钧兴堂的京号、津号和保号都建了起来，声誉日隆，大额订单雪片似的飞到神垕钧兴堂总号。卢豫川认为，这是得了皇封后慕名而来的生意，便志得意满起来，连杨建凡的话也听不进去了，不管他和苗文乡"慎重初战"的再三建议，欣然就批准了新建三处分号上百万两银子的订单。杨建凡无奈，只得亲自下窑督造，五处窑场日夜赶工烧制宋钧。

都说天有不测风云，光绪十年河南瘟疫成灾，得病的人上吐下泻，出不了十天就一命呜呼了。卢家老号一下子损失了四五百个伙计，这无异于釜底抽薪。眼看离交货的日子越来越近，还有一半的订单没有完成。苗文乡当初之言竟一语成谶。卢豫川这才意识到大事不妙，不得不亲自去京号、津号和保号周旋，无奈买主来个了闭门不见，托人传话说：不能按时交货就照契约来，该罚的银子少一两都不成！卢豫川吃了个闭门羹，灰溜溜地赶回了神垕。危机四伏之际，他不得已重新起用了苗文乡。众人再次细细琢磨了一遍契约，无不是胆战心惊。原来契约上写得清楚：一旦钧兴堂无法按时交货，不但全数讨回预支的三十万两定金，就是烧出来的宋钧也不要了，还得追罚四十万两！

钧兴堂为了赶制这批宋钧，已然是倾注了全力，自家的银子和三十万两的定金全变成了宋钧存在库房里，目前能挪用的银子不过十多万两。卢豫川不甘心就此一败涂地，急中生智，决定高价向镇上各大窑场购买宋钧，银子不够的，以来年的生意做抵押，务必要把这笔订单的数目凑足。镇上能烧造宋钧的无非是董家和卢家，其余的窑场只能烧造日用粗瓷而已。卢豫川对此焉能不知，只好硬着头皮向董振魁求救。董振魁倒是乐意伸出援手，却也提出两个条件，一个比一个苛刻：不但要卢家以高价收购，还要钧兴堂把留世场、余世场两处窑场交给董家经营一年！卢豫川和苗文乡、杨建凡等人合计之后，这笔损失差不多也赶得上违约的处罚了。人家买家要的无非是银子，而董振魁直接张口就要窑场，这是挖卢家这棵大树的树根来了！卢豫川被逼到了两难的绝境，一头是违约失信，刚刚建起来的三处分号濒临倒闭；一头是丧权辱国，割地赔款，跟窝囊废朝廷还有什么区别？

卢豫川走投无路，只得找叔叔求救。卢维章也想不到短短一年，钧兴堂居然在卢豫川手里败落成这个局面，就是他出面也只怕是回天无力了。卢维章左思右想，抱病领着卢豫川去董家求情。董振魁偏偏在此刻到外地游玩去了，留在家里主事的董克良对卢维章恭恭敬敬，却一口一个事关重大，还是得等父亲回来再说。卢豫川有心多说几句，董克良居然请出了大哥董克温！董克温一句话也不说，只是默默地看着卢维章和卢豫川，但他仅有的一只眼睛里，分明是灼灼燃烧着的仇恨之火。卢豫川自知理亏，只得和卢维章无功而返。

卢维章毕竟是老谋深算，他对新建的三处分号骤得的巨额订单始终不解，让苗象天秘密去调查底细。等苗象天回来，众人这才清楚，原来这批订单全是梁少宁暗中操纵订下的，可梁少宁去哪儿弄来的这三十万两银子的定金？肯定是董振魁在幕后操纵的这一切！梁家怎么又和董家搅在一处了？众人开始时对此百思不得其解，后来总算想明白了：那梁少宁原本以为关荷成了二少奶奶，卢家多少能帮衬梁家一些。可他没料到，卢家根本不认他这个亲家，婚礼上还再三羞辱，难免对卢家恨之入骨。董家则是发誓要替董克温报仇，再加上嫉恨卢家又是太后赏马褂又是亲王赐匾额，却不便直接出面跟卢家交手，梁少宁脓包一个，又对董家理亏心虚，无疑是做傀儡的上佳人选。

真相大白之后，众人无不是瞠目结舌。卢豫川深知这都是因为自己建功心切，再加上大意轻敌，被董振魁抓住了破绽，才造成今日满盘皆输的局面。钧兴堂总号此时已是乱成了一锅粥，因为没了后续的银子，各处窑场都停了火，家里染上瘟疫死了人的伙计还眼巴巴等待总号救济。在苗文乡父子的鼓动下，不少人联名上书卢维章，提出召回二爷卢豫海主持大局，连杨建凡都慨然附议，卢豫川也是黯然无语。卢维章沉思良久，驳回了苗文乡等人的动议，决定一方面倾销目前的库存，兑换成现银，另一方面以钧兴堂全部的产业为抵押，向西帮票号借款还债。到了交货的日子，卢家总算凑够了七十万两银子的巨款。

此番大败之后，已是光绪十年的年底了。钧兴堂把卢维章治病的银子都拿出去还债了，哪儿还有银子过年？卢王氏私下里典当了首饰，有了几千两银子的进项。卢维章又把大半拿出来接济家境困难的伙计们，卢家只留了很少的一部分。光绪十一年的春节是钧兴堂有史以来最艰难的一个春节了。

卢豫川满心渴望掌权之后大展宏图，却一时不慎害得卢家倾家荡产。这个打击对他来说非同小可。大年夜刚过，卢豫川就一病不起，高烧不退，整天一会儿哭一会儿笑，不停地说着胡话。卢维章只好重新出面主事。因为家中无钱治病，药也停了，卢维章没出正月就再次病倒。钧兴堂眼下竟是群龙无首的局面。幸亏禹州陈家的二小姐陈司画得到消息后不计前嫌，背着父母送来了一千两银子，卢维章叔侄才有了抓药救命的钱。到了二月末，票号的人络绎不绝地来到钧兴堂总号，索要半年的利息银子，张口就是十万两。钧兴堂此刻哪里拿得出这个数目来？苗文乡让杨建凡跟他们周旋，自己跑到钧兴堂报信。

卢维章的病情刚刚有些起色，卢王氏死活不许苗文乡跟他见面。苗文乡无奈之下只得找卢豫川商议。不料卢豫川大病初愈，神情还恍惚着，一见苗文乡竟跟见了仇人似的，劈头盖脸地一番辱骂，说他是私通董家的奸细，是见死不救的败类，故意看着自己中计而不劝阻，就是要活活逼死他之类的混账话。苗文乡这几个月为了凋敝的局面耗尽心力，冷不防被他这么糟践一通，当场气得昏厥过去。给抬回家不久，老头子越想越放不下，自己为钧兴堂操劳半生，到头来却是这么个大东家不见、少东家凌辱的结局！一时间满腔羞愤郁积在心里，一口气没上来竟是撒手西去了，弥留之际只说了一句话"快请二爷回家！"

卢豫海一走就是三年杳无音信，就是想找又去哪儿找？苗象天和苗象林抚尸大哭，全然没了主意。出殡那天，久病不起的卢维章亲自给苗文乡抬棺送葬，又是一口血吐在墓前。杨建凡领着钧兴堂总号的一干人乌压压跪倒了一片，哭求卢维章收回成命，召卢豫海回家挽回残局。到了这个千钧一发的时刻，卢维章却仍是断然拒绝。

卢豫海的两封信就是在这个节骨眼上来到神垕的。在卢维章的安排下，杨建凡此刻接替苗文乡做了老相公，苗象天子承父业，做了二老相公。两人见到书信惊喜万分，谁都没想到钧兴堂总号衰落至此，二爷却在强手如林的景德镇做得红红火火，看来天无绝人之路，总号有救了！二人一路抹着眼泪赶奔钧兴堂。卢王氏也接到了儿子的家信，却没敢告诉卢维章。跟两个老相公商议后，卢王氏决定召回儿子。杨建凡和苗象天筛选了半天，让已经是总号账房小相公的苗象林立即动身，千里远赴景德镇搬救兵。苗象林一人一马离开了神垕，在信阳府又遭了土匪抢劫，值钱的东西都被一扫而光。山穷水尽之际，他牢记此行关系到钧兴堂的命运，便一路忍辱负重，要饭乞讨，千辛万苦才来到了景德镇。这就是以往的经过了。

就在苗象林哭诉前情的时候，许从延老两口也悄悄在一旁坐下。卢豫海、关荷和苗象林竟丝毫没有察觉。待他讲完，许从延顿足道："豫海，你一刻钟也莫要耽搁了，这就起程回神垕！景号这里有我老头子照应，出不了事！你就告诉我那老弟弟老弟妹，不管总号欠了多少的债，景号独力承担下来。这块牌子倒不得！"

卢豫海"腾"地站起道："我现在就走，象林跟关荷一起在这里等着，先别急着动身。神垕那边还不知道怎么样呢！等着我的书信吧——爹，现在账上还有流动银子二十多万，留十万在景号，其余的我得带走！您老跑一趟蔚丰厚，让老裴开个见我本人才能兑付的银票，我一会儿就赶过去拿。"

许从延不容置疑道："二十八万两银子，你全带走！景号这边还有一笔三万两的银子就到了，足够用一阵子。总号是大树，分号是树枝，大树都死了，树枝再结实有什么用！你稍微收拾一下，我这就找老裴去，咱们爷俩蔚丰厚见！"老头子说着后半句，推门就走了。许张氏也被这惊心动魄的故事惊呆了，此刻缓过神来，忙跟关荷一起给卢豫海收拾行装。关荷的心剧烈地跳着，嘱托道："二爷，苗相公刚在豫鄂交界的地方吃了亏，你就一个人，还带着银票，千万要小心啊！不行就绕开小路走官道……"卢豫海一肚子焦虑没处发泄，陡然怒道："你老公公就快死了，你还要我绕道！我恨不能插了双翅膀，现在就飞回家去！"

知夫莫若妻，关荷岂能不知他现在的心情？挨了这通没来由的抢白，她却也不反驳，兀自流着泪收拾着行囊。卢豫海一会儿叫爹，一会儿又发脾气，苗象林早就愣住了，懵懂地看着他。卢豫海背上包袱，又把随身带的短刀抽出来比画了一阵，对苗象林道："你们见了我的书信再动身，你二少奶奶不知道路，记得多带伙计跟着，实在不行就雇俩镖局的师傅！二少奶奶有了半点闪失，我要了你的命！"苗象林赶紧应承下来。卢豫海大踏步出了门，关荷追上去扶着门框，叫道："二爷！一路小心！"卢豫海哪里还有心思答话，头也不回地催马而去了。关荷软软地倒在许张氏怀里，一股眼泪夺眶而出。许张氏替卢豫海打圆场道："儿媳妇，男人就是这个模样，风风火火地说走就走……"

关荷含泪摇头道："我不怪他，我只是担心就这么回到神垕，公公婆婆见了我，万一……"说到这儿，许张氏也明白了她是担心什么，难过地抚着她的脸道："江西的风水妨了你了，别发愁，到了神垕就能生了……"关荷给她触动了心事，泪水如同断线的珍珠，扑簌簌掉了下来。

2　在行商无疆

卢豫海一路马不解鞍，人不下马，纵穿赣、鄂、豫三省，日夜兼程赶往神垕老家。他此行须臾不敢耽搁，人累了就在马上打个盹，马累了就找驿站就地卖掉，买了新马接着赶路。屁股不知何时磨破了，他也顾不得歇息，咬牙攒眉忍着痛继续前行。到了第八天头上，这才遥遥望见了阔别三年的乾鸣山。卢豫海近乡情怯，拨着马头兜了好几个圈子，这才打马驰进了神垕镇。

钧兴堂门口挂着恭亲王亲手题写的"宋钧遗韵"匾额，落满了灰尘，显然是久已无人打扫。卢豫海在门前下了马，见大门紧闭，便用劲擂了起来。他眼圈泛红，满腹的话却一句也说不出。钧兴堂门口就有五六个人蹲着，正有一搭没一搭地闲聊。见他过来叫门，有人就笑道："兄弟，省省力气吧。你也是来讨债的吗？"

卢豫海惊诧地回头道："怎么，你们都是来讨债的？"一人磕着烟锅子道："可不是吗！卢家不中啦，欠了一屁股的债。我们分成两班，一伙儿在他们总号那里，一伙儿在这蹲点！什么钧兴堂，还宋钧遗韵呢，有种的别借钱啊？连十万两银子的本钱利息都付不起！"卢豫海狰狞一笑道："要是卢家真的还不起了，你们还打算怎的？""呸！卢家真敢对赖，我们抄了他的家，分了他的家产，抢了他的老婆！"

一人淫笑道："听说卢豫川的老婆是个娼妇，可惜他们家老二不在，二少奶奶是个绝色的大丫头，没成亲就被卢老二搞大了肚子，想来也是个风流……"

卢豫海没等他说完，一鞭子就抽下去。这一马鞭用足了全力，那人脸上顿时绽开一条血口子，槽牙都隐隐露出来了。疼得他捂着脸惨叫起来。众人见状嗷嗷叫着扑向卢豫海。卢豫海握着鞭子吼道："老子就是卢家老二，顶天立地的拼命二郎卢豫海！你们谁敢来送死？"

　　钧兴堂临着大街，往来的行人络绎不绝，一见门口伤了人，早就围过来一大群人看热闹。有人认出了卢豫海，惊叫道："真是二爷！卢二爷回来了！"

　　卢豫海一时兴起，从怀里掏出来银票，朝众人迎风一展，恶狠狠道："你们都看仔细了！蔚丰厚的银票，凭票见人立兑白银二十八万两！从今天起，谁再说卢家欠债不还，老子拔掉他的舌头！"

　　镇上的人谁不知道卢二爷的名头？大家见他凶神恶煞地站在钧兴堂门口，马鞭子上还滴着血，全都不敢吱声。几个要债的扶着受伤的同伴，挤出人群屁滚尿流地跑了。卢豫海冷笑道："各位乡亲，烦请大家互相转告一声，二爷我在江西景德镇赚了钱，今天回家了！凡是跟钧兴堂有仇的、有怨的、有过节的，都来找二爷我吧！要银子有银子，要鞭子有鞭子，要命的话二爷我陪他玩命！"

　　门外这么大的动静，总算惊动了里头的人。钧兴堂的大门微微开了一条缝，老平小心翼翼地探出头来窥视。他一见卢豫海的背影，使劲揉了揉眼睛，确定无疑之后，他无声地张大了嘴，好一阵才哭喊出来："二爷！真是你吗？"

　　卢豫海回身，见他立马就要开哭了，不耐烦道："哭什么！你的脸怎么了？"老平擦了眼泪，羞愧道："唉，给债主们打的……二爷，您赶紧去见见老爷夫人吧，您再不回来，大家都愁死了！"卢豫海瞪了他一眼道："满嘴胡说！什么死不死的，二爷一回来，死人都能弄活！"说着健步朝钧兴堂里走去。钧兴堂好久没有这么扬眉吐气了。老平索性大开了门，站在门口道："你们听好了，我们家二爷回来啦！"

　　众人这才爆发出一阵惊呼，感叹着四下散去。顷刻之间，"卢家二爷带着二十八万两银子回到神垕"的消息传得神垕镇无人不知无人不晓。卢家中计衰败以来，董振魁躲在圆知堂里偷笑了好几个月，闻讯更是震骇不已。景德镇那边跟董家一直有书信往来，卢豫海什么时候在景德镇落的脚、还挣下那么多银子？这三年来竟是一点迹象都没有提及，难道是他在景德镇挖到金矿了不成？董克温和董克良也是难以置信。卢豫海本事再大也是个人，就算他离开神垕之时带着起家的银子，就这么三年任他折腾，也绝不会做得如此风生水起，还是在有瓷都之称的景德镇！

　　董振魁皱眉道："老大，你去给阜安堂的段云全大掌柜写封信，问问他卢豫海是不是真的在景德镇挣了钱。老二，你想办法让那些票号老帮们都知道，卢家有银子了，叫他们去看看那银票是真是假！"两兄弟领命下去了。董振魁在书房里急促地踱步，想了半天也没弄明白卢豫海究竟是如何在景德镇发的家。他不由得长叹一声，颓然坐在椅子上。

　　卢维章刚刚服了药，正靠在床头假寐。卢王氏陪坐在一旁发呆。家里最后一点流水银子也支出去了，马上就是月底，去哪儿找银子给下人发月钱？就算弄来了，下个月怎么办？难道还得用当年的老办法，不得不遣散下人吗？卢王氏忧心忡忡地想着心事，脸上一点儿也不敢显露出来。票号讨债的事一直瞒着卢维章，生怕他因为这个加重病情。可纸包不住火，老平出去说好话，居然被人打得鼻青脸肿，看来票号的人绝不会善罢甘休，这么大的事情早晚得摊到桌面上。卢豫川已经四五天没来请安了，也不知他这疯疯癫癫的病症什么时候才能好，就是好了，卢家还能交给他掌管吗？逼死了老相公苗文乡，总号上下没一个人不恨他的，就连杨建凡都当众骂他忘恩负义……回想起春天的时候，太后的黄马褂、恭亲王题写的匾额送到神垕，那个万众敬仰、风风光光的场面就在眼前，谁知道一年不到，家里就成了眼前这个揭不开锅的样子。幸好陈司画那个丫头心眼善，送来了一千两救急的银子。可卢家拿了这笔钱，心里愧疚啊！儿子的家信里说得挺多，可只字不提关荷生没生孩子，卢维章的身子眼看朝不保夕，要是临死前连孙子都看不见，这不是死不瞑目吗？

卢豫海就是在这个时候一头闯进后堂的。钧兴堂的丫鬟下人蓦地看见二爷回来了，仿佛善男信女看见菩萨显灵，一个个傻乎乎地站在原地。卢豫海也没让人通禀，推门就进去了，如同平地里长出来一般出现在卢王氏眼前。卢王氏简直不敢相信自己的眼睛，冲过去上下摸了一遍，这才一声啜泣哭了出来。卢豫海扶着母亲，跪倒在床头道："不孝之子卢豫海，给父亲磕头了！"

卢维章眼没睁，身子却急剧地震动起来，淡淡道："谁让你回来的？"

卢王氏脱口而出道："我！"

卢维章微启双目道："妇人之仁！你想陷我卢维章于何地？赶他走的时候我说得明白，除非建功立业以功抵罪，否则永世不得回神垕！你见家里艰难了，债主都逼到门口了，老平也给人打了，你就没了主意，把这个孽障叫了回来？你想过没有，这是打我卢维章的脸啊……"卢王氏心里一惊，想不到这些事他都了如指掌！亏得自己百般小心，只字不提，却根本没瞒住。卢王氏忍不住道："家都要给人家收走了，你还顾着什么脸面？何况儿子这次不是一个人回来的，他还带着……"

"还带着他儿子吗？"

卢王氏张口结舌道："这，这倒没有……他带了整整二十八万两银子回来了！"卢维章这才睁开眼睛，直直地盯着卢豫海道："你说，你的银子哪儿来的？"

卢豫海见到父亲被病痛折磨得形销骨立，泪流满面，忙哽咽道："父亲，儿子在景德镇把钧兴堂的景号建起来了，又跟洋人做了笔大买卖，单这一笔就足足赚了二十万两银子！我是听说总号有了难处，过来送银子来了！爹要是不让我久待，我明天就动身回景号！"

卢维章轻笑道："你当我是三岁小孩吗？景德镇是什么地方，我多年前就想把生意拓展过去，可一个白家阜安堂就能把你压得死死的！你有三头六臂吗？一派胡言！"卢豫海从怀里掏出银票，递给了卢王氏。她一看见银票就语无伦次地叫道："老爷，你不信儿子，可这银票有假的吗？蔚丰厚的银票是假的吗？"她越说越急："老爷，儿子有了出息回家了，你不高兴，我还高兴呢！家门都快被讨债的挤破了，你一点儿不着急，还对儿子发火！"

卢维章强撑病体，坐了起来道："豫海，你把怎么建的景号，怎么跟洋人做的生意，好好跟我讲讲。要是敢说一句谎话，我打断你的腿！"

不见父亲发话，卢豫海也不敢坐，就站着把这几年的事情捡了主要的说了一遍，最后道："临行之时，我从家里偷拿了父亲一套八十卷的《海国图志》。本想着南边风化大开，洋人遍地，多少能有些作用，谁知真的帮了大忙！魏源老夫子写得真是详尽，山川地形、各国概况、民风民情无所不包。可惜只是写到了道光二十三年。孩儿生怕弄错，又专程从南昌府请来了一个同文馆的通事，逐一核对无误，这才烧出来了第一窑的样品！那个拉法兰一见样品就爱不释手，儿子这笔生意做得太顺利了，连儿子自己都想不到！"

"你到底是年轻，做事不精细，我书房右手柜子里还有一套百卷的《海国图志》，是魏默深先生道光二十七年重新编撰的，你怎么不拿了去？"卢维章脸色红润起来，慢慢地下了地，道："魏老夫子是本朝开眼看世界的第一人，是我素来敬仰的人物……可惜他在咸丰七年就病故了，不然我一定要到湖南隆回县去当面讨教一二！我创立钧兴堂以后，买的第一套书就是你带走的那套《海国图志》。真正的大商，不是学几本《生意世事初阶》《客商一览醒迷》和《直指算法统宗》就行的，要想做出一番事业，不但是大清国的，就是世界各国的三教九流、山川地理、风土民情都得烂熟于心！还有如今哪一派掌权，是皇帝还是共和，信什么洋教，饮食有什么喜好忌讳，都得心中有数……你才刚刚跟法国人做了生意，眼下澳门的葡萄牙人、香港的英国人、东三省的俄国人和日本人，你早晚都要跟他们打交道、做生意！魏默深先生说'师夷长技以制夷'，那是说给朝廷的。咱们经商的人，就是要在'知夷'和'制夷'上下功夫……"

卢王氏见卢维章含笑教诲，知道他已经不再怪罪儿子了，刚想说什么，却见卢维章脸色一变道："不过你也做了一件蠢事。白家阜安堂自明代开始，在景德镇经营了二三百年，无数次衰落又无数次崛起，你以为白家就是那么好欺负的？以段云全的手段、抱负，又岂会甘愿落在你之后？整整三十六万两的生意，你才留给白家一个零头，他不但不感激你的恩德，还以为这是刻骨的讥讽！白家在青花瓷上的造诣，不是景号一年半载就能赶上的，得花上二十年、三十年的时光去锤炼、积累！你一个毛头少年，在洋人面前摆弄摆弄倒也罢了，你忘了旁边还站着个商界大才！逞一时口舌之快意，种十年难去之苦果，将来有你后悔的时候。豫商讲究留余，你为何不在说话上也留些余地？"

卢豫海被父亲一番暴风骤雨般的训斥弄得灰溜溜的，壮着胆子笑道："依父亲之见，我该留给段云全多少生意？"

"五五分！钧兴堂的景号刚刚建起来，名声重于利润。你何不就此跟阜安堂联起手来，拿咱们的《海国图志》换他们的青花瓷技法，两家都做大了，岂不是更好？何况咱只是靠了比他们多读了两本书赢了，这种赢法不长久。只有把功夫下在货色上，才是长久之计……"

"孩儿明白了，等总号的事情一了，我就回景德镇跟老段商议此事！"

"人才，说到底还是个人才。遍观天下商帮，豫商重家教、尚中庸、积荫德，是其他商帮所不及的。经商之道，贵在随机应变，贵在取长补短。你回到景号，头等大事不是忙着开拓生意，而是沉下心来，好好调教出一批熟手的工匠和画师，这才是根本之策！"卢王氏乍一听见要让儿子走，再也忍不住了，嚷道："我不让豫海走！总号乱成这个样子，景号再红火有什么用？你病得连地也下不了，豫川又是疯疯癫癫没个正经模样，豫海再一走，总号说垮就垮了！"

卢豫海吓了一跳："怎么，大哥疯了不成？"

卢维章叹道："少年得志，连遭重创，难免会失态。说实话，我最害怕的是看到你离开了家，离开了父母，从此心灰意冷、一蹶不振……你带回来二十多万两银子算什么！多少银子算个够？我多大的银票没见过？你卧薪尝胆地白手起家，就算只拿回家一两银子，足以让我欢天喜地！"卢王氏兀自道："我不管你怎么说，反正我是不让豫海走！要走，我跟着他一起走，再不待在神屋了！留下你一个光棍老汉，没人照顾，没人熬药，看你怎么办！"

卢维章默然思索了片刻，道："景号那边，除了你认下的爹，还有别人能主事吗？""许老爷子性情过于仁厚。维持局面还成，真刀真枪地跟白家交手，难免会吃亏。""唉，总号纷乱如此，你怕是一时半会儿真就回不去了。景号如今是钧兴堂最大的财源，万万不能出事……这样吧，把汴号的苏茂东大相公调过去。这一阵子各地分号都乱了，只有汴号还在正常营业，老苏功不可没！他这个人精明得很，大事上从不糊涂，跟段云全也是知根知底的老相识了。有他在景号协助许老兄坐镇，应该能放心。你说呢？"

卢豫海想了想，笑道："老苏就有一个毛病，胆子太小！当年要不是他瞒了我十万两压库的银子，我早把董克良打得落花流水！董家吃了大亏，还有实力给咱家下套吗？不如让老苗去，他跟我差不多，敢想敢干！"

卢维章瞪了他一眼道："老苏这是'小心驶得万年船'！苗象天如今是二老相公，我还指望他跟你一块稳定局势呢！他不能走！"卢豫海见碰了一鼻子灰，只得笑道："也好。大清国自光绪十年全国都通了电报局，景德镇一旦有了风吹草动，半天就能赶到南昌府，眨眼间电报就到了开封府，这么算下来，两天就够打一个来回……电报好是好，就是花钱跟流水似的，一个字要八两银子！这不是拦路抢劫吗？"

卢维章面色沉重，一时无话。卢王氏终于确信儿子不走了，喜不自胜道："我让厨房做饭，你们爷俩好好说！"卢豫海知道家里没银子了，就把腰里的钱褡裤解下，递给母亲道："娘，这里头还有三四百两的碎银子，你先拿去用。蔚丰厚的电报早该到他们汴号了，我明天就去兑银子！"卢王氏提着银子，乐呵呵道："儿子有出息了，娘也花上儿子挣的银子啦。"她伸手抹着喜泪，一路感慨着离去。

房间里只剩下卢维章父子了，气氛一时沉重起来。卢豫海察言观色了良久，试探地问道："爹，总号怎么会衰败成这个样子？票号讨债的人都打上门了！这还不到三年啊！"

"豫川吃亏就吃亏在争强好胜上，这才——不过要究根问底，责任还是在我。"

"爹是说一连开办三处分号的事？"

"象林跟你说的吗？唉，开办京号、津号和保号是我梦寐以求的事。我也是看着卢家声誉日隆，就驳了苗老相公的意思，从此铸下祸根。其实董振魁的连环计并不高明，一开始就露出了破绽。卢家分号初开，哪儿有那么多生意一股脑就来了？有点头脑的人都得琢磨个为什么，一琢磨就能看出董家的诡计！可豫川一心做个大商，偏偏没有看出来！那几份要命的契约一签下来，卢家的败局就注定了。"

"这也是天灾人祸。如果没有瘟疫，卢家真的如期交货了，董振魁去哪儿哭去？"

"真正厉害的就是这里。一旦卢家如期交货，董振魁势必要囤积一大批的卢家宋钧。他再低价把卢家宋钧转卖给一些中小店铺，一来刻意砸了卢家宋钧的名声，二来也断了卢家今后的宋钧销路！这是在拿咱们的东西砸咱们的生意啊，就是亏了一二十万两也是给他中了彩头！所以我看到这一点，就不惜倾家荡产地借债，票号那么狠毒的条件我都答应了，也不能让他得逞。"

这一点倒是卢豫海没料到的。如果换了是他，依着他有仇必报的烈性子，肯定要跟董家大干一场，拼了命也得如期交货。但董振魁是何许人物，居然步步设计，一环套着一环。只要你卢家签了契约，就如同被毒蛇咬了一口，朝哪个方向走都是损失惨重，难逃一死！照这么看来，两害相遇取其轻，父亲撕毁契约无异于壮士断腕之举了。卢豫海感叹道："董家跟卢家的冤仇，我以为在光绪三年的霸盘生意上已经化解了。父亲那时明明可以致董家于死地，却放了他一马。可惜董振魁没有父亲这样的心胸。"

"你错了。"卢维章缓缓道："逼死兄长夫妇的大仇，我无时无刻不铭刻在心！就算我能放下，董振魁能放得下他儿子瞎了的那只眼吗？……何况那时情形与现在迥乎不同。钧兴堂在光绪三年还没有一口吃掉董家老窑的实力，一旦董家凋散，势必有另外一个大商号承办，说不定就会是如日中天的白家阜安堂！打死一只狼，引来一只虎，这是蠢人才干的事。"

"父亲放心！等钧兴堂在孩儿手上发扬光大了，能一口吃掉董家，孩儿一定为大伯大婶报仇雪恨！"

"你又错了……"卢维章微微一叹道："病了这几年，我算是想明白了一个道理。商家就是商家，没有永远的仇恨，总惦记着报仇就不是商家！有仇必报是你和豫川的通病，可从今以后，你们要学会君子报仇十年不晚！……圆知堂董家老窑谁都打不倒，只有他们自己人能把自己打倒。就跟咱们钧兴堂卢家老号一样，若不是豫川决策失误，又有谁能打得倒卢家？豫商有古训：'大兵压境不足虑，祸起萧墙甚堪忧'！你今年不过二十多岁，毕竟历练得还少，就算被逐出家门是个挫折，这个挫折也不是生意上的。与其说我盼着你一帆风顺，倒不如说我盼着你重重跌倒一次，再自己爬起来……这次总号濒临绝境，对你来说是个绝佳的机会！你有什么主意，不妨跟爹讲讲。"

卢维章说了半天，终于说到了眼前的局面。卢豫海一路就在考量此事，早已有了对策在胸，当下便道："当今应付之策，无非有三个。头一个就是恢复声誉，五处窑场得重新把火烧起来，冷冷清清的像是窑场吗？第二个是反戈一击，总是守着等人来打不是办法，咱得主动出击，打董家一个出其不意！我盘算过了，有二十万两银子，足以安抚住当前的局面，还剩下八万两，咱一两不剩，全都买董家老窑的宋钧！就照着他们怎么给咱下的套，咱来个还施彼身，让他也为难为难。第三个主意——我觉得还是等大局稳定了再说。"

"我替你说吧。你是跟洋人做生意做得顺手了，还想去挣洋人的银子，对不对？"

卢豫海两眼放光道："对！爹刚才提到了，在澳门的葡萄牙人、在香港的英国人、在东三省的俄国人和日本人，都是咱们的买家！光等着上门的生意不行，把货送到他们眼前，把朝廷赔的款再挣回来，这才是本事！"

卢维章淡淡道："你有这个心固然是好，但眼下根本不是时候。五年之内，你怕是离不开神垕了。总号经历了这场变故，没有三五年缓不过气来。总号是根，分号是枝。卢家老号全靠宋钧打天下，窑场才是根本所在！你在景德镇这些日子，肯定琢磨着烧过宋钧。我问你，你烧出来了吗？没有吧？全天下的宋钧只有神垕能产，这是多少人失败后不得不承认的现实……这次大败，也与总号五处窑场供给不力有关。我交给你一件事，五年之内，把卢家老号的窑场规模扩大一倍！眼下咱们钧兴堂有维、中、庸、留、余五处窑场，你还得建起来在、行、商、无、疆五处窑场。"

卢豫海顺着父亲的话道："维中庸留余，在行商无疆！爹，是这个意思吗？"

"前一句话，说的是心中之道，后一句话，说的是脚下之路。前一句话是根本，后一句话是手段。何时你真正做到了这两句话，离一个大商也就不远了。"

"孩儿牢记父亲的期许！"

卢维章道："这样的话，我对你大哥也说过。他也的确是奔着这个方向去的，可惜的是，他跑得太快，背的东西又太重了。我给你讲个故事：一老一小两个和尚出山化缘，在河边遇见一个绝色女子。河面无桥，老和尚以普度众生为念，便背着女子过了河，小和尚百思不得其解。过河后，师徒二人又走了三十里路，小和尚心里总放不下这件事，终于问他师父：'咱们是出家人，怎么能背一个美貌女子过河呢？'老和尚笑道：'我不过背她过河便放下了，你却背她走了三十里路！'"

卢豫海心里一动："爹，你的意思可是……"

"成就一代大商的梦想，如同那个绝色的女子。若不能挥之即去，背在心里即成心魔。心中一旦有了魔障，则两眼辨事不明，双耳听事不清，受其蛊惑，取其诱饵，附其蒙蔽，困之于心，昏之于悟，乃至于百物皆清而独见其浊，百姓皆善而独见其恶，最终事皆不可成，也就在所难免了。你去见见他，劝劝他不要再背什么心魔了。欲不可尽，心不可死，人不可废。豫川是个命运多舛的孩子，我不敢奢望他能马上振作起来，但求他能保留一分心气罢了。"

卢豫海惊道："爹，您不准备起用大哥了？"

"他一通疯话逼死了苗老相公，钧兴堂里怕是没有他的立足之地了。他几次三番给卢家带来灾难，就算我有心起用，他自己还有勇气再站在钧兴堂的众人面前吗？豫川现在有三个心魔：一个是屡战屡败，一个是愧对家门，一个是好高骛远！他若是从此修身养性，做个闹市之中的隐士，还能独善其身，说不定若干年后他悟道出山，重操旧业，仍不失为一代豫商英杰；他若还是除不去心中三道魔障，就是钧兴堂的大祸了，我打算就此分家，将钧兴堂一半的家产给他，让他好自为之去吧。"

3　大祸起于萧墙之内

钧兴堂总号的衰落，说到底还是因为银子周转不开，生生地拖垮了庞大的产业。卢豫海带回神垕的银子顷刻间就化解了卢家的危局。票号们见卢家有银子还本付息，立刻换了副模样，再不像前些日子那么盛气凌人。清偿债务之后，卢豫海和总号杨建凡、苗象天等人脚不沾地，忙着赈济窑工、购买原料等事宜，为重新点火做准备。三天之后，钧兴堂卢家老号五处窑场同时点火烧窑。又过了一个月，新烧的宋钧源源不断地送到了各地分号，再由各地分号销售出去。一场风波到这时才算是彻底了结。

卢豫海在此期间几次去探望卢豫川，都没能见到他本人。大嫂苏文娟憔悴得不成样子，说卢豫川的病还是时好时坏，没法跟他相见。卢豫海猜到是大哥不愿见他，便找来几个在大房伺候的下人盘问，都说大少爷烧是不再发了，疯癫症好像也没了，就是整天呆坐着，有时候一天到晚也不说一句话。卢豫海怅惘不已，有心直接闯进去，又怕惊动了他，只得将此事暂且搁置一旁。

其实除了还有些虚弱，卢豫川身上的病已经痊愈了，此刻苦苦折磨他的正是卢维章所说的"心魔"。卢豫海跟苏文娟见面之时，他就坐在侧室听着，没漏下一言一语。卢豫海衣锦还乡，整顿残局的事情他都了如指掌，而这些却越发加重了他的心病。他深知风平浪静之后，叔叔难免会论功行赏。如今卢豫海立下大功，钧兴堂上下万众归心，而这场大难又是因他而起，苗文乡也等于是死在他的手上，他还有什么话说？在众人眼中，卢豫海和他本领一高一低，事业一成一败，人心一向一背，所有的荣耀都弃他而去了，两人见了面又能说什么？无非是自取其辱罢了。

卢豫川始终不明白，自己不过是一心想要做出一番功业，可为何如此艰难？一败于洛阳垂柳巷，二败于护送禹王九鼎，三败于京、津、保三处分号。从光绪三年出山做事到现在，整整八年过去了，他还没尝过一次完胜的滋味，屡屡都是积小胜而成大败！而且每次大败之后，不是卢维章，便是卢豫海挺身而出，挽狂澜于既倒，扶大厦于将倾，转眼之间就扭转了败局。自己的落魄屈辱所成就的却是他们父子的无上功业。在梁少宁承办钧兴堂的时候，他跟梁少宁一起喝酒论事。梁少宁说卢维章居心叵测，每次大战都是放手让你冲在前方，一有失手就横加贬谪，消磨豪情，动摇心志，为的就是把你彻底打倒，好让自己的儿子接班！卢豫川那时的反应是一碗酒泼在他脸上，大骂一番后拂袖离去。可现在仔细想想，梁少宁的话竟是不无道理。这次同时开办三处分号，又贸然签下巨额的契约，卢维章对自己一意孤行的做法并不阻挠，反而驳回了苗文乡等人高瞻远瞩的提议，难道就是要眼睁睁看着他大败而归，不惜把钧兴堂的前途命运也都搭上吗？

"人至穷苦窘极，未尝不呼其父母也"。夜深人静之时，卢豫川独自在院中徘徊，总是想起当年父母相继辞世的场景。卢家老号发家的那口窑，就是父亲拼了一死挣下来的，卢家的产业也是奠基于父亲之手。奈何父亲早逝，不然他又怎会落到如今这个叫天天不应、叫地地不灵的惨境！

不知经历了多少个不眠之夜，卢豫川终于决定走出这个院子。他心里打定了主意，要想真正成就心中的抱负只有一个方法，就是离开卢维章父子，甩开膀子大干一场！成了，那是父母亲在天之灵的庇佑；不成，则是自己志大才疏，不堪成事，就是死也能瞑目了。可究竟如何作为才能脱离叔叔和弟弟的手腕呢？卢豫川呆呆地站在院子门口，收回了那只刚刚迈出去的脚。

杨建凡这些日子忙得不亦乐乎。大难之后百废待兴，各地分号跟总号每天的信件不下几十封，内容或是汇报生意进度，或是申请要事裁断，就连哪个伙计生病、哪个学徒出师之类的事情都要报送总号备案。一到申时，今天的往来账目和需要即刻决断的请示信件便一齐送到了总号老相公的房里。杨建凡跟苗象天面对面坐在炕上，一人守着一个小方桌处理商务。两位老相公听了账房大相公古文乐和信房大相公江效宇的汇报，点评一二之后，对分号的信件或是同意或是驳回，遇到争执不下的，这才请一旁闭目养神的卢豫海最终裁决。钧兴堂这个庞大的商业机器，就是这样平平静静地运转着。

卢维章此刻还是钧兴堂卢家老号的大东家，自卢豫海回到神垕，他便彻底将生意放了手，自己安心在家养病去了。卢豫海不过二十多岁，这些年鏖战董克良，打得他几乎走投无路；坐镇维世场，深得相公伙计们的拥戴；南下景德镇，白手起家创立钧兴堂景号，关键时刻若不是他带回来的银子，总号就算完了！一时间卢豫海的声望之高、威信之巨，除了有病在身无法理事的卢维章，钧兴堂里再无人能与之匹敌。总号上下对这个年轻人无不是心服口服。杨建凡和苗象天两个老相公是卢豫海的启蒙恩师，自然更是欢欣无比。卢豫海旁若无人地靠在躺椅上慢慢地摇着，古文乐和江效宇的话一字不差地记在心里，杨建凡和苗象天的处置方法若合了他的心意，他便接着假寐下去，一旦有了跟自己想法冲突的地方，便微笑道："两位老相公，老古，老江，我看这事还是得说道说道。"

江效宇今天提到了一封津号的来信。津号大相公张文芳说自己年纪大了，不堪任用，特提出辞号。杨建凡和苗象天商议之后，决定复信挽留。张文芳跟杨建凡一样，都是从维世场建窑开始就待在钧兴堂的老人儿了，年纪也不到六十岁，离荣休还差三四年呢。杨建凡笑道："老张我再熟悉不过，他哪里是真心想辞号，无非是觉得办砸了差事，下面人不服他，没脸面再在津号待了！总号去封信挽留一下，好歹对手下的人也算有个交代。"苗象天也道："其实办砸了差事也怪不得他！去年津号刚刚成立，有了订单是件好事，他总不能瞒着不报给总号吧？我也同意杨老相公的意思，挽留老张。"

卢豫海就是在这个时候睁开了眼睛，微笑道："两位老相公，老古，老江，我看这事还是得好好说道说道！"

四个人都是一愣。明眼人都看得出，张文芳假意辞号，实际上是想借总号的挽留来平息手下众人的不满，哪里是真打算辞号？大相公五厘的身股，主动辞号就分文没有了，谁也不会干！四人面面相觑之际，卢豫海站起来，踱步道："津号出了事，众位伙计相公不服，这只是冰山一角。如不出我所料，各地分号都在观望，看总号如何处置京号、津号和保号……常言道'秋后算账'，十几处分号都等着这个'秋后'呢！如果总号真的去信挽留了老张，等于是既往不咎，京号、保号的大相公势必会如法炮制，到时候此事就不是一个津号了，而是铺天盖地的辞号信件！那还做什么生意！你们琢磨琢磨，是不是这个道理？"

苗象天道："二爷看得远，象天深感不及！不过去年请示的时候，老张在信上说得明白，对此事深有疑虑，请总号慎重裁断。去年的往来信札上都有的，随时可以去查。至于总号决策失误，罪不在他。"

卢豫海耐心道："我也知道此事罪不在他。但你想过没有，总号对老张一旦有所表态，无论是复信挽留也好，准他辞号也好，事情只是开了个头！这个头一开，再想收可就收不住了。冤有头，债有主，这件事说到底，还是我大哥的错……挽留了老张，就等于向各地分号暗示，总号对此事不再追究，如此一来，难免会背上赏罚不公的罪名，如何还能统领各地分号？而准了老张辞号，无异于表示总号即将大开杀戒，按罪论罚，各地分号在这件事上多少都有些过错，岂不是弄得人心惶惶？……总号的状况刚刚有所起色，各地分号也是刚度过危机，所谓新栽树木不可摇其根，久病之人不可劳其心，总号不能小瞧了津号这件事，稍有不慎就是自乱阵脚，给了旁人可乘之机！"

这番见解真是鞭辟入里，入木三分，从一封普普通通的人事任免上，居然看到了整个钧兴堂的大局。细细考量起来，若真是就此复信挽留了张文芳，其他的分号就会闻风而动，岂不是平地里引出一场波澜吗？看来卢豫海是铁了心要保他大哥，继续对此事不置可否了。

张文芳无非是个驻外的大相公，真是动了他，肯定要牵连到卢豫川，那又是一场旷日持久的官司。总号如今死里逃生已是万幸，再也经不起这样的折腾了。如此一来，无论是老相公杨建凡、苗象天，还是大相公古文乐、江效宇，都是听得钦佩无比。杨建凡沉默良久，道："二爷说得极是！敢问这是大东家的意思吗？"

卢豫海笑道："此事不须烦请我爹裁断了。我自己就做得了主！给津号回信上，只字不用提老张辞号的事。我派人把老张的原信送回去，只跟他口传六个字：'知道了，好好干'！"

苗象天还是有些担忧，便道："总号对此事不置可否，各地分号一旦知道了，难免会有所猜疑啊！人心不稳是经商大忌，请二爷三思！"

卢豫海舒舒服服地靠在躺椅上，笑道："这就有劳两位老相公了！你们俩联名给各地分号去信，就讲一个意思，勉励他们继续好好做事，别的什么都不要想。马上不是八月十五了吗？驻外分号的相公伙计家里，每家送银子十两！把这件事也告诉他们！嘿嘿，得了银子，看人心还稳不稳！"

古文乐是总号账房大相公，有名的"神屋第一铁公鸡"，最不爱听的就是让他出银子。他一直专注地听着，并没有插话，蓦地听见卢豫海又要慷慨解囊，当下便道："回二爷，这银子我出不了！一十六处分号，驻外的相公伙计快二百号人了，这就是两千两啊！一个寻常伙计每年的薪水也只是七八两银子，哪有过个中秋节就送十两的？那春节、端午呢？没个十两也下不来！老古我没地方出这银子！二爷见谅！"

在座的人知道古文乐哭起穷来谁也招架不住，便都笑了起来。卢豫海笑道："老古，我问你，账上真的连两千两都出不起了吗？"古文乐拗着头固执道："不是出不起，是找不到出钱的地方！账房每笔花销都有预算、有审计，一点马虎眼都打不得！老古我愚昧，请二爷说，怎么出？"卢豫海笑道："从东家的红利上扣吧。权当是我借账上的，过年时候分红利，把这两千两划走就是。"古文乐这才笑道："二爷真是好大方！老古听明白了。"

卢豫海有心逗他，便故意道："总号的这几间房我看着也该修修了，这四处漏风！我在景德镇认识一帮南方工匠，做活儿地道得很！我打算请他们过来，从账房支出来万把两银子，把总号好好修葺一下……"说着，他站起来，拿手比画着丈量起来。古文乐闻言吓得一哆嗦，立刻站起来道："二爷，账房还有些没弄完的账目，我先走了！"说着便抱着厚厚的账本夺路而逃。卢豫海放声大笑，在座的人这才明白二爷的"无赖劲"上来了，无不是哈哈大笑，杨建凡更是捧腹不已，连眼泪都笑出来了。

这一通谈话又是到了掌灯时分，总算是结束了。杨建凡跟卢豫海和苗象天打了个招呼，又去总号各处交代了一下明天要做的事情，这才上马回家。刚进家门，就看见院子里停着一辆钧兴堂字号的马车，他便诧异道："是大东家来了？"

杨建凡一共有三个儿子，老大杨伯安在汴号做了账房相公，老二杨仲安在余世场掌窑，老三杨叔安年纪还小，杨建凡不肯让他学生意，每日关在家里勒令他读书。杨叔安见父亲发问，赶紧道："父亲，是豫川少东家来了。"

"豫川？他不是有病在身吗？怎么，能下地了？"

杨建凡正纳闷，卢豫川从客厅里信步出来，朝他一拱手，笑道："杨叔一向可好？豫川等您好久了。"

杨建凡心里一热，上去拉住他的手，上下打量了一阵，感慨道："病咋样了？什么时候下的地？"

"前两天下的地，身子还有些虚，精神好多了。"

杨建凡知道他大病初愈，赶忙拉他进了客厅，蓦地看见苏文娟也在座，正跟老伴杨郭氏聊天。他便施礼道："大少奶奶也在？今天老汉家里真是来了贵人了！老三，去告诉厨房，多加两个菜！"

卢豫川拦住杨叔安，笑道："今天来打扰，是有件事情要跟杨叔商议，饭就不必了。"

杨建凡闻言一愣。卢豫川此番中了董振魁的连环计，牵累得钧兴堂元气大伤，又气死了前任老相公苗文乡，总号里对他的议论不满从来没停止过。在这个关头上，他还能有什么事好说？噢，难道是他有心向卢维章认错，又有些心虚，生怕叔叔不待见，来向自己讨这张老脸的？要不然，为何连大少奶奶都带来了？杨建凡想到这里便憨厚地一笑，道："少东家有事，咱们就去书房谈吧。"

杨建凡是烧窑伙计出身，懂得的文墨不多，书房里也只是摆了几本充门面的书，好多已是覆满了灰尘。杨建凡本来不想弄这些面子活儿，可他现在毕竟是堂堂卢家老号的领东老相公，家里没个书房成何体统？便由着儿子们的意思，盖了这座书房。二人落座已毕，杨建凡道："少东家，老汉得先给你赔个不是。苗老相公殡天的时候，我当着众人的面骂你'忘恩负义'，害得你病情又加重了。你莫怪我骂人，老苗哥死的太冤枉……"

卢豫川脸色本来就不好，此刻愈发难看了，勉强道："我怎么会怪杨叔，杨叔骂的是！我也是烧糊涂了，说了什么自己都不知道！苗老相公之死因我而起，这笔债我迟早要还给苗家。"

"人都不在了，还还个啥？豫川，不说那些事了，眼下你身子骨也好了，可有什么打算？"

卢豫川没有回答，却出人意料地扑通跪倒，悲凉道："杨叔，我的好杨叔！我大难临头了，或是明天，或是后天，我就要被逼死了！"杨建凡大吃一惊道："豫川，你，你站起来说——谁逼你了？"

"我自己！卢家这番风波因我而起，差点儿倾家荡产；几年前的那场官司也是因我而起，几乎家破人亡！您说的对，苗文乡老相公也是我害死的！我还有什么脸面活在卢家，活在卢家列祖列宗的牌位前！还有什么脸面去见钧兴堂的相公伙计？"

杨建凡上去搀他，他死活跪着不起。杨建凡急道："不错，这都是你做下的……可没人说你呀？你泄露卢家秘法，私自入暗股，大伙儿多少都听说了，可大东家也没怎么罚你啊？反而委以重任！这次是你决策有误，大东家却说责任在他，根本没提你的事！你，你这是何苦？"

卢豫川泣道："杨叔，人言可畏啊！总号的人那些议论，我都知道……叔叔越是替我拦着，我心里就越难受，这比杀了我都难受！我求您跟叔叔说说，好歹给我个处分，就是把我逐出家门，我也认了！这样悬而不决的日子，我再也过不下去了，与其死在别人的唾沫星子里，倒不如自我了断了干净！"

杨建凡目瞪口呆，好半天才道："你先起来，容我慢慢想想。"卢豫川擦着眼泪起身回座，兀自啜泣不止。杨建凡忖度良久，道："少东家，你自己有什么打算？"

"我自然全凭叔叔发落。"

"那我说的话，你肯听吗？"

"我爹娘死得早，除了叔叔婶子，您就是我最亲近的人！"

杨建凡想起了卢豫海的那番话，便道："那就好。老汉是个大老粗，说话过头了你也别见怪——大东家之所以一直不发落你，我想不是他忘了，而是实在难以抉择！你是以少东家的身份掌管钧兴堂的，好端端的产业毁成那个样子，怎么罚你都不为过！可你毕竟是维义兄弟唯一的血脉，真能把你逐出家门吗？维章兄弟的秉性脾气，我再清楚不过，二爷是他的亲生儿子，说撵走就撵走了！可你不然，你背后站着我那维义兄弟的在天之灵呢。他若是不罚你，钧兴堂上下几千号人心里都不服，若是狠心处罚你，又怎么对得起维义兄弟？大东家这是有意搁置这件事，等风口浪尖一过，慢慢地再寻思出一条万全之策。你莫要着急，照着我的意思，趁这些日子好好修养身子。钧兴堂是卢家的，大东家一旦用你，谁敢多说一个字！"

卢豫川摇头道："杨叔，我一天也等不下去！"

杨建凡看了他一眼，叹道："你这是非逼着大东家左右为难了！你可知道这么做的后果？"

卢豫川道："叔叔要么把我赶出钧兴堂，要么把我犯下的罪孽全揽在他自己头上！"

"你既然都知道，又何必去逼迫大东家呢？除非是你自己还有别的想法，难道你真的想眼睁睁看着卢家一分为二，就此分家不成！"

杨建凡不过是气头上的一句话，却无意中道明了卢豫川此行的真实意图。卢豫川"腾"地站起来道："杨叔，豫川情愿就此离开钧兴堂，不再给钧兴堂、给叔叔添一星半点的麻烦！豫川的这份心意，请杨叔务必转告给我叔叔！"

杨建凡难以置信地看着他，气急败坏道："你，你真的要分家？"

"对。豫川自请净身出户，离开钧兴堂！就是烧窑也好，种地也好，从此再不会连累卢家！"

形势至此急转直下，杨建凡到这时才听明白了卢豫川的意思。敢情他说什么认错之类的都是托词，一心要分家另过才是真的！

"你放屁！"杨建凡终于忍不住骂了起来，他急促地在屋里踱着步，边走边骂道："喂不饱的白眼狼！你还有良心吗？亏得大东家对你那么好！混账！惹下这么大的祸事，你拍拍屁股，说走就走了？……大东家是你亲叔叔，他的脾气你能不知道？他会让你净身出户？留世场开工之际，大东家在全镇人面前宣告过，卢家有一半的产业是你的，'除非天崩地裂，万物不存，否则绝无更改之理'！全镇谁不知道？大东家是最讲信义之人，他肯为你不顾家规，也自然肯为你践诺分家！你这么走了，好端端的产业一劈为二，这不是亲者痛仇者快吗！连我一个外姓人都不忍见到这样的场面，你卢豫川却口口声声要分家！你，你……"

杨建凡气得一拳砸在桌子上，一个宋钧笔筒跌落在地，七八根毛笔散落一片。卢豫川含泪俯身，将毛笔捡了起来，轻声道："杨叔，不管你骂也好，气也罢，豫川心意已决！豫川此生只想做自己的生意，除此之外再没有别的心愿。可眼下的局面，我在钧兴堂只能做个不问世事的行尸走肉……古人云'哀莫大于心死'，留在钧兴堂，豫川便是心死之人，离开钧兴堂，豫川或许还有活下去的希望……我在钧兴堂，上对不起叔叔，下对不起苗家，中间也羞于和豫海等人共事，上中下三条路都是死路！……在窝棚营子里的时候，杨叔一家跟卢家是邻居，您是看着我和豫海长大的。自没了爹娘，天底下除了叔叔婶子，就只剩下杨叔你一个人为我着想了……杨叔若真心为我好，就请将豫川的心愿告诉叔叔。三日之内，如不能得到叔叔的发落，杨叔就来为我和文娟收尸吧……告辞！"

卢豫川深深一躬到地，推门离去了。杨建凡呆呆地站在书房里，恍恍然不知所措。忽地，他遥遥地听见外边车马的动静，当下便追了出去。待他赶到门口，卢豫川夫妇的马车已然遥不可及了。杨建凡失魂落魄地站在大门口，好半天才向早已呆若木鸡的杨叔安道："老三，给我备马！"

"这么晚了，爹要去哪儿？"

杨建凡默然不语，忽而道："你读过书，圣人怎么说大家子兄弟俩闹分家的？"

杨叔安吓了一跳，摇头晃脑背道："圣人曰：'吾恐季孙之忧，不在颛臾，而在萧墙之内也。'此句出自《论语·季氏》。"

"那后来呢？"

"后来，后来季家兄弟俩闹崩了，自己打起了内战，国家也被人灭了……爹，豫川少爷跟豫海少爷要分家吗？"

杨建凡身子一哆嗦，恶狠狠道："你敢说出去半个字，小心我打断你的狗腿！快去备马，我要去苗家！"

卢豫川突然造访杨家，是仔细斟酌后才决定的。他在打定主意脱离卢维章父子、自己独闯天下之后，最终决定向叔叔逼宫。他看准了卢维章绝不会看着他净身出户，真的是分家了，即便带不走秘法和窑场，也会是一笔数额惊人的银子。就算卢家眼下周转的银子不多，钧兴堂整整一半的股份算是稳稳当当地归他所有，每年的红利能少得了吗？一旦有了银子，他何愁不能大展宏图、何愁不能放开手脚做一番惊天动地的事业？

卢维章所谓的三个"心魔"，已经把这个屡战屡败、又屡败屡战的商人牢牢控制住了。只要能继续做生意，成就自己一代大商的夙愿，还有什么他不敢去做的？

第一个知道卢豫川这个想法的，自然是朝夕相处的苏文娟。卢豫川的话音刚落，苏文娟就叫了起来："不成！"

卢豫川皱眉道："那你要我怎么做？"

"总号这么大的麻烦，是你引起来的。你就是有心分家，也不是现在这个时候！叔叔重病在身，里里外外全是豫海和杨建凡、苗象天两个老相公在支撑，大家都是忙得不分昼夜。眼下危机刚过去，你就提出来分家，总号的人会怎么说，镇上的人又会怎么说？"

"我现在不提出来，等豫海羽翼丰满，我怕是连说话的机会都没有了！"

"不然，叔叔和豫海都是心胸开阔之人，你以前做过的错事，现在有谁提起过？就是你这次中了董家的诡计，叔叔又何曾指责过你？豫海又何曾怠慢过你？"

卢豫川知道这都是事实，便垂头不语。苏文娟耐心道："我知道你是个耐不住寂寞的人，一蹶不振也不是你的性子。你有心东山再起，我打心眼儿里替你高兴！可小孩子都知道挨了打要老实几天，你为何就放不下心思，好好修养一阵呢？等总号恢复了元气，生意重新红火起来，你或者恳求叔叔让你再次出山，或者到那时再提出分家，岂不是更好吗？"

卢豫川看了她一眼，不耐烦道："你一个妇道人家懂什么生意！不跟你说了，你去把杨建凡老相公请来，我要听听他的意思。"

苏文娟苦笑道："你不跟我说，我也不怨你。你成也好，败也好，我还有别的去处吗？这辈子除了你，我还有别的指望吗？这么多年了，我连个一儿半女都没能给你，心里最有愧的是我啊……大少爷，我都听你的，不过杨老相公不能去请。你一直对外称病，忽然见杨老相公岂不是让人起疑？分家是大事，大家子里最忌讳的就是分家二字。眼下这事还八字没一撇，万不能走漏了风声！你不如亲自去找杨老相公商量，一来是显得诚心，二来也好避人耳目。"

卢豫川笑道："这才是我卢豫川的女人！你去找老平叫车，就说我在家里待久了，想出门散散心！"

卢豫川没让下人跟着，只带了苏文娟一人，亲自赶着马车出了钧兴堂。也许真的是有些心虚，他在乾鸣山脚下兜了好几个圈子，眼看着天落了黑，这才扬鞭催马直奔杨宅。可巧杨建凡还在总号，他只好按着突突跳跃的心思，耐了心等候。他已经盘算好了所有的措辞，杨建凡可能的态度也都想了个透彻。卢豫川深知，只要过了杨建凡这一关，由他向卢维章转告自己的愿望，分家的大事就成功了一半！

事实证明卢豫川的算盘处处打到了点上。杨建凡在卢豫川告辞之后，马不停蹄地直奔苗家。苗象天听了卢豫川的意思也是吃惊不小。卢豫川当年被大东家勒令不许过问生意，一气之下居然在梁少宁承办的钧兴堂入了暗股，甚至有意泄露卢家宋钧秘法。这次没人让他脱离生意，是他自己觉得无颜再在钧兴堂立足，竟又打起了分家的主意！两个老相公默默地对坐了许久，苗象天皱眉道："老杨，你说，卢豫川真的敢举家自尽吗？"

"保不齐！他这个孩子我清楚得很，为了能做生意，泄露秘法这事都敢干，那是背叛祖宗啊！老苗，咱俩得先拿个章程出来，真的分了家，还得讲究个分法哩！"

苗象天忽地站起，咬牙切齿道："卢豫川跟我有杀父之仇，我巴不得他死！"

杨建凡紧张不已地跟着站起来，连声道："象天，你冷静些！"

苗象天凄然一笑："……老杨，你莫要怪我心狠。唉，这都是气话，不去说它了。卢家的产业无非是银子、窑场和秘法。卢豫川一心要自己独立出去，做自己的生意，这三样都是他梦寐以求的东西。但我以为，银子可以给他，窑场也可以分给他几座，但秘法决不能分！钧兴堂是卢家宋钧的正宗，全仗独门的秘法，一旦连秘法都分了，平地里冒出来俩卢家宋钧的字号，这不是两败俱伤吗？白白给老董家做了一锅菜！"

杨建凡点头称是道："我同意你的意思。二爷这两天还一直念叨，要在维、中、庸、留、余五处窑场基础之上，再建在、行、商、无、疆五处窑场，把卢家老号的规模扩大一倍！依我看，这窑场绝没有分的道理！就给豫川银子吧。他想做生意，不就是需要银子吗？"

"眼下总号哪有银子啊，二爷带回来二十八万两，给了票号十万，重新烧窑花了十万，剩下八万两是二爷准备对付董家的，抛掉这些，哪里还有银子了。"

"朝廷供奉的三十万两，不是快到了吗？"

"那是活命银子！来年全靠这笔银子了，又要烧窑又要还本付息，一锅端全给了卢豫川，咱们总号来年喝西北风去！"

"还有景号啊！"

苗象天一愣，苦笑道："景号才成立不到一年，给总号汇来不下三十五万两银子了！总不能一上来就把景号的血抽干、抽净！那里头有二爷多少心血啊。"

两个老相公商议了半天，已是到了夜半。两人有心马上去钧兴堂报信，却又生怕惊动了卢维章，只得按下了内心的心急火燎，相约明日一早齐赴钧兴堂。

第十七章

／情难两全

1 体面分家

卢维章这些天身子好了许多，精神也健旺起来，今天早上起来自己还在小院里打了一套太极拳。卢王氏看得无比舒心，不停地抹眼泪念佛许愿。卢豫海趁着母亲高兴，便见缝插针道："娘，关荷一直在景德镇等着呢，没您的吩咐，她也不敢回来。您看……"卢王氏微微蹙眉道："她这三年，一直没生养的迹象吗？回来也好，我请开封府的名医给她瞧瞧！不孝有三，无后为大，这事可拖不得。"卢豫海如释重负道："是！孩儿这就写信去！"

卢豫海刚走到门口，和来人撞了个满怀。老平见卢豫海也在，忙道："二爷，正满世界找你呢！总号杨建凡、苗象天两个老相公求见！"卢豫海愣道："以前说好的，凡事都在总号见，他们怎么跑到钧兴堂来了？你让他们……"

卢维章一套拳打完了，收了势道："让他们来我这儿吧。这么早就来了，不是见你的，怕是又要给我出什么难题了！是福不是祸，是祸躲不过，该来的迟早要来。"说着，他轻轻转身，朝房里走去。卢维章说得有理，两个老相公说是求见卢豫海，为何又不在总号等着，非得一大早就来堵门吗？他们都知道大东家正在调养身子，如不是连卢豫海都无法决断的大事，绝不会贸然来钧兴堂！

卢维章的书房里药香袅袅，一个砂锅里咕咕嘟嘟地冒着白气。卢维章擦了把脸，端坐在太师椅上，微笑道："杨兄，象天，是什么风把你们刮到我这药铺来了？"卢豫海狠狠瞪了他们一眼，道："你们也是的，有什么事先告诉我呀！我爹身子刚好了些，你们就来凑热闹！"杨建凡和苗象天相视苦笑，苗象天道："杨老相公，还是您先说吧。"

卢维章笑道："不忙不忙，我也是好久没见你们了，不妨让我猜一猜。眼下生意上有豫海支应，大事或许有，可你们几个都是经商的好手，什么局面都难不倒你们，这么说就不是生意上的事了。家事呢，有夫人掌管，你们都在总号忙着，也操不起这个闲心。那便只有一件事了，这件事介乎生意和家事之间，说是生意也是家事，说是家事，其实也事关生意大局——如果我没猜错，是因为豫川吧？"

杨建凡顿足叹道："大东家神机妙算，老汉佩服得五体投地！"当下他就把卢豫川深夜造访的事情讲述了一遍，最后道："大少爷说，三日之内一定要得到大东家的意思，不然他们两口子就自寻短见！"

卢王氏骇然道："这，这是怎么话说，谁逼着他们寻短见了？"

卢维章转向卢豫海道："我让你去劝劝你大哥，你去了没有？"

卢豫海愧然道："去了几次，大哥都称病不见。父亲稍等，我这就找大哥去！"

"罢了！"卢维章摆手道："豫川心意已定，你再拿那些话劝他，只怕适得其反！既然豫川提出来分家，我这个做叔叔的还有何话说？他已经过了而立之年，凡事都有自己的主见了。即便是今天不说，家也是迟早要分的。豫海，你怎么看？"

"这个家不能分！我跟两位老相公合计好了，下个月就跟董家开战！这么个节骨眼上，怎么能分家！"

"儿大不由爹，何况他是侄子，我是他叔。"卢维章站了起来，手里一串佛珠缓缓拊动，道："自古肌肤之疾易除，心中之魔难去。我佛有般若波罗蜜音、慈悲音、喜舍音、解脱音、无漏音、智慧音、狮子吼音、云雷音，出如是等不可说不可说音已。既然佛祖诸音皆不可说，我一介凡夫俗子，也就不去说了。豫川不是要分家吗？好，请杨兄去跟他讲，我今天就分这个家！"

苗象天惊道："就是分家，也得有个分家的章程！总不能见个东西就一劈两半，你一半，我一半，那像什么话？"

卢维章道："我的话还没说完。杨兄，你对豫川说，卢家有三可分、三不可分。可分者：房产可分，股份可分，家财可分；不可分者：姓氏不可分，窑场不可分，秘法不可分。豫川有钧兴堂一半的产业，这是全镇都知道的，我卢维章一言九鼎，绝无反悔之理。豫川若是决心分家，除了姓氏、窑场和秘法，其他的随他去取。他在钧兴堂的一半股份，每年的红利一两都不会少了他的。不但如此，就是总号和五处窑场的相公伙计，凡是愿跟他的，一概来去自由，在钧兴堂的身股一律保留不变！"

在座的人无不惊讶不已，倒不是因为卢维章的慷慨允诺，而是惊讶他听到侄子闹分家，竟是如此泰然自若！每临大事有静气，泰山崩于眼前而不变色，这要多大的涵养和器量。卢维章仿佛猜出了众人的心思，笑道："你们看着我干什么？自己的后人有出息了，能独当一面了，分出去又有何妨？"

卢维章信步走到一盆兰草边，指着花盆笑道："譬如这盆兰草，你们来看，只要记着勤给它浇水，抽枝吐条，苍翠欲滴，旺盛着呢！别看它不起眼，什么东西有它这么泼皮的命？只要一把泥、一口水，不用施肥，不用照应，长得如火如荼。一盆子不够它长了，就分出来一支，栽到另一个盆子里，不出俩月又是郁郁青青，豫川就是这样。眼下钧兴堂有豫海，接连做出了几件大事，别人眼里只有豫海而没有豫川，这不是凭空埋没了豫川吗？……说实话，除去性子上的毛病，豫川这个孩子还是有些本事的。他觉得在钧兴堂没他的地方了，施展不开手脚，想自己独力闯出来一番天地。他能有这个想法，我做叔叔的高兴还来不及呢，又怎么会阻挠？别的大家子一分起家来就鸡飞狗跳的，引得众人耻笑。我们卢家绝对不能这个样子，不但要分家，还得分得风光体面！"

卢维章说得越来越激越，简直不像是一个久病的人。他大声道："象天，你布置下去，后天是初九，正应了'合久必分'之意。我要在窑神庙花戏楼连唱三天的大戏，请全镇人都来看看，咱们卢家是怎么分家的，我卢维章是如何对待兄长的儿子的！"

钧兴堂卢家老号分家的事一经传出，立刻在神垕镇引起一场轩然大波。通常大家族分家，无不是争夺财物、房产、土地，至于那些妯娌反目的、兄弟动手的、甚至到衙门打官司的事情都是见怪不怪。而卢家分家却不像寻常人家那样，一样是热热闹闹，一样是万人瞩目，却是出人意料的一团和气。钧兴堂上下一派喜气洋洋，人人都换了新衣，进进出出张罗得起劲，根本不像是分家，倒跟办喜事差不多！

初九这天，窑神庙花戏楼前人声鼎沸。谁都想看看这个百年不遇的分家场面。卢维章多日不在众人面前出现了。他一身棕红色长衫，罩着深青色元宝印马褂，脚踩开封府马记鞋铺的黑面千层底的棉靴，健步下了车，朝众人拱手示意。卢豫川精神大振，一扫以往的颓唐，跟在叔叔后边含笑不语。卢豫海也是一副兴致勃勃的模样，尾随于父兄身后。

众人看得发呆，议论声鹊起："瞧瞧人家老卢家，分家都这么高兴！""老话儿说'分家分家，亲人也得变仇家！'可你看人家兄弟处的，没一点儿仇人的意思！""唉，老话儿搁在卢家人身上，怕是也得改改喽。"

众目睽睽之下，卢维章领着卢豫川、卢豫海上了戏台。卢维章朝下面施礼，语出惊人道："今天是我们卢家分家的大喜日子，感谢诸位乡邻来捧场！"

议论声又纷纷扬扬地起来了。致生场大东家雷生雨混在人群里，朝身边的兴盛场大东家郭立三叹道："还是卢家厉害！分家都是大喜！都说老卢病得不轻，可他哪儿有一点儿得病的样子？"

郭立三捅了他一拳道："就你稀罕！人家老卢还有话呢！"

卢维章待议论声平静了一些，朗声道："大家都知道，钧兴堂卢家老号的产业，是由我大哥卢维义奠基起来的，卢豫川是我大哥唯一的血脉，如今他早过了而立之年，子承父业，继承我大哥在卢家老号一半的家产，这是我大哥大嫂在天之灵的庇佑！我现在当众宣布，由我侄儿卢豫川任东家的钧惠堂打今天起正式开张营业！从今往后，钧兴堂卢家老号的名字得倒过来念了。卢家老号一分为二：一个是钧兴堂，一个是钧惠堂。两个堂口同属卢家老号，共用卢家老号的招牌和维世场、中世场、庸世场、留世场、余世场五处窑场！"

雷生雨疑惑不解道："老卢这是打的什么算盘，好端端的钧兴堂卢家老号改了名了？叫卢家老号钧兴堂、卢家老号钧惠堂不成？"

郭立三心里一沉，脱口而出道："坏了！老卢的意思，难道是钧兴堂烧宋钧、钧惠堂烧粗瓷吗？"

自同治元年钧兴堂开创以来，神垕镇的瓷业分为宋钧窑场和粗瓷窑场两类。宋钧和粗瓷同属钧瓷一系，宋钧需求量远远小于粗瓷，但价钱高出粗瓷许多，毛利惊人；而粗瓷则正好相反，民间日用的粗瓷需求量巨大，但价钱也便宜得很。当前神垕镇专烧宋钧的是卢家和董家，其余各大窑场苦于没有宋钧烧造秘法，只能以烧造日用粗瓷为业。眼下卢家老号分成了钧兴堂和钧惠堂两处堂口，莫不是卢维章野心勃勃，不但要赚宋钧的银子，还要在粗瓷生意上插上一脚不成？雷生雨听见郭立三这么一说，立刻也着急起来。这可是家门洞开，大白天进来了一只狼啊！

卢维章挥了挥手，让众人安静下来，继续道："我侄儿能独当一面，自立门户了，我身为他的长辈，自然要送他个开张的见面礼。豫川从今天起，不但是钧惠堂的东家，在钧兴堂还有一半的股份，每年跟我一样，坐股分红，五五得利！除了这些，再由卢家老号的总号调拨现银二十万两，还有大相公三人、相公十人、小相公十五人、烧窑伙计三百个，统归豫川使用！"他说完了这些，转向卢豫川道："豫川，这份见面礼，你瞧着够了吗？"卢豫川没想到叔叔还留了这么一手，激动得难以形容，深深一躬道："豫川若不能做出一番事业，怎能对得起叔叔的盛情！"

他们叔侄二人说话的工夫，戏台一侧三百多个由总号调配到钧惠堂的相公、伙计齐刷刷脱下了外衣，露出写着"钧惠堂"的崭新号坎，一起吼道："钧惠堂开业，大吉大利！"接着就是铺天盖地的"得劲"声。

卢维章笑容满面，一手携了卢豫川，一手携了卢豫海，三人一起相视而笑，共同朝台下挥手示意。这是谁都意想不到的结局。这哪里还是分家，分明是卢维章送给卢豫川一处生意，为他出征壮行来了！想必这一连三天的大戏，又是什么《雷振海征北》《穆桂英征东》《樊梨花征西》之类的四大征了！卢家老号自此又多了一个堂口，卢维章总领两个堂口，无疑还是大东家，而下面俩东家，一个是侄儿卢豫川，一个是儿子卢豫海。瞧人家这家分的，不但没弄得元气大伤，反而是声势大振！郭立三再也看不下去了，拉了拉看得正起劲的雷生雨，低声道："不成，这事得好好琢磨琢磨！你叫上立义场的老吴，今天晚上在壶笑天，咱们不见不散！"

钧惠堂成立的消息眨眼间就传遍了各大窑场。大东家们无不是勃然变色。事情明摆着，卢维章不会傻到再开一个烧宋钧的窑场，自己跟自己过不去，那么钧惠堂肯定就是主打粗瓷这张牌了。花戏楼的大戏震天动地唱着，心急如焚的大东家们哪里还有心情看戏。天色刚黑下来，郭立三就在壶笑天雅座里如坐针毡，苦等着雷生雨和吴耀明。岂料跟在他们俩后边，呼呼啦啦又进来了七八个大东家，个个都是如丧考妣的模样。郭立三瞪了雷生雨一眼，雷生雨苦笑道："老郭，你也别生气，不是我找的他们，是他们找的我！"

吴耀明打圆场道："既然来都来了，就都说说吧。人多力量大，就是打群架，也得把钧惠堂给打死在娘胎里！"

一个大东家叹道："还打啥！人家有银子，又有相公伙计，脖子上套了生铁环、长命锁，不但打不死，人家说起来就起来了！咱只有干瞪眼的份儿！"

郭立三转着眼珠道："不然！卢家眼下只有五处窑场，对不对？卢维章刚刚吃了窑场供给不力的亏，宋钧又是利润肥厚的大买卖，他绝不会拨出窑场来烧粗瓷！"

雷生雨道："那就建窑场呗，反正卢家有的是银子！前几天禹州知州曹大人，亲自送了三十万两的朝廷供奉进了卢家！还有他们的景号，专做洋人的生意。原先汴号的苏茂东去了景德镇，干得红火着呢！听蔚丰厚的人说，多则三五万，少则七八千，那银子跟流水似的都汇到神垕了！"

郭立三狞笑道："谁说有银子就能办成事了？我问你，建窑场，除了银子、伙计，还需要什么？"

吴耀明恍然大悟道："地皮！"

"对了！"郭立三一拍桌子，道："眼下乾鸣山南坡，各大窑场把地皮都占完了，卢家就是再有钱，还能把乾鸣山都挪走，另辟一块平地吗？"雷生雨摇头道："要说地皮，也不是没有……回龙岭西头，还有一大片林场呢！把树都砍了，平地有了不说，连木柴都有了！"郭立三笑道："说你老雷死脑子，你就是不开窍！你想想那块林场是谁家的？"

"是禹州陈家的啊？"

"这不就结了？禹州陈家做的是煤场和林场的生意，而陈汉章的二小姐陈司画，那是什么人？本来是卢家相中的二少奶奶！那时董振魁亲自上门，给他们家老二董克良提亲，陈汉章到底还是婉言谢绝了，因为什么？就是因为陈司画一心想嫁给卢家老二！可卢豫海偏偏跟一个丫头成了亲，气得陈汉章大病一场，从此连煤、柴都不卖给卢家了，你觉得他会把回龙岭的林场卖给卢维章吗？"

另一个大东家道："可我听说，董振魁又去陈家提亲了，还是为了他家老二董克良！万一陈汉章把陈司画许配给了董家，那不是一样？卢家烧粗瓷也好，董家烧粗瓷也好，总归是咱们都得喝西北风，领着一家老小上吊去。"郭立三干笑了几声，道："如今只有一个办法，咱们所有的窑场联合把那块林场买下来！不管陈家开多少价钱，咱们只能认了！"

大东家们面面相觑。那块林场足够建五六处窑场了，得多少银子啊？没个百十万两根本打不住！当下就有两三个大东家想打退堂鼓。郭立三瞅了他们一眼，不以为然道："事情就是这样，谁能坐等着人家来吃咱们，不妨豁出老命去搏一把。成了，你好我好大家好，一旦不成，大不了关张倒闭，卷铺盖走人！谁还想走，就请便。"

他这么一说，本来想走的也不便溜号了。大家仔细合计了一番，公推郭立三和雷生雨为代表，即刻前去跟陈汉章商议购买林场的事宜。雷生雨长叹一声道："要是搁在三十年前，还用得着这么如临大敌？一两银子不花，就凭我这一表人才，陈司画那个丫头早就以身相许了！"众人知道他是开玩笑，却是谁都乐不起来，只顾着琢磨心事了。

2　少女情怀总是痴

禹州陈家商号的大东家陈汉章是举人出身，去京城赶了几次考，每次都是名落孙山，久而久之也就断了走仕途的念想。陈家祖上靠南山煤场起家，在陈汉章父亲手里又依着乾鸣山建了四处林场，可谓家境富足、日进斗金了。陈汉章隔不几天就要携夫人出去游山玩水，日子过得舒服惬意，说起来也算是志得意满。可陈汉章夫妇最大的心病，就是膝下只有两个女儿，大小姐陈司琴嫁给了神垕卢家的大少爷卢豫川，不料因难产而死，连外孙女都没熬过一岁，也跟着娘亲走了。二小姐陈司画自幼身体虚弱，大病没有，小病不断，家里熬药的家什从来没少过。

陈司画年纪不大，却是自有主见，从小跟卢家二少爷卢豫海青梅竹马，打定主意非卢豫海不嫁。卢家烧出禹王九鼎那年，本来两家说好了继续联姻，把亲自上门提亲的董振魁都得罪了，不承想却被那个叫关荷的丫头捷足先登，跟卢豫海成了亲！卢维章夫妇也是混账到家了，就算里头夹杂了梁家跟董家的瓜葛，也不能连个招呼都不打，自作主张就把亲事给办了。陈司画连自己的嫁衣都做好了，陈汉章也早就精心备好了嫁妆，全家上下一心一意地等着卢豫海来娶二小姐，谁料到竟是这么个结局！陈司画一时万念俱灰，又是上吊，又是割腕，一连寻了好几次短见，幸好她娘陈葛氏留了心眼，及时抢救才保住了性命。陈汉章气得大病一场，让手下的煤场和林场不卖给卢家一两煤、一根柴，为的就是出这口恶气。

好歹三年过去，陈司画也是个二十岁的大姑娘了，上门提亲的人络绎不绝。董振魁也让管家老詹再次登门，还是没放弃娶陈司画做二少奶奶的念想。陈汉章知道闺女的脾气，不敢当面询问，便让陈葛氏旁敲侧击地问过一次。没想到陈司画竟是一口回绝，口口声声说她情愿终生伺候爹娘，永不出阁。后来见父母逼得紧了，她就索性剪下一缕头发，说要是再提起此事，她就自己削发为尼，反正爹娘都信佛，家里就有现成的佛堂，她便去守着青灯古佛过一辈子！陈汉章听了捶胸顿足，却也是奈何女儿不得。他也是书读得多了读昏了头，居然装出来一副十分受用的模样，拿了那缕头发向来提亲的人吹牛，说陈家世代信奉佛祖，闺女孝顺得很，只想在家伺候父母，暂时还没有出嫁的打算。闻者无不惊诧不已，日子一久，一传十，十传百，谁都知道陈家出了个带发修行的二小姐。

陈葛氏爱女心切，哪里肯让闺女守一辈子活寡，瞅了个机会问她，难道还是对卢豫海念念不忘、非他不嫁吗？陈司画回的也绝："只要再见到一个跟豫海哥哥一模一样的人，我就嫁给他。"陈葛氏听了瞠目结舌，世上只有一个卢豫海，哪里去找一个一模一样的？看来闺女这辈子是吃了秤砣铁了心了。

陈葛氏便不甘心道："卢家的规矩你又不是不知道，只能娶一个夫人！卢豫海就是再好，也是有老婆的人了，你还要等他吗？"

陈司画一笑道："他不娶我，我就等他。十年也好，二十年也好，等关荷不在了，我再嫁给他。"

"可要是关荷比卢老二还死得晚呢？"

陈司画沉了脸道："那我跟豫海哥哥一块儿死！在阴间，他总算能娶我了吧？"

这番话吓得陈葛氏再不敢说下去，她只有每天祈祷佛祖让卢豫海长命百岁、让关荷早早亡故。

陈汉章每晚就寝前，总是听媳妇念念有词，却是不知所云，问了她也不说。这天偶尔听清了她的祷告，陈汉章气得笑道："你，你真是老糊涂了！佛祖见你一边心善、一边心狠，哪里会如你所愿？"

陈葛氏苦笑道："你是她爹！闺女都这么大了，你一点儿心都不操，还不许我祷告吗？"

陈汉章摇头得意道："你怎么知道我不操心？我私底下让人去找了，只要是找到跟卢老二那个畜生一模一样的人，就立刻让闺女嫁给他！"

陈葛氏气得大骂道："可着天底下也找不出第二个像你这么混账的爹老子！莫说根本找不到，就算找到了，你知道他的秉性吗？你知道他的底细吗？万一是个吃喝嫖赌的败家子，你就真的让闺女进了虎口不成！"

陈汉章挨了骂也不恼，喟然道："说实话，卢豫海还真是个好后生，又仗义，又有本事。可他是有了老婆的呀，就算卢家肯破了规矩，让他再娶一房，你愿意让咱闺女做小的？"

陈葛氏也是一愣，道："那也比让闺女守一辈子活寡强！小的就小的，咱闺女不是笨人，早晚把大太太的位置弄过来！"她兀自说着，忽然意识到了什么："她爹，难道卢家来提亲了？"

陈汉章看了她一眼，一点睡意都没了，索性披衣下了床，把烛光拨亮了，呆坐了起来。陈葛氏急得呼天抢地道："她爹，你这是要急死我不成？"

陈汉章艰涩地道："唉，卢维章的确让人来提亲了！来的是卢家老号总号的杨建凡、苗象天两个老相公。说只要咱闺女肯嫁过去，什么规矩都不管了，还有十万两的聘礼。"

"聘礼算什么！你是怎么回的？"

"我能怎么回，还是让他们看看闺女自己割的那缕头发，打发他们走了。"

陈葛氏抓起枕头便丢了过去，大骂道："真是个窝囊废！你疯了吗？"

陈汉章躲过去枕头，急道："那我怎么回？难道就答应了不成？"

"你得提条件呀！让卢老二那个畜生把关荷休了，咱们闺女不就不用做小了？"

陈汉章瞥了她一眼，叹道："唉，你怎么知道我没说这个？杨建凡说了，关荷没有犯错，卢家不能休她。何况她还是梁少宁的闺女，董振魁的亲外孙女！咱陈家也不能逼卢家休了关荷，这不是明摆着得罪梁家和董家吗？得罪梁大脓包倒也无妨，可开罪了董家，那可是不得了！没了董家老窑的生意，咱煤场的煤、林场的木柴卖给谁去？董家跟卢家本来就是你死我活的大仇人，眼下都看上了咱家老闺女，这可咋办？"

陈葛氏的主意也是一会儿一变，此刻又想起来了董克良的好处，不由自主道："其实董克良也是个好后生，咱们闺女嫁到董家也不吃亏，一去就是大太太！董克良好多年前就让他爹来求亲了，他对我们司画早有意了。对，不能去卢家，哪儿能真的给人做小啊？咱闺女是大家闺秀，不能受这个委屈！"

"只要闺女愿意嫁到董家，我二话没有！"

陈葛氏明白过来了，叹息道："说的也是，咱闺女就看上卢豫海那个畜生了！卢家遭难，她还偷偷送了一千两过去，钱无所谓，丢人啊！……卢维章究竟打算怎么摆放咱闺女？"

"卢维章的意思是，两房平起平坐，都是大太太，没大小之分！"

陈葛氏愣道："这，哪儿有没大小的？老卢家真能折腾！"

陈汉章愁眉苦脸，只知道摇头。老两口你一言，我一语，时而吵架，时而商量，一直折腾到了子夜，也没能得出个结论来。都听见头遍鸡叫了，这才互相责备个不停，各自睡下了。

杨建凡和苗象天果真是来陈家提亲了。这件事是卢维章亲自授意并让他们俩务必要瞒着卢豫海。杨建凡和苗象天岂能不知个中的恩怨瓜葛，知道此去必定是碰一鼻子灰，但大东家之命又不得不从。二人无奈之下，只得说是到禹州城拜访知州曹利成，背着卢豫海去了趟陈家。结果自然是被陈汉章冷嘲热讽了一番，俩人又亲眼看见了那缕路人皆知的"头发"，这才灰溜溜地回来复命。

卢维章听了微微一笑，道："老陈这是非要我亲自出马啊。为了卢家老号，看来这个面子我不能不给了。"

杨、苗二人互相看了一眼，还是杨建凡开口道："大东家，回龙岭林场对卢家而言的确是至关重要，咱不妨直接提出来买不就得了，何必非要多此一举？明知道陈汉章对二爷恨之入骨，讨这个没趣干吗？"

卢维章笑道："买林场，娶陈司画，这看起来是毫不相干，实际上却是一回事。陈汉章恨卢家，不肯嫁闺女，难道就肯把林场卖给咱了？这些年，陈家的煤场、林场对卢家大门关得紧紧的，其实还是在赌气而已。陈司画那个丫头我清楚，她是非豫海不嫁。不然这三年里，老陈也用不着老是拿缕头发来惹人笑话了。"

苗象天忍了半天，终于道："大东家，此事总瞒着二爷恐怕也不是办法。说到底还是给二爷娶媳妇，他到现在还蒙在鼓里呢！再说二少奶奶明后天就到神垕了，二爷跟二少奶奶在外头相依为命，感情好得如胶似漆，蓦地让他再娶一个，二爷那里……能过得去吗？"

"过不去也得过得去！"卢维章脸上冰冷了起来，说的话也是寒意逼人："他不奉父母之命、媒妁之言，已经犯过一回大错了。这次是我亲自给他定的亲事，女方是跟他青梅竹马的陈司画，关荷也一直没有生养，种种不是全在他那里，他还有脸推托吗？"

苗象天小心翼翼道："那，二少奶奶回家是按老规矩办，由总号出面迎出十里接待，还是……"

"家事我不管，你去跟夫人商量吧！不过关荷毕竟是拜过天地的二少奶奶，跟豫海在景德镇也吃了不少的苦，如果怠慢了，一是对不住她，二来也难免给梁家和董家捏住把柄。我的意思，还是按老规矩。"

苗象天不敢再多说一句话，和杨建凡躬身告退了。其实他们两人都不愿搅和进卢家的家事里，这个家迟早是卢豫海来当，万一处置不合二爷的心意，按着他六亲不认的"无赖劲"，早晚都有苦果子吃。

杨建凡出了书房院子，长出一口气，笑道："老苗，你去见夫人吧，我得回总号了。"

苗象天苦巴巴道："老杨，你就丢下我一个人吗？"

杨建凡哈哈大笑道："二老相公协管家事，这是总号的规矩！"他看见苗象天左右为难的表情，敛住笑，叹道："当初你爹做老相公，我做二老相公，为了这家事操了多少心！唉，总算能脱开身子了。天底下最难办的，就是这儿女之情。常言道'英雄气短，儿女情长'，别看二爷风风火火的一个人，还指不定被这事为难成啥样呢！不说了，不说了，我先走一步！"

卢王氏跟苗象天商议了半天，最后还是照着卢维章的意思办了。关荷、苗象林等人一共乘了三辆车，带了不少南方的特产，一路跋山涉水回到神垕。离镇上还有十里地，就看见路边一处棚子，瓜果茶水之类的摆在棚下的长桌上，由穿着卢家老号号坎的伙计守在路边迎接，高叫"恭迎二少奶奶衣锦还乡喽"。此后每隔二里地就有一处棚子、几个伙计，一直迎到神垕镇里。镇上的人好久不见这么大的声势了，还以为来了多大的官，一打听才知道是卢家二少奶奶回府省亲，而这个二少奶奶就是大前年因为跟卢豫海有了私情而被赶出家门的关荷，她还是圆知堂董振魁的亲外孙女呢！于是乎人们群情耸动，无不奔走相告。

关荷也想不到公公婆婆给她安排了这么大的排场，一时又是激动又是愧疚，一路上神情恍恍惚惚。直到马车在钧兴堂门口停下、有丫鬟进来服侍她下车的时候，她才多少清醒了些。她刚下了车，便看见门口处，几个丫鬟婆子簇拥着一位二十来岁的年轻夫人，正是大少奶奶苏文娟。关荷慌忙上前施礼道："关荷给嫂子请安了！"

苏文娟笑意盈盈地上前，拉了她的手道："走了几个月，路上辛苦了！夫人在后堂等着你呢！"

关荷此刻最怕见到的就是卢王氏，却知道非见不可，心里惶惶不安。苏文娟以为她牵挂卢豫海，便一边拉着她朝里走，一边笑道："豫川和豫海他们正忙活大事呢，咱们娘们家不管他们的事！夫人念叨你好半天了，一再让下人去瞅……"

关荷当年是作为丫头被买进卢家的，九年一晃而过，当她再次踏入这熟悉的院落之际，身份已经有了天壤之别。以前对她呼来喝去的老平，如今换了副恭恭敬敬的模样，一口一个"二少奶奶"叫个不停。那些旧日同桌吃饭、一起玩耍的丫鬟们都是带了几分敬畏、几许艳羡地看着她，一个个唯恐言词举止不当，惹得二少奶奶不高兴，哪儿还敢像以往那样亲密无间？关荷茫然无措地让苏文娟牵着手，一路朝后堂走去。

苏文娟见下人离得远了，这才低声道："妹子，你在景德镇这几年，一直没生养？"

关荷心里一沉，艰涩道："是的。"

苏文娟安慰道："许是南方的风水不服，一回家就好了！赶明儿咱俩一起去登封县中岳庙上香去，听说那里的送子观音可灵光了！"

关荷这次回家最大的心病就是这个，听了苏文娟的话更是悲从心来，连脚步都走不稳了，一句话也说不出来。两人此时已经进了后堂。卢王氏正端坐着，见了关荷，不由得颤声道："老二媳妇，你回来了。"

关荷从进卢家大门起就一直在卢王氏身前伺候，两人的感情要比寻常主仆之间深厚得多。中间钧兴堂几经磨难，下人遣散之际，卢王氏也没有忍心将关荷赶出家门。只是她和卢豫海有了私情，坏了卢王氏一心撮合卢豫海和陈司画的大计，卢王氏才对她由爱生恨起来。但眼下她已是名正言顺的二少奶奶了，又跟着卢豫海南下千里谋生，受了不少的磨难，卢豫海在景德镇做得轰轰烈烈，想必也少不了关荷的贴心照料。卢王氏就是心里再有不满，也早就消散了大半，这时蓦地见到关荷，忍不住垂泪不已。关荷见夫人动了感情，满腹的心酸再也按捺不得，也是哀泣不止。苏文娟让下人们退去，房中只剩下这三个黯然抹泪的女人。

卢王氏哭了一阵，这才止住了悲声道："关荷，你过来！让我好好瞅瞅……"

关荷顺从地过去，跟往常伺候卢王氏一样低眉顺眼地站在一侧。卢王氏拉过她的手，笑道："你如今身份不同了，还当自己是丫环呢？让我瞧瞧——南方就是养人，咱家关荷本来就是水灵灵的，在南方这么一滋润，越发标致了！"

关荷羞得满脸通红。苏文娟笑道："妹妹是天生丽质，搁到哪儿都俊俏！妹妹，夫人一直想打听二爷在景德镇的故事，你这么一回家，总算有个说书的了！"

卢王氏道："我前一阵子还想问豫海呢，他跟椅子上有钉子似的，片刻工夫也坐不得！老二媳妇，你好好给我说说，你们在景德镇是咋过日子的？我听说南方都是吃米饭，你们吃得惯吗？"

关荷低声道："夫人，我们……"

"还叫夫人呢！叫娘！"卢王氏瞪了她一眼，道："你们成亲第二天就走了，我连你叫声'娘'都没听见，一晃就是三年了……豫海也真是要强，整整三年连封信都没有。"

关荷鼓足了勇气道："娘！"

卢王氏欣慰地一笑，从枕边摸出来个红包，塞给她道："神垕的老话儿，这叫改口钱！我揣了整整三年啦，今天才算送了出去！"

苏文娟见她们二人亲热，蓦地想起自己成亲时的凄凉。为了给自己拼下一个大少奶奶的名分，卢豫川不惜喝了毒酒以死相逼，那样生死悬于一线的场景历历在目，哪儿有眼前这样的温情脉脉？难怪卢豫川始终对此事耿耿于怀，对叔叔婶子深有怨言了。苏文娟抚今追昔，一时间触景生情，忙借故转过身去，偷偷擦了擦眼角溢出的泪花。

卢豫海虽然知道关荷已经回了神垕，却还是待在总号不肯回家。杨建凡和苗象天知道他们少年夫妻，几个月不见自然有说不尽的枕边蜜语，便异口同声地劝他赶紧回去跟关荷见面。

卢豫海不愿落下个"恋家"的名声，便瞪眼道："怎么，有了婆娘就不做事了吗？你们着急什么，又不是你们的婆娘！"杨、苗两人哭笑不得，只好按部就班地处理事务。转眼间天色就暗了下去，卢豫海却也不急，晃了半天的躺椅，冷不防问道："你们前两天去禹州，见到曹大人没有？"

杨建凡为人老实，最不擅长说瞎话，竟是张口结舌起来。好在苗象天反应得快，忙道："见了，说的还是朝廷供奉的事。二爷有什么要问的？"

卢豫海纳闷道："老董家又捣鬼了不成？朝廷供奉不是说好的吗？"

苗象天只得继续圆谎道："二爷多虑了，还不是朝廷例行的那些勘验的事！我跟杨老相公去了一趟，都说好了，没什么要紧的。"说着，他瞥了一眼杨建凡，额头上冒了冷汗。

杨建凡赶紧帮腔道："不错不错，曹大人那边都说好了，明年的朝廷供奉还是老规矩！"

卢豫海笑道："朝廷供奉是铁打的生意，多少银子蹚出来的路，谅他们老董家也想不出什么高招出来！不过咱也不能等了。老苗，回龙岭林场的事谈得如何了？我可听说董振魁和其他各大窑场都开了天价，这帮人还算眼尖，一眼就瞅出来咱的意图了！"

"回龙岭林场是禹州陈家的产业，咱们去说恐怕多有不便啊！"苗象天灵机一动，心想既然卢豫海提到了此事，何不就此先把卢维章的意思透露一点儿，好让他心里也有个准备？当下便道："要是当年二爷娶的是陈司画，那不就好办了？自己亲家的事情，陈汉章还能答应别人吗？今非昔比啦，听说董振魁又上门去提亲了，是给他家老二董克良提的，一旦陈司画嫁给了董克良，那块地皮咱就别指望了！你说是不是，老杨？"

杨建凡会意，便大声叹道："现在说这个还有什么用！总不能让二爷也去求亲吧？"

"司画妹妹还没嫁人吗？"卢豫海吃惊地站了起来，死死盯着苗象天。他回神屋以来一直在总号收拾残局，根本没心思打听陈司画的事。按着他的想法，说不定陈司画早嫁人了，何况是自己负心在先，也埋怨不得人家。猛然听见陈司画三年了还是待字闺中，他自然是吃惊不小。苗象天见状摇头道："禹州城谁不知道陈家二小姐心有所属，哪里看得上别人？二爷，这三年来司画小姐任谁提亲都不答应，只怕还是想着你呢！"

卢豫海呆呆地站着，一屁股坐了下去，好半天才道："这可怎么办才好……"

杨建凡有心再说几句，却被苗象天一个眼神拦住了。苗象天抱定了"点到为止"的主意，就怕杨建凡憋不住，把其中的隐情一股脑地说出来，这不是明摆着得罪二爷吗？两人便不再说这个，有一搭没一搭地说起了生意上的事。卢豫海沉默了半天，腾地站起来道："你们两位先忙吧，我得回去了。"

二人知道他这次回去，钧兴堂里还指不定要惹出多大的风波来，此刻又投鼠忌器无法点破，只得一起离座送他。卢豫海闷声道："送啥！我又不是不知道路。"说着便挑帘出去了。杨建凡和苗象天相视苦笑，苗象天待他走得远了，叹道："唉，真是人在江湖，身不由己，二爷真应了那句话：'商场得意，情场失意'！"

"又要娶个如花似玉的小老婆，这是哪门子'失意'？"杨建凡看了他一眼，道："我劝你也少搅和进去，马上就要跟董振魁开战了，生意上的事情我又不在行，到时候有你忙的！"

苗象天一愣，道："我想搅和进去吗？我躲还躲不及呢！"

3 夜长天色怎难明

卢豫海满腹心事，不料一进门就给老平拦住了。见卢豫海一脸的愠怒，老平忙赔笑道："二爷，对不住！今天二少奶奶刚回来，说什么我也不能耽误您工夫！可是老爷有话，让您一回家先去他那屋，你看这事弄得……"

卢豫海本想直接去找关荷倾诉相思之苦，却给老平这么一说，只得掉头去了父亲的书房。卢维章这些日子身体康复得不错，早离开了病榻，整天在书房里看看书，在院子里打打拳，气色一天天见好。卢豫海心里乱成一团麻，冒冒失失地推开书房门，见父亲正在看书，便笑道："儿子给爹请安了。"

卢维章抬头看了看他，不动声色道："出去，重新进来。"

卢豫海一愣，知道今天是不会看见父亲的好脸色了，却也不明白自己是哪里做错了，竟惹得父亲如此动怒？只好转身出去，把门合上，规规矩矩地敲门道："父亲，儿子给父亲请安来了。"

书房里传来卢维章的声音："进来吧。"

卢豫海这才敢推门进去，大气不敢出一口，垂手站在书桌旁。卢维章翻着书，道："知道哪儿做错了吗？"

"孩儿只顾想心事，把礼数都忘了。"

"心事？你能有什么心事？"卢维章把书一推，冷冷道："卢家因为你，又被人家欺负到鼻子上了，你还有工夫想心事！"

"谁敢欺负卢家？我这就找他们去！"卢豫海瞪圆了两只眼，一眨不眨地看着父亲。

"卢家老号今后的生意一分为二，钧兴堂专烧宋钧，钧惠堂专烧粗瓷，这是咱们父子定下的日后发展大计，你难道忘了不成！"

"这个孩儿哪里能忘了？怎么，有人下绊子为难大哥吗？"

"这事已经黄了八成了。你可知因为什么？"

卢豫海目瞪口呆道："黄了八成了？这怎么可能！大哥不是都干起来了吗？"

"豫川把所有的铺垫都做好了，就等着开工建窑呢！可人家陈汉章把话挑明了，陈家的回龙岭林场能卖给董家，能卖给各大窑场，唯独不能卖给咱们卢家老号！没了地皮，咱们去哪儿建窑场？没了窑场，拿什么建钧惠堂！"

卢维章的话震得卢豫海身子一凛。他在外历练了三年，饱尝人情世故，到了此刻已经隐约听出了父亲今天的弦外之音，顿时慨然道："是孩儿惹下的祸事，得罪了陈汉章！父亲请示，孩儿如何才能挽回这个大错？就是让孩儿去陈家负荆请罪，再丢人孩儿也绝不含糊！"

卢维章绕了半天的弯子，终于把卢豫海这句话逼出来了，暗中一笑，脸上却还是波澜不惊："丢人也是你自作自受！要是负荆请罪能办成事，就是让我去又有何妨？只是陈司画一心嫁的不是你爹我，而是你这个畜生不如的东西！"

卢豫海听得呆若木鸡，半天才道："这，这可不成！"

卢维章沉下脸来，大声道："怎么不成？我是你爹！你上一回的亲事我已经由了你胡作非为，这一次难道我还不能做主吗？"

卢豫海顶撞道："卢家子孙只能娶一房太太，这是爹爹你定的！"

卢维章针锋相对道："我定的，我就能改！到底卢家是你说了算还是我说了算？"

"爹，你别逼我！大不了钧惠堂不干了，我把钧兴堂给我大哥拉倒！"

"你这是放屁！你有什么资格说不要就不要了？你以为你现在是钧兴堂的东家，我就奈何不了你了？父命难违！又不是让你去死，只不过是再娶个夫人而已，你吃亏了吗？"

卢豫海被父亲逼得走投无路，一时急道："爹，我卢豫海算个什么东西！陈司画一娶进门，那关荷怎么办？难道要休了她不成？不休关荷，那就让陈司画做二房吗？陈汉章绝对不会同意！我倒是不吃亏了，可关荷要吃亏，陈司画也要吃亏，我成什么人了？"

"可我要是告诉你，陈汉章同意了，陈司画也同意了，就连关荷也同意了！你还有什么话说？"

"不可能！"卢豫海脱口而出道："就是他们都同意了，我也不同意！爹，你别逼我了，我娶了关荷，已经对不起司画一次。若是让她嫁过来做个二房，我，我更对不起她！"

卢维章背手站了起来，走到卢豫海身侧，冷笑道："眼下在你面前有两条路：要么按我的意思办，那样关荷还能留在卢家；要么我就以'无法生养'的罪名休了她，你还是得娶陈司画！"

卢豫海扑通跪倒，使出了最后一招："爹，难道你为了生意，就连儿子都不要了？您不怕逼得我一头撞死在你面前吗？"

卢维章微微一笑："你想一头撞死，也好，真是有情有义的汉子！我且帮你分析一下你死之后的事情：关荷和陈司画对你都是一往情深，这自不待言了，她们一旦知道你不肯让她俩为难而一死了之了，自然也要为你殉情而死；你娘爱子心切，说不定过不了几天也就跟着你去了；剩下老爹我一人孤苦伶仃，怕是也没几日的活头；陈汉章两口子心疼闺女，想必也……你算算，你这么一死，就得赔上六条人命！你眼下连个传宗接代的儿子都没有，你大哥也一直没孩子，可叹我老卢家就此断子绝孙，一门子死得干干净净了！也罢，董家梦寐以求的事情，你卢豫海统统替他们办到了！"

卢豫海彻底没了退路："爹，我想死都不行吗？"

卢维章无动于衷道："死了你一个，搭上那么多条人命，也绝了卢家的香火，你多划算啊！好好想想去吧。"

卢豫海明白父亲多少有些揶揄之意，但他仔细想想，父亲所说的什么"六条人命""断子绝孙"之类，却还真的不是信口雌黄！看来父亲这番谈话，肯定是精心准备过的，从他一进门开始，先是来了顿"杀威棒"，接着又拿生意受挫来威胁，拿父命家法相逼迫，连关荷、陈司画和母亲都搬了出来，把所有的退路堵得严丝合缝。而自己负荆请罪不可，放弃生意不可，苦苦哀求也不可，最后就是想求一死都不可了！

卢豫海喃喃苦笑道："父亲真是好口才！我斗不过您！"卢维章终于露出笑容道："怎么样，儿子还是斗不过老子吧。"卢豫海觉得又可笑，又可叹，又不可思议，赌气道："可儿子没有父亲巧舌如簧，这件事……孩儿实在万难向关荷张口啊。"

"无须你去张口。"卢维章稳坐在书桌前，淡淡道："你娘已经跟她说了。"

"什么？"卢豫海顿时变了脸色："她刚刚回来，怎么能……"

"自家的媳妇，为何说不得？关荷既然做了卢家的二少奶奶，就得有这个容人之雅量！她跟你一出门就是三年，半个儿子都没生下来，搁在别家早休回娘家去了！卢家眼下有了难处，这正是她给卢家做点儿事的机会，她若是有半点孝敬公婆的心思，定然会满口答应下来。"

卢豫海长叹一声，一跺脚便推门走了。卢维章轻轻一笑，看着他的身影消失在远处。他这才喟然一叹，脸色变得阴郁起来，朝半空中拱了拱手，凄凉道："关荷，公公我对不住你了！嫁到卢家来，是你自己选的，这就是你的命……"

卢豫海心急火燎的脚步声传来的时候，关荷正在房里失魂落魄地坐着。她听见了门外的动静，赶忙擦了眼泪，装出一副翻箱倒柜的模样。卢豫海冲进房门，呆呆地看着她，一句话也不敢说。关荷手忙脚乱了半天，似乎猛地发现了他，嗔笑道："你鬼鬼祟祟地做什么？进屋也不说一句话！"

卢豫海小心翼翼地察言观色道："关荷，你……你忙什么呢？"

"找衣服啊！"关荷笑容满面道："司画妹妹要嫁过来了，我做姐姐的，得找件像样的衣服迎她呢！找了半天，一件合适的都没找到，明天还是叫个裁缝现做吧……"关荷努力做出欢天喜地的表情，但她满脸的泪痕，通红的眼圈，还有不停颤抖的身子，除了万分悲哀再也看不出别的。

卢豫海心如刀绞，上去搂住她，痛心道："关荷，你难过就哭吧，哭出来就……"

"二爷大喜的事情，我干吗要哭？"关荷轻轻推开他，笑道："这下多好，二爷你不是一直想咱们三个在一起吗？"

"你……你千万别这么说，那是咱们没成亲以前的玩笑话……这三年里，我提过陈司画没有？你知道我心里只有你一个人。我也明白你心里难受……"

"我才不难受呢！你瞧，本来我没能生养就觉得对卢家有愧，还生怕公公婆婆怪罪下来呢！这算是给卢家立了大功一件，多少能讨一些公公婆婆的欢心，我为何要难受？"

卢豫海再也听不下去，一把抓住了她的手，急切道："关荷，你听我说，这不是我的意思！我说什么也没用……你现在收拾行李吧，咱们俩立刻就走！什么生意，什么钧兴堂，什么回龙岭林场，我们走得远远的，再也不回神垕了！"

关荷心里遽然一颤，道："二爷，你说的是真的吗？"

卢豫海斩钉截铁道："真的！"

"你不后悔？这么大的产业，你说不要就不要了？"

"什么产业！我不要了，我只要你就足够！你快收拾一下，我去找辆马车……不行，马车动静太大，可没马也走不远。这样，咱俩先离开钧兴堂，我去苗象天家里借匹马，咱俩今天晚上就走！"

关荷直直地看着他，道："好，我听你的！"说着，匆匆整理了些衣物、细软，打成一个包袱提在手上。卢豫海从腰里解下总号密账房的钥匙，放在桌上，拉起关荷头也不回便走。

夜深了，钧兴堂里上上下下大多已经就寝，只有更夫的梆子声时远时近地响着。卢豫海和关荷对钧兴堂的地形再熟悉不过了，轻而易举地便来到了后院。马房里空无一人，几匹马在马厩里或卧或立，四周鸦雀无声。

卢豫海眼前一亮道："你等等！"说着便上前解开了一匹马，顺手抓了把草料塞在马嘴里。关荷怔怔地看着他，身子剧烈地颤抖着。卢豫海牵着马朝后院的角门走去，低声朝关荷道："快走！别惊动了旁人！"

关荷脸上不知是悲是喜，顺从地跟了上去。卢豫海轻手轻脚地拉开了门闩，一条胡同赫然出现在眼前。

卢豫海不容分说，举起关荷放在马鞍上，自己翻身上马，扬手一鞭子下去。马儿嘴里塞满了草料，叫也叫不得，一头蹿了出去。眨眼间两人已经离开了钧兴堂，飞驰在神垕的大街上。卢豫海也没想到居然会如此顺利，得意道："关荷，你瞧老天都帮着咱们呢！今天晚上……"

关荷只觉得两耳边呼呼生风，神垕镇的一屋一宇、一草一木都飞快地消失在身后。前面就是官道，照这个速度跑下去，不到天亮就能跑出去一二百里地，到时候就是卢家发现了派人追赶，也根本找不到他们了！关荷蓦然一惊，伸手牢牢抓住缰绳，拼命朝怀里一拽。马儿正在撒欢飞奔，被主人拉得仰头长嘶，两个前蹄高高腾空而起，差点把卢豫海和关荷掀翻落地。卢豫海吓了一跳，赶紧抢过缰绳，好容易把马安抚住，大声道："关荷！你疯了不成？"

关荷无力地靠在他怀里，苦笑道："我刚才是疯了，现在多少清醒了些，可若是继续走下去，那我们俩就都疯了！你让我下去！"

卢豫海见她拼命挣扎，只得下了马，把她接了下来，茫然地看着她。关荷怀里还抱着包袱，冲他凄凉一笑道："二爷，你能跟我走到这儿，你的心意我全明白了……关荷是个私生女，自小没人疼爱，嫁给二爷之后才有了个真心待我好的人。为了不让我受委屈，二爷连爹娘和生意都不要了，可我又算个什么？不值得二爷为了我一人舍弃那么多！娘今天送我回房里，跟我说了娶司画妹妹的事，她生怕我不答应，竟然……她竟然跪到了我面前！……不能给你生个一男半女，还要害得你离家出走，这份罪过我实在担当不起！司画妹妹对你情深一片，你和我就这么走了，那岂不是害了司画妹妹一辈子吗？何况这里面还有卢家的生意……"

卢豫海听得肝肠寸断，道："娘怎么能……你想这么多做什么？生意的事情跟你有何相关？"

"不然，我关荷生是二爷的人，死是二爷的鬼，为了二爷的前途，我有什么不能去做的？二爷莫怪，我刚才只是试探二爷来着。我想知道二爷究竟待我如何！可二爷眉头都不皱一下，说出走就出走了，一点犹豫踌躇都没有，我足以知道自己在二爷心中的分量！二爷是个真正的大丈夫，我就是和司画妹妹平分起来，也比那些寻常男人的妻室得到得多……二爷，今天就走到这儿吧，这是出镇的官道口，我只求二爷今后能记住这里！等我老死了，求二爷不要把我入土安葬，就把我的骨灰撒在这儿，我想一个人看着二爷外出经商，看着二爷得胜归来……"

"你说这些，难道还是信不过我吗？只要咱们再往前一步，那就是远走高飞了，谁都拦不住咱们！这难道不是你的心愿吗？"

关荷脸上终于流下两行眼泪，在月色映衬下鲜亮无比："这固然是我的心愿……说到底，哪个女子肯跟人分享一个丈夫？可公公为了你，把自己立下的规矩都破了，婆婆更是不惜对我下跪！要不是他们收留，我一个孤儿根本活不到现在，我若是不答应，还有一点良心吗？我就是一口咬定不许司画进门，我又如何在卢家立足，少不了被一纸休书赶出卢家！我想清楚了，只要能继续留在二爷身边，就是做个使唤丫头都成！二少奶奶的名分又算什么？能让二爷陪我走这么远，我就是现在死了，也毫无遗憾！二爷，听我的话，咱们回家吧……"

卢豫海状若癫狂，飞身上了马，厉声道："我意已决，今天非走不可！你如果还愿意跟着我，就上马来一起走，不然我一个人走！"

关荷一把抓着马缰绳，喊道："二爷！你为何如此不听人劝呢？你以为咱们这一走，就真的是远走高飞了吗？你就真的忍心不要爹娘了吗？我跟你一走，卢家所有的人该如何说我？我的良心就能安生一辈子吗？叶落归根啊，咱们就是走了十年、二十年、五十年，总要回神垕的，那时候你让人人都说我是个红颜祸水，是个害得卢家家破人亡的妖孽不成！……你若真的要走，就踏着我的身子过去吧！我宁可死在你的马蹄之下，也不愿死在骂名里！"

卢豫海的手遽然松了下来，身子在马上摇摇晃晃。他仰面朝天，泪流满面，忽然撕心裂肺地大吼道："爹，你为何连亲生儿子都处处算计得如此周详？你为何连这最后的一步都算到了？"

关荷无声地流泪，牵着马儿，回头朝神垕镇走去。一路上两人都是默然无语，只有马儿不停地喷着响鼻，似乎有一肚子的不解。二人走进了胡同，钧兴堂后院的角门还开着，跟刚才离开的时候一模一样，而两人的心情却已经有了风雨苍黄的巨变。卢豫海木然地下了马，低着头跟关荷一前一后走进了角门。关荷的脚步骤然停住，卢豫海撞到了她的身上，这才抬头看去。但见院子里坐满了人，卢维章和卢王氏端坐在椅子上，卢豫川和苏文娟侍立在他们身后，就连刚刚四岁的弟弟妹妹卢豫江和卢玉婉也在，正瞪着黑漆漆的眼珠子，目不转睛地看着他们。

卢维章黯然道："你们回来了？"

卢豫海和关荷相视一眼，一起跪倒在地。

"我替你们支开了下人，为的就是让你们无声无息地走了。"卢维章的声音悠远安详："我知道此事对你们夫妻来说，实在是太难了……强人所难有违天理，这不是我的本意。事情的利害也对你们说过了，我放手让你们自己去决定。我跟你娘、你哥嫂还有你妹妹，卢家所有的人都在这儿等你们，或者说是送你们。你们走了，我替你们高兴；你们回来了，我却是高兴不起来……人非草木，孰能无情？豫海，你是我的儿子，我要你明白，爹不是为了生意就不顾一切的人！我再问你一句，你还想走吗？你若是想走，我绝不阻拦！"

关荷膝行几步，来到卢王氏跟前，哭道："娘，我们不走了。"

卢王氏一句话也说不出，眼泪落在关荷的手背上。苏文娟不停地抹眼泪，卢豫川也是一脸的戚容。只有卢玉婉奶声奶气道："爹，二哥为什么要走？"卢豫江更是急红了小脸道："爹，二哥要走吗？那谁给我捉蚂蚱呀！二哥还说领我去窑场玩儿呢，说话不算话！"

"他们……"卢维章说了半句话，接下的万难张口了。

卢豫海艰难无比地看了看亲人们，强装出笑意，沙哑道："老三，二哥不走，二哥是跟你二嫂出门遛马去了，这不回家了吗？"

他还想冲卢豫江笑一下，却忽觉眼前一黑，身心仿佛跌入了深渊，急速地下坠，却怎么也到不了谷底……这样的过程实在太漫长了，他巴不得马上就迎来粉身碎骨的那个瞬间，那该是多么惬意、多么平静的结局啊。

在众人眼里，卢豫海懵懂地站了起来，双手拼命地挥舞着，目光如癫似狂！卢豫川失声叫道："老二，你！"卢豫江和卢玉婉吓得闭上了眼睛。卢豫海突然站住，身子摇晃了一下，似乎再也无法支撑下去，仰面朝后跌倒。

4　闺阁城府

卢家两个老相公上门提亲的事情就算陈汉章夫妇不肯张扬，陈家上下这么多双眼睛耳朵，又哪里能瞒得住陈司画？过不两天，她不知从哪儿听说了消息，立即来找父母亲询问。陈汉章到现在还装着没回事，佯怒道："卢家？哼，给他个胆子也不敢来提亲！就他们家老二那个德性，还敢惦记着我闺女不成？我是没看见他，不然看见一次痛打他一次！让他也知道老陈家不是好欺负的！"

陈葛氏倒是好言相劝道："闺女，没这档子事！董家倒是来过，是给他们家董克良提亲的。我看董克良也不比卢豫海差，陈家和董家又是这么多年的老商伙了，对他也是知根知底的，不行让董克良来一趟，你隔着门缝瞅瞅，看中意不中……"

陈司画"腾"地站了起来，道："爹，娘，女儿今天有句话一定要说，我这辈子要么不嫁人，要嫁就嫁给豫海哥哥！别说是做二房，就是三房、四房我都不在乎！娘要是再提什么董克良，我这就把头发全都剪了去，守上一生的活寡，你们二老就开心了！"

陈汉章气得唉声叹气，却拿闺女一点儿办法都没有。陈葛氏唬得快步上去拉住她，好说歹说才按她坐下，见她犹自气鼓鼓地一语不发。陈葛氏只得为难道："既然你都知道了，我也不瞒你，卢家还真的来提亲了。爹娘不是有意不告诉你，只是不忍心让你去卢家做小的，你一个大家闺秀，给人做了二房姨太太，受一个丫头出身的人指使，丢人不丢人？你放心，爹娘正跟卢家谈条件呢，等他们把关荷休了，再把你风风光光地嫁过去，你看这好吗？"

"不好！"陈司画急道："豫海哥哥跟关荷感情深厚，为了跟关荷成亲，他心甘情愿被逐出家门，好好的事业都不要了……就算卢老伯肯休关荷，他也不会同意！你们拿这个逼卢老伯，不是在让我豫海哥哥为难吗？要是我嫁过去让他为难，我宁可不嫁！"

陈葛氏听得目瞪口呆道："闺女，你真的甘心做姨太太？"

陈汉章气急败坏地嚷道："让她嫁！让她做二房！给全禹州的人都瞧瞧，陈家的宝贝闺女给卢家做姨太太去了！你只知道一口一个'豫海哥哥'，爹娘两个人加在一起，还比不上你一个'豫海哥哥'吗？我养活你这么大，算是赔本到家了！"

陈葛氏不敢惹恼女儿，把一头无名火全撒在陈汉章身上，骂道："你还有脸说咱闺女呢！你这个当爹的早干什么去了？当初我说早点办喜事，你非说卢家去京城送寿礼，肯定能得皇封，到时候几个喜事一块儿办，图个风光体面——这是不是你说的？可到头来呢？没等卢维章回来，卢豫海跟关荷就明铺暗盖了！"

这一席话噎得陈汉章张口结舌，好半天才道："闺女，你过来，爹问你一句话。"陈司画被母亲推到父亲面前，低着头不去看他。陈汉章长叹一声，道："闺女，你真是铁了心要嫁给卢豫海？"

陈司画点了点头。她虽然带了些羞赧，但态度异常地坚决。

"那爹也把话说明白了，你知道卢维章为什么偏偏这时候来提亲？他是惦记着咱们家回龙岭林场呢！神垕镇没别的地皮了，那块地就是地王！董振魁开价一百万两，各大窑场联手出到一百一十万两，爹要是图银子，早卖给他们了！爹为啥不卖呢？还不是知道你的心思，生怕绝了你的念想……我不担心别的，我就担心卢维章提亲是假，要地皮是真！你要是这么嫁了过去，能有你的好日子过吗？卢豫海也成亲三年了，你能担保他对你还跟以前一样？"

陈司画听了半晌，忽然道："爹，要去除你这个担心，我有个法子。"

陈汉章和陈葛氏都是一愣，齐声道："你有什么法子？"

陈司画镇定道："爹，你下午去一趟神垕，先去董家，随便坐坐就出来。然后您再去卢家，找到我卢老伯，就说把回龙岭的林场已经卖给董家了。如果卢老伯还认提亲的事，我就死心塌地嫁过去，哪怕是去做姨太太！可如果卢老伯果真是只图林场，我就连人带地皮，一起嫁到董家去！"

陈葛氏不加思索道："这不成，你心里不是只有卢豫海吗？若卢家真的不愿意了，你难道真要嫁给董家二少爷？"

陈司画脸色惨白，道："卢家已经让我伤心了一次，若是再让我伤心一次，就是我的仇人！我就是再讨厌董克良，也要嫁到董家，一定要亲眼看见卢家家破人亡！"

在陈汉章夫妇眼里，陈司画一直是个大门不出、二门不迈、严守《女儿经》和三纲五常的女孩儿家，哪里会料到她能有这般心机，这般见识，一下子都愣住了。

陈葛氏骇然道："你，你怎么有这么狠的心思？"

"至爱不得就是至恨！爹，就算女儿求您了！"说着，陈司画不容分说便跪了下去。陈葛氏急得团团转，直叫道："老爷，你倒是拿个主意啊！"

陈汉章凝神地看着她，仿佛以前根本没见过她似的。他思忖了良久，方才道："闺女，你的意思爹都明白，这也的确是个好计策！但是，爹不能答应你。不错，卢家究竟是不是诚心提亲，这样一试便知，但试出来了又能怎样？是真心了，皆大欢喜，若不是真心，难道爹能眼睁睁地看着你嫁给董克良？你心里明明没有他，嫁过去了就得一辈子活在仇恨里，又得受多少折磨！你说的计策是用在生意上的，不能用在儿女之情上……"

陈汉章伸手搀起了女儿，自己在房中踱着步，缓缓道："卢维章的为人我也清楚，他不是绝情寡义之人，只要咱对得住他，他断然不会为难你。至于卢豫海和关荷那里，爹相信以你如今的心机和见识，还有咱陈家的地位，就是嫁过去，也不至于受人欺负！只是在名分上，有些委屈你了……爹再问你一遍，你真的不在乎名分上低关荷一头吗？"

"在乎！"陈司画口气强硬到现在，终于还是说出了真心话，眼泪也扑簌簌地滚落下来。陈葛氏心疼不已，便叫道："娘知道你在乎！那你还……"陈司画却拧眉道："不过女儿深信，只要假以时日，女儿一定能把大房太太的位置争过来！"

陈汉章深深点头道："这一点，爹也深信不疑。不过你为何不许爹现在就为你摆平了关荷，让你一过门就做大太太呢？"

陈司画忽然意识到了什么，道："爹，您这是考我吗？"陈汉章竟是哈哈一笑道："就当是考你。若是你过关了，爹这就通知卢家下聘礼！"陈司画脸色通红，忸怩道："爹是拿我开心罢了，我才不说呢。"

陈葛氏听得糊里糊涂，急道："你们父女俩打什么哑谜呢，真的要急死我吗？"

陈汉章回到座位上，端起茶碗道："夫人，都是你教出来的好闺女！我问你，你平日都给她看什么书？"

陈葛氏懵懂道："不过是些稗官小说而已，我怕闺女愁出来毛病，又不能老去茶馆抛头露面的，就买了些书给她看着解闷。无非是什么《三国演义》《红楼梦》之类寻常见的——这事儿老爷你也知道啊？"

陈汉章喟然道："大清的太祖太宗自辽东崛起逐鹿中原，靠的就是一部《三国演义》！那《红楼梦》是什么书，全是大家子里你死我活明争暗斗的故事和儿女之情争风吃醋的典故，你给闺女看这些，不是存心教她长心眼的吗？"

陈司画羞得无地自容，陈葛氏多少明白了一点儿，却还是张大了嘴巴："这书能有这么神？"

"书是人来读的。给无心人看，也就是解个心焦而已；给有心人看，那却是取之不竭的智囊啊！你还看不出来吗，如今的闺女不是当年的小丫头了，她心里的道道儿怕是比我这个当爹的还多呢！就刚才那个试探卢家的计策，我就没有想出来，却给她一语点破了！闺女，你就说吧，省得你嫁了过去，让你娘日夜担心。"

陈司画微微一笑，道："既然如此……"她明白如果过不了父亲这一关，再说什么也没用，便清了清嗓子，道："爹好心替我扫平了关荷，这看起来是件好事，但深看一层，却是件不折不扣的坏事。我还没过门，就逼得卢家无缘无故去休关荷，势必会引起一场波澜！即便是真的休了她，无异于让卢家人人都知道是我不能容人，就连豫海哥哥也难免迁怒于我，到时候上上下下都对我颇有微词，我这大房的位置就是得了，又如何坐的牢稳？而我心甘情愿去做姨太太，上上下下都会认为我对豫海哥哥一片痴心，不惜在名分上受委屈，就都会对我百般照顾。这人心一背一向，娘还看不出来得失所在吗？"

陈葛氏从来没想到女儿的心思竟然如此缜密，吃惊道："那今后你打算怎么办？"

陈司画在父母面前从容淡定地缓缓踱步，有条不紊地分析道："豫海哥哥对关荷的确一往情深，但他也对我有愧，在他那里，我跟关荷算是打了个平手。但在卢家长辈心里，我是有父母之命、媒妁之言，明媒正娶进了卢家的，不像关荷是私订终身；何况我背后还有爹娘做靠山，卢家烧造宋钧，少不了跟陈家的煤场、林场做生意，可以说爹动动嘴，卢老伯就得掂量掂量其中的分量，这么一来，在长辈那里我就占了上风；大少爷卢豫川以前是我的姐夫，本来就有渊源，而他做东家的钧惠堂更是要用咱们陈家林场的地，他卢豫川不是傻瓜，自然会留给爹面子；至于下人，只要隔三岔五给他们些好处，不怕他们不说我的好话……这样下来，卢家从上到下，女儿我处处占了先机！而关荷是个丫头出身，无非仗着跟豫海哥哥青梅竹马，打小建立起来的感情而已。论涵养，她大字不识几个，而我读过不少的书；论见识，关荷不过是照料豫海哥哥日常起居，而我却能相夫教子，帮豫海哥哥做生意；论人望，她除了豫海哥哥，跟孤家寡人无异，而我内有长辈垂青，外有父母的后盾；论儿女情长，关荷和我都是跟豫海哥哥从小玩到大的，谁比谁也差不到哪里！据我所知，关荷跟豫海哥哥一走三年，至今还没有生养，'不孝有三，无后为大'，日子久了，我一旦……"

陈司画忽地脸颊绯红，再也说不下去了。陈葛氏听得连连点头，接口笑道："你再给卢家添个一男半女的，还怕她关荷吗？好好好，真是娘的好闺女！你这么嫁过去，娘就放心了！"陈汉章也是一再点头道："罢了！你说，你这嫁妆都想要什么？"

陈司画毕竟还是个女孩儿家，羞涩道："随爹娘张罗，我才不管呢！"说着，转身跑了下去。陈汉章哈哈大笑道："夫人，这才是你闺女的真面目！瞒得咱俩好苦啊！"

"她这些见识，都是打哪儿学来的呀？"

"生在商家，长在商家，看的是经商之事，听的是经商之道，学的是经商之法。可惜她不是个男儿身！不然我早就收手不干、游山玩水去了……可叹可叹，都说年轻一代里，有卢豫海、董克良这样的少年英杰，谁又知道咱闺女也不亚于他们两个！老董家要倒霉啦，这也是天意，谁家娶了咱丫头，谁家生意兴隆！"

陈葛氏听罢良久，抹泪道："虽是如此，我还是不甘心她去做姨太太！老爷，这嫁妆你一定得好好准备，无论如何也得给关荷一个下马威！"

卢陈两家的长辈磋商了几次，陈司画过门的日子就定在了本月二十二，卢王氏说这是请人算了多少遍的，这个日子过门的女子有旺夫旺子之象。陈汉章对此自然没什么异议。

到了这天，卢家的彩礼车队浩浩荡荡离开了神垕。卢维章夫妇深知儿子娶陈司画做姨太太，实在是委屈了她，便在彩礼上煞费苦心。除了寻常见的那些绫罗绸缎、首饰珠宝之类，又特意从日昇昌票号兑出来十万两现银，一辆银橇车装五千两，整整来了二十辆！银橇车造型奇特，跟鸟巢相似，由二十五根油木棍子上下搭成，每根棍子上都凿了银眼，正好放十锭二十两的银元宝。卢家的车队乍现在神垕街道上，立即轰动了全镇。十万两白花花的银元宝，在日光照耀下灿烂无比，夺人双目。镇上的人这辈子也没见过这么庞大的银车队伍，一个个踮着脚尖，唯恐少看了几眼，不多时便把街道两旁围得水泄不通。

雷生雨和郭立三、吴耀明等人正在壶笑天茶馆议事，说的还是联手购买回龙岭林场的事情。董振魁最新的出价是一百一十五万两，这可难坏了各大窑场的东家们。郭立三好话说尽，又是危言耸听又是晓以利害，苦口婆心劝了半晌，才说动大家把价钱抬到了一百二十万两。一个大东家愁眉苦脸道："老雷，老郭，这可是咱的底牌了！再高出这个价，说什么咱也承担不起！"众人纷纷点头附和。

他们这边刚刚有了眉目，却冷不丁听见楼下一阵喧哗，众人便都凑到窗前去看。雷生雨眼尖，一眼就瞅见卢家老号的苗象天骑马走在前边，跟他并辔而行的，居然是陈家商号的老相公罗建堂！当下大吃一惊道："老天爷，难道卢家跟陈家结亲了不成？"

吴耀明面如死灰道："陈司画真肯做姨太太吗？没听说卢家休妻啊！"

郭立三呆呆地看着车队远去，黯然回到茶桌前，猛地伸手把桌子掀了个底朝天。茶壶茶碗碎了一地。众人面面相觑，知道大势已去了。

雷生雨怒道："陈汉章是念佛吃斋，吃得老糊涂了！咱们出到一百二十万两，还比不上一个卢豫海吗？"

"卢维章只出了咱们的零头，就连人带地皮都到手了！"吴耀明踢了一脚碎瓷片，恨恨道："我不服！陈汉章究竟是打的什么主意，这年头还真有花钱都办不下来的事！"

郭立三长叹一声道："唉，机关算尽，却算不到儿女之情上……卢维章连自己定的规矩都破了，可见他开拓粗瓷生意的决心！为今之计，只有期盼卢维章能多少给咱们留些余地，不要赶尽杀绝才好。"郭立三说着，把手里刚刚拟就的新条目慢慢地撕碎，扬手一洒，白纸黑字的碎片宛如一场小雪，覆盖住了众人的心，大家顷刻间周身上下全是透骨的冰冷。

陈家里里外外张灯结彩，一片喜庆的景象。大大小小的嫁妆箱子摆满了庭院，陈葛氏欢天喜地地来回张罗着装车。闺房里，陈司画在丫头晴柔的服侍下试着嫁衣，几个老妈子捧着一盒盒的珠宝首饰进进出出，贺喜声不绝于口。陈汉章端着烟锅子吞云吐雾，时而双眼迷离，时而沉思不语。待陈司画穿好了嫁衣，陈汉章敲了敲烟锅子，道："晴柔，你们都下去吧。我跟二小姐有话说。"

晴柔是陈司画陪嫁的贴身丫头，两人名为主仆，实则也是情同姐妹。晴柔给老爷道了个万福，便端着首饰盒子下去了，转手扣上房门。陈汉章愣愣地看着女儿，半晌才喑哑道："都弄好了吗？"

陈司画咬着唇微笑道："都按照爹的意思，弄好了。"

陈汉章叹道："闺女大了，迟早要走，我也知道不能留你一辈子……可今天你就要出嫁了，爹心里还是有些舍不得。"

陈司画拭泪道："爹，神垕离禹州这么近，说话工夫就回来了。何况陈家的产业、生意都在神垕，爹也是常来常往的，到时候去卢家看看闺女，还不是抬脚就到吗？"

陈汉章摇头道："我倒不是担心这个。你今年二十啦，要是没前几年那档子事，说不定现在我连外孙子都抱上了。可你这次去，毕竟是个姨太太的身份，就算是你胸有成竹，早晚夺了大房太太的位置，也不是三年五年就能成的。我是心疼你新婚宴尔，却得时时算计，这日子你可怎么过啊！卢豫海就在门外头等你呢，花轿也在门前候着，按说我该高兴，可我怎么也高兴不起来……我就剩下你这一个闺女了，你要是受了半点儿的委屈，我……"

陈司画知道今天是大喜的日子，却还是忍不住落下泪来，泣道："爹，你不要这样，我终于嫁给了想嫁的人，爹得高高兴兴才好……"

陈汉章擦了把老泪道："不许你嫁，你寻死觅活的；许你嫁，又该我牵肠挂肚了……我就告诉你两句话，你一定得记住：步步留心，时时在意。这也是《红楼梦》里林黛玉的处事之道！《红楼梦》你读得烂熟于心了，我要你学黛玉的谨慎，却不学她的懦弱；学宝钗的机警，却不学她的张扬。懦弱者被人欺，张扬者遭人弃……此外，你这次嫁给卢豫海，只是刚刚得了他这个人，你还得想方设法去得他的心！爹虽说是个举人出身，这么多年学问也都废了，再也教不了你旁的，你就好自为之吧。"

陈司画刚想说什么，陈葛氏推门进来嚷道："快走吧，卢家人催了，闺女该行礼辞行了！"

陈汉章放下烟锅子，整了整衣服，大声道："闺女，爹的话，你千万要记在心里！万一在卢家待不下去了，你还回家来，有爹娘守着你，谁都不敢欺负到咱家头上！"说着，和陈葛氏大步走出了闺房。

晴柔轻手轻脚地进来，扶着有些恍惚的陈司画下了楼，踏着红毡来到客厅。陈汉章和陈葛氏已经在喜堂正中端坐了。

老相公罗建堂高声道："有请小姐，向老爷夫人辞行！"

陈司画袅袅婷婷地跪了下去，犹自哽咽不止。陈葛氏不住地掉泪，陈汉章把脸半转到一边，硬了心肠道："罢了罢了，起来吧。"

陈司画长跪道："爹娘在上，女儿陈司画受父母二十年养育之恩，无以回报。今天女儿走了，不能在爹娘身边尽孝，请爹娘多多保重！"

陈葛氏抹着眼泪道："别跪了，快起来吧，大喜的日子，说这些弄什么……"

罗建堂是看着二小姐长大的，心里也是酸楚不已，感叹着继续道："得劲了——起！" 陈司画这才起身，晴柔忙上来服侍，把一块红盖头搭在陈司画头上。罗建堂见状，便朝喜堂外大声喊道："有请姑爷，向老爷夫人接亲辞行喽！"

卢豫海披红戴花，从堂外来到陈汉章夫妇面前，跪倒道："女婿卢豫海，给岳父、岳母大人叩头！"

陈司画的脸被红布罩着，看不出表情，晴柔挽着她的胳膊，小声道："小姐，姑爷来了！"陈司画身子遽然颤抖起来。

从光绪三年她在卢家避灾养病，第一次见到卢豫海至今，已然整整八年了。这八年里卢家数度沉浮，卢豫海负心远去，董克良再三提亲，而她的心思却从未变过，那就是无时无刻不在想着如何成为卢豫海的女人。这个念头从朦胧到明晰，从虚幻莫测到触手可及，她也从一个不谙世事的小丫头成长为一个满腹心机的少女，所有的改变都是为了眼前这个曾经有负于她、如今又来接她过门儿的男人！尤其是这三年来，不管卢家出尽风头也好，衰败凋敝也罢，虽然不曾得到卢豫海的半点消息，但她的心却从未动摇过一分一毫。而现在心仪之人就在她的面前，她的心愿即将成真之际，只有把满腔抚今追昔的唏嘘感慨，只有把心头对未来生活的无限憧憬，统统化为一阵眩晕、一丝颤抖而已。

陈汉章原本准备了一肚子的话，但此刻一看见"夺走"自己闺女的卢豫海，一句也想不起来了。他只是点头道："司画就跟你走了，希望你们夫妻白头到老，和和睦睦，好好过日子去吧。"

"女婿一定照顾好司画，不负岳父大人的期许！"

罗建堂便道："得劲了——起！姑爷接新人上轿吧！"

晴柔将一段红绸一头塞给卢豫海，一头塞给陈司画，两人一前一后踏着红毡走出了喜堂。喜堂里的人都跟出去伺候了，只剩下陈汉章老两口。陈汉章呆呆地看着女儿、女婿离去的背影，忍了半天的眼泪终于掉了下来。陈葛氏嗔怪他道："闺女大喜了，你哭什么？"她话虽是这么说，可自己却也是泪流满面，擦都擦不及。

第十八章

CHAN SHANIE
CHANG FENG ZHEN

商路，险路

1　北上通商

自陈司画风风光光地嫁到卢家后，或许真应了风水先生"旺夫旺子"之说。卢豫海做东家的钧兴堂生意兴隆自不待言，在光绪十三年、光绪十六年头上，陈司画又接连生了儿子卢广生和女儿卢广绫，卢家一下子人丁兴旺起来。三少爷卢豫江、大小姐卢玉婉也正是孩提之年，卢家终日里笑语不绝，十几个下人围着四个小孩忙得不亦乐乎。而卢豫海的大太太关荷却始终没能生养，豫省的名医看了个遍，连平日做商伙的各国商人推荐的什么东洋大夫、西洋郎中都去看了，无一不是摇头叹息，毫无办法。

跟关荷同病相怜的还有大少奶奶苏文娟。自光绪八年小产之后，流产在苏文娟身上竟成了常事，连怀了两三胎都保不住。接二连三的摧残使得苏文娟憔悴不堪，形容姿貌也大不如以往。好在卢豫川一心扑在了钧惠堂的生意上，又对苏文娟用情极专，她提了好几次效仿卢豫海、再娶个能生养的黄花大闺女进门的主意都被卢豫川驳了回来。到了光绪二十一年，卢维章已是五十多岁的老汉了，卢豫川和卢豫海也都正值壮年。卢家老号钧兴堂生意蒸蒸日上，专营粗瓷生意的钧惠堂也在神垕站住了脚，一时间卢家的产业达到了前所未有的鼎盛时期。

这十年里董家圆知堂也没闲着。董振魁老谋深算，趁卢豫川的钧惠堂不断壮大、各大窑场生意日渐凋敝之际，凭着雄厚的财力强迫各大窑场接受了董家入股，进而吞并了不少中小字号的窑场，并逐渐改组为董家老窑圆丰堂。自此董家也有了两处堂口，圆知堂专烧宋钧，圆丰堂专烧粗瓷，跟卢家老号针锋相对地干了起来。十年间董卢两家屡屡交手。董克良时刻不忘哥哥被卢家弄瞎一只眼睛的宿怨，加上当年他对陈司画倾心不已，却被卢豫海横刀夺爱，新仇旧恨搅在一起，自然是处处施计、步步设伏，必欲置卢家于死地而后快。卢豫海疲于应付董克良的挑衅，原本定下的北上通商的大计也不得不搁置下来。

到了光绪二十一年的春末夏初，一个震动全国的消息从京城传来：从去年开战的中日战争以大清完败的结局收场，全权议和大臣李鸿章跟日本人签订了《马关条约》！神垕镇远离京城一千多里地，这样风起云涌的朝局变故传到了神垕，已经由沸水变得温暾起来，除了很少的几户人家，几乎没人在意了。各家关注的无非是窑场的生意、身股的增减、田里的收成，至于或战或和，自然有皇帝、太后去管，自己操这个心干嘛，老老实实给朝廷交粮纳税就是了。

卢维章得到朝廷战败、议和初成的消息之后，立即召集了卢豫川、卢豫海兄弟和杨建凡、苗象天等人到钧兴堂议事。多年前卢家老号一分为二，卢豫川自立了门户，在钧兴堂街对面修建了钧惠堂。而卢维章老两口自然是跟了儿子卢豫海，还在钧兴堂住。等一干人齐至卢维章书房，见卢维章背手肃立在窗前，正在想着心事，便都悄无声息地各自坐下。卢维章沉思许久，这才转过身，向众人道："都来了？朝廷跟日本议和的事情，大家都听说了吧？"

卢豫海已过而立之年，却还是"拼命二郎"的秉性未改，第一个道："听说了！真叫人气炸了肺！这十几年来，朝廷光是练兵的银子，管我们商家要了多少？可练出来的兵呢？那么大个北洋水师，说完就全完了！"

苗象天蹙眉道："一手就赔了白银两万万两，就是朝廷不吃不喝，三五年也还不完！听说是朝廷要以海关关税和盐税做抵押，向各国银行借钱还债——说是借洋人的钱还给洋人，可到头来还是得摊到咱们老百姓身上！"

卢豫川一直没言语，微微笑着听他们说。杨建凡今年快七十了，几次申请荣休都被卢豫海婉拒，说是他早晚要出去开辟商路，家里没个老成的人坐镇他不放心。此刻听到卢豫海和苗象天的话，他也是一惊道："我还以为朝廷打了败仗，跟咱们商家关系不大呢，这么看来，跟咱家的生意关联大了！"

卢豫川随口安慰道："是这么个理儿。不过老相公也别担心，就是有关联，又不是关联咱们一家，董家的生意势必也得受影响！"卢维章轻轻摇头，似乎有不同之见。卢豫海却挑了眉大声道："大哥，我看不只是受影响，简直就是灭顶之灾！"

卢维章脸一沉，斥道："放肆！在座的都是你的长辈，你这么大呼小叫、危言耸听，成何体统！"卢豫川脸色微红，道："卢家老号里最了解洋人的就是豫海，你给大伙儿说说，这赔款怎么就给咱们惹下灭顶之灾了？"

卢豫海侃侃而谈道："咱们大清国出口的货物，多年来以丝绸、茶叶和瓷器为大宗，可这些年来，英国人在印度广建茶园，茶叶生意说不行就不行了。那些洋布，又结实又耐用，成本价钱都比大清国内的还低，江浙一带多少作坊都破了产！眼下能赚洋人钱的，唯独就剩下一个瓷器生意了！"

杨建凡奇怪道："这样一来，咱的赚头不是更大了吗？"

"按常理是这样，可朝廷的脾气跟小孩子似的，一旦知道瓷器生意挣钱，朝廷又欠了一屁股洋债，肯定要给瓷业加税，不但国内要加，出口的关税也要加，这两头的赋税一上去，只怕是永远都降不下来了！这多出来的赋税是什么？就是咱的毛利啊！如此一来成本还是那么高，可毛利下降了，该怎么维持？"

卢豫川已然听明白了，心里深深佩服卢豫海看得透彻，不由得忧心道："真是这样的话，钧兴堂的宋钧生意就不好做了！钧惠堂以日用粗瓷为主业，想来受的冲击也会不小。"杨建凡瞪了他一眼，道："豫川，这是商量卢家老号的大事，你别只顾你的钧惠堂！卢家老号两个堂口，一损俱损，一荣俱荣，心眼儿得放宽阔些！"卢豫川没想到杨建凡越是年老脾气越大，一语不慎又触怒了他，当下大窘道："杨叔说的是，豫川有些失言了！"

卢维章知道杨建凡素来对卢豫川苛责得很，恨铁不成钢之意溢于言表，而自己又不想让卢豫川当众遭他数落，便有意咳嗽了一声。众人都知道他要说话了，就一起住了口。卢维章平静地看了看他们，淡淡道："豫海，我书房门口的楹联写的是哪两句话？"

"每临大事有静气，一逢恶战自壮然！"卢豫海神情一片肃穆。

"对。眼下朝局变幻莫测，正是大事骤临之际。这次两国交战打了不到一年，从朝鲜打到辽东，从海上打到陆地，朝廷里帝党和后党争执不下，总是在战与和之间徘徊，这才有了今天的大败求和！赔款对咱们瓷业的利害关系，刚才豫海说了不少，我就不多说了。眼下不但是钧兴堂跟洋人的宋钧生意大受牵连，就是豫川的钧惠堂也好不到哪里去。国衰则民疲，民疲则穷困。老百姓都没银子了，你的日用粗瓷卖给谁去？赔款伊始，关税必涨！眼下的各处通商口岸瓷器的关税是五分，说不定能涨到七分以上！"

苗象天惊道："七分？那咱给洋人的价钱，是不是也涨上去？"

"不能说涨就涨。"卢维章气定神闲道："咱们得看看董振魁的动静，贸然涨价是商家的大忌。'每临大事有静气，一逢恶战自壮然'，巨变之后，一场恶战在所难免。为今之计，只有'开源节流'这四个字。杨兄，咱们这宋钧和粗瓷的烧造技法也不能总是不变。反正你也年纪大了，生意上的事情，就多交给象天去办。咱们老哥俩烧了一辈子的窑，眼下跑是跑不动了，干脆在维世场找个窑口，一起好好琢磨琢磨，哪儿还能出点儿新招，把工本给降下来。"

杨建凡呵呵笑道："大东家这话说到老汉心里去了。我跟豫海东家提了好几次荣休，都被他驳了回来。老汉这辈子就想死在窑场里，能跟大东家一起烧几天窑，那是老汉我求之不得！不就是降低工本吗？咱们哥俩凑在一起捣鼓，说什么也能降下来个一成半成的！"

卢豫海笑道："爹跟杨老相公出马，算是'节流'了。这'开源'二字，不知爹是如何打算的？"

卢维章看也不看他，继续道："豫川，你的钧惠堂跟董家的圆丰堂相比，现在能打个平手吗？"卢豫川思忖了一阵，道："若是从窑口、成色、产量上看，如今打个平手绰绰有余了。但比起商路、名望和销量的话，还是比董家略逊一筹。叔叔，再给豫川三年时间，一定能赶在圆丰堂前头！"

"你有这个雄心自然是好，不过照眼前的态势，恐怕三年还不够啊！"卢维章摇摇头，点了一袋烟，深深地吸了一口，书房里顿时青烟缭绕。卢维章的声音从袅袅的烟雾后传来："眼下卢家老号钧兴堂有维世场、中世场、庸世场、留世场和余世场五处窑场，而钧惠堂有在世场、行世场、商世场、无世场、疆世场五处窑场，合起来就是'维中庸留余，在行商无疆'！我本想让你和豫海一起北上开辟商路，但卢家老号两处堂口，须臾离不开你。这样吧，我跟杨兄去维世场，琢磨着如何降低工本；象天就受累了，全权处理总号的日常事务；豫川，在豫海离家北上的日子里，你就把钧兴堂的生意兼顾起来吧——那里还有你的一半股份，说起来也名正言顺。"

"爹！您真的要我北上吗？"

"南边的生意，毕竟还是白家阜安堂的天下。景号这些年硬是虎口夺食，挣了不少的银子。可再开拓下去势必要跟董家、白家一北一南两线开战，卢家当前还没这个实力。而朝廷此番战败之后，辽东、直隶、山东诸省门户顿开，那里原本是俄国人、德国人和法国人的地盘，如今又多了日本人，各国洋人的势力在那里犬牙交错，正是咱们商家左右逢源的大好时机！你不是一直想北上吗？我就遂了你这个心愿。"

卢豫海喜出望外道："孩儿多谢爹的成全！"

卢维章淡淡道："你此行要切记一条，北上通商，打开商路，不是为了一个钧兴堂，也不是为了一个卢家老号！如今国困民疲，生意艰难。神垕镇所有窑场，几万口窑工伙计日后的生计，全靠这条商路了。咱们一旦把商路打通了，你不但给卢家立了一功，就是全镇的人心里都要给你记上一功！"

北上开辟瓷业商路，这是卢豫川多少年来梦寐以求的豪举，猛地旁落在他人手里，心中多少有些怅惘。但同时主持钧兴堂和钧惠堂，在神垕也算是叱咤风云了，跟卢豫海相比也差不到哪里去。他思虑至此，便含笑道："豫海，哥哥祝你旗开得胜，马到成功！"

卢豫海多年的心愿终于可以付诸实施，兴奋得直搓手，道："豫海谢大哥吉言！爹，事不宜迟，我后天就走！"卢维章莞尔笑道："你打算带谁去？""苗象林！"卢豫海不加思索道："象林这些年也历练出来了，不过总号得给我准备十万两银子，没银子办不成事！古文乐那个老家伙抠门得很，这事恐怕得爹亲自发话了。"

"我都依你，北上之路前途莫测，你回去好好跟你两个媳妇告个别，准备一下行装。后天，我率卢家老号所有相公以上的人，给你饯行！"

常言道"英雄气短，儿女情长"，说的是英雄手里固然是剑气如虹，可一碰到美人如玉，大多变得进退失矩。这句话放在卢豫海身上再贴切不过了。他兴冲冲离开了父亲的书房，刚走出没多远，脚步就慢了下来。古人云"多情自古伤离别"，他这番离别之情宛如醇酒一杯，可房里有两个夫人，究竟是该如何去跟她们携伴畅饮呢？一边是关荷，一边是陈司画，连两人的房间都是门对门，眼看着就要远行，先去谁房里都不合适。

关荷毕竟是大房太太，本来先去她那边于情于理都说得过去，但陈司画给自己生下了一子一女，也是对卢家有功之人，真是厚此薄彼岂不是会冷了她的心？想到这里，卢豫海一时踌躇起来，满腔被"一逢恶战自壮然"点起的热火也渐渐熄灭下去。他在生意场上的确是纵横捭阖，但一遇到儿女之情就顿时没了主意。就像天平的两端，一头坐着关荷，一头坐着陈司画，而卢豫海就万般为难地站在中间，朝任何一头挪动半步，都有可能会让脆弱的平衡毁于一旦。

卢豫海胡思乱想了良久，心里越发烦乱起来，只好怅惘地一声长叹，转身又回到父亲的书房。卢维章刚送走了大家，正在屋子里翻书，蓦地见儿子又回来了，便不解道："怎么，还有什么不明白的？"

卢豫海愁眉苦脸道："爹，都是你给我惹的祸事！"

卢维章瞪了他一眼，道："莫名其妙！"

卢豫海再也忍不住，便把此时左右为难的苦处向父亲倾诉一遍。卢维章气得笑道："你就来问这个？实话告诉你，爹也不知道该怎么办！老婆是你的，你连自己的老婆都摆平不了，还有脸来向我诉苦！"

卢豫海碰了一鼻子灰，赌气道："那爹说，我先去哪一房？"

卢维章无可奈何地看着他，叹道："你做生意的鬼主意都哪儿去了？堂堂男子汉大丈夫，哪儿有让老婆坐着，自己两头跑的道理？你就不会去你房里，让两个老婆来见你？真是笨蛋窝囊废！我怎么有你这么个蠢蛋儿子！"

卢豫海茅塞顿开，顿时大喜道："爹爹真是一语惊醒梦中人！我就听爹的！"说着便乐不可支地跑开了。卢维章看着他的背影，手里的书再也读不下去了，只好反手扣在桌上，摇头叹息起来。

卢豫海果真是照葫芦画瓢，一头扎进自己房里，对下人道："去把大太太和二太太请来，就说我有大事跟她们讲！"

不多时，关荷就到了。今年她三十出头，虽然保养得好，眉宇之间却萦绕着层层叠叠哀婉的神色，看上去带着几分憔悴。关荷盈盈一拜，落座道："二爷，有什么大事吗？"卢豫海笑道："你先坐着，等司画来了一起说。"关荷微微笑道："她怕是得过会儿了，我来的时候，听见二房里广生和广绫正闹得欢呢！广生今年八岁了，该请个先生教他识字了吧？卢家一向重家教，这可是件大事呢。"

关荷自己不能生养，却对卢广生兄妹视如己出，比陈司画还多了几份溺爱之情。卢豫海对此焉能不知，便笑道："司画自己就是个读书人，她房里的书怕是比我还多呢！不过是启蒙罢了，回头我请爹好好选个先生来就是。"

卢豫海这句话是随口一说，关荷听来却是另有一番滋味。她咬了咬嘴唇，幽幽道："司画妹妹能识文断字，我比她可差得远了。唉，我毕竟是个丫头出身，不是大家闺秀，享了命里不该有的福，就得受命里不该有的罪，老天爷公平着呢！"

卢豫海在两个媳妇面前一向是小心翼翼，唯恐言语上稍有不慎就是一场风波。他见关荷的话里分明带着哀怨，忙一边后悔不迭，一边开导她道："你就是爱使个小性子……都是朝夕相处的一家人，哪来什么出身之别？你是做姐姐的，也得有做姐姐的气度。司画也就比你多识几个字罢了，你想学，也可以学啊！"卢豫海忽地想起了什么，一拍脑瓜道："是不是下人们嚼舌头了？你告诉我，我打断他的狗腿！"

关荷黯然一笑道："嘴在人家身上长着，你能把下人的嘴都缝上吗？我关荷是私生女，没爹娘做靠山，不能像司画那样今天打赏这个，明天打赏那个，下人们懂什么？自然是向着有钱人了。"

卢豫海怒道："不就是赏赐吗？我回头给你银子，你也赏给他们！这帮子狗奴才，一个个成事不足败事有余，老子早晚收拾他们！"

门外有人咯咯笑道："二爷这是冲谁发脾气呢？隔着老远就听见了！"话音刚落，陈司画挑帘进来，一脸的笑意，对关荷道了个万福："姐姐，广生和广绫非抢那个你做的布老虎，争得面红耳赤的，都打起来了！看来还得麻烦姐姐再做一个才好！" 关荷立刻舒眉展颜，笑道："不就是个布老虎吗？有什么要紧，明天就给广生、广绫做出来！他们俩喜欢我的手艺，我欢喜还来不及呢！"

陈司画正在风韵之年，连生两个孩子之后不但没伤了元气，反倒日渐丰满，平添了几许富贵之相。比起关荷来，倒是她更有少奶奶的风范。她挨着关荷坐下，笑道："二爷有什么大事要说？家里的事，你跟姐姐说不就行了，你又不是不知道，俩孩子难缠着呢，夜夜都要我抱才肯睡，晴柔根本近不得身。"

关荷见她半句话不离儿女，刚有的一点儿欢喜顷刻间烟消云散了，心里酸楚不堪，淡淡一笑垂下头去。卢豫海总觉得陈司画有些咄咄逼人的意味，却也挑不出什么毛病，只好提了提精神道："我就要出远门了，去辽东，后天就走！"

关荷陡然一惊，抬头道："去那么远做什么？天寒地冻的，还走这么急！过冬的衣服都收起来了，还没来得及晒晒呢！"

陈司画思索一阵，却笑道："二爷是去辽东开辟商路吗？司画恭喜二爷得偿所愿！"

卢豫海心里一震，两个媳妇，两种截然不同的态度，竟是如此鲜明、如此直接。要是两个人能合成一个该多好！既有关荷之体贴入微，又有陈司画之机敏聪慧……唉，不过是黄粱美梦而已。

卢豫海恍然一叹，道："你们说的都对。我这次出门，归期还难以确定，家里的事都靠你们了。平时多向爹娘请安问候，两个孩子也得好好照应……"卢豫海说着，又想起今晚按照"轮流过夜"这个不成文的规矩，该去关荷的房里了，可明晚就是临行之夜，照家法应该是到大房的。这可怎么办好？久别在即，连着在关荷房里两晚说不过去，对陈司画也不公，但又不好因此坏了规矩……一想起儿女之情的琐事，卢豫海不由得脑仁生疼，话也戛然而止。

关荷还在想着怎么为他收拾行装，陈司画却一眼看出了卢豫海的心事，便起身道："二爷，没什么别的事我就先回房了——明天是我姥姥的冥寿，我得回禹州一趟。后儿个一早我赶回来给二爷送行，姐姐，收拾行李的事，就有劳姐姐了。"

卢豫海听出来这是陈司画有意不让他为难，一时除了感激再也想不出别的，看着她飘然朝自己和关荷道了万福，推门出去了。关荷到这时才多少听懂了些，想去拦她已然来不及了，只得做错了事般站了起来，怔怔地看着卢豫海。卢豫海叹道："走吧，去你房里。"关荷遽然摇头道："不行，你后天就走，司画明天又不在家，你好歹跟她说说话呀！"

卢豫海犹豫道："我昨天就是在她房里，今天……"

关荷心意已定，便上前推着他朝外走，笑道："都是一家人，分那么清楚干什么？要是你明天就走，还分个前半夜后半夜不成？你就是不想别的，你就不想广生和广绫了？好好陪俩孩子玩玩儿……他们俩眼馋那个布老虎，我正好赶一晚上，明儿上午就能做出来！快去吧！"

卢豫海万般无奈，只得说了句"你也早点休息"便朝陈司画的房里走去。关荷傻傻地看着他，脸上的笑容慢慢凝固下来。她伫立在门口良久，这才朝自己房里蹒跚而去。水灵早整好了床铺，见她一个人进来，诧异道："二爷呢？"

"他去二房那了。"

"可今天该来您这儿了呀？昨天就是在二房……"

关荷苦笑道："二爷后天就要出远门了，司画明天又要回娘家，我能怎么着？"

水灵愤愤地鸣不平道："二少奶奶就是心眼儿太善了，该争的不去争！"

"争个什么，就那么一个丈夫，还能劈开两半吗？你去把针线筐儿拿来，今天晚上再做个布老虎。"

"真是没见过您这么做大太太的，又不是您的亲生骨肉，犯得着吗？"水灵说着，还是气鼓鼓地取来了针线布头，赌气道："要做您做，我可不帮着给二房做事！"

关荷拿起针线，笑道："我要是有了儿子，该是姓卢，二房生的孩子，不也是姓卢吗？都是二爷的骨肉……你不做就不做，今晚也别走了，陪我说说话吧！"

水灵叹息了一阵子，又跑去趴在门口听了听，愈发生气道："二少奶奶您听听，二房那边闹得多开心！"

关荷一笑，侧耳去听，果然是卢豫海在逗两个孩子，陈司画陪着丈夫孩子玩耍，欢声笑语不绝于耳。水灵怒气冲冲地在她身旁坐下，道："二少奶奶，我就不信您能坐得下去！"

水灵坐了好半天，见关荷只顾垂头做针线活儿，心里实在不忍，便一把抢过来道："好了，我帮你做！"关荷抬起头来，竟然早已是泪流满面。水灵吓了一跳，忙道："二少奶奶，我，我刚才都是胡说呢，您别放在心上……"

关荷惨白的脸上迸出一丝冷笑："你以为司画那么好对付吗？她今天处处都让着我，二爷没那么多心思，可我看得透她的如意算盘。留住他的人，也留不住他的心……其实今天晚上二爷就是在我房里，心里还是想着她宽容的好处，可我偏偏不让她得逞！"

水灵身子一凛，再也不敢吱声了。

2　莫测风云此中来

卢豫海离家北上的那天，卢维章果然亲自带着卢家老号全体相公以上的人，簇拥在钧兴堂大门里给他饯行。卢豫海和苗象林告别了众人，翻身上马。

卢豫海朝大家拱手道："各位都是卢家的顶梁柱，总号就交给大家了！等二爷我把商路打通了，要是你们供给不力，统统得挨鞭子！"众人爆发出一阵哄笑。卢豫海大笑不已，远远地瞥见关荷、陈司画和两个孩子站在众人身后，便大声嚷道："二位夫人好好侍奉爹娘，照顾孩子，等我在辽东站住脚，接你们过去玩玩！"关荷和陈司画互相看了一眼，关荷抓住了司画的手，两人一起看着卢豫海，都是含泪微笑起来。

卢维章咳嗽一声，道："婆婆妈妈的干什么，走吧！"

卢豫海扬鞭催马，边走边唱道："刀劈三关我这威名大，杀得那胡儿乱如麻！乱如麻……"

苗象林见他走远了，忙跟大哥苗象天挥手告别，也打马跟了上去。两人的身影不久便消失在众人的视线里。事情也巧，卢豫海走的当天下午，禹州知州曹利成轻车简从地来到了钧兴堂。曹府大少爷曹依山跟卢家大小姐卢玉婉早就定了亲事，只等卢玉婉成年之后就嫁过去了。老平见亲家公穿了一身便服，知道今天的事定是瞒着许多人，忙领他到了卢维章的书房。曹利成刚跟卢维章照面，就擦了把汗道："老卢，豫海呢？"

"他去辽东了，怎么，曹大人要见他？"

卢豫海北上辽东开辟商路，这是卢家老号的头等机密大事，卢维章已有过交代，对外一律声称二爷是去景号巡视生意去了。曹利成跟卢家渊源已久，这样的事两个未来的亲家公之间也不必刻意隐瞒。曹利成闻言一惊道："刚打过仗的地方，兵荒马乱、洋人横行，去那儿干什么？罢了罢了，你们钧兴堂又要有祸事了！"

卢维章淡然笑道："是福不是祸，是祸躲不过……亲家公慢慢说，别着急啊。"

曹利成叹道："京城刚传过来消息，说是日本人除了跟李中堂定下的条约之外，还提出要一套禹王九鼎！消息是千真万确的，不出十天朝廷就有旨意！我一得了消息就过来了，董家还不知道呢！"

卢维章的脸色照旧是波澜不惊，默默思忖了一阵，道："这还真是个祸事了。要是不造，势必是抗旨不遵，可要是真造出来送到日本去，那跟卖国贼有什么两样？禹王九鼎是中华九州的象征，日本人的意思是想吃掉咱们整个大清国吗？"

"麻烦就是在这儿！"曹利成蹙眉道："中日之战，太后是主和的，可皇上一直主战，军机处帝党和后党争得不可开交。议和成了，军机处在禹王九鼎这件事上又分成了两派，李鸿章和我恩师李鸿藻两位中堂大人本来逢事必争，可在禹王九鼎这件事上却是空前一致：坚决不能给。但翁同龢翁中堂却说：都这时候了，还在乎一套宋钧？官司打到皇上那儿，皇上也没辙，只好请太后的懿旨……"

"太后自然是百般推托，不肯出这个头——可是吗？"

"不错！"曹利成佩服道："割地赔款，不过是砍掉一只胳膊，把禹王九鼎拱手送给日本，这可是亡国之兆！翁同龢当然知道这个道理，他无非是对议和之事耿耿于怀，想借此把太后和后党的大臣推到千夫所指的境地……其心可诛，其言可耻！"说到最后，曹利成恶狠狠地一拳砸在桌子上。

卢维章知道李鸿藻和曹利成师生二人是不折不扣的后党，跟帝党势同水火，对翁同龢的不满也是可想而知、见怪不怪了。他不动声色地点了一袋烟，猛吸了几口，道："那曹大人是怎么打算的？"

"太后陛下决意委曲求全，这是肯定的了！皇上就是再不情愿，也得听太后的意思。我对宋钧一窍不通，还能有什么主意？这不，刚听了消息，就马不停蹄地找老兄商量来了！"

"那是以太后的懿旨为名，还是以皇上的圣旨为名？"

"太后绝对不会自己打自己耳光，这个旨意怕是还得皇上来下。"

"那就好。曹大人，这个皇差可是万万接不得！从今天开始，我就得卧床不起了，禹王九鼎只有我亲自下窑才能烧出来，我这么一病，钧兴堂好歹能躲过这一劫。"

曹利成愕然道："二十万两银子的皇差，你拱手让给董家了？"

"该挣的银子，卢家寸步不让，可这是丧权辱国的皇差，我就是做了，把银子挣到了手里，又有何面目去见卢家列祖列宗？"卢维章敲了敲烟灰，道："不但是我要病了，我劝曹大人也病了才好。当前的局势扑朔迷离，就拿太后说吧，你以为她真的愿意把禹王九鼎送给日本人？不可能！曹大人刚才说的好，太后是委曲求全，其本意绝非如此。太后是不想送，又不得不送；皇上呢，也是不想送，但又想借送禹王九鼎之机来诋毁太后和后党！国家大事，还是太后说了算哪……如不出我所料，这次的皇差又是得你来全权督造，造成了给日本人，这是卖国求荣，将来朝局稍有变化，你难逃御史言官的弹劾；造不成就是破坏议和，违抗圣旨！可不管怎么样处置，太后都会不高兴。像这样的烫手山芋，还是扔给别人去做吧。"

曹利成点头道："老卢你这么一说，我豁然开朗了。还得送给日本人，还得让日本人空欢喜一场，这事的确不好办！从今天起，你病了，我也病了，就让马千山跟董振魁忙活去吧。"

卢维章一愣道："怎么，马千山又抚豫了？他不是调到京城了吗？"

"马千山是翁同龢的门生，皇上有旨意，马千山又得回来了！也就是这两三天才从吏部传出来的消息，说不定正是为了这个禹王九鼎！"

曹利成回到禹州不久，便给巡抚衙门上了条陈，自称突发眼疾无法理事，已由州府衙门的主簿代为主持政务。这时候开封府巡抚衙门里正忙着交接事宜，离开河南好几年的前任巡抚马千山再次抚豫，一上任就见到了曹利成的条陈。马千山对曹利成托病避祸的用意心知肚明，也懒得去点破，自己亲自兼了禹王九鼎全权督造一职，带着圣旨和一干随从浩浩荡荡来到了神垕。不料刚到神垕，就听说卢家的大东家卢维章也病了，而且是故疾重犯病得不轻，根本没办法下床。马千山拈着胡须冷笑道："都病了？也好！本抚台自有良药，专治他们这群奸臣奸商的病，只怕药是苦了些，进不得口！"

神垕镇能烧宋钧的只有董家和卢家。眼下卢家唯一一个造过禹王九鼎的人又得了重病，这次的皇差自然是毫无疑义地落在了董家。董振魁对这个突如其来的差事猝不及防，眼看着巡抚大人揣了圣旨来到了家门口，再想细细琢磨利害关系已经来不及了，只得硬了头皮接旨谢恩。马千山见一切顺利，便笑容满面地跟着董振魁来到后院书房里。他见只有董克良随行伺候，便道："你们家老大呢？怎么不见他来？"

董振魁苦笑道："回马大人，犬子董克温烧窑不慎，毁了一只眼睛。按照规矩，五官不全者不得接旨，还请马大人见谅。"

董克良忿忿然道："马大人，我大哥是中了别人的奸计乃至于此！还望马大人主持公道！"

马千山其实早就清楚个中的恩怨纠葛，他故意提起董克温，用意就在于挑拨董卢两家的仇恨，把董振魁逼上自己这条船。马千山奇怪道："以董克温大少爷的学识见地，怎么会中了奸计？难道又是卢家吗？"

董振魁知道此事牵扯甚多，真是捅开了难免会殃及自身，一旦把暗中抗旨入股钧兴堂、买通卢豫川偷窃秘法等事一股脑翻出来，头一个吃亏的就是董家。他摇头道："是不是老卢家的奸计，老天爷都看着呢！不是不报，时候未到，犬子的大仇早晚要讨个说法！……"董振魁话锋一转，道："马大人，这次重造禹王九鼎，为何不像上次那样，平分到董卢两家，而后择优送入京城呢？以董家一家之力，应付这么大的差事，恐怕力不从心啊！"

马千山笑道："神垕镇谁不知道《敕造禹王九鼎图谱》是董家独门传家宝？董家独家烧造，此乃美事，又顺理成章！何况一只鼎两万两，事成之后再追加两万两的赏赐，一共是二十万两白花花的银子，难道董老东家看不在眼里吗？"

"银子固然是够多了，但这个银子，老汉却是不敢挣啊！"董振魁一脸诚恳道："马大人您想，禹王九鼎是什么？是华夏九州之象征！若是给朝廷造，那是顺理成章，也是我们商家的本分。可这次是给日本人造的，将九鼎神器送到异国他乡，这不是卖国吗？国家兴亡，匹夫有责！"董振魁动了怒气，一巴掌拍在太师椅的扶手上，神情激越起来："这二十万两银子收进了家门，就跟存了二十万两的大粪在家里一样，董家老窑的名声还不顶风臭十里吗？今后还有何面目面对各路商伙？要是干，也成，卢家必须参与！如若少了卢家，董家这个皇差做不得！"

马千山没想到董振魁竟然翻脸不认账，还拒绝得如此直白，顿时气道："董老东家，你的意思我好像没听明白！刚才领旨谢恩的时候，老东家怎么不说这些？我明明白白告诉你，卢维章病了，连床也下不了！不管他这病是真是假，本抚台眼里，只有董家能接这个皇差！既然老东家说得如此干脆，我也来个痛快的：你接也得接，不接也得接！本抚台是全权督造，造不出来少不了削职问罪，可我临走之前，董家就算不是血流成河，也是鸡犬不宁！"

马千山仗着大权在握，说起话来底气十足，层层的杀气溢于言表。董克良何曾见过巡抚大人发威，不禁呆立在原地，心急如焚地看着父亲。董振魁却镇定异常，淡淡道："民不畏死，奈何以死惧之！马大人，若是您杀董家老小能杀出来禹王九鼎，我这就召集全家来到这儿，让马大人杀个痛快！"他指了指桌子上的圣旨，道："至于这道圣旨，请恕董振魁无法领命！"

马千山不承想他居然如此顽固，勃然大怒道："你，你真敢抗旨吗？"

"一介草民，怎敢抗旨！马大人，旨意是给巡抚大人您的，老汉就是不从，也只是抗了马大人的钧令，跟皇上有什么相干？董家无力承担独家烧造禹王九鼎的差事，即便是皇上来问，老汉也敢这么回答！"

马千山气极反笑，冷笑了几声道："老东家，我再问你最后一遍，这禹王九鼎的差事你到底是接，还是不接？"

"老汉说了，只要卢家也参与进来，董家自然不甘于人后！"

马千山腾地站起道："可卢维章有病在身，根本下不得窑场！你说，卢家还有谁能烧禹王九鼎？"

董振魁也不甘示弱地站起，大声道："卢维章是病了，那是他人得了病，可有一样东西不会得病。"

马千山已经看透了董振魁的心思，看来这个老狐狸是铁了心要拉卢家一起下水了，便阴鸷一笑道："老东家句句不离卢家，看来你想先挟制本抚台，再让本抚台挟制卢家了？你既然话里有话，就请讲到明处吧。"

"草民不敢挟制大人！不过要想董家承办这个差事，有两个要求。第一，卢家务必参与；第二，就算卢维章病重，卢家也要交出宋钧烧造秘法给董家，让董家替卢家来烧！这两个要求，马大人只要能成全任何一个，董家就算被千万人唾骂，也再无推辞之理！"

马千山不由得倒吸了一口冷气。董振魁果然是老奸巨猾，明知道这个"卖国求荣"的骂名是背定了，还能在仓促之间想出这样的对策！如此一来，董家固然是名声大损，可董家临了把卢家也拉了进来，竟成了一损俱损的局面。反观卢维章机关算尽，也没能脱身事外，卢家要么跟董家一起来背负这个罪名，要么乖乖地献出独门宋钧秘法！

董振魁说完这些话，悠然坐下，端起茶碗小啜了一口，和董克良交换了一下眼神。董克良从没见过父亲跟人如此针锋相对地讨价还价，对方还是手握一省生杀大权的巡抚大人！早就佩服得五体投地了。董振魁见马千山站在原地不动，知道他是在紧张地盘算计策，便笑道："马大人，这个皇差是个烫手的山芋，卢维章病了，曹利成也病了，哪里有这么巧合的事情？他们想来是早就得到了消息吧？有钱大家赚，有祸大家担，就是这块山芋烫掉老汉两手的皮，也不能让卢维章揣了两只手，在一旁看笑话！"

马千山终于点了头，道："这两个条件，本抚台一定给你办到其中一个！"

董振魁不卑不亢道："果真如此，董家所得的朝廷饷银，分给马大人一半！"

马千山恨恨地哼了一声，微微冷笑道："董老东家真是好手段，本抚台佩服！可惜老东家不在官场，不然岂有我等的活路！告辞！"说着便怒气冲冲而去。董克良待他走远了，不无担忧道："父亲，卢维章会给咱秘法吗？"

"为父也不知啊！"董振魁仿佛一眨眼的工夫苍老了十岁，刚才跟马千山斗智斗勇的豪迈荡然无存。他颓然坐下，一手紧捂胸口，不住地喘着粗气。唬得董克良慌忙上来又是捶背又是端茶。董振魁好半天才恢复过来，有气无力地摆摆手道："不用忙了，毕竟八十多了……人不服老不行啊！要搁在二十年前，区区一个马千山能奈我何！这才动了多少心思，就真的力不从心了……""爹刚才有理有节，步步都站在了理上，说得马千山毫无还手之力！孩儿就是再历练十年、二十年，也是望尘莫及！"

董振魁苦苦一笑，道："卢维章这不是拿个烫手的山芋给我，他哪里有那么善的心思？他是扔给我一个烧红的铁环啊！他想活活烧掉为父的双手！"

"父亲的对策也高明，他能扔一个铁环过来，咱们就能扔两个回去！爹这下子制服了马千山，不用咱们费一点儿力气，卢维章就是不交出秘法，也得乖乖地接了皇差，平分了这个骂名！"

"这是败中求胜的法子，拼的是董家上下一二百口人的身家性命……这招棋实在太凶险了，若不是卢维章苦苦相逼，我又何至于此！"董振魁缓缓说着，忽然想起了什么，随口道："这些日子怎么不见卢豫海露面了？"

"听说他是去景德镇巡视生意去了，都走了十多天了。"

"不然啊……钧兴堂景号是卢家一大财源，若真的去巡视了，为何不曾有过丝毫的迹象？你这就给阜安堂的老段发个电报，倘若卢豫海真的南下了，一月之内必到景德镇，让他一有消息随时传话！"

"用得着发电报吗？"董克良赔笑道："卢豫海不是南下，难道还能北上不成？朝廷刚打了败仗，他去北边能干什么？"

董振魁真的是老了，脸上涌出一阵阵倦意，道："辽东的商路阻断多年了，日本人一下子打了进来，那里的局面更加微妙……卢豫海是个敢想敢干的人，他就是不顾兵灾冒险去打通商路，我也不觉得有丝毫奇怪……你这就发电报去吧，禹王九鼎的事，先等卢维章拿了主意再说……"

董克良见他的话音越来越低，不敢再让父亲伤神，忙一揖下去了，留下董振魁一人在书房里闭目沉思。刚才跟马千山的唇枪舌剑已经耗费了董振魁所有的精气，他本是只想假寐片刻，却再也不由自己，竟昏昏然陷入梦境。

董家提出的两个要求宛如两道巨闸，把卢维章前后的去路都堵得水泄不通。董振魁就像是一条垂死的毒蛇，临死之际还要狠狠地咬卢家一口，逼得卢维章要么同归于尽，要么自断一臂。这让卢维章头一次感觉到了进退维谷的艰难。他接到马千山的钧令后，不得不抛下杨建凡一个人在维世场研究降低工本的办法，带着卢豫川和苗象天回到了钧兴堂。三人反复斟酌，从中午一直商议到掌灯时分，也没能得出一个全身而退的办法。

商议到最后，卢豫川和苗象天各执一词，形成了两种观点：苗象天力主参与烧造禹王九鼎，从而保住卢家的秘法不外泄；卢豫川则主张故伎重演，给董家一本假秘法拉倒。卢维章听了二人的建议沉默不语，许久才道："我既然对外声称病重不起，一接到巡抚衙门的钧令立刻就好起来了，这岂不是自己打自己嘴巴子吗？何况这次皇差势必引来无穷的骂名，董家敢犯众怒，那是马千山逼得太急，卢家万不能搅到这场浑水里头！名声臭了，一切都完了……至于豫川的主意，本来也是可行之计，但这个计策已经不新鲜了。董克温还瞎着一只眼，上次的教训可谓刻骨铭心，谁能保证给他假秘法之后，他瞧不出来破绽？一旦败露了，就是董家不说，马千山也会拿咱们开刀……一个贻误皇差的罪名，卢家担当不起啊……"

苗象天道："真为难了，就把二爷临时召回来，大家一起想办法！"

卢豫川摇头道："来不及召回二弟了，马千山只给了两天的时间，后天就得给答复！"

卢维章站起来，在房间里慢慢踱步道："豫海才走了几天，'一鼓作气，再而衰，三而竭'！不能让他就这么无功而返。这件事也压根不要告诉他，省得他有后顾之忧。咱们几个再好好想想，是不是在这两条路之外，还有第三条路？"

这倒是别开生面的想法。苗象天灵机一动道："干脆就说钧兴堂遭了大火，把秘法全烧了！"此话一出，连他自己都摇头道："不成不成，这个计策太拙劣，有点脑子的人一眼就看得穿，何况秘法没了，知道秘法的大东家还在，少不了又要来逼着大东家重新写出来一份。"

卢豫川本想发笑，见他自己都说了不行，便微微一笑道："老苗的主意固然不可，但我有个想法，不知叔叔能否答应？"

"你说吧。"

"这两条路是董振魁借马千山之手给咱定的，只要董家离开了马千山的支持，咱根本不用为难！叔叔，马千山是个贪官，咱们为今之计，只有破财消灾了！"

"官之所求，商无所退啊！五十万两，能摆平吗？"

"我看差不多，要是叔叔同意，我明天就去开封府！"

卢维章停下了脚步，轻轻摇头道："寻常的事也就罢了，可这件事牵扯到帝党后党之争，还跟日本人有瓜葛，怕不是银子能打发的。董家难道出不起五十万两吗？若是银子能打动马千山，董振魁早就逃得干干净净了！何至于出此败中求胜的计策？那马千山是个贪官，只要能保住官位，就有银子源源不断而来。官位就是他的饭碗，再多的银子也买不走他的乌纱帽！譬如咱们烧窑人的两只手，有人说拿钱来买，谁肯卖给他？马千山这个差事要是办砸了，皇上或是太后一句话就能抄了他的家，那时候银子还有何意义？"

卢豫川细细思量，觉得他的话不无道理，只得点头道："叔叔说的是，但这第三条路，到底在哪儿呢？"

"怕是根本没有第三条路了！"卢维章坐回原处，怅然道："董振魁玩了一手绝的，根本没有给咱留任何的出路！"卢豫川和苗象天闻言面如死灰，失魂落魄地看着卢维章。

卢维章合上双目，喃喃道："其实，我并不是没有办法对付他们……只是这办法太卑鄙、太小人了，不是君子之道，更不是豫商所为！此计一出，卢家的名声保住了，秘法也保住了，但我卢维章就成了彻头彻尾的跳梁小丑！一世声名毁于旦夕之间，我卢维章还有何面目再面对商伙？你们都下去吧，容我再好好考量两天。唉，我一直以为看破了功名利禄，可一到抉择之际，却也是如此徘徊……"

3 取道烟台

卢豫海野心勃勃地踏上了北上通商之路，却遇到了意想不到的阻挠。他原本打算走直隶到天津，乘船去旅顺口。走到半路，忽然得了消息，俄、法、德三国对《马关条约》里割让辽东半岛给日本颇为不满，为了不让日本一国独霸辽东，已经派了三国联合军舰进驻大连湾，控制了附近海域，并且列舰于日本横滨、长崎等港口外，威胁日本放弃辽东半岛。

眼看中日两国刚打完仗，辽东又是战云密布，大批关外难民经山海关逃到了直隶，沿途乞讨，颠沛流离。卢豫海和苗象林迎着难民队伍北上来到天津，在港口苦等了五六天，居然找不到一艘敢去辽东的船。津号的大相公张文芳再三苦劝卢豫海不要身涉险境，卢豫海哪里肯听他的，还是整日泡在码头等船。又过了几天，卢豫海再也等不下去了，一咬牙开了两万两银子的天价，买下了一艘破旧的商船，又高薪挽留了船老大、船夫一共七个人，冒险从天津码头启航，直奔旅顺口而去。

这艘商船原来叫"宝丰号"，卢豫海接手后整修一番，把"钧兴堂"的名号涂了上去，是为"兴字一号"船。船老大姓田，是山东蓬莱人，今年四十多岁，生得一副虬髯横眉，看着面带凶恶之相。他手下的六个伙计一水儿全是蓬莱老乡，对田老大唯命是从。而苗象林却对田老大一直存有戒心。"山东出响马"是天下有名的，谁能保证一进这茫茫大海，他们几个不会见财起意？卢豫海倒是泰然自若，一上船就把带的二锅头打开了一坛，跟田老大谈笑风生地对饮起来，说话间已经到了汪洋之上。田老大开始还有些冷漠，几碗酒下了肚，话也多了起来："卢老板，你这次去旅顺口，究竟是做什么生意？"

"钧瓷生意。"

"兵荒马乱的，做啥钧瓷生意！我看你肯定要赔个精光！"

"赔本拉倒，钱赔了再挣就是！可要是我抱着银子在家等死，还是男人吗？"

"你带了多少银子？"

苗象林急得捅了卢豫海一把，卢豫海却口无遮拦道："银子带了不多，七八万两吧。"田老大深感意外，阴森森笑道："卢老板，你就不怕我们几个把你们俩扔进海里，平分了你的银子？"苗象林按捺不住了，腾地从怀里掏出来火枪，大吼道："谁敢抢银子？我这枪可不长眼！"卢豫海回头骂道："收了你的烧火棍！风浪这么大，走火了怎么办？"

田老大一声口哨，六个伙计抱着胸脯，悄然从四面围了上来。苗象林哪里还敢把枪收起来，哆哆嗦嗦地指着他们，吓得一句话也说不出来。卢豫海旁若无人地笑道："来来来，诸位兄弟都累了，喝碗酒解解乏。"田老大定定地看着卢豫海，忽地发出一阵大笑道："卢老板，你知道为何谁都不敢去旅顺口，偏偏我们兄弟几个肯送你去？"

卢豫海剥了个花生扔到嘴里，嚼得嘎嘣响，道："无非是两个原因，要么是你们跟二爷我一样，都是亡命之徒，要么就是有人买通了你们，来害我俩的性命！""不错！"田老大心里暗暗佩服他处乱不惊，大声道："的确是有人想要卢老板的命！我们弟兄几个受人钱财，与人消灾，天堂有路你不走，地狱无门你自来投！卢老板，你莫要怪我们才是啊！"

卢豫海哈哈大笑道："果然不出我所料！《水浒传》里，江湖船匪有'下馄饨''板刀面'之说，田老大也是山东好汉，这是给我们俩做了一锅什么菜呀？"田老大奇道："你一点儿都不害怕？"

"要是害怕了，我就不会抛下妻儿老小，去兵荒马乱的辽东了！告诉你，如今朝廷昏庸无能，老百姓的日子都过不下去了，若不是看在我们神垕镇上万的窑工伙计衣食无着，我犯得着放着少爷的日子不过，跑到辽东来开辟商路！"卢豫海又饮了一碗酒，站了起来，直视田老大的面孔，道："你既然收了人家的银子，我这条命看来是非丢不可了。我只有一个要求，把我送到大连湾的海面上，我远远地看上一眼旅顺，了此心愿！而后你再一刀结果了我，你看好不好？还有，就是我这个伙计，他婆娘刚怀了孩子，是我非把他拉出来的，你要是还有点儿良心，就把他放回去吧。"

苗象林听到这里，带了哭腔道："二爷，我跟你死在一块！咱跟他们拼了！"他举着枪朝田老大冲过来，被身后一个伙计暗中绊了一脚，连人带枪跌在甲板上。几个伙计上前按住他，捆得结结实实的。田老大冲他冷笑一声道："你一上船就不停地摸你那支枪，不然老田我也不会这么快就动手！卢老板，我瞅你也是条汉子，就让你再说一件心事！不过送你到大连湾怕是不可能了，再走二十里，就有俄国人的军舰巡逻，一见咱们就要开炮！咱们是商船，根本进不得大连湾！"

一股巨浪打来，把"兴字一号"高高地掀到了浪尖，众人都不免脚步踉跄，而卢豫海跟田老大面对面站着，竟都跟钉子似的丝毫没有动弹！待船稳当了，卢豫海轻轻一笑，从怀里掏出一把随身短刀，挥手一掷，居然深深地扎进了船帮。田老大脸色顿时雪白，周围的几个伙计纷纷抽出凶器，围了上来。苗象林的嘴给堵着，急得拼命挣扎。卢豫海旁若无人地微笑道："就刚才那个风浪，我若是趁机出手，老田你猝不及防，我该有几分胜算？"

"八分！"田老大狰狞笑道："可惜现在，你连一分胜算都没有了！"

"都是百姓人家，若不是迫不得已，谁甘愿披上一身贼皮？"卢豫海盘腿坐下，举起酒碗道："我刚才不愿出手，是看在老田你是条汉子，不忍心就让你死在这里！我活不了半个时辰了，没必要再拉上你一起死。既然我去大连湾不可得，求你放了我伙计也不可得，我也无话可说了。象林，这次出门是我点了你的将，是二爷我对不住你！我喝了这碗酒，咱哥俩就一起上路！"说着，他仰头一饮而尽，"啪"地砸碎了酒碗。

几个伙计都是一愣。这种杀人越货的营生他们干得多了，却从来没见过如此视生死如儿戏的少爷。田老大怔怔地看着他，也盘腿坐下，叹道："卢老板，也罢，就冲你刚才没有出刀，今天我就舍命陪一回君子！伙计们，去大连湾！"几个伙计应了一声，掌舵的掌舵，使帆的使帆，"兴字一号"在风浪中朝大连湾驶去。

卢豫海丝毫不像个将死之人，继续跟田老大饮酒聊天："老田，家里还有什么人吗？"田老大也丝毫不隐瞒，道："老爹老娘都在，一个老婆，俩儿子。"

"咱俩差不多，我有俩老婆，嘿嘿，比你多了一个！"

"你们大户人家，有两个老婆算什么？"

"唉，俩老婆有俩老婆的难处啊！等这笔买卖做成了，你也阔了，回家立马再娶一个，就知道其中的利害啦。"

田老大呵呵笑道："卢老板，你真的不怕死？"

卢豫海叹道："怕，可我不是怕死，死就是一眨眼的工夫，有什么好怕的？我是怕我死了，神垕镇里就没人再敢来打通商路了！一万多窑工伙计，四五万口家人，都指望这条商路讨生活呢！活到一百岁也是个死，活到四十岁也是个死……男子汉大丈夫，不能轰轰烈烈干一番事业，活的日子再久又有啥意思！老田，我看你这回做成了买卖，也别弄这伤天害理的生意了，守着爹娘妻子，干什么不好？"

田老大也是酒劲上来了，怅然道："我回回出门，家里人都牵挂得吃不下饭，他们要知道我做的是杀人越货的生意，早吓死了！可你瞧瞧我这帮子伙计，原本都是做正经船运生意的，可如今咱这破船，拉货少，走得慢，自己都顾不住，哪儿有钱养家糊口？我在洋人的机轮船上干过，那是什么成色？铁板，铁轮，铁马达，顶咱们十艘都不止……要不是洋人太欺负咱中国人，我实在受不了那个窝囊气，这才沦落至此……"

"你在机轮船上干过？"卢豫海惊喜道："那太好了！我早打算在钧兴堂的汴号船行里弄一艘机轮船，就发愁没人会开呢！你要是肯去，我给你写封信！"田老大眼珠子一转，忽而大笑道："卢老板，你是开玩笑吧？我马上就要杀你了，你把我推荐到你的船行去，这不是耍我吗？"

"二爷从不骗人！"卢豫海目光炯炯道："更不会拿生意开玩笑！你要杀我，那是你拿了人家的银子，你为了银子肯杀人，难道不肯为了银子做正经生意？"

田老大收敛住笑意，重新打量着他，默默地思索着。卢豫海也不再说话，兀自剥着花生下酒。田老大刚想说什么，忽然一个伙计脸色大变地跑过来，叫道："哥，不好了，有俄国人的军舰！"田老大遽然铁青了脸，大叫道："快回舵！"话音未落，一颗炮弹已经落在了船舷左侧，激起高高的浪柱，船体随之剧烈动荡起来。卢豫海跑到船边张望，果然有一艘挂着俄国双头鹰旗的军舰就在正前方，有人叽里呱啦大声讲着什么。田老大顾不上防备卢豫海，把掌舵的伙计推开，自己拼命地回舵，几个伙计吓得面如土色。又有几发炮弹打过来，在船舷咫尺之遥的地方爆炸了，伙计们一个个趴在甲板上叫起了"佛祖保佑""菩萨显灵"，丝毫不敢动弹。田老大咬着辫子用尽力量回舵，但商船实在是太老了，舵已打满，可在巨大的风浪里却不见一点儿反应。卢豫海跌跌撞撞地跑到他身边，叫道："你把船弄稳了，我有办法解围！"

田老大头也不回地骂道："我要被你害死了！"

卢豫海不跟他计较，跑回放自己行李的地方，从箱子里掏出一件东西，转身跑到船舷，一手抓紧了船帮，一手将那块花布迎风招展开。田老大已经万念俱灰地放弃了船舵，死死地抱着船舷，目瞪口呆地看着他。卢豫海又跳又叫，把手里的那块布挥舞得跟耍大刀似的。那俄国军舰居然真就不再打炮，大喇叭里吆喝了一阵，竟掉头开走了！

风平浪静之后，卢豫海精疲力竭地靠在船舷，大口地喘着粗气。田老大爬到他身边，上气不接下气道："你，你手里拿的什么护身符？"卢豫海把花布扔给他，笑道："这个？这是法国的国旗，眼下俄国跟法国搁着伙计，见了法国旗，以为是拉法国货物的商船，又没带武器，就不打炮了。"这时伙计们都爬了起来，犹自惊惶万状。田老大摇摇晃晃地站起来，呵斥道："还愣着干什么！快走！还等着挨炮吗？"

卢豫海不无绝望地看着辽阔的海面，摇头道："这么大的海域，居然让洋鬼子横行霸道！看来大连湾真去不成了，那还去哪儿？"田老大想也没想就道："去烟台！卢老板不是要开辟商路吗？自咸丰十一年烟台开埠通商，那里的洋人各国都有，怕是比中国人还多呢！"卢豫海吃惊道："烟台？哪一年开埠的？"

"咸丰十一年，我家就在隔壁的蓬莱，那年我十六啦，胶东正闹捻子①嘛！"

卢豫海兴奋地大叫道："老田，你知道我哪一年生人？就是咸丰十一年！天意啊，这就是天意！老田，你这就领我去烟台！"田老大没答话，一眼瞥见捆得像粽子似的苗象林，叫道："孙老二，你瞎眼了吗？去把卢老板的伙计松开！"卢豫海心里一动，笑道："老田，你不杀我了？"

田老大一怔，随即大笑道："咱们爷们这条命就是你救的，怎么好再杀你？唉，要是你想跟咱爷们同归于尽，早给俄国人的炮弹炸到海里去了！咱俩算是一命抵一命，谁也不欠谁的了。"

卢豫海笑着摇头道："我才不吃这个亏！我们是两条命，可你连你手下是整整七条命！老田，杀人的营生咱别干了，不就是船吗？我一到烟台，先给你弄两艘好船，不出两年就买机轮船，你还是船老大，好好给咱们钧兴堂在天津、旅顺口和烟台之间运货，你看成不成？"

田老大身子一震，倘若真是如他所说，不但从此脱了这身"贼皮"，做起了正经生意，还一下子有了吃饭的家伙——这可是他做梦也想不到的好事啊！一旁的孙老二给苗象林松了绑，早竖了耳朵听着，直听得热泪盈眶道："老大，你还犹豫啥！卢老板是条真汉子，他不会骗咱们！"

卢豫海笑道："老田，你若是还信不过我，我就当众跟你结拜兄弟，从此你是哥哥，我是弟弟，咱哥俩一起在烟台弄它个天翻地覆！"

田老大满腔豪情给他激了起来，慨然道："成了！兄弟，大哥我从今往后，就跟着你干！"说着，把刚才卢豫海扎进船帮的短刀拔出来，伸手在刀刃上滑过，顿时鲜血涌出。卢豫海毫不犹豫地接过短刀，往手指上一搪。孙老二早捧了两碗酒上来，两人把血滴在碗里，一饮而尽。

苗象林在一旁看得瞠目结舌，直到酒碗被他们砸碎在地，这才相信了这一切都是真的，不由得软软地靠着船舷瘫了下去。

旅顺口与烟台隔海相望，船行一天就能到达。卢豫海和苗象林经过九死一生，终于安然在烟台山码头下船，由田老大领着来到了商埠区。

在光绪二十一年，烟台虽然开埠已经三十多年，登莱青道的道台衙门也设于

---

① "捻"是淮北方言，意思是"一股一伙"，捻军起源于"捻子"。捻军是一个活跃在长江以北皖、苏、鲁、豫四省部分地区的反清农民武装势力，与太平天国同时期。

此，却还只是福山县下的一个区而已。由洋人担任税务司、赫赫有名的东海关就在此地。卢豫海来到了最繁华的卡皮莱街，但见两旁全是西洋建筑，洋行、教堂林立，连招牌文字都是中西合璧。田老大指着一旁的两个洋行道："你瞧瞧，这个是和记洋行，那个是汇昌洋行，都是英国人开的，厉害着呢！人家专做洋人的外贸生意，占了整个烟台生意的一多半！"

卢豫海深深地一点头，道："大哥，事不宜迟，咱们说干就干！我手里有八万两银子的银票，明天我去附近州府的日昇昌票号兑银子，让你的两个伙计跟着我一起去。你和象林去船坞看看，有没有合适的船能买，也不贪多，两艘足够了！加上'兴字一号'，咱就有三艘船，你把船队好好建起来，人手也由你去挑选，过不几天就去钧兴堂的津号运货！我得好好琢磨琢磨，怎么把生意的局面打开！"

田老大一时没言语。卢豫海说要苗象林陪着他去看船，其实还是怕他不放心，故意留个人质给他，连他去兑银子也要田老大自己的人跟着。这一点田老大看得雪亮。而这一路上，卢豫海闭口不问谁是幕后主使，但他却是憋在心里难受不堪，又见卢豫海处处替他着想，便思索片刻道："豫海，象林也不懂船，他跟着我有什么用？再说就船坞里那些老板，见了我谁敢提银子的事？我又不是信不过兄弟你，何苦这么见外，非得留个人质吗？我田老大也是个汉子，既然答应跟兄弟一起闯天下，就一点儿含糊都没有！我实话告诉你，这次请我……"

"大哥别说，我也不想知道！"卢豫海大声道："大哥没要我的命，已然是坏了道上的规矩。我再问你谁是上家，岂不是逼你为难？人无信不立！大哥和我都是讲信义的汉子，犯不着说这些！"

田老大默默点了点头，伸出大拇指道："兄弟真是好大的胸襟啊！也罢，我明日就把钱退回去，从今往后，死心塌地给钧兴堂运货！"

卢豫海哈哈大笑道："这才是正理！你快去船坞吧，我就在前边那个什么萧记老铺落脚，咱们明天下午，在那里碰头！"

苗象林看着田老大一行远去了，愤愤道："二爷，不是我说你，要是老爷知道您交了个江洋大盗做朋友，肯定要用家法！他们像是好人吗？依我说，咱们赶紧去衙门报官……"

卢豫海狠狠瞪了他一眼，大步朝萧记老铺走去，头也不回道："这儿是道台衙门所在，一准儿有电报局。你去给总号拍封电报，就说辽东局势险恶，根本无法上岸，不得已转道烟台了。再问问家里有什么事，让他们速速回电。"

苗象林惊道："我的老天啊，一个字八两银子，这么多话得多少两啊！"

卢豫海气得笑道："不学无术的东西！你就写这几句：'旅顺兵封，落脚烟台，家事望告'，明白了吗？"

"那也得百十两银子！老天爷，赶上一个跑街伙计十年的工钱了！洋人的玩意儿，没一个省油的灯！"苗象林嘟囔不已，提着箱子随卢豫海进了萧记老铺。

第十九章

CUAN SHANHE
CHANG FENG ZHEN

山雨欲来

1 斗智斗力

卢豫海万万没有料到，此刻的神垕镇已是八方风雨了。卢维章病重，无法主持钧兴堂烧造禹王九鼎，被巡抚马千山一纸钧令所逼，居然真就交出了卢家宋钧秘法！交割秘法的仪式上，卢家只派出了卢豫川，而董家却是董振魁父子三人齐齐到场。当着马千山的面，卢豫川把一副抄本交给了董克温。董克温恭恭敬敬地对着秘法深施一礼，便要揣进怀里。卢豫川冷笑道："董大少爷好急的性子！豫川还有话没说呢！"

马千山皱眉道："你还有什么话要说？难道要反悔吗？"

"非也。"卢豫川不慌不忙道："秘法是给了董家，但董家若拿了秘法自行篡改，反而诬陷卢家没有交出真秘法，以至于造不出九鼎，那该如何是好？"董克良勃然大怒，道："卢豫川，你少血口喷人！"卢豫川一笑置之道："你还是毛孩子，我不跟你计较！马大人，豫川有个主意。这份秘法，就由董大少爷当场誊录两份，一份他们带走，一份密封起来交给我，若是今后有了是非，两下里一对照，不就真相大白了？请马大人恩准！"

马千山懒得动这些脑筋，便道："也好，丑话说到前头不为丑！那就有劳董大少爷了。"

董克温看了眼董振魁，见他并无异议，当下便取了纸笔誊写起来。待誊录已毕，董克温自己留了一份，将另外两份交给了卢豫川，卢豫川又当众封好了匣子，所有程序这才全部完结。马千山见状笑道："好了，这下卢大东家的病该好些了吧？真是天有不测风云啊，好端端的怎么突然就病了？不然何至于连秘法都得交出来？我敢问豫川东家一句，这份秘法没什么毛病吧？该不会是又掺了什么东西，弄出个炸窑之类的事情可不好哟。"

卢豫川下意识地看了董克温一眼，他那只仅存的眼睛里满是仇恨的怒火。卢豫川不动声色地微微一笑道："回马大人，草民就是再大的胆子，也不敢贻误皇差！叔叔有病在身，杨建凡老相公年事已高，而我二弟又去南方巡视生意去了，眼下钧兴堂就是有秘法也没人来做——豫川盼着董老伯能早日完成大业，到时候务必请将卢家秘法完璧归赵！"

董振魁冷冷道："禹王九鼎不造出来，谁也不知道究竟这秘法是不是真的！老汉也盼着维章兄弟能早日康复！不过维章兄弟宁肯交出秘法也不愿承接这个皇差，老汉还是佩服得紧啊。告辞！"

马千山巴不得他们两家现在就拼个你死我活才好，见董振魁就这么走了，不免有些憾然，便道："豫川东家，我儿马垂理也来到开封府了，什么时候你们兄弟俩也见见面呀？"

卢豫川笑道："待叔叔身体康复，豫川一定到府上讨扰！马大人，草民家里还有些事情，不便久待，告退了。"说罢便躬身离去。马千山看着他的背影，齿缝里挤出来几个字道："全是奸商！"

卢豫川并没有急着去钧兴堂交还秘法，而是先回到了钧惠堂，一头扎进书房呆呆地坐着，反复思量叔叔的惊人之举。谁都知道秘法对卢家意味着什么，他也断定叔叔交出去的肯定是假秘法，可这能瞒得过宋钧造诣非凡的董克温吗？一旦真相败露，卢家就要大祸临头了！但叔叔平生处事一向谨慎，若不是胸有成竹，不会贸然做出如此决断。卢豫川虽百思不得其解，也不敢再耽搁下去，找出来纸笔把秘法又誊写了一份。正忙活着，苏文娟推门进来，笑道："大爷，二爷的电报来了！"

"电报？"卢豫川眉头一振，道："从哪儿发过来的？"

"烟台！二爷没去成旅顺口，辗转到烟台了。"

卢豫川看了看电报，叹道："就这么一张纸，整整九十六两银子啊！文娟，这个东西你好生收起来，千万别让第三个人知道！"

苏文娟接过那摞纸，瞥了一眼，惊道："是秘法！"

"对，正是秘法。现在我还不知道这秘法是真是假，多半是假的，可也有不少真东西！不管它了，这是卢家的命根子，你务必保管好！"

"你私自誊录秘法，叔叔若是知道了该怎么办？"

"只要你不说，谁还会知道？留个后路总没有错！何况董家也得了，我难道还不如一个外姓的仇人吗？你莫要再多说了，就照我的意思办吧。我还得赶紧去叔叔那儿交差呢。"他抓起来秘法，跟电报放在一处，大步走出了书房。

卢豫川进了钧兴堂，老平告诉他卢维章一大早就去了祠堂，到现在也没回来。卢豫川只得转身赶奔祠堂。虽然卢豫川刚才还振振有词，可一见到卢维章，心里还是七上八下地忐忑不已，尤其是在这摆了祖宗遗像和爹娘牌位的地方。好在卢维章并没问秘法的事，而是握着电报踱步良久，才道："烟台，烟台，是登州府福山县那个烟台吧？那里原先是商埠，咸丰年间才成了开埠，跟旅顺口隔着海……豫川，你给他回封信，叫他没大事少用电报！电报快是快，一来不保密，二来也太贵了……电报局的人就认个钱，你当他们中没有董家的眼线？说不定董振魁这会儿已经知道豫海在烟台了！成事不足败事有余的畜生！"

卢豫川赔笑道："豫海也是怕家里着急。叔叔，您给董家的秘法，究竟……"

"自然是假的，我还没迷糊到那个地步！"卢维章莞尔一笑，道："唉，不过里头也有不少的好东西，董克温若是能举一反三，也算是卢家命里该有此劫啊！"

卢豫川瞠目道："可，可一旦给董克温发现是假的，那……"

"这件事你莫要操心了，我自有主意。你还是多操心一下两个堂口的生意，顺便给津号的张文芳去封信，眼下卢家的分号里，距离烟台最近的就是津号了，让他务必全力支持豫海！"

"我已经让总号调过去十万两银子，应该能应付一阵了。张文芳是卢家的老人儿了，看了信自然知道该怎么做……叔叔，没事我就先下去了？"

"不忙！你把这份秘法的抄本拿走，好生保管着，早晚能有用处。"卢维章指了指桌子上的抄本，笑道："虽然是假的，可细细看看，多少能长些你的见识！你这辈子最吃亏的就是不肯下功夫琢磨如何烧窑，总把我和你杨叔的话当作耳旁风……"

卢豫川实在不愿在这昏暗的祠堂里多待，只得耐着性子听了半晌，觉得叔叔果真是有了衰老之象，不然怎么会变得如此啰嗦！卢维章说了好一阵，这才让他下去。待卢豫川走远了，卢维章默默一叹，转身跪倒在灵位前，竟有两行泪水夺眶而出。

肃穆冷清的祠堂里，只有他一个人的声音，显得分外悠远："列位祖宗，大哥，大嫂，卢维章给先人请罪了！维章自承接衣钵以来，处处严守家规，时时鞭策律己，不敢有违一丝一毫。唯独这件事，维章既坏了卢家的家法，也破了豫商的古训，明知有大罪而故犯，明知不可为而为之！祖宗灵位在上，维章不敢为自己开脱！但祖宗明鉴，害人不是维章的初衷，这是维章万般无奈之举……既不能泄露卢家秘法，更不能让国家的颜面荡然无存！于公于私，于情于理，维章实在想不出别的法子了……维章自知时日无多，害人便是害己，此计一出，必损阳寿。这是维章一生中唯一一件有悖家训的事，是维章一生最大的污点，也是维章能给卢家做的最后一件事了。但求祖宗英灵庇佑，让豫川和豫海不辱祖先，继承卢家衣钵，兄弟携手共图大业！不肖子孙卢维章，再拜叩谢列祖列宗……"

事实证明，卢豫海与田老大结拜兄弟是笔一本万利的买卖。田老大纵横黄海船运生意二十年，黑白两道都有朋友无数。

田老大到船坞走了一趟，相中了两条正在修葺的商船。船坞老板一见是田老大，哪里还敢要银子？情愿白白双手奉送，但求田老大别一时生了无名火，又来找他们的麻烦。田老大有心放下屠刀立地成佛，一口咬定必须得花钱买。船坞老板明知道两艘船足有两万两的本钱，却只开价一千两，见田老大瞪圆了双眼，立刻改口说八百两。田老大哼了一声，扔下一张银票就走了。船坞老板送走了瘟神一般，好半天才缓过神来，捡起来一看，却是张二百两的银票，顿时哭笑不得地长吁短叹。

在田老大的张罗下，钧兴堂一下子又有了两条商船，分别涂上了"兴字二号"和"兴字三号"的大字，只等卢豫海来验收下水。田老大又当着卢豫海的面，请来黄海海面上十三路黑道海匪在会贤楼喝酒，当场立下规矩，凡是涂着"钧兴堂"标记的商船，一律都是自己人，其他的商船尽管去抢，这三艘船动也别想动。

卢豫海这才知道了田老大在江湖中的地位，连陪着喝酒的苗象林都不觉咋舌，对田老大是刮目相看。

卢豫海挑了个吉日，与田老大一起领着三艘商船出海来到天津码头。张文芳早按照二爷的要求备好了货，整整八十箱上等宋钧，还有一百箱日用粗瓷。卢豫海让田老大帮着招呼装船，对张文芳笑道："当年你个老狐狸请辞号，被我驳了，看来还驳对了！干得好！二爷我打通了商路，你们津号的生意能好三成！"

张文芳笑着抹泪道："二爷让苗象林来传话，说了六个字'知道了，好好干'，这六个字老汉我一辈子都忘不了！我那点儿小心眼给二爷瞧得透亮，惭愧啊……"

卢豫海拍拍这位快七十岁的大相公，道："老张，身股涨得差不多了吧？你还是别急着荣休，杨老爷子七十多了，老相公干得蛮好嘛！你给我好好坐镇津号，少不了你忙活的！我走啦，还是那句话，好好干！"

张文芳不肯让他连津号不回就走，再三挽留也没能留住他，只得站在码头上遥遥地挥手送行。

田老大吼道："起——锚！"

卢豫海忙拦住他，笑道："大哥，这船上写的是谁家的字号？"

田老大纳闷道："是卢家钧兴堂啊？"

"我们钧兴堂的人走到哪儿，生意就做到哪儿，可不管走到天涯海角，都还是豫商！今后这喊号子的规矩得改改，不叫起锚了……"

"那叫啥？"

"得劲！"

"得劲？"田老大挠了挠后脑勺，笑道："好，我明白了！山东连着河南，我知道这'得劲'是啥意思！"说着便大吼道："弟兄们，都听好了，东家发话了，从今往后，起锚的号子改成'得劲'了！都记住了吗？"

三艘船上的人都应道："记住了！"

田老大吼道："得——劲！"

三艘船上的伙计们纷纷跟着吼道："得——劲喽！"

三只巨锚缓缓拉出水面，船上的人都哈哈大笑起来。张文芳听到这许久未曾听到的家乡土话，竟是老泪纵横，一把白髯颤抖不已。

烟台卡皮莱街上的萧记老铺，一共有房间二十多个，已经被卢豫海全部包下来了，一半住人，一半做了库房。

转眼间，卢豫海已经到烟台十多天，这些日子他除了去天津进货，其余的日子全在烟台的大街小巷溜达。田老大虽然对卢豫海的豪气干云佩服得很，但也没见过他是怎么做生意的。"家有黄金万贯，不如钧瓷一片"的俗话他也知道，可这一百多箱的货怎么变成银子，他心里还是没底。烟台开埠之后，从洋人那里进口的是棉布、火柴、铁器、胡椒、糖等洋货，由此出口的多是大豆、豆饼、棉花、枣、咸鱼等土货，没听说有人做钧瓷生意的。田老大好歹曾经干过船运，知道做生意的难处，也暗暗替卢豫海捏了一把汗。但这位二爷也实在是让人提心吊胆，不见他去洋行里找生意、交朋友，总是见他在街上转悠，眼看又是十多天过去了。田老大着实憋不住了，找到卢豫海，开门见山就问道："兄弟，那么多伙计等着你发财呢，你究竟打算咋办啊？"

卢豫海笑道："大哥着急了？"

"可不是吗！我看咱的船老是在港里等，我得领着伙计们接点活儿。不管怎么说，人家冲着我老田的面子来了，咱不能让人家干坐着没生意啊？"

卢豫海含笑拉着他进了屋，转身把房门关好，这才叹气道："大哥，别说你着急，我比谁都着急！我看出来门道了，这烟台街上，大大小小的洋行六十多家，还没一个干过钧瓷生意的！这是好事，可也是坏事！好是好在没人做过，等于给咱一个黄花大闺女，坏就坏在这黄花大闺女长得好，可太笨，看不懂咱们手里的货！你说去接点别的生意，我也赞成，不过你等好吧，不出俩月，我让大哥再没工夫接别人的活儿了！"

田老大一瞪眼，道："兄弟，我这可不是干私活儿啊！挣的银子除了发工钱，咱俩五五分账！"

卢豫海摆手笑道："我一分不要！大哥，我可把话说到前头，咱钧兴堂的船一不拉鸦片，二不拉军火，除了这两条，大哥尽管放手去做！"

"我亲弟弟就死在鸦片上，我以前做海盗，专抢鸦片船！军火嘛，嘿嘿，大哥就听你的，也不做它的生意！顾住伙计们吃喝就成。"田老大笑了笑，又正色道："不过生意可真得抓紧了，好在钧瓷不会烂，要是咸鱼海货，哪儿能等这么长时间？"卢豫海点头道："谢大哥提醒！"

送走了他，卢豫海的表情愈发凝重起来。这一个月勘察来的结果的确不容乐观。他装成购买钧瓷的买办捎客，到大大小小的洋行里问过，真没一家做钧瓷生意的，人家对钧瓷生意根本看不在眼里！神垕瓷业在这条商路上荒废已久，重新打开无异于开天辟地，难上加难。卢豫海苦苦思索了多日，始终想不出一个好计策。虽然离开神垕的时候对此有所准备，但他也没料到局面竟会如此艰难。

卢豫海在外奔波了一天，此刻夜已深了，他却是睡意皆无，呆呆地看着烛火，信马由缰地想着心事。也不知道家里怎么样了，大哥来信说一切都好，陈司画来信也是这么说，可他们越是异口同声，自己越是觉得惴惴不安。两处堂口，那么多窑工伙计，哪儿能一点儿麻烦没有呢？肯定是爹的意思，唯恐他分心，故而是报喜不报忧。可司画应该说实话啊……她跟关荷表面上都是一个赛一个地比宽容、比器量，可说到底，女人的心思比针尖还小，自己在家里尚且照应不周，何况如今又远在千里之外？卢豫海叹了口气，脑子里不由得又回到了眼前的生意。那帮"洋鬼子""假洋鬼子"太可恨了，一听见宋钧、瓷器就摇头。钧瓷他们都多少听说过，可宋钧是啥样的，却是一个个都不知道。万事开头难哪！不过话说回来，人家的土货生意做得好好的，又对钧瓷生意一无所知，谁又肯贸然进入一个完全陌生的地界呢？想到这里，卢豫海心中一时千头万绪交杂在一起，一时也理不出个头绪来。

苗象林端着盆热水进来，笑容满面道："二爷，烫烫脚吧，跑了一天了。"卢豫海没好气道："你又不是长随，正经八百的卢家老号总号的账房相公，弄这个不觉得丢人吗？"

"我大哥说了，二爷走到哪儿，我就伺候到哪儿！就算是个长随又有何妨？"

卢豫海抢过盆子，脱了鞋袜烫脚。苗象林赔笑道："二爷，我瞅你不高兴，就给你讲个今天的笑话，我自己碰上的！"他不管卢豫海听没听进去，兀自道："我按着二爷的吩咐，去洋行里打听钧瓷的事，一个'假洋鬼子'见了我，叽里呱啦说了半天，我说你说什么呢？他傻眼了，说你不是日本人啊？我当时就火了，大骂他说你少给爷们儿添堵，老子是大清国的子民，你说老子是日本人，这不是骂人吗？"

卢豫海听着听着，脑子飞快地转了起来，猛地抬头道："人家说你是日本人？"

"是啊，我堂堂中华男子汉，有日本人那么寒碜吗？"

卢豫海光着两只脚站了起来，来回踱了几步，大笑道："有了，有了！象林，你可给钧兴堂立了头功！"

苗象林目瞪口呆道："二爷，我可是除了算账，别的啥也不会……"

"要的就是你啥也不会！明天咱俩去和记洋行，会会'洋人'去！"

卢豫海越说越激动，连鞋也没穿，光脚跑到田老大房里，硬是把他从床上拉了起来。也不知道他们嘀咕了什么，两人竟是一起哈哈大笑。苗象林明白他们在商量大事，守在门口不敢进去。

不一会儿卢豫海出来了，手上拿着一套衣服，对苗象林道："象林，明天就看你的了！好好睡一觉，明天穿上这身衣服，跟二爷我演一出双簧！"说着，卢豫海乐呵呵朝自己房里走去，边走边唱着："刀劈三关……我这威名大，杀得那胡儿……乱如麻！"

苗象林满腹狐疑地抖开了衣服，竟是一身日本人的装束！他立刻嚷道："这不是，这不是寒碜我吗？我才不丢这个人！"

苗象林就是再不乐意，也不能不听卢豫海的话。第二天一早，他只得穿上日本人的衣服，心里万般委屈，跟卢豫海一起走进了和记洋行。一个中国买办见来了个日本人，立刻迎上来，满脸堆笑道："这位先生，是日本来的吗？"

卢豫海一身买办的装扮，上前道："兄弟，这位日本人叫小山平一郎，是个……"他凑近了买办的耳朵，低声道："是个哑巴，不会说话！我是他的助手，今天来到贵行谈点生意，您看……"

买办立刻会意，也是低声道："没问题！形形色色的洋人咱见的多了，有您传话，不耽误生意！我姓刘，您叫我老刘吧。"

卢豫海回到苗象林身边，不知嘀咕了什么，苗象林装得很严肃地点点头，趾高气扬地跟着老刘进了会客室。

和记洋行是典型的英式建筑，在陡立的房坡上凸出一排阁楼窗，东面是观景的最佳方向，可观赏日出与海景，三面设有外廊，会客室就在东面外廊里侧。

不一会儿茶水摆上，老刘满脸含笑道："不知小山先生想做些什么生意啊？洋货有棉布、铁器、糖等，土货有大豆、豆饼、大枣、海产，只要您开个口，要啥有啥！"

卢豫海装模作样地在"小山平一郎"耳边说了几句，苗象林挥了挥手，重重地点头。卢豫海转向老刘，笑道："咱小山先生不要你说的那些土货，只要一样东西。"

"什么东西？"

"神垕的宋钧！老刘你也知道，日本国跟咱大清国一衣带水，风俗嗜好也差不到哪儿去，那边的人就喜欢这个物件！烟台离日本最近，海路又快又便宜，小山先生想做些宋钧的生意，不知老兄能办到吗？"

"宋钧？是瓷器吧？哎哟，这玩意儿我们这里还真没有！不知小山先生想买多少银子的宋钧？"

卢豫海又是一番装模作样的翻译，苗象林威严地伸出五个手指。老刘笑道："五千两？"

"不！"卢豫海斩钉截铁道："五万两！要是老兄能办到，银票今天就给你，不然我们就去别家看看了。"

老刘大吃一惊道："五万两？今天就给银票？"

"那可不！不瞒老兄说，我们昨天去了三家了，没一家做宋钧生意的！您这儿都是第四家了……唉，难道还真要我们跑到北京吗？"

"不用您去第五家了！您拿银票吧，我这就给您开收据！一旬为限，我们弄不来宋钧，银子全部退还，还有一分的利息！"

卢豫海惊喜道："真的吗？太好了！"他又跟苗象林翻译了一阵，苗象林只觉得好笑，按照约好的计策，有板有眼地上前朝老刘鞠了一躬。老刘慌忙回礼。下面的事就好办了，卢豫海跟着老刘去账房交割了银票，拿了盖了和记洋行小章的收据，这才和苗象林一起离开。两人不敢马上就回去，又在烟台街上转悠了半天，这才一前一后回了萧记老铺。

一进门，苗象林就着火了似的脱了那身衣服，扔得远远的。卢豫海放声大笑起来，道："象林，你做得好！你不用去做账房相公了，登台唱戏去吧。"

苗象林噘嘴道："平白无故穿了这身衣服，真晦气！二爷，咱这回赔定了！那五万两银子，少说也得给洋人提留四五千两！"

"一万两都不多！你放心，舍不得孩子套不住狼！"

2　知己知彼

　　两天之后，烟台的街头巷尾传开了一个惊天动地的消息：专门烧造宋钧的卢家老号钧兴堂津号的货船在黄海上给人劫了，田老大一时大意没跟着押船护送，白白损失了十万两银子的货。田老大大发雷霆，发誓要大开杀戒，报仇雪恨，开出了一万两悬赏银子！与此同时，钧兴堂烟台分号的牌子也挂了出来，是津号大相公张文芳亲自兼任了烟号的大相公，又押送来五万两银子的宋钧！

　　烟台港每年的吞吐银子也就是二百万两上下，十几万两的生意就算是大买卖了。可钧兴堂刚刚损失了十万两银子，连眉头都不眨一下，又续上了五万两的货，若不是财大气粗的商号，谁敢这么干？

　　钧兴堂一下子出了名。张文芳趁机在会贤楼设宴，遍请烟台各大洋行的经理、买办，把一件件珍品宋钧摆出来陈列一番。酒至半酣，张文芳给众人一一敬酒，在众人面前把宋钧讲得天花乱坠。席散客走时，又少不了一人捎带上一两件壶、瓶、尊、洗之类的礼物。

　　如此一来，各大洋行都知道了宋钧值钱，做宋钧生意大有赚头。和记洋行的买办老刘更是在宴后找到了张文芳，张口就吞下了那五万两银子的宋钧。张文芳暗中偷笑，慷慨地给了他一个惊人的折扣。老刘粗略算下来，这笔五万两的买卖居然能赚四千两银子，毛利率将近一成！那些大枣、海产、大豆之类的土货，就是数量再大，哪里有这宋钧生意的利润大啊。

　　到了约定的日子，卢豫海又陪着"小山平一郎"来交割货物，直接拉到烟台山码头装船运回日本。当然，这些都是给外人看的。而那批货本就是卢豫海从津号运过来的，在海上兜了个大圈子，又在天津港过了一圈，重新装上田老大的船队，在一片"得劲"声里浩浩荡荡再次直奔烟台来了。

　　钧兴堂三艘商船这次停在了烟台山码头，与上次冷冷清清的场面截然不同，这回可谓是万众瞩目。张文芳领着一干伙计在码头等着，兴高采烈地接了货，一路敲锣打鼓回到烟号，新雇的七八个本地的跑街伙计又是吆喝又是发传单，忙得不亦乐乎。经过这番煞费苦心的折腾，烟台各大洋行都听说了钧兴堂跟和记洋行的买卖，对宋钧生意无不是刮目相看。烟台开埠了几十年，民风与内地迥乎不同，重商之风气深入人心，洋行不分大小都是图一个"利"字。谁家的买卖好做，自然是一传十，十传百，钧兴堂的烟号一时间顾客盈门。

　　张文芳牢记卢豫海的叮嘱，订单不分大小，折扣都是给的高高的。汇昌洋行与和记洋行都是英国人开的，在烟台商界举足轻重，汇昌见和记赚了一笔日本人的银子，索性也定了一万两的宋钧，自己直接拉到了日本去卖，居然真的获利甚丰。

原来这条商路中断的日子久了，而日本国内对宋钧的需求很大，多年来只能通过上海、广州等港口购买。烟台商路一开，海路距离缩短了一多半，钧兴堂供货的陆路也少了许多周折，成本一下子降低了三成还多！日本人多年不见如此质优价廉的宋钧了，汇昌的货一到日本就被抢购一空。汇昌洋行吃到了甜头，立刻跟钧兴堂签了五年的供货契约，包销八十万两的宋钧。

这笔大单子签下来已经是光绪二十一年的深秋了。卢豫海来到烟台差不多半年了，期间耗费了多少心血，时至今日终于打开了局面。张文芳见大局已定，就把跟烟号做商伙的洋行经理、买办请到了会贤楼，隆重请出了东家卢豫海。各位经理、买办大多还记得这个曾经跑上门来的年轻人，和记洋行的老刘更是一眼认出，这不是那个叫什么"小山平一郎"的日本人的翻译吗？敢情他就是卢家老号钧兴堂的东家！当下便参透了那次生意的玄机所在，不由得一阵顿足长叹。

卢豫海跟众位见了面，寒暄一阵后，笑道："诸位，马上就该是洋人的节日了，我知道在座的有英国的、有美国的、有法国的、有意大利的、还有俄国和德国的商伙，你们西洋人过节，是为了给你们的圣人过生日，圣诞节！我们中国的圣人就是山东老乡，叫孔子，他老人家说'有来无回，非礼也'。诸位商伙给钧兴堂招徕了这么多生意，过节不送点礼说不过去。老张，把咱们准备的礼物拿上来。"

张文芳挥挥手，几个伙计端着礼物匣子上来，在座的客人人手一份。众人道谢后打开来看，里面是一个圆润晶莹的绞胎挂盘，盘上画的竟是天主教圣母在羊圈里生下耶稣基督后的场面。圣母怀抱着耶稣，神态端庄慈详，耶稣安然地躺在圣母怀抱中，母子二人栩栩如生，呼之欲出。清末在华的洋人有两类：一类是经商的人，一类是传教的人。再加上洋人大多信教，乍一见这物件无不是心潮起伏，连连画十字，口中念念有词。

卢豫海见他们看得呆了，便笑道："各位把盘子翻过来，后边还有彩头呢！"众人纷纷倒过挂盘，见后边画着各国的国旗，旁边还有大清国的龙旗。卢豫海笑道："各位商伙，这件礼物不成敬意，就当是圣诞节的礼物吧！"

美国保利洋行的经理马歇里道："卢先生，我能不能定下一批货，全部照这个样子做呢？还有，从烟台到美国旧金山，需要一个多月的海路，不知道卢先生能否赶在圣诞节前全部做出来？"

"照这个样品做，当然没问题！"卢豫海狡黠地笑道："按时交货也没问题，我们卢家老号十处窑场，六七千个伙计，要多少都能按时交货！不过咱也得说实话，这是你定做的生意，价钱……也好说，只比普通宋钧高两成，你看如何？要是你答应，先紧着你的单子做！"

马歇里当即道："OK！这笔生意我定下来了，我要十万两银子的货，马上就可以付一半的定金！"卢豫海拊掌大笑道："这位洋商伙真是爽快！就冲你这头一笔的买卖，我再给你打个折上折！这可是优惠到底啦！"

马歇里这么一带头，在座的洋人们都坐不住了，纷纷嚷着要下订单。卢豫海摆摆手，让众人平静下来，道："各位，我们豫商做事，讲究量力而行，有多大胃口吃多少肉，不然还不给撑死了！距离西洋圣诞节也就是俩月多了，各位还要把回国的路程算上，卢家老号就是彻夜烧窑，也难以全部供应下来！我算过了，这笔买卖，最多只有一百万两银子的生意。想下单子订货的商伙们听好了，等酒席散了，隔壁有人专门伺候，按顺序排，累计到一百万两银子就打住！我卢豫海对不住各位了，凡是没能排上号的，每位商伙可以领到一千两银子的礼物，就当是钧兴堂给诸位赔罪啦！好了，大家继续喝酒！"

洋行的经理、买办们都眼红马歇里得到的优惠，又一听人家钧兴堂还不是照单全收，哪儿还有心思喝酒，一个个悄悄溜了出去，直奔隔壁下单子去了。脑子转得慢的人等明白过来，再心急火燎地跑去下单子的时候，钧兴堂早做满了一百万两的定数，苗象林呵呵笑着给人赔不是道："对不住了！您别急着走，拿上这个条子，明天去钧兴堂烟号领礼品吧。"

一顿酒宴的工夫，一百万两的生意就顺顺当当地做成了。张文芳对卢豫海的手段佩服得五体投地，有了这样年轻有为的东家，钧兴堂何愁做不来大生意？回烟号的路上，卢豫海和张文芳没坐车，两人并肩而行，走在烟台灯红酒绿的大街上。张文芳边走边笑道："二爷，老汉真是枉活了这么大岁数，我还以为干不成呢！没想到洋人那么好哄！"

卢豫海喟然摇头道："你以为那个马歇里那么好打发的？不瞒你说，老张，我都跟他磨了整整三天了，把折扣打到了八五折，他这才答应我第一个出头！其实洋人也是人，都喜欢赶个人场，我算是琢磨透了，不管哪国的商人，就图个'利'字！咱想挣钱，人家也想挣钱，无利不起早嘛！"

"二爷是跟马歇里唱了出双簧吗？"张文芳吃惊不小，随即赞道："二爷真是用心良苦！不然生意怎会如此顺利？"

卢豫海并没接话，表情慢慢地凝重了起来，道："来烟台一晃就是半年了，我琢磨出来几句话，老张你看有道理没有。"此时他跟张文芳已经走到了海关街，朝前不远就是隐匿在夜幕中波涛起伏的大海。卢豫海停下了脚步，迎着扑面而来的海风道："这几句都是大白话，我不像老张你是正经八百的秀才出身，之乎者也的话我也说不出来。身为豫商，要把世故摸得透透的，把商路打得顺顺的，把工本降得低低的，把银子搞得多多的！只要真的做到了这四句话，在烟台就没有做不成的生意！"

张文芳初一听到这几句话，不觉一阵莞尔，可细细琢磨起来，居然无一不是深谙商道精髓。世故者，就是经商的环境，商伙的底细；商路者，是经商的根本，不然商路头头受阻，去哪儿卖货去？至于工本、银子，一个是因，一个是果，这一低一多之间，就是源源不断的毛利啊！张文芳深有触动道："二爷，你这四句话，我看可以写进《陶朱公经商十八法·补遗篇》了！二爷今年三十多了，经商也有十几个年头了，这四句话就是二爷的商道心得吧？二爷说什么也得给我个面子，这四句话由我向总号汇报过去，让大东家也高兴高兴！"

卢豫海笑而不答，指着对面一望无际的大海道："老张，你可知我这半年最大的遗憾是什么？那就是始终不能到大海对面去，到旅顺口去挣俄国人的钱！我听说日本人已经放弃了辽东，但生生从朝廷手里又抢走了三千万两银子，说是军费！在咱们的地盘打仗，霸占咱们的江山，还跟咱们要赔偿的银子，这是什么道理？三千万两啊……父亲总对我说，'士农工商'四行里，商人的地位最低，但眼下能给中国人扬眉吐气的，就指望咱们商人了！"

张文芳肃然道："二爷还是想去辽东？"

"近在咫尺的地方，若是望洋兴叹，还是男人吗？还是豫商吗？朝廷已经派人接管辽东了，说是接管，其实还是俄国人占着。等过了年，我非得去旅顺口、大连湾看看，我就是不服！"

"西洋各国里，俄国人最讲究奢华，只要能把生意做过去，肯定是大把大把地赚！二爷，我跟你一起去吧，这把老骨头总是憋在津号，我也是不服啊！"

卢豫海哈哈笑道："你这么大年纪了，冲锋陷阵还是我们年轻人去，不然俄国人一看来了个白胡子老头，还不嘲笑说钧兴堂没人吗？"他拉了张文芳的手，回身朝烟号的方向走去，边走边道："老张，没你在津号给我坐镇，我心里虚得慌！你还是好好在津号给我周转货物吧……对了，这半年里神垕那边究竟怎么样？我一下子弄了上百万两银子的订单，老号能如期交货吗？可别又跟光绪十年那次似的……"

张文芳笑道："二爷放心，我跟苗老相公再三核计过的，一百万两银子的货，绝对万无一失！再说了，光绪十年那会儿，总号只有五处窑场，眼下咱们有十处！那次还是有人故意设套，咱们中了奸计，这次可是二爷亲手做下的生意，情形截然不同啊。"

"我给爹娘去信，说过年想回家一趟瞅瞅，可爹回信上对此只字不提，我也不知道他是怎么想的。老张，你有神垕的消息吗？"

张文芳一时语塞。董家承接禹王九鼎的皇差、卢家被迫献出秘法之事，他按照卢维章的严命，一直封锁着消息，连津号的人都不知道，卢豫海对此更是一无所知。张文芳想了想，道："神垕的消息，老汉也是从电报、书信上知道的，跟二爷也差不多少。这样吧，我回了津号，替二爷求求情，让大东家准许二爷回家过年，你看如何？"

卢豫海黯然道："爹一直盼着我把辽东的商路打开，可我连大连湾都没去成，爹是对我大失所望啊！但愿这笔生意做成之后，爹或许能开恩让我回去……"

第二十章

QUAN SHANHE
CHANG FENG ZHEN

／ 死 生 大 义

1　血溅长崎港

董振魁起初对卢维章交出的秘法还是心存戒备，但眼看着一窑窑的宋钧接二连三地烧了出来，终于放下心来。其实在如法炮制之前，董克温吸取了上一次仓促而行的惨痛教训，再三研读、确信其中无诈之后，才敢付诸入窑烧造。《敕造禹王九鼎图谱》是董家的镇家之宝，眼下又有了卢家的秘法，董克温烧造起来无异于如虎添翼。再加上董振魁亲自在理合场专窑督造，十口专窑日夜不熄，赶在十月过去之前这段黄金季节里，终于如数烧出了禹王九鼎。

糅合了董卢两家宋钧烧造秘法的禹王九鼎果然不同凡响，"玫瑰紫""天青""天蓝"各放异彩，宋钧独有的"蚯蚓走泥纹"更是赫然夺目。

所谓"蚯蚓走泥纹"是指二次釉烧中因釉层厚重，釉料自然熔化流淌，补足了瓷体裂开的细纹，出窑冷却后便形成了一道道流动的线条，极似蚯蚓在泥土中爬行的痕迹，故而得名。"蚯蚓走泥纹"是传世宋钧的上品，与"天青""天白"二色浑然一体，宛如蚯蚓迂回曲折于白云之间，而白云则散漫于碧蓝的天空之上。在宋代道学兴盛之际，蚯蚓被视为龙子初生，乃是修道之人脱胎换骨、更迭重生之征；雨过天晴，白云是龙行太虚、布云施雾之像；而神龙见首不见尾，正是真龙天子无为而治、无为而为之兆。故有道君皇帝宋徽宗"雨过天晴云破处，婴啼如歌新生来"的感慨。

最后压轴的豫州鼎出窑之际，董振魁父子三人肃立在专窑前。那阵噼噼啪啪的开片声响过之后，董克良上前打开了匣钵。在场的众人目睹豫州鼎出窑的盛况，无不是骇然色变。但见窑变色千变万化，红、紫、蓝、青、白交相融汇，灿若云霞，正应了宋诗里"高山云雾霞一朵，夕阳紫翠忽成岚"之句。董克温再也忍不住了，跪倒在豫州鼎前，放声大哭起来。他自十八岁投身窑场，从此不问世事，一心烧窑，精研出董家独门的宋钧"天蓝"一色，如今又烧出了董家自己的"玫瑰紫"。弹指之间三十多年过去了，他已是过了"知天命"之年。虽然身染痼疾，丧失一目，又子嗣皆无，但在他心里，这些饱含他心血的禹王九鼎就是他的孩子，看着孩子呱呱坠地，他心中的狂涛巨澜又岂是一两句话可以形容的？

董振魁目睹此情此景，心中百感交集。他悄然屏退了众人，跟董克良一起默默地站在董克温背后，任由他在泪水中忘乎所以地陶醉着、叹息着、快活着。许久之后，董克温方才恢复了常态，起身朝父亲深施一礼道："父亲，孩儿有个不情之请，万望父亲答应！"

董振魁叹道："你可是要自告奋勇，护送禹王九鼎进京吗？"

"不错！父亲，孩儿年过五十，连个一男半女都没有，这禹王九鼎就跟我的孩子一般！父亲，您就当我是送儿子赶考，送闺女出嫁，请父亲务必恩准！"

董振魁不忍让董克温的心愿落空，只得道："也好，让你兄弟跟你一起去吧。"

董克良一愣，脱口而出道："父亲，您不是让我去烟台吗？"

"生意是做不完的，天底下还有什么比父子兄弟之情更重的？何况卢豫海在烟台已经站住了脚，我听电报局的眼线说，他刚刚在那里签了一百万两银子的生意！你就是去了，正好碰上卢豫海的锋芒，我看你还是先陪你大哥进京交了差，避过卢豫海的风头再说……"

在禹王九鼎这件皇差上，董振魁已然倾注了全部的心力，眼见大功告成，整个人恍惚之间衰老下来。此刻他只觉浑身松软，仿佛世间再无可依靠之人，再无可投入之事。

董克温和董克良忙上来搀扶，父子三人慢慢走出了专窑场。董振魁犹自叹息道："唉，在禹王九鼎上，咱算是给了卢维章当头一棒，可要说起生意，咱就棋输一招啊！半年前咱们就知道卢豫海去了烟台，可我一时疏忽，竟然小瞧了他！卢豫川刚愎自用，志大才疏，可卢豫海在景德镇、烟台都是白手起家，硬是从老虎嘴里夺了肉，在强手如林之间纵横捭阖！今后董家最大的敌人，就是卢豫海啊……"

董克温和董克良相互看了一眼，都没有说话，只是搀好了老迈的父亲，一步步走进无穷无尽的夜色之中。

董家老窑如数烧出禹王九鼎、提前交了皇差的事情顷刻间不胫而走，传遍了神垕各大窑场。卢豫川得知消息后大吃一惊，立刻赶到钧兴堂向叔叔报信。卢维章似乎对此早有预料，只是淡淡一笑道："以董克温之才、董振魁之势，还有卢家的秘法，要是再烧不出来，那就不是老董家了。"

卢豫川嗫嚅道："但……叔叔不是给了他们假秘法吗？怎么还能……"

"假秘法也烧得出禹王九鼎。"卢维章放下手里的书卷，微笑地看着他，慢悠悠道："我让你细心研读那本秘法，可有什么心得吗？"

"有一些，已经跟杨叔议论过了。"其实卢豫川既然知道那是假的，哪有心思去看，只得编了瞎话。他岔开话题道："杨叔最近也有了不少进展，仅钧惠堂粗瓷烧造一项，就把工本降低了一成有余！"

"我那杨兄的确是天生烧窑的人啊！"卢维章摇头叹道："豫川，你扶我去院子里走走。"卢豫川赶忙上前搀扶着他，叔侄二人来到小院里。卢维章轻声道："今天早上起来，想打一趟太极拳，居然打不动了！要不是你来，我连这个门都懒得迈出去。"

卢维章一直对外称病，最近的身子忽然真就弱了起来，比起年初的时候差了许多。卢王氏忧心忡忡，请了许多名医诊断，却众口一词说是身子没有大碍，就是心事太重，不是药物能治的，只有他自己安心调养了。卢王氏没少劝过他，但他总是淡淡一笑，说"天意如此，岂在人为"。卢豫川揣测叔叔还是为了秘法之事，但也不敢多提，只好扶着他在院子里缓缓踱步。

卢维章道："豫海在烟台定的单子，都吩咐下去了吗？"

"叔叔，豫海这回真是大手笔啊！杨叔看了那些豫海让景号转送来的样品，说这些东西算什么，比宋钧好弄多了！嘿嘿，眼下在杨叔主持下，十处窑场日夜赶工，如期交货万无一失！"

"你杨叔那是生怕众人心虚，故意给他们打气的！"卢维章淡然道："你不知道，他拿了那些样品来找我，开口就说'老二给我出了个难题啊'。"

卢豫川深感意外，卢维章兀自道："我们俩老伙计琢磨了好几天，才在青花瓷和宋钧之间找到了些门路，你杨叔为此都吐血了！你以为青花瓷就是那么好做的？既要有宋钧的风韵窑变，还得有青花的图案画工，难哪……不过卢家的秘法又多了一条，那就是宋钧青花的烧造技法！"

卢维章一口气说了这么多话，脚步有些发虚了，卢豫川忙扶他在石椅上坐下，鼓起勇气道："叔叔，你这身子……还是照婶子说的，好好调养才是啊！生意上有我和老苗，窑场里有杨叔，外头有豫海开辟商路，您还有什么放不下的？"

"我还是那句话，'天意如此，岂在人为'？老天爷厌烦你了，你就是再调养，又有什么用处呢……董家的车队什么时候起程？"

"董克温和董克良一起护送，眼下怕是已经到了开封府了。听消息说本月初七就起程进京。"

"怎么会是初七？'三六九，出门走'，马千山也是糊涂了，怎么挑了这么个不当不正的日子？"

"叔叔，您就是爱操心！马千山肯定是挑了黄道吉日，这事跟咱卢家有什么干系？"

卢维章看了他一眼，叹道："有没有干系，过不了俩月就知道了……豫川，我听说你最近跟梁少宁打得火热，真有此事吗？"

卢豫川忙赔笑道："哪里是打得火热！梁少宁奔七十的人了，在外边欠了一屁股的赌债，居然上门来问二少奶奶关荷要钱还债，这不是丢咱卢家的人吗？关荷哪有钱帮他，我看在姓梁的好歹是关荷的父亲，就从总号挪了一笔银子给他。这事早向叔叔请示过的。至于私下里交往，也无非是见面叙旧而已。梁少宁脓包一个，岁数也大了，能折腾什么是非？叔叔莫要听别人嚼舌头！"

"跟梁少宁见见面，说说话，也没什么。我也总觉得当初对他太刻薄了，到底是关荷的父亲啊……他年轻的时候也是做过些大事的，虽然一事无成，但从他那里也能学到一些教训吧，对你也不无裨益。"卢维章额头出了一层的虚汗，卢豫川忙递过去汗巾。卢维章满意地点点头，道："津号的张文芳来信说豫海过年想回家，你替我回信告诉他，辽东的商路一天没开辟，他就别动回家的心思！不就是过年吗，男子汉大丈夫，功不成，名不就，回哪门子的家！"

卢豫川心里一动。他隐隐约约看得出叔叔的大限将至，出于本能，他此刻跳出的第一个念头就是不能让卢豫海在这个时候回来！他自己也被这样突如其来的想法惊呆了，一时走了神。卢维章看着他，脸上波澜不惊道："豫川，你怎么了？"

卢豫川冒出了冷汗，忙道："没什么，我是想广生和广绫年纪还小，半年不见爹了……"

"你少替他说话！我还没死呢！辽东商路一天不开，他就别想回家，除非我熬不到那天，一命呜呼了，他回来给我送终倒是可能。"说着，卢维章似乎是漫不经心地瞥了他一眼。卢豫川心里顿时一阵纷乱，道："叔叔，我先回总号了，最近事情太多，我怕老苗一个人忙不过来。"

"你去吧，我一个人坐会儿。"

卢豫川如蒙大赦，一揖告退了，出了门才感觉到汗流浃背。叔叔观人无数，自己刚才那个突然跃出脑海的念头，难道被他看破了不成？不然他何以说出让卢豫海即便未能开辟辽东商路，也要回来给他送终？卢维章是卢家老号两个堂口的大东家，给他送终就是继承他的衣钵！卢豫川想到这里，猛地站住了。

这些日子他跟梁少宁的确经常见面，梁少宁跟他说的却不是什么得失教训，每次都是怂恿他去谋取大东家的位置。一次梁少宁喝多了酒，醉道："我一个六十多岁的老汉了，你就是能坐上大东家的宝座，与我有何关系？你难道会给我银子吗？就是给我银子，我又能做什么呢？嫖是嫖不动了，赌也没心劲了。我只不过恨我那女儿女婿，还有卢维章！他们一个个眼睛长到了头顶，从来没拿正眼看过我一次……也只有你大少爷，把我当个人看！我这辈子一事无成，禹州谁不知道'梁大脓包'的名号？但我要辅佐你当了大东家，看着你把卢维章父子踩得死死的，我也算是做成了一件大事，就是死了，心里头也得劲！"

卢豫川虽然表面上一笑置之，心中却再也放不下他的话。眼下钧惠堂是他的，钧兴堂也有他一半的股份，难道自己还不知足，去抢大东家这个位置吗？可一旦真成了大东家，执掌整个卢家老号，那该是何等的荣耀，何等的……卢豫川不敢再想下去，匆匆走出了钧兴堂。

卢豫川没有想到，就在小院门扇闭合的那个瞬间，卢维章的脸色骤然雪白，凄凉地失声道："心魔难去啊！"继而双目紧闭，怅然地摇起头来。

卢维章和卢豫川这场处处透着玄机的谈话过去不久，由豫省巡抚马千山亲自护送的禹王九鼎终于踏上了北去的官道。董克温和董克良兄弟自然随队进京。路过保定府新城县的时候，董克温驻马良久，遥望一旁的驿站道："兄弟，当年卢豫川就是在那里被抓起来的。说来这也是我第二次护送禹王九鼎了，上次半途而废……一晃十几年过去了，触景生情啊。"

董克良没好气道："卢豫川要是被一刀砍了脑袋才好呢！不然，大哥何以中了他的计策？"

董克温看了弟弟一眼，独目中一片淡然，摇头慢慢道："这都是报应！当年那把火，是我亲眼看见马千山的亲信点起来的。我没有去阻止，也没有向卢豫川通风报信。与其说禹王九鼎毁在卢豫川手里，不如说是毁在我手里！禹王九鼎是神器，凡人若是弃之、毁之，迟早要遭报应，而我在卢豫川手上丢了这只眼，也是报应啊！"

董克良大惊道："原来是马千山所为！难道他不怕朝廷追究吗？"

"他把祸端都推给了卢豫川，害得卢豫川少年得志却深陷囹圄，活活毁了他的前程和卢家的生意！听爹说，这是朝廷帝党和后党的争斗……"

"那马千山这次还会毁吗？"

"爹说不会了，此一时，彼一时，帝党现在巴不得禹王九鼎早日送到日本呢！克良，听大哥的话，你一心在生意上跟卢豫海较劲，这是好事。但你也得好好琢磨琢磨这官场！卢维章有句名言：'官之所求，商无所退'，这是他们卢家起死回生的法宝之一！如果没有曹利成的支持，卢家不会是如今的局面。"董克良见车队走得远了，便随口应道："大哥的话，克良铭记在心！"

董克温不无失望地叹道："但愿你能真的记住，并且有所悟，有所得！走吧，过了保定府，就是顺天府的地界了，京城就在眼前！"

兄弟二人扬鞭催马赶上了车队。

上一次护送禹王九鼎虽是未竟全功，但沿途之上也是风风光光，而这一次即便是顺顺利利来到了京城，护送队伍所受的待遇却是冷清得很。太后和皇上、后党和帝党都清楚这批禹王九鼎是日本人要的，九鼎神器旁落他国，再怎么说也不是一件体面的事情，甚至是有辱国体。故而朝廷只派了总理衙门和礼部的官员来接手禹王九鼎，又请来了早就急不可待的日本驻华公使勘验一遍，这让董克温和董克良都觉得十分遗憾。他们原本还以为能像卢家进贡寿瓷那样得皇封、见皇上呢！

日本公使看过了九鼎，自然是得意扬扬。总理衙门的人见日本人认可了，便跟日本公使签了交割的公文。不料日本公使又提出了一个要求：鉴于大清国距离日本远隔大海，又从来没走海路运送过宋钧，必须有懂宋钧的人一路照应；宋钧可不是你们大清国赔偿的银子，随便装箱往船舱一扔就成。总理衙门的人但求尽快了结此事，也不愿跟日本人纠缠，便让马千山从随行人员中选出个人来。

董克良闻讯大喜，一心要去日本看看，卢豫海不是把宋钧卖到日本了吗？自己比他还高明，亲自去日本开辟商路！而董克温却一口拒绝了他，说这是两国大事，得有个老成的人护送，何况九鼎就跟他亲生骨肉一般，哪有儿女出远门爹不去送的？董克良再三苦劝也没能打动大哥，只好陪着他到了天津码头，看着他上了日本特意派来的军舰，这才跟大哥挥手告别。董克良也没回神屋，就滞留在天津等大哥回国，顺便兼顾一下自家在天津的生意。

董克良在天津等候兄长归来，为了不让父亲担心，特意给家里发了封电报，寥寥数语道：兄赴日，儿留津，齐返。电报局里自然少不了卢家的眼线，这份电报差不多同时送到了卢维章和董振魁手上。

卢维章午睡刚醒，从卢豫川手里接过电报，扫了一眼后竟然腾地站起，张大了嘴却一个字也没说出。卢豫川吓得赶忙上前搀扶，道："叔叔，你怎么了？"

卢维章扶着他的胳膊，朝前踉跄了几步，忽然吐出一口鲜血，继而昏迷不醒。唬得卢豫川手忙脚乱地把他搀回床上，卢维章在昏迷中又是哇哇吐出了几口血，洒得满床血迹斑斑。

卢王氏闻讯而至，一见这个场面连站也站不住了，扑在他身上放声大哭。不多时，苏文娟、关荷和陈司画都赶到了病床前，就连才十五岁的卢豫江和卢玉婉也来到病床前伺候。卢豫川找来了镇上最好的郎中，给卢维章硬灌下去几碗药。一直到深夜时分，才看见他悠悠回转过气来。

卢王氏颤声道："老爷，你这是怎么了？"

卢维章口齿不清地说了两句话。他的声音虚如蚊蝇，稍远一些的人都听得不清，而卢豫川和卢王氏离得近，分明听见他说道："是我害死了董克温，是我害死了他！"

卢豫川难以置信地俯下身子，低声道："叔叔，董克温只是去日本了，他没死！"

卢王氏遽然转身，冲着身后的人道："你们先下去，老爷有话对豫川说！"卢豫江兄妹哪里肯走，在苏文娟等女眷的苦劝下才离开了书房。卢王氏回身低声道："老爷，豫川说了，董克温真的没死！"

"他死了，他现在肯定已经死了！"卢维章慢慢地撑住身子，看样子是想坐起来。卢王氏和卢豫川赶紧扶他靠在床头。卢维章定了定神，惨然道："我卢维章终于害死人了！老天哪，你何时来找我偿命！"

卢豫川只得重复道："叔叔，电报上只说董克温去了日本，别的根本没提。"

卢维章吃力地摇头，道："大海之上风浪滔天，他怎么自己去送？这不是送死去了吗？"说着，又是胸口起伏，双目紧闭，这次他连吐血的力气都没了，一缕鲜血从他嘴觉缓缓流出。

卢王氏边哭边道："你这是何苦？禹王九鼎是董家烧的，跟咱没关系啊！"

其实卢豫川在叔叔昏迷期间已经猜到了蛛丝马迹。以叔叔的计谋智慧，怎么会把真正的卢家宋钧烧造技法给了董家？其中必定有诈！董家的禹王九鼎如数烧出，看来这一诈既然不在烧成上，便肯定在烧成之后。等卢维章醒来之后的种种情状，更是让卢豫川如梦初醒，原来叔叔是算定了禹王九鼎要走海路，便在运送上苦心设计，如今果然大功告成。

卢豫川参透了其中的秘密，却也是惊得手脚发麻，不能自己。怪不得叔叔曾经说过自有办法，可这办法会让他一世英名尽毁！交出秘法之后，叔叔又再三不许他过问此事，还提醒他多看看假秘法，其用意就是让他看出其中玄机。可惜他竟然对此置若罔闻，从来没瞧过一眼。他强压住咚咚的心跳，轻声唤着叔叔。而卢维章牙关紧咬，一语不发，竟是又昏了过去。

董克温在黄河、运河船运上送过多年的宋钧，但出海却是头一遭。他深知大海风浪远非内河航路能比，在日方代表的监督下，亲手把九鼎装了箱，里外都加上了层层叠叠的护料，方才让日本士兵把箱子固定在船舱。从天津到日本最近的九州岛长崎港有五六百海里，乘军舰需要整整一天两夜，而日本押送的官员山本唯恐赶不及天皇的生日，不顾速度太快对九鼎不利，让舰长全速前行。走了大半天，董克温瞧出有些不对劲，便让总理衙门随行的翻译通事康复生警告山本，务必把航速控制在十海里左右。山本这才勉强答应下来。可没多久军舰又快了起来。董克温气得直摇头，不得不又让康复生去提醒。

军舰离开天津码头，走得时快时慢，到第三天头上，终于远远看到了长崎港。在震耳欲聋的欢呼声里，军舰缓缓驶入港口。日本为了这个意义非凡的"战利品"组织了声势浩大的迎接仪式，不下数千人早簇拥在码头上，只等着象征中华版图的禹王九鼎在日本落地。

外边铺天盖地的叫喊声传到了船舱之际，董克温就在床上默默坐着，心中静如止水。这几天中，两个日本士兵寸步不离他左右，凶神恶煞一般，跟押送犯人似的。董克温跟他们言语不通，也不愿同他们谈什么，除了跟康复生说几句话，其余的时间就是伏案写信。这时两个日本士兵凑在窗户前，朝外边叽里呱啦地嚷着，兴奋得手舞足蹈。康复生推门进来，见董克温呆坐不动，便苦笑道："董大哥，长崎已经到了，咱们出去吧。"

"国耻啊！我亲手造就的禹王九鼎，不能待在中华故国，反倒沦落在异国他乡！"董克温慢慢抬头，独目中充满了愤慨和绝望："董某虽是一介商人，但敢问总理衙门的衮衮诸公，什么时候，也能让日本人交出他们的镇国神器，让咱们中国人也能开怀大笑一次呢？"

康复生今年才二十来岁，正是血气方刚的年纪，这一路上跟董克温相处得不错。他闻言并不生气，长叹一声，坐在他身边道："董大哥，你这句话问得对！康某惭愧啊……我学的是日语，做梦都想能有朝一日，跟着大清国的军队打到日本来，直逼东京城下，亲自和他们日本天皇商议城下之盟！但是董大哥，国运衰微，多少志士仁人扼腕叹息！康某无能，没想到第一次来日本，居然是来送九鼎神器给敌国！"

董克温缓缓一笑道："外边是日本人在欢呼雀跃吧？我听得出来他们的狂妄劲！不过你放心，他们高兴不了多久……"

康复生一时误解了他的话，道："不错，只要皇上励精图治，变法维新，大清国早晚能强盛起来，恢复到康乾盛世的景象，到时候定要踏平这区区岛国！"

董克温从怀里掏出两封信，递给他道："我受弟弟之托，还要在日本待些日子，看看能否把生意做到这里来。这两封信，请老弟回国后，一封寄给我父亲，一封寄给神垕卢家老号的大东家卢维章。地址姓名写得清楚，这是银票，就当是我请老弟喝茶吧！请老弟千万莫要推辞。"

康复生肃然道："能把生意做到日本来，挣他们的银子，这是件替国人扬眉吐气的事情！大哥说什么银子，这不是小觑了康某吗？"

董克温硬是把银票塞给了康复生，道："叫你收下就收下！让日本人看笑话吗？"

这时两个日本士兵过来，冲他们俩叫了几句。康复生只得收了银票，道："大哥，咱们这就过去吧。反正这个人总是得丢，早丢了心里早安生！"

董克温昂然起身，朝门外走去。康复生跟着他来到了船甲板上。军舰和码头之间的跳板已然搭好，码头上迎接的日本人挥着旗，高唱着赞美天皇的歌曲。甲板上放着九只箱子，日方的人兴高采烈地围观，个个欣喜若狂。董克温看了眼他们，静静道："兄弟，你去问问他们，是不是现在就开箱取九鼎？"

康复生上前跟山本说了几句，转身道："他们说可以开箱了。"

董克温从怀里掏出裁纸刀，亲手打开了一个箱子，剥去了层层护料，对山本道："你来看吧。"

甲板上顿时鸦雀无声，所有日本人都等待着欢呼的时刻。山本趾高气扬地上前，俯身朝箱子里看去。周围欢声四起。不料山本的脸色遽然一变，怒吼了一句日本话，腾地拔出了军刀，直逼董克温的胸前，大声叫了起来。康复生哆嗦着翻译，董克温一笑道："这个人是不是说，为什么九鼎碎了，还碎得捡都捡不起来？"

康复生骇然道："正是！难道大哥你早就知道？"

董克温冷静道："你莫要慌张，我还有话跟你交代。你先让他们把箱子都打开！"

康复生结结巴巴地翻译给山本，日本人此刻都是勃然震怒，几个士兵一拥而上，打开了箱子。箱子里的其余八只鼎竟然都是片片碎裂开，连一块巴掌大的残片都没有！

在这仅有的一点儿时间里，董克温对康复生大声道："兄弟，你告诉日本人，这是风浪太大的缘故，咱们警告过他们，可是他们不听劝！启航前勘验过，交割手续都在，日本人不敢不认账！"

康复生淌泪道："大哥，真的是你……"

董克温走近他身边，飞快地低声道："我烧造九鼎的时候，就看得出是卢维章的主意！釉料里缺了一样，又多出来一样，我心里明白得很，这样的宋钧断然经不起海浪颠簸！我是商人，可我姓董的也是炎黄子孙，我就是拼上一死，也要给董家保住这个清白……这是全部真相，你万万不能让日本人知道！回国后，兄弟务必替我们董家讨回这个公道，洗掉'卖国求荣'的骂名！"

康复生惊道："大哥，你打算……"

"我一生无儿无女，无牵无挂，死又何惧！"董克温转身面朝山本大步走去，冷冷笑道："你手里有刀，可惜老子不愿死在你的刀下！今天，就叫你见识见识什么叫中国爷们儿，什么叫'宁为玉碎，不为瓦全！'"

他高高地举起了裁纸刀，放在脖子上，高声道："爹！儿子没给董家丢人！儿子死了，死得劲！真得劲！"说着，他握着刀使劲朝脖子里一用力，顿时鲜血喷薄而出……

2　算人间知己吾和汝

康复生牢记董克温的嘱托，一回到天津就找到信局寄出去了那两封信。董克温写给卢维章的信到了钧兴堂，老平一看见"克温绝笔"四个字，吓得赶忙送到卢王氏那里。她心惊肉跳地看完了信，发现信封里鼓鼓囊囊，似乎还有东西。抽出一看，居然是董克温手书的董家宋钧烧造秘法！卢王氏既知卢维章心病所在，着实不愿他再为此劳力伤神，连卢豫川都没敢告诉。但她苦熬了几天之后，却越想越惶惑不安，只得狠下心肠，带着信和秘法来到了卢维章病榻之前。

卢维章这几日在众人精心照料下，恢复了些气力。卢豫海又从烟台发来电报，说一百万两银子的货已经顺利脱手，扣除烟号日常周转所需，已将八十万两银子由日昇昌票号汇出，不日可达。这标志着卢家老号的海外商路历经半年开拓成功，大局已定。总号上下欢欣鼓舞，在庆祝酒宴上，就连最近一直闹别扭的苗象天和卢豫川都是把酒言欢，开怀畅饮。消息传到钧兴堂，这对病重的卢维章多少是个安慰，冲淡了多日以来的病气。

卢王氏看着他刚刚好转的身子，实在不忍说出实情，但卢维章一眼就看见了她手里的东西，表情遽然一变道："你拿的是什么？"

卢王氏只得送上信和秘法，劝道："你把心放得平静些，董克温之死固然有咱的不是，但他在信上说得明白，是他自己愿意的……"

卢维章哪里还听得进去这些，匆匆拆信读了起来。

古人云："鸟之将死，其鸣也哀；人之将死，其言也善。"董克温在信上并没有一句辱骂责备之意，也没有自愧不如的表示。他平静地告诉卢维章，他能明白卢维章的难处，既不能得罪官府和朝廷，也不能就此献出真正的秘法，只能让禹王九鼎自然玉碎，使得日本人空欢喜一场。他就算是赔上自己的一条命又有何妨？只是在信尾处，董克温话锋一转，奋笔疾书道：

克温醉心于大宋官窑宋钧技法之恢复，三十又九年矣。吾深知"天青"之于董家，"玫瑰紫"之于卢家，正如禹王九鼎之于朝廷，岂有旁落他人他国之理乎？克温一生无儿无女，与九鼎玉碎一处，乃得偿平生所愿。而大东家设计于前，收网于后，固有保全国体之托词，究其本意，扪心自问，于公可也，于私亦可也，然于情可乎？然于理亦可乎？克温素仰大东家，汝英名一世，耿直一生，峣峣者易折，皎皎者易污，个中隐情即不为人所知，又如何于夜深人静之时泰然自若？昔董卢两家蒙上天所眷，得悟天机，然此幸事耶？祸事耶？守之于内，则子孙必受其咎，豫川如斯，克温如斯，大东家心血耗尽，亦如斯也；弃之于外，则天怒人怨，亦愧对宋钧先祖之英灵。今时局动荡，外敌犯边，朝廷懦弱，民心已散，非宋钧技法公之于世之际。然日后玉宇呈祥，河海清晏，克温斗胆请大东家将卢家与董家宋钧烧造秘法重现天日！如大东家果悟宋钧之道，须知宋钧乃天赐神技，岂有一家一族、一门一姓所能占也？自"玫瑰紫"一出，后"天蓝"问世，天机由此大泄，神垕镇屡遭大难，董卢两家亦是大祸连连，或子女夭折，或家丑不断，或人死非命，此皆意图独霸宋钧神技而遭天谴也！克温随信将董家烧造秘法送上，大东家或取之，或毁之，或日后献，皆由大东家决断。而董家虽烧造"玫瑰紫"不成，克温却已参透其中奥妙，亦已告知家亲。于今以后，董家可烧"玫瑰紫"，卢家可烧"天蓝"，此非他故，盖为两家避祸消灾而已。将死之人，言之凿凿，念之切切，望大东家体恤。吾今因于倭人军舰，深感亡国之痛，身受凌辱之耻，羞愤难当。克温忍辱负重，但求一朝玉碎，就此绝笔。大清光绪二十一年秋九月。

卢维章手一松，信笺散落在病榻上。他轻轻抚着那本董家宋钧烧造秘法，喃喃道："知己难觅，没想到我卢维章的知己居然是仇人，居然死在了我的手上！"

卢王氏生怕他心情激越，再惹出心悸吐血的顽疾，忧心忡忡道："老爷，你……"

"我没事，只是心中感慨罢了。"卢维章微微摇头道："这件事还有谁知道？"

"信是直接来到钧兴堂的，除了老平和我，再没人知道了。"

"那就好啊。这封信，这本秘法，你去跟咱家的秘法一起藏好。看来我还不能死，豫川心魔未去，豫海在外未归，我若是死了，岂不是有愧于董克温如此重托！"

卢王氏没想到他看完信之后竟是这样的反应，提到嗓子眼的心方才落到肚里。她收好了信和秘法，笑道："这就是了！咱得好好活着！你病了这么多天，钧兴堂上下都是提心吊胆！广生和广绫就在外头玩儿呢，我让他们进来吧？"

卢维章摇头道："你的意思我明白，你是想让我看在广生和广绫的面上，把你儿子召回来过年，是不是？"

卢王氏有些不情愿地点点头，卢维章闭上眼睛道："我说过了，辽东的商路一天不开辟，他就别动这个心眼！还有，眼下这件事怕是已经轰动朝野了，豫海那里也没必要再隐瞒。你就给他写封家信，把实情原原本本告诉他，连董克温的意思也告诉给他，看看他是什么态度。"

夫妻俩正唠着闲话，老平面如死灰地跑了进来，张口就道："老爷，董家出大事了！"

卢王氏狠狠瞪了他一眼，道："你慌成这个样子，不怕惊了老爷！"

老平擦汗道："夫人，此事已经轰动全镇，根本瞒不过大东家！董克温的灵柩昨天送回来了，今天从董家传出消息，说是……说是董家老太爷董振魁也死了！朝廷还下了旨意，河南巡抚马千山因督造不力，革职问罪。朝廷向董家全数追回重造禹王九鼎的二十万两银子，又加罚了一倍，一共是四十万两，限期三个月缴齐！"

董振魁接到董克温的绝笔信后，一夜之间便奄奄一息。他苦苦支撑到董克良带着大哥的尸首回到神屋，扶尸大哭，悲痛欲绝，昏厥在当场。醒来后他屏退了所有人，说是要一个人静一静。

董克良知道父亲老年丧子，心中痛苦到了极点，他也不敢远离，便在父亲房门外守了一夜。第二天，他想起了给大哥出殡的事，便轻手轻脚地推开门，却见父亲端坐在桌前，已然是浑身僵硬，死去多时了。而书桌上的宣纸墨迹犹未干，纸上斗大的一个"仇"字！旁边放着的，就是董克温写下的绝笔遗书。

遗书字字泣血，感人肺腑。董克温告诉父亲，他在研读过程中已经发现了卢家秘法是假的，造出来的后果也早有所料，但为了完成皇差，不给日本人以口实，不得不如法炮制。他烧出豫州鼎之际，已然深知自己的结局，能跟禹王九鼎死在一起，他此生无憾。至于卢家宋钧烧造秘法，他已经参悟到了其中玄机，也将弥补之策详细写了下来。信里再三提醒父亲，万不可一气之下跟卢家打官司，朝廷是绝不会让董家打赢这场官司的。在写给董克良的话里，他再次忠告董克良务必留意官场，生意做得再大，也难逃官场风云莫测。他还告诫兄弟千万要忍住仇恨，不要急于报仇；父亲老迈体虚，不能过于操劳，自己死后，董家老窑的重担就落在他一人身上；虽与卢家有世怨，此番又填新仇，但卢维章父子都是商界不世出之英才，务必小心应付等。其言辞之恳切，其用心之凄苦，其见识之高远，其心态之冷静，其死意之坚决，统统化作洋洋洒洒数千言，渗在这封遗书中了。

董克良握着遗书，纸上斑斑点点的泪痕，不知是大哥边写边泣，还是老父亲边读边哭！他自幼受父之抚养，得兄之教导，而眼下这两个对自己至关重要的人竟然一起骤然离世。这三十多年里，董克良无论是在神垕读书受教，还是外出经商历练，都是父兄精心安排的，此刻他们相继撒手离去，只留给了他凋敝的生意和满心的仇恨。放眼今后，居然只剩下他孤零零一个人去面对世界，去报仇雪恨了！而董家老窑两处堂口，一下子没了主持大局的哥哥，又没了坐镇运筹的父亲，还要缴纳四十万两的赎罪银子。一时间大好江山变作满目疮痍，花花世界顿成人间地狱啊……董克良宛如一尊石像，久久地站在父亲的尸体旁，品味着这刻骨铭心的痛苦和悲怆。

在董克良的力主之下，董家上下不顾当前惨淡的局面，给老太爷董振魁和大少爷董克温办了一场声势浩大的丧事。出殡的当天，董克良一身重孝，领着全家人送父兄走完这最后一程。大管家老詹也是个六十开外的老汉了，两眼哭得红肿不堪，颤声道："孝子伺候啦！"

董克良跪在地上，高高举起瓦盆，用力摔下去。瓦盆摔在包了红纸的两块砖上，"啪"地摔个粉碎。董克良眼泪早已流干，面无表情地站起。身后顿时哭声大作，一片哀号。

董克良从老詹手里接过灵幡，在前引路。老詹指挥棺木启行，送葬队伍浩浩荡荡地出发了。一路之上，吹鼓手高奏哀乐，董家的人纷纷扬扬地撒着纸钱。街道两旁全是各大窑场自发搭设的路祭棚，就连卢家老号的两处堂口也不例外。

老詹不时从前面跑过来，向董克良道："前边是镇上瓷业公会的路祭棚。"

董克良停下脚步，朝灵棚跪倒叩首。走出去没几步，老詹又来报："前边是致生场的路祭棚。"

董克良再次停下脚步，朝灵棚跪倒，雷生雨也是披麻戴孝，上前搀住他道："二少爷，节哀顺变！致生场老雷送老太爷和大少爷走好！"

董克良深深点了点头。老詹快步走到他身边，低声道："二少爷，前边是卢家老号的路祭棚！您看……"

董克良死死攥着灵幡，大步朝前走去。队伍走到钧兴堂门口，路祭棚里缓缓走出一个人来，竟是一夜之间须发皆白的卢维章！董克良见状停下脚步，老詹朝后喊道："停！卢家老号大东家卢维章，给老太爷和大少爷送行了！"

卢维章颤巍巍走到棺椁前，撩袍跪倒在地，重重地叩头下去，仰面之时已是泪流满面。董克良在他身边跪倒，面容平静如常，语气却冷冷地道："卢大东家不觉得多此一举吗？"

卢维章料到他有这番奚落，平静地擦了泪，淡淡道："都是烧窑的人家，兔死狐悲而已。"

"好一个兔死狐悲！大东家连头发都白了，看来是没几天好活了吧？等卢家给你出殡那天，我也会像大东家这样，设棚路祭！"

"二少爷的心愿很快就能实现了。维章自知命不久矣。董卢两家的世仇若是有我一死能化解开，我情愿现在就自尽于此。"

两人说话的声音很低，周围的人都只能看见他们嘴唇翕张，却听不见话语。

董克良微微冷笑道："你没几天活头了，我要你的命有何用？我老实告诉你，我不但要你的命，还要卢豫川、卢豫海、卢豫江、卢玉婉——你们所有卢家人的命！敢问大东家能成全吗？"

"冤冤相报何时了啊！二少爷，你能否……"

董克良双手搀起了卢维章，满脸恭敬地朝他深深一揖，语气却异常狠毒地低声道："克良若不能把卢家赶尽杀绝，枉为人子，枉为人弟！"

卢维章拱手还礼，也是低声道："请二少爷三思而后行！"

此时围观的人何止数千人，看着送葬者哀婉而不失礼节，吊唁者恳切而发自肺腑，都感慨着他们能不计前嫌，在董振魁和董克温的灵柩前化干戈为玉帛。可谁又知道两家的恩怨又岂是相逢一笑便可以化解开的？

董卢两家自同治元年结怨以来，三十多年岁月沧桑，当年同日落地的婴孩卢豫海和董克良，如今都是年过而立的汉子；但两家的仇怨不但没有丝毫的消散，反倒是与日俱增，宛如陈年老酒般愈发浓烈，而且这浓烈的仇恨注定要弥漫在今后的岁月中，不知到哪年哪月才能一饮而尽。

望着董家的送葬队伍远去，卢豫川问道："叔叔，刚才董克良说了些什么？"

卢维章没有回答，只是从怀里掏出一张银票，道："这四十万两银子，看来他是绝对不会收下了。"说着轻轻一晃，那张巨额银票仿佛董家人撒出的纸钱，又如一枚枯叶、一片雪花，悄然飘落在地。

3 人有病，天知否

卢豫海在接到了母亲的长信后，才得知这场震惊朝野的事件的前因后果。万分骇然之余，他对父亲的身体更加担忧，恨不能立即回到神垕。但母亲在信中说，父亲的意思顽固得很，只要辽东商路一天不开辟，他就别想回神垕去。

卢豫海只能不断去信问候，把一腔牵挂都化作笔墨。其实他从来都没有放弃过去辽东的大计，但田老大再三派人去打探，得来的消息总是说俄国人霸占了旅顺口和大连湾，眼下朝廷在那里只有金州孤城一座，驻扎了几千老弱残兵，可周围全是俄国人的军营！据说俄国沙皇已经下令在大连湾和旅顺口设立警察署，实行军事管制，别说是生意人，就是普通老百姓都不能自由进出往来。卢豫海万般无奈，只有滞留在烟台苦等机会。

这一等几个月又过去了，眼看自己离家北上将近一年，虽然烟号的生意做得红红火火，自己却连辽东的土地都没踏上一步，卢豫海禁不住又气又急。偏偏这时候又有消息从辽东传来，俄国人夜间突袭金州城，驱赶走了朝廷的地方官，大模大样地建起了"关东省"，还规划出金州、貔子窝、旅顺三个市，设立了远东大总督府，下设民政、财政、外务等机构，俨然已是国中之国了。可朝廷对此毫无办法，竟默认了这个现状。

卢豫海一气之下得了大病，整天发着无名热，额头烫得跟火炭似的，一病就是十多天。苗象林不得已向总号告急，张文芳也给总号去了急电。卢维章的回电倒是很快，却只有四个字：就地治病！

卢豫海这场大病下来，人整个瘦了一圈，每天连生意都懒得问，只是盯着田老大给他的那份辽东地图发呆。苗象林也不敢打扰他。到了夏天快过去的时候，神垕突然来了份急电，却是卢王氏的口气：父病重，速归。卢豫海见了电报，宛如被人当头一棒，不顾自己大病初愈，便立刻起程返乡。

张文芳临时被他调到烟号主持大局。此时的烟号是卢家老号唯一的出海分号，一多半的宋钧和粗瓷都由此转销出口，地位远在津号之上。张文芳此刻还不知二爷为何突然回家，满腹狐疑地匆匆赶到烟台，柜上的伙计告诉他，二爷已经走了两天了。张文芳看了卢豫海留下的信，才知道大东家病重，唬得老汉立刻给总号去电询问，回电却说一切正常，大东家病情并未恶化。

这两份截然不同的电报难倒了张文芳。二爷在信上说务必隐瞒此事，万不可对外声张。卢王氏发给卢豫海的电报他也看到了，的确是从开封府电报局寄来的，用的发电标码也是汴号常用的"辛酉"二字。难道是二爷自作主张吗？私自返家可是有违卢家家法的啊。可二爷走了好几天，走的是水路还是陆路也不得而知，就是追又去哪儿追去？张文芳知道此事事关重大，电报局里又是人多眼杂，像这样的大事也不能总是电报来往。他急得坐卧不安，左思右想也是毫无办法，只能留在烟台一面维持烟号的生意，一面苦苦等候消息。

　　此刻的神垕卢家老号从外面看还跟往常一样，但总号里已经乱成一锅粥了。在杨建凡奉卢维章之命隐退在维世场、专心研究降低工本之策后，卢家老号总号的大局全由苗象天一人独力维持。

　　卢豫海北上这一年里，尤其是在董振魁、董克温父子死后，卢维章的病变得时好时坏起来。苗象天跟卢豫川因为生意上的事屡屡争执，几乎到了翻脸的地步。就拿烟号生意来说，苗象天定的是每发出十箱货里，钧兴堂宋钧占六，钧惠堂粗瓷占四，这个安排立刻惹恼了卢豫川。钧惠堂的毛利本就远低于钧兴堂，全靠一个数量来支撑，苗象天这样的安排无异于釜底抽薪。长此下去，哪儿还有钧惠堂的活路？

　　卢豫川震怒之下直闯总号老相公房，当着众人的面质问苗象天为何分配不公。苗象天也没想到他会如此不留情面，据理力争道："洋人开出的订单就是宋钧六粗瓷四，象天这是按订单走的货，何来不公之理？"

　　卢豫川冷笑道："钧兴堂和钧惠堂同是老号的堂口，毛利不同也就罢了，可总号连出货都得分个高低上下，这岂能服人？莫非老相公觉得我钧惠堂就不如钧兴堂了？我卢豫川就不如弟弟了？"不待苗象天辩驳，他继续咄咄逼人道："不错，烟号的生意是豫海一手打出来的，但分配如此不公，难道也是豫海的意思吗？你父亲的死，的确是我卢豫川的错，但你要报仇就来拿我的命好了，何至于在生意上下黑手？你以为这样做就能给你父亲报仇了吗？"

　　苗象天气得脸色雪白，道："大少爷何出此言？家父的死，这十几年来我早已不提了，大少爷何必把家事和生意混在一起，苦苦相逼？也罢，生意说到底是你们卢家的，若是看我不顺眼，我辞号就是！"

　　卢豫川不依不饶道："你辞号就辞号，我就不信少了你，卢家的生意就做不成了！"

　　苗象天领教了卢豫川犀利的口舌，仰天长叹道："爹，我终于明白您是如何被他活活气死的了！"

　　当下就挥笔写了辞呈，拉着卢豫川直奔钧兴堂去找卢维章评理。卢维章躺在病榻上断了这个官司，好言挽留住了苗象天，又当面斥责了卢豫川，但发货的比例却变成了五五分。苗象天看着卢维章日渐沉重的身子，不忍再因为这些事情打扰他养病，对卢豫川抱定了退避三舍的主意。而卢豫川虽然被叔叔痛责一番，目的却达到了，趁机让自己的亲信在总号上下大造舆论，说苗象天公报私仇，难以服众。苗象天向来是以铁腕治下，得罪了不少下属，再加上卢豫川的煽风点火，在总号的地位陡然变得岌岌可危。

此事过去不久的一个晚上，卢维章吃饭的时候还是好好的，夜里病情突然恶化，一天里只有两三个时辰清醒，其余的时间都在昏迷之中，人眼看就不行了。即便如此，卢维章也没有召回卢豫海，还是卢王氏暗中吩咐苗象天秘密给儿子去了那份急电。

谁知几天之后张文芳风风火火来电询问大东家的病情，还是从烟台发来的，这无异于把卢豫海的去向弄得众人皆知了。苗象天气得直叹气，只得按着卢王氏对外封锁消息的意思，公开复电加以严词否认。其实苗象天也看得出，卢维章肯定熬不过这个冬天。而总号在卢豫川的挑唆下乱成这个样子，他是无力回天了，只能日夜盼着卢豫海早日回来。眼下能镇住卢豫川的，也只有卢豫海这个"拼命二郎"了。

张文芳的电报是明发给总号的，立刻就有人报到了卢豫川那里。踌躇满志的卢豫川闻讯大吃一惊。他深知无论是功劳、地位，还是人望、手段，他都远远不及弟弟。按照他和梁少宁制定的计划，第一步是扳倒苗象天，控制住整个总号；再凭借自己的钧惠堂以及在钧兴堂的一半股份，趁叔叔死后卢家混乱的局面，逼婶子交出秘法，最终坐上大东家的宝座。这个计划看起来周密稳妥，但他实在没有料到卢豫海会突然从烟台赶回来，一下子打乱了他的全盘部署。从烟台到神垕，无论是走水路还是走陆路，星夜兼程的话不出十日就能赶到。而以叔叔如今的病情，虽然知情的人都知道是危在旦夕，但谁又能保证叔叔挺不过去这几天的工夫？若是叔叔果真撑到了卢豫海回家那天，这大东家的位置他就彻底无望了！

时至今日，卢豫川心中对卢家老号掌门人的渴望已然根深蒂固。他马上约了梁少宁见面，把当前的局面和盘托出。梁少宁是唯一一个知道他心思的人，也是他眼下深信不疑的幕僚。梁少宁斟酌半晌，缓缓道："我上次就提醒过你，不该在这个时候公然和苗象天作对！历朝历代皇子夺嫡也好，少爷争权也好，最后的得胜者都是守着一条，争是不争，不争是争！夫唯不争，故天下莫能与之争……你想当大东家的心思明眼人一看就能看得出来；可你再看我女婿卢豫海，从来没露过一点争大东家的意思，可人家做出了多少事业，立了多少大功！真是摊到桌面上一较长短，你根本比不过他！"

卢豫川不耐烦道："我没听你的劝告，跟苗象天争执是不对，可现在说这个有什么用！我要的是如今的应对之策！"

梁少宁不无失望地摇头道："你真是迷了本性了，不知道究竟你心里是中了什么魔障！我刚才还说，争是不争，不争是争！"

"你要我不争？豫海虽然还没当上大东家，总号就敢公然厚此薄彼，一旦真的给他掌了权，哪里还有我卢豫川的活路？钧惠堂看起来也有五处窑场，可在毛利上连半个钧兴堂都不及！"

"不跟你计较这个了。"梁少宁有些疲惫地摆摆手，道："你不是要应对之策吗？我有上中下三个计策，供你选择。"

卢豫川的眼里迸发出热望，死死地盯着他。梁少宁在房内缓缓踱步，道："先说下策，你立即去钧兴堂，趁卢维章清醒的当，向他痛哭流涕一番，忏悔这些年的种种过错，乞求他的谅解。卢维章一生最大的弱点就是为人不够狠！董克温是他害死的，他计谋得逞了本该兴高采烈，董振魁一气身亡更是意外收获，可他却心里放不下，病成这个模样！若是他看到你真心忏悔，又想到你爹娘给卢家做出的牺牲，说不定就把大东家传给你了。你如果觉得没什么来由，就现在把我痛打一顿，弄得路人皆知，然后对卢维章说是梁少宁挑唆你们叔侄兄弟的关系，被你教训过了。"

卢豫川仔细斟酌着他的话，道："那中策呢？"

"中策也好办。我认得几个黑道上的朋友，卢豫海此行回家，走的无非是水路、陆路，断然不会从天上飞回来吧？我让他们在河南山东交界处守株待兔，退一步也要守住进出神垕的大路小路，一旦发现了卢豫海就把他扣留下来——你放心，我不会叫我闺女当寡妇！我得让卢豫海吃够了苦头，什么时候你叔叔咽了气，你顺顺当当地掌了权，我再通知他们放人！"

说到这里，梁少宁阴鸷地笑道："只是我这上策虽然最有效，却也最难做，不知豫川你敢听吗？"

"但讲无妨！"

"我这里有一包药。"梁少宁轻轻地掏出一个纸包，放在卢豫川手上，笑道："所谓的上策，就是让你叔叔神不知鬼不觉地喝了这包药，毫无痛痒地驾鹤西去。你让他少受了许多病痛的折磨，也算是尽孝了吧。"

卢豫川仿佛手里抓的是块火红的炭火，立刻把纸包抛在地上，惊道："你，你要我杀了叔叔？"

"你叔叔活不了几天了，最长也熬不过冬！"梁少宁咯咯一笑，道："既然他早也是死，晚也是死，什么时候死对我们最有利，就让他什么时候归西！上中下三条计策都有了，豫川少爷自己抉择吧。"

卢豫川呆呆地坐着，缓缓道："下策太慢，没有十足的把握；中策太急，豫海走了好几天，这么大个河南你去哪儿堵他去？而上策太狠、太毒！他毕竟是我的亲叔叔，我爹娘死后，都是他一手抚养我长大成人，我如何……"

梁少宁冷笑道："那你就眼睁睁看着卢豫海回来，看着卢维章把大东家传给他吧。你卢豫川争是不争，他卢豫海不争是争，你已经输了头一回合。眼下卢豫海远在外地，须臾之间无法赶回，你近在咫尺，触手可及，这是你最后的一次机会！卢家的人就是毁在一个'善'字上。卢维章太善，放不下董家父子的死，以至于病入膏肓；你也太善，空有励精图治之心，却无孤注一掷之勇！"

说到这，梁少宁喟然叹道："卢家这两代人，只有两个敢跟人拼命的，一个是你爹卢维义，为了救兄弟，他敢活生生咬掉自己两根手指！一个是卢豫海，为了维护家族名声，他敢抓着会春馆老鸨的手，朝自己胸口上砍刀子！"

卢豫川再也听不下去，遽然大叫道："你住口！"梁少宁怔怔地看着他，似笑非笑。卢豫川两眼火红道："我知道该怎么办。黑道那边，就由你去张罗吧。"说着，他俯身轻轻捡起了纸包，头也不回地离去了。

梁少宁追到门口，提醒他道："你别忘了，就算卢豫海不在家，陈司画那个狐狸精也不是个省油灯！何况她背后，还有个老爹陈汉章呢！"

卢豫川重重地哼了一声，大步走远了。梁少宁看着他的背影，忽而发出一阵鬼魅般凄厉的怪笑，低声狰狞道："卢维章，你也有今天哪！"

按照卢王氏的安排，今天从未时到申时这两个时辰，轮到陈司画在卢维章病房里伺候。未时刚过，关荷就悄悄来到了病房，见卢维章兀自昏迷不醒，便对沉思中的陈司画道："妹妹，你去看看广生和广绫吧，他们俩半天不见你，急得又吵又叫的，我看晴柔根本管不住他们！公公这里有我呢。"

陈司画摇头道："姐姐刚歇了一个时辰，怎么好再劳累姐姐呢？公公还是人事不省，豫海又远在烟台，这可怎么办呀？"

关荷拉了拉她的手，低声道："妹妹，公公还睡着，咱俩去外头说几句话。"

陈司画心里一动，跟着她走出了病房。外边正值秋高气爽，乍一离开病房里积郁的药气、病气，陈司画立刻觉得眼明心亮。两人携了手走出小院。门口，一个老妈子蹲在药罐前，呼呼地扇火熬药。关荷道："邱妈，你照顾下老爷，我跟司画夫人去取样东西。"邱妈赶忙站起答应。

时值初秋季节，地上放眼所及都是枯叶。关荷和陈司画走了好远，脚下踩得吱吱作响，两人却都没有说话。良久，关荷终于打破沉默道："我爹的事，妹妹操了不少的心，我多谢妹妹了。"

陈司画一笑道："姐姐原来是要说这个——姐姐遇到难处，我做妹妹的怎好袖手旁观？二爷一出门就是一年多，钧兴堂除了公公婆婆，就剩下咱们姐妹了。不过是两千两银子而已，算得了什么？"

"我一个月的月利银子只有十五两，十年也还不起妹妹！唉，谁叫我摊上这么个不争气的爹……"

陈司画正色道："姐姐，再说这个就真的是生分了。你我服侍一个丈夫，我瞒着公婆这么做，就是不想给二爷添乱呀。何况你那点月钱，差不多都给广生和广绫买东西了，你自己怕是连一两私房银子都没有吧？水灵的爷爷过世，要不是婆婆偷偷给你了十两银子，你连打发下人的钱都没有！姐姐，司画说句大话，银子的事不是你操心的，咱俩一个照顾公婆，一个抚养孩子，不都是替二爷做事吗？"

关荷微微一笑，道："妹妹说的是。二爷北上一年多了，公公的病情又是这个样子，你看……"

"姐姐，我早盼着你跟我说这个了！"陈司画莞尔一笑，紧握住她的手道："我一直不敢跟姐姐提起，生怕姐姐怪我多事。依我看，公公的病，怕是熬过冬天都难！"

"不错。可你知道吗？今天早上辰时的时候，是大少奶奶轮班。我听说大少爷去了，在公公面前又是哭又是跪的……你也知道，公公一天就那么俩时辰清醒，说话的时候又没其他人，你说，公公会跟他说些什么？"关荷刻意把陈司画叫出来，真正的用意还是在这番话上。

陈司画闻言一愣，思忖好久，隐隐笑道："好啊，是大哥开始动手了！"

关荷立即紧张起来，道："不瞒妹妹，我也是这么想的！按理说，咱们女眷不能干涉男人们生意的事。可二爷久出未归，为卢家的事业拼死拼活的，过年都不能回家！要是大爷趁二爷不在，公公又糊涂着，做了……做了有负于二爷的事情，那我们一家……"

陈司画镇定地看着关荷，忽而道："姐姐，妹妹问你一句话，你得实话实说！"

"妹妹尽管问！"

"卢家是交给大爷好，还是交给二爷好？"

"当然是二爷！不但我这么想，卢家上下都这么认为！"

"那就是了！"陈司画一笑，沉着道："姐姐，既然他先动手了，咱们也不能示弱！从现在开始，不管婆婆怎么安排的，只要大少奶奶轮班，咱俩就必须去一个人陪着！有咱们在，大爷不敢多说什么。不过这还不够。我想好了，今天就让晴柔回禹州，让我爹给二爷发电报，让他立刻回来！还有，公公和婆婆都是心善之人，从来不跟自家人设防，可现在这个节骨眼上，咱俩得替他们操这个心了。每次凡是大少奶奶或是大少爷熬药，咱俩都得悄悄看着，大家子里为了争权夺势，什么阴谋诡计都有！那个邱妈是大少奶奶的心腹，尤其得防着她……"

关荷身子一震，惊得脱口而出道："难道他们会下……"

"姐姐低声！"陈司画朝左右瞧了瞧，见四下没人，小声道："大爷上午这一折腾，公公起码少活两天！婆婆是个精明的人，恐怕她早就给二爷去了急电了，只是咱们不知道而已。无论如何，在二爷回来之前，咱们就是豁出命，也不能让大爷把家夺了去！姐姐，三少爷豫江和大小姐玉婉都是你抱大的，跟你感情深厚。公公真是有了好歹，二爷又不在家，三少爷和大小姐那边，就靠你去笼络了。一旦到了分家产的时候，卢家就剩下大少爷和三少爷两个男人，你一定得让豫江挺身而出，给二爷说句公道话！"

"豫江和玉婉都是我从小看着长大的，想来没什么大碍。豫江最佩服的就是二爷，别看他才刚成年，跟二爷见习烧窑时一个模样。我这就去找他，跟他悄悄打个招呼。"

"招呼要打，但要注意火候。你不能一上来就说以后的事，就说是二爷从烟台来信，说挺想念他的，眼下他也成年了，问他想不想去烟台学生意！这是豫江心尖上的事，跟公公提了好几次了，你这么说肯定正中他下怀。三少爷不是笨人，你只要他记得二爷和你的好处，点到为止就成。"

"成！我都听你的！"

"婆婆那里就由我去，她最喜欢广生和广绫，二爷又是她的亲儿子，关键时刻她自然知道该偏向谁。好了，我该回去了。邱妈还在给公公熬药呢。"

"那我去找豫江了……妹妹！"关荷见陈司画要走，忽地叫住她。陈司画愕然回头道："姐姐还有什么话吗？"

关荷咬了咬嘴唇，轻轻道："妹妹，姐姐对你有愧啊。若不是当初我和二爷……你早就是二少奶奶了。眼下是千钧一发的时刻，我替豫海谢谢你了！等大事已定，我就跟二爷说，我甘愿做姨太太，这个二少奶奶的名号，就由你去做吧！"说着，她遽然转身离开。陈司画呆呆地看着她，苦笑了一声，朝另一个方向走去。

4　心魔难去

在陈司画的安排下，晴柔带了她的秘信悄悄离开了钧兴堂，直奔禹州方向而去。陈汉章见到闺女的信，立刻明白了钧兴堂当前的局面。他也来不及写信，便对晴柔道："你一刻钟也不要耽搁，马上回去，迟则生变。有人问起就说是夫人身子不适，二小姐打发你来探望。我有几句话，你亲口告诉给二小姐：第一，电报马上就发到烟台，我再派人去河南进出山东的所有水路、陆路要道守着，让她放心；第二，卢豫川不是想趁机作乱吗，好，我在他钧惠堂点上一把火，给他来个后院起火、自顾不暇！第三，你务必要二小姐小心卢豫川下毒手。虽然以卢家的家教，这样的事不至于真的出现，可小心总是没错。就这么三条，你给我重复一遍。"

晴柔在陈司画身边多年，是陈司画亲手调教出来的心腹丫头，当下便条理清晰地复述了一遍，又问道："老爷，若是小姐问起老爷是如何给卢豫川为难的，我该如何回答？"

陈汉章狡黠地一笑，道："你就说我自有办法，让她好好在家里提防卢豫川就成！外边的事有我给她撑腰，谁敢欺负我陈汉章的闺女女婿，算是他活得腻了！"

晴柔想起成亲前老爷对卢豫海咬牙切齿，如今却牵肠挂肚，不由得抿嘴笑道："奴婢明白了！"便匆匆离开。

陈葛氏在一旁听得如坠云雾之中，不解道："老爷，你说了半天我也插不上话，可我别的都听明白了，就是不知道你打算咋摆布卢豫川？"

"这是我当年埋下的伏笔！"陈汉章得意道："真是精彩至极！你总奚落我，说我不懂生意，比不上卢维章和董振魁。哼，你一个妇道人家知道什么？我陈汉章是堂堂举人出身，一本《论语》能治理天下，生意是雕虫小技，非不能为也，实不愿为也——我这满腹经纶难道还斗不过区区一个卢豫川？"陈葛氏撇嘴道："就你能，那你说说啊？"

陈汉章摇头晃脑道："《淮南子》有云，'人无善志，虽勇必伤。'我当年给卢豫川下了个套，他如是老老实实的，我就存了这个'善'，可如今他居然敢翻脸不认人，跟老陈家的闺女斗法，嘿嘿，我就没这个善心了！实话告诉你，卢豫川日常烧窑的煤、柴都是在陈家现需现买，年底算总账。我当初口头给他卖了这个便宜，他还以为是我好心呢！这十年都是这么过来的，可我今天就让罗建堂老相公去找他，说是陈家商号遇到了难处，让卢豫川马上准备银子，提前把今年前十个月的银子一笔缴齐！据我所知，钧惠堂现在根本没有这笔银子的预算，就是他能从总号凑齐，苗象天也得跟他翻脸！这样一来，卢豫川既要争家产，又要应付咱们陈家，自然是首尾难顾了。"

"可卢豫川要是把钧惠堂抵押给票号，借来银子呢？"

"他不敢！我当初以回龙岭林场的地皮入股，占了钧惠堂一半的股份。卢豫川说是东家，其实也是我看在司画她死去的姐姐面上，才不跟他计较。他要是拿钧惠堂抵押，没有我的点头，票号也不敢给他一两银子！对了，他要是来找我，你就说我出远门了！"

陈葛氏这才刮目相看道："老爷，真没瞧出来，你还有这个心眼儿！"

陈汉章愈发得意道："哼，不是我吹牛，我连咱那宝贝女婿打哪条路回来，都算得一清二楚！你在家瞧好吧，不出十天，我就能把卢豫海送到你面前！"

陈葛氏笑道："你真成诸葛亮了？那他从哪儿回来？"

"如果我算得不错，用得着咱们岳父岳母着急，人家亲爹娘就不知道发电报了？说不定豫海现在已经在路上了！走水路是逆流而上，比陆路快不了多少。他虽然回家心切，却也不想弄得尽人皆知，肯定不会走水路。卢家汴号船行是他建起来的，进出山东的水路上谁不认识他？走陆路呢，山东是他的地盘，不会出什么事。进了河南，无非是那几路土匪，卢豫川一个经商的大少爷，卢家家教又那么严，哪里会跟土匪有联系？"陈汉章说到这儿，忽然神情大变，急道："哎呀不好，我怎么忘了梁少宁！还有豫海的仇人董克良！卢豫川跟梁少宁这阵子打得火热，梁大脓包可是三教九流都有交情！有梁少宁的关系，再有董克良的银子，保不齐真敢半道劫了豫海！坏了坏了，我得立刻去开封府找曹利成！曹家跟卢家是亲家，曹利成又刚升了臬台，得让他赶紧忙活起来！"

陈葛氏听得目瞪口呆，见陈汉章慌张不已，夺门就要往外走，忙追上去叫道："别着急，多带银子！他们就认个钱！"

陈汉章果然言中了。卢豫海离开烟台时走得匆忙，只带了苗象林一个人。两人还没走出登州地界，就被田老大领着几个人赶了上来。田老大刚从天津回来，他一直惦记着卢豫海的病，特意从天津达仁堂老药铺买了一大堆的药。可他一进门就听说大相公刚走，回神屋老家了，当下就是一惊。

清末光绪年间，天下大乱，匪盗横行。从烟台到神屋一路跋山涉水，真遇上劫路的，苗象林就不说了，就算卢豫海有两下子，却刚刚生了场大病，一个账房先生，一个病汉，又是手无寸铁，这还不是百岁老汉上吊——找死去了！

想到这里，田老大吓出一身冷汗，回头对孙老二道："咱还有多少枪在烟台？"

孙老二一愣，摩拳擦掌道："回老大，一共二十条西洋快枪，十条跟着船队出海了，家里还有十条！怎么，有人找事吗？"

田老大吼道："带上十条枪，子弹带够了，这就跟我走！"

孙老二好久没跟人打架了，兴冲冲叫上七八个弟兄，一个个骑了快马，跟着田老大一路追了过去。这队人马一直追到登州边境上，才追上了卢豫海二人。卢豫海不愿兴师动众，执意要田老大回去，苗象林一路上都是提心吊胆的，哪儿还敢由着他的性子行事。两个人一通苦劝，这才说动了卢豫海，只带了五条枪，由田老大亲自保镖，这才踏上行程。

一行人在山东境内倒还顺畅，不日就走到了鲁西南和豫东交界处。田老大让几个弟兄开始擦枪提防，苗象林笑道："老田，前边进了河南就到家了，用不着这么小心！"

田老大摇头道："山东里各路好汉多少都给我个面子。可这是河南，两省交界又是三不管的地方，我从来没在这儿蹚过路子，小心驶得万年船！"

卢豫海心里牵挂着父亲的病，一路上都是沉默不语，只是催着赶路。七人一路日夜兼程，实在累了才找个地方歇一阵。进入河南的当天，走到鹿邑县境内，前面一片林子挡住了去路。

田老大叫住了众人，骑马在前兜了一圈，道："不好，前头林子里有人，你看，路边还躺着个死人！这是摆明了跟咱为难呢！"

苗象林吃惊道："我们离开河南才一年，怎么乱成这个样子？"

卢豫海冷笑道："就是因为匪盗横行，朝廷一气之下罢了前任臬台。原来的禹州知州曹利成大人，刚任臬台还不到俩月呢！"

苗象林笑道："这就好办了，曹大人是咱大小姐玉婉未来的公公，还怕他们强盗吗？"

田老大顾不上跟他们说话，命令手下的人把枪检查一遍，自己打马上前，朝着林子里的人大声喊道："梁子土了点的，里腥啵，把合着合吾！"

卢豫海露出微笑道："老田这是对春点呢！'梁子'指的大路，'土了点的'是说有死人，'里腥'是说假的，'合吾'是说大家都是江湖中人——他们江湖上的规矩就是多！"

说来也怪，地上躺的那个"死人"一听田老大的春点，居然把盖在脸上的破草帽摘了，一骨碌爬了起来，朝林子里吹了声口哨。霎时间一队人马冲出林子，足有上百人，一个个头缠红布、持刀弄棒，把卢豫海等人团团围住。田老大不慌不忙道："神凑子掘梁子，把合着，合吾！"

土匪头提着大刀走出人群，冲田老大拱手道："你支的是什么杆？你靠的是什么山？"

"我支的是祖师爷那根杆，我靠的是朋友义气重如山！到了啃吃窑内我们搬山，不讲义气上梁山！"

土匪头笑道："得罪了！我是豫东拉捻子讨饭吃的张大豁子，手下兄弟一千多人！敢问兄弟尊姓大名？"

田老大也吹开了："我是山东十八路海老合、八路陆老合的头领田老大！赶明儿诸位到了山东，塌笼里啃个牙淋，碰碰盘，过过簧吧。"

"田老大，今天没您的事儿！您就一边歇会儿，我们兄弟要的是后边骑马那个票！"

"那是我亲兄弟！"田老大龇牙一笑，又对上了春点："朋友，祖师爷留下了这碗饭，朋友你能都吃遍？兄弟我才吃一线，请朋友留下这一线儿让兄弟走吧。既有支杆的在此靠山，你就应当重义，远方去求，如若非要在这里取，可就是你不仁，莫怪我不义了！你要不扯（不走），鼓了盘儿（翻了脸）寸步难行！倒崦（东方）有青龙，切崦（西方）有猛虎，阳崦（南方）有高山，密崦（北方）有大水，你若飞冷子（弓箭）飞青子（刀），我青子青着（刀子砍上），花条子滑上（枪扎上），也是吊索（疼痛）！若是朝了翅子（引来官府的人），大家都抹盘（脸上都不好看）！"

张大豁子倒吸了一口冷气。这样的老江湖他还是头一回见到，满嘴滚瓜烂熟的春点调侃儿竟是滴水不漏！旁边二当家的，也就是刚才那个"死人"犹豫道："大哥，怎么办？这儿离山东就是一步路，真是惹恼了山东的土匪过来，就咱们这百十号人，一两支土铳枪，不够使唤！"

张大豁子一咬牙道："得了人家的钱，就这么放了他们，往后还怎么做买卖？说什么也得过过招！老二，你领着几十个人，从右边摸过去！"

田老大见他们的队伍一阵骚动，看出了张大豁子的意图，便冷笑道："朋友，梁子你堵了，青子你亮了，看来老田我不露个尖挂子是过不去了！弟兄们，洋条子给我抖起来！"

"洋条子"指的就是卢豫海他们带的枪，一共五支，全是正宗的德国毛瑟枪，可以连珠发射。田老大在烟台一见这枪就喜欢上了，非要卢豫海买上几十支。卢豫海拗不过他，以每支近千两的高价买了二十支。没想到今天真的派上了用场。田老大率先开火，五发子弹齐刷刷地落在了土匪队伍前，激起一阵尘土。

张大豁子脸色苍白，兀自逞强道："他们来不及装子弹！弟兄们上啊！"

土匪们一听大当家的发话，一个个硬着头皮嚷道："天惶惶，地惶惶，大灾大难没处藏呀！"乱纷纷地冲了上来。

吓得苗象林抓住卢豫海道："二爷，咱咋办！"

卢豫海乜斜他一眼道："急什么，咱有枪呢，连珠枪！"

话音未落，田老大等人"啪啪"地放了枪，冲在最前方的几个土匪应声倒地。田老大手下的人训练有素，两人开枪，另两人装弹，配合得天衣无缝。转眼间又是七八个土匪倒了下去。田老大瞄准了张大豁子身旁的一个土匪，只听见"砰"的一声，那个土匪捂着肩膀叫了起来，声音惨得瘆人。

田老大冷笑道："谁还想尝尝这连珠枪，就上来吧。张大豁子，我这枪不长眼睛，刚才打偏了，下一个就是你！"

张大豁子见状不妙，对早已是面如死灰的二当家道："兄弟，撤吧。"

二当家心惊胆战道："撤！这还打个啥！银子不要了，命要紧哪。"

张大豁子挥手道："弟兄们，风紧了，撤！"

一伙土匪连地上受伤的人都不要了，四散逃窜。田老大瞄准了二当家的腿，一枪过去，二当家哀叫一声倒在地上。

田老大催马上去，用枪抵住他的胸口，叫道："张爷留步！"

张大豁子见兄弟受伤，也急红了眼睛，大叫道："别杀我兄弟！大不了都是个死！老子拼了！"

田老大一笑道："我不杀他，我只想讨个明白话，是谁跟我兄弟过不去？"

他盯着张大豁子，大声道："大家都是江湖中人，我不让你吃亏！"说着，从怀里掏出一张银票，道："一千两银子，买兄弟你一句话！"

张大豁子犹豫不决，焦躁地跺脚。二当家的只想保命，还管什么江湖道义，没了人腔地嚷道："是姓梁的牵线，姓董的出钱！"

田老大把银票扔在地上，收起了枪，大吼道："都滚吧！"

几个土匪壮着胆子上前，扶着二当家的回到队伍里，张大豁子气得咬牙切齿，伸手就是两个耳光道："你疯了吗？以后还怎么做生意！"

二当家的只是哀号，一点儿反应都没有。趁着这个工夫，田老大和两个弟兄留在原处断后，卢豫海和苗象林在另外两个弟兄的护卫下，早穿过林子走远了，田老大他们这才纵马追赶上去。等走进了鹿邑县城，众人这才松了口气。

卢豫海笑道："大哥真是好手段！豫海知道这毛瑟枪的厉害了，回头再买二十支！"

田老大面色铁青道："不成，这么走绝对不成！这才刚进河南，不知道那姓董的前头还有多少埋伏呢！他们要是人再多点，咱们根本对付不了！卢家的亲家不是臬台吗，咱们现在就去县衙报官！"

卢豫海皱眉道："大哥，咱有毛瑟枪，怕啥？我这次是秘密回家，不想弄得……"

"连命都保不住了，还回个鸟的家！告诉你，上次花银子在海上要你命的，也是这个姓董的！如今又冒出来个姓梁的，真是一团乱麻！江湖有话，不怕贼偷，就怕贼惦记。你们两家究竟是有了什么血海深仇，董家为什么非要杀了你才肯罢休？"

卢豫海神色一变。董卢两家的恩怨纠葛又岂是几句话能够讲明白的？看来自己的行踪早已被董克良察觉了，他为了给父兄报仇，什么事情做不出来？只是梁少宁为何也参与其中？他是关荷的亲爹啊，难道要活活看着亲生闺女守寡吗？当下他已是方寸大乱，便不再多说话，摇头叹道："也罢，报官就报官吧。"

鹿邑知县李秉年早就得到了本省臬台曹利成的急电，一旦卢豫海等人在鹿邑县内出现，立即将他们保护起来。李秉年也不知道这个卢豫海是什么人物，当天神一般供在县衙里，让人马上通知省里，人已经到了。曹利成和陈汉章在开封府臬台衙门里都快急疯了，李秉年电报一到，两人的心这才放回肚里。曹利成特意调了一棚绿营兵，以巡察地方治安为名直奔鹿邑县。

陈汉章已经听说了梁少宁联络土匪的事，一见卢豫海就得意道："如何，我这个老岳父比你那个老岳父强多了吧？一个要你的命，一个却煞费苦心来救你！"

苗象林等人回想起九死一生的险状，犹自觉得如同噩梦一般。

卢豫海跟曹利成见了礼，刚想说话，曹利成就冷下脸道："你就给我老老实实的，跟着我们回神垕去！一个是你亲岳父，一个是你亲妹妹未来的公爹，俩人加在一起，还压不住你吗？"

卢豫海本想劝他撤回那一棚绿营兵，见曹利成动了火，也不敢再说。一路上陈汉章和卢豫海坐进了曹利成的八抬大轿，老汉滔滔不绝地把神垕最近的事情讲给卢豫海，尤其把卢豫川跟苗象天反目成仇，跟梁少宁一起图谋家产的事情描述了一遍，以他举人出身的性子，自然少不了添油加醋。

卢豫海做梦也想不到大哥会变成今天这个样子，梁少宁去联系了土匪，难道哥哥也要自己的命吗？直听得他心头突突乱跳。

曹利成扼腕叹道："本来我想送你们到禹州就行了，看来我还非得亲自去神垕不可！老卢万一真是等不到咱们回去就走了，那个乱摊子谁来收拾？我看张大豁子背后除了董克良，也少不了卢豫川！豫海，你切莫再有半点儿的犹豫了，这个大东家的位置本来就是你的！"

卢豫海哪里还听得进这些，只想生出一双翅膀飞回家去。

张大豁子劫路失败的消息很快就传到了梁少宁那里。

卢豫川得知消息后眼前不由一黑。梁少宁一共给了他上中下三策，下策和中策他全都已经用过了。那天他在卢维章那里哭诉了一次，可谓声泪俱下，发自肺腑。卢维章只是默默地摇头、流泪，一句话也不说，不久又昏迷过去。他以为是工夫不到，就打算故伎重演。但从那次之后，只要是苏文娟在病房伺候，不是关荷就是陈司画，必有一人也在场，劝也劝不走，轰也轰不去。

卢豫川知道肯定是被陈司画看出了破绽。既然此计不成，他便把希望寄托在梁少宁那些黑道朋友身上。张大豁子是豫东巨寇，梁少宁说要想请动姓张的得花银子，他就毫不犹豫地交给梁少宁整整五万两。可这个巨寇竟然如此窝囊，眼睁睁地看着卢豫海他们过去了，连根头发都没留下来。不但如此，还惊动了官府，眼下曹利成调了整整一棚绿营兵保护着卢豫海，浩浩荡荡地杀奔而来！

梁少宁见卢豫川失魂落魄地坐着，苦笑道："算是老汉办事不力吧，有气你就朝我撒好了。"

卢豫川眼珠子都快瞪出来了，沙哑道："五万两啊！那是我私自挪用的银子！总号月底合账，我无论如何也逃不过去！老梁，你说什么也得把银子要回来啊……陈汉章让老相公罗建堂找我，张口就是前十个月的料钱，一共十万两！五日内不缴齐，他就撤股，收回地皮！要是钧惠堂砸在我手里，别说是做大东家，光窑场那帮人就能活吃了我！"

梁少宁摇头道："唉，我早就提醒你注意陈司画和陈汉章，怎么样？陈司画坏了你见卢维章这条计策，陈汉章又是釜底抽薪，又是亲自迎接卢豫海！"他见卢豫川一直死死盯着他，心里发虚道："至于罗建堂那边，你大可不必搭理他！他只是乱了你的阵脚，害你首尾不能相顾而已，陈家的闺女是卢豫海的姨太太，他们不会做这么绝！"

卢豫川撕心裂肺道："我的银子，你去问张大豁子要我的银子！"

梁少宁知道瞒不过去了，只得吞吞吐吐道："这个……张大豁子说了，只要是进了他嘴里的银子，再想吐就吐不出来了。那五万两你就权当打了个水漂吧。"

卢豫川气得一跃而起，指着梁少宁道："你们私下怎么分的？老实告诉我！"

梁少宁大呼冤枉道："我要是拿了一两银子，我不得好死！你急什么，董克良也出了五万两，人家只是一笑，说没关系，就当交了个朋友！瞧瞧人家！"

卢豫川骇然道："怎么还有董克良？你不是说，只是扣留豫海，不杀他吗？"

"我也不想我闺女做寡妇啊，可董克良一心要报仇雪恨，我能顶得过董克良？"

"天哪！"卢豫川痛心疾首道："我竟然帮着仇人去杀我的亲弟弟！"

他狠狠地捶着头，宛如疯癫了一般。

梁少宁叹息道："豫川，时至今日，你再没有回头路了。张大豁子跟他们老二火并了，百十号人死得七零八落，说不定就有落在官府手里的！曹利成专管豫省刑名官司，若是真狠了心，你杀弟的罪名一旦暴露出去，这天下还有你的立足之地吗？如不出我所料，明天，最迟后天，卢豫海就能到神垕了！那时候在内有他娘和陈司画接应，在外有陈汉章给他撑腰，还有曹利成，他的儿媳妇是卢豫海的亲妹妹，自然也是要帮卢豫海说话！"

梁少宁看着目光呆滞的卢豫川，大声道："你是死是活，只能靠自己去把握了！我给你的上策，现在是唯一的出路！"

卢豫川痴傻般看着他，喃喃道："上策？"

"对，就是那包药！"梁少宁目露凶光道："卢维章今天晚上必须死！你抢在卢豫海之前控制大局，得到你们卢家的三样传家宝，你就是当之无愧的大东家。你就说是卢维章临终之时传给你的，他病重没法写遗书！卢豫海就是再有本事，后台再硬，你一来是兄长，二来是掌门人，他是死是活，都逃不开'家法'二字！只要你搬家法出来，就能制服卢豫海，制了卢豫海，卢家老号两处堂口的人统统唯你是从！曹利成也管不到家法上来，他官再大也没用……"

梁少宁斟了一杯酒，递在他面前，厉声道："喝了它！过了今天晚上，卢家就是你的了！"

卢豫川布满血丝的眼睛里，忽然迸发出炽烈的火焰。

第二十一章

时也，势也

CHAN SHANHE
CHANG FENG ZHEN

1 天意如此，岂在人为

今天晚上戌时、亥时这两个时辰，又轮到苏文娟在卢维章房里伺候了。卢维章病情恶化以来，每天清醒这两三个时辰，多半就是在亥时和辰时，故而此刻除了卢豫川和苏文娟夫妇，卢王氏、关荷、陈司画、卢豫江、卢玉婉等人齐聚在此，期盼着卢维章能多明白一会儿。

卢王氏已经跟大家说了，今晚只要卢维章能清醒过来，哪怕是片刻的工夫，也要让他当众立下遗嘱。这句话从卢王氏嘴里说出来，就等于向众人宣布卢维章命在旦夕了。众人听了虽然觉得难以接受，但卢维章的病情又都看在眼里，谁也不敢担保他今天闭上眼睛，明天还能再睁开。能趁着他清醒留下只言片语，对卢家老号上上下下近万名窑工伙计的将来也好有个交代。

众人围坐在病榻前苦苦等待。时光仿佛凝滞了一般，宛如冰封的河水不再流淌。桌上的自鸣钟滴滴答答地走着，众人的心跳也随之纷乱不堪。

到了子时，正当他们觉得今夜无望之际，卢维章的胳膊缓缓地动弹了一下，卢王氏身子一凛，差点哭出声来。她忙俯身到卢维章耳畔轻声唤道："老爷，你醒了吗？"

卢维章喉头颤动了几下，肺部传来一阵异响，像是一个破旧的风箱在抽动。

卢王氏回头大声道："老爷要吐痰了，老爷快醒了！"苏文娟慌忙端了个痰盂过来，含泪跪倒在床头。

卢王氏吃力地扶着卢维章坐起，轻轻捶打他的后背。卢维章双目紧闭，胸口剧烈地起伏，卢王氏啜泣道："老爷，吐啊，吐出来就好啦。"卢维章也仿佛听到了妻子的呼唤，喉头的颤动更加急促，忽而伴随着一声闷重的咳嗽，一口漆黑的浓痰吐在痰盂里。众人如释重负地喘了口气。

卢维章微微睁开双目，吃力地看着眼前的人，慢慢道："你们，都在啊。"

卢王氏扶着他在床头靠好，擦了眼泪道："老爷，除了豫海不在家，广生和广绫年纪小，熬不住睡下了，卢家其余的人都在！"

卢维章已经连说话的力气都没有了，粗重地喘息着，道："让豫海回来吧。我快不中了，最后一面是见不上了，得让他给我送终摔瓦盆啊。"

关荷和陈司画一起小声哭了起来，接着就是卢玉婉。卢豫江攥紧了拳头，强忍眼泪。卢维章喘了好半天的气，好像在积攒着平生的力量，道："我快不中了，既然都在，家里的事，得嘱咐给你们。"刚说到这里，他又是一阵剧烈的咳嗽，呼哧呼哧喘着粗气，脸憋得红中透紫。

卢王氏回头大声道："止咳祛痰的药呢？快端上来！"

卢豫川推了一把苏文娟，低声道："快去端药！"

苏文娟脸色苍白，似乎装了满腔的惊惧和恐慌，出门的时候居然被不高的门槛绊了一下，几乎摔倒。卢豫川惊出一身的冷汗，好在众人的注意力都集中在卢维章身上，并没人留意她的失态。卢豫川悄悄擦了擦汗，暗中压抑着心中的巨浪狂澜。

卢维章咳嗽得愈发厉害了，卢王氏急得叫道："二少奶奶，你去催催，怎么这么慢！不是邱妈一直在熬着吗？告诉邱妈，多熬些备着！"

关荷和陈司画互相看了一眼，关荷轻轻点头，转身出门去了。卢豫川心里一惊，情不自禁地看着关荷走出门去，当他回头之际，却正好碰上陈司画犀利的目光。卢豫川忙将眼神移开，这才发现自己已然汗流浃背了。

关荷走到廊下，苏文娟双手颤抖着端着药碗过来，两人正好打了个照面。关荷满脸惊惶道："大少奶奶，这药我先送进去，夫人要你再多备一些！"

苏文娟一愣，道："今天我轮值，还是我亲手去送吧，别过手了。"

可是关荷两手已经伸了出去，苏文娟却不肯放手，两下里竟僵了起来。这时陈司画从走廊一头的病房里走出来，一副心急如焚的表情道："你们还愣着干什么？夫人都发火了！非要我再过来催催！"

苏文娟下意识地把托盘递给关荷，陈司画不容她再有丝毫的犹豫，伸手接了托盘，没好气道："你们快去催催邱妈，平时利索得很，今天怎么慢吞吞的？我倒白白挨了夫人几句！"说着端着托盘朝病房走去。

关荷推着苏文娟，低声道："司画是大家子出来的小姐，脾气大了些，大少奶奶别怪罪啊！"苏文娟还想回头去看，可已经被关荷连推带扯地拉出了小院。陈司画见她们二人离去，目光落在碗里黑乎乎的药汤上……

陈司画进了病房，将药碗递给了卢王氏。卢王氏低声斥道："怎么这好半天？怎么伺候长辈的！"陈司画眼圈一红，垂头退在一旁。卢王氏亲手喂卢维章喝了半碗药，见他的咳嗽终于轻了些，试探道："老爷，好点了吗？"

卢豫川强迫自己平静下来，死死地盯着他。卢维章慢慢地点点头，良久道："好些了，你们都靠近些，我有话要说。"

卢豫江再也忍不住了，道："爹，你还是好好休息，等二哥回来，你的病就好了！"

卢维章轻轻摇了摇头，道："等不及了，我这病怕是今天……"卢维章的话还没说完，只见他忽地张大了嘴巴，圆睁双目，直直地看着天花板。

卢王氏失声道："老爷！老爷！你怎么了？"

卢维章一动不动，两只眼睛里说不清是愤怒还是哀伤，一颗豆大的眼泪从眼角跌落下来。卢王氏晃动着他的身子，也丝毫不见他反应。

卢豫江大叫道："爹！你怎么了！"

卢玉婉吓得捂住了嘴，却连哭都忘了。卢王氏颤抖着手放在卢维章的鼻孔前，顿时身子一软，放声哭道："老爷，你怎么说走就走了，连个话儿都没留下来啊！

你一定有话对我说，对豫海说，是不是啊老爷！"

陈司画禁不住号啕大哭起来，卢玉婉偎在她怀里，也是泣不成声了。

卢豫江却擦了把眼泪，大声道："爹没死！爹的眼还睁着呢！"

卢家高薪聘来的豫省名医孟老就在院子里候着，只是刚才卢家自己人要说话，他知趣地退了出来。此刻听到哭声，孟老推门进来，大步直奔卢维章的病榻，抓起了他的手腕。半晌，孟老松开了手，盯着卢王氏，长叹道："夫人，老爷他，去了。"

卢豫江冲上去抓住孟老的衣领，高声道："你放屁！爹还睁着眼呢！"

"那是老爷还有未了的心事，老爷死不瞑目啊！"见多了被亲人离去的悲怆弄得理智全失的人，孟老只是微微摇头，拿开了卢豫江的手。他对卢王氏道："夫人，请您让老爷瞑目吧。"

卢王氏哪里还能动弹，陈司画上去扶着婆婆的胳膊，艰难地抬了起来。卢王氏的手在卢维章的脸上一滑而过，不肯瞑目的两眼这才闭上。卢豫江"扑通"跪倒在病榻前，哞哞哭道："爹，你就这么走了，怎么不等二哥回来看你一眼哪！"

关荷和苏文娟一前一后进来，见状立刻悲泣难抑。屋里哭声四起，积聚了多日的压抑气氛就在这放纵的哭声里一点一点地释放出来。

卢豫川知道大功告成，此刻再不出面更待何时？他腾地站起，厉声道："大家都不要吵！"

所有人都被他的声音惊住了。卢豫川镇定了一下，冷冷道："这些日子孟老多费心了，去老平那里领赏吧。"孟老知道人家自己要料理后事了，这是变相地轰他走，便朝卢王氏一拱手，快步离开了屋子。

没有一个人说话。仿佛空气凝固了，连门外秋风刮下一枚树叶的声音都听得一清二楚！卢王氏骇得愣在原处，几个女眷都止住了悲声，胆怯地看着他。只有卢豫江冲他怒目而视道："大哥，你这么一惊一乍的，不怕惊动了我父亲的亡灵吗！"

卢豫川微微一笑："你不要张口闭口拿'我父亲'来压我，他也是我的亲叔叔！而我是你的哥哥！"说着，他快步走到病榻前，朝卢王氏双膝跪倒，叩头道："请婶子节哀！叔叔已然仙逝，眼下第一个要务，就是稳住局面，卢家乱不得！"

卢豫江不待母亲回答，大声道："你说，怎么个稳住法？"

卢豫川并没看他，继续道："豫川斗胆请婶子屏退所有女眷和孩子，豫川有话对婶子说！"

卢王氏直直地看着他，点头，一字一顿道："这么快就要说事了吗？好吧，你们全都给我退下！"

陈司画拉着卢玉婉，和苏文娟、关荷一起退了出去。卢豫江昂首站在母亲身边，一点儿没有要离开的意思。卢豫川不动声色道："婶子，请您让孩子也退下！"

卢王氏此刻已然恢复了往日的神态，冷笑一声道："这里没有孩子！要说孩子，卢家现在只有广生和广绫还是孩子！"

卢豫川指着卢豫江道："那三少爷呢？"

卢豫江狠狠地看着他，朗声道："我今年十六岁，按照卢家家法，我已经成年，不是孩子了！"

卢豫川暗暗咬了咬牙，怎么千算万算，偏偏忽略了这个三少爷！事已至此，他再也没有别的选择，便道："婶子在上，请受豫川一拜！"

"慢着！"卢王氏厉声叫道："敢问你这一拜，是以什么身份来拜？是卢家大少爷，还是钧惠堂的东家，还是我的侄儿？"

卢豫川毫无畏惧地看着她，道："都不是！豫川现在是以继任卢家老号大东家的身份给前任大东家的夫人叩拜，这是卢家的家法！"

"你是大东家？这倒奇了！既然你说到了家法，那卢家传家的三件宝物何在？请拿出来看看！"

"豫川眼下还没有，正要请婶子将三件宝物按家法传给豫川！"

"我要是不给呢？"

"您不能不给！"卢豫川索性站了起来，背手道："叔叔仙逝，举家哀号，眼下正是大变在即之际。内有人心惶惶之患，外有仇家寻衅滋事之忧！论家族地位，豫川身为卢家长房长子；论产业股份，豫川自领钧惠堂，还有钧兴堂的一半股份！就是叔叔在世的时候，也从来没有说过要剥夺我继承人的身份，叔死侄继，这是叔叔生前定下的！敢问婶子，豫川可有半句虚言？"

卢王氏气得手脚冰冷，指着卢豫川道："你，你叔叔尸骨未寒，你弟弟尚在回家的途中，你就如此急不可待了吗？"

卢豫江冲到卢豫川跟前，大叫道："卢豫川，你不配做我的大哥！你若再敢对母亲无礼，我跟你拼了！"

卢豫川看着这个比自己低了一头的弟弟，蔑然道："你跟我叫板，再等十年吧。"卢豫江举起拳头砸了下去，卢豫川倒退了两步，他这一拳走空了。卢豫川从怀里赫然掏出一支火枪，指着卢豫江道："婶子，请你让豫江出去吧，我这枪可是会走火的！"

卢王氏没想到他会带了凶器，惊得站起道："豫川，你太放肆了！豫江，你给我滚出去！"

卢豫江凛然一笑，不知从哪里来的勇气和豪迈道："娘，你就让我跟他拼了！他只要一开枪，全镇都知道卢豫川杀了自己的弟弟，就让他这个杀人的凶手去做大东家吧！卢豫川，你来打我，你朝老三我这胸口上打！"卢豫江"噌"地甩掉了衣服，露出了带着几分稚嫩的胸膛，一步步朝卢豫川逼过去，高声叫道："门外的人都来看吧，看看这个衣冠禽兽是怎么威胁婶子的，是怎么亲手杀了我卢老三的！"

卢豫川万万没有想到，卢豫江竟然和卢豫海一样，也是个敢拼命的狠角色，自己的全盘计划竟要毁在一个不谙世事的毛孩子手里！他说得一点儿不假，真要开了枪，在这子夜时分肯定会震动整个钧兴堂，而他就成了不折不扣的杀人魔王，杀的还是自己的手足兄弟！他的手不知不觉地颤抖了起来，厉声道："你再上前一步，我就顾不得兄弟之情了！"

"你眼里还有手足之情吗？"卢豫江大声笑了起来，仰天叫道："二哥！谁都知道你是有名的'拼命二郎'，兄弟也不要命了，就做个'拼命三郎'！你要为我报仇雪恨哪！"

卢豫川就在他仰天大叫的瞬间，猛地出手击打在他的太阳穴上。卢豫江瞪大了眼睛，像一根木桩一样倒了下去。

卢王氏惨声道："豫江！"

几个女眷并未走远，就在门外守着。她们听到了房里的争执，早已一拥而入，正好看见卢豫川出手击倒卢豫江的那个瞬间。

苏文娟捂住胸口，身子一软瘫倒下去。卢玉婉不顾一切地冲过去，哭道："大哥，你为什么打三哥，三哥有什么错，你非要他死？"

陈司画一把拉住了她，眼里迸出怒火道："他疯了，他不是你大哥！"

"放心，他死不了！"卢豫川旁若无人地看着几个女眷，恶狠狠道："你们都出去，我要跟婶子一个人说话！"

关荷和陈司画护住了卢玉婉，两人一起道："你休想！"

卢王氏呆呆地看着他们，这样的场面是她始料不及的。她一时不知如何是好，哀婉地坐在病榻上，喃喃道："老爷，你都看到了吗？这就是咱们养大的侄儿，这就是你疼爱一生的侄儿！你尸骨未寒，他就拿着火枪，逼我给他传家的宝物啊！"她说完了这些，抬头对关荷和陈司画道："你们和玉婉先下去吧，没见这个畜生拿着火枪呢！连弟弟都敢下手，连婶子都不要了，你们以为他还有半点人味儿吗？"

陈司画拉了关荷一把，低声道："先保护玉婉要紧！别逼急了他！"

关荷已然是手足无措了，卢玉婉趴在她怀里啜泣着，关荷轻声道："别怕，咱们走。"

陈司画扶起了苏文娟，朝卢王氏深深地看了一眼。

卢王氏见她们都出去了，对卢豫川道："豫川，你究竟想怎样？"

"我只想按照叔叔的遗命去做，继任卢家大东家！"

"你叔叔死前并无遗言留下，你怎么知道他会把卢家大东家之位传给你？"

"叔叔是没有遗言，可留世场建窑之际，叔叔当着全镇人立誓，我是卢家老号唯一的继承人！"

"这番话，你敢对整个钧兴堂的人说吗？"

卢豫川不卑不亢道："言之凿凿，犹在耳畔，豫川有何不敢？只是婶子敢吗？"

"那就好！"卢王氏站起来大声道："老爷宾天，想必此刻钧兴堂所有的人都在院门外守候了！你若是当着众人的面说出这样的话，我就把三件宝物给你！只要你还有半点良心，半点人情，我就不信老天会让你说得出口！你做了这么多忤逆不道之事，你就不怕话一出口，就有天打雷劈吗？"

"都什么时候了，婶子还拿天命来威胁我？"卢豫川不屑地一笑，收起了枪，做了个"请让"的手势。卢王氏颤巍巍走出了房门。卢豫川紧随其后。院中的几个女眷目不转睛地看着他们。小院门外，钧兴堂上下百十号人听到了大东家房里的哭声，都赶过来在门口站着，有的哭泣，有的木然，场面凄凉而纷乱。他们一见卢王氏和卢豫川出来，都明白是来宣布卢维章遗命的，便立刻安静了下来，一道道目光打在二人身上。

一阵冷风吹过，激得卢豫川颤抖了一下。他虽然自信已经控制了整个局面，却还是有些顾虑，便把最后的底牌也亮了出来。他附在卢王氏耳边道："婶子，豫川今天既然敢这么做，必定是筹划得万无一失了！一会儿若是婶子有半点的反悔，你的宝贝孙子卢广生，怕是要随他爷爷而去了。"

卢王氏的身子剧烈摇晃了起来，她想要说什么已经来不及了，只听见卢豫川高声道："各位，我叔叔卢维章已于今晨丑时仙逝了！按照叔叔的遗命，豫川现在正式接管卢家，继任大东家！"他谦恭地对卢王氏道："婶子，你说话吧。"

卢王氏但觉眼前一黑，一口气没喘上来，居然昏了过去。人群里一阵骚动，卢豫川扶着卢王氏，急中生智道："婶子伤心过度，人事不省了！豫川刚才说的话，你们都听清楚了吗？"

众人不约而同地保持着沉默。这里不是钧惠堂，他们又都是卢维章、卢豫海父子使唤了几十年的人，对他们父子的忠心非同一般。故而一个个冷眼看着他，像是看着一个陌生人在唱独角戏。卢豫川怒道："你们都是聋子吗？"

有人高喊道："三少爷呢？怎么不见三少爷！"

"还有二少奶奶和姨太太呢？"

"夫人昏倒了，应该马上抢救！"

卢豫川心里一阵慌乱，声嘶力竭道："你们到底听不听叔叔的遗命了！"

此刻，一个悠远的声音从他背后响起："我的遗命是什么，你非要听听不成吗？"

卢豫川毛发皆竖，像是被人施了定身法一般愣在当场。

人群里一片哗然："是大东家！""大东家没死！是卢豫川胡说的！"

关荷和陈司画一左一右扶着卢维章，掠过了卢豫川的身子，来到了众人面前。人群又一次安静下来，众人纷纷跪倒在地，全都是哭泣不止。

死而复活的卢维章仿佛秋风吹来的一片落叶，静悄悄站在卢豫川面前。

卢维章看着他，轻轻道："豫川，扶你婶子回房休息吧。今天大家都累了。我也累了。"

卢豫川战栗不已，缓慢地摇头道："叔叔，这都是你的安排吗？"

卢维章苦苦一笑："人之将死，其言也善哪。我快死的人了，可你还年轻，日后还要好好过日子呢。"

卢豫川仿佛一个巨大的冰块，而卢维章的话语犹如烈日当空，使他融化出两行眼泪道："叔叔，过了今天，我还能活下去吗？"

"活啊，好好活下去。听叔叔的话，什么也别想了，文娟在房里等着你呢！就当是一场梦吧。苏东坡说的好，人生如梦啊！"

远远的，老平快步跑了过来，在卢维章耳边低声说了几句。卢维章点头，道："好生招待他们，豫川的客人，不要怠慢了。"老平愤愤地看了卢豫川一眼，跑了下去。卢维章回身，朝早已看得呆若木鸡的人群道："大家都散了吧。今晚的事，谁都没看见，谁都不知道——都记住了吗？"

下人们见大东家发了话，便压住狂乱的心跳，一个个站起来悄然离去。卢维章拍了拍卢豫川的肩头，叹道："你莫怪叔叔对你用计啊。真金拿火才能试出来……不过刚才那会儿，我差点儿真的一命呜呼了。你这个孩子就是太顽皮，哪儿有对弟弟动刀动枪的？哥哥教训弟弟，打一顿、骂两声就行了。就跟你爹以前教训我那样。"说着，他一边摇着头，一边自己朝小院里走去。卢王氏已经悠悠醒来，被陈司画和关荷扶着。她们都不敢相信眼前的一切，卢维章真的就这么放过了卢豫川？

卢维章蹒跚地走到小院当中，停下了脚步。他慢慢地扬起头，看着头顶上浓黑如墨的天穹，他的脸色又灰又暗，刀刻似的道道皱纹里，渗着不知是血还是泪的液体。卢维章闭目良久，方才矍然开目道："天意如此，岂在人为！大哥，你让维章跟你一块儿走吧，你何苦要我留在这个世上，看着自己的亲人骨肉相残！"

他的声音并不高，更像是跟人在对面闲聊，但这些话语却如同滚滚巨雷，深深地震撼着在场的所有人。苍穹无边，夜幕低垂，星子暗淡，明月当空。世间一切的声响仿佛在这一刻统统静止下来，万事万物都在静静地看着一个伤心欲绝的老人，在呢喃中缓缓地倒在了地上，宛如深山幽谷中轰然倒下的一棵老树；如同浩瀚的大海上一个被高高掀起、又重归海洋的一阵巨涛……

2　含笑而逝

天色大亮，苗象天和往常一样来到总号，见原本熙熙攘攘的总号大院冷冷清清，门可罗雀，不由便是一愣。门房老汉跑出来急道："老相公，你还不知道吗？钧兴堂的人跟钧惠堂的人干起来了！总号的人都去钧兴堂劝架去了，连杨老相公都去了！"

苗象天这才知道卢家昨晚的巨变，暗叫一声"坏了"，立即对身边的一个心腹小相公道："你这就去禹州，请衙门赶紧派官兵过来，就说晚了，曹利成大人的儿媳妇就性命难保！"

小相公吓了一跳，立刻打马直奔禹州方向而去。门房老汉见苗象天朝钧兴堂方向疾驰而去，唉声叹气地自言自语道："这大东家病了，二爷又不在，剩下个夫人能干什么？卢家行了一辈子的善，怎么弄得自己人动起手来？这不是让别家看笑话吗……"

卢豫川没能回到钧惠堂，四个家丁夺了他的枪，把他架到了一个偏房里，重重地关上了大门。卢豫川没有半点反抗，只是说了一句："好好照顾大少奶奶。"老平怕他寻短见，特意让两个家丁寸步不离地伺候着。

天亮之后，卢豫川在钧惠堂豢养的那些心腹下人见他一夜未归，也没有半点消息传出，此刻都围在钧兴堂门口叫嚷不绝，口口声声让钧兴堂交出卢豫川，否则就要破门而入。老平奉了卢维章之命，领着钧兴堂的家丁守住了大门，几杆火枪也架在了门口。老平等人个个如同石雕般一语不发，任钧惠堂的人破口大骂，却是寸步不让。双方剑拔弩张，随时都有动手的可能。神垕的人们刚睁开惺忪的睡眼，就看到了这一幕家族内讧的景象。不多时，卢家门口便引来了众人的围观。卢家老号两个堂口闹起内讧、卢维章生死不明的消息霎时间传遍了整个神垕镇。

苗象天赶到的时候，钧兴堂门外已是人山人海。钧兴堂和钧惠堂本就是隔街相望，此时人群早把整条大街堵得严严实实。杨建凡领着总号的人横亘在两帮人中间，苦口婆心劝了半天了。

钧惠堂的家丁头目叫李二来，人称李二癞子，是神垕镇有名的地痞流氓。也不知卢豫川许给他多少好处，杨建凡七十多岁的人了，又是点头又是哈腰地说了半晌的好话，居然无用。

李二癞子恶狠狠朝老汉叫道："老东西，滚到一边去！老子找的是卢维章，他要是不把豫川大爷给我囫囵个儿交出来，我让钧兴堂鸡犬不宁！"

杨建凡气得浑身乱颤，他的三个儿子杨伯安、杨仲安和杨叔安见老父受辱，当下便一拥而上，要跟李二癞子动手。李二癞子嘿嘿冷笑着，从腰里拔出一把尖刀，指着他们道："你们自己找死吗！再敢嚣张，老子白刀子进去，绿刀子出来——专扎你们的苦胆！”围观的人一见亮了刀子，纷纷然惊叫起来，场面愈加混乱。

苗象天在马上看得真切，放声大叫道：“谁敢在钧兴堂撒野？就不怕豫海二爷回来，一个个活剥生吃了你们！”

钧惠堂的人一听见"二爷"两个字，都是一哆嗦。卢豫海不到二十岁就被冠以"拼命二郎"的名号，十几年来神垕镇里谁敢跟他叫板？李二癞子对挤进人群的苗象天道：“你少拿卢老二来压我！告诉你，卢老二早一命归西了！”

苗象天临危不乱，平静地笑道：“李二癞子，你说二爷死了，是谁告诉你的？”

“这个你别管！反正卢老二就是死了！”

“众位都听见了吧？”苗象天朝四周喊道：“李二癞子说二爷已经死了！人命关天，我是卢家老号的二老相公，东家死了人，我不能袖手旁观！李二癞子，你敢跟我一起，现在就去报官吗？”

“人不是我杀的，我去报什么官？”

“人是谁杀的，自然有官府去查！你既然知情，为何知情不报，反倒来这里逞凶滋事？难道杀二爷的人跟你有联系？难道是你亲眼所见？难道，二爷就是你亲手杀死的吗？”苗象天上前两步，咄咄逼人地发问。

“你放屁！”李二癞子终于意识到中计了，恼羞成怒道：“老子不管什么卢老二，我就要卢豫川东家！”

“你心虚了！”苗象天迎着刀尖又上前一步，大声道：“你勾结土匪，谋财害命！我要是你，还敢在这儿露面？早远远地逃走了！可眼下，你是连逃也逃不得了！我告诉你，禹州衙门里的官兵马上就到，卢家的事有他们自己来办，你还是先想想你自己的后路吧。”

李二癞子鼻洼鬓角都冒出了冷汗。他到卢家老号钧惠堂是董克良的主使，卢豫海的死讯也是董克良告诉他的，可他怎么能当众说出董克良呢？董老二虽然不如卢豫海的名头响亮，但在杀人不眨眼上却是一点儿也不含糊！何况他又没有真凭实据，就是到了官府也奈何不了董克良！

钧兴堂的人纷纷叫起来：“苗老相公，你现在就去报官！让官府先抓了李二癞子这个王八蛋！”

李二癞子心里慌乱不堪，虚张声势道：“你们仗着人多吗？好，你们等着，老子再叫一群弟兄来，非踏平了你们钧兴堂！”说着，他挥刀逼人群让出一条路来，大步溜走了。

苗象天见"擒贼先擒王"的计策告成，便对着李二癞子的手下道：“老大都跑了，你们还留在这儿干什么，等着官府来抓吗？”

那帮手下这才如梦初醒，一个个扔了家伙，狼狈不已地四下逃窜。苗象天长出了一口气，对围观的人道："诸位乡亲！我苗象天是谁，大家都知道吧？我奉了大东家卢维章之命，来向各位乡亲说句话，大东家好好的，卢豫川大少爷也是好好的，他正跟大少奶奶在钧兴堂里伺候呢！这是一场误会，又有小人趁机来捣乱而已！大东家让我代他向各位乡亲对卢家的关心表示感谢！大东家还说，待他病体痊愈，一定当面答谢乡亲们！该上工了，大家都散了吧。"

人们虽然还有许多疑惑和不解，但苗象天说得毫无破绽，便都一个个忖度着离开了。

杨建凡上前拉着苗象天赞道："老苗，你比你爹强！老汉真是老了，要不是你急中生智……唉，大东家怎么样了谁也不知道，二爷也没回来，真是出了乱子，谁来稳住这个局面啊？"

苗象天忙低声道："象天刚才是迫不得已，不然怎敢假托大东家的名号？咱们快去堂里瞧瞧吧。"

两人手挽手走到门口，老平拱手道："刚才的局面我都看到了，多谢二位老相公为卢家大局着想！要不是大东家有命，不能动手，我早一枪打死那个李二癞子！二位老相公快跟我来吧，大东家只见你们俩！"

卢豫海一行直到午饭过后才到神垕。禹州新任知州钱九章是曹利成一手提拔起来的，亲自护送着他们赶到钧兴堂。此时的钧兴堂大门外站着两队衙役，曹利成知道他们是奉了钱九章之命前来保护的，便满意地含笑点点头。

卢豫江头上缠着白纱，和老平一起在门前恭候。卢豫海一见弟弟，再也顾不得什么礼数，撒腿便跑上去道："爹怎么样了？你这伤……"

卢豫江热泪滚滚道："可算见到二哥了！爹一直撑着口气，就等你回来。我的伤没事了，卢豫川一枪没打死我，算我命大！"

卢豫海惊惧道："大哥他，他怎么会……"

卢豫江推着他往里走，急道："他什么事干不出来？快走吧，爹娘都等着呢，就在祖先堂！"

卢豫海离家这一年来，卢维章的病情反复发作，体弱身虚。卢王氏为了能让他祭祀方便，便把祖先遗像和先人的牌位都请到家里，在后院新建了这个祖先堂。卢豫海进去的时候，卢维章夫妇、卢玉婉和自己两个媳妇等家人，还有杨建凡、苗象天两个老相公都在座。卢豫海跪倒在地道："父亲，母亲，儿子未经请示私自返家，请父母大人恕罪！"陈司画和关荷深情地看着他，心情激动起来。

"罢了，回来就好。我已经跟你母亲，还有两位老相公商议过了，不追究你这次的罪过。你听好了，我有话问你。问你一句，你回答一句。"卢维章一刻也不容他考虑，便道："你大哥背叛祖宗，忤逆作乱，你若是卢氏族长、卢家老号大东家，你该如何处置他？"

卢豫海不加思索道："剥夺他在老号的一切权利，保留他在钧兴堂和钧惠堂的一半股份，从此按股分红，不得过问卢家的生意。"

"那你大嫂苏文娟呢？"

"大哥与大嫂不同。大嫂凡事都听大哥的，何况罪不及孥！大嫂还是卢家的大少奶奶。"

"如果你手里有卢家和董家两家的宋钧烧造秘法，你该如何处置？"

"这个……孩儿都听爹的意思！"

"我若是要你将卢家宋钧烧造的秘法送给董家，你肯吗？"

"宋钧烧造技法本就不该被一家一户所独享！孩儿以为，父亲此举深明大义，孩儿一定照办！"

"我若是要你有朝一日将卢家的秘法大白于天下，你肯吗？"

"肯！"

"你身为卢家子孙，不觉得这是背叛祖宗吗？"

"爹爹此言差矣！孩儿在外这一年，饱尝国祚衰微之痛，深感华夏亡国之忧！国运凋敝，朝廷懦弱，洋人横行，黎民不堪其苦！就像辽东，俄国人在那里建了关东省，百姓还是大清的百姓，但却在洋人的统治下，给洋人交粮纳税！"他越说越激动，道："豫海是卢家后代，但更是炎黄子孙！宋钧烧造技法理应是天下人共有的，一旦神垕各大窑场都能烧造宋钧，不但能富了神垕一镇，更能让全天下得利！民富则国强，民安则国泰……可惜如今时局动荡莫测，列强虎视眈眈，大有亡我国、灭我种之野心！此刻断不能公开宋钧技法，一旦土地为外人所占，技法为外人所用，中华神技神器为外人所有，这才是真正地背叛了祖宗！"

卢维章静静地听他说完，道："你敢当着祖宗遗像、列祖列宗的牌位，还有你的亲人、恩师之面，立下誓言吗？"

卢豫海重重地叩了三个响头，朗声道："如豫海有生之年不能按上述意愿行事，豫海情愿上天降罚，五雷轰顶，死无葬身之地！"

卢维章良久地看着他，缓缓道："好了，从今天起，你就是卢家老号的大东家了，也是我卢氏一门的族长！"卢维章说完了这些，仿佛一匹负重千里的独行老马，终于卸下了背上的重担。他的目光逐一扫过在场的众人，道："夫人，你由两个儿媳妇陪着，去召集钧惠堂和钧兴堂所有的下人；象天，你去总号；杨兄，让豫江陪你去卢家各处窑场，你们三路齐发，今天晚上掌灯收工之前，卢家老号所有的人都要知道这件事情！"

卢王氏、苗象天和杨建凡等人异口同声道："是，大东家！"

"不是大东家了。"卢维章颤巍巍站了起来，笑道："闲淡之人卢维章而已。

三十多年啦，我真的是老了——豫海，你来搀我一下，咱俩去你房里瞅瞅。我好些日子没见广生和广绫了，你也是一年多没见了，想坏了吧？老汉我干不动生意了，从今往后就抱抱孙子孙女，看看书，打打拳，了此残生，也算是含饴弄孙，人生一大幸事啊。”

卢豫海忍住眼泪，扶着他慢慢走出了祖先堂。堂里的人屏息肃立，目送他们父子二人远去。

曹利成和陈汉章得知卢家大局已定，卢豫海也顺利地做了大东家，此行所有目的均已达到，便不肯久留。任卢豫海再三挽留也没能留下。是夜，卢王氏、苗象天、杨建凡、卢豫江等人相继办完了差事，回来跟卢维章回报。这时，卢维章还在卢豫海的房中跟卢广生、卢广绫玩儿着，老少三人笑声连连。众人好久不见他这么开心了，便都坐在一旁含笑陪着。卢维章头也不回道：“差事都办完了？”

卢王氏笑道：“两个堂口的下人都说老爷英明。”

卢维章淡淡道：“总号，还有十处窑场呢？”

苗象天滔滔不绝道：“总号上下都是欢欣鼓舞，只是有几个原来跟大少爷交情好的相公，一时想不开要辞号，被我劝住了，现在也都表示要留下来继续干。其余的相公都称赞大东家功成身退，祈愿大东家颐养天年！”

杨建凡笑道：“窑场的伙计没相公们的学问大，说不来那么多好听话！钧兴堂和钧惠堂的伙计都说二爷做大东家，他们心里服，盼着大东家你长命百岁哪！”

“我不是大东家，大东家是广生他爹！”卢维章淡然一笑。卢广生又来缠着爷爷道：“爷爷，给我画个大老虎！”卢维章笑着拿了毛笔，在卢广生额头写了个“王”字，道：“虎为百兽之王，先写个‘王’。”他又端详一阵，在卢广生嘴角画了几撇胡须，开怀大笑道：“好啊好啊，真是我卢家又一只猛虎！哈哈哈哈……想不到不做大东家了，还有如此乐趣，早知道我早就不干了！”笑着笑着，他的手一松，毛笔落下。

卢广绫捡起来笔，噘嘴道：“爷爷，你给哥画了大老虎，也得给我画，不然我告诉奶奶，说你偏心！”众人闻言皆是一乐。

卢维章笑容满面，却是笑而不答。卢豫海身子一晃，抢步上去道：“爹，爹，你说话啊？”

卢维章慈目犹张，笑容宛在，只是瞳孔微微散开，没有了刚才的神采。卢豫海轻轻抓起了他的手，脉息已然全无。此刻众人都明白了，跟钉子似的坐在原处，一个个恍惚难以相信。昨晚的惊涛骇浪都过来了，却没挺过去今天的举家团聚！卢豫海默默地放下他的手，朝众人道：“父亲他，他已经驾鹤西去了。母亲，请您发话吧。”

卢王氏擦了擦眼泪，道："你是大东家，卢家所有人都听你的。"

卢豫海仿佛没听见似的，重新看着父亲的脸庞，这或许也是他有生以来第一次距离父亲的脸庞如此之近。卢维章还是刚才开怀大笑的模样，脸颊还略带了一丝潮红。比起一年前，他显得消瘦了许多，头发胡须也都白了，颧骨高高的，一脸刀刻斧凿般的皱纹道道绽开。他就那样静静地坐在那里，似乎只要轻唤一声"父亲"就能听到他熟悉的声音。

卢豫海喃喃道："父亲，你别走……从小到大，你都对我那么严苛，三十多年了，我还从来没见过你开怀大笑的模样呢！你笑一个给我看看，让我听听，好不好？让我少活十年，二十年，三十年，只要您能对我再笑一笑，好吗？"

这段发自肺腑的哀唤让众人难以自持。卢王氏由陈司画和关荷扶着，慢慢来到他跟前："豫海，你爹一直说'天意如此，岂在人为'……他能撑着见你最后一面，如今又是含笑而逝，也不枉他这一生了。你莫要再说傻话，卢家老号两处堂口，一万多相公伙计，都眼睁睁看着你呢！"

"孩儿心中方寸已乱，就请母亲给父亲主持丧事吧。"

卢王氏摇头哽咽道："也罢。豫江和象天，你们传我话，钧兴堂和钧惠堂的人都换了孝服。杨兄，明天您通知十处窑场，停火三天给老爷守灵。老平，你去布置灵堂。"众人闻言纷纷应声，她又转向关荷和陈司画道："咱们女眷也别闲着，给老爷换了灵衣吧……"

卢维章出殡那天，董克良果然按照当初的承诺，在路边设棚祭奠。董家的挽联写道：

六百年神技旧魂消，犹不离不弃，所行维中庸留余；

四十载天赐玫瑰紫，待功成功就，其志在行商无疆。

这副挽联一出，即被誉为卢维章平生之最佳写照。上联说的是宋钧烧造技法失传六百多年，卢家人始终坚守神垕镇，数百年未曾离开，为的就是恢复宋钧技法。下联说的是卢维章手创钧兴堂，研求出宋钧"玫瑰紫"烧造技法，纵横商界四十年战无不胜，所向披靡，最终功成名就。而上联的"维中庸留余"与下联的"在行商无疆"对仗工整，一语双关，不但是豫商的古训，而且暗合了卢家老号钧兴堂、钧惠堂十处窑场的名称，可谓妙笔生花了。

卢维章老爷子崛起于草根之间，创业在窝棚之内，靠着一口染着兄长鲜血的窑，凭借一把泥一把火，居然烧出来卢家老号如此庞大的产业！而失传六百多年的宋钧神技，正是在他手上重现世间的。要想对这样波澜壮阔的一生做出评价，本就是难事，何况董家跟卢家几十年恩怨纠葛，能以如此平常之心、公道之念来给仇人做结，真是难能可贵。所谓知己，莫过于斯。

卢维章入土为安后，接着又是头七、三七的祭奠，直到一月有余，卢家的丧事才算完结。这也是人们最后一次在公开场合见到卢豫川。在丧事过去后，卢豫川搬出了钧惠堂，在以前的卢家祠堂里悄然住下。身边除了苏文娟，只有一个老仆人伺候。镇上的人都说卢豫川看破了红尘，专心在家礼佛诵经，再不问凡尘俗事了。不过卢家老号的人都知道，卢豫川虽然不得过问生意，但还保留着钧兴堂、钧惠堂的一半股份。

卢家祠堂终日大门紧锁，只有偶尔听见木鱼声、诵经声袅袅隔墙传出。据说梁少宁曾经叩门求见过一次，被苏文娟拿一盆脏水泼了出来，从此再也无人登门。

卢豫海按家法守孝三年，不离神屋。而董克良趁卢豫海不能外出的机会，全力开拓董家的生意，董家老窑的分号大江南北遍地开花。

卢家北方四大分号里，烟号的生意在新任大相公——杨建凡的大儿子杨伯安的主持下，照旧是红红火火。有卢豫海打下的良好基础，又有杨伯安的细心经营，董克良几次想插手进去都是无功而返。

说来也怪，不管是海路还是陆路，居然没一家船行、车行敢运董家老窑的货！董克良不甘就此放弃，索性自己雇人运货，可刚出了河南就被山东的土匪劫掠一空，董家十几万两的货损失殆尽。而从天津启航的两只商船也被海盗劫得干干净净。董克良一气之下报了官，但河南、山东两省的臬台衙门竟跟商量好了似的，彼此推诿，谁都不愿管这样的闲事。董克良不由得回想起大哥让他经营官场的谆谆教导，心里明知这是卢豫海在捣鬼，却也是无可奈何，从此打消了插手烟台生意的念头。

除了烟号一枝独秀外，卢家北方其他三处分号却是江河日下。在董克良凌厉的攻势下，京号还能苦苦支撑，津号、保号都是濒临崩溃的局面。津号大相公张文芳七十多岁的老汉了，居然被董克良逼得走投无路。他向总号提出辞号不许，提出换将又不许，他自感愧对卢维章、卢豫海父子的期望，一时想不开，竟一杯毒酒自寻了短见。卢豫海后悔莫及，从东家每年的红利中拨出三万两银子抚恤张家。

在南方，董克良也是寸土必争，联合了白家阜安堂挤兑卢家老号的景号，做起了青花瓷的霸盘生意。幸亏景号大相公苏茂东精明过人，及时做了"全身而退"的正确判断，没有深陷其中，却也是赔了不少钱。

历来高手过招，所及之处寸草不生。经过此番大战后，景德镇瓷业损失惨重，商户们对一手挑起霸盘的董家老窑恨之入骨。卢豫海从这个消息里看出了败中求胜的机会，一方面派苗象天亲赴景号坐镇，说服了瓷业同行公开抵制董家老窑，而白家阜安堂也因分配不均对董克良深为不满，竟主动加入了抵制的阵营；另一方面，卢豫海委托岳父陈汉章出手，哄抬煤、柴等烧窑必不可少的用料市价。陈家是神屋煤场和林场的执牛耳者，当下煤、柴市价暴涨，而老岳父陈汉章跟女婿卢豫海私底下却还是老价钱交易。此举造成了董家老窑工本居高不下、窑场严重减产的局面。

董克良腹背受敌，只得放弃了南方的生意，带着满心的不甘回到了神垕。

这一南一北两场大战差不多持续了大半年，卢家和董家都损失不小。卢家北败而南胜，董家北胜而南败，算是打了个平手。这是卢豫海和董克良在做了大东家后的第一次交手。两家的恩怨世仇几十年来经众口演绎，已如传奇一般，两个年轻大东家又是同年同月同日出生，又给这个传奇凭添了几分神秘的色彩。

3 哀莫大于心死

转眼已是光绪二十三年的夏末，初秋的气息已经开始在神垕镇酝酿了。卢豫海在给父亲过了周年之后，再也架不住总号上下的一致呼声，向母亲提出提前结束守孝、巡视各地分号的想法。

卢王氏对此左右为难，想了半晌，她才道："你这么想，自然有你的道理。总号的杨建凡、苗象天来我这儿也说了好几次。这一年里你不出神垕，生意眼看着就困难了起来。我是你娘，你那个'坐不住'的脾气我还不知道吗？"

"多谢娘的体谅！"

卢王氏叹道："本来也不是非你守孝不可，可豫江被你派到景德镇学习生意去了，老三那脾气跟你一个样子，刀架脖子也拉不回来！广生不到十岁，家里主事的男丁就你一个，要是你也出了门，卢家上下竟是没有子孙能给你爹守孝了！这要是传出去，可是不大不小的一件丑事啊，对卢家的名声也不利。"

卢豫海笑道："娘，我想过了，让大哥代我守孝！你看，大哥是你跟爹从小带大的，眼下他又是整天'阿弥陀佛'地念经，别的也不管，正好给我爹超度守孝嘛。实在不行，让他和广生一块儿守孝，一个侄儿，一个孙儿，这总够了吧？"

卢王氏一愣，没好气道："你怎么还打他的主意？他拿枪打老三、拿枪逼着我的模样你没看见，活脱脱一个杀人魔王！你爹也是被他气坏了身子……你让他来给你爹守孝，这可不成啊！"

"不然，母亲，大哥这一年来跟个和尚似的，我看他已经悔改了。我佛还有好生之德呢！您整天念经诵佛的，自己亲侄儿还记仇吗？爹说过，只要大哥心魔去了，还是卢家的好儿孙。"

卢王氏想了半天，终于松口道："这事儿你别管了，我去找他说！说成了，你走你的，说不成，就让老三回来吧。"一提起卢豫江，卢王氏便唠叨开了："就是学生意，哪儿不能学啊，非去什么景德镇！守着总号呢，跟着苗象天就不是学生意了？当初我就不赞成你让他去那么远的地方，这下可好了，还得娘给你擦屁股……"

卢王氏虽然年纪大了，嘴巴上碎了些，但办事还是跟往常一样朗利。卢豫海刚告退，她就吩咐下人叫来了关荷和陈司画，一见面就道："你们家男人的心又野了，非出门不可！"

关荷笑道："夫人是要去请大少爷替二爷守孝吧？"

卢王氏奇怪道："你怎么知道的？"

陈司画一直抿嘴笑着，关荷指着她道："这就是司画出的主意！"

卢王氏素来疼爱陈司画，见她能给儿子分忧，心里欢喜得很，嘴上却道："好你个丫头，原来是你出的馊主意！你怎么不跟老二说，让老三回来？我正想老三呢，这么好的借口，给你弄坏了！"

陈司画笑道："娘，我知道你嘴上说想三爷，其实也想让他在外头闯荡闯荡，多长点见识，不是吗？我若真是说服了二爷，让他把豫江召回来，那才是违背了您的意思，那背地里还不知道怎么挨您骂呢！这下可好，把婆婆得罪了，小叔子也得罪了，我在卢家还怎么待呀！干脆您老人家发句话，让二爷休了我，给我来个痛快的。"

陈司画的话处处说到了卢王氏的心头上，仿佛小手抓挠一般，抓到哪里都是舒服不已。卢王氏呵呵笑道："你可真是伶牙俐齿！我哪儿敢让老二休了你啊，广生和广绫在我面前一哭一闹，我就吓得魂飞魄散了！好了好了，咱们娘仨去卢家祠堂吧，你们俩去跟大少奶奶说说话，我去跟豫川好好说说。"陈司画盈盈上前，扶着卢王氏朝门外走去。

关荷半天没插上话，见她们婆媳俩有说有笑，亲热无比，本就不是个滋味；而卢王氏一提到孙子孙女，那溢于言表的快慰欣悦，更是触动了关荷心中最为脆弱的那根神经。关荷虽然脸上还是含着笑，跟在她俩身后，心里的酸楚却是再难抹去。

本来在卢豫海做了大东家之后，她当着陈司画的面提出来，自己跟她换个位置，让陈司画做东家夫人。卢豫海还懵懂着，陈司画却勃然变色，说什么也不肯，甚至说要是关荷再提这个，她就在卢家待不下去了，干脆让卢豫海把她休了拉倒。等卢豫海明白过来，也是斩钉截铁地否了关荷的提议。在跟关荷耳鬓厮磨的时候，卢豫海再三跟她说，不要再提什么大太太、姨太太之类的话，在他的心里，两个太太都是一样的，甚至关荷比陈司画在他的心里更加重要。卢豫海又讲了半天"家和万事兴""妻妾和睦，五谷丰登"的话。关荷被他的话打动了，从那以后处处对陈司画赔着小心，抛开了什么大房、二房的礼数。久而久之，连下人们都觉得仿佛她成了姨太太，陈司画倒是二少奶奶了。

公公卢维章去世以后，卢王氏的身子一天天衰老下去，脾气也不比从前那么温和。以前在卢王氏面前，关荷总是会想起当年伺候她的情形，心里便是暖暖的，而卢王氏却好像把从前的事早忘得一干二净了。那次卢王氏无意中提到了脖子疼，关荷刚说了句："我给您揉揉吧。"陈司画就抢过去道："姐姐不用忙，让广绫去孝顺奶奶。"说着就把卢广绫抱在卢王氏背后，教她去揉。卢广绫不过是个六岁的孩子，她懂得什么是揉？她哪里知道奶奶究竟是哪儿不舒服？可乐得卢王氏欢天喜地，刚揉了几下就让她停下来，生怕累着了宝贝孙女，脖子再疼也不说了。接着她又是夸卢广绫孝顺懂事，又是夸陈司画会教孩子，唠叨起来没个尽头，倒把关荷晾在了一旁。

水灵在一边气得七窍生烟，回房后好一阵埋怨关荷不懂得讨好老太太。可关荷又有什么办法？人家有孩子，在卢家这样的大家子里，除了生养孩子，还有什么能让一个女人更扬眉吐气，更趾高气扬呢？

其实，关荷始终不能参透陈司画的真实想法究竟是什么。说陈司画是惦记着名份高低吧，那次自己主动让出来二少奶奶的位置，却被她严词拒绝了，可见她并不是贪图名号。可说她不是觊觎名分吧，她又何必有意无意地拿孩子来压自己，又何必处处不忘在老太太面前邀宠呢？陈司画这么做，无非是要博得老太太的欢心，力压自己一头。难道陈司画是念念不忘当初自己抢先跟卢豫海成亲，坏了她的姻缘？可她现在已经如愿以偿地嫁过来了，自己也情愿让出来"大太太"的位置，她又为何拒绝呢……这样的不解慢慢竟变成了心病，日夜萦绕在关荷的心头。

俗话说"心病还须心药医"，自己的心病了，那另一颗治病的心又在哪里呢？这样的事情是没办法对卢豫海讲的，就是讲了，又能如何？无非是徒增两人的愁情而已；而水灵只是个丫头，她也只有陪自己生生气，替自己骂骂人，到头来难过依旧，郁结更深。举目四望，身边竟没有一个可以倾诉之人。那颗原本属于自己一个人的心，如今是两个人来分享，可日子一长，怕是自己连那半颗心也无法留住了。

直到陈司画的叩门声响起，关荷这番无边无际的思绪才被打断。好半天，卢家祠堂的门才开了。一个老仆透过门缝看了看，一眼看见远处的卢王氏，立刻大开了房门，带了哭腔道："老太太，您怎么来了？"

陈司画正色道："老太太来看看大少爷和大少奶奶，他们两口子在吗？"

"在，在，整天都在。"老仆擦了擦眼泪，道："从住进来，大少爷就没出去过，一年啦。"

卢王氏今天心情不错，一跨进门槛便笑骂道："你是原来钧兴堂马房的老姚吧？在卢家也干了几十年了，你哭什么！这么大岁数了，大少爷是打你了还是骂你了，让你委屈成这样！"

老仆赔笑道："老太太是拿老姚开心了。我进钧兴堂那会儿，二少爷豫海还满地乱爬呢！大少爷也是十来岁的孩子——唉，都不一样啦，大少爷跟大少奶奶整天吃斋念佛，别说打骂老汉我，我还盼着大少爷能发发脾气，跟老汉我说说话呢，哪怕踢我一脚也好啊！这倒好，两口子都跟庙里的石像似的，一天到头也不说一句话。那次我实在憋不住了，故意连着两顿没做饭，可您猜怎么着？大少爷跟大少奶奶连问都不问，硬是两顿饭都没吃！"

卢王氏心里顿时一沉，脸上的喜色也消失不见了。卢豫川毕竟是大哥大嫂的亲骨肉，就算没吃过卢王氏的奶，也是她一手拉扯大的。如今听见他们两口子日子过成了这样，怎能不让她难受呢？老仆或许真的是好久没跟人说话了，跟江河决口一般滔滔不绝道："老太太，您发发慈悲把我调回去吧。这儿跟蹲大牢似的，自己不出门，还不让别人进来！这都一年了，除了被大少奶奶赶走的那个梁大脓包，您这是头一个进来的活人！您就是让我回钧兴堂养马都行，好歹那牲口还能通人性，跟人玩玩，叫两嗓子呢……"

陈司画黑了脸斥道："愈发没规矩了！有你这样的下人吗？梁大东家是咱们二少奶奶的父亲，你是怎么称呼的？还有，你打的是什么比喻？把大少爷跟马比，你是越老越糊涂了！掌嘴！"

老仆说"梁大脓包"的时候，关荷正站在陈司画旁边，脸色立刻苍白了起来，勉强装作没听见的模样。陈司画偏偏又好像生怕她没听见，故意点了出来。关荷又羞又愤，一时忘了自己的身份，上去"啪啪"给了老仆两个耳光，打得老仆捂着脸张口结舌。连卢王氏也没想到关荷的反应竟会如此激烈，当下沉了脸道："二少奶奶，你忘了吗？卢家的规矩是东家不打下人！你以前在我身边伺候当丫鬟，我何尝打过你！他的岁数都能当你爹的爹了！"

陈司画忙劝道："娘，您别生气，姐姐也是一时气极了。她平时对下人可好了！"说着赶忙给关荷使眼色，让她认错。关荷也被自己的举动震惊了，她惶然无措地垂着头，不知如何是好。

卢王氏兀自生气道："二少奶奶，你生谁的气？有气冲你爹撒去！我听人说了，豫川一心要谋大东家的位置，都是你爹挑唆的！我可从来都没认过这个亲家！"说着，怒气冲冲地朝里走去。陈司画一边扶着她，一边带了同情回头看着关荷。关荷的眼泪扑簌簌掉了下来，快步跟上。

卢王氏和陈司画走到卢豫川卧房门口，还未进门，就听见里头有人诵经道："如是我闻。一时佛在忉利天，为母说法。尔时十方无量世界，不可说不可说一切诸佛，及大菩萨摩诃萨，皆来集会。赞叹释迦牟尼佛，能于五浊恶世……"

陈司画悄声道："娘，是《地藏菩萨本愿经》。"

卢王氏刚才的气早消散了，奇怪道："是啊，我也听出来了。你也读经吗？"

陈司画笑道："我那个老爹爹，您还不知道吗？听也听会了。"

陈汉章老来信佛，一次跟陈葛氏又不知因为什么琐事吵了起来，老两口简直要翻脸了，气得陈汉章差点剃度出家。这个笑话全禹州谁不知晓？卢王氏一笑，道："就你脑袋瓜灵光！我那个老亲家呀，真是有趣得很！……咱进去吧。"

关荷恍恍惚惚跟在后边，听见她们的话，心里愈发难受。陈汉章和梁少宁都是卢家的亲家，人家的爹就能给闺女撑腰长脸，可自己的爹除了隔三岔五来要钱还债，还会干别的吗？卢王氏刚才一口一个"不认"，现在又一口一个"有趣"，关荷听在心里宛如刀剑攒心，只想放声大哭一场，可眼前也只有把泪水都咽到肚子里去。

她们婆媳三人进了屋子，多少都有些愕然。屋子里只有一床、一桌、一椅，再无别的摆设，桌子上零散地放着笔墨纸砚，还有一把裁纸刀、一个小瓷碗，碗里的东西殷红黏稠。苏文娟粗布衣衫，丫鬟打扮，发髻虽整洁，却是一点儿饰物都没戴，正埋头写字。而床上半躺着一个人，黑帕缠头，面如白蜡，气息虚弱，病骨支离。见她们进来，那人的诵经声戛然而止，两目中微光一闪，竟是打了个愣怔，脸上不知是哭是笑，半晌说不出话来。

他好像看出了来人是谁，忽然扶床下来，竟给卢王氏作了个揖，继而是左顾右盼，结结巴巴道："是，是姊子呀。还有俩弟妹，快坐，快坐。"可屋子里哪有坐的地方？他又恍然道："对，姊子来了，我得跪着。"说着便扑通跪倒，叩头道："姊子在上，不孝侄儿卢豫川给姊子叩头了。"

苏文娟如痴似傻地看看卢豫川，又看着卢王氏，这才明白过来，也离座伏地道："文娟给，给姊子叩头！"

卢王氏三人互相看了一下，眼里都带了泪光。看来卢豫川和苏文娟久不见人，此刻居然连话都说不利索了。卢王氏上去扶起来他们两口，心中酸疼得几乎落泪，忍着悲痛道："你们起来，起来。"

卢豫川和苏文娟携手起来，搀卢王氏坐下。卢豫川仿佛想起来什么，忙跌跌撞撞地来到床边，从枕下取出一沓银票，双手举过头顶，跪在卢王氏面前道："姊子，这是一年来，豫海让人按月送来的红利银子，豫川一两都没动过，请姊子转交给豫海。"

卢王氏强忍悲凄道："你——这是你该得的，你留着吧。"

卢豫川惶恐道："姊子还记恨我吗？这一年来，每看一眼这银票，我的心就跟刀扎一样。姊子，这不是银票，这是折磨豫川的冤孽啊！求姊子手下留情，放过豫川吧！"

苏文娟只是默默地陪着他跪着，并不说话，但从她不住战栗的双肩可以看出，她是在压抑着内心巨大的悲伤。卢王氏心里一酸，道："司画，你收了这银票，让豫海替他好好存着。你们跟大少奶奶去隔壁吧，我有话跟豫川说。"

卢豫川闻言竟是一怔，猛地扯住苏文娟的衣袖，慌乱道："姊子，不能让文娟走，我一刻也离不开她，她就是我的心，我的魂儿，看不见她，我活不了！"

苏文娟的眼泪终于喷薄而出，一边无声地哭着，一边抚着卢豫川的头，温存地哄着他道："豫川，乖，你别怕，我哪儿也不去，就陪着你，好不好？"

卢豫川死死地抓着她的衣袖，惊恐道："姊子，您是来问罪的吗？问罪就好，千万不要对我好，千万不要把我接出去，我见不得人，我手上有血……"

卢王氏再也忍不住了，垂泪道："文娟，他怎么变成这个样子了？"

苏文娟轻轻道："回夫人，他从搬进来之后，就成了这个样子。要是你们不来，他还不至于这么失态，每天就是念经、抄经。您瞧那碗血，是他每天割破了自己的手，流出来的。他就蘸了血和墨，只抄一本《地藏菩萨本愿经》，说是给叔叔的亡灵超度呢。床底下，抄了整整一箱子了……"

卢王氏失色道："可怜的孩子啊……让姊子瞧瞧你的手……"卢王氏抓着卢豫川的手，果然是刀伤密布，不见一块儿完整的皮肤。

苏文娟继续道："这些日子他实在抄不动了，我好说歹说才让我替他抄，又怕我抄错了，他背一句，我写一句……姊子，您别难过。这是我们俩命里该有的。"她见卢王氏脸色难看至极，安慰道："姊子，其实豫川明白着呢！他总跟我唠叨，说豫海送来的银票越来越多，他就知道老号的生意越来越红火。您看，他是不是明白着呢？就是猛地一见您，有些魂不守舍了，您千万别见怪啊。"

"你们不动豫海送来的红利钱，平常怎么过日子啊？"

"姊子宽宏大量，我现在每月还有十五两的月利银子呢！豫海让人每个月都送来，足够了。姊子，我们俩都是有罪的人，平常也无颜去钓兴堂探望，今天您来了，我求您把这箱子豫川抄写的《地藏菩萨本愿经》带回去，在叔叔坟前烧了，也算是我们俩弥补了一点罪孽，请姊子务必答应……"

关荷再也控制不住自己的心绪，捂着嘴哭起来。卢王氏久久不能语，最后叹了口气道："你们有什么难处，记得给姊子说。以后隔三岔五的我会过来看看。"

苏文娟深深点头，朝陈司画道："姨太太，广生和广绫还好吗？豫川老惦记他们，给他们刻了小木人儿，你拿回去吧……豫川，你的小心肝呢？"

卢豫川脸上露出喜悦的神色，从怀里掏出来俩小木人儿，一个还没刻好，痴痴笑道："这个给广生和广绫拿去，这个快刻好了，要是广生和广绫喜欢，我天天给他们刻。"陈司画颤抖着手接了过去。

卢王氏缓缓地站了起来，对关荷和陈司画道："你们俩听好了，以后没事儿了多来看看，把广生和广绫也带上，陪豫川两口子说说话。"说着话的工夫，卢王氏脸上老泪纵横，她再也待不下去了，快步走了出去。陈司画和关荷扶他们俩起来，也含泪告辞。

卢豫川怔了一会儿，忽然想起了什么，跑到门口道："姊子，慢点走！"

卢王氏已经快到祠堂门口了，听见卢豫川的声音，却是连头也不敢回，生怕再看到他的模样，不住地低声道："多好的孩子，咋成这样了呢？咋成这样了呢？幸亏还有文娟照顾他，他们俩真是……"

关荷情不自禁地看了陈司画一眼，却发现陈司画也在看着她。两人不约而同地苦笑了一下，荡开了各自的眼神，扶着卢王氏离去。

是夜，卢豫海在总号处理事务彻夜未归。夜深了，关荷兀自睁着目光炯炯的眼睛想心事。她做梦也不会想到卢豫川——那个曾经叱咤风云的卢家大少爷，竟会变成如此模样，简直是判若两人。而苏文娟似乎并没有多少的凄凉，她是那样的坦然，那样的平静。的确，对一个女人而言，不管日子风光体面也好，落魄不堪也好，能守着自己心爱的男人过一辈子，偏巧这个男人也深深眷爱着她，须臾也离开不得，这就是福气啊。跟自己相比，丈夫在外人人敬仰，自己东家夫人的名号响亮无比，生活也是锦衣玉食，可为什么自己就没有那份坦然，那份平静呢？

一股铺天盖地的空虚弥漫在她的身心，压抑得她喘不过气来。回想起当年钧兴堂遭难，在卢家祠堂的那段日子虽苦，可有卢豫海的贴心、卢王氏的关怀，一家人心在一处，倒也没觉得有多难熬。如今卢家事业如日中天，可卢豫海的心给分走了一半，卢王氏也不比以前那么慈爱，今天她还声色俱厉地说了自己一顿，这在以前根本无法想象。做丫鬟的时候，偶尔办了错事，卢王氏仅仅是瞪她一眼，笑骂说："没眼色的笨丫头。"即便是那次跟卢豫海私情败露，卢王氏在她面前也没有如此苛责，只是任她跪在身边，痛心疾首地连声道："死丫头，你要气死我啊。"可今天呢，老太太居然当着陈司画的面，把自己深以为耻的父亲都搬了出来，口口声声说"从来不认这个亲家"，那等于说"从来不认这个儿媳妇"了！见过卢豫川之后，老太太怕是又要迁怒于父亲梁少宁的挑唆，接着再迁怒于自己，可这一切跟自己真的毫无关系啊……婆婆容不下自己，丈夫顾不上自己，姨太太的心意又是捉摸不透，连下人们都瞧不起自己，自己还怎么在钧兴堂里生存下去……

水灵不知何时醒了，见关荷睁着眼发呆，便惊叫道："二少奶奶，你一宿没睡吗？"关荷转动着酸涩的眼睛，道："怎么，天亮了？"

水灵下了床，道："鸡叫头遍了，您没听见？"

关荷无力道："你打开窗户吧，我想透透气，快憋死了。"

水灵推开了窗子，外边果然是朦朦胧胧的晨光。水灵趴在窗上看着对面，忽而叫道："二少奶奶，二房还亮着灯呢！难道陈司画也是一晚上没睡吗？"

关荷只觉得阵阵倦意袭上心头，苦笑着想，自己想了一晚上的心事，或许陈司画也在心事里辗转反侧，难以成眠。天下女人的心都是一样，想来她也是为苏文娟的幸福而感慨、震撼，并体会到了由人及己的悲凉和失落吧。

卢豫海昨晚一夜未归，听老平说是在总号交代各项事宜，为他外出巡视各地分号做准备。看来卢豫海这次远行已是箭在弦上了，这一去又不知何年何月才能回来。商家妇对聚少离多的日子并不陌生，但对于关荷来说，卢豫海这么一走，连那半颗心也随着他走了，陈司画还有婆婆宠爱，有儿女绕膝，自己又有什么呢？长夜犹在，孤灯未熄，只怕今后无人相顾，惟有泪千行。

第二十二章

得偿所愿

1 万事开头难

卢豫海离开神屋的第一站就是烟号。他毕竟还是在守孝期内，所以走得悄无声息，随从也仅仅是带了苗象林和七八个心腹家丁。一行人在汴号上了自家船行的太平船，直接到了黄河入海口。

田老大早得了书信，亲自驾驶着"兴字五号"在港口里等待多日。卢豫海跟田老大阔别一年，再次相会自然是少不了开怀畅饮。酒宴散后，两人来到甲板上，海阔天空地聊了起来。"兴字五号"是田老大新近督造的两艘商船之一，装备了洋人的蒸汽机，走起海路又快又稳，是田老大的得意之作，自然少不了一番炫耀。卢豫海对"兴字五号"也是赞不绝口。

田老大得意道："那次从天津出海到烟台，路上遇见了两艘日本商船。我一见日本旗就是一肚子的气，让伙计们开到全速，你猜怎么着？两艘日本船眨眼工夫就不见影子了！德国人的机器就是好，价钱在那儿摆着呢！"

"日本原本是偏僻岛国，他们明治天皇维新以来，大兴实业，比大清强得多啊！可是论底子，还是不如英、法、德这些国家。对了，咱们的船行生意如何？"

"俩字：红火！"田老大一笑，道："咱烟号的大相公杨伯安是个精细人，给船队招徕不少大生意！别看咱只有五条船，三条还不是机轮船，那找上门来的商伙应付不过来！"

卢豫海来了兴致，道："伯安是怎么弄的？"

田老大笑呵呵道："还是读书识字好！烟台有一家洋人的报馆，叫他娘的《芝罘快邮》，都是洋文，没一个中国字！伯安见在烟台的洋人几乎人手一份，又瞧见咱船队光钧瓷生意又吃不饱，就动了心眼，在上头打了个告示……"

卢豫海笑道："那哪儿叫告示，叫广告！"

"对，广告，伯安也是这么说。洋人真黑，巴掌大的地方，要了三千两银子！三杆毛瑟枪搭进去了！我问他写的什么，他也不告诉我，只是一个劲儿地笑，说你等着吧，洋人的生意很快就来了。我知道他是大相公，嫌我是开船的大老粗，跟我说我也不明白。我一恼，说要是十天之内没生意，我把洋人的报馆砸了！"

卢豫海笑骂道："你可别犯糊涂，挣洋人的钱比砸他们报馆过瘾！"

"三千两啊，就那么几行洋文，这比我以前当海盗下手还毒辣！我一气之下，连烟号也不回了，跑到船上蒙头就睡。第二天一大早，孙老二就把我拽起来了，说是洋人求见。我这辈子还没跟洋人打过交道呢，赶紧让人把伯安叫过来，洋人叽里呱啦说了半天，把伯安请来的翻译高兴坏了。原来洋人要包下咱们三艘船运货！你猜运的啥？英国的琉璃灯罩！"

"大哥又弄错了，那不叫琉璃，叫玻璃！"

"管他叫什么，我当时就乐坏了。从宁波运到烟台，再转送到天津，除了伙计吃喝拉撒，你猜多少银子的工钱？"

这件事杨伯安早给总号汇报过了，卢豫海当然记得清楚，但他还是不愿败了田老大的兴致，道："你说多少？"田老大伸出一个巴掌，来回一翻，骄傲道："两个五千两，一万两银子！这还只是开了个头，以后每月运两次！契约一签就是半年！临走时我让翻译问他们，咱船行就三条船，多少大船行都得不了的生意，怎么落在老子手里了？洋人掏出那份报纸，指指点点了半天。翻译说，贵船行的广告洋人们看到了，广告上写得明白，卢家老号船行有三不怕：一不怕货物易碎，二不怕货物贵重，三不怕海盗抢劫！"

"伯安的计策高明，这'三不怕'不是夸张！"卢豫海忍不住放声大笑道："不怕货物易碎，因为咱的宋钧、粗瓷就是易碎的，瓷器都运了，旁的货还怕什么？不怕货物贵重，那是咱们烟号家大业大，真碎了几件也赔得起！至于不怕海盗抢劫，大哥你就是老海盗一个，真碰上那些小海盗，还指不定谁抢谁呢！"

"是这么个理！"田老大笑得直擦泪花，道："咱有毛瑟枪呢，现在整整有四十条了！"

卢豫海挽了他的手道："赶明儿再弄几尊炮，咱就成了军舰了！"两人一起开怀大笑。

"兴字五号"行驶在茫茫大海之上。周围偶尔有一两条商船、渔船，也是顷刻间就被抛在了后边。船头破浪前行，扑上船舷的浪花把他们的裤腿打得精湿。两人向北方极目远眺，卢豫海眼睛一亮道："那不是大连湾吗？"田老大道："兄弟看得不错，那就是大连湾！"

"原本是咱们的国土，现在却成了俄国人的关东省！"卢豫海的表情暗淡下来，目光里说不清是悲愤还是痛心。田老大安慰道："兄弟，我知道你在家给老爷子守孝，有件事没告诉你，怕你听了消息又出不来了，那不是活活急死你吗？"

卢豫海遽然道："难道是俄国人准许通商了？"

"正是！俄国人建了外务局，已经在大连湾设口通商了！我也是上个月从汇昌洋行那儿得来的消息。跟伯安商量了一下，没敢往总号汇报。"

卢豫海眉头扬起，双手按定了船舷，盯着远处海面上碧浪涛天，沉思了好久，猛地一击船舷，激动不已道："大哥，乱世出英雄，我梦寐以求开辟辽东商路的大计，终于可行了！"

田老大料到他会这么兴奋，生怕他一时冲动起来立刻掉头去大连湾，便泼冷水道："你先别着急，伯安说了，开辟辽东商路是大事，得哥几个好好商量商量再动手。通商是通商了，你知道他们通的什么商？军火、棉花、土货、西洋那些洋玩意儿！别说做钧瓷生意，就是连大清的商人也没几个敢去！你现在是大东家了，凡事都想想再做，听大哥的没错！"

卢豫海遥望着大海对岸的大连湾，默然良久，终于道："先回烟号吧。"

卢豫海在烟号一待就是十几天。各处洋行听说卢家老号的大东家回来了，都下帖子请客。卢豫海无可奈何，跟这些洋人又是喝酒又是逛什么夜总会，光是卡皮莱街那个兹莫曼夜总会就去了好几次。洋人请客之后自然又得回请。这通折腾让一心去辽东的卢豫海烦恼不已，倒是田老大和杨伯安趁机瞅了不少稀罕。

豫商有严规，外出驻号跑码头的人，无论是大相公还是跑街伙计，一律不得带家眷、不得喝花酒、不得捧戏子、不得逛妓院。田老大早把老婆孩子接到烟台了，平时有老婆看着也放不开手脚；杨伯安一向被父亲杨建凡严加管教，如今又是大相公，哪儿有胆子带头坏规矩？可跟着大东家卢豫海出面应酬，就是另一番说辞了。

这天从兹莫曼出来，送走了几个洋人买办，卢豫海憋了一肚子火，没好气地看着他们俩道："我说你们怎么非要我先来烟号！这下好了，你们洋女人也摸了，洋酒也喝了，要不要我招呼几个洋女人跟你们回去，涮涮'洋'肉啊？"

田老大和杨伯安都是红了脸道："大东家！"

"我可是待不下去了，我出门不是逛洋窑子的，我是来挣洋鬼子钱的！告诉你们，我明天就走！"

"大东家要是去辽东，我跟着！"田老大一挺胸脯。

卢豫海边走边道："我都盘算好了，我跟大哥、象林，带上几个兄弟打头阵，先把情况摸摸再说。银子不多带，五万两够用了，多了也扎眼。伯安这边就跟没这回事一样，千万别让我娘知道了，悄悄给苗象天发个密电就行。对了，翻译找好了吗？"

杨伯安正琢磨着他的话，听见他问自己，忙道："大东家，已经找好了！是个山西人，以前在西帮的茶庄票号做伙计，专跑蒙古买卖城那条线，俄国人的话都懂！"

"'买卖城'？是恰克图吧？"卢豫海思索着什么，道："茶叶生意不行了，俄国人跟朝廷打了一仗，朝廷又败了。眼下俄国人在湖北买了茶山，自己种，自己运，晋商的财源如今就剩个票号了！不过山西出商人，眼光都很贼，他们的人尖子都跑到烟台来了。烟台离辽东这么近，证明晋商也在想着开辟辽东的商路啊……"他猛地停下脚步，对杨伯安大声道："这么说明天我还不走了，你把晋商票号在烟台分号的大掌柜给我请来，我请他们喝酒！"

"又要喝洋酒吗？"田老大嘿嘿笑着，不好意思起来。

卢豫海瞪了他一眼，道："都是中国人，喝咱中国的酒！我带着杜康大曲呢！告诉你们，从今往后立下规矩，洋人的什么夜总会，卢家老号的人不能进！发现一次，减身股一厘！还有你们俩，真是憋不住了，也别去'涮洋肉'，白花花的银子给那些洋人！"他回过头去，看着卡皮莱街上林立的洋行，恶狠狠道："朝廷赔洋人款，老子挣洋人钱！"田老大和杨伯安想笑又不敢笑，只得答道："知道了！"

卢豫海的判断果然不错。第二天，他跟西帮票号的大掌柜们见了面，两下里一拍即合。卢豫海跟他们约定，一旦在辽东的分号建立起来，往来总号的银子汇水打两成折扣，为期三年。杨伯安在一旁听得佩服至极。这个买卖可谓顺手牵羊，就是票号不给这个优惠，辽东商路早晚也得开辟，不过是自己无心说的一句话，在卢豫海手里就成了真金白银的生意！

一切安排妥当后，卢豫海和田老大、苗象林等人又登上了"兴字一号"船，乘风破浪朝对面的大连湾驶去。一进大连湾海域，就发现港口里停的都是洋人的船，商船军舰都为数众多。中国的商船倒没几个，军舰更是想也别想了。卢豫海黑着脸叹道："这是咱大清的国土啊……咱们经商的人，交了那么多银子，咋就看不见一艘自己的军舰呢？多好的港口硬生生给俄国人夺去了，朝廷连个屁都不放！"

众人以为他终于得偿夙愿，该是兴高采烈才对，却见他不但毫无喜色，还发出这样一通感慨，大家都是深感意外，摇头叹息。卢豫海留了两个伙计守在船上，自己领着众人过了关。俄国人有规定，往来的中国老百姓一人缴纳保证金五两，经商的缴纳保证金一百两。翻译老齐拿着几张文书，替卢豫海他们写好，交了银子，这才总算可以踏上辽东的土地了。

卢豫海让田老大他们去找地方落脚，自己领着苗象林四处溜达起来。卢豫海每到一地先四处走走，多少年来已成习惯。在俄国人统治之下的旅大地区，分成了金州、貔子窝、亮甲店、旅顺、岛屿五处，商业区就在临近旅顺口的海关附近，两条大街上各国洋行林立，中国店铺却是少得可怜。卢豫海进了几家中国人开的铺面，一打听，都是卖东北的土产，诸如煤、大豆、高粱之类，还有就是东北三件宝了。卢豫海跟一个老掌柜聊了起来，听口音这人带着河南味，一问才知道他祖上是河南归德府柘城县人，跟着他爷爷迁徙到了山东，他爹举家闯关东来到了东北，在此落户三十多年了。卢豫海便满口河南话道："叔，这在大连的中国商号不多啊？这是咋回事？"

老掌柜叹道："中国字号的生意不好做呗，总受人欺负。唉，洋人开的就不同了。你别看这满大街商号都挂洋人的国旗，其实十家有七家都是叫了个洋名字，还是中国人在干！"

卢豫海一愣，笑道："叔，那你咋不换个洋人牌子呀？"

"我这字号是爷爷取的名，传了多少年了，舍不得……河南人恋家啊！"

"既然都是挂羊头卖狗肉，为什么不联合起来，跟洋人谈条件降税呢？"

"折腾过一回，心不齐，都想着自己的生意，没弄起来就散了。俄国人也不傻，你瞧街对面那个圣彼得洋行，说是俄国人开的，其实是个假洋鬼子在张罗，叫朱诗槐，专门替俄国人打听中国商号的消息。上次刚搞了几次碰头会，过不几天，凡是开会的商号都有俄国人去把门站岗，谁还敢登门？这么一搅和，事情就黄了。大家都清楚是姓朱的在捣鬼，给俄国人通风报信，背地里都叫他'朱使坏'。"

"'朱使坏'的洋行，做什么生意？"

"什么都做，只要是挣钱的都插一脚！唉，仗着俄国人撑腰，欺负起中国人比洋人还可恶！后街上卖人参的乔家老铺，多少年的生意了，不知怎么惹恼了他，硬是买通了洋人天天去搜查，说是倒卖军火！没过俩月，铺子就倒闭了，乔掌柜一气之下上了吊，剩下孤儿寡母的沿街要饭！去年，俄国人给他们沙皇加冕举办庆典，中国人就他一个主动送礼，还得了把什么军刀，在店门口挂着，耀武扬威得很呢！"

卢豫海气得呼呼直喘，从怀里掏出一包茶叶，道："叔，咱都是河南老乡，这包茶叶是咱河南的毛尖，您拿去吧。回头我们家伙计从关内来，我让他们带点柘城县的牛肉给您！"老掌柜再三道谢，送他们两个出了门。卢豫海走到大街上，看着"圣彼得洋行"的招牌，恶狠狠道："象林，你记住，二爷在大连第一个开刀的，就是这个'圣彼得洋行'！"说着，大踏步走开。苗象林身子一哆嗦，赶紧跟了上去。

圣彼得洋行经理朱诗槐是外务局的常客，那天他一听说卢家老号来注册了，还是大东家卢豫海亲自坐镇，就做好了接请帖赴宴的准备。大连是俄国人的天下，他的圣彼得洋行又有俄国人撑腰，占了大连出口生意的大头。历来凡有新字号开张请客，没人敢落下他的。可他一连等了好几天，听说别的洋行都得了帖子，唯独没有他的，立刻气不打一处来，怒道："老子给他面子，他还蹬鼻子上脸了！老赵，你去警察局找几个熟人，搅了他的饭局！"

买办赵仁天劝道："经理，你别跟他一般见识！卢家老号名声响亮，在烟台也有咱的生意，何必一上来就翻脸呢？也许是他初来乍到，听别人胡说，对咱们有成见。这也难怪，同行是冤家，咱的生意那么好，谁不眼红？"

"我只是想本本分分做个生意人，乱世之下，好人难做啊！"朱诗槐摇头叹道："在哪儿做生意，都得跟官府打好交道，这里的官府是俄国人，我跟俄国人走得近有错吗？他们不理解我，又眼红我，就说我是'朱使坏'，坏了他们的生意，这真是天大的冤枉！"

赵仁天心里暗笑他如此给自己开脱，便道："经理，你也别生气！不去就不去了，大连出海的生意咱占着大头，早晚他们得求上门来！"

"非也，非也。"朱诗槐抓起桌上的帽子，扣在头上道："不管他有没有帖子，明天咱们都去！只要咱们去了，就是给他面子了，让他欠了咱们的。以后做了合作伙伴也好说话。走吧，我跟瓦西里上校还有个约会。"

次日就是卢家老号连号开张大喜之日。旅顺、大连湾一带饱尝战乱之苦，商业还在百废待兴之际，有名气的中国字号本就不多，加上这两年卢家老号在烟台的生意做得风生水起，谁不想看看这个卢家老号的大东家是个什么模样？接到请帖的洋行经理、买办差不多都来捧场了。卢豫海正忙活着招呼客人，苗象林急匆匆地跑过来道："大东家，'朱使坏'也来了！"

卢豫海气道："你怎么还是把他请来了？你想干什么！"

"我没请，他自己来的！"苗象林委屈不已。

田老大在一旁低声道："要不然，我去撵他走人？"

卢豫海强压住怒火，摇头道："今天是开张大吉，别为了这个弄得冷了场——他要是来道喜的算他有眼色，要是来捣蛋的，我今天跟他没完！"

朱诗槐今天还真就是来道喜的，顺便看看卢豫海究竟有什么手段。俄国贵族对奢侈品的喜爱举世闻名，宋钧又是价格不菲的紧俏货，其间大有油水可赚。而宋钧生意以前他还真没做过，如果卢豫海是个识相的，说不定还能交个朋友，做成几笔生意。伙计接了他的礼单，大声道："俄罗斯帝国圣彼得洋行经理朱诗槐先生到，请卢家老号大东家迎接啦！"

大厅里顿时一片寂静。在座的人都露出鄙夷的神色。朱诗槐见卢豫海就站在不远处，便走上前去笑道："卢家老号如雷贯耳，朱某慕名而来，多有冒昧了！"卢豫海背着两只手，脸上挂满了冰霜道："豫海刚到大连，满耳朵都是朱先生的英雄事迹！请朱先生入席，一会儿豫海给朱先生敬酒！"

卢豫海这几句话一语双关，既不卑不亢，又合乎礼节，还带了不少嘲讽揶揄。众人都觉得他处事得体。朱诗槐不动声色地迎着众人的目光走进大厅，挑了个位置坐下。同席的人面面相觑，全是如坐针毡，不多时竟一个个都找个借口溜走了，偌大个席面只剩下他一个人。朱诗槐开始还能装出平静的神色，但时间一长，周围的窃笑声、议论声不断传来，越来越肆无忌惮，而卢豫海竟听之任之，并无打圆场的意思。他再也坐不下去了，不等卢豫海宣布酒宴开始，他就气得拍案而起，在众目睽睽之下离开了大厅。

卢豫海见状冷笑了一声，朝众人拱手笑道："各位商伙，我们河南有句老话，叫正月十五杀猪，有它过年，没它也过年！没想到在大连，这句话也能派上用场！"引得众人哄堂大笑，只有老齐带了几分担忧的神情。

朱诗槐刚走出去不远，卢豫海的话他听得清清楚楚，不由得羞愤交加。刚才满心的希望早已烟消云散，此刻他心里全被愤怒充斥着，低声骂道："卢豫海，你就等着吧，我要你死无葬身之地！"

2　霸盘是把双刃剑

卢家老号的连号开张了半个月，基本上没有做成什么生意。这多少让雄心勃勃的卢豫海等人有些失望。连号与烟号虽然只是隔海相望，又都是销售宋钧和粗瓷，但生意环境迥然不同。烟台是开埠，各国都有势力涉足，卢豫海在那里"以洋制洋"，让各国洋行彼此牵制的手段到了大连就玩不转了。

旅顺和大连湾被俄国"租借"之后，俄国人的势力一家独大，其他各国在大连的洋行仅仅是中转运输，并不做买卖。这么一来连号就只能走俄国人开的洋行。可卢豫海这半个月来，让苗象天领着几个伙计登门拜访，全都是碰了一鼻子灰。人家一听见"卢家老号"几个字，就跟遇见瘟神似的，连劝带推地朝外轰，唯恐他们多待一刻。

苗象林故伎重施，装成日本人，带了老齐去碰运气。孰料出门没多久，连洋行都没进去，居然被两个跟上来的俄国水手痛打了一顿。苗象天和老齐运气没碰上，倒碰上一堆麻烦，灰溜溜地跑回了连号。气得卢豫海破口大骂道："你们没长眼吗？日本人跟俄国人都想霸占辽东，两国的军舰在海上动不动就打炮！你们装成日本人去逛街，那不是找打是什么？"

老齐拿了个鸡蛋烫着被打得黑肿的眼睛，苦笑道："大东家，我跟苗爷说了，他不信！"苗象林自知理亏，一句话也不敢说。田老大给他上了药，叹道："唉，没想到连号的生意这么难做！咱来了个把月，一两的生意都没做成，光是这门面的租金，一个月就是千把两呀。"

卢豫海不无愧色地摇头道："不光你们着急，我也着急啊……我的确小瞧了朱诗槐，没想到他的势力这么大！不但控制了俄国洋行，连中国商铺都不敢不听他的……不过咱也不后悔，姓朱的靠的是俄国人，咱要是巴结他，这满大街的商号谁还跟咱交往？唉，都怪我太心急了，想拿在烟台的办法来这儿使唤，可地方不同了，法子也不灵了。这就像小孩儿喜欢吃年糕，老太太一吃，满嘴牙都给粘掉了！"说着，他站了起来，在屋子里来回踱步，脸色深沉："不瞒大伙儿说，我七八天没睡着了，也出去转悠了四五天……不成，咱得想新招！"

田老大、苗象林和老齐知道大东家在想对策，便都静静地看着他，谁也没敢打断他的思路。卢豫海转了几圈，忽然道："象林，朱诗槐的洋行里，什么买卖是大头？"

"我打听了，圣彼得洋行插手的生意很多，东北特产、土货就不说了，从俄罗斯本土运来的毛皮、糖、铁器、钟表是大宗。对了，我听说他们刚到了一船货，全是瓶瓶罐罐的，据说是酒。"

"酒？"

老齐插话道："这不稀奇。俄国人生性好酒，他们的酒叫伏特加，烈得很！眼看就是冬天了，朱诗槐的应景买卖肯定是伏特加。俄国人在冬天没这个玩意儿，就跟咱大年夜没饺子、八月十五没月饼一样，过不去！"

"你等会儿！"卢豫海狠狠地拍了拍脑壳上的月亮门，大声道："如今在东北，有多少俄国人？"

老齐一笑："那可就多了去了。就在大连湾里，光是军队就有一两万，听说还要在东北修铁路，又是移民又是工人，全加起来差不多五六万吧。"

田老大好像听出了点门道："兄弟，你是想打酒的主意？交给我去办吧！"

"你怎么办？"

田老大杀气腾腾道："哼，老子招呼一帮弟兄，劫了他的船，砸了他的货！"

卢豫海把头摇得跟拨浪鼓似的，道："那不成！大哥，朱诗槐能买通俄国人，你那帮兄弟能跟俄国人的军舰打吗？万一事情败露了，大家都活不成！"他转向老齐道："这伏特加酒，是从哪儿运过来的？"

"这酒是俄国的特产，咱这儿弄不出来。全是从他们本土运出，再转口大连送到内陆。"

卢豫海不解道："为啥非走大连，直接走陆路不行吗？"

老齐怔怔地看着他，好半天才苦笑道："大东家，东北的情况您还是不熟啊！俄国人跟朝廷签了条约，打算建一条中东铁路，也叫东清铁路，可刚刚开工尚在建设。如今东北的陆路交通还是以马车和人力为主。俄国在远东的港口苦于没有铁路，尤其是冬季陆路交通极为不便，大宗的货物必须从大连中转之后，才能输入东北内地啊。"

苗象林奇怪道："老齐，你一个山西人，哪儿知道这么多？"

"晋商有两个好处：一个是嘴利，一个是腿长！嘴利能说，腿长能跑。这些都是来辽东后，我慢慢打听出来的。"

卢豫海听得入神，喃喃道："'知己知彼，百战百胜'，我败就败在不'知彼'啊……大清和俄国通商，一直是走恰克图的陆路，运酒不方便……对，他们肯定是走海路！走海路，走海路……五六万人，一半儿喝酒，每天二两，一天就是五千斤哪……"他眼前一亮，大声道："有了！"

三人吓了一跳，目光炯炯地看着他，齐声道："怎么办？"

"大哥，你跟老齐现在就回烟号，告诉伯安办两件事：第一，从神垕总号紧急调来粗瓷五千件，不，八千件！只要坛子，成色无所谓，总号来不及了就从津号、保号和京号调，务必十五日内送到烟台；第二，想方设法到远东港口买伏特加酒，要比朱诗槐的强，也不能露出来是卢家买的，伯安有的是办法！至于多少，把坛子装满就行了。"

田老大和苗象林听得懵懵懂懂。老齐听到这里，心里已然是雪亮了，兴奋道："大东家，您是要打个伏特加的霸盘生意吗？"

"对！就兴你们晋商做霸盘，我们豫商就做不得了？象林，你明天就去俄国人的外务局，注册一个商号，就叫吴家商号，名字写成吴赐仁，专营酒水生意，本钱往小了写，能多小就多小，千万别引起旁人的注意。还有，明天你和几个伙计分头去圣彼得洋行，不要着急，每天买一点儿他的伏特加酒，数量也不要太大，轮流去买，就买一万斤，多了用不着！要是让朱诗槐看出来破绽，我把你扔到海里喂鲨鱼去！"卢豫海越说越快，苗象林和田老大已经快跟不上他的节奏了。卢豫海转向田老大道："大哥，你认识的弟兄里，有吃走私这条路的吗？"

田老大呵呵笑道："朋友多得是！东三省胡子头左老大，那是我拜把子兄弟！"

"那就好！伯安弄来的酒，让你的弟兄走私进来，这是咱大清国的地方，给洋人交什么关税！"卢豫海扫视了一下三人，道："所有这些，二十天里必须全给我办好了！你们办完了差事，就该看我卢老二是怎么宰了那只猪！"

老齐想了一阵，道："大东家，我在晋商的时候霸盘生意见得多了，我能说几句吗？"

卢豫海盯着他道："你快说！"

老齐肃然道："霸盘是把双刃剑，最忌讳两点：一个是货能否供给得上，一个是到最后能否进退自如。买货就得花银子，可银子未必能买来货！商路、供货的相与——豫商叫商伙、银子，三者缺一不可，请大东家提醒伯安大相公一定要留意这个。霸盘做到最后，往往是两败俱伤，即便得胜也是惨胜！能全身而退的寥寥无几。刚才大东家让象天相公注册的那个吴家商号，可谓'李代桃僵'的神来之笔。霸盘生意也有两种：一种是熟霸盘，就是把价钱炒熟了，炒得居高不下，把所有的货源都垄断在自己手里……"

老齐见卢豫海目不转睛地看着他，田老大和苗象林更是听得瞠目结舌，他猛地意识到话多了，便戛然而止。卢豫海迫不及待道："老齐，接着说下去！"老齐鼓足勇气道："还有一种是生霸盘，就是把价钱往低了压，压得对手不得不跟着低价贱卖。熟霸盘也好，生霸盘也好，拼的是货、银子和商路！"

卢豫海鼓励他道："那你说，这次伏特加的霸盘，做生的还是做熟的？"

"生霸盘！"老齐毫不犹豫道："卢家老号是做宋钧和粗瓷生意的，伏特加不是主业，弃长就短只能是一时之计，不能长此以往！大东家跟朱诗槐斗狠，主要是想打破圣彼得洋行一家独大的局面，让朱诗槐服服帖帖的，也树立起卢家老号的威名，而目的还是为了开拓咱们自家的钧瓷生意。马上就入冬了，伏特加生意赚头最大，圣彼得洋行所有的流动银子怕是都压在伏特加上了。大东家不出手则已，一出手务必把朱诗槐打得翻不过身，再也不能欺行霸市！此计一成，应该立即抽身而出，千万不能在这个上头跟朱诗槐纠缠……不过要想真的进退自如，还得在铺货上下功夫。货不能留，走私的货留在手里更是祸害，一定得赶紧出手！请大东家即刻就联系铺货的事宜，田爷送进来一批，立即倒手一批。俄国人的衙门跟中国的衙门一样，贪污受贿盛行，千里迢迢来这儿的官员，都是打算'狠捞一笔回家过年'的。大东家不妨略施好处，打通他们的关节。不然七八万斤伏特加酒源源不断地送进来，中转、存储都是大问题！一旦走漏了风声，可就前功尽弃……"

卢豫海听得连连点头，待他说完了，激动道："老齐，你今年多大了？"

老齐带着愧色道："唉，四十六啦。"

"在票号做到哪一级？"

"惭愧，干了三十年的票号生意，还是个伙计。"

卢豫海拍案道："从现在起，你就是卢家老号连号的大相公了！顶三厘的身股！这件大事就由你和伯安去办，事成之后加身股一厘！你在票号三十年没能得到的，我让你一夜之间就得到，你看行不行？"他见老齐傻了似的待在那里，便笑道："话说回来，要是差事办砸了，连号完蛋了，你可什么也没有！一头是荣华富贵，一头是流落街头，你自己琢磨去吧！"

老齐不知是因为惊喜，还是因为钦佩，哆嗦着嘴唇，一时竟找不出话来应对。苗象林推了他一把，不无艳羡地笑道："老齐，今晚你是大彩头！我苗象林在卢家干了二十年，还只是个相公呢！你才入号一个月，就是领东大相公了，还不快谢谢大东家！"

"大东家……"老齐一下子伏身在地，痛哭不止："豫商里有规矩，大相公只有干二十年以上的伙计才能做，我……"

"规矩是人定的，就得因人而变。"卢豫海上去搀起他，诚挚地道："你比我大十岁，要是都按年头来，我到胡子白了才能做大东家！你是老天爷赐给我的，老天爷也看不惯洋人在咱家里耀武扬威！我一直有个心愿，洋人从朝廷那里要地盘、要赔款，咱们不管是豫商还是晋商，得替大清把银子挣回来！如今连号生意惨淡，眼看着就不行了，你要是能帮我把连号救活了，你就是卢家老号的大功臣！"

老齐擦了擦眼泪，道："大东家，您放心吧，朱诗槐得意不了几天了。大东家，您千万要听我一句劝，咱毕竟是在洋人的势力范围内，要想完成您挣洋人银子的心愿，就得学会弯弯腰、赔笑脸，针锋相对地干不是咱商家的本色……咱得学学苏武，给匈奴人牧羊十年，只要本色不改，忠心不变，没人说他不是大英雄……"

3　老虎能奈小虎何

吴家商号悄无声息地在海关北大街挂出了招牌，不但铺面不起眼，连招牌也不起眼。大连商业初兴，像这样抱着一夜暴富的梦想来闯码头的小本生意，每天都有好几家开业，几乎没人注意到它。朱诗槐的目光自然也不会落在这个芝麻大小的字号上，他的精力全都在伏特加生意上了。

天气一冷下来，整个东北的几万俄国人都嚷着买酒喝。尤其是中东铁路护路军的那帮俄国士兵，一天一个电报来催促。护路军一共有一千多人，司令是沃龙佐夫上校，对朱诗槐供给不力深为不满，扬言再给他的弟兄断了酒，便来大连砸了圣彼得洋行。电报是赵仁天送过来的，朱诗槐当时正皱着眉头看着什么东西，听了他的汇报不由得眼珠子转了起来，道："老赵，咱手里还有多少银子？"

"七八万两现银，要是货物都脱了手，还有个四五万。"

朱诗槐沉思道："都脱了手也不保险——老赵，你说这笔买卖能做吗？"

"我看成！伏特加本来就是这个节气的紧俏货，以前在东北的俄国人不多，现在满大街都是！咱试水的那船伏特加，每天都有人来买，供不应求啊。"

"报上也说了，去年他们沙皇尼古拉二世登基，李鸿章李大人亲自去道贺，两国的关系不一般啊！"朱诗槐站起来，踱步道："这是从东京传过来的日本报纸，我找人翻译了一下，上面有远东局势分析，很可能俄国会和朝廷一块跟日本人斗！这个节骨眼上，东北的俄国人只会越来越多……好生意不能就这么放跑了……老赵，你立刻把所有的现银提出来，再以手头货物做抵押，跟俄国人的银行借点银子，凑成十万两。银子一到手，马上起程去海参崴！"

"俄国银行全是短期贷款，利率高得吓人，还是不借为好啊。"

"咱不怕。行里的货眼下不值钱，等开了春就不同了！你别再说了，快去办吧。"老赵见经理发话了，当即便下去照办。

足足半个月之后，赵仁天这才带了整整六船的伏特加酒，在大连湾靠了岸。俄国人治下的大连海关，名义上采用的是欧洲规范的管理章程，进出口货物按章征税，实际上也是人治大于法治，全凭海关官员说了算。朱诗槐对此了如指掌。为了从速过关，他早早就揣了贿赂官员的银子，在海关等着。俄国人也不是笨蛋，一见船上装的是伏特加，知道这是眼下东北三省最紧俏的货，有意处处刁难，居然提出加收两倍的关税。朱诗槐急得团团转，只能狠狠心上下打点。俄国人久闻他出手大方，一见果然不虚，越发舍不得放他走了，打着"严防舞弊"的招牌，什么申报、查验、估税、审核、征税、交款，直至验放等各个环节一个都不少，每个环节都让朱诗槐蜕了一层皮。一边是沃龙佐夫暴跳如雷地催货，一边是海关的层层盘剥，苦得朱诗槐唉声叹气，却毫无办法。

这番折腾下来，送礼花了不少银子，加的关税也没减，平白无故地耽误了十几天不说，毛利也是损失惨重。等伏特加最终进了仓库，朱诗槐才终于放下心来，回到圣彼得洋行他那间宽大的办公室里，恨得牙根直痒痒，直骂俄国人祖宗八辈。

正在此时，却见赵仁天满头大汗地进来，苦巴巴道："经理，我大致算了算，要是照咱以前定的价钱，咱可就是平进平出，没多少赚头了！"

"涨价！钱都给俄国人盘剥走了，让他们高价买酒！没钱就喝西北风去吧！"朱诗槐破口大骂道："这群王八蛋，比大清的官员还黑！正经生意不好做啊，逼急了老子，老子也走私！"

赵仁天嗫嚅道："涨价倒是没什么，反正市面上咱生意盘子最大，市价还不是咱定的？就怕奉天府里那帮俄国士兵，个个都有枪，万一惹毛了他们，怎么办？"

"那也不行！海关加税了，我有什么办法？你把海关加税的印花贴在酒箱子上，让他们都知道，是海关提的价！又图便宜又想剥皮，甘蔗哪儿有两头甜的？"

"这么一来，走私的酒就好卖了，会不会冲击咱的生意？"

"俄国人的军舰就在外头守着，能走私进来多少？些许一点货，冲击不了咱的生意！有点儿走私也好，让洋鬼子自己看看，多出来的钱都去哪儿了！"

赵仁天见他真的动了气，也不敢再待下去，怕引火烧身，这就打算溜出去。可朱诗槐叫住他道："你给那个沃龙佐夫打个电报，问他什么时候来提货。这些洋鬼子，前些天还刀架脖子来催问，这几天怎么连个屁都不放了？"

其实这才是朱诗槐最担心的地方。朱诗槐不惜借贷弄来了整整十万两银子的货，不知不觉已经是往霸盘的路子上走，眼下要是不能马上卖出去，货就生生地砸在手里了。俄国银行提供的是短期贷款，三个月必须还本付息，这可是要命的事！赵仁天也深知其中的厉害，当天就给沃龙佐夫发了电报，报了价钱，又问他们何时来人取货。不料沃龙佐夫的回电迟迟不来，朱诗槐和赵仁天一直苦等了四天，才盼来一纸回电，居然是说有酒喝了，你们要是送货上门，再把价钱降低四成，或许还能考虑。

赵仁天一见电报两条腿都站不住了，哆嗦着身子来找经理。朱诗槐正急得脑门子撞墙，看了电报竟是一屁股坐在地上，直勾勾地盯着他，好半天才挤出几个字道："中计了！"

赵仁天也看出来是有人精心设局，只是不知道来者是何方高人，苦笑道："经理，咱别傻等了，我带一批货去趟奉天，看看究竟是怎么回事！"

朱诗槐有气无力道："咱俩都去，我还能坐得住吗？三万两的贷款啊……三个月一过去，银行的人敢摘下来把军刀，砍了我的头！"

两人不敢再耽误片刻，带了一批货星夜兼程赶往奉天。

时值入冬以来第一场大雪，路滑难行，两人带的又是易碎的货物，一路上走得极其缓慢。两人猫身在马车里，不知是冻的还是心里着急，都是脸色蜡白。好容易到了营口，一行人在路旁的客栈里打尖歇息。朱诗槐和赵仁天坐在桌边，看着一桌子酒菜，谁也没心思吃饭。朱诗槐勉强吃了半个包子，一颗心早飞到奉天了。赵仁天劝道："经理，过了营口路更不好走了，您好歹吃点儿！"

"我吃不下啊！一路上我想了不少事情。在大连这几年，扪心自问，我替洋人做了不少缺德事，同行也都得罪完了。走私这么多货，动静肯定不小，怎么就没一家商号来跟咱提个醒呢？众怒难犯啊！难道这是老天的报应吗？……唉，人在矮檐下，不得不低头啊……你知道我也不愿当亡国奴，这不都是世道逼的吗？"说着，朱诗槐不禁落泪道："我算明白了，洋鬼子没一个好人！别看我现在跟他们喝酒聊天，关系挺好，可那都是银子喂出来的！一到事儿上，他们会照顾我吗？本来好端端的生意，又是加税又是盘剥，价钱不得不涨了上去，还耽误了工夫，硬是给别人乘虚而入了！"

赵仁天听着心里也不是滋味，朱诗槐是有名的"朱使坏"，他跟着朱诗槐这几年，没少挨别人冷嘲热讽。他刚想说什么，视线却被旁边桌上的人吸引过去，他的心顿时剧烈跳动起来，颤声对朱诗槐道："经理，你看！"

朱诗槐下意识地看了过去。临桌是三个刚进来的脚夫模样的人，不是自己带来的那些，一个个穿着寒酸，破棉袄上露着棉絮，脚上的棉鞋也是湿漉漉的，可这并没有影响他们喝酒的兴致。

一个年轻的脚夫道："二叔，您给我倒一碗洋人的酒，就一碗，让我尝尝呗？"

老脚夫瞪了他一眼，道："哪儿凉快去哪儿，别打这酒的主意！过年就指望这个呢！"

中年脚夫笑道："爹，给他倒点尝尝嘛！运了十来天了，价钱又不贵，就一碗，大家都品品，也当一回'洋人'！"

老脚夫摇头道："全是败家子！一坛子酒六斤，倒手就有一两多银子的赚头，你们都傻了吗？咱年年送货，哪儿见过这么好的生意？都给我老老实实的，想喝酒，就喝咱本地的人参酒吧。"

朱诗槐身子剧烈地摇晃起来，他朝赵仁天使了个眼色。赵仁天会意，端了壶酒过去，满脸含笑道："老哥哥，我们掌柜的说了，请你们爷仨喝壶酒。"

老脚夫一怔，忙笑道："这咋整的，哪儿能让大兄弟破费呢？"

"一壶酒而已，交个朋友嘛！"赵仁天拉椅子坐下，给他们三个斟了酒，装作若无其事道："老哥，你们爷仨怎么称呼呀？"

"我姓牛，这是我儿子，这是我侄子！我们爷仨是拉车的把式，来回送货的。"

"哪个车行的？"

"大兄弟笑话了，我们平常种地，入冬了地里没活儿，做点小买卖好过年嘛。今年东北的洋人多，伏特加生意好，我们屯子里所有男的都出来拉货了。"

赵仁天一惊，道："你们拉的都是洋酒吗？从哪儿拉的货？"

"大连！"老脚夫神秘地左右看看，道："走私的，便宜！人家洋行里走海关进来的酒，提货价一斤要一两八钱，到了市面上就是二两，有的还得多！可这走私的酒，我们提货才一两一，送到奉天的店铺里就是一两三！真过瘾哪。"

赵仁天已然是大汗淋漓，道："老哥，你们拉几趟了？提货得有本儿啊，您这本钱哪儿来的？"

中年脚夫喝了碗酒，笑着低声道："不瞒老哥你说，这是东三省胡子头左大爷的买卖！左大爷说了，头一趟提货先赊着，拉到奉天挣了钱再还上！要不然，就我们这样的穷人家，哪儿有本钱做洋人的生意啊！"

"就没有人卷了货跑吗？"

"谁敢跑啊？左大爷是什么人物，谁提的货，住哪旮旯都登记了，穷人谁敢得罪左大爷？再说了，这玩意儿也就前几趟是白跑，底下再拉货就是白花花的银子！我们这是第七趟了，一天都舍不得歇！咱穷人有的是力气，在家闲躺着不也得吃饭吗？连本钱都不用出，这没本的生意去哪儿找去？"

年轻脚夫喝得满脸红晕，道："上回拉到奉天，没来得及送进城去，人家俄国人都等不及了，直接穿着大衣在雪地里等呢！来一车收一车，我们赶得晚了，早去的卖到一两四一斤，俄国人真有钱！"

赵仁天还想再问，一旁的朱诗槐缓缓站起，悠悠一叹道："老赵，别问了。咱该走了！"赵仁天跟爷仁拱了拱手，快步随朱诗槐走出了客栈。两人站在风雪之中，好半晌谁也没说话。凛冽的寒风刺骨冰凉，朱诗槐呆呆地立在雪地里，眼泪随着大片的雪花跌落下来。

赵仁天从没见过经理掉眼泪的模样，一时懵懂着不知说什么好了。

良久，朱诗槐默默地擦了泪水，道："老赵，圣彼得洋行完蛋了！"

赵仁天安慰道："或许他们也快撑不下去了，他弄不来那么多伏特加！"

"我不甘心，怎么会连对手都不知道是谁，稀里糊涂就败了！"朱诗槐哀叹道："真狠啊，提货价一两一，咱们是一两八，人家到市面上最高也比咱的提货价低！这生意还能做吗？"

"经理，咱报官吧，让官府收拾他左老大！"

"咱们洋行是在洋人的地盘，左老大是在朝廷的地盘，你去哪个衙门报官？谁搭理你！左老大在东北经营多年，现在又办实业、开矿山，做正经生意了，你能扳得倒他吗？何况这根本不是左老大的计策！"

赵仁天吃惊道："经理，您看出来谁跟咱过不去了？"

"我不知道他是谁，但我知道他肯定是个商界奇才！你看咱们这车队，花大价钱雇的，没走二十里地就要歇息，要讨赏钱，不给就故意倒一辆车碎两瓶酒，这得多少银子才能运到奉天！可人家凭一招提货赊账，好了，全东北的人都给他送货！宁肯自己摔倒了，也不会叫货有个闪失！这个'取天下力为我所用'的计策，左老大他一个土匪头子能想出来吗？"

"咱也别去奉天了，这就回大连，请俄国人查走私，断了他的货源！"

朱诗槐带着愧色，摇头叹道："晚了……他们既然敢这么做，必定是囤积了一大批货，故意要整垮我朱诗槐啊！再说了，俄国人都是见财如命的，他们走私的酒无非也是从远东港口过来的，又不用过海关，一斤的成本也就是七钱，他们卖一两一，稍微给洋人点好处……寒冬腊月的天气，你以为俄国人肯出海查走私？一个个抱着酒瓶子猫在家里喝酒呢！"

赵仁天真的着急了："那咱也不能等死啊！银行就给三个月，这都过去一多半了！"

"没办法，降价吧。咱的提货价也降到一两一！"

赵仁天目瞪口呆道："可咱是过了关交了税的，一两一连本钱都回不来！"

"还回啥本儿啊，能收一点儿收一点儿吧……我就怕左老大威胁这些老百姓，不让运咱的货呢！真是那样，咱可就一两银子都回不来了。关税，哼，大清国的地界，给洋人交关税！还让不让人活了！"朱诗槐说到这儿，气狠狠攥紧了拳，发誓道："从今往后，我要是再给俄国人交一文钱的关税，我就不姓朱！"

4 自不概之人概之，人不概之天概之

朱诗槐委托了一个买办继续带队去奉天，再三嘱咐他平价卖出，得多少算多少，自己带着赵仁天从营口连夜赶回大连。大连毕竟是朱诗槐起家的地方，三教九流都有交道，没费多少力气就打听出来了底细。走私伏特加的确是左老大一手操办的，在大连中转的地方叫吴家商号，但货物在大连并不久留，甚至不过夜就运了出去。

朱诗槐立刻赶到外务局，塞了几张银票，轻而易举地就查到了吴家商号的登记簿子。朱诗槐看了看，惨笑一声道："好手段！"

赵仁天不解道："经理，这个人叫吴赐仁，就是他给咱设局的吗？"

朱诗槐咬牙切齿道："你再念念，吴赐仁，无此人！这根本就是要咱们呀。"

赵仁天明白过来也是顿足长叹。朱诗槐想了想，道："不成，我估计吴家商号里头还有货！你带上点银子，去请警察局查走私的人，就说咱们发现有人走私！"

"还花钱吗？"赵仁天实在不忍，道："账上可没多少银子了，俄国银行又催了，问能不能按时还本付息呢！"

"花！"朱诗槐孤注一掷道："就是得断了他的后路，给他来个釜底抽薪！只有走私的路子断了，咱的货才有希望啊。"

赵仁天想，既然是走私，又有左老大插手，岂是灭了一个吴家商号就能堵住的？可他看见朱诗槐已是怒目切齿的神情了，也不敢再说，只得从账上取了最后一笔银子。

为了以防万一，赵仁天这边说服了朱诗槐等上一天，那边让一个心腹伙计在吴家商号门口日夜守候，一有消息立刻来报。

不过一顿饭工夫，伙计兴冲冲回来，说吴家商号又进了一大批货！两人大喜过望，立刻到警察局请人。他们好话说尽，才算请来了一个上尉，带了三五个人跟着他们来到了吴家商号。

上尉一路上趾高气扬，对朱诗槐道："本国政府最讨厌的就是走私，你们要是举报有功，政府会给你们嘉奖！可你们如果报错了案子，害得我们白跑一趟，哼，

帝国的法律也是无情的！"

朱诗槐笑道："上尉先生，我的人一直在这里盯着，今天上午他们刚刚进了一批走私的伏特加！您就等着抓人吧。"

他们几个来到吴家商号门口，见大门紧锁，上尉皱眉道："怎么回事？你不是说上午还有人吗？"

朱诗槐顿时心里也没了底，兀自嘴硬道："上尉先生，一准不会白跑！走了人也走不了货！"

上尉一挥手，一个士兵上去踹开了房门。吴家商号里一副仓皇撤离的景象，到处一片狼藉。朱诗槐和赵仁天来了劲头，跑前跑后帮着寻找走私货。果然在一个地窖里发现了大批的伏特加。上尉也是精神一振，让手下把私货都抬出来，对朱诗槐道："按法律，这批私货全部充公！朱先生，你们立功了，我国政府肯定要嘉奖你们！你看这样好不好，就把这批伏特加卖给你们吧，一斤按照你们清朝库平银一两八钱算，据我所知，你们圣彼得洋行提货价也是这个价钱，你要好好感谢我哟。"说着，他还对朱诗槐眨了眨眼睛。

圣彼得洋行走海关进来的伏特加，成本是一两五钱，这个上尉居然开口就是一两八钱，还跟给了他多大的好处一样，赤裸裸地要"感谢"！朱诗槐有苦难言："敝行本小利薄，尽量！尽量吧！"

还没等他说完，赵仁天张大嘴巴，惊叫道："经理，你看！"

吴家商号囤的这批货足有四五千斤，一水儿的伏特加酒，不过每箱酒上都赫然打着"圣彼得洋行专销"的字号！朱诗槐神色大变，难以置信地扑了上去，一箱箱细细查看，无一例外全都是自家的酒。上尉和几个士兵也是愕然，继而喜出望外地凑到一起议论起来。

上尉朝朱诗槐呵呵冷笑道："朱先生，你不是举报走私吗？果然不错，是你的圣彼得洋行公然走私！眼下物证确凿，你跟我回警察局走一趟吧。"

朱诗槐吓得魂不附体，道："上尉先生，您好好看看，这上面都有海关的关税印花，这不是走私啊！"

"不是走私？"上尉勃然大怒道："既然不是走私，那就是你举报不实，拿我开心了？"

朱诗槐被他逼得走投无路，带了哭腔道："上尉先生，你，你说怎么办？"

"我们都是老朋友了，这点儿事情很容易解决。"说着，上尉笑眯眯过来，拍拍他的肩膀道："我也很乐意帮你这个忙。这里一共是一百箱，五千斤的伏特加，就这样吧，每斤伏特加酒二两银子卖给你，取个整数也好计算！如果你肯答应，我们都当作没这回事。如果你不答应，要么承认是圣彼得洋行走私，要么承认举报不实，你可以随意选择一样罪名，我国是民主国家，给你选择的权利。"

朱诗槐万万没有想到事情居然是这个结局。分明是自己掏了关税进口的酒，还得高价再买回来！赵仁天见几个士兵有意无意地擦着刺刀，慌得手足无措，把朱诗槐拉到一旁道："经理，这……这可怎么办？"

朱诗槐强装镇定道："给他们银子！"

赵仁天擦擦额头上层出不穷的冷汗，道："账上没钱了！"

"卖货！把手头所有的货都卖出去！"

"那也得好几天啊！再说咱的货都是上等货色，开春了卖就是大赚，现在卖本钱都没了！"

"赔本总不会死人啊！我要是落在警察局里头，不还是得花钱出来吗？"

"可咱立马拿不出钱啊！"

"打个欠条吧……算是咱欠人家的。"

语毕，朱诗槐跟个傻子似的站在那里，一会儿傻笑，一会儿呆滞。赵仁天鼻子一酸，掉下泪道："经理，也只能这么着了。"

俄国上尉到底是不放心，带着士兵跟押犯人似的把朱诗槐和赵仁天押回了圣彼得洋行，看着朱诗槐颤抖着写了欠条，拿过来得意地吹了吹，用生硬的中国话笑道："恭喜发财！"这才欢天喜地地走了。

朱诗槐瘫软成面条，无力地靠在沙发上，突然哇哇大哭起来："天哪，好好的生意，怎么做成这样了？还想搅和人家的生意呢，自己又赔了一万两啊！完蛋了，彻底完蛋了……"他两眼直直地盯着前方："你是谁？你究竟是谁！你把我害死了，就不能让我死得明明白白吗？可怜我朱诗槐经商一辈子，死在谁手里都不知道啊！我死得窝囊啊！"说着又是掩面大哭。

赵仁天实在不忍再看，拿了条毛巾递给他。朱诗槐擦了擦眼泪，道："老赵，你琢磨出来是谁了吗？"赵仁天其实在路上已经想到了是谁，可是他怎么敢说？只得装糊涂道："好像是，是……"

"是卢豫海！只能是卢豫海！"朱诗槐猛地昂起头："俄国人不会这么干，原来在大连的人没这样的能耐，只有卢豫海了！我不该坏了人家的生意。是我让所有的店铺不能收钧瓷，是我太傻了，我这是把一头老虎给惹急了，非要咬死我啊！"

赵仁天盘算得心里有数了，叹息道："经理，现在挽救还不晚！"

"你，你说下去。"

"咱头一船的货，估计一半都是卢豫海让人买走的，足有一万斤！可在吴家商号里头只有五千斤，剩下的一半哪儿去了？如果卢豫海一心置咱们于死地，为何不把一万斤伏特加全放在吴家商号？足见卢豫海给咱留了后路，就看咱们肯不肯向他屈服了……"

朱诗槐喃喃道："服，我服了……我能不服吗？"

赵仁天继续道:"他手里有走私的船,要是把剩下那五千斤故意送到抓走私的手里,光是罚金就不下几十万两……他是等着咱们求饶啊,错过这几天,他真敢这么干!经理,大丈夫能屈能伸,咱的命在人家手里呀!"

朱诗槐深深地垂着头:"都说卢豫海在烟台把洋人哄得团团转,我还不以为然……老赵,你给我约一下卢豫海,我朱诗槐给他赔礼认罪!求求他放我一条生路!"他缓缓扬起脸,对着天花板叹道:"卢豫海啊,卢爷爷!你这是要害死我呀!"

没等到赵仁天去找卢豫海,卢豫海自己一个人就找上门来了。朱诗槐此刻正像个死人一样躺在沙发上,默默地流着泪。

卢豫海一进门就笑道:"朱经理!你这是练啥功呢?"

赵仁天点头哈腰地跟在卢豫海后边,听见这话苦笑了一声。朱诗槐鲤鱼打挺般一跃而起,万分紧张道:"卢……卢大东家,你这么快就来了?"

"我再晚两天来,你这圣彼得洋行怕是就没了吧?"卢豫海笑吟吟地拉了把椅子坐下,对给他让座的赵仁天道:"你们坐你们的,我坐不惯洋人的椅子!"

朱诗槐听着他的话音,好像真没赶尽杀绝的意思,便带着惭愧道:"卢大东家的手段,朱某真的领教了,领教了!大家都是生意人,我这张老脸也不知道值几个钱,我就斗胆问大东家一句,打不打算让圣彼得洋行活下去?"

"活!"卢豫海斩钉截铁地道:"不但活,还得好好活!我们卢家老号还指望朱经理帮我们卖东西呢!"

"大东家的意思……放我一马?"

卢豫海爽朗地一笑:"朱经理,用不着我放,你们自己就能翻身!我就帮你们算算吧。欠了银行三万两,连本带息是三万五千两,对不对?你们手上的货物全出手了,有三四万两,本来还够,但给洋鬼子讹诈了一笔,怕是有些不够了——你也别埋怨我设局,要不是你存心领了洋人捣我的吴家商号,洋人也就讹诈不到你头上!不过你手上还有整整十万两银子的伏特加酒,现在全部贱卖,还能回来个五六万,赔是赔了,但也还有翻身的希望啊!"

朱诗槐听得越来越糊涂了,道:"那,那你来干什么?"

"我是来求和的。"卢豫海语出惊人,诚恳道:"我们豫商管这种生意叫霸盘。霸盘不是好事啊!大连的生意盘子这么大,谁家霸得了?说实话,卢家老号这次没赔钱,也没挣着钱,跟朱经理你白忙活一场,咱们两家算是打个平手。但你的洋行可是损失惨重,几年之内怕是恢复不起来吧?当然,你的生意还可以继续做,也可以继续和卢家打这场霸盘生意,卢家也情愿奉陪。但你觉得这样做生意有意思吗?大家都是图个赚钱才经商的,斗来斗去,要么赔钱,要么不赔不赚,这不都是竹篮打水一场空吗?"

朱诗槐愕然道："听大东家的意思，不打了？"

"不打了！我本来就没想打。朱经理当初要是和和气气，肯做我的钧瓷生意，我何苦如此？你一家不做也就罢了，非要强迫其他店铺也不做，这就有点太霸道了吧？唉，以前的事不说了！说说眼前吧，如果朱经理肯同意讲和，卢家给你三个好处：第一，立即停止所有走私，现有的货脱手之后，再不做伏特加的生意。第二，我手上还有五千斤贵行的伏特加，白送给你个人情，算是物归原主。第三，贵行如果缺银子还债，卢家老号愿意借给朱经理银子，利息分文不要。你看这些够不够？"

朱诗槐使劲掐了自己一把，疼得吸溜一声道："大东家，我不是在做梦吧？你这是来救我来了？不，你肯定还有条件，生意没这么做的！"

卢豫海呵呵笑道："朱经理不愧是商界老手！卢家不会做赔本的生意。"

"请大东家明说吧。只要不赶尽杀绝，什么条件都答应你！"

"我只有一个条件。从今往后，不再仗着俄国人的势力欺压其他店铺，永不做欺行霸市之举。"

"就这么一条？没别的了？"不但朱诗槐难以置信，赵仁天也是一脸的意外和不解。

"对，就这一条！"卢豫海莞尔道："朱经理，做人得老实，做生意得凭本事。豫商有古训，叫'留余'啊……我这是不把事情做绝，给朱经理留些余地……其实我这么放手去做，根本瞒不住人，满大街的商号早就知道了，可为什么就没一家给你朱经理通风报信呢？一句话，没朋友啊！我们豫商还有句话，'自不概之人概之，人不概之天概之'。什么意思呢？自己把事情做绝了，有人收拾你，就算没人敢收拾你，老天爷也会来收拾你！朱经理，你今年也快六十了吧？按道理，我得喊你声大叔……朱老叔，人要脸，树要皮，活了这么大岁数，到了走投无路的时候，连个帮忙的朋友都没有，您心里不觉得难受吗？当然，这是在俄国人眼皮底下，有时候不得不委曲求全，但再委曲求全也得有个底线，那就是不能欺负自己人！尤其是不能仗着洋人的势力欺负自己人！我是个粗人，没读过两天书，也不懂什么道理，就这么点见解，希望朱经理，朱老叔你好好琢磨琢磨吧！"

卢豫海站起，朗声道："朱老叔，豫海多有得罪了！我给你两天的时间，想好了，来连号找我！"

朱诗槐见他要走，忙叫道："请留步！"

卢豫海笑道："不用两天了？"

朱诗槐擦汗道："听君一席话，胜读十年书啊！卢大东家，我想好了。唉，我这一跤跌得惨啊，不怪你，这都是我以前作孽作的，遭报应啊！没等到老天爷收拾我，你卢大东家就来收拾我了……那句老话怎么说来着，'替天行道'啊……"

朱诗槐真的动了感情，慢慢站起来到窗前，看着远处船帆林立的港口，叹道："你说的对，我都快六十岁的人了，连个朋友都没混到，背负一身骂名，还有什么意思？我老家在宁波，抛妻别子千里迢迢到这儿来，不但没挣到钱，连老脸都搭进去了……这回惨败，我算是看透了人情冷暖，世态炎凉，无奈众怒已犯，名誉已毁，再干下去还有什么劲儿呢？"说到这儿，他猛地转身，对卢豫海道："卢大东家，你不是一心想开辟辽东商路吗？好，我把圣彼得洋行盘给你，所有的伙计、货、商路都给你，你开个价吧，多少都是你一句话！"

这倒是卢豫海压根没想到的，他直直地看着朱诗槐道："朱老叔，你要是这么说，我瞧不起你！"

"你是瞧不起我一蹶不振吧？"朱诗槐淡然一笑，道："唉，卢大东家，你是少年得志，一路顺风顺水地过来了。而我一个行将就木的老头子，就算卧薪尝胆把生意恢复了，又得耗费多少心血？搭进去多少工夫？我要是年轻二十年，或者我那儿子要是像你这样有出息，你就是开出天价我也不会卖，我一定要卷土重来，跟你大战一场，一雪前耻！"朱诗槐越说越激动，脸色涨红，卢豫海击掌道："好！这才是商界前辈的胸襟！"

朱诗槐微微摇头道："晚了……人过五十而知天命，我是快花甲的人了，只想拿点银子，回家跟老伴一起抱抱孙子，钓钓鱼，喂喂鸟，颐养天年哪。卢大东家，大连湾里容不下两只老虎，你这只老虎还年轻，我这只老虎老得牙都没了，斗不起啦！"他指了指赵仁天，道："这个老赵，是我从宁波带来的，跟着我几十年了，这几年没少陪我一起挨骂。不过圣彼得洋行里，老赵就是顶梁柱！物尽其用，人尽其才，卢大东家接手之后，务必好好对待老赵……"

赵仁天听到了心酸处，黯然垂泪道："经理，你说这个干什么？我陪你一起回宁波老家吧。"

卢豫海深吸了一口气，道："朱老叔，生意是你的心血，我一个后生晚辈怎么能说盘就盘下来？传出去了，我卢豫海又成了什么人，乘人之危、抢人家铺子吗？这样吧，我不盘你的生意，我入股！朱老叔以圣彼得洋行所有的伙计、货物、商路，当然还有这位老赵入股，我以十万两现银入股，都算一半股份！从此之后两家年年坐股分红！朱老叔你想继续做也好，想回老家享受天伦之乐也好，每年一半的红利少不了您的！你看这样成不成？"

赵仁天眼里一热，对卢豫海的钦佩已然溢于言表了。朱诗槐想了想，笑道："罢了，老头子我还能说什么？大连里来了你卢大东家，就跟《封神演义》里说的那样，'姜子牙一出，诸神退位'！我真是不干了，干不下去了！要是卢大东家信得过，让老赵留下来搭把手，你看好不好？"

"好！老赵从今往后就是圣彼得洋行的经理了。我们卢家老号在大连有连号，让大相公老齐来兼做个二经理吧。"

赵仁天连连摇头道："败军之将，岂敢言勇？卢大东家年轻有为，这段时间把经理和我折腾得上天入地，就差寻死了……我老赵天生就是给人跑腿的，生成的狗肉上不了台面！圣彼得洋行的名声其实并不好听，朱经理，你要是听我一句劝，干脆跟人家连号合并了拉倒！都是中国人，中国人的铺子，叫个洋名算什么？以前是为了欺负人家，今后还欺负吗？"

朱诗槐此刻俨然已是置身事外了，无所谓地微笑道："我只想好好做我的股东，名号之类的，你看卢大东家的意思吧！"

这笔买卖其实还是卢豫海赚了大便宜。圣彼得洋行现存的货都是好货，那些囤积的土货就不说了，一开春脱了手就是好几倍的毛利，而等走私的伏特加一卖完，还不是圣彼得洋行的天下？不但如此，还有一群训练有素的买办、伙计，以及跟洋人客商经营了多年的关系，这可是花多少钱都买不来的！朱诗槐败就败在一时大意，把全部能流通的银子都砸到霸盘上了，生生连累了庞大的产业。但一招不慎，满盘皆输，朱诗槐能拿到一半股份、年年还有红利银子已是万幸，还能再奢望什么？

两方商量已定，当下就签了合股经营的契约。过不几天，卢家老号的连号正式搬进了原来的圣彼得洋行，那块写了洋文、中文的牌子也给摘了下来，换上了"卢家老号连号"的招牌。卢豫海也没有食言，让老齐做了大相公，赵仁天做了老齐的副手，洋行原有的买办、伙计一律加薪留用。挂牌那天照例又是遍请大连的各大商号。卢豫海来大连不过三个月，奇计迭出，头一次出手便大败朱诗槐，兼并了圣彼得洋行，这样的大手笔早已轰动了整个大连商界。酒宴上，朱诗槐当众谢罪，宣布从此退出商界。众人见他新败之后憔悴不堪，态度又是诚恳得很，还主动给了被他逼破产的乔家人参老铺的孤儿寡母一笔银子，也就不再计较他往日的不是，纷纷给他敬酒，祝贺他急流勇退。

酒至半酣，卢豫海提出了建立大连华商会，要把所有中国人开的字号联合起来，跟洋人谈条件降税，并且主动拿出白银一万两当作会费。其实在卢豫海没来大连之前，商界同仁早就有了这个创议，只是一直苦于无人挑头，大家又都各自打各自的算盘，这件事就始终没搞起来。如今挑头的有了，会费也有了，卢豫海又是大连当之无愧的商界翘楚，当下便群情激昂地纷纷响应。卢豫海也不再推辞，自己做了大连华商会的总董，现场又不论商号大小，公推出来了四位德高望重的董事。

卢豫海来大连一共两个心愿：一个是挣洋人的银子，一个就是建华商会。这下两个心愿都实现了，自然是带着头开怀畅饮。席间有人问卢豫海，原来挂在圣彼得洋行大门口的那把军刀哪儿去了？卢豫海笑道："今天的这顿饭，就是拿那把军刀切的菜！"众人一听无不是哈哈大笑，顿觉扬眉吐气！

第二十三章 / 拼命二郎

QIAN SHANHE
CHANG FENG ZHEN

1 一朝反目自成仇

连号在老齐和赵仁天的主持下，生意经营得红红火火，接连做了几笔大买卖。卢豫海见他们生意做得顺手了，自己也乐得清闲，带了苗象林在大连、奉天、齐齐哈尔、哈尔滨、海参崴等处游历了一阵子。

卢豫海深知连号专营俄国商路，而自己刚到辽东之际对俄国知之甚少，《海国图志》上对俄国的介绍也过去了五十多年，很多地方都用不上了。所以此行他并不是游玩而已，而是处处都长了个心眼。倒是苗象林从未来过东北，对俄国更是充满了好奇，此行大大地饱了眼福。

两人这天来到了海参崴，卢豫海照例是到商业区一番转悠，见不少俄国店铺都有卢家老号的货，高兴不已道："老齐和老赵干得不赖，这可是俄国在远东的大本营啊！只要这里站住脚了，就不愁打不开俄国的生意！象林，等咱在俄国本土也有了分号，我带你去彼得堡、莫斯科瞧瞧去！"

苗象林笑道："那我可得多带点干粮，俄国人就喜欢吃肉、喝奶，多大个人还喝奶，羞不羞！咱吃不惯洋饭，还是烩面好！连汤带水的，多实惠。"

卢豫海刚想笑骂他几句，旁边一个老伙计笑道："这两位客官说得不对，俄国人是离不开肉，可这一年里有几天不能吃肉呢！"

卢豫海掏出一包烟草，递给老伙计道："老哥哥，你来两口？"

东北男人爱抽烟，这也是卢豫海最近的一大发现。老伙计果然笑眯眯地摸出烟袋，笑道："这位老板客气！"当下点了火，有滋有味地抽了起来。

卢豫海并不抽烟，问道："老哥哥，据我所知，俄国人信的是东正教，怎么也有忌讳？"

"你说的不假，看来你对俄国人的事知道的还不少！是生意人吧？"老伙计美美地喷了口烟，道："俄国人每年除了新年，四季都有节日，送冬节、桦树节、丰收节和迎冬节。这是民间的节，书本上可找不着！"

"那是哪些日子不吃肉呢？"

"送冬节以后，就是他们的大斋期。所以送冬节也叫谢肉节。洋人过节跟咱不一样，人家一连过七天，每天都有名号：头一天叫迎春节；第二天是始欢节，没成亲的姑娘小伙凑在一起，媒婆就在一旁，看谁跟谁有意思就撮合；第三天是老丈人请女婿吃饭；第四天呢，洋人都拥到大街上喝酒跳舞，男男女女搂搂抱抱，摔盘子打碗，噼里啪啦好看着呢；第五天，女婿请老丈人吃饭；第六天，妯娌们之间串门；第七天，亲戚朋友串门……"

"这节是乡下人过得多吧？"

"城里乡下都过，可俄国人地盘大了，大多数还是乡下人。有些待不下去的就跑到咱这儿发财转运来了。眼下他们刚过了新年，阳历的二月底三月初，就是送冬节。"

卢豫海把烟草包塞给老伙计，笑道："领教了！这点烟您拿着吧。附近有电报局吗？"

老伙计吃惊道："这是上等烟草，值一两银子呢！"

苗象林笑着道："老哥哥，您就收下吧。我们二爷问您电报局呢！"

"出了这门，沿大街走到头，路北就是了！这烟草……"

卢豫海冲他一笑，掩不住满脸喜色，对苗象林道："快走，去电报局，老齐和老赵又该忙活了！"

老齐接到了卢豫海从海参崴打来的电报，让他从总号进一批粗瓷的盘、碗、碟子，用不着多好的成色，没豁边裂口的就可以，只是务必要快。电报说得简略，但看样子是大东家认准的事情。老齐和赵仁天一合计，立即照办了。

没两天，神垕总号复电说，眼下总号一共有库存粗瓷碗碟六千多件，合五十多万只，是否统统发过去。老齐和赵仁天见数量虽大，拢共也就是两三万两的生意，就复电确认下来。又过了几天，卢豫海带着苗象林满载而归，一见老齐就道："总号的货过来了吗？"

"不出十日就到了。"老齐赔笑道："只是一下子弄来这么多东西，又卖不上价钱——不知大东家打算怎么处置？"

卢豫海笑道："我这次在海参崴，买到了一本无名氏所著的《欧游笔钞》，如果我看得不错，应该是出自跟着曾纪泽曾大人出使英法俄三国的一个师爷之手。里面有这么一章，专写俄国人风俗趣闻的。象林，你给老齐瞅瞅。"老齐翻到夹着书签的那页，读道："有俄一国，风俗迥异于华夏。如计数之字，恶'十三'而喜'七'；如亵玩之物，恶黑猫而喜白马；如庆宴喜乐之际，恶镜裂而喜盘碎，盖因镜裂如魂魄灭，而盘碎为孽障消耳。如此林林总总难以概述……"

卢豫海笑道："明白了吗？马上他们该过什么送冬节了，这点东西咱这儿不值钱，运到俄国去也值不了几个钱，让他们过节的时候摔着玩儿图吉利！一转手，起码是三倍的毛利！"老齐佩服得五体投地，笑道："这么说，咱就让烟号把货直接送到港口得了，老赵在那儿人头熟，也省得在大连湾过手，又省了一笔银子！"

"就照你说的办。总号那里还有别的消息吗？"

"总号倒没什么消息——对了，苗老相公来信，说杨建凡老相公病重，已经回家静养了。还有您一封家信，是夫人来的，我们没敢拆。"老齐说着，把信递给了卢豫海。

卢豫海见封皮上写着"豫海夫君亲启"，知道是陈司画的笔迹，也不急着拆看，对老齐和苗象林道："你们先下去吧，我一个人歇会儿。那批货盯紧点，别误了洋人的节气！实在赶不及，干脆从满洲里上火车，一路走一路卖得了，走海路还是耽误事！"

　　老齐知道"家书抵万金"，何况两位夫人随货一起上了路，不日就到了。这样的事他没敢直接告诉卢豫海。既然夫人都来信了，想必信上说得明白，又何须自己解释？装个糊涂就是。当下便满口应承着下去了。

　　苗象林见有神垕来的家书，倒是不愿走，赔笑道："二爷，您看看信上说什么了？我那婆娘也不会写字，不知道姨太太里头提到我家的事没有。"

　　卢豫海一笑拆了信，看毕突然脸色一变，道："她们来干什么？两个娘们儿不好好在家待着，跑到这冰天雪地的地方干什么？来就来了，还跟着货物一道，公私不分，这成何体统！真是没家法了！"

　　苗象林吓了一跳，忙道："二爷，两位夫人要来辽东？"

　　"不但来了，还说是要在大连一起过年！这么大的事情，竟然连个招呼都不打，来了个先斩后奏！"卢豫海越说越气，一巴掌砸在桌子上，茶杯颠起老高。

　　陈司画的信是她跟关荷一起商议着写的。信上说：

　　妻关荷、司画启豫海夫君安好。初秋一别，半年有余，妻等思夫，夜以继日。母体康泰，朝夕侍奉，不敢有失，夫君勿念。大哥大嫂，终日诵经，代夫守孝。广生广绫，年纪虽幼，读书不倦，思父不已。妻等闻夫君宏图大展，开创有成，喜不自胜。自夫君赴辽，妻等昼夜思盼，闻即日有商队前往夫君处，妻等拟随队同往。年关日近，但求与夫君共度除夕。妻关荷、司画字。

　　来大连过年的主意是陈司画琢磨出来的，关荷起初并不同意。陈司画劝了她半天，关荷只是道："豫商有规矩，驻外的不管是大相公还是伙计，一律不能带家眷。咱俩这么去了，别的伙计该怎么想？大东家过年了能举家团聚，伙计们难免有非议。再说了，神垕到辽东好几千里地，还要乘船过海，咱们都是女流，抛头露面的总归不好。"

　　陈司画一直抿嘴笑着听她说了那么多，便揶揄道："姐姐，难道你不想豫海哥哥吗？"

　　关荷一愣，苦笑道："自然是想念了，可是豫商的规矩……"

　　陈司画见她又来了，赶紧道："好了好了，我耳朵都听出茧子来了！这样吧，我明天去跟老太太说去，姐姐你在旁帮腔敲个边鼓，这总可以了吧？"

　　关荷想了想，道："我劝你也别讨这个没趣。老太太肯定不答应！你这么冷不丁提出来，老太太一个'不许'就把你顶回来了，那不是两下里尴尬吗？"

　　陈司画笑道："这个姐姐别管，反正我在老太太那里整天挨骂，多挨这一顿也不打紧！姐姐，咱可就这么说好了！"说着，站起身道："广生和广绫该睡了，白天俩人争姐姐做的香囊，广生脸上给广绫抓了一道血印子，哭了一天！没办法，求姐姐再给他俩做个吧？"

关荷松快地一笑："我还怕他俩不喜欢呢！这个没啥，明天就给他俩做出来。"

水灵一直在旁边听着，脸上不住地冷笑。待陈司画走了，她把门关好，回头对关荷道："二少奶奶，你千万别做什么香囊，让广生和广绫打架去吧！让她也为难为难！哼，就看不惯她的做派，凡事都要您出头，挨骂是您的，得便宜是她的！也就您老实厚道，上了多少回当了！明天您千万别给她帮腔，让她挨老太太骂！"

"你以为老太太真就是骂她吗？"关荷阴冷地一笑，表情跟刚才大不相同："打是亲，骂是爱，老太太疼她疼得很呢……去辽东，我怎么就没想到去辽东？"

水灵惊道："难道老太太能答应？"

关荷思忖道："老太太年纪大了，整天惦记着二爷，儿行千里母担忧啊！那里兵荒马乱的，不但我和陈司画想去，老太太还想去呢！这回陈司画一准要说是代老太太去的，我瞧着老太太能答应！"

"那刚才二少奶奶还那样说干什么？"

"不是我头一个提的，彩头让她占了，我还能帮她吗？既然她执意要说，我也不能甘于人后。不然老太太又该埋怨我不疼丈夫，不想二爷了。"

"老太太怎么能这么说，真是老糊涂了！"水灵愤愤道："当初二爷跟您一起去景德镇，吃了多少苦，遭了多少难，老太太全都忘了不成？这下倒好了，前头的功劳一笔勾销！"

"陈司画心机重得很，又有孩子，我比不过她呀！"关荷冷笑道："人家还有钱，下人家里有个红白喜事，她掏银子比谁都快！你哥家添了孩子，也没少给你吧？"

水灵一怔，嗫嚅道："二少奶奶，我，我是拿了她五两银子，可我没瞒着您呀！二少奶奶，您还信不过我吗？我从进钧兴堂……"

"咱俩是从小长大的，我还信不过你？"关荷叹道："我就是觉得自己娘家没权没势，让你跟着我也受苦啊。二爷给了我不少私房银子，让我也给下人发赏钱。可老太太听说了，私下把我叫过去，说你跟陈家比什么，司画是拿陈家的钱给卢家的下人，你是拿自家的钱！一句话，把我噎得半天没敢言语……水灵，我现在身边就你一个贴心的人了，你老老实实地告诉我，我真的就不如陈司画吗？"

水灵想了半天，才道："二少奶奶，只要您不认输，陈司画就是再有心机、再有钱也是白搭！二爷跟您情深义重，陈司画也没办法！"

关荷自言自语道："这么多年了，我终于想明白了。陈司画是要嫉恨我一辈子啊！当初她是板上钉钉的二少奶奶，可我和二爷先成了亲，她心里能不恨我？她嫁进卢家，千方百计地讨好婆婆，收买下人，这是把我架在火堆上烤啊，偏偏我这肚子又不争气……水灵，你见过猫捉老鼠吗？猫捉住老鼠，并不急着吃掉，故意逗着它玩儿，等戏耍够了才下口。眼下陈司画就是猫，我就是老鼠，可陈司画这猫儿太小，我这老鼠又太大，她既想吃掉我，又想耍耍我，让我自己明知道难逃一死，却求生不能，求死不得……你说说，这世上还有比这更毒辣的心思吗？"

水灵听得毛骨悚然，道："二少奶奶，您不能等死啊！"

"我只有等死了，还有别的办法吗？陈司画聪明得很，她哪儿会让我痛痛快快地死？她还没玩儿够呢！水灵，你知道我怎么打算的？"水灵哆嗦着摇摇头。

关荷阴鸷地一笑，那个笑容像极了梁少宁："我就是死，也得先吃了毒药，让陈司画吃掉了我，她也活不长！"

水灵激出一身冷汗，颤声道："二少奶奶，您，您变了……"

"我是变了，冷漠，绝情，变得连我自己都不敢认了！可我这是被陈司画逼的。我曾经因为心里有愧，真心真意地要把二少奶奶让给她，可她一口拒绝了，连二爷都说我是小看了陈司画的器量。以前我也是这么想，总觉得心里对不住她，可是现在我不这么想了。我从前向她低过头，弯过腰，可换来的是什么？是二爷夹在中间为难，是婆婆鸡蛋里挑骨头，是下人瞧不起我！陈司画要我活一天受一天的罪，我偏偏不让她如意！我不但要活，还得活得好好的，活得高高兴兴的，我就是霸着二少奶奶的位置，凡事要她低我一头！既然她要我不舒服，好，我让她也知道知道什么是难受！"说着，她腾地站起来道："水灵，跟我去找老太太，我今天就说去辽东的事！"

陈司画万万没想到关荷会捷足先登。第二天在给卢王氏请安的时候，她按照两人约好的，把去辽东探望卢豫海的事情说了一遍。卢王氏笑道："哟，老二有你们这俩宝贝媳妇儿真是命好啊！昨晚关荷来找我，说的也是这个事。我琢磨了一晚上，你们既然想去，总号又正好要去送货，就跟着一块儿去吧。关荷说了，这次不是你们俩去，是替老婆子我去！老二那脾气我知道，你们要是不打我这个旗号，别说过年了，待不了两天就得打发你们回来！关荷这丫头脑子就是灵光，找了这么个好借口！"

陈司画脸上一阵雪白，朝关荷笑道："姐姐真是想了个好主意！妹妹我怎么就没想到呢？姐姐得多教着我呀。"

关荷也是笑靥如花道："我怎么敢教妹妹？我大字不识几个，哪儿像妹妹这么知书达理呢？可咱俩这么一走，婆婆身边连个说话的人都没了，要是把老太太憋坏了可怎么办？我看路途遥远，听说辽东那儿还有俄国人传过来的什么猩红热，专生在小孩儿身上的，要不然妹妹就狠狠心，把广生和广绫留在家给老太太解闷吧？"

自过门以来十几年了，陈司画从没见过关荷像今天这样主动出击，一时猝不及防，竟是处处被她占了上风。先是抢了头功，又巧言令色地不让广生和广绫随行，这等于把陈司画的撒手锏留在了神匣，此行的意义立刻少了一半。陈司画气得暗中牙关紧咬，刚想说"广生和广绫也想他爹"，卢王氏却是大惊失色道："有猩红热？那可是吓死人了！广生和广绫哪儿也不能去，好好在家守着！我倒不是怕寂寞，俩孩子还小，出个事怎么办？就是不染病，辽东冰天雪地的，总归不是孩子去的地方！"

关荷见自己大获全胜，上去抓了陈司画的手，笑道："妹妹，咱就别耽搁了，那封信你不是写好了吗？赶紧寄到大连吧，听说不几天商队就走呢！你多带几本书，我在路上也跟你学几个字——我忙活了一晚上，给广生和广绫的香囊已经做好了，你跟我去取吧。"

卢王氏笑得合不拢嘴，道："关丫头以前死气沉沉的，怎么今天活泛起来了？蛮好！这才像个主事的二少奶奶！我以前也不识字，还是老爷教的呢，老二生意忙，司画就好好教吧！昨天晚上你回房那么晚了，又是一宿没睡？你对广生和广绫，有时倒是比她亲娘还亲呢！"

关荷怏怏道："老太太今后再别说我不识字了，卢家的少奶奶居然不识字，说出去多丢人哪！只要司画妹妹肯收我这个不交钱的学生，等从辽东回来，我可就是半个秀才了！"

陈司画已经被她的连环炮打得毫无还手之力，知道今天占不到丝毫的便宜了，只得强装笑颜道："姐姐说的哪里话，我要是敢收姐姐一文钱，老太太就敢打我板子！"

卢王氏哈哈大笑起来。两人告辞出去，一路上还是携着手并肩而行。水灵和晴柔跟在后边，一个扬眉吐气，一个满脸怒容。两人走到后院路上，不约而同地放了手。陈司画冷笑道："姐姐真是好手段！广生和广绫盼着见爹爹盼了多少日子，姐姐一句话就断了他们的念想，我可不知道怎么跟他们说！"

"这事奇了，分明是老太太不许他们去，怎么赖在我头上了？"关荷笑吟吟道："不过妹妹如是不好说，我去说就是。我怎么说呢？唉，只好说奶奶害怕你们得病，不许你们去。这么一来俩孩子少不了去缠磨老太太，又得给妹妹添麻烦啦。"

陈司画见她还是笑容满面，说出的话却句句带着威胁。她知道两人之间十几年来虚伪的友好顷刻间不复存在了，眼下终于彻底摊了牌，今后便再无握手言和的可能了。她思虑及此，不免幽幽一叹道："姐姐记得吗？那年大哥谋夺产业，咱俩就是在这条路上，说好的怎么帮二爷——时间真快啊，又是好几年了……"

"怎么不记得？我还说要把二少奶奶让给妹妹呢！可妹妹真是宽宏大量，竟心甘情愿地做个姨太太！"关荷咯咯一笑："我寻思了好久，才知道妹妹聪明得很，知道二少奶奶做着实在没意思，这才不愿做的，是不是？做了十几年二少奶奶，我知道这真是个苦差事，总不能看着妹妹受苦啊？苦差事还是我这苦命人来做吧。你放心，我心里疼着你呢，今后再也不会提让你做二少奶奶的事了。"

陈司画跟她面对面站着，微笑道："看来我对姐姐真得刮目相看了。"

"妹妹又取笑我了，我不识字的人，听不懂妹妹的话！"

"我以前也以为姐姐听不懂，现在才知道，姐姐明白得很呢！倒是我显得傻乎乎的——好了，我回房去了，还不知广生和广绫该怎么闹呢！"

关荷笑意盈盈地看着她离去，大声道："那个香囊，我一会儿让水灵送过去！"陈司画却头也不回地走远了，倒是晴柔回头看了看她，眼中闪烁着愤怒的火苗。

水灵解气地低声道："二少奶奶，您今天真是让人大吃一惊！你瞧她们俩，给您打蒙了！"关荷脸上的笑意荡然无存，冷冷地转身离去。

两个女人之间的战争就这样不宣而战了。几天后商队起程。这次领班护送的是杨建凡的二儿子杨仲安，因为有大东家两位夫人跟着，杨仲安也不敢走得太快，生怕两位夫人吃不消。这倒给了关荷不少的机会。一路上，关荷总是当着众人的面请教陈司画，一遍遍不厌其烦，态度恭敬得很。陈司画也只好装出谦虚的模样，告诉她这个字该怎么念，那个字该怎么读。杨仲安等人都感慨大东家这一妻一妾和睦如此，卢家老号怎能不兴旺发达？可他们哪里会知道，一旦没人在场，关荷和陈司画自然少不得又是唇枪舌剑地斗口。一路下来，两个整天活在面具中的女人都是劳力伤神，疲惫不堪。

商队到了烟号，带来的货由赵仁天带着直接去了海参崴，而关荷和陈司画则由大相公杨伯安亲自陪同，过海来到了大连湾。前来迎接的却不是卢豫海，而是魂不守舍的苗象林。关荷和陈司画习惯了卢豫海处处以生意为重，还以为他又在忙着，也就没说什么。倒是苗象林一见她们俩，带了哭腔道："二少奶奶，姨太太，您俩来得正是时候！快劝劝大东家吧，俄国兵可是杀人不眨眼哪！"

杨伯安也是闻言变色，斥道："你中风了不成？说的是什么混账话！"

苗象林捶胸顿足道："就是昨天的事！您不知道，二爷那跟一个叫瓦西里的俄国人约好了，要决斗啊……"

2　男人的决斗和女人的决斗

事情的缘起竟是因为那把军刀。也不知道卢豫海"把军刀当切菜刀"的事是怎么传出去的，居然传到了一个叫瓦西里的俄军上校耳朵里。

瓦西里家族在俄国名声显赫，其祖上在抗击拿破仑入侵的护国战争和克里米亚战争里战功赫赫，瓦西里凭借着家族荣誉，年纪轻轻就做到了上校，是"彼得罗巴甫洛夫斯克"号装甲舰的指挥官。瓦西里生性豪放，对名誉看得比命还重，那把军刀是当年他亲手送给朱诗槐的，一听见卢豫海"把军刀当切菜刀"的消息感到颜面无存，立刻来到了卢家连号质问。

卢豫海此时正为关荷和陈司画一起来大连的事烦恼不已，当时也没什么好脸色。他见一个俄国人怒气冲冲地闯了进来，一开口就是叽里呱啦的俄文，便皱眉道："老齐，他叫唤什么呢？"

老齐听出了瓦西里的话头不对，赶紧道："大东家，这人是个上校，品阶不低呢！……哦，他是问大东家，他送给朱诗槐的那把军刀，现在去哪儿了？"

卢豫海纳闷道："这俄国人就是小气，送出去的东西还往回要吗？你告诉他，朱诗槐回宁波时带走了。"

瓦西里听了老齐的翻译，多少平静了些，又说了一通。老齐额头见了汗，连连摇头，拱手作揖，一脸讨好的表情。卢豫海有点看不下去了，问道："这俄国人有完没完？他要是没事找事，老子不客气！让他赶紧滚蛋！"

老齐夹在中间，两头都不敢如实翻译。可瓦西里带的那个士兵虽然中国话懂得不多，却也知道"滚蛋"不是句好话，立刻跟瓦西里嘀咕了几句。瓦西里顿时勃然大怒，噌地拔出了军刀，指着卢豫海暴跳如雷。卢豫海那股"拼命二郎"的狠劲又上来了，把随身带的短刀也拽了出来，冷笑道："跟老子玩儿刀？"

卢豫海不知道俄国人的传统，两个男人一旦刀剑相向，就是等于侮辱了对方，必须得分出个你死我活。瓦西里见状反而微笑起来，道："决斗需要选择武器和时间，请你来定吧。"

老齐一见这个阵势，再也不敢瞎翻译了，结结巴巴地道："大东家，这个俄国人说，说你侮辱了他的荣誉，他要跟你决斗！俄国人的规矩，一方选择武器，一方选择时间……大东家，咱服个软吧？这儿是俄国人的天下，咱不能……"

"老子怕他吗？"卢豫海气得把刀子插在桌子上，道："你告诉他，这是中国的地界！日子随他选，武器就用他们的火枪！中国人不欺负外地人！"

老齐脸色煞白，跟瓦西里说了几句。瓦西里笑着伸出三根手指，老齐为难道："大东家，他说三天后决斗！大东家，这事不能答应，俩夫人明后天就到了，这不是添乱吗……"卢豫海只是冷笑，一句话也不说。瓦西里收刀回鞘，带了士兵扬长而去。

这场争执动静不小，早引来了连号所有的人。几个知道瓦西里底细的人听到决斗的消息，全是面如土色。瓦西里是俄军数一数二的神枪手，卢豫海跟他拿火枪决斗，这不是自寻死路吗？众人也不敢明说，都劝卢豫海不要跟洋人一般见识，让老齐带着银票去找瓦西里赔个不是拉倒。

卢豫海哪里听得进去这些话，拍案道："都给我闭嘴！这帮俄国人动不动就来连号找事，前几天不还故意打碎了几件货吗？你们谁再敢劝，我先拿他练枪法！老齐，你去给我弄把火枪来，老子还真没怎么动过枪呢！"

此时田老大外出押送货物未归，跟瓦西里有交情的赵仁天又去烟台接货去了，一个能劝卢豫海的人都没有。老齐只得私下里跟几个领班的相公商议了一番，决定瞒着卢豫海找瓦西里求情。老齐带了一万两银票，托了层层关系才找到瓦西里。

不料瓦西里不等他说完便一口拒绝了。不但如此，他还把决斗的事通知了所有的朋友，约他们到时候前去观战。俄国人心齐，就爱帮朋友凑人场，决斗又是最能展现帝国男人英雄气概的方式，无不是兴致勃勃地答应了。何况自他们进入中国以来，还没有哪个中国人敢向俄国人提出决斗，用的还是西洋的火枪！这个新闻在俄国人里不胫而走，第二天又见了报，一时间全大连都知道了。

老齐顿时傻了眼，知道自己帮了倒忙，本来解释解释就能化解的事情，一下子失去了控制，这个决斗看来是箭在弦上，非去不可了。

关荷和陈司画就是在这个时候到的大连。一听说卢豫海要跟洋人决斗，两人就是再想压倒对方，此刻也没了工夫。她们慌慌张张地来到连号，卢豫海却不在。苗象林一拍大腿道："完了，大东家肯定是到野外练枪法去了！这可咋整！"

陈司画那么有主意的人，见他这么说居然哭了出来。她这么一哭，随行的几个丫鬟也都哭开了。倒是关荷铁青着脸，对老齐和苗象林他们道："一群窝囊废！大东家用你们干什么的？你们就一点儿对策都没有？"

老齐苦笑道："什么法子都想了，大东家不听啊！"

关荷蹙眉道："是不是明天就决斗？"

"可不是吗！地方都定好了，就在海关码头！俄国人很看重这次决斗，特意空出来一个码头。报上也登了，这事怕是全大连都知道了！"

关荷眼前一黑，差点儿倒了下去。卢豫海最看重的就是面子，这个节骨眼上要他放弃，还不如杀了他呢！关荷愣了半晌，道："你们，你们都做了什么准备？"

苗象林嗫嚅道："回二少奶奶，那个，那个上等的棺材一时不好找，我跟老齐……"

他一句话没说完，关荷一耳光打了过去，骂道："你是谁家的人？你就知道大东家一定活不成吗？我告诉你，你再说这种不吉利的话，我先要了你的命！"

苗象林被这一巴掌打蒙了，捂着脸语无伦次道："二少奶奶，你不知道，那洋人枪法好着呢！我是怕……"

老齐慌忙捅了他一拳，道："二少奶奶，您说明天谁去给大东家助威呢？我联系好了，除了连号，华商会全体会员商号的人，不管是东家还是伙计，明天都去码头。我算了算，就是普通老百姓不敢去，咱也有三四千人吧。"

陈司画啜泣道："姐姐，我看今天晚上咱们好好劝劝，让大东家取消了决斗才是正理！我听说洋人都爱钱，不行让他开个价，不管多少都答应他就是！"

关荷点头道："你们想过这个法子没有？"

老齐叹道："想过了，我带着银票找的他，可人家不认钱！"

关荷阴沉着脸，来回踱步。众人见大东家的夫人在，就跟有了主心骨一样，齐刷刷地盯着她。关荷忽然停下来，怔怔地站着，两行眼泪终于落了下来。陈司画见状越发慌乱，连声道："姐姐，姐姐，你别着急，大家都看着你呢！"

关荷擦掉眼泪，道："象林，你看大东家的枪法，有希望吗？"

苗象林刚挨了一耳光，多少长了些心眼，便吞吞吐吐道："这个，枪上的事，谁敢打包票呢？"

杨伯安沉默了半天，终于道："二少奶奶，这件事事关重大，既然大东家主意已定，万万不能分他的心了！大东家眼下不在，二少奶奶就是主事的，我们都是卢家的人，怎么办都听您的！"

杨家与卢家是世交，杨伯安父子两代都是卢家老号的重臣，地位不凡。他这么一表态，自然是一呼百应。关荷见杨伯安说话了，便下定决心道："不管大东家明天是死是活，咱们都不能流露出担心！你们都给我听好了，一会儿大东家回来，谁都不能提决斗的事，就跟没这回事一样！咱越是着急，越让大东家心慌，能打准的也打不准了！这是第一。"关荷深吸了一口气，道："第二，在大连最好的中国饭店包场，告诉大东家，明天中午咱们准备好了庆功酒！还有，象林，在大连的河南人多不多？"

"闯关东的河南老乡组织下来，能有个三百来人。"

杨伯安插话道："我现在让人回烟号，把所有伙计连夜都拉过来，又多了几十号！"

"你们现在就去张罗，明天决斗开始之前，得让大东家听段家乡戏！"

众人都是愕然。一个山东买办道："不就是河南梆子吗？直隶、山东的人都能唱。"

"那就都去！大东家喜欢的那段，唱给他听！"

陈司画这时镇定了些，道："姐姐，您真的打算让大东家去吗？"

关荷没回答他，对其他人道："都明白了吗？你们下去吧。我跟姨太太有话说。"

众人领命，分头去准备了，屋子里只剩下关荷和陈司画。两人默默对坐，谁都没说话。良久，关荷缓缓道："妹妹，我给你看样东西吧。"说着，从怀里掏出个小纸包，轻轻打开，里面是胭脂般红艳艳的一块东西。陈司画不解地摇了摇头道："姐姐，这是什么？"

"鹤顶红。"关荷不动声色地收好了纸包，重新放好。陈司画已然是大惊失色，道："这么毒的东西，你带它做什么？"

"从光绪八年，我跟二爷去景德镇的时候，老太太给了我这个'护身符'。说是一路上万一遇见劫路的，要我拿它保全名节。这东西是剧毒，舔一口就死了——怎么，老太太没给你吗？"

陈司画脸色雪白地摇摇头。关荷微笑道："来辽东这一路上，我多有得罪的地方，请妹妹体谅。明天二爷是死是活，谁都不知道，如果二爷真的死了，我就随他去。从今往后我不能再在老太太身边尽孝，就全靠妹妹了……二爷的脾气，你心里清楚得很，你也知道他绝对不会失约的。那年会春馆老鸨来闹事，二爷一个人豁出性命维护了卢家的声名，何况如今这已经不是两个男人之间的事了，还有大清和俄国人的恩怨！妹妹，你以为我就想眼睁睁看着二爷送命吗？我只知道，二爷去决斗了，还有一线生机，要是不让他去，那肯定会要了他的命！既然如此，咱们俩哭哭啼啼地去劝，只会乱了大东家的心绪，与其这样，还不如风风光光地送二爷去决斗！如果都是死，为什么不让咱们男人有个男人的死法呢？"

　　陈司画呆呆地看着她，良久才苦笑道："姐姐，说实话，我一直小瞧了你。我总以为你是个丫头出身，经不起大事……可今天我才知道，真正经不起大事的，是我啊。"

　　"你终于说实话了。"关荷轻轻叹道："我是个丫头出身，但我跟着二爷千里跋涉到景德镇，见过的世面比你多！大家子里妻妾争风吃醋，耍心眼，斗心机，我斗不过你，但说起临危不乱，你未必就比我强！妹妹，你想过没有，一旦明天二爷出事了，我殉夫而死，你就是名正言顺的二少奶奶了……"她看着陈司画，笑道："你不是一直想做二少奶奶吗？"

　　"我是想做二少奶奶！"陈司画终于第一次在关荷面前推心置腹，她毫不掩饰道："这个二少奶奶本来就是我的。但我告诉姐姐，我不愿你死，更不愿二爷死！"

　　"你不愿二爷死，我明白。你不愿我死，我也明白。你太恨我了，你想让我活着一天，受你一天的气，这辈子都过得跟地狱一样。"

　　"不错！我的确是这么想的。"陈司画惨淡地一笑："但我也要你知道，如果二爷死了，不只是你一个人要殉夫，我也会跟着二爷走的。你想一死了之，临走还带走别人对你的尊敬，留下我一个人面对众人的嘲讽吗？我不会让你这么做。我陈司画屈居你之下已是有辱家门，你还想用死来永远压我一头吗？"

　　"我无儿无女，无牵无挂。可你死了，广生和广绫还未成年，你忍心吗？"

　　"广生和广绫是为二爷生的，我的心都是二爷的，二爷要是不在了，我要广生和广绫还有什么用？"

　　关荷惊讶地看着她："你真的肯这么做？"

　　"你为了二爷不惜一死，我为了二爷也不惜一死，但我连孩子也舍弃了，说到底我还是比你更爱二爷！哈哈，姐姐，你该想不到还是我赢到了最后……"说到这里，陈司画虽然笑着，却已是泪流满面了。

　　关荷的眼泪簌簌落下，她握着陈司画的手，喃喃道："要是二爷知道我们俩的心意，就是死，也没什么好怕了……想想小时候一起玩耍的日子，那时候多好啊……要是咱们三个到了阴间，我情愿还做个小孩子，二爷和你也都是小孩子，咱们仨没什么身份之别，没什么恩怨仇恨……"

"你说的不错。我这一生过的日子，本就跟地狱一般……我这一辈子，只有二爷是我的支柱，二爷在，我还能忍受这样的生活，二爷要是不在了……反正活着、死了都是地狱，二爷去哪儿，我就跟着他去哪儿……"陈司画忽地握紧了关荷的手，认真道："姐姐，小时候都是你让着我，你得答应我一件事。你抢先一步跟二爷成了亲，万一二爷不行了，你得让我比你先跟着二爷走……活着，你在前头，这已经没法改变了，可是死，你得让我走在你前头……"

关荷哽咽地看着她，轻轻地点了点头，这两个至情至性的女人一时都不再言语。

夜色如海，烛光如豆，第二天的黎明已经迫不及待了。

决斗地点选在了海关码头，是俄国太平洋舰队司令杜巴索夫中将精心安排的。他对爱将瓦西里的枪法深信不疑，也想借此彻底征服这个刚刚属于沙皇不久的领地上所有的中国人。海关码头是俄国人牢牢控制的地方，能在这里把什么华商会的总董干掉，再合适不过了。华商会刚成立，就公然向海关提出了减免关税的要求，带头闹事的就是这个卢豫海。听说他在大连华商界威信颇高，杀了他足以起到杀一儆百的效果，这当然是杜巴索夫最希望看到的结局了。

决斗定在了上午十点。在杜巴索夫的授意下，海关对所有来看决斗的人一律放行。出乎杜巴索夫意料的是，从上午八点海关大门打开之后不到一个小时的工夫，竟然有近三万个中国人涌入了海关，远远超过了他最多两三千人的预期。不但如此，得到消息从山东、直隶等沿海地区乘船赶来观战的中国人也是数不胜数，簇拥在码头外海面上的大小中国船只居然达到了一百多艘！

杜巴索夫站在看台上放眼四望，前来给瓦西里助威的俄国人有两千多人，算起来也是不少了。但这些人放到中国人组成的人海中，简直就像大连湾里的一朵浪花，根本不起眼。杜巴索夫这才想到了应该控制人数，但回报的副官告诉他，大门已经被挤坏了，现在被刺刀拦在海关外的，还有不少于一万的中国人！

杜巴索夫默然良久，朝身边簇拥着的军官们感叹道："诸位请看，这就是'可怕的'中国人。如果他们每人有一杆毛瑟枪，世界就是中国人的了。可惜他们中间没有一个领袖，如果今天决斗的卢算一个，也要死在帝国军官的枪下了。"

副官道："司令官阁下，决斗的时间到了。我是决斗的俄方公证人，请问司令官阁下可以开始了吗？"

杜巴索夫冷冷道："告诉瓦西里，他的枪不允许卢活着。"

中方的公证人是老齐。此刻他正按照关荷的吩咐，强装出一副笑脸对卢豫海道："大东家，枪检查了吗？规矩都明白吧？"卢豫海倒是一脸的坦然，笑道：

"这还用你嘱咐？检查好几遍了。规矩不就是互相打枪吗？"老齐的声音还是带了哭腔，道："大东家，少奶奶和姨太太说了，她们就在一边看着呢！中午在福顺楼的酒宴也定好了，就等大东家得胜回朝。"

卢豫海刚想笑，对面的副官走过来，朝老齐打招呼道："公证人先生，可以开始了。"

老齐跟副官在决斗场上找到了中心点，招呼各自的人上来。卢豫海掂着枪走过去，瓦西里穿着笔挺的俄国海军军官服，微笑着站在卢豫海对面。

此刻码头和海面上传来了排山倒海的声音，中国人都在为卢豫海呐喊着。俄国人喊出的"乌啦"声很快就听不到了。卢豫海挥手朝四面致意，笑容满面。老齐颤声道："说规矩了，先说中文……"

"不！"副官坚持道："这是沙皇的海关，应该先说俄文。"

瓦西里笑道："阿廖沙，就先说中文吧。多留给卢先生一些回味母语的时间。"

副官笑着答应了，老齐擦了擦汗道："规矩是，决斗的两人背靠背站好了，公证人喊开始，两人起步朝前走，走到二十步的时候，公证人喊停，两人同时转身开枪！不能闪躲，不能挪动，每人只能各打一枪，如皆不能一枪致命，则由双方重新商议决斗日期，生死有命，互不相欠……"

卢豫海皱眉道："真啰嗦！只有一颗子弹，想打第二枪也没有！快开始吧。"

副官听得懂中文，冷笑着用俄文重复了一遍。老齐和副官互相验了枪械，核实了只有一发子弹后，交还给了对方。副官和老齐朝后退了几步。瓦西里突然道："停一下，我跟卢有话说！"

老齐和副官都是一愣。连看台上的俄国军官都是不解地窃窃私语。瓦西里伸出手，用生硬的中文对卢豫海道："我佩服你的勇气。请允许我用俄罗斯朋友之间的礼节，对你表达我的心情。"说着，他上前拥抱住了卢豫海，并且轻轻地亲了一下他的面颊。

卢豫海没料到他来这一手，叫道："你，你亲我干什么？我又不是女的！"

瓦西里耸了耸肩膀，道："开始吧。"说着背过身子。

卢豫海嘟嘟囔囔地转过去，跟他背靠背站好了。整个场面忽然安静了下来，所有人都屏住呼吸看着他们俩，四周只有海风吹拂起海浪的声响。

老齐和副官互相看了眼，一起喊道："开始！"

卢豫海和瓦西里同时朝前走，老齐和副官喊着："一、二……"但他们的声音很快被一阵突如其来的声音淹没了。靠近决斗场一侧的码头上，在巨大"华商会"条幅下的中国人忽然爆发出一种奇异的声音，紧接着有近千人在一起呐喊着：

"刀劈三关……我这威名大……杀得那胡儿乱如麻……乱如麻……"

看台上的俄国军官们目瞪口呆。杜巴索夫脸色铁青道："这是什么乐器？为什么发出这么难听的声音！"说着，狠狠一拳砸在桌子上。其他的军官见状都不敢吱声。而那近千名中国人也不唱别的，翻来覆去就是这几句。

瓦西里正走着，脸上开始变得烦躁起来，眼神也失去了刚才的镇静和从容，反倒多了些紧张和不安。卢豫海却知道那是唱的什么，露出了会心的笑容。二十步很快走完了。老齐唯恐落后，几乎跟副官同时叫起来："停！决斗开始！"

在瓦西里转身的瞬间，几乎看不到他瞄准的动作，"砰"的一声，枪已经响了。所有的声音都被这声突如其来的枪响打断了。整个海关和港口静谧无声，几万双眼睛注视着卢豫海。如果目光的重量可以测量的话，坚固的码头早已被深深地压入海底。

枪声响起的瞬间，卢豫海瞪大了眼睛，映入眼帘的是碧蓝的天空和惊起的海鸥。还没来得及等他开枪，他就已经缓缓地倒下了，他甚至听到了鲜血汩汩流出的声音。

所有的中国人都安静了下来。无数双眼睛湿润了。苗象林惨叫道："大东家！我跟俄国人拼了！"说着就往决斗场上冲去，十几个早有防备的俄国士兵齐刷刷地举枪对准了他。几个伙计抓住了苗象林，死死地把他拽了回去。

关荷和陈司画的眼泪夺眶而出，关荷哆嗦着手掏出了装着鹤顶红的纸包，陈司画一把抓了过去，嗔怪地看了她一眼，慢慢打开……

两三千观战的俄国人欢呼雷动，震耳欲聋的"乌啦"声此起彼伏。看台上杜巴索夫微微一笑，脱口而出道："瓦西里不愧是军人世家，没有瞄准就开枪，而且是一枪致命！"周围的军官纷纷鼓掌，高喊着："光荣属于帝国，属于沙皇！"

瓦西里的表情却没有一丝一毫的喜悦。他拉动弹匣，一颗多余的子弹从枪膛里跌落下来。这是刚才验枪后的转身之际，副官给他装上的，这个细节瞒得过两个普通的中国平民，却瞒不过他这个优秀的军人。他感觉到了刻骨铭心的耻辱。难道杜巴索夫中将不相信他的枪法吗？他前方的对手在地上开始挣扎，可见刚才那一枪并没有直接毙命。如果没有刚才那二十步中片刻的耻辱感，他的子弹应该留在对手的脑壳里了。这样的胜利本来可以带给他心灵极大的满足，但是此刻，他却品味到了无穷无尽的落寞。

人群中，所有的人都紧紧地盯着决斗场，没有人去注意两个失去丈夫的女人。陈司画打开了纸包，看了一眼关荷，笑道："姐姐，这一次，轮到我先了。"说着，毫不犹豫地朝鹤顶红舔了下去，双唇顷刻间红了起来。关荷的目光里，不知是惊讶，还是羡慕，还是凄凉。就在这个时候，人群里忽然爆发出一个声音："大东家没死！"

卢豫海在码头上躺着，慢慢地觉得生命似乎并未远离。他强忍着剧痛，吃力地低头去看，左肩的棉衣露出一个大洞，鲜血宛如泉水似的朝外涌着，伤口处距离心脏的位置只有两寸的样子。卢豫海用右肘支着地，缓缓地直起了身子。

这个富有戏剧性的场面震撼了几万个观战的人。杜巴索夫难以置信地站起来，双手扶着桌子，大喊道："这不可能！瓦西里，用你的子弹杀死他！"

当然，他这一声叫喊很快就被中国人发出的声音淹没了。杨伯安用尽了全身的力气，大声吼道："大东家，得劲！"苗象林如梦初醒，扯了喉咙吼道："得劲！"

三百多个闯关东的河南人也跟着吼了起来，烟号来的伙计、华商会的人、山东人、直隶人、东北人，还有不管能否在那一瞬间理解"得劲"这句河南土话的所有中国人，都随着杨伯安和苗象林的声音吼了起来。这声音从码头上传来，从海面上传来，似乎从高高的天穹到深深的地下，都有源源不断响起的"得劲"声，声音汇集到一处，宛如开天辟地的一声声巨响，回荡在决斗场的上方。

卢豫海的半边身子已经不听使唤了，他听到了熟悉的家乡方言，脑子里忽而清晰，忽而混乱。在他几次摔倒，又几次重新直起身子，最终艰难地站起来的时候，他分明看到了一双无比恐惧的眼睛。是那个俄国人的眼睛！他怕了！卢豫海把嘴唇咬出了血，缓慢地抬起了枪。瓦西里绝望地闭上了眼睛，轻轻说道："我爱你，亲爱的安妮……"

几万张中国人的嘴里吼出的"得劲"声还在继续，变成了有节奏的呐喊。决斗场上，副官急切地冲瓦西里道："开枪！枪里还有子弹！"见瓦西里并无反应，副官情急之下竟要掏出自己的枪。老齐不知从哪里来的力气，拼命抓住了他的手，大声叫着："大东家，快开枪！俄国人不要脸了！"说着一口朝副官的手咬了下去，副官疼得尖叫起来，用力踢打着老齐。老齐却不顾一切地抓住了他的枪，把枪口死死顶在了自己肚子上。见到这样的场景，中国人的声音越发响亮了。

瓦西里怒吼道："阿廖沙！记住你还是个帝国的军人！"这句话仿佛无形的鞭子打下来，副官带着愧色放开了手，把枪远远地扔开。

卢豫海瞄准着瓦西里，谁也不知道究竟在那个瞬间他在想什么。让所有人急不可待的那声枪响终于骤然响起。瓦西里身子一震，脑海中一片空白。但他的意识告诉他，枪响之后，他还活着！瓦西里睁大了眼睛，他看见那个叫卢豫海的中国人高高地举着枪，枪口直冲天穹。

卢豫海扔了枪，面朝又一次安静下来的人群，大笑道："老少爷们，我饶了他！"场面还是一片寂静，他再也坚持不住了，老齐冲过来扶住他，不知是笑还是在哭，道："大东家，你没事吧？"

卢豫海无力地骂道："肩膀都打烂了，还说没事！你的眼是瞎了的？"说完这句话，他忽然觉得天旋地转起来，然后什么也看不到了。紧接着响起的石破天惊的"得劲"声，或许成了他昏迷前听到的最后一句话。

第二十四章

福 兮 ， 祸 兮

CHAN SHANSE
CHANG FENG ZHEN

1 亦敌亦友

光绪戊戌年的春节越来越近了。卢豫海养了一个多月的伤，身体已无大碍。关荷和陈司画暂时抛却了彼此的怨意，齐心协力地照顾丈夫。卢豫海下床理事那天，连号上下又是放鞭炮又是敲锣打鼓，折腾得整个海关南大街跟提前过年似的。

卢豫海跟俄国人决斗并手下留情的豪举，早已轰动了整个东三省，茶馆里说书的把《三国演义》里"华容道义释曹操"改成了"大连湾义释瓦西里"，整日说个不停。

这些日子，不但华商会的商号们络绎不绝地送来礼物，祝贺卢豫海大东家康复，就连著名的东北胡子头左大爷、奉天副都统也派人前来探望。连日来连号里高朋满座，卢豫海神采奕奕地来回招呼，直到夜色降临来客才能各自散去。

这天卢豫海又是忙了一天，却不见丝毫的疲惫。老齐等人生怕他累着，就一个劲儿地劝他回后院歇息。卢豫海拗不过他们，正要离开，门外却一股脑涌进来一队俄国士兵，众人都惊出了一身冷汗。

老齐忙道："各位，我们打烊了！有事明天再来吧！"

一个声音从外边传进来："卢，听说你伤好了？"

卢豫海听出是瓦西里的声音，含笑迎上去道："老瓦，你怎么来了？"

瓦西里还是那身笔挺的海军军官服，大踏步走过来，又要拥抱卢豫海。慌得他往后退了几步，连声道："老瓦！你又不男不女的，这儿是我家，你别来你那洋规矩！"

众人见瓦西里并无恶意，纷纷松了口气。瓦西里无奈地耸耸肩膀，道："听说你伤好了，我来看望你，顺便给你送点礼物。"

老齐翻译给卢豫海，卢豫海哈哈大笑道："我知道你的脾气，不过话说好了，军刀我可不要！"众人闻言都是一乐。

赵仁天跟瓦西里是熟人，赶忙上前解释道："上校先生，你送给朱先生的军刀，他回宁波老家的时候带走了，那些关于军刀的传言不是真的！"

瓦西里微笑摆手，几个士兵搬过来几个木箱，放在正厅里，敬礼下去。瓦西里笑道："卢，这是我们俄国产的猎枪，我送给你们二十支，当作感谢你没有杀我的礼物吧。另外，还有这个。"说着，他从怀里掏出一份文书，递给了赵仁天。

赵仁天接过去，瞥了一眼居然颤声道："大东家，是免税的通行证！"

众人全都喜出望外。连号的生意本来就红火，一旦少了关税，更是如虎添翼。卢豫海拱手一笑，却是不卑不亢道："谢谢老瓦的猎枪！但这个什么免税的文书，我可不谢你！我还是那句话，这是我们中国人的地盘，凭什么给你们交税！"

他说得很快，瓦西里一时没听懂，便看着老齐。老齐是何等精明的人，自然明白这个场合什么该说、什么不该说，咽了口唾沫道："上校先生，我们卢先生谢谢你！"

瓦西里大笑道："这算什么？你问问卢，我有件事一直不明白：决斗的时候，他为什么没有朝我开枪？"

卢豫海听了老齐的翻译，道："你告诉他，中国是礼仪之邦，中国人不欺负外地人。我们中国有句俗话，叫'以德报怨'。他要杀我这是缘，我不杀他这是德！他要是死了，他家里妻儿老小怎么办？年纪轻轻的死在异国他乡，不是好死法！我知道他也是条汉子，因为一句戏言玩儿命，死了可惜了。他要是真心赔罪，就让他开着军舰回老家吧，别老在我们的地界上溜达！"

老齐吸溜着鼻子，字斟句酌地翻译道："卢先生说，他和你都是男子汉，不能因为一句玩笑就要了对方的命。你是军人，应该死在战场上。"

赵仁天见他专拣好听的翻，禁不住笑道："对，眼下日本人对辽东虎视眈眈，不断骚扰我们的商船，大清应该和俄国联合起来，捍卫共同的利益。"

瓦西里听得直点头，站起身肃然道："作为帝国的军人，我只有坚决地服从沙皇的命令。不过我相信，《旅大租地条约》规定的二十五年租期过后，大清年轻有为的皇帝应该掌握了实权，到那个时候，中国政府和俄国政府应该能找到一个更好的合作方式，而不是现在这样。至于日本的骚扰，我以军人的荣誉发誓，一定会保卫所有在大连湾进出商船的安全！时间很晚了，请卢先生休息吧。"

卢豫海抱拳道："恕不远送！"

众人目送他离去。卢豫海摇头叹息，良久才道："他要是个生意人，我肯定跟他结拜兄弟！可惜啊，带着枪，开着军舰来到我家门口，不管怎么说好话，我也觉得不自在！他还是滚得越远越好！"

然而瓦西里却最终把生命留在了中国。六年之后，在光绪三十年的日俄战争中，他所指挥的装甲舰"彼得罗巴甫洛夫斯克"号中了日军水雷，引起主锅炉、弹药仓接连爆炸，在舰上的新任俄国太平洋舰队司令马卡洛夫中将与瓦西里，以及近千名士兵一起沉入了大海。消息传到神屋，卢豫海一连几天闷闷不乐，遥遥地祭奠了这位没能成为朋友的朋友。

过不几天就是除夕了。卢豫海在外边给伙计们发红包，关荷和陈司画在厨房里指挥着丫鬟们包饺子。

陈司画是大家闺秀出身，厨房这些活儿从来没做过，见关荷嫌丫鬟们手脚不利索，要自己亲自下厨，忙拉着关荷笑道："姐姐，别忙活了，年头忙到了年尾，还不肯歇歇吗？让水灵和晴柔她们招呼着就行了。"

关荷想了想，便解下刚系上的围裙，也笑道："好啊，我正好有许多话想对妹妹说呢。"

从厨房到后宅有一条游廊，旁边是片小园子。大连刚刚下了近年来都少见的一场大雪，园子里一片洁白，花花草草都被厚厚的雪层覆盖了。远近无人，四下寂静，只有厨房里隐约传来的声响和遥远的鞭炮声。

关荷拉着陈司画的手，笑道："妹妹，咱们去雪地里走走，好吗？"

陈司画心里一动，却含笑不语。两人便携手走出了游廊，在雪中漫步。大雪似停非停，雪花若有若无，偶有几片落在二人的大衣上，颤巍巍地粘在上面，再不肯落下。

前一段日子两人相处得还好。卢豫海伤愈之后忙于生意，她们两个便又闲了下来，但毕竟是快过年了，谁也没有像以前那样撕破了脸皮。此刻两人各怀心事，脚步似乎也承载着重重的思绪，留下了一串串深深的脚窝。

两人沉默着缓缓而行，不多时，前方已是小园子的尽头了。陈司画停住脚步，道："姐姐不是有话说吗？"

关荷欲言又止，笑道："刚才真的有好多话，可是一到这里，好像又都没了。"

陈司画狡黠地一笑，道："我却有话要说——无论如何，还是要谢谢姐姐了。"

关荷诧异道："你谢我做什么？"

陈司画笑道："如果姐姐给我一块真的鹤顶红，我死得岂不冤枉？"

关荷有些意外地摇头道："我只是不愿你死在我前边。况且我也不忍让广生和广绫这么小就父母双亡。"她看着陈司画，微笑着反问道："你嘴上是谢我，可如果二爷真的死在了洋人手里，你拿到的又是假的鹤顶红，你还会谢我吗？如果真的是那样，我可又抢先了一步。"

陈司画一时语塞，搪塞道："事情都过去了，还想那些做什么？今后的日子还长着呢！"

两人静了片刻，陈司画突发奇想道："姐姐，如果二爷又娶了一房姨太太，你说我们两个会不会和好？"

关荷莞尔道："当然会的。但那个姨太太被我们一赶走，我们两个又好不成了。"

"姐姐说的是实话。其实死又有什么？这样你争我夺的日子，我早厌烦透了，死倒是容易，可我只是舍不得二爷。尤其是我想到一旦我死了，二爷就是你一个人的，我就……"

"我也是这么想。二爷养伤的时候，我既想他快点好，又不想让他好得快。因为只有在那时，我好像又回到了小时候，我们三个在一处玩耍，无忧无虑，没有烦恼……如今二爷痊愈了，我总觉得好日子要过去了，也许是明天，也许是后天，不知何时我们两个还要过地狱一般的日子。你防着我，我防着你，你给我下个套，我给你设个局……争来争去，等我们都老了，回想起从前的日子，该是什么心情？"

陈司画凝望着眼前墙壁，道："我真羡慕大嫂苏文娟。她和大哥这一辈子，给别人看起来的确是苦极了。但大嫂心里不觉得苦。她能守着心爱的男人，没人跟她抢，也没人跟她夺，两人就那么厮守着，那该是多快活的日子啊！可惜，咱们俩都没有大嫂的命。"

"妹妹，你不觉得我们俩之间，跟二爷和那个俄国人决斗一样吗？只要站在了决斗场上，就身不由己了。可是连决斗都可以饶对方一命，我们俩就为何不能和好如初呢？妹妹，如果你在乎这个二少奶奶的名号，我可以随时给你。"关荷定定地看着她，终于说出了此行的目的。

"姐姐叫我出来，其实就是想说这些吧？"陈司画微微笑了笑，轻叹道："我何尝不想和好？可是姐姐，即使我做了二少奶奶，你做了姨太太，二爷终究还是我们两个人的。说句真心话，经历了这场变故，我对什么二少奶奶看得淡极了。我出嫁之前，对爹娘说迟早要把二少奶奶的位置夺过来，可我现在不这么想了。名号算什么？只要二爷肯对我好，让我一个人独享二爷的恩爱，就是再低的身份，又有何妨？二爷对我好，是因为觉得对我有愧，难道你心里对我就一点点的愧疚都没有吗？我宁可一辈子都做姨太太，也要让二爷和你始终放不下这点愧疚，即使在你们亲热的时候，也不能全心全意……"

关荷身子一震，陈司画并不看她，长长地叹息道："姐姐别怪我心狠……刚才姐姐说到了和好，也说到了决斗，可在我看来，女人的决斗和男人大不相同。男人要的是命，女人要的是心。征服一个人的命好说，但怎么样才算得到了一个人的心呢？你我和好很容易，但越是容易的事情，破碎起来也就越简单。现在你和我是这个局面：只要二爷对你好一些，我就不乐意，反过来，二爷对我多体贴一些，你心里就能泰然处之吗？这是一盘棋，从我们俩喜欢二爷的那天起，就命中注定必须下完它。直到有一天我们中间有一个人死了，这盘棋也就不复存在了。"

关荷沉吟良久，内心深处不得不赞同陈司画的说法。和好虽然是她提出来的，但认真去想想，也觉得实在勉为其难。关荷苦笑道："这些日子我想了很多，如果没有你，我和二爷该是多快活，而如果没有我，你跟二爷又是多快活？可老天非要我们三个人在一起，好好的一个人要我们两个去分，谁得了一半都不甘心，还想着对方手里那一半……"

陈司画轻轻抚去关荷身上的雪花，道："是啊，二爷就像一张纸，一面写的是你，一面写的是我。而我们俩总想把这两面分开，可一张纸的两面能分开么？所以你和我也分不开。既然分不开，心又不在一起，就只能你恨我，我恨你了。姐姐要想和好，你肯把你那一半给我吗？"

关荷笑道："不肯。难道你肯吗？"

陈司画哑然失笑道："我自然也是不肯。"

两人一起不谋而合地笑了起来，又不约而同地转过身去，心里却都怅然若失。来时的路上白雪皑皑，脚印串串，新落的雪覆盖了脚窝，星星处处，宛如一张没有血色的脸上凝固的点点泪痕。

戊戌年的春节刚过，神屋镇突然传来噩耗，久病的老相公杨建凡灯尽油枯，已于二月初九溘然长逝了。二老相公苗象天发来急电，请大东家卢豫海中止巡视各地分号，即刻返回神屋主持大局。不久，烟号大相公杨伯安，刚刚升任津号的大相公的杨仲安也分别发来电报，向卢豫海告假奔丧。卢豫海悲恸之余立刻给杨伯安兄弟去电，准许他们回家三个月料理父亲后事，接着决定让赵仁天代理主持烟号，苗象林代理主持津号，田老大继续主持船队生意，自己则当即结束了外出巡视分号的行程，带了关荷和陈司画乘船离开了大连，取道天津返乡。

船行大海之上，卢豫海手扶船舷，心事随着波涛起伏不定，难以安静下来。他回想起当年在维世场烧窑的时候，杨建凡手把手教他如何拉坯、如何上釉、如何观火，一老一少在维世场专窑前谈古论今，把酒临风，那是何等的默契，何等的痛快！老汉的音容笑貌虽犹在眼前，却是斯人已逝，天人永隔了。

关荷和陈司画遥遥地看着他伫立风中，身上的衣服被海风高高地卷起，心中都是不忍，生怕他悲伤过度又引发伤势。两人互相看了一眼，携手走上去，站在卢豫海的左右。

关荷挽着他的胳膊，轻声道："二爷，海上风大，你的脸都……还是回船舱吧？"

卢豫海盯紧了远处的海面，一语不发，脸上的泪水早被海风吹干，红红的一片，皮肉都龟裂了。

陈司画掏出来一块暖玉，在他脸上轻轻研磨，道："二爷得注意身子，这么大的风，脸能不皱吗？"

关荷见她体贴入微，心里多少有些妒意，却也不便表露出来，只是微微一笑。

卢豫海支开了陈司画的手，低声道："你们先回去吧，我还有好多事情，得好好想想。"

陈司画壮着胆子笑道："二爷既然有心事，我和姐姐就不妨猜猜看，如果真给我们俩说对了，二爷就得跟我们回去，好不好？"

卢豫海未置可否地一笑，算是答应了。关荷便斟酌道："二爷的心事——只怕是又想起了当年和杨老相公一起的日子吧？人死不能复生，杨老相公也是高寿上走的，算是喜丧了，你也别老放在心上。"

卢豫海微微摇头，笑道："只说对了一半。"

陈司画接过去道："那剩下的一半，我来说好了。"

关荷似笑非笑地看着她。陈司画视而不见，兀自掰着手指道："如今卢家老号里开创基业的那一代人，差不多都走了。苗文乡老相公是头一个走的，接着是爹、张文芳大相公，现在又走了杨建凡老相公……景号的苏茂东大相公怕是硕果仅存的一个了，他也有六十多了吧？早过了荣休的年纪……二爷的心思，是在担心他们这第二代的人，能不能把这副担子扛起来，在前辈人的基础上做得更漂亮！"

卢豫海看了陈司画一眼，脸上终于露出了笑意，喟然叹道："开创难，守成更难，在守成上有所开创，更是难上加难啊！司画说的对，老号里前一辈的人差不多都走了，留下了这么大的产业，我和苗象天、杨伯安这些人究竟能不能守好这份产业，再把它发扬光大、留给我们的后人？老人们在世的时候，自己想怎么干就怎么干，总以为身后还有人扶着，天塌下来也不怕；如今静下来想想，大有无所依无所靠的悲凉！"

说到这里，他猛觉伤口处一阵撕裂般的疼痛，便深深吸了口气掩饰过去，继续道："我名字里有个'海'字，这次回到神屋，怕是没多少机会再出来看看大海了……卢家的生意蒸蒸日上，是多少人的眼中钉、肉中刺啊，就拿董克良来说，时刻都不忘两家的血海深仇！还有景德镇的白家……外敌虎视眈眈，就不说了。杨老相公在老号德高望重，他这一去，老号里只剩下些我这一辈的人，权力的平衡局面已被打破了。眼下的当务之急是重新安排人事，可这难免会有一场变故，处理不当只会给别人可乘之机。苗象天总揽全局，心思缜密，但毕竟一直留在神屋，没有出来建功立业的机会，功劳上有些欠缺。而杨伯安在烟号干得不错，烧窑也是把好手，得了他父亲的真传，但他似乎没有自立之力，主一方、治一地是他的长处，太大的担子，我怕他也挑不起……说白了，他们俩是眼下仅有的可用之人，但还都需要历练。"

卢豫海说到这里，又多了些怅然："苗家和杨家在老号树大根深，多少也有些心腹之人，说是拉帮结派或许过了，但毕竟各自有了一帮势力。这次权力的重新分配，他们二人的势力只会增加而不会减少。朝廷里帝党和后党争得如火如荼，把国家都争得七零八落，就是眼前活生生的教训！说实话，功高震主我倒不怕，甚至是求之不得！他们就是再能干，功劳再多，也只是我聘来的，大东家还是我卢豫海。但尾大不掉，内耗党争，可不是什么好苗头啊……"他说了半天，忽地失笑道："这番话我从未对人提起过，也只有对你们才能推心置腹……你们两个也莫要只听我说，替我出出主意也好。"

一说到这些生意上的事，关荷就明显不如陈司画心机灵动了。她自知万难胜过陈司画，就抱定了"万言万当，不如一默"的主意，笑道："二爷说的是生意，我可不懂！司画妹妹识文断字，还是妹妹说吧。"

陈司画想了想，道："按说生意上的事，我们女眷是不该过问的。但我们是夫妻，为夫分忧也是我的分内之事。依我看，如今卢家外患大于内忧，而外患又全赖内忧而起。所谓外患者，近有董克良的董家老窑，远有景德镇的白家阜安堂，无一不是欲置卢家于死地而后快，不可不防。所谓内忧者，近有人才不足使用，远有苗杨两家的党争。不过，俗话说：苍蝇不叮无缝的蛋。只要卢家内部没什么大变，董家和白家也就无从下手。"

陈司画偷偷看了眼卢豫海，见他并无不悦之色，便继续道："苗象天已经做了多年的二老相公，杨老相公一死，不让他接任怕是难以服众。而杨伯安在烟号这几年，把卢家的出海生意做得如火如荼，又有他父亲的功劳在，不提拔他也说不过去。只是这么一来，苗家和杨家的势力就越来越大了。虽然他们现在对二爷忠心耿耿，但人心都是会变的。他们两个同处高位，一个总揽全局生意，一个主持两个堂口的十处窑场，就算二爷用人不疑，可他们周围难免有小人搬弄是非，日后一旦彼此不服、彼此倾轧起来，二爷又要伤多少脑筋去调和？"

关荷听得似懂非懂，忙道："那给他们也不是，不给也不是，究竟怎么办好呢？好妹妹快说啊。"

陈司画扑哧笑道："二爷心里其实有主意了，非要我说吗？"

卢豫海心中大悦，直言道："就听你继续说吧。"

"为今之计，只有'分而制之'这四个字。"陈司画一字一顿道："所谓分，就是分权，不许杨、苗两家势力过于强大；所谓制，就是有所制约。这两者双管齐下才能达到平衡。二爷应该在年轻一辈的人里破格简拔出一批人来，精心加以调教，总号能干事的人多了总不是坏事，他人也说不得什么。至于平衡，我想二爷可以把苏茂东大相公召回来，论人望，他也是卢家的老人儿了；论功劳，以前的汴号、如今的景号都是卢家的大财源，谁敢不服？就是苗象天和杨伯安两个人见了他的面也得称呼一声叔叔吧？"

卢豫海哈哈大笑道："你倒是把我能用之人都点评了一遍！不过你还忘了一个人，你丈夫卢豫海就是吃素的吗？哈哈……想我卢豫海一介商人，虽然没有胡雪岩的十二金钗，可我也有一左一右两个红颜知己啊！一个能居家理财、孝敬老娘，一个能赞襄生意、出谋划策，我今生真是别无所求了。"

陈司画佯怒道："姐姐，你听见了吗？二爷还羡慕人家的'十二金钗'呢！哼，胡雪岩才得意了几天，光绪九年被抄家，光绪十一年就见了阎王！二爷如是真的弄了几个'金钗'来，你就瞧我和姐姐如何一顿乱棒，打得她们落花流水！"

关荷虽然不知道谁是胡雪岩，但多少听出了些意思，笑着附和道："妹妹是大家闺秀，动不得手，你在后边做个诸葛亮出主意，我在前头做个猛张飞打人，多少'金钗'来也不怕！"

卢豫海满腹愁绪一扫而空，大笑着揽她俩入怀，道："你们俩一个聪明如诸葛，一个勇猛似张飞，豫海今生足矣！"说着，他运足力气，朝着波涛起伏的大海吼道："得劲！"

关荷和陈司画柔柔地把脸颊靠在他身上，三人就这么抚着船舷，相互依偎，任海风吹拂撩拨着他们的心绪。

2 福兮，祸之所依

卢豫海把苗象林留在了津号，再三嘱托之后继续赶路。一路上关荷和陈司画虽明争暗斗不绝，但这一切都背着卢豫海，两人在他面前柔情备至，唯恐在儿女之情上输给对方。卢豫海在外经商的日子久了，早习惯了冷床冷枕，在这一妻一妾的刻意逢迎下自然是温柔乡里夜夜梦好，根本看不出她们的心事。

等他们回到了神厔，杨建凡已经入土为安了。卢豫海在坟前大哭一场，又让人在坟前搭起了灵棚，亲自为杨建凡守了七天的灵。这也让卢家老号众人唏嘘不已，感慨大东家对杨建凡情深义重。

果然不出卢豫海所料，就在他守灵之际，总号不少相公便来试探他的口风，有的赞扬苗象天主持总号劳苦功高，有的称道杨伯安经营烟号业绩不凡，说来说去还是替二人谋求更高的位置。对此，卢豫海虽然一概笑脸相迎，但多少从里头看出了点名堂。

偏偏这时候董克良又使出一招毒计，敲锣打鼓地给苗象天和杨伯安送去了聘书，声称自领老相公的日子久了不堪辛劳，他们二人谁先来就让谁做董家老窑的老相公，原先二人在卢家老号的身股照认，额外还多送一厘。苗杨二人当然是严词拒绝，并一前一后来到灵棚向卢豫海表示忠心。

尽管董克良看似碰了一鼻子灰，但在卢家老号里惹起了不大不小的一场风波，那些不得志的相公、小相公们纷纷打起了另起炉灶的主意。一时间总号和十处窑场竟是人心浮动。

卢豫海深知总号的稳定关系着全局，老相公究竟花落谁家已刻不容缓。于是守灵之期一过，他就当着总号全体相公伙计的面，宣布将苗象天、杨伯安擢升为老相公和二老相公，并扩大了总号老相公房的规模，破格提拔了方怀英、高廷保、何柱裕等几个三十多岁的相公，一同在老相公房协理办事。与此同时，卢豫海又召回了远在景德镇的苏茂东，礼聘为总号和两堂十处窑场的总帮办，让他在神垕家中一面颐养天年，一面参与要事的决策。

卢豫海的这番人事安排可谓滴水不漏，既照顾了苗、杨二人的功劳，也体现了对老一辈人的尊敬，还让那些自以为怀才不遇的人看到了盼头，一时间总号上下无人不服、皆大欢喜。

等这场潜在的风波化解于无形之后，已是五月了。五月端午历来是神垕镇一年来最热闹的节气之一。今年的端午节是卢王氏的五十五岁整寿，而卢家三少爷卢豫江在景号见习生意两年期满，千里迢迢回到了家中给母亲拜寿，可以说是双喜临门。卢豫海一心孝顺老娘，便在端午节那天请来了戏班子助兴，又把总号和两堂相公以上的人全都请进了家里，设家宴款待，集体为老太太道贺。一时间从花厅正堂到两边厢房，足有几十桌丰馔盛宴，几百个相公、小相公团团围坐，个个喜笑颜开。

卢家老号今年生意红火，烟号的出海生意、连号的俄国生意都是如火如荼，十处窑场日夜不停地烧着宋钧和粗瓷，这是多年未见的兴隆盛事。

在杨建凡故去之后，总号上下各有升迁，要么被提拔，要么涨了身股，搁谁心里都像打翻了的蜜罐一般。几百号人有的说笑逗趣，有的串席劝酒，有的插科打诨，有的吆五喝六，更有的提耳罚酒，场面煞是热闹。

卢豫海领着卢豫江、苗象天和杨伯安先是给总帮办苏茂东敬了酒，而后是苗象天执壶，杨伯安捧杯，卢豫海红光满面地挨桌敬酒，卢豫江兴冲冲地跟在后头。卢豫海本来就是海量，再加上前一阵子在辽东天寒地冻，不出门的时候便只有饮酒作乐，酒量更是练得惊人，几十桌下来竟是毫无醉意。众人见大东家千杯不醉，一个个扯了喉咙纷纷叫好。

正当众人饮酒谈笑之际，管家老平高声道："各位爷们儿肃静了，给老夫人祝寿啦！"

立时，众人纷纷离座躬身，外边戏台子上的角儿们也是遥遥地朝这边行礼。卢豫海和卢豫江兄弟俩急忙上来迎接。

卢玉婉在前头领路，白发苍苍的卢王氏由关荷和陈司画两个儿媳妇搀着，颤巍巍地走到首席边上，见卢豫海和卢豫江撩衣跪倒，忙道："你们俩起来吧。今天是个高兴日子，没那么多礼数。大家该喝酒喝酒，该取乐取乐，我一个老婆子了，见子孙们高兴，我心里头才欢喜！"

卢豫海和卢豫江叩头祝寿后才站起来，卢王氏对卢豫海笑道："我老了，不想走动，可架不住你俩媳妇伶牙俐齿，关丫头说全家为这顿饭忙了多日，我要是不来就扫了大伙儿的兴致；司画丫头说相公们都是卢家的顶梁柱，好歹是忙了快半年了，生意也红火，都眼巴巴地等着给老婆子我贺寿呢！连你妹子也跟着搅和，我一想，算了，这才来凑凑热闹！"

卢豫海看了看关荷，又看了看陈司画，冲二人会心一笑，道："娘，您看看，这是谁给您祝寿来了？"

首席上的苏茂东早就等着了，忙上去道："老夫人，老苏祝您福如东海，寿比南山啦！"

卢王氏眯着眼道："老苏？你是苏茂东苏老哥？你不是在景号吗？"

苏茂东擦着泪笑道："老夫人，我荣休了，回神垕养老抱孙子啦。"

卢豫海赔笑道："老苏这是荣而不休，总号的生意、两堂的窑场，还得让老苏帮着出主意想办法呢。"

卢王氏一边落座，一边对苏茂东叹道："唉，前头杨老哥一走，咱们这一辈的人差不多走完了……现在事情都由他们年轻人来办了，也用不着咱们来操心。苏老哥，你以后没事就来钧兴堂，跟我说说闲话，聊个天也好……人老了，就爱想以前的事，当年汴号刚建起来，你跟杨老哥一起在开封府做事，眨眼之间就是二十年啦……"

苏茂东也是感慨道："可不是吗，那时候才是光绪四年，眼下都是光绪二十四年了……"

卢豫海插话道："娘，您别只顾着跟老苏唠叨，相公们都等着给您拜寿呢！"

卢王氏这才明白过来，笑眯眯地站起，朝众人示意。相公们一齐道："恭祝老夫人福寿延年！"卢王氏笑不绝口，朝黑压压的人群道："大家都别站着了，老婆子我好得很！你们该干什么干什么，谁喝醉了我有赏！你们大东家从辽东带回来的人参、鹿茸，我就是当饭吃也吃不完，全都赏给你们！"众人无不开怀大笑，重新入席畅饮起来。

今天是家宴，卢玉婉、关荷和陈司画也不用像以往那样回避，都跟着卢豫海在首席坐了下来。酒至半酣之际，苏茂东端起酒杯道："老夫人，我那老杨兄一直跟我吹牛，说大东家烧窑是他手把手教出来的；前些年老苗哥在的时候，更是提起来大东家就眉飞色舞，说大东家经商也是他一手带的。说实话，我不服气多少年了！可如今三少爷跟了我，这两年他在景号也算学了不少东西，我看将来不在二爷之下！等我死了见了那两个老家伙，我这脸上也就光鲜多了——老夫人你说，这杯酒你该喝不该？"

"该！该！你唠叨了半天，无非就是变着戏法让我喝酒嘛！"卢王氏前仰后合地笑着，刚接过酒杯却被关荷抢了过去，她佯怒道："关丫头又不像话了，你干吗抢我的酒？"

关荷笑道："郎中说了，老太太您不能喝酒！我是您儿媳妇，三少爷和大小姐又是我一手抱大的，三爷给您露了脸，我也觉得光彩。老太太您说，我能不能替您喝了这杯酒？"

卢王氏笑得打跌，道："真是奇了，连酒都有人抢着喝！"

陈司画见关荷夺了风头，只是微微冷笑了一下，而卢玉婉掩口笑着，卢豫海却是放声大笑。

卢豫江如今已是十八九岁的小伙子了，个子也比关荷高出一头来，听她这么说立时涨红了脸，抗议道："二嫂，我都这么大了，您别老提小时候的事好不好？"

卢王氏瞪了他一眼，道："你才多大？搁在十年前，是谁整天缠着关丫头，嚷着'二嫂抱，二嫂抱'的？"

卢玉婉趁机诉苦道："就是，三哥总是不愿别人提他小时候的事！娘，我跟他分明是孪生的兄妹，你看看他对我的模样，好像比我还大着多少似的，动不动就是一顿说教！"

卢豫江急道："我哪里有？你过了年就是要嫁出去的人了，嘴上一点儿把门的都没有，我看你进了曹家谁还护着你！我出门历练这么多年，什么世面没见过？再说我还是你哥呢，教训你几句就听不得了？"

卢豫江和卢玉婉兄妹一向争执惯了，又是在母亲的寿筵上，故而都肆无忌惮地撒娇泼皮起来。众人知道他们是在逗卢王氏开心，谁都没有去劝，只是乐呵呵地在一旁看着。

卢豫海见卢豫江吹牛吹得山响，有心让他借机炫耀一番，便笑道："老三，你在景德镇这两年生意学得如何，回头我给你个事情，一试便知。至于你的学问荒废了没有，那我就不知道了。"

卢豫江兴致来了，大声道："哥，我在景德镇除了学生意，书也没少读！"

"哦，都是读的什么书？不是什么《红楼梦》《西厢记》《桃花扇》之类的吧？"

"我哪里会读那些书！"卢豫江笑道："是康南海先生的《新学伪经考》《孔子改制考》，二哥，不看这些书，我真的不知道那么多道理！朝廷昏聩，外敌入侵，华夏子孙再不变法维新，真的有亡国灭种之虞！读了康南海先生的书，再想想以前读的四书五经八股文章，全是臭不可闻！这次皇上决心变法改制，朝廷也下了《定国是诏》……"

卢豫江越说越激动，恨不得手舞足蹈起来。在座的众人都含笑看着他，只有陈司画微微一怔。

"住口！"卢豫海勃然变色道："你一个毛孩子，不过读了几本邪书，便在娘面前，在你的众位长辈面前口出狂言，难道不怕风大折了你的舌头吗？"卢豫江正说到兴头上，冷不丁被他打断了，不禁又惊又羞，张口结舌道："二哥，你……"卢豫海不等他解释，拍案而起："混账！你现在就给我滚，去祖先堂面壁思过去吧！我一眼也不想见到你！"

说着，朝苗、杨使了个眼色，二人会意，起座架着卢豫江，好言劝着道："大东家喝多了，三爷先去祖先堂等着吧。"

卢豫江气得紧咬牙关，甩开了二人，大踏步走出了花厅。

这个变故来得毫无预兆，首席上人人色变，厅下坐的相公们也都是看得目瞪口呆。卢王氏从未见过儿子发这么大的火，气道："老二，你怎么了？那是你亲兄弟！这么多人，你就不知道给他留点面子？"

苏茂东毕竟是商海里摸爬滚打了一辈子，须臾之间已然看出来了卢豫海的苦心，忙道："哎哟，老夫人，你不是说要给我几支人参吗？我得现在就去拿，不然一会儿老汉喝醉了，老夫人又素来小气得很，故意装作忘了怎么办？走吧，走吧……"说着上前连拉带劝地搀起了卢王氏。

卢豫海脸色铁青，道："你们两个傻了吗？没见娘醉了，快扶娘下去好生歇着！"关荷和陈司画早煞白了脸，赶紧扶着卢王氏离去。

卢王氏兀自气得浑身颤抖，一路上大骂不止。卢玉婉也不敢再待下去，悄悄随着两个嫂子下去了。

此时偌大个酒席场面居然鸦雀无声，不管清醒的还是半醉的都是噤若寒蝉。苗象天快步过来，凑在卢豫海耳边说了几句，卢豫海点头，朝相公们道："诸位吃好喝好，我今天也有些醉了，就让老平陪大家喝酒吧！"

老平是何等精明的人，立刻冲着戏台子嚷道："今天老太太寿辰，再来一出《穆桂英挂帅》，就那段'辕门外三声炮'，给爷们儿们响起来！"

不多时，戏台子上旦角儿出来了，浑身披挂，唱道：

"辕门外三声炮——如同雷震，

天波府走出了保国臣，

头戴金冠——压双鬓，

当年的铁甲我又穿上了身……"

台下骤然响起一片叫好声。在重新热闹起来的气氛里，老平偷眼看了看首席，那里已是空无一人了。见众人似乎都没有察觉，他这才暗暗长吁了一口气。

卢家祖先堂里，卢豫江跪在灵位前，胸口剧烈地起伏着。杨伯安在一旁苦劝，说的无非是大东家喝多了，口不择言而已，三爷千万别放在心上之类的。卢豫江哪里听得进这些，碍于是在祖宗灵位前才不敢放肆，小声道："二哥哪里是喝多了，他这是故意寻我的不是！国家兴亡，匹夫有责，商家也得报国报民！我看他是一门心思做生意、挣银子，把报国之心都冷淡了。我就是赞同变法，我就是佩服康有为、梁启超，怎么了？覆巢之下，岂有完卵！一旦国家亡了，我看二哥的生意还怎么做下去，我看他还怎么挣银子！"

卢豫江这些话正好给一脚门里、一脚门外的卢豫海听得真真切切，卢豫海顿时冷笑道："原来老三竟是胸怀天下之人！二哥我一个浑身铜臭的奸商，真是自愧不如，佩服得很啊！"

卢豫江头也不扭，重重地哼了一声。卢豫海看了眼杨伯安，回头对苗象天道："今天晚上你们两个就在这里，咱们好好听听他是怎么报国报民的！"苗象天和杨伯安都是饱读诗书之人，焉有不知"良臣不问皇家事"的道理？二人早就想溜之大吉了，无奈听见卢豫海发话了，只得远远地站在一侧。

卢豫海稳稳地坐在大东家的太师椅上，对卢豫江冷冷道："你说你读过《孔子改制考》，我且问你，你读得如何？"

"不敢说倒背如流，也是烂熟于心！"

"那你给我讲讲，书里说了些什么？"

卢豫江肃然道："《孔子改制考》凡二十一卷，卷卷都阐述了康先生变法维新的渊源之道。康先生认为，天下大势，不出三世之说：据乱世、升平世、太平世，如今大清内忧外患皆至，国疲民弱，正是据乱之世，非变法不足以图强，非改制不足以求富！"

卢豫海不无揶揄道："祖宗之道传承千年，岂是一朝一夕就可改的？"

卢豫江犹自叹道："这都是后人被伪经欺瞒的缘故！二哥，自西汉末年以来，所谓四书五经，实际上是刘歆为王莽篡汉而伪造的新学，康先生在《新学伪经考》中早已说得再明白不过了！这些伪造的新学，湮没了孔子的'微言大义'，乃是一部彻头彻尾的伪经，祸害了华夏多少年，跟污泥浊水没什么不同！二哥说祖宗之制不可变，殊不知万世尊崇的孔夫子本人，就是变法改制的始作俑者！二哥，孔夫子根本不是什么'大成至圣先师'，这是后人牵强附会之语耳，孔夫子者，改制之圣王也！"说到兴奋处，他大声背诵道："夫两汉君臣儒生，遵从《春秋》拨乱之制，而杂以霸术，犹未尽行也。圣制萌芽，新歆遽出，伪《左》盛行，古文篡乱。于是削移孔子之经而为周公，降孔子之圣王而为先师；《公羊》之学废，改制之义湮，三世之说微；太平之治，大同之乐，暗而不明，郁而不发……"

卢豫海微微冷笑，接下去道："……我华我夏，杂以魏晋隋唐佛老词章之学，乱以氐羌、突厥、契丹、蒙古之风，非惟不识太平，并求汉人拨乱之义，亦乖剌而不可得。而中国之民遂二千年被暴主夷狄之酷政，耗矣。哀哉！"卢豫海说完，了然一笑道："老三，你背的不就是《孔子改制考》的序言吗？要不要我再背一段你听听？"

祖先堂里异常安静，卢豫海的声音虽然不大，三人却听得清清楚楚，不但是卢豫江，就连苗象天和杨伯安都是一惊。《孔子改制考》成书于戊戌年初，这半年里卢家老号变化巨大，卢豫海处理老号事务已是忙得昏天黑地了，他是哪儿来的工夫去背的这等闲书？

卢豫江呆呆道："二哥，你也看过康先生的书吗？"

"不但看过，而且我敢说自己可以倒背如流！你敢吗？"卢豫海盯着他，毫不客气道："你才识了几个字，读了几天书，就敢在众人面前炫耀！奢谈什么是新学、什么是伪经！我再问你，变法二字从康有为嘴里出来，是什么时候？你不知道了吧？我来告诉你，光绪乙未年，康有为率十八省举子给皇上上书，主张'拒和、迁都、练兵、变法'，建议皇上'下诏鼓天下之气，迁都定天下之本，练兵强天下之势，变法成天下之治'，这是康有为第一次公开提出'变法'二字，你那时才十四岁，还是个孩子！"

卢豫海见弟弟被自己说得哑口无言，便轻摇折扇，放缓了语气道："豫江，当着列祖列宗的面，你平心而论，二哥在你读书上花了多少心思？卢家是经商之家，素有正统豫商之称，'尚中庸、重家教、积荫德'正是豫商的古训！我让你读书识字，一则可以考取功名，封妻荫子，为祖上增辉；退一步讲，就是屡试不第，也可以修养性情，熏陶志向，磨砺品行，一旦懂得阴阳五行之理，通晓山川河流之路，即便是经商也是底气十足！这次送你到景德镇历练生意，就是因为我知道那里是洋务之风盛行之地，有心让你多学些有用的东西！可我万万没有想到，你在那里居然成了康有为一党！一肚子离经叛道，满脑子歪理邪说，你对得起列祖列宗吗？"

卢豫江心里有些发虚，知道这第一个回合算是自己完败了，但嘴上兀自强硬道："可二哥想想，康先生说'养民之法：一曰务农，二曰劝工，三曰惠商，四曰恤穷'，他还说'以商立国，可侔敌利'，这跟二哥讲的'挣洋人的银子'难道不是一回事吗？可见他是重视我们商人的！这样重商的观点难道也是歪理邪说不成？"他清楚卢豫海斗学识赢不了，便从"商"字上做文章，以为这是"以子之矛，攻子之盾"，发动了第二回合的辩论。

卢豫海合了折扇，失笑道："看来你今天非要同二哥我打擂台了！好吧，我再问问你，你读过魏默深先生的《海国图志》吗？还有曾国藩的《曾文正公全集》，张之洞的《劝学篇》，冯桂芬的《校邠庐抗议》，这些你可都有拜阅？《海国图志》讲究'师夷长技以制夷'，重商无疑是洋人的长处；曾国藩是你说的'伪经'大师了，可梁启超说他'立德、立功、立言三不朽，所成就震古烁今而莫与竞者'！《劝学篇》主张'中学为体，西学为用'，其《外篇》的第十五篇是什么？名字就是《农工商学》！至于《校邠庐抗议》，通篇都是讲如何'自强'，冯景亭先生说大清'人无弃才，不如夷；地无遗利，不如夷；君民不隔，不如夷；名实必符，不如夷'，这四条一语道破天机，涵盖了科举、用人、通商、政体四个方面，比康梁强出百倍……而这些人的著作，无一不是立足于你所说的'伪经'之上，但诸如'重商''争利'的说法，在里头都找得到！难道你仅仅凭着'以商立国，可侔敌利'这八个字，就一头拜倒在康有为门下了？真是让人可发一噱！"

这些著作卢豫江也只是听说过而已，哪里知道卢豫海竟是通晓于心，出口成章？他不由得汗流浃背，怔怔地跪在地上。苗象天见状过来扶起他，笑道："三爷，你二哥读的书比你多得多！说起生意，三爷你更不是大东家的对手，就别再自讨没趣了。"

卢豫海却笑着道："让他说！让他把所有的疑惑都讲出来！我不能眼睁睁看着自己的亲兄弟受文贼乱臣的蒙蔽，成了个书呆子！"

卢豫江两阵皆输，本想就此束手就擒，却猛地听见自己崇拜之人被说成"文贼乱臣"，当下便忍不住道："二哥，我承认你读书比我多，生意上的事情我更说不过你。你就是骂我是书呆子，我也不反驳，谁叫你是我哥呢？可康有为、梁启超学问精深，融汇中西，天下无人不知！就连在皇上那里，也是相当器重之人。怎么到了你嘴里，就成了'文贼乱臣'了？弟弟我心里不服！"

"我就知道你不服。我问你，我刚才列举的那些书，你读过吗？没有吧？你为什么不去读？是因为一部《新学伪经考》！是因为你觉得此前学的都是伪经，康有为之外的著作统统不值一读！再加上康梁行文汪洋恣肆，蛊惑人心，你们这些自命不凡的年轻人不求甚解，但求读来痛快，尊其人为圣贤，奉其言为珪璋，信其书为典范，还会再读别人的书吗？康有为以天纵之才，借门徒之力，纠合各类材料，运用各种手段，大胆假设、穿凿附会等文人不屑之技巧无所不用其极！洋洋洒洒，滔滔雄辩，大有顺之者昌，逆之者亡之势。此等宣扬自己一家之言，阻断读书人进取之心的人，算不算文贼？几个书生蒙蔽皇上，轻言变法维新，算不算乱臣？"

卢豫江却摇头道："二哥，康先生如今位在军机处，亲临国之中枢，又有皇上的支持，明诏全国变法！殊不知日本明治维新以来，国力富强，这是近在眼前的例子！如今变法已是大势所趋，弟弟就算是学了康梁之法，也是顺势而为。"

"荒唐之极！"卢豫海连连叹道："你到底还是年轻啊！我自经商以来，牢记豫商'若即若离'的古训，跟官场打了快二十年的交道，难道还用你来跟我讲什么是'顺势而为'？你看似振振有词，其实你什么都不懂……大清积弊已久，单单一个'重农抑商'，千百年来就是如此，岂是一夜之间就能全部扭转的？就像一个将死的老汉，你给他下虎狼之药，药是不错，可老汉他经得起吗？苟延残喘还有个七八天活头，一吃药当晚就一命呜呼了……从四月二十三《定国是诏》颁布下来，到今天才十几天，下了多少道上谕？整整十三道！如此急迫，如此操切，根本不是图大事、图长远之人的做法！日本人变法用了多少年？两代天皇，几十年的工夫！治大国若烹小鲜，欲速则不达，这是多浅显的道理，可康有为就是不懂。靠着一个毫无实权的皇上，几个手无寸铁的书生，还妄谈什么变法？你知道我今晚为何突然大怒，是因为你一语不慎，已经把卢家推倒了悬崖边上，满门抄斩的大祸就在眼前……"

这下连杨伯安也无法再保持沉默了，忙道："大东家何出此言？三爷不过是一时兴起才这么说的，眼下举国都在说变法、维新，为何卢家就要面临灾难呢？"

"如不出我所料，康梁的变法多则一年，少则半载，必定是个一败涂地的结局。你们想想，《定国是诏》发布的第二天，皇上就废除了科举！天底下寒窗苦读的学子士人，图的就是一朝金榜题名，如今所有希望化为泡影，他们会答应吗？还有，皇上对阻挠变法的人一律严惩，不问帝党后党，不管亲疏远近，四处树敌，官场上无不是怨声载道。士人乃国之根本，官员乃国之重器，两个都得罪了，变法能成功吗？说是举国变法，真正动起来的除了湖南巡抚陈宝箴，一十三省的督抚还有谁？都是在敷衍了事……等到局面不可收拾的时候，举国清查奸党，朝廷大开杀戒，而老三你连康梁的面都没见过，无非读了他们几本书，值得为了他们把全家的性命都搭进去吗？你就不想想，刚才堂下坐的有没有董克良的眼线？万一被董克良知道了此事，你还有活路吗？卢家背上个窝藏奸党的罪名，卢家还有活路吗？图一时口舌之快，铸万难挽回之错，你就不能闭住你的嘴！"

卢豫江被他的话说得抬不起头来，听到了最后几句，他猛地抬头道："二哥，祸是我闯的，我一人去背就是！"

"你想得简单，董克良会让你一人扛起来这个大罪吗？他恨不能食卢家人之肉，寝卢家人之皮！我为人处事谨小慎微，即便如此还难以保证不被人抓住把柄，你可倒好，当着几百号人，大谈什么变法维新。这是把全家的性命往董克良手里送啊！董克良朝思暮想而不可得的事情，你倒是慷慨，一股脑都给了他！"

卢豫海急促地在祖先堂踱步，三人都直直地看着他。卢豫江这才明白惹了多大的祸端，急得带了哭腔道："二哥，那你说我该怎么办？"

"你病了！而且是风瘫之症！"卢豫海遽然站住，斩钉截铁道："老苗，这件事你去安排。我要让神垕镇所有人都知道，卢家的老三在归途中染了风瘫，口不能言，足不能行，从戊戌年五月端午这天就再没出过家门！"

"大东家放心，象天知道该如何做！"

卢豫海转向杨伯安道："老杨，你不是跟汇昌洋行的詹姆斯很熟吗？你给他去封信，就说大东家的亲弟弟想出国留洋，让他从速帮忙办理一切手续，花多少银子都由他！"

"此事容易，伯安这就去办——"杨伯安犹豫道："只是，三爷仓促之间出国留洋，老夫人会答应吗？"

"娘若是要老三活命，就是再不愿意也得答应！"

卢豫江听得如坠云雾之中。他刚一听到让他抱病不出，心里慌得跟火炭似的，乍又听说让自己留洋，那可是他梦寐以求多年，数次都被卢王氏严词驳回的事情啊！他不由得颤声道："二哥，你，你究竟是……"

"《三国演义》里姜维避祸一回，难道你不记得了？不怕一万，就怕万一啊！"

卢豫海仿佛忽然苍老了许多，他默默地走到卢豫江身边，拍拍他的肩头道："你的心思，二哥都明白。变法维新本身的确是好事，也的确迫在眉睫，可让康梁这伙不食人间烟火的书生去办，好东西生生弄砸了……他们太心急了，秀才造反十年不成，他们怎么就不知道自己建立军队呢？就凭手里一支笔，脸上一张嘴，能扭转乾坤？皇上虽然亲政了，可大权尤其是军权还在老太后手里啊，直隶总督荣禄的天津新军，领头的是咱河南老乡袁世凯，他随便派出来一百支毛瑟枪，抵得上一千道上谕！官场之间尔虞我诈，一遇祸事彼此倾轧的例子多了，董克良一旦买通了贪官，扣你一个康党的帽子，贪官也正好抓人交差，说弄死卢家还不是顷刻之间的事！老三，你不是笨人，好好想想二哥的话……年底之前你就要去英国了，好好在家孝顺孝顺咱娘，娘那里你不用担心，有我去说……如果变法维新大功告成，就算是二哥我看走眼了，可你留洋一圈也是一名维新派人士；如果失败，你也好静下心来检讨其中得失，探求其中原委，领悟其中教训，就为今后做个准备吧。"

说到这里，卢豫海松快地一笑，揽着呆若木鸡的弟弟，亲热道："走，回我书房，这儿还是太暗了，让人喘不过气来……说实话，刚才我的话也有些过了，其实康有为还是说了些有道理的，比如他说'且夫古之灭国以兵，人皆知之，今之灭国以商，人皆忽之。以兵灭人，国亡而民犹存，以商灭人，民亡而国随之。中国之受弊，盖在此也……'几千年来，还没人像他那么重视商人呢！"

卢豫江激动道："这正是我的志向！二哥，我出国留洋，要学也是学商科！"

"只要不学女人科就成！我在烟台见过外国女人，风骚着呢！"说着，他扭头看了看杨伯安，道："不信，你问问老杨！他可是……"

杨伯安臊得面红耳赤，连声道："大东家口下留情！口下留情！"

兄弟俩大笑着离开了祖先堂。苗象天和杨伯安相视苦笑。苗象天笑道："老杨，你去给你的詹姆斯写信吧，我还要给三爷找郎中看病呢！"

杨伯安却笑不出来，皱眉道："难道董家在卢家真的有眼线？再说了，眼下全国都在变法，为何大东家一口咬定变法长不了呢？"

第二十五章 / 绝处逢生

1 戊戌二字缺一笔

在苗象天的精心安排下，卢家三少爷卢豫江"得了风瘫之症"，病重不能出门的消息迅速传遍了神屋。与此同时，卢豫江在卢王氏寿筵上鼓吹变法维新的事，也通过各种途径传到了董克良耳朵里。董克良在心机谋略上并不逊于卢豫海，略微加以分析便得出了结论：卢豫江是装病避祸，看来卢豫海已经断定这变法维新迟早要落败。想到这里，他不由得冷笑道："老詹，你说这件事该如何处置？"

老詹已是七十多岁的人了，前后伺候了董振魁、董克良两代大东家，对于董卢两家的恩怨瓜葛了如指掌。老詹咳嗽了几声，干笑道："只要大东家肯定变法成不了，那卢家可就大祸临头了！"

"变法自然是成不了的。"董克良微微一笑："我只是拿不定主意，如何借题发挥而已。千秋，你有什么办法？"

詹千秋是老詹的大儿子，今年五十岁了，跟他爹一样，也是自幼在董家做事。老詹年迈不堪重负以来，董克良有意带着他走南闯北地办分号、闯码头，发现他心机灵活，鬼点子层出不穷，便把他留在了身边，在圆知堂里做了管家，协助父亲老詹理事。詹千秋跟父亲年轻时候的魁伟豪迈迥然不同，生得瘦小枯干，弯腰驼背，甚至带着些猥琐之像，连老詹都不是很喜欢他。可董克良偏偏对他青睐有加，这两年生意上的大事决策都让他参与。詹千秋早在肚子里盘算好了措词，见董克良来问，当下便道："办法是有的，只是不知道大东家想要做到哪一步了。"

"哦？"董克良饶有兴致道："那你就说说看，都有什么方法？"

"第一，河南新任巡抚裕长的哥哥裕禄，是当今军机大臣、礼部尚书，深得太后赏识，手握中枢大权。大东家可以通过裕长打听一下朝中局面，伺机而动，当然，裕长是个大贪官，少不得花银子疏通。第二，密切留意卢家烟号的动向。以卢豫海心机之深，他明白一旦变法失败，举国诛杀维新党，国内是待不下去了，他们在烟台经营多年，送卢豫江出海避祸的话只能走这条路。第三，不管卢豫江是否可以顺利地逃了，只要变法还未失败，我还有个主意。如今各省都在简拔维新人才，这个差使是学政管的，而豫省布政使连逢春兼管了学政，又是咱们喂银子喂饱的。咱们不妨让他先下个征召的文书，大模大样地送到卢家去。就算卢老三称病不出，就算他跑到国外避祸，卢家这个维新党的帽子怕是摘不掉了！只是大东家还得花一笔银子。"

老詹皱眉道："前两个法子还稳妥，最后一个简直是无稽之谈！变法维新在各省如火如荼，一旦真的让皇上变法成功了，维新党如日中天，成了中兴大清的功臣，咱不是花了许多银子，却白白送给卢家一个天大的人情吗？此计断不可行！"

董克良笑道："老詹，你也是多虑了。依我看，变法根本成不了！"

老詹睁大眼睛道："大东家为何如此确定？"

"只凭'戊戌'二字便知道了！"董克良狡黠地看着他，提笔写了"戊、戌"二字，又在一旁写了个"成"字，笑道："老詹你看，'戊'字也好，'戌'字也好，与成功的'成'字仅差一笔，但这缺的一笔就要了变法的命！变法者，撼动了国家根基，偏偏赶在了这倒霉的戊戌年，岂不是天意不许其成功吗？六十年一个轮回，道光十八年是戊戌年，那一年道光爷决心查禁鸦片，让林则徐林大人远赴广州，结局怎样？开创了割地赔款之先河！自康乾盛世过去之后，上一个戊戌年皇上没做成什么大事，这一个戊戌年也做不成！"

老詹觉得他说得似乎有理，但毕竟还是有些牵强附会的嫌疑。康熙五十七年、乾隆四十三年都是戊戌年，可在那时也是歌舞升平，太平景象啊。他看到董克良心思已定，知道再说也无用了，便道："大东家若是真要以此对卢家下手，还要提防一个人。"

"你说的是卢豫川？"董克良笑道："他一个将死之人，能有什么作为？我知道你的担心是什么，你怕卢豫江一走，卢家除了卢豫海，还有个能出来顶罪的卢豫川？按理说，长房长子替兄弟领罪，也说得过去。但你别忘了，卢家只要敢送走了卢豫江，这就是窝藏纵容乱党的大罪，是要诛灭九族的，怕是卢豫川有心出来做个替死鬼，也是爱莫能助！"

老詹踌躇了半晌，还是把真实的想法说了出来："大东家，您想滚汤泼老鼠，一窝端了卢家，为老太爷和大少爷报仇雪恨，这个没错！但您想过没有，卢家的二少奶奶关荷可是咱们董家的人啊！她还是您的外甥女呢！"

董克良脸色遽然一变，阴沉沉地看着他。

老詹硬着头皮道："大东家，大小姐董定云……不知所终，关荷是大小姐唯一的后人，就算是卢豫海该死，关荷助纣为虐，也该死，可大东家就不怕众人议论，说大东家不顾亲情吗？当年关荷身世真相暴露，老太爷孤身一人去赴她的婚宴，一出手就是两万两的陪嫁！老太爷难道不知两家的仇怨吗？大东家，人言可畏啊！万一名声有损，往后还怎么做生意、见商伙？老汉今年七十多了，这些话听着不顺耳，但句句都是老汉的肺腑之言，恳求大东家三思！"

董克良默然良久，道："覆巢之下，焉有完卵？卢家遭难，关荷势必会受连累……老詹，你说的对，关荷是我的外甥女不假，可这么多年以来，她认过我这个舅舅吗？即便是我对她下手，也是她理亏在前！"

詹千秋看了看父亲，又看了看董克良，笑道："大东家岂能有了这妇人之仁？当断不断，必受其乱，眼看唾手可得的买卖为何不做？"他没有理会父亲的眼色，兀自道："官府真追查下来，大不了咱跟裕长和连逢春说好，私自把关荷保下来就是。卢家首犯问斩，从犯流徙，百十号人的流放队伍，走到半路上把关荷弄回来还不容易吗？火到猪头烂，钱到公事办，裕长贪得无厌，做这等事再拿手不过了！"

董克良沉思了半天，他的心情如浓墨般深沉，许久，才听见他喃喃道："银子，说来说去还是银子……千秋，我给你三十万两，你来全权操办此事。你记好了，卢豫海的人头我要，关荷的性命我也要保下来！大哥无儿无女，大姐只有这个丫头，关荷要是再死了，我身边就一个亲人都没了……"

老詹听他说到这里，身子轻轻一晃，仿佛董克良瞬间变成了一个巨大的冰块，阵阵刻骨的寒意从他身上滚滚袭来。

老詹父子拱手告退，董克良眼中晃动着一股难以名状的神色，忽地叫住了他们，压低了嗓音道："除了关荷，陈司画的命，也不能出什么差错……"

河南巡抚裕长四十多岁，刚从四川调到河南。他年纪轻轻就能做到一省巡抚，一来是靠祖上军功，二来是朝中有做军机大臣、礼部尚书的哥哥裕禄撑腰。然而，他官做得虽大，对于政事之类却并不在行。

四月以来，皇上层出不穷的新政弄得他头疼不已，只得把藩台连逢春、臬台曹利成两个大人不时招入府里商议对策。这天他又接到了皇上严斥他办差不力的朱批，唬得他立即派人有请钱、曹二人。

不多时，曹利成气喘吁吁地到了，一见他的面就道："开封书院的书生闹事，把贡院大门都堵了，老连兼着书院总教习，已经去劝说他们安心读书，怕是今天来不了了！抚台这么急着召见，可是皇上又有新政了？"

裕长仿佛见了救命稻草，忙道："老曹你先坐着，喝口水再说！"

曹利成道了谢，啜了口茶道："抚台大人，有什么新政您就说吧！连科举都敢废了，咱们这位皇上还有什么制度不敢改的？总不成真听了康梁的话，要建什么议会吧？"

"那倒没有。"裕长愁眉苦脸道："昨天一口气来了八道上谕，今天真是破天荒了，居然一道新政都没下来！只是来了个朱批，还是明发的，看来皇上是惦记咱们了！"

曹利成接过去一看，失口笑道："抚台大人别往心里去，如今一十三省除了湖南的陈宝箴，有几个督抚不被皇上骂的？没明发撤职就不错了！无非是埋怨咱们没有推荐维新人才而已。"

"还而已呢！老曹，你得给我出个点子，蒙一蒙皇上才好！"

曹利成不以为然地笑道："皇上本来就好蒙，如今皇上被新政弄昏了头，蒙起来更是容易！按我说，抚台大人不妨上个折子，说河南孔孟之道传承千年，要说读'伪经'的书生大有人在，而懂变法维新的需要慢慢去找。皇上亲自主持变法维新是大事，底下的人不敢冒昧，那些一顿饭工夫就能弄来一大堆的人，能用来维新吗？"

"谁说没有？你是在禹州做过知州，那个神垕卢家，你不知道吗？"

曹利成断然没有想到裕长会问这个，蓦地谨慎起来，斟酌道："禹王九鼎就是卢家烧造出来的，对朝廷立有大功，卑职焉能不知？"

"你别一口一个'卑职'的，咱哥俩谁跟谁！"裕长呵呵笑道："他们家就出了个维新的人才，在他母亲寿筵上大谈变法维新的好处，此人难道不可用吗？"

曹利成立时就汗流浃背了。五月端午那天，曹利成派了管家去给卢王氏祝寿，管家一回来就向他禀告了此事。曹利成久居官场，闻言吓得不轻，立刻去信给卢豫海，告诉他国事无常，让他有所提防。卢豫海的回信说得清楚，已经做好了让老三出国避祸的准备。即便如此，曹利成每每想起这个就心惊肉跳。卢玉婉和曹依山的亲事定了多年，卢玉婉也将满二十岁，要不是卢维章突然病故，两人的喜事早就办了。本来两家说好了一过年就让卢玉婉进门，可中间又插了卢豫江的事，这不是好事多磨吗？

曹利成定了定神，笑道："抚台说的是卢豫江吧？唉，此人倒是有几分才气，可惜他得了风瘫之疾，怕是难以重用啊。"

裕长疑惑道："怎么，看样子老曹你跟卢家很熟啊？"

曹利成不知他是有意装蒜还是真不知道，只得实话实说道："不瞒抚台大人，卢豫江的妹妹卢玉婉，就是犬子未过门的媳妇儿！前几天卢家还让我在开封府寻名医给他们老三治风瘫呢，我岂能不知？"

裕长腾地站起来，目瞪口呆道："果真如此？坏了，坏了！"

曹利成惊道："抚台大人，出什么事了？"

裕长连连跺脚道："老曹，你跟卢家这层关系怎么不早说？我正发愁没维新人才应付皇上，已经派人给神垕下了钧令，召卢豫江来开封面试来了！"

"什么时候走的？"

"一个时辰了！"

"那，那我这就派人去追！"

曹利成已是面如土色，大步走出房门，对自己带来的随从大声说了几句，随从立刻转身飞奔而出。曹利成脸色煞白地回到正厅，兀自喘息不止。裕长宽慰他道："老曹，你放心，既然是你亲家，不管将来怎么变故，我都保卢家没事！"

曹利成忙道："谢抚台大人！敢问向大人推荐卢豫江的，是老连吗？"

"不错！老连兼管了学政，举荐士人也是他的本分。"裕长猛醒到连逢春和曹利成素来不和，便道："老连也未必就知道你和卢家的关系，你也不要想太多！虽然你我都看得清楚，变法长不了，可老连这么做毕竟合乎朝廷眼下的意思，你又能挑出来什么毛病？你放心，这件事我管到底了，老连那边我去说。我在河南全靠你们俩帮衬了，少了谁都不成！"

曹利成抽动两下鼻子，居然眼圈红红道："唉，抚台大人哪，您刚到开封府，河南官场的事您只知其一，不知其二。老连跟在马千山身边那时候就是布政使，从二品的官；我从从五品的知州做到正三品的按察使，老连原地不动，还是从二品！您说，我以前是老连的属下，如今我升官他不动，老连能容得下我老曹吗？这几年我处处对他退避三舍，结果他还是容不下我曹利成！抚台大人容禀，这神垕镇有两个大家子，一户是卢家，一户是董家，两家的恩怨几十年了。董家的大东家董克良，跟老连的儿子连鸿举是磕头拜把子的弟兄，不然老连就真的是千里眼、顺风耳了，怎么偏偏就知道神垕那里有个卢豫江，还是在他娘的寿筵上大讲维新变法呢？这里头难免有些玄机啊！"

曹利成见已经说开了，便直言道："抚台大人，老连这一手阴得很哪！他是一省的学政，又是藩台，无论是征求贤良，还是抚安民政，都是他职责所在。区区一张招贤帖子，他自己就能发，何必非要烦劳抚台大人下钧令呢？"

裕长多少听出了些门道，不由大怒道："这个老连，难道是给我也下套不成？"

"正是！"曹利成心中暗喜，脸上满是义愤："抚台大人、老连和我，咱们三人日夜商议皇上的新政，都知道眼下不是新政可行之时，只要太后老佛爷不发懿旨恩准，多少新法都是一纸空文！老连撺掇着您下钧令召集维新人才，看上去是让您在皇上面前露脸，其实在皇上面前露了这个脸，老佛爷一旦出山，您在老佛爷那儿就是一鼻子灰！眼下的情形再清楚不过，老连看中的怕不是我这么个正三品的臬台，或许是您这个巡抚之位！"

话说到这个份上，就是再愚钝的人心里也该是雪亮了。气得裕长拍案大骂不止。曹利成又道："抚台大人钧令已出，巡抚衙门、学政衙门肯定留有档案，学政衙门是老连的地盘，别人水泼不进，这就是他梦寐以求的把柄啊！不瞒大人，我已经告诉卢家的人，让他们迅速送卢豫江出国留洋，以避风头！"

"做得好！"裕长大声道："此事务必做得神不知鬼不觉，不能让老连得到一点儿风声。"

曹利成这才放下心来，又跟他没话找话地议论了半天，就是不肯离开。裕长知道他的心思，便笑道："老曹，你忙你的去吧。等钧令追回来了，我立刻让人通知你，当着你的面烧毁，你看如何？"

"既然如此，卑职就告退了！"曹利成见心思被他点破，也只好告辞出去。他满腹心事地离去后，一个幕僚从侧室出来，道："抚台大人，您真的打算烧毁那道钧令吗？"

裕长微微冷笑了几声，道："一个连逢春，一个曹利成，都把当老子当猴耍！

哼，老虎不发威，就被当病猫……鬼才会烧了那钧令！我正愁没东西制住曹利成呢，这可倒好，自己送上门来了！"

曹利成回到自家书房，这才感觉到汗透重衣。猝不及防之下，他和卢家已是在鬼门关前走了一遭，刚才真可谓是九死一生。虽然暂时化解了危局，不过没能亲眼看见钧令被毁，他心里多少还是有些不安。裕长这个人虽然看起来是个糊涂虫，可在大事上从来不犯浑，谁能保证他就对自己言听计从呢？自己栽赃给老连的话，老连自然也能栽赃给自己，万一裕长信不过自己，把钧令扣在手里当作日后要挟的撒手锏，那可就糟了！想到这里，曹利成再不敢怠慢，立刻写了封密信，让人快马加鞭送给卢豫海，催促他尽快送卢豫江出国，也把开封府里自家的难处讲了一通。

卢豫海接到密信，心里暗暗叫苦，马上就去后宅求见老娘去了。卢王氏对那天卢豫海的搅席深为不满，卢豫海几次来请安，门都不许他进。最后还是架不住关荷和陈司画的苦劝，这才让他进来，劈头盖脸就是一顿好骂。

卢豫海也不反驳，待老太太气消了，一脸郑重地把老三惹下的祸事陈述一遍，最后道："娘，如今就是这么个局面。要么让老三出国留洋，要么全家一起等死。老三出去了，就算卢家还躲不过此劫，好歹在外头还有一脉香火。娘要是舍不得老三，那就让人家一锅端了吧。"

卢王氏听得瞠目结舌，惊道："真会是如此严重？"

"卢家几次遭难，不都是因为朝廷吗？娘，事不宜迟啊，一旦风声突变，老三就是想走都来不及了！"

"咱老亲家是豫省的臬台，也保不住卢家？"

卢豫海真的急了，大声道："娘，卢家成了窝藏奸党的要犯，你以为曹利成还会让玉婉进门吗？河南这些当官的只想着保官捞钱！到时候玉婉想嫁也嫁不出去，那还不毁了她一辈子吗？"

卢王氏心下大乱，慌张道："要走，你们俩都走！还有豫川，你们兄弟仨带着广生和广绫一块儿走！我们几个娘们留在家里头，看朝廷能怎么着我们！"

卢豫海哭笑不得道："娘，豫江可以走，大哥也可以走，我能走吗？老号这么大的摊子，我一走还不是树倒猢狲散了？"

卢王氏淌泪道："我当初就不想让老三去什么景德镇，你非不听我的？怎么样，上了贼船了吧？上船容易下船难哪……苏茂东那个老王八蛋怎么管的老三，那天还跟我吹嘘呢！你把他叫来，我不当面骂他一顿，不解我的心头之气……"

卢豫江留洋之事最大的阻碍就是卢王氏了，眼下她也不得不点头应允，接下来的事就好办多了。烟台汇昌洋行的詹姆斯很乐意帮这个忙，回信说他七月底八月初要回国探亲，可以让卢豫江作为随从一道赴英。卢豫江自然是急不可待，而卢王氏却一心要他过了八月十五再走。卢豫海再三劝说，老太太只是流泪不许。卢豫海万般无奈之下当机立断，瞒着老太太送走了卢豫江，对外声称由杨伯安送三爷去开封府治病，实际上田老大早在开封等候了，一接到卢豫江立即走河路入山东，一路马不停蹄地送到了烟台。八月初五那天，卢豫海接到弟弟从烟台发来的密电，只有三个字：弟走矣。

卢王氏这才明白卢豫海兄弟俩瞒天过海得了手，自己这个老太婆却还蒙在鼓里，还喜滋滋地准备八月十五一家团圆呢！当下便是放声痛哭，水米不进，竟要绝食自尽。卢豫海还没劝几句，老太太就哭道："豫江这一走，我这辈子算是见不得我家老三了，我活着还有个什么劲？走就走了，非得这么急吗？临行前我连句交代的话都没有，再过几天就是八月十五了，连中秋节都不让团圆！"卢豫海心里也是哀伤不已，只能陪着老娘一起哭，一起绝食，跪在门外恳求老娘原谅。

卢家老号老夫人、大东家母子一起绝食了，谁还敢再生火做饭？初六一天，关荷带头没用膳，陈司画领着俩孩子不甘示弱，也断了炊，全家人一个个都傻了眼，无奈纷纷效仿起来。

从初五晚上到初七上午，上至卢王氏和卢豫海，下至看门老汉，竟都是整整一天多没吃饭！到了初七上午，除了卢广生和卢广绫实在熬不过，由晴柔带到没人处悄悄吃了两块点心，其余的人大多是饿得头重脚轻，有气无力了。

苗象天就是这个时候闯进钧兴堂的。

老平强打精神道："老苗，你这么慌张干什么？"

苗象天急得嗓子都哑了，道："大东家呢？"

"在后宅老太太院子里跪着呢！"

苗象天跑出去几步，又折回来，纳闷道："大东家又怎么得罪老太太了？"

"还不是三爷的事？老太太舍不得三爷走，非要过了中秋节，大东家瞒着她送走了三爷。这不，老太太发脾气呢，要绝食，全钧兴堂的人一天多没吃饭了。幸亏您上午来的，下午来就等着收尸吧。"

苗象天瞪了他一眼："你也老大不小的人了，说这不吉利的话干什么？告诉你，这封电报一送到，老太太那儿立刻就得吃饭！"

老平不解地看着他，苗象天笑道："快去厨房吧，叫人点火做饭！"说着，他一溜烟儿跑向后宅。

卢豫海果然还在院子里跪着，房门紧闭。卢王氏大概也饿坏了，连骂人的力气都没有了，院子里一片死寂。苗象天轻轻叫道："大东家……"

卢豫海浑身无力地哼了一声，双眼微启道："你看着办吧，不行跟老杨商议，还有怀英、廷保、柱裕他们呢。"

苗象天忍住笑，道："大东家，是京号和津号的急电，刚刚送到的。"

卢豫海身子一震，赶紧接过去。两封电报上不过寥寥数语，卢豫海扫了一眼顿时来了精神，腾地站起，却重重地摔倒下去。苗象天赶紧扶住他道："大东家，两条腿跪麻了吧？慢点！"

卢豫海哪里还慢得下来，一瘸一拐地走到门口，朝里大声道："娘，您听好了，皇上下旨了！皇上因病无法治理朝政，太后老佛爷再次临朝训政，下令逮捕康有为、梁启超等维新党！老三幸亏走了，要是他现在还在神垕，没准明天就有人来抓他了！"

话音没落，陈司画就冲上来打开了门。卢豫海朝里一看，关荷坐在床边垂泪，卢王氏病恹恹地靠在床上，道："老二，你说什么呢？"

"娘，老三走的是时候！皇上，不，太后开始抓维新党了，原来的新政全部作废！京城已经戒严，见一个，抓一个，统统难逃一死！"卢豫海道。

卢王氏惊得坐起来道："真的吗？老三呢？上船了吗？"

"老三初五的电报，已经上船出海了。娘放心，他坐的是英国人的商船，朝廷不敢去查。"

卢王氏连连念佛道："佛祖显灵，菩萨保佑，让我家老三逃过一劫啊！"

关荷见她转忧为喜，便抹泪赔笑道："老太太，今天吃饭吗？"卢王氏一时没明白过来，纳闷地看着众人。

陈司画笑道："老太太，您不吃饭，全钧兴堂的人都不敢动筷子，广生和广绫也是两天没吃东西了，饿得直哭呢！"

卢王氏这才恍然大悟，气得笑骂道："你们……你们都是傻子啊？我不吃饭，你们怎么不吃！我五六十岁的老婆子了，饿死也就饿死了，广生和广绫才多大点，让他们陪着我老婆子挨饿？没见过你们这样狠心的爹娘！快让厨房做饭去！"

2　壮士断腕求生机

光绪戊戌年的八月十五终于到来了。神垕镇一年里"春节、端午、中秋"是三大节，跟往年的大操大办相比，卢家这一年的中秋佳节过得格外平静，甚至是悄无声息。

全家人还都笼罩在绝处逢生的侥幸之中，就只是在后宅卢王氏那个小院里摆了一桌酒菜。毕竟是团圆之夜，卢豫海特意让人把卢豫川和苏文娟两口子也请来了。众人都不解卢豫海此举是何意，一家人惶惶不已、各怀心事地围坐在一起。

回想起这些天来的日子，晴天霹雳一个接着一个。八月初九，训政的太后老佛爷下旨：矿务铁路督办张荫桓，户部侍郎徐致靖，维新党人杨深秀、杨锐、林旭、谭嗣同、刘光第均着先行革职，交步军统领衙门，拿解刑部治罪。八月十三，朝廷不经审讯即处决了杨深秀、杨锐、林旭、谭嗣同、刘光第、康广仁等六人，史称"戊戌六君子"。八月十四，朝廷向全国下明诏宣示罪状，声称维新党人"包藏祸心，潜图不轨，前日竟有纠约乱党谋围颐和园，劫制皇太后，陷害朕躬之事，幸经觉察，立破奸谋"。于是乎维新党人的罪过从"结党营私，莠言乱政"升格为"犯上作乱，图谋帝位"，原来的"小人奸臣"变成了"乱臣贼子"，这可是满门抄斩的罪过！

这份电报传到卢家，正是八月十五的夜晚。卢豫海看罢了电报，不动声色地揣在怀里，道："娘，大哥，大嫂，今天卢家人除了豫江都在，刚才大家已经给娘见过礼了，现在我就说几句吧。"

众人料到他会有这番话，便都惴惴不安地看着他。卢豫川和苏文娟互相看了一眼，谁都没有说话。卢豫川颤巍巍地掏出来一串佛珠，不停地捻动着。卢豫海端起一杯酒，道："刚刚接到的电报，朝廷已经对维新党大开杀戒了，罪名是'犯上作乱，图谋帝位'。这个罪名按老百姓的话说，就是杀皇帝造反！豫江几个月前给卢家闯下了大祸，虽然他已经走了，但董克良已经把这件事捅到了巡抚裕长那里。眼下还有咱们老亲家曹利成曹大人多方周全，估计问题不会太大，至多也就是抓个首犯，不会株连全家了。"说着，自己将杯中酒一饮而尽。

这番话如同突如其来的一阵狂风，扫得众人心头都是凌乱不堪。卢王氏失声道："怎么，终究还是逃不过去吗？"

"孩儿不孝，让娘受惊了。我只是说恐怕。一旦官府上门要人，我是卢家族长，又是大东家，还是首犯卢豫江的亲哥哥，出这个头怕是非我莫属。我今天请了大哥大嫂来，就是为了说这件事。"

关荷和陈司画身子都是一哆嗦，脸色刹那间都没了一丝血色。卢豫海朗声道："豫海执掌卢家不到三年，生意上就不说了，就是有些寸功的作为，也全仗着老太爷以前打下的底子。家事上，我更是从未做过什么，害得娘还要为家务琐事操心，害得大哥重病之人还要替我守孝！如此说来，我卢豫海上对不起老太爷的在天之灵，下对不起母亲兄长，眼下唯一能做的，就是替卢家挑起这副担子。我想过了，官府把我抓走之后，大哥和大嫂重新搬回钧兴堂来住。我看大哥身子好了些，就请大哥代我主持卢家老号吧，外边还有苗象天、杨伯安他们，估计出不了大乱子。家里的事，有大嫂主持，关荷和司画帮忙做些事情。万一我能回来更好，如果回不来，掉了脑袋，大哥就接任卢家族长和卢家老号大东家，继续主持卢家老号，替我孝顺老娘，照顾广生和广绫长大成人。"

其实卢豫海早就料到了朝廷不会放过维新党的，这些计划他也深思熟虑了多日，故而今天从容不迫地娓娓道来。其余的人却是跟听天书一般。他的话无异于平地炸雷，人人都是大惊失色。卢王氏呆呆道："官府真的要抓人吗？要抓，把我抓去好了，我一个老婆子本来就没几天好活了，早死了早见老太爷去！"关荷和陈司画一起哭出了声，却也不知说什么来劝。

卢豫海笑道："你们这是怎么了？我再说一遍，我这是以防万一！官府不是没来抓人吗？如果曹大人斡旋失败，官府真的不放过咱们卢家，也不能让老娘出面顶罪啊！卢家的男人还没死绝呢……"

"正是。"一个淡淡的声音响了起来。众人许久没听到过这个曾经非常熟悉的声音了，不由得都是一愣。卢豫川停住了拨弄佛珠的手，平静道："豫海说的对极了。卢家的男人还没死绝呢！犯不着让婶子去顶罪。可大家都忘了吗？卢家的男人有三个，老三去留洋了，除了老二豫海，还有我老大卢豫川啊！"

苏文娟静静地看着他，脸上竟是微微一笑。

卢豫川缓缓道："我这条命是不值钱的，两年前就该死了，我一直没死，一则是罪孽还没有赎完，二则是留着一条残命，看能否为卢家做点事。我跟文娟说过多次了，我这条命是叔叔婶子留下来的，只要婶子有了难处，我就是拼死也要报答！豫江的事，文娟跟我说了。我当时就想，如果官府放不过卢家，我是长房长子，名义上又有卢家老号的一半股份，我去顶这个罪是够格了。我今天本不想来打扰婶子过节的，但这些话我又不能不对婶子说，这才厚着脸皮来到这里。不瞒大家，坐牢的东西我都带来了。文娟——"

苏文娟含泪从地上提起来一个小包袱，颤手打开。里面装着几件衣服，一本《地藏菩萨本愿经》和纸币、裁纸刀之类。

卢豫川淡然道："要说坐牢，我是卢家头一个坐过大牢的，我希望也是最后一个了。"说着，他离座跪在了卢王氏面前，一字一顿道："如果说豫川此生还有什么愿望，就是能代卢家顶这个罪，此外再无他求。请婶子成全！"

苏文娟跪倒在他的一侧，凄然笑道："豫川的确只有这个愿望，希望婶子成全他！"

接二连三的变故让在座的人始料未及。关荷紧紧地拉着卢王氏的衣角，陈司画不停地打着冷战，卢玉婉早已如木雕泥塑般呆坐不动。

卢豫海大声道："大哥大嫂从不与人交往，是谁告诉他们的？是你？还是你？"他的目光凶狠而尖锐，扫视着关荷和陈司画。

关荷惊恐地连连摇头，陈司画牙关一咬，道："是，是我那次到祠堂去，无意中……"

"啪"的一声，陈司画苍白的脸上挨了一记耳光。她顿时蒙了，难以置信地看着卢豫海。这件事的确是她思前想后的决定。她太了解卢豫海了，也清楚事态一旦到了不可收拾的地步，卢豫海宁可自己出去顶罪也不许旁人受过。她有意带着卢广生和卢广绫去了趟祠堂，巧妙地把卢豫江卷入维新党的事情告诉给了苏文娟。以她的判断，卢豫川定然会挺身而出，替卢豫江顶这个罪，事实证明她的判断果然没错。但卢豫海此时的反应却大大出乎了她的意料。成亲这么多年，卢豫海连句重话都没有，更别提打她了。何况她这么做，全是出自对他的一片至爱，就算自己不该逼卢豫川出头顶罪，他也该明白这是她的一片苦心啊……

卢王氏颤声道："老二！你疯了不成！"

卢豫川再三叩头道："婶子，这都是豫川的过错！请婶子让二弟不要生气了，这是我情愿的……"

卢豫海也被刚才这个耳光弄得恍惚无措，他颤抖地看着手，难道自己真的打了司画？这怎么可能……可她脸上的指痕，她浑身颤抖的模样，她死一般绝望的眼神，又都告诉他这一切都是真的。卢豫海颓然坐下，思索了良久才道："大哥不用再说了，我还是族长，还是大东家，卢家人都得听我的！"

卢王氏摸着陈司画的脸，啜泣道："司画丫头，疼不疼？"

陈司画凄楚地苦笑道："不疼……"

卢玉婉再也忍不住了，"哇"地哭出声来，扑在了关荷的怀里。关荷怔怔地看着卢豫海，轻手抚摸着玉婉的头发。

卢豫川扶着苏文娟站了起来，泪水无声地从他眼角滑落："婶子，兄弟，妹妹，你们都别说了。前年的秋天，就是在这个院子里，就是在那个屋子里，我端着火枪，口口声声地逼着婶子要秘法……这两年来，我一直都觉得我就是个畜生，我不是个人……要说死，太简单了，从刑部大牢里回来，被马千山的人游街之后，我就想死了，是因为文娟和她肚子里的孩子，我没死成；第二次，我在梁少宁的钧兴堂入了暗股，私自泄漏了卢家宋钧秘法，叔叔发现之后宽恕了我，我当时也想死，但是我还想着要为爹娘报仇，又没死成；第三次，我买通土匪要老二的命，我对我的亲兄弟豫江下手，我端着火枪威胁婶子，我甚至下毒药要毒死我的亲叔叔！事情败露了，叔叔竟又一次宽恕了我……"

"我为什么还苟且偷生，为什么还不死呢？这两年我研读佛经，终于明白了，我是卢家子孙，我的死不该是只图自己的解脱，而是要为卢家做点事情……豫海，你是我从小看着长大的，我曾经想杀你，你也宽恕了我。我现在一无所有，除了这条命，我还能给卢家什么呢？我是个男人，你是想让我在千夫所指的骂名里死去，还是想让人家在我死后，能说一句'卢豫川还有点人味儿'呢？大哥欠你的太多了，这件事又要为你为难，大哥对不住你！"卢豫川轻轻地拿过裁纸刀，放在自己的手腕上，道："豫海，你答应我吧。如果你今天不答应，我就死在这里了。"

卢豫川的声音很轻，但他的态度是如此地决绝，如此地不容置疑。苏文娟痴痴地看着他，不知是心痛还是欣慰，还是莫名的哀怨。

卢豫海痛不欲生道："大哥，你要逼死我吗？事情还没到这个地步！你们都好好在家待着，我明天就去开封府，我就不信董家能使银子，咱们的银子就使不出去了！"

第二天卢豫海赶到开封府的时候，曹利成已经跟连逢春彻底翻了脸。朝廷让各地督抚搜捕维新党的诏令一个接着一个，裕长倒也真的奉旨行事抓了不少人，一律锁拿进京，唯独撇下了神垕镇卢家的卢豫江。

连逢春当然知道卢家与曹家的渊源，也是装着一无所知样子，当着曹利成的面一再提议到神垕抓人。裕长有心包庇卢家，便一味地推托敷衍。这天三人商议政事，连逢春刚说了几句别的，又把卢豫江的官司提了出来。裕长闻言连连摇头苦笑，还没等他说话，旁边的曹利成早气得按捺不住了，冷冷道："老连，你如此苦苦相逼，所为究竟何故啊？要是眼馋我这个正三品的顶戴，我送给你就是！"

连逢春微笑道："这就奇了！我官阶比你还高，我眼馋你什么？逢春只是提醒抚台大人不要放过奸党，怎么就是逼迫老弟了？这岂不是天大的冤枉吗？"

裕长笑着打圆场道："都是自己人，哪儿来的逼不逼的？老连，听我一句劝，咱河南抓的维新党也不少了，交差足够使唤。卢家的老三卢豫江已经不在大清国了，你去哪儿抓？这样吧，如果卢豫江的确有维新党的嫌疑，跑了他一个，卢家不是还有一大家子人吗？听说卢家很有钱，就让他交点赎罪银子拉倒了。"

这是裕长和曹利成私下里斟酌再三，才想出来的万全之策。自太平天国洪杨谋反以来，军费、赔款与日俱增，交赎罪银子是大清国库的一项重要收入。只要不是犯了大逆不道的罪过，都可以拿银子来赎罪，商贾之家破财消灾的事情更是不胜枚举。不料连逢春摇头道："抚台大人，交银子赎罪是有先例，可这是乱党谋逆的罪过，怕是银子也不好使吧？"

裕长一愣，只得道："老连，你的意思是……"连逢春阴冷地一笑，道："卢豫江望风而逃，算是他命大。而卢家窝藏奸党在先，放走要犯在后，这是什么罪过？抚台大人一意保全，可谓宅心仁厚，慈悲为怀。但抚台大人难道就不怕朝廷一旦追究下来，你我都吃不了兜着走啊！抚台大人或许不怕，我连逢春可是胆战心惊！想当年太后老佛爷修颐和园正赶上中日开战，翁同龢老中堂奏请调拨修园子的经费挪作军用，老佛爷怎么说的？'今日令吾不欢者，吾亦将令彼终身不欢！'结果呢，变法一开始，老佛爷就让翁同龢开缺回籍，永不叙用！前车之鉴哪。"

裕长摆摆手道："扯不到朝廷和老佛爷那儿！此事除了咱哥仨，还有谁知道？你不说，我不说，老曹也不说，朝廷怎么知道呢？"

连逢春看了看曹利成，怪笑道："卢豫江是维新党，知道的人怕是不止咱们仁吧？"

裕长见他阴阳怪气的，竟连自己的面子都不给，气得哼了一声，端起茶碗掩饰，却发现茶碗里空空荡荡的，反手摔在地上，话里有话地骂道："没人长眼吗？老子还没被革职呢！"几个小厮慌忙上来续水，收拾残片。裕长兀自气不过，上去就是一耳光打在了小厮脸上，怒道："你急什么！等老子被人整倒了，你再着急去吧。"

连逢春没想到裕长对自己的话如此敏感，一时也不知说什么好了。曹利成趁机冷笑道："连大人，你口口声声说卢豫江是维新党，可有证据？"

"卢豫江当众宣扬维新变法，亲耳听到的不下百人！"

"那连大人手上可有出头作证之人？"

"这个——自然是有，怎么，曹大人不信吗？"

曹利成狞笑道："既然连大人非要给卢家安这么个罪名，也罢！利成身为臬台，掌管豫省刑名事宜，这件事就交给我来办好了。我即刻就去神垕，开出悬赏告示，凡是肯出首控告卢豫江宣扬变法者皆有重赏！可若是劳而无功，连一个肯出首的人都没有，连大人又该如何解释？"

裕长闻言，立刻接过话道："老曹，我准你去！带着老子的卫队去，有敢诬告的，抓一个杀一个！"

连逢春深深吸了口气。这个局面倒是他始料未及的。詹千秋对他信誓旦旦地说一定有人可以作证，但神垕是卢家经营了几代的地方，刑名问罪的事又是曹利成一手操办，难保其中不生变数。而这个活宝巡抚居然一屁股坐在了曹利成那儿，看来董克良千算百算，居然忘了给裕长送银子！想到这里，连逢春只好道："曹大人肯亲自去办此案，自然是再好不过了。但曹家与卢家有婚约在前，曹大人理应回避，着他人前往处置为好。"

"已经没有婚约了！"曹利成漠然一笑，道："这是卢家和曹家毁婚的文书，连大人若是信不过，拿去看看吧。"说着掏出一张纸来，"啪"地砸在桌子上，一语不发，冷冷地看着连逢春。

裕长拿话敲打着连逢春道："巡抚衙门，两司衙门，都是一个槽里吃饭的哥们儿，弄这出戏干吗？老连，事情别做这么绝！今后就不共事了吗？老曹肯大义灭亲，这是佳话啊，我还打算上报给军机处请旨嘉奖呢！"

连逢春知道此事若是就这么交给曹利成，肯定是折腾个一年半载也没有结果，既然已经撕破了脸皮，纵虎归山绝不是好事。他只好硬着头皮道："抚台大人，这件事事关重大，我想陪老曹一块儿去神垕，请大人恩准！"

"这就不必了。老曹走了，我身边就剩下你，省里这么多事，你要我一个人干吗？"裕长也觉得他今天太过分，越想越生气，便索性道："你们都走了好！我知道你有专折上奏之权，好吧，你就写封密折告诉皇上，告老曹包庇奸党，告我不闻不问。反正我这个巡抚当得也窝囊，我哥哥来信说了多次，让我回京伺候老娘呢。"

连逢春吓了一跳，忙道："抚台大人，此话从何说起？我是一心为公，不敢挟私！"

曹利成冷笑道："好一个一心为公啊！连大人不敢挟私，就敢挟银子吗？"

裕长一愣，紧紧地盯着连逢春，眼里冒出贼光来。连逢春蓦地一惊，怒道："老曹你，你怎么血口喷人！我挟谁家的银子了？今天你不把话说清楚，我跟你没完，我，我要参你！"

曹利成不屑地看了他一眼，一语双关道："西家的银子，东（董）家的银子，怕是豫省的银子没有你老连不敢要的！连大人好好写折子吧，我老曹等着你来参！"说着，怒气冲冲地走了出去。

连逢春听得心头一阵慌乱，一副遭受奇耻大辱的模样，对裕长道："抚台大人，您都看到了，老曹他……"

裕长瞪了连逢春一眼，埋怨道："老连，老曹说你拿人家银子，我不信。可你也忒得理不饶人了！你就不想想，你们俩这么一闹腾，上头怎么看咱们河南官场？布政使跟按察使你参我、我参你，我这个巡抚就是个窝囊废、吃干饭的，连手下两司都摆不平？我的巡抚衙门就是个摆设？你回去好好想想吧。"说着便端茶送客。

连逢春头上冷汗迭冒，赶紧说了几句好话，这才告辞出去。那个师爷跟上次一样，又从侧室里钻了出来，道："抚台大人，您真的不相信连逢春拿了黑钱？"

裕长阴森地一笑："他不拿黑钱才怪！他跟老曹都拿了黑钱，老曹拿了卢家的钱，还知道送过来十万两。老连呢？瞧他那一副不知收敛的嘴脸，最少拿了董家二三十万，连个屁都没孝敬老子！"说着，又把一个茶碗扫落在地。

曹利成回到家里，卢豫海已经在内书房等候半天了。曹利成一见他就连声叹气，把刚才发生的事情讲了一遍。

卢豫海听了也是一怔，脱口而出道："连逢春收了董克良多少银子，竟然如此露骨！"

曹利成看了他一眼，叹道："幸亏老三走得早，如今海关都封了，就是他想走都走不了！唉，你的主意那么多，好好想想，看怎么把连逢春给拿下来。"

卢豫海沉思道："我原本打算使银子打动连逢春的，看来是不行了……幸亏已经给了裕长十万两，看他的架势，好像还没得到董家的银子，就是得了，也未必比咱的多……"

曹利成一针见血道："希望不能全在裕长身上。裕长拿再多，也不会跟连逢春翻脸，最多也就是个落井下石！能不能扳倒连逢春，关键还在咱们。"

卢豫海岔开话题道："曹叔，你说董克良此计，最大的败笔在哪里？"

曹利成想了想，道："唉，他算计得太准，看似毫无破绽啊。"

"毫无破绽就是最大的破绽！"卢豫海笑道："这次来开封府的路上，我就在琢磨，董克良这一手的确是天衣无缝，算是跟他老爷子学到家了，当年他们父子设计陷害我爹和我大哥的，也是这招连环计！曹叔你想，卢家出了维新党，要么灭族，要么花钱打通官场，两下里无论怎么取舍都是家破人亡！朝廷精明得很，即便是交了赎罪银子，也就是露富了，朝廷是个穷光蛋，肯定会抓住这个不放，把卢家的血吸干吸净了才肯罢休！我爹当时的对策是'蜂虿入怀，各自去解；毒蛇噬臂，壮士断腕'……我没我爹的英明和胆气，但是我想眼下当务之急，就是不能承认老三是维新党。没了这个由头，董克良再怎么说也没用。这是第一点。"

"可那么多人都听见了，就没有一个出首的？董克良舍得花钱啊！"

"董克良舍得花钱，曹叔就不舍得用刑了？我敢打包票，那天在场的人里，决不会有人出卖老三。他们都是卢家使唤多年的人了，身家荣辱都跟卢家息息相关，于公于私、于情于理都不至于落井下石。曹叔不是要去神屋吗？告示上得写明，必须公开出首，匿名的一律不算！就算董克良使银子买通了一两个人，也得先经过您的手。曹叔自然知道该怎么做。"

曹利成点头道："这个不消你嘱咐。但你说的这两条都是权宜之计，还不是根本之策啊。就算拖了一年半载，这案子怎么结？要是我这一任臬司结不了案子，下一任未必还会照顾卢家，不能养痈遗患！何况连逢春也不会让咱们拖那么久。万一他把此事捅到了朝廷那里，刑部直接插手了，就是我也无可奈何。"

"曹叔说得对。还接着刚才的话，董克良的连环计貌似毫无破绽，可他看错了一点。如果咱们给他来个釜底抽薪，直捣黄龙的话……"卢豫海盯着曹利成道："曹叔，事情到了这个节骨眼上，您老的撒手锏该亮出来了。"

"我哪儿还有什么撒手锏？你有话快说！"

卢豫海镇定道："董克良的全部赌注都压在了连逢春身上，这是董克良最大的败笔！'己不正焉能正人'？只要咱们能证明连逢春自己都是'一屁股屎'，他还敢为难卢家？扳倒了连逢春，既替曹叔您除掉了一个对手，又让董克良以前的种种苦心就这样白费了……曹叔，您还是禹州知州的时候，开封府里出了个大案子，有人告连逢春的儿子连鸿举草菅人命，逼死了一个小寡妇，有这回事吗？"

"有。你想拿这个向连逢春开刀？"曹利成看了他一眼，摇头叹口气道："难哪！此案过去了多年，那个小寡妇死了，她闺女也死了，老丈人也死了，剩下个老太太告状。上任臬台将此案报了刑部，已经是彻头彻尾的铁案了。只是看在老婆子年过六旬，无儿无女，这才没要她的命。"

"如今，她还想给一家人报仇吗？"卢豫海问。

曹利成蓦地愣住。卢豫海微笑地看着他："丈夫死了，小叔子死了，儿子死了，儿媳妇也死了，孙女儿也死了！好端端一个家就毁在了连鸿举手里，只要是个人，绝对不会放弃报仇的……"

他见曹利成还有一丝疑虑，便直言不讳道："曹叔，今天那连逢春的嘴脸已然暴露无遗，他不但想灭了卢家，就是您，他也是打算'一勺烩'了！您和姓连的不是鱼死就是网破，您对他还讲什么情面！至于裕长那里，需要多少银子您说话，我这次又带来三十万两，就不信打不动他！"

3　豫省有官皆墨吏

开封城西角楼大街上，距离臬司衙门不远处，有个很特别的大院子。说它特别，是因为占地虽大，却没有大门，只有个仅能容身的小门，还终日落着大锁。高高的墙头挂满了铁蒺藜，门口有一队腰挂刀剑的人钉子般地站着，两个时辰换一次岗，规矩雷打不动。熟悉开封府底细的人都知道，豫省臬司大牢、人称"老鼠洞"的地方，就是这里了。这里面关押的要么是朝廷重犯，不日就要押送进京；要么是官司久拖不决而成了无头案的犯人。

臬司大牢前些日子着实忙活了一阵，二十多个维新党就是从这里上的囚车，一路往京城押解。

这几天，臬司大牢又冷清起来。曹利成只身一人来到门口，把门的军官是个头发见了白的中年人，一看是本省臬台大人到了，立即上前招呼："曹大人，您来提犯人的吗？卑职这就给您开门！"

画着"狴犴"图案的小门开启，曹利成一边走进，一边含笑对那军官道："老代，你家老太太还好吗？回头去我府上拿些人参之类的——老太太今年九十多了，真是难得……"

老代慌不迭地感谢几句，曹利成摆摆手道："你在'老鼠洞'这么多年了，还是个千总吧？也该挪挪地方了，换个轻闲的差使，好好伺候老太太。"

曹利成驻足想了想，道："臬司衙门缺个堂官，虽说都是正六品，但那里闲的时候多，忙的时候少。又管着下面几个州、府、道的事情，县官不如现管嘛，你每年下去巡视几次，也有些例敬银子，比这里强得多了。你看好不好？"

曹利成驭下颇有铁腕，又贵为一省的臬台，别说是他本人，就是他身边的师爷、管家，老代这样的底层官员一年也难得说上几句话。曹利成又素来是个冷人儿，只是这几句贴己话就已使得老代受宠若惊，忙感激涕零道："大人这是什么话？能离开这'老鼠洞'就是幸事，又得了肥缺！我老代就是肝脑涂地，也难以报答大人！"

"谁要你肝脑涂地了？"曹利成笑道："能成全你一片孝心，我做的也是善事——要不是连藩台一直压着，我早想抬举你了，你也知道，人事任免是藩台的事，我有时候也插不上话啊！那次我提起此事，老连说'他们一家是刽子手出身，杀人多了时运不济，命该如此'！你说可气不可气？这次我不经他的手了，你不过是在我臬司里平级调动，他还能说什么？"

老代一生最恼火、最羞于提及的就是当过刽子手。虽然这个行当是奉令杀人，可刀下死的也有不少冤魂，心里多少有些愧疚。他爹五十多岁就死了，临死之际非要他转行做了狱头，说是作孽太多，命不长久。说来也怪，老代自改行之后，老娘的身子骨越活越硬朗，今年九十多岁了还是扫地做饭样样能干。老代只做了三五年的刽子手，冷不丁听见有人这么糟践他，顿时气得浑身发抖。

曹利成见言词奏效，便咳嗽了一声，话锋一转道："我任臬台之前，那个告状出了名的李郭氏，还押在这儿吗？"

老代忙平静了心思，勉强笑道："大人，李郭氏就在后院女监里！老婆子案子结了，但外头没儿没女，刑部也没说让放人，这'老鼠洞'里一待就是好几年，跟个死人也差不多，我这就领您去。"

曹利成笑了笑，道："我这是奉刑部密令来的，今天的事……"

老代在河南官场混了这么久，虽然品级不高，但两司的争斗也早有耳闻，一听这话心里已是雪亮，立即瞪大了眼，爽快道："大人既然看重卑职，再说就是信不过老代了！不满您说，为了我挪动的事，年年给连逢春上贡，年年希望落空！您知道河南官场怎么说连逢春的？'老连老连，胃口大无边，白天吃人饭，晚上数黑钱！'也就是您老来了臬司衙门，我老代才有了盼头！"说着，凑近了道："李郭氏是冤案，这全省谁不知道？您要是能翻了案，替河南除掉一害，您就是大清朝的'包龙图'！"

曹利成微微一笑，不再多说，大步朝里走去。

在女监门口，老代抢过去站在前头，道："大人且慢！"

曹利成心里咯噔一下，皱眉看着他。老代笑着解释道："曹大人，您是贵人，又是来找老连的晦气，万一传出去可不好！我得先给这群禁婆子提个醒！"说着，站在门口嚷道："禁婆子都给我出来！"一时出来了七八个黑衣黑裙的禁婆，都认识曹利成，慌忙跪倒叩头。

老代道："你们听好了，曹大人是奉旨问话，问的是谁，你们也别问！这件事就在场这几个人知道，谁传出去了，老代手里的刀可不长眼睛，都明白没有？"禁婆们纷纷低着头不敢言语。

曹利成刚才谎称是奉了刑部密令，到了老代嘴里就成了奉旨，心里不由暗笑，便随手抽了张银票递给了老代。

老代越发豪壮道："曹大人还有赏呢！谁要是给脸不要脸，老子活剐了他！"

曹利成幽幽地看着几个禁婆，冷峻的目光刺得她们个个噤若寒蝉。曹利成扫视了一周，这才慢慢道："事情嘛，老代刚才都说了。回头把这里的禁婆子叫什么名字，家住哪儿，丈夫、儿子的名字都给我抄一份，送到我府上。"老代大声答应下来。曹利成哼了一声，径直走到女监里去。老代从领头的禁婆子那里接过钥匙，大踏步跟上。禁婆们面面相觑，知道身家性命都在人家手里攥着，便都老老实实地跪在地上，谁也不敢往里多瞅一眼。

大牢外头艳阳高照，女监里却是四处阴黑，墙壁上每隔不远就有一个小灯，灯罩上星星点点渗着水珠，昏黄的光并不起眼。两旁的牢房里关了不少女犯，有的蜷缩在黑暗中，有的趴在栅栏上，露着一张惨白的脸，一双眼睛宛如画在白墙上的两个黑圈，一语不发地看着他们。

老代掌着马灯走在前边，一路小声道："大人慢点，这里头黑！女囚不同男囚，死气太重，犯了官司的女人，很少活着离开的，不是病死，就是自杀……您老是臬台，这个再清楚不过了。"

老代讲的确是实话，大牢里女囚极少，女人获罪一般都是流放徙边，只有犯了通奸罪、死罪的女囚才被关进监狱，因而自杀者多如牛毛，"死气沉沉"四字用在这里最恰当不过。曹利成虽是老吏了，身处此地却也觉得呼吸急促，难以自持，恨不得转身离开。

老代停下脚步，低声道："大人，这就是李郭氏的牢房。"

曹利成不愿多呼吸一口这里的浊气，只是略微点点头。老代打开了大锁，曹利成道："你远远地候着吧，谅她一个老婆子，也没什么力气。"

老代犹豫了一下，还是从怀里掏出把匕首，递给曹利成道："大人，带上这个，多少是个意思。"说着便躬身退到远处。曹利成把匕首藏好，弯腰进了牢房。

牢房里一个窗户都没有，走廊里的小灯发出的微光也照不到这里，四处散发着经年的霉臭气息，熏得人睁不得眼。曹利成适应了好一阵子，才慢慢看见对面发霉的草垫子上，半卧着一个老太太，背对着门口一动不动。曹利成皱眉，清了清嗓子道："你是李郭氏吗？"

那老太太缓缓转过身来，一副蓬头垢面的模样。她的眼睛半睁半闭，无神地看着曹利成，摇晃着身子慢慢道："我不翻案……我有罪……我都认了……"

曹利成蹲了下去，温和道："你莫着急说话，我是河南按察使曹利成，我来问问你的案子。你……"

老太太的眼睛总算睁开了，摇头讷讷道："按察使不是史大人吗……"

曹利成尽量说得很慢："史大人吃了官司，被朝廷贬到新疆去了。"

老太太的身子有节奏地摇晃着，轻轻道："报应啊……老天有眼啊……"

曹利成一笑，低声接着道："我知道你的案子，今天来这里，我只问你一句话：你想翻案吗？"

老太太跟没听见似的，还是轻轻摇晃着身子，木偶似的嘟囔道："我有罪……我诬告……我罪有应得……"

曹利成掌管刑名事宜久了，见惯了这样被大刑整得神神经经的囚犯，也不在意，继续道："你的丈夫，小叔子，儿子，儿媳妇，还有你七岁的孙女儿都被人害死了，你就不想报仇吗？"

老太太摇晃身子的节奏总算慢了些，她的目光猛然犀利起来，上下扫了曹利成一眼，最后落在他胸前的孔雀补服上，苦笑了一声，又晃着头喃喃道："豫省有官皆墨吏，百姓无罪也入监……官官相护啊……没用……"

曹利成并不生气，反而笑道："这是嘉庆朝传下来的对子，专门讥讽河南官场无好官的——看样子你是识字的人，《女儿经》你读过吧？"他缓缓背诵道："'公姑病，当殷勤。丈夫病，要温存。爷娘病，时时问。姑儿小，莫见尽，叔儿幼，莫理论……有女儿，不可轻。抚育大，继宗承……，可你一家人都被官司拖死了，你就是再熟背《女儿经》又有何用？我且问你，你的丈夫呢？小叔呢？女儿呢？孙女儿呢……"

老太太干涸的眼眶顿时湿润了，目光又变得尖锐起来。曹利成见状接着道："我详细看了你的案宗，知道其中有人做了手脚。眼下我愿意替你申冤，只是不知道，你敢不敢来申这个冤……你须知，只要你敢，我就能做到！"

老太太的身子遽然停下，两只眼睛里放出凛冽的光来，刺得曹利成一怔。老太太声音很低，但思路非常清晰地道："豫省有官皆墨吏——我怎么信你就是个清官？河南的冤案多了，你凭什么偏偏给我申冤？连鸿举他爹是二品大员，你跟他作对能落什么好处？"

曹利成被这几句连珠炮似的反问弄得一时语塞，老太太在大牢里这么多年，竟然还保留着如此心机！看来她的确是怀了泼天的血泪仇恨，却也的确被什么知府衙门、臬司衙门、三堂会审弄得万念俱灰，心里早没了半点儿翻案的信心了。可若是自己回答不出来，又如何救得了卢家，救得了自己？

曹利成再也不敢犹豫，当下心一横，咬牙切齿道："你既然这么问我，我便索性告诉你：老子他娘的也不是清官！老子是跟连鸿举他爹有私仇！如今的局面是要么他杀了我，要么我杀了他，我们俩只能活下来一个！他比我官大，可我要是翻了你这个案子，就能把他扳倒在地！你报你的私仇，我解我的私恨，你我是一同做了笔买卖，谁都不亏本……如何，你肯做吗？"

老太太听了这些话，脸上露出鬼魅般的笑容，自言自语道："多少次会审，人家都说自己是清官，我早就不信什么清官了……你说你不是清官，你说你是公报私仇，我倒真能信得过你了……"她突然站了起来，像是平地里冒出来的一只鬼魂，把曹利成惊得倒退了两步，噌地拽出了匕首。老太太苦苦一笑，扑通跪倒在地，用尽全身力气放声大喊道："老婆子冤枉啊！请大老爷为民妇做主，替民妇申冤哪！"

卢豫海"直捣黄龙"的建议果然奏效。第二天深夜，曹利成带着李郭氏血书的上诉状子，当然还有卢豫海那张三十万两的银票，连夜登门求见巡抚裕长。

裕长是被人从姨太太被窝里拉出来的，满脸的不耐烦。在裕长睡眼惺忪地看状子之际，曹利成亲手给他端过去一杯茶，悄悄地把银票压在茶碗下，笑道："抚台大人，府上在哪里如厕？我想方便方便。"

裕长打了个呵欠，招手唤来一个小厮，曹利成临去时话里有话道："抚台不要过于操劳，茶刚沏好的。"

待他回来，茶碗下已是空无一物，裕长也是倦色全消，正精神抖擞地看着状子，见他进来，拍案大怒道："连逢春这个王八蛋，为了他儿子，活活害死了四条人命！可悲，可叹，可恨，可耻，可杀！豫省就没一个好官了不成？老子要参他！"

曹利成肃然道："豫省能有您这样的抚台大人，吏治何愁不清？民心何愁不稳？商贾何愁不兴？大人，卑职已经拟了封折子，请大人过目！"

裕长气鼓鼓地接过去，定睛扫了一遍，赞道："好犀利的笔墨！就这么个参法，十个连逢春也参倒了！"说着便叫来个师爷，大声道："你就照着这个折子誊录一份，把我那'可悲、可叹、可耻、可恨、可杀'的评语也加上。我跟曹大人就在这儿等着，明儿一早就六百里加急送到京城，直接给我大哥送过去！"

裕长和曹利成在巡抚衙门里折腾了一宿，反复修改了文字，直到字字如剑、句句带毒才罢休。

第二天一大早，那封奏折就被送往了京城。裕长的亲哥哥裕禄已由礼部尚书、总理各国事务衙门大臣转任直隶总督，继续兼任军机大臣。裕禄深得慈禧太后信任，虽然人不在军机处了，但威风犹存。军机处的荣禄、刚毅等人见是裕禄之弟的折子，弹劾的竟是豫省的布政使，知道这个连逢春或是真的有罪，或是深深得罪了裕长，心里多少都有了数，在向太后请示的时候自然是有所偏向。

此刻的慈禧太后正一心应对剿灭维新党所带来的诸多后遗症，尤其是这些日子废帝立储的谣言甚嚣尘上，各国驻华使节纷纷询问，大有兴师问罪之意，惹得太后一肚子无名火。听了荣禄等人一边倒的奏报，太后越发不耐烦，当下就批复交部议处。"交部"自然是交到刑部去，刑部又正好是荣禄管着，连逢春的好日子算是到了头。几天后，刑部派了个孙侍郎亲自来开封府查案，李郭氏苦熬几年，还真就盼到了报仇雪恨之日！

连逢春一来是猝不及防，慌不择路；二来是心存侥幸，竟昏了头私下给孙侍郎送去二十万两银子。孙侍郎离京之日，荣禄等人都有过暗示，此案的利害关系他心里跟明镜儿似的，哪里敢接这笔银子？当下扣了银票，请示了裕长，派人立即抄了连逢春的家。这一抄可不当紧，居然抄出了百万两银子的家产。于是裕长那个师爷又是一宿不睡，洋洋洒洒地写了一道裕长、孙侍郎和曹利成的联名折子，弹劾连逢春受贿买官，罪该问斩。连逢春到了这个时候哪儿还记得有个叫卢豫江的维新党？只顾上下周旋，以求自保了。

　　连家的活动多少有了效果，不日朝廷旨意下来：连鸿举逼死人命证据确凿，押入刑部大牢来年秋后问斩；连逢春贬为庶民，流放宁古塔，永不叙用；连家抄来的银子全数充入国库。虽然连家一蹶不振，但多少保住了除连鸿举之外一家老小的性命。连逢春获罪流放之后，卢豫江的事自然如同水入大海，消失得无影无踪，再也无人提及了。

　　董克良得知消息后暴跳如雷，把全权操办此事的詹千秋叫来好生臭骂了一顿。但连家已败，大势已去，送出去的三十万两银子也入了国库，朝廷没株连行贿的人已是开恩，眼下就是把詹千秋千刀万剐又有何用？

第二十六章

／思危，思变

1　豫商，票号，银行

此番风波对神垕镇的影响倒是微乎其微，镇上的人哪里会知道因为卢豫江那一两句少年豪迈之语，竟给卢家和河南官场惹来这么场轩然大波？但这次事件过后，卢家和董家都花了大笔银子，元气受损，一时半会儿都没能力再有大的作为。再加上年底将至，卢家老号和董家老窑又到了一年合账的重要日子，卢豫海和董克良都不约而同地选择了留在神垕主持大局。

合账完毕就是春节了，可无论是董家还是卢家的人，一个个都高兴不起来。就拿卢家老号来说，光绪二十三年合账，每股红利是一千五百两，而光绪二十四年，也就是今年合账之后，每股的红利骤然跌至八百两，顶一厘身股的掌窑小相公不过是得了八十两的红利，加上每月三两银子的薪水，一年到头也不过百十两银子的收入。

卢家如此，董家也好不到哪里去，神垕镇其他各大窑场更是生意惨淡。卢豫海和董克良心里都清楚，这场你死我活的明争暗斗从五月份一直打到了年底，两人把精力都投在了跟官场的交往上，几十万两的银子砸了进去，生意大受拖累。加之今年全国因为变法动荡不安，各地分号也只是勉强维持，好在卢家有烟号、连号，董家有津号、穗号的出口生意，比起其他窑场日子还算好过些。

新年一过，两位大东家谁都没敢离开神垕，继续坐镇大本营指挥各地分号，企盼着时来运转。可是国运不济，大清命数已尽，这些年大乱一个接一个。国事动荡至此，商贾自然处处受阻。

卢家老号每次由神垕大本营往烟号、连号发货，都是田老大领着几十个荷枪实弹的弟兄沿途护送，即便如此，也少不了跟河南各地的义和团民有些摩擦。而朝廷已经明确认定义和团是"义民"，官府不得干涉，就是曹利成也无法公开保护。面对凋敝的生意，卢豫海和董克良又是整整一年泡在了神垕，寸步不敢离开。

到了光绪二十五年年底合账，生意比去年还要惨淡，卢家老号每股分红只有七百两，上下一片哀怨之声。卢豫海与苗象天、杨伯安和总号老相公众人商议再三，决定把东家分得的红利拿出一半来补贴给了相公和伙计，这才把每股的红利提升到了一千两。分红的时候，相公伙计们得知了内情，无不是唏嘘流泪，感谢大东家体恤之恩。

说话已经是光绪庚子年了。正月初八点火仪式上，卢豫海和董克良联手点燃了头把火，领着全镇各大窑场的大东家们祈祷上苍赐下来个好年景，保佑国泰民安，保佑各家生意兴隆。

好像老天故意跟大清过不去，道光二十年是庚子年，那年英国人为了倾销鸦片跟大清开战，结局是割地赔款。光绪二十六年又是个庚子年，这次不但是英国，八国联军齐刷刷地打到了北京城里，太后和皇帝仓皇逃到了西安。到了这年年底，各大窑场基本上都是无账可合了，只有卢家和董家因为江南三督李鸿章、张之洞和刘坤一的"东南互保"，好歹保住了几个出海分号的生意，勉强维持住了局面，窑饷还能足额发下来，红利算是彻底成了泡影。

光绪二十七年，《辛丑条约》签订，太后和皇上从西安行在起驾回銮北京，动荡了两年的局势终于有所缓和。两宫回銮之际钦点了陕、豫、直隶各地接驾路线，特意点出要在河南巩县康百万庄园里留宿一晚。八月十五一过，康家掌门人康鸿猷的信就到了神屋，约卢豫海和董克良到巩县康店商议要事。康鸿猷自咸丰年间执掌康家，至今已经四十多年了，在豫省商帮始终是当仁不让的翘楚。卢豫海和董克良在康鸿猷面前都是小辈，接到书信后不敢怠慢，前后脚来到了康店。

康家自明朝发家以来，近四百年长盛不衰，十几代人把康店老家经营得欣欣向荣，偌大个康百万庄园"靠山建窑洞，临街建楼房，滨河设码头，据险垒寨墙"，主宅、作坊、栈房、南大院、祠堂等十处大院各成一系又又浑然一体，堪称地主庄园的典范。卢豫海一人一骑过了巩县县城，进了康店就有康府大管家老叶迎候，一接接进了百万庄。庄口挂着一个牌匾，上写"百万庄园"四个金字，仔细一看那落款，居然是道光皇帝手书。

卢豫海瞩目良久，叹道："以一介商人之身，上动天听而安享富贵，富甲华夏而家运绵长，那沈万三、胡雪岩之辈，骤得富贵悬踵而亡，昙花一现而已，又何足道哉！"老叶微微一笑，道："卢大东家，这是老汉今天第二次听到这样的感慨了，真是颇有意思啊。"

卢豫海笑道："那头一个这么说的，怕是董克良大东家吧？这次老太爷请客，豫商里都来了谁？"

"只有您和董大东家，此外再无他人了。眼下老太爷和董大东家就在内书房等着您呢！"

豫商中巨子大贾何止几十号人，康鸿猷只请了他们两个。卢豫海心中一动，快步走进了庄园。老叶在一旁引路，赔笑道："卢大东家，这里不比旁处，若是没老汉指引，怕是大东家也要迷路的。"

卢豫海一边走，一边听老叶道："大东家身处的是主宅区，分为南院和北院，南院有电报局，那是老太爷为了生意方便，特意从洛阳城里扯来的电线。如今咱们是在北院里。北院又分五处，分别是花楼重辉、秀芝亭、克慎厥猷、知所止和芝兰茂五个院子，用的也都是寻常的障景、衬景之法，让大东家见笑了。"

卢豫海听他说得谦虚，但言辞之间不免带着大户人家的优越感，便微笑道："岂敢见笑！豫海已经辨不得东西南北了！"老叶哈哈一笑，道："大东家果然谦逊！董大东家来时也是赞不绝口。"

两人说话间已是站在知所止院大门前，两个家丁守在门口，老叶拱手道："卢大东家，老太爷有令，今天只准您和董大东家进去，老汉也没这个面子伺候了。他们就在'清风满楼'阁里，您一眼就瞅见了。请吧。"卢豫海定了定神，冲他还了礼，迈步走进了大门。

老叶盯着他的背影，摇头感叹不已。旁边一个家丁道："老叶叔，今天这俩人看着也就是四十岁的模样，老太爷跟他们有什么好说的？就是河南巡抚来，也不至于别人都不见啊。"

老叶一瞪眼，道："如今豫商里除了老太爷，就指望这两个后生了，你懂什么？好好看门就是！"家丁龇牙一乐，再不敢多说话。老叶也没远去，搬了把椅子坐在门口。

卢豫海叩门进去的时候，康鸿猷和董克良正把玩着一幅字画。康鸿猷见卢豫海进来，笑道："好好好，神垕两个大东家都到了，老汉这面子看来还是蛮大的嘛。"

康鸿猷已是六十开外的人了，一把银髯飘洒胸前，脸上皱纹如年轮般交错纵横，两只眼睛却仍是年轻人般精光毕现。卢豫海忙给他行了礼，康鸿猷收起了字画，递给董克良道："这是老汉当年在京城琉璃厂买的《欲借风霜二诗帖》，跟令尊董老爷子的《雪江归棹图》都是宋徽宗的真迹。你出生那天我去道喜，令尊和我约定轮流赏玩。唉，人世无常啊。如今董老太爷也不在了，这个玩意儿你就拿回去吧。"董克良深知这字画贵重，哪里敢就这么拿走，便再三推辞。康鸿猷拗不过他，只得道："你且带走吧，回头让人把《雪江归棹图》给我送来，算是续了前约，总行了吧？豫海也在这儿，咱们还有大事说呢！"董克良这才千恩万谢地收了那幅《欲借风霜二诗帖》。

康鸿猷笑眯眯地看着他们二人，忽而道："听说你们俩是同年同月同日出生，可是真的？"

卢豫海拱手道："晚辈是咸丰十一年腊月二十九出生，与克良大东家的确是同日。"董克良冷冷一笑，却不答话，把脸扭向一边。康鸿猷对他们两家的恩怨了如指掌，也瞧得出董克良处处自负的表情，便话里有话道："看来外人传言果然不虚啊！"他缓缓地站起身，道："我今天找你们两个来，一则是有心跟你们谈谈生意，二则也是想听听你们日后的打算。"

董克良笑道："老太爷的生意做得比天还大，连太后和皇上都慕名而来，我们两个晚辈只有俯首帖耳的份儿了。老太爷有什么吩咐，只管说就是。"

"当不得'比天还大'这四个字。"康鸿猷一笑，正色道："西帮接驾的事，你们都听说了吧？太后在祁县、太谷、平遥三县驻跸，得了西帮好几十万的银子。眼下他们到了咱们河南，豫商自然也不能示弱。我打算送上白银一百万两，以咱们豫商的名义送，你们意下如何？"

卢豫海和董克良心里都是一惊。按说一百万两银子搁在往年也不是天大的数字，无论是董家和卢家，咬咬牙也就拿出来了。但这几年两家的生意都走了下坡路，戊戌、己亥、庚子这三年几乎没什么大的进项，眼下就是让两家一起凑出来几十万两也是勉为其难。难道康鸿猷让他们来，就是平摊孝敬朝廷的银子吗？卢豫海看了董克良一眼，沉默不语。董克良却道："老太爷，您一句话，要我们两家出多少银子，太大的不敢说，三四十万还是能拿出来的。"

康鸿猷怔怔地看着董克良，倏而大笑起来："克良，你误会老汉的意思了……区区百万两银子，老汉还要你们出吗？真是那样的话，道光爷御笔亲书的牌匾也该摘下去了！"这句话跟一记耳光似的，直直地打在董克良脸上。他脸色微红，刚想说什么，康鸿猷摆手道："去年你们两家的生意不是太好，情况老汉都知道。要是你董家拿出来三四十万两，今年怕是一两的红利都分不了了。我不是找你们俩来打秋风的，我是想跟两个贤侄合计合计，向太后讨什么赏赐。"

卢豫海和董克良这才明白了他的真实想法。康鸿猷见他们二人沉思，兀自继续道："两宫在祁县驻跸之际，乔家大德通票号献上了白银三十万两，太后赏下来'解禁官银汇兑'的恩典，这可不容小觑啊！官银汇兑一开，各省督抚给朝廷的税银，还有庚子赔款整整十亿两，全要走票号，再经西洋银行转到海外去。以行市的千分之二汇水为记，仅是庚子赔款这一项，就是二百万两的汇水，再加上日后每年各省的财赋税款源源不断，这该有多少进项？老汉寻思了很久，觉得这票号是个好生意，却也一时拿不准……"

"有什么拿不准的？"董克良听得热血沸腾，站起道："老太爷，咱们干！要是您领头，我们董家也出银子！"

康鸿猷笑了笑，示意他落座，对卢豫海道："豫海，你说呢？"

卢豫海想了想，老老实实道："不瞒老太爷，我还没想好，不敢乱说。"康鸿猷微笑道："有什么不敢说的？你就边想边说，想到哪儿说到哪儿。反正咱们是关起门来说闲话，又有什么顾虑？"

卢豫海见他一脸的诚挚，便思忖道："当今天下的生意，除了票号，无非是粮、油、丝、茶、盐、铁、瓷、漆、棉、药这十大类。盐、铁历来是朝廷专卖，粮、油的赚头越来越小，棉、丝的生意因为洋货风行，也是处境艰难。漆不是北方的特产，瓷器生意也是有限，药材生意倒是不错，但这行门槛太高，不是内行人做不得。看样子的确是票号生意好做些。如果老太爷真送给朝廷百万两银子，再讨一个专营的恩典，怕是朝廷也不会不给。"

"那么说，你也是支持做票号了？"

"话是这么讲。但侄儿总觉得有风险。当然，做什么生意都有风险，只是大小不同而已。豫海经商以来，一直在跟票号打交道，多少知道些其中的弯弯绕儿。官银汇兑解禁之后，票号的大宗生意自然是跟朝廷做了，而我担心的正是朝廷。豫商有古训，与官场'若即若离'，把生意全押在官场和朝廷上，又是在这么个乱世之秋，能维持多久呢？票号生意不比寻常。就拿钧瓷生意来说，有货在先，其次才是个卖字。但票号走的是无货买卖，本金是老根！要想做票号，还是跟朝廷做生意，本金没有千万两根本打不住。这是其一。"

"那其二呢？"

"其二，据小侄所知，朝廷中已有人提议开办户部银行，此举一经朝廷批准，就是票号的大限到了。老太爷请想，票号的利源有八类：钱庄放贷、汇兑京饷、汇兑协饷、汇兑铁路经费、汇兑海防经费、汇兑军饷、汇兑庚子赔款和四国借款。此八类中，除了钱庄，其余七类都是跟朝廷息息相关，一旦朝廷有了自己的户部银行，虽然一时还成不了气候，但凭借其专营国库的特权，很快就能把持所有的朝廷汇兑业务。到了那时，票号还吃什么？喝什么？"

董克良死死地盯着卢豫海，早想当面反驳，康鸿猷看了他一眼，不动声色道："还有吗？"

"老太爷明察，我们卢家在烟号有生意，跟西洋银行也有过来往。见过西洋银行的手段之后，这才知道天外有天啊。西帮票号素来以号规苛严、章法精妙著称，而西洋银行的章法之精妙、条例之周详、资本之雄厚都远远高出了西帮票号。西帮经营靠的是人，银行经营靠的是法，人总有一时糊涂而犯错的时候，法可是不会犯糊涂！再说这资本，西洋银行的资本不只是大家子里几个亲戚凑份子，银行收取的借款是面向所有人的。在西洋银行里，老百姓也能存款，一两、二两都行，而票号则不然，本金就那么多，而且局限在一家一户之内，不许别家染指。老太爷请想，一家一户能有多大本钱？当今大清有四万万人口，每人存进银行一两银子，那就是四万万两！大德通很厉害，其本金也不超过百万两吧？庚子国变之后，西洋银行在大清只会越来越多，就制度、本金、名望等各方面而言，票号根本不是银行的对手！"

"银行能做的事情，咱们也能做！"董克良终于开始了反击，大声道："他们的章法如何，咱们照搬过来就是，克良不知卢大东家还有什么疑虑之处？"

"这正是我最担心的地方。"卢豫海轻轻一笑，道："人才！关键还是人才啊！请问董大东家，放眼大清国内，有多少真正懂得西洋银行运作章法的人？要想做银行，一十三省稍微繁华一点儿的地方都要有分号，粗粗一算就是六七百个，这样的人才去哪里找？"

董克良针锋相对道："中国人不够就聘洋人，连朝廷都聘了洋人做总税务司，咱们为何不可？"

"好，人才不是问题了，那本金呢？英国汇丰银行本金一亿英镑，董大东家去哪儿找够足以与之抗衡的本金？"

"咱们也向所有老百姓借款，不行吗？"

"可是董大东家，有借就得有还！"卢豫海苦笑道："各种生意，行市都是由大户把持。就宋钧和粗瓷而言，你我两家是大户，市价多少是咱们两家说了算；而银行业咱们是小户，市价多少是洋人和朝廷的户部银行说了算！别人拿着刀把，咱们拿着刀刃，你说这是聪明人做的事情吗？老百姓存银子，自然是谁家利率高往谁家存，洋人银行本金雄厚，户部银行有国库支撑，咱们靠的只是一省商帮倾家荡产凑来的本金，能跟他们比利率吗？真是拼下去，支撑不了几年，连本金都会荡然无存！"

康鸿猷皱眉道："西洋银行真的如此厉害？但就目前的局势来看，票号的势力远远大于银行啊！"

"老太爷，我给您打个比方。一个大家子，屋子里头全是银子，主人欠了一屁股债，需要拿银子还债，自己又年老多病搬不动银子，就让儿子来搬。儿子不孝顺，说搬可以，每搬一千两，自己留一两。主人想了想就答应了。等满屋子银子搬完了，只剩下儿子身上留下来的银子了。"卢豫海谦恭地一拱手，继续道："如今朝廷就是这个主人，票号就是这个儿子，等朝廷的银子都赔完了，天底下就只有票号有银子了！主人还得活下去呀，就一翻脸，说你是我儿子，你的钱就是我的钱！到那个时候，您说这儿子敢说什么？要么乖乖交出来，要么造反把老爹杀了！"

康鸿猷一怔，仔细斟酌着他的话。而董克良却不屑地笑道："危言耸听！卢大东家，我问你一句，大清跟洋人赔款，能把大清的银子赔光吗？老百姓就不花银子了？"

"董大东家说的对。可真是到了朝廷难以为继的局面，西洋银行就正好乘虚而入了。朝廷没钱，可洋人的银行有钱。就像这次朝廷没钱赔款，四国银行就敢借给朝廷！因为什么？因为还有老百姓，还有咱们商人帮朝廷挣银子呢。不过这个局面一旦形成，大清就真正地成了洋人的奴才，成了替洋人征赋收税的衙门了！收了赋税，朝廷自己留点活命，其余的统统交给洋人的银行还债了——财权控制在洋人手里，董大东家觉得那时有大清自己的票号或者是银行存在的可能吗？"

董克良倒吸了一口凉气："这个……"他一时没了说辞，只得把目光投向了康鸿猷。卢豫海的说法的确是缜密至极，对天下大势的分析也毫无破绽之处。康鸿猷想了一阵，含笑道："卢大东家，依你之见，票号生意做不得了？"

卢豫海目光炯炯道："刚才我还是拿不定主意，但现在要我说，我看是做不得！"

董克良愤然站起，讥讽道："大丈夫生于天地之间，就当做些大事！如果我豫商办了银行，与洋人银行一较长短，即便轰轰烈烈而死，又有什么遗憾！"

卢豫海吃惊地看着他，好半天才道："在下佩服董大东家的豪迈！如此说来，就是我卢豫海胆小如鼠了。不过请董大东家想想，一旦豫商银行惨败，那河南还有挣洋人银子的人吗？洋人横行我大清，搜刮我百姓，朝廷暗弱，外不能开疆扩土，内不能保境安民，咱们商人再一完蛋，大清还有什么希望？明知其不可为而为之，与其说是勇气，不如说是莽撞！"

董克良怒道："康老太爷，咱们莫要管他，只要您一句话，我就跟着您干银行！"

康鸿猷看了看董克良，又把目光盯在了卢豫海身上，一时间长思不语。他良久才道："豫海，你说的都不错。但我以为，朝廷再变，生意不会变。明亡清兴，朝代更迭之际，我们康家不也照样过来了？而且生意越做越大，就算……"

康鸿猷稍微犹豫了一下，还是直言道："就算大清亡了，自然还有别的朝廷掌管天下，银行也好，票号也好，不都是为天下做事的？能像西帮那样做到汇通天下，不但商人得利，就是老百姓也能得利啊。此等好事，为何不可去做呢？你所认为的那些不利的地方，我也都承认，但这都不是根本。人才不足，可以雇洋人，可以自己培养；西洋银行的章法制度好，我们可以拿来改造利用；朝廷有自己的户部银行，我们可以买他的股本；甚至那些西帮票号，我们也可以跟他们联合起来，对抗洋人。只要咱们想方设法化解了不利，变不利为有利，未必就是败局已定，又因何做不得银行生意呢？豫海，我知道你的心思是好的，但你要想说服我，就再举个不能做的理由吧。"

董克良冷冷一笑，道："老太爷，道不同不相为谋！咱们自己干就是。"

"好一个'道不同不相为谋'！"卢豫海回敬他一个冷笑，对康鸿猷拱手道："老太爷既然让我说不可为之理，豫海就斗胆再放肆一回。老子有云：'我有三宝，一曰慈，二曰俭，三曰不为天下先'！创办银行，改组票号，无不是开'天下之先'的举措，老太爷饱读诗书，这一点自然比晚辈更有体会。'木秀于林，风必摧之；堆出于岸，流必湍之；行高于众，人必毁之'！老太爷，当今的朝廷，是大度的朝廷吗？是容人的朝廷吗？是体恤百姓的朝廷吗？八国联军打入北京，毁了票号大半的生意，晋商之中因此倾家荡产的又有多少？可朝廷丝毫没有为民着想之举，反而是在山西到处勒索钱财！豫商银行一建，势必给河南招来无数的祸患！"

他一口气说了这么多，微微喘了一下，继续朗声道："其次，豫商建银行，做的是什么生意？替朝廷垫银子还债，朝廷再以税收还银行；而要想与西洋银行抗衡，还要收全天下老百姓的银子为本金，这样一来，还要户部干什么，还要国库干什么？老太爷，财赋是一国之根本，历朝历代有将这一根本委托于一个商家的吗？'鱼不可脱于渊，国之利器不可以示人'。豫商手持国之利器，等于挑战了朝廷的权威，早晚要引来不测之灾，甚至会殃及子孙，难道两位心里就能悍然不顾、泰然自若吗？其三，西洋银行之所以兴盛，是因为西洋各国是民主共和政体，'国之利器'就是'民之利器'，国就是民，民就是国。华夏几千年的历史，哪本史书上说过'国民一体'的？全都是'溥天之下，莫非王土；率土之滨，莫非王臣'！不管是太后说了算，还是皇上说了算，老百姓说了总归是不算数的。我们豫商不过是一介商人，为何非要跟朝廷过不去呢？"

董克良驳道："你说的无非是黄老典故，如今天下大乱，岂是黄老横行的日子？"

"你说的不错，可黄老也好，儒家也好，那都是帝王治国之术。你别忘了咱们只是商人，是老百姓！"

"天下兴亡匹夫有责！"

"豫海佩服董大东家的心胸！但你所讲的天下，偏偏不允许匹夫去做这样的事！'白日不照吾精诚，杞国无事忧天倾'！朝廷不明白咱们的抱负和志向，咱们在此忧国忧民，与杞人忧天又有何异？"

两人已是动了怒气，虽然都没有怒形于色，但彼此的口气跟结了冰似的。康鸿猷见状幽幽一叹，道："豫海引经据典，从老子说到孔子，又把李太白的诗引出来了。老汉就拿《诗经》相和吧。'彼黍离离，彼稷之苗。行迈靡靡，中心摇摇。知我者，谓我心忧；不知我者，谓我何求。悠悠苍天，此何人哉？'"吟诵至此，他有些动情地站了起来，拉住他们的手，笑道："老汉略备薄酒，就请两位贤侄赏光赴宴吧。至于银行票号之事，稍后再议好了。"

让卢豫海和董克良深感意外的是，号称"康百万"的康府，摆出的晚宴竟会如此简单。菜是两荤两素：康店土鸡，洛河草鱼，韭菜炒鸡蛋，萝卜丝烩粉条；汤是寻常的面疙瘩汤，酒也是家里自酿的水酒，最大的盘子上垒得高高的全是杠子馒头。康鸿猷见二人的表情，笑道："老汉老了，牙口也不好，平素就是这个样子。比你们两家钟鸣鼎食的差远了。"二人都是又佩服又惭愧地一笑，一人拿起一个馒头吃了起来。饭吃到一半，康鸿猷忽地怅然放下筷子，喃喃道："临事让一步，自有余地；临财放一分，自有余味啊……豫海，克良，我想好了，豫商建票号一事，今后毋庸再提了。"

董克良惊道："怎么，就这么看着西帮大把赚银子吗？"

"我们康家有块'留余'匾，写的是豫商的古训。"康鸿猷静静道："第一句就是'留有余不尽之禄以还朝廷'。开票号，建银行，这不是留余给朝廷，而是从朝廷手里争利啊！康家繁盛数百年，靠的就是'留余'二字。豫商可以跟晋商抢生意，可以跟徽商抢生意，甚至可以跟洋人抢生意，唯独不能跟朝廷抢生意。因为什么？两下里和和气气，就是商伙；一旦翻了脸，他是朝廷，咱是百姓，他是官，咱是民，能有咱好果子吃吗？"

他缓缓离座，在桌边踱步道："官银汇兑历来是朝廷、地方之间的事，户部银行之所以会成立，说到底还是朝廷贪利，不肯放权。而官银汇兑解禁之后，这又是票号赖以生存的根基。豫海说的好，国之利器不可示人……豫商就是'国之利器'！咱们建了银行，名动天下，这是公然示威给百姓、示威给朝廷啊！克良说得也对，'天下兴亡，匹夫有责'，但我们商人报效国家的方法多了，为何非票号、非银行不可呢？豫商每年的税赋银子交得那么多，可大清国呢？道光以来，国运衰微，国将不国啊。这板子不能打在商人头上！"说着，他走到卢豫海面前，长长一揖道："老汉枉活了几十年，还是被一个'贪'字弄得神魂颠倒了，多谢豫海贤侄当头棒喝！"

卢豫海连忙扶起康鸿猷道："老太爷何至于此！豫海今天终于明白了康家兴旺四百年的奥妙所在。"他跪倒在康鸿猷面前道："老太爷，今天晚辈如有不敬之处，还望老太爷多多包涵！"

董克良脸色青白、呆若木鸡地看着他们俩，表情诧异、震惊而失落。康鸿猷拉起了卢豫海，叹道："西帮做了这么大的事，依我看不出十年，必受其咎！豫海，如没有你今天这一番话，老汉真就领着整个豫商一头扎进票号里去了。几十年后，当'票号'二字已成过眼烟云之际，我们豫商依然屹立如初。到那时回忆起此情此景——豫海，你不是救了我们康家，你是救了整个豫商啊！"

注：光绪三十一年（1905年），清政府成立户部银行，这是我国最早的官办国有银行。户部银行于光绪三十四年（1908年）改为中央政权直接控制的大清银行，成为中国历史上第一个真正具有中央银行性质和职能的国有银行。该行除一般性银行业务外，还有代理朝廷发行纸币、经理国库事务、朝廷一切款项收付汇兑，以及代朝廷经理公债和各种证券等特权。山西票号为应对危局，曾先后四次筹备改组为现代民营金融机构，因种种原因皆告失败。辛亥革命前后，山西票号业遭受致命打击。其一贯奉行的"北收南放"政策（即在北方吸收清室贵族、高官存款，在南方放贷）宣告破产，南方各省分号存银被洗掠一空，北方各省分号无力应付挤兑风潮而濒临破产。1913年，国民政府严令停止白银流通，大清银行改组为中国银行，由国民政府授权发行纸币。与此同时，外资银行大举进入内地。截至1914年，原山西票号几乎全部倒闭，山西商人苦心经营达百年之久的金融王国土崩瓦解，晋商由此一蹶不振。

2 津门斜日淡无光

光绪二十八年的七月，天津城里热热闹闹，万人空巷，市民们差不多都赶到市中心的租界瞧稀罕去了。这一天是八国联军盘踞天津两年多之后，正式向朝廷移交天津的日子。代表朝廷来接收天津的，是刚由署理改为实授的直隶总督兼北洋大臣袁世凯。各国领事都对这个刚满四十一岁就做到"天下第一总督"高位的中国军人充满了好奇，当然，更多的还是观望。按照《辛丑条约》的规定，大清不得在天津租界方圆四十华里的地方驻扎军队，换句话说，即使这位总督大人来了，也不能带一兵一卒。偌大个天津卫一州七县，三教九流，鱼龙混杂，不向洋人的军队求助，他如何控制得了这块地界？各国领事们对闻风而至的市民们招手示意，似乎并没有自己的军队即将撤离的担忧。

辰时刚过，直隶总督的仪仗便开到了租界。混在人群里看热闹的卢家老号津号二相公苗象林踮着脚尖朝里看过去，一边看一边对身边伙计道："这位袁大帅是咱们河南项城的老乡啊！他来天津卫，肯定照顾咱们豫商的生意！"伙计不到二十岁的样子，眼珠子里却透着灵光和精细，显然没他那么乐观，苦笑着道："二相公，您就甭高兴了，先琢磨一下怎么应付董家老窑再说吧。"

苗象林不满地瞪了他一眼，继续看他的热闹。伙计摇头，低声自言自语道："唉，杨大相公的病再不好，我也辞号算了！碰上这么个二相公，号里的人快给董家都挖走了，还在这儿看热闹呢！"苗象林好像听见了什么，扭头骂道："小虎子，你嘀咕什么呢？"韩瑞虎再也忍不住了，大声道："二相公，您还是回去看看吧！我听说今天老焦领着最后的几个弟兄，说要辞号去董家呢！"苗象林一愣，道："放屁！他们连身股都不要了？"

就在此时，人群中一片哗然，打断了苗象林的话。原来跟在仪仗后边的还有很长的一个队伍，看架势足有好几千人，个个背着洋枪，腰里挂着子弹袋。为首的是个五短身材的将军，头上是镶有东珠的红宝石顶戴，身上穿的赫然是一品大员才有的仙鹤补服。人群中啧啧赞叹起来，这就是袁大帅了！

台上的各国领事又惊又怒，一待袁世凯上了台子，马上有领事抗议道："总督先生，按照大清国与各国的条约，天津租界不得驻军，我对您今天的行为表示严重抗议，我将连同各国领事一起向总署指控你的行为！"

袁世凯满腹不解道："本部堂怎么了？"

"您今天来带了这么多军队……"

袁世凯仰头看了他一眼，慢吞吞道："你看仔细了，这不是军队。"

"每个人都带着枪，难道不是军队？"

袁世凯慢条斯理道："是警察。"

各国领事闻言无不目瞪口呆。袁世凯冲着台下的人挥了挥手，满嘴的河南话，大声道："各位天津卫的父老乡亲！从今天起，世凯代表大清朝廷，重新接管天津卫！洋人不让咱们大清驻军，世凯带来了三千名精心训练的警察……世凯是河南人，河南直隶一河之隔，大家都是老乡。从今往后，这天津卫还是大清的地界！"

台下的市民们做了两年多的亡国奴，听见这样的话纷纷大声叫好，顷刻间欢声雷动，甚至有不少人痛哭失声。

苗象林激动得巴掌都拍红了，韩瑞虎实在看不下去，用力拉着他离开了人群，一直走出去好远。苗象林连连趔趄了好几步，怒道："瑞虎！你犯神经了吗？小心老子打你！"

韩瑞虎不卑不亢道："哼，你打吧。可你再打我这一次，今后再也别想打我了！"苗象林举得半高的手停在空中，纳闷道："你是什么意思？"韩瑞虎冷笑道："豫商的规矩，学徒期满来去自由，我十四岁进津号，如今我十八了，四年期满，你就是留我也留不住。告诉你，我今天就辞号，我也投奔董家老窑的津号去。"苗象林大怒道："好小子，你真是不想活了！你去董家老窑还是得当四年学徒，你就重新熬去吧！"

韩瑞虎憋不住一乐，嬉皮笑脸道："二相公，您恰好说错了，我真是辞号去了董家，人家还真认我在卢家的四年学徒！不但学徒认，出师的伙计原先在卢家的所有身股，一律照认！只要头一年干得好，第二年身股多加五毫！我刚才说了，就在今天，老焦领着五个兄弟辞号去董家了。现在卢家的津号除了病得不能下床的杨大相公，就剩你和我啦！明天我再一走，得嘞，你跟杨大相公两个光杆大帅，等着咱们那个总督老乡照顾吧！"

苗象林起先脸上还带着怒气，闻言渐渐沉静，脸色变得越来越惨白，最后竟是呆若木鸡，只死盯着这个年纪小他快二十岁的小伙计，雷击了似的僵直不动。韩瑞虎淘气地上前，伸手在他眼皮子前晃了晃，见他毫无反应，顿时吓了一跳，忙道："苗爷，苗爷你怎么了？大白天丢了魂儿不成？"

苗象林好半天没吱声，忽而一屁股坐在地上，两眼呆滞地看着前方，面色血一般潮红，浑身都是大汗。韩瑞虎颤着手摸了摸他的脸，像触了火炭似的猛地收回来，叫苦道："哎哟，苗爷，您中暑了！"说着急得四处张望，远远看见有个卖水果的店铺，兔子般地蹿了过去，抱起来两个西瓜就走。唬得老板大叫："有混混儿抢东西了！"说着便抄起秤杆子追了过来。

韩瑞虎顾不得许多，一拳砸开西瓜，抓了把瓤子就往苗象林脸上摸。苗象林大口的呼吸，慢慢缓了下来。老板气喘吁吁追到近处，见是在救人，略微放了心，兀自道："小兄弟，西瓜得给钱哪！"韩瑞虎摸了摸怀里，半晌才摸出来两个大子儿，眼珠一转，索性把上衣脱得精光，抱着老板的腿大哭道："大叔啊，这是我亲哥啊！我们俩从河南逃难逃过来的，就剩下这俩大子儿了，您就收下吧！"

老板一愣，叫道："这西瓜说什么也得……"韩瑞虎见围过来的人越来越多，放声号啕道："大叔，我们就这么多了，您都拿走！千万别可怜我们！就是我哥死了，没钱买棺材，连个破席也买不起，大不了我跟他一块跳了海河喂王八去！您老心眼好得很，再好也不能给我们钱哪？我们怎么能要您的钱呢？您就是如来佛转世，观音菩萨现身，您的大恩大德我们永世不忘！"

老板莫名其妙道："我，我什么时候说给你钱了？"周围的人纷纷叹息，有认识老板的人道："崔老三，算了，顶多十个大子儿，人家把衣服都脱了，看样子真是没钱！"另一个人道："老崔，就是你给人家几个子儿，也没啥！人家老乡袁大帅刚替咱撵跑了洋鬼子，你生意那么好，积点德没啥坏处！"

韩瑞虎偷眼看到苗象林的脚动弹了一下，知道他没什么大碍了，愈发哭天抹泪道："大叔，您是我亲爹，您是我亲爷爷！您救了我哥的命呀！您还可怜我们给赏钱，您老好人有好报呀！"

老板身边的人撺掇得更加厉害了，老板哭笑不得，只得从怀里摸出来几个大子儿，扔给韩瑞虎，道："真是怪事，白赔了俩西瓜，还得破财！"

周围人一阵哄笑，纷纷打趣着散去。韩瑞虎机灵地揣好了铜钱，冲老板的背影大声嚷道："您老生下儿子中状元，生下女儿封诰命，红顶子拿车装，凤冠霞帔使船运哪！"说着忍不住笑起来，又破开一个西瓜，掏了瓤子递到苗象林嘴边，连声道："哥，哥，你吃点祛祛暑气！"

苗象林眼睛蓦地睁开，无力地笑骂道："小兔崽子，害得老子跟你一起丢人要饭！快扶我回津号！"

杨仲安的确是病得不轻，已经整整三个月没能主持生意了。本来今天上午精神好了些，他想挣扎着下床到柜上看看生意，不料刚穿上一只鞋，小相公老焦便领着五个伙计进来，一见他就是跪倒磕头，痛哭流涕。杨仲安还以为津号遭抢了，吓得立时就是一摇晃。老焦擦了眼泪，却道："大相公，我们几个实在待不下去了！津号的生意这两年根本做不下去，月钱半年没发了，身股一年减一点，再这么下去，我们几个怎么跟家里人交代？都是拖儿带女的一家子人哪……"

杨仲安捂着胸口，虚弱至极道："你们，你们打算怎么办？"

"辞号！"

"身股，身股不要了？"

老焦心一横，索性说了实话："大相公，您对我们一直挺好，我们也舍不得走，可是董克良说了，只要我们去他们津号，在卢家的身股照认，干得好还给加呢！大相公，人往高处走啊！我们得走了——我劝您也去董家吧！这两年因为生意不行，您那身股减得也差不离了，董克良说您去了津号，还是大相公，身股立涨一厘！"

杨仲安用尽最后一丝力气，痛骂道："放屁！你们这是背主求荣！你们都走吧，我就是死，也要死在卢家老号！"说着，抓了枕头丢过去。

老焦纹丝没动，含泪道："大相公，那我们几个走了，对不住您！"其余几个人也都是擦着泪站起身，跟着老焦离开了。

杨仲安呆坐了半天，想站起来到柜上去看看还剩下谁，却双腿不听使唤，一头栽倒在地。

杨仲安手脚并用拼命爬到了前院的账房，大叫了几声"还有人吗？"四周一片死寂。杨仲安心慌到了极点，又奋力爬到了前堂柜台，不但空无一人，就连门板都放下来了，跟关张倒闭了差不多。杨仲安趴在地上喘了半天，昂着头叫道："象林！瑞虎！你们这俩死哪儿去了！"良久，只有他的声音袅袅回响，却根本无人应答。杨仲安勉强翻了个身子，仰面朝天，痛心疾首道："大东家，我杨仲安对不起您，我只有一死来谢罪了！"

这时门被人打开了，韩瑞虎架着苗象林进了前堂，蓦地看见杨仲安泪流满面地躺在地上，两人都是大惊失色。韩瑞虎一把扔了苗象林，扑到杨仲安身上哭道："师父！师父您怎么了？老焦他们打你了？"苗象林冷不丁被他一推，跟跄了两步，差点儿一头栽到柜台上，却也不敢说别的，赶忙上去和他一同扶起杨仲安，搀到一旁的椅子上。杨仲安捂着胸口呼哧呼哧地喘了半天粗气，这才断断续续道："津号，津号就剩咱们仨了？"

苗象林没好气地看了眼韩瑞虎，道："瑞虎明天就辞号，就剩咱们俩大相公了！"

杨仲安气急，一巴掌打在韩瑞虎脸上，骂道："白眼狼！你这就给我滚！"

韩瑞虎也不着急申辩，苦笑道："师父，我是您从人市上十两银子买的，我能走吗？你们俩大相公，连一个看门跑街的都没了，津号还不彻底完蛋！您放心，我就是死也不走！"

杨仲安气息平静了许多，经这么一折腾竟出了一身的大汗，原本久治不愈的无名热也好了大半。他打起精神道："瑞虎，真就剩咱们哥仨了吗？"

韩瑞虎叹气道："可不是吗！"

杨仲安眼泪又下来了："我对不起前头的张文芳大相公，也对不起我大哥，更对不起卢大东家啊！好好的津号在我手里怎么就一败涂地了呢？"苗象林早没了主意，只顾在一旁唉声叹气。

韩瑞虎安慰他们道："两位大相公别着急，这也不全是咱们的错！八国联军在这儿一住就是两年多，中国人开的字号十家有七家关了门，咱能挺到现在，还真不简单呢！"

杨仲安摇头到："啥也别说了，发电报给总号，就说津号濒临绝境，速请总号决断！"

韩瑞虎两手一摊，道："师父，一个字八两银子，这个电报没个五六十两下不来！咱哪儿还有银子呀？"

"连电报都发不起了？"杨仲安难以置信地看着他，继而捶胸顿足道："我，我死了算了！"说着就想朝柜台拐角冲过去。

韩瑞虎和苗象林慌忙拦住他。韩瑞虎笑道："师父，其实没那么严重！人都走了最好，还省得您动脑子裁人减负呢！咱们三个人，维持一个津号足够了。"

苗象林瞪了他一眼："就你逞能！你怎么维持？"

韩瑞虎又是嬉皮笑脸道："是苗爷您说的，那位总督老乡能照顾咱生意呀！"

杨仲安盯着他道："你到底有什么想法，快说！"

韩瑞虎见师父发话了，只得老实道："说实话，眼下我也真的没主意，不过您放心，过了今天晚上，我一准儿把主意想出来！再不济，我就是出去坑蒙拐骗，也得把给总号发电报的钱挣到手了！"说着，扶起杨仲安道："您还是回房歇着吧，前堂有我和苗爷照顾。反正也没人来，您就好生歇息歇息，养足了精神好跟董家斗！"杨仲安知道他这是宽慰自己，可又实在没别的办法，只好由着他们架起自己朝后院走去。

安顿好了杨仲安，苗象林跟泄了气的皮球似的，浑身软绵绵地来到了前堂。韩瑞虎站在柜台后头，灵动的眼珠子转个不停。苗象林靠在椅子上呆了半晌，才自言自语道："幸亏交了一年的房租，不然这个月就得关张！"韩瑞虎扑哧笑道："我的好苗爷，您说点吉利话好不好？我这儿正琢磨点子呢！"

要搁在平时，苗象林早一个大嘴巴子过去了。可今天他在租界外中暑，韩瑞虎的表现着实让他大吃一惊。他从来没想到眼皮子底下这个爱说几句俏皮话的小伙计，一遇到急事真能做到"有静气"，连哄带骗地把一群大人玩弄于股掌之间。

他干笑了几声，道："你一个毛孩子，能有什么主意？"

韩瑞虎不乐意了，板着脸道："我都十八了！大东家十八岁的时候，人送绰号'拼命二郎'！神垕镇谁人不知？我就是比不上大东家，比你苗爷……嘿嘿，也强不到哪儿去。"

苗象林正想动手打人，听见他这么机灵地一转，不由得笑道："算你脑子快！快点想招儿吧。唉，看来我不是当驻外相公的料，等津号事儿平了，我还是回总号当我的账房先生去，干那活儿我最拿手！"一说到算账，苗象林的兴致来了，吹嘘道："我们苗家祖传的，双手开弓打算盘，你见过吗？我大哥苗象天，那是神垕第一神算子！方圆二百里地，就是袁大帅他老家项城县，说不定都知道神垕有个……"

韩瑞虎身子一激灵，大声道："慢着！你刚才说什么来着？"

"方圆二百里地，没人不知道……"

"有了！"韩瑞虎激动得一跳多高，蹿出柜台道："苗爷，你的字儿怎么样？"

"还凑合，练过几年颜体，怎么了？"

韩瑞虎不答话，跑回柜台拿了红纸笔墨，放到他面前道："我说，您写！"

苗象林嘟囔着提起笔，韩瑞虎给他研着墨，慢慢思忖着道："第一句，'开封府里有禹州'。"苗象林愤愤地扔了笔，道："你说这是大白话，写这有什么用！净糟蹋笔墨……"韩瑞虎赔笑道："苗爷，您就当练字儿呢，好不好？"苗象林无奈地写了这句话。韩瑞虎接着道："'陈州府里有项城'，这是第二句。"苗象林多少琢磨出些意味了，脸色为之一振，急切道："下面呢？"韩瑞虎不耐烦道："你别打岔，这不正想着呢！"

苗象林不敢打搅他琢磨，屏住呼吸等他发话。韩瑞虎眼睛一亮，道："'大帅威名镇天津，卢瓷宋钧神垕生。项城神垕百十里，都是一个河南省。地道宋钧在哪里，估衣街上把您等！'就是这几句！"苗象林笔走如飞，把这六句话写了出来，赞叹道："好你个小虎子，这是首七言绝句啊！"韩瑞虎笑道："苗爷，有了这八句，给大东家发电报的银子不愁了！您还得再麻烦一阵子，把这几句写在传单上，先写它二百份！背后注明一行小字：卢家老号津号专营正宗卢瓷宋钧，估衣街甲字四十七号。行不行？"

苗象林笑骂道："你还真有主意！我这就写，你快把这个贴到门口招牌上去！"

韩瑞虎得意地一笑，道："苗爷，您瞧好吧，肯定轰动整个估衣街！"说着拿着墨迹未干的红纸，兴冲冲地走了出去。

估衣街是天津卫最早的街道，俗语称"先有一条街，后有天津卫"，这一条街指的就是估衣街。最早，估衣街只有估衣铺，也就是收旧衣服的当铺，因此得名。到了光绪年间，除了估衣铺外，绸缎、棉布、皮货、瓷器各业商店也达到鼎盛，成为华北地区日用商品的集散地。一些老字号如谦祥益、瑞蚨祥、瑞生祥、泥人张、老胡开文等都集中在这条街上，店铺林立，摊贩遍地，异常繁华。天津商界尤其讲究门脸，内外装修各有特色。而牌匾一定突出"名""优"二字。像津号斜对面中和烟铺的招牌上大书"五甲子"，意思是烟铺是历经三百年的老字号了。正对面的药店挂着"专门采办川广云贵地道生熟药材"。至于桐油庄门口放油篓、颜料铺门口架飞红点翠的彩棍、卖元宵敲梆子，更是不胜枚举。

卢家老号的津号就在估衣街上，韩瑞虎胡诌的"七言绝句"摆到了津号门外不多时，便引来了众多的围观者。在当时天津人心里，与其说天津是朝廷收回来的，不如说是袁大帅收回来的，敢情这家瓷器店的老板跟袁大帅还是老乡啊！不少来估衣街闲逛的本地官员的家眷看了这招牌，立刻动了心思。袁大帅是项城人，项城跟神垕就是百十里地，"家有黄金万两，不如钧瓷一片"的名声又是众人皆知，说不定这位大帅真就喜欢家乡的钧瓷呢？大帅新到天津，一心去送礼的人多如牛毛，可人家的脾气一时半会儿还摸不清楚，这宋钧值钱，看着也高雅，不妨拿这玩意儿试试深浅再说。等韩瑞虎发完了二百份传单，满头大汗地跑回津号的时候，居然发现柜台前围满了人。苗象林和杨仲安忙得不亦乐乎，招呼完这个招呼那个，等不及的人还一肚子牢骚。韩瑞虎顾不得高兴，赶忙蹿到柜台里帮忙张罗起来。

苗象林和杨仲安都清楚，若论起招呼商伙，他们俩加起来也不如一个韩瑞虎，便都在一旁打起了下手。

只见韩瑞虎满脸微笑，机灵地冲一个师爷模样的人道："这个是鸡心罐，天蓝天白都有，名字叫'梦回千年'！怎么叫这个名儿呢？千年是回哪儿，是回唐朝呀。您老学富五车，上知天文，下知地理，前知一千年，后知八百载！唐朝时候有个郭子仪郭老王爷，那是平定了安史之乱的大英雄！我们老乡袁大帅，不就是当今的郭子仪吗？梦回千年，这个彩头该多大！"

师爷连连点头，抱着鸡心罐仔细端详。韩瑞虎又冲着一个官宦太太道："这位夫人眼光真好！这叫八方进宝瓶，您瞧这釉色，您瞧这做工，实话告诉您，这可是从选料开始，到拉坯到素烧到上釉到釉烧到烧成开片，足足用了两年时间啊！宋钧烧造难比登天，'十窑九不成'啊。那口窑一共出窑了六十多件，就成了这么一件！"

官宦太太抿嘴笑道："那其余的呢？"

"全都砸碎啦！我们卢家老号从来不出瑕疵物件！"韩瑞虎正色道："哪怕这瑕疵您都瞧不出来呢，也不能卖给您！物以稀为贵呀，要不怎么衬得这瓶子值钱呢？"

"哟，值多少钱哪？"

"您要问值多少钱？明码标价，童叟无欺，五千两！"韩瑞虎凑上去低声道："可谁叫今天我们大相公做寿，我们老乡袁大帅进津，大太太您又长得沉鱼落雁、闭月羞花呢？给您打七折！三千五百两，外带老字号隆宜祥的檀香木礼盒、苏州上等绸缎封皮！您要是还嫌贵，得！"韩瑞虎昂着脸，大声道："您照我这脸蛋子上狠狠扇两巴掌，好好出出气，骂一句'没心肝的小伙计，要价这么死！'您千万大声骂，让我们大相公也听见，回头我还能得两大子儿的赏钱呢！"

官宦太太听得心花怒放，道："真是个可人意的小伙计！"笑不绝口地回头道："张妈，给他银子！"

韩瑞虎兴奋地大叫："大相公来道谢啦，有贵人赏银子喽！"

杨仲安抹了抹眼泪，上来朝那太太道谢。旁边的人也都站不住了，纷纷叫着掏银票。津号仅存的这仨人忙活得脚不沾地，个个都是喊哑了嗓子。

到了晚上一算账，除去工本，竟是足足赚了三千两银子！杨仲安看着银子放声大哭起来，好一阵才憋出了一句话："快发电报！"

3　留余，留余

津号的电报只有十个字：津号危，圆家撬，东家速来。

总号老相公苗象天、杨伯安接到电报后大为震惊。"圆家""撬"是鉴于电报局的人屡屡泄密，在内部规定的电报暗语，"圆家"就是圆知堂董家，"撬"的意思是自己的伙计被人挖走了。自从有了身股之制，卢家老号还从来没发生过大批伙计倒戈反水的事情，而在天津不但有对手来挖人，这个对手还是董家！

苗象天牵挂着弟弟苗象林，杨伯安担忧弟弟杨仲安，两人立刻将电报送到钧兴堂。卢豫海深知杨仲安是个要面子的人，如果事情不到万分危急之际，他断然不会张口就请大东家去救急。卢豫海当机立断，连夜赶奔开封府，先是见了已经官升一级做了藩台的曹利成，顺便看了看曹府大少奶奶、自己的妹妹卢玉婉。又从汴号抽调四五个得力的伙计，跟他一起直奔天津而去。

有了韩瑞虎"七言绝句"的招牌，津号的局面略微缓解了一些，不至于门可罗雀了。但好景不长，没两天工夫，在锅店街上的董家老窑津号也打出了类似的招牌，而且价钱低于卢家老号，传单还公然发到了估衣街卢家津号的大门口。刚刚吸引过来的商伙又被勾走了大半。杨仲安和苗象林商议了一番，决定也跟风降价。不料韩瑞虎听了，却是连连摇头道："两位大相公，这个价万万降不得！"

韩瑞虎这次建了奇功，两个大相公对他是刮目相看。见他表示反对，杨仲安也没有动怒，反而微笑道："你说，为何不可降价呢？"

"道理明摆着，总号规定的价钱是按照毛利三成算的，给咱往下浮动的余地，说白了也是三成。为了打开局面，咱已经把毛利降得很低了，再降就是出窑价了，驻外分号没这个权力，非得向总号请示不可！我看了董家的传单，同样的货，他敢以出窑价卖，这是什么来路？"

韩瑞虎手一挥，道："他是冲着逼死咱们津号来的！如果我没猜错，董克良眼下就在天津！要不然就董家津号那些人，没这个气魄！"

"要是这么说，还真不好办了。"杨仲安沉吟道："刚刚有了些人气，又被董家拉走了。他们价钱定得那么低，咱们又不能跟着降，说到底还是斗不过他们哪。"

"也不然。"韩瑞虎仍是嬉皮笑脸道："大东家明后天就能到，有他坐镇津号，拼价钱也好，想其他办法也好，总归不会输给董克良！不过我想，大东家真的来了，也不会跟董家拼低价。"

"你有什么主意快点儿说，别掖掖藏藏的！"

"师父别发火。"韩瑞虎给他端过去一杯茶，笑嘻嘻道："我那个馊点子，是瞄着那帮上赶着给袁大帅送礼的人。可这也就是眼下一阵子的应景生意。说来说去还是得抓大商伙！"

门外有人笑道："说得好！放着这么个有眼色的伙计，津号怎么搞成这个模样！"

苗象林一听见这声音，蓦地叫起来道："是大东家！"

话音未落，卢豫海满脸微笑地走了进来，身后跟着五个伙计，个个都是风尘仆仆。

杨仲安鼻子一酸，带了哭腔道："大东家，津号凋敝如此，是我对不起您！"说着就要下跪。

卢豫海赶紧上来扶起他，安慰道："生意嘛，有走顺风的时候，就有走背风的时候，哪儿能处处时时一帆风顺呢？我来的时候打听了，董克良就在天津，你一个大相公权力有限，怎么跟董克良斗？你又是大病刚好……你放心，有我给你撑腰，好好跟他董家大干一场，挽回这个脸面就是！"

杨仲安没料到他会这么说，眼泪唰唰地下来了。韩瑞虎也是直掉眼泪。苗象林在一旁赔笑，刚想说什么，卢豫海冷冰冰看着他，语气骤然一变，道："象林，老杨病了半年，你这个二相公是干什么吃的？手底下能用的、不能用的人都给挖走了！我当初真是瞎了眼，怎么想着把你留在津号？我对你再三嘱咐的那些话，怕是全扔进侯家后的茶馆里了吧？侯家后是个好地方，茶馆、妓院、相公下处，你没少去叫局、赶条子吧？我算看透你了，根本不是驻外的那块料！本想让你做出点功劳衣锦还乡，这下子连你爹、你哥的脸都给你丢光了！你爹苗文乡老相公是多有作为的大商家，怎么生了你这么个窝囊废儿子？成事不足，败事有余！你也别痴心妄想驻外了，现在就收拾行李，老老实实给我回总号算账去，就从当学徒给师父端尿壶重新做起！"

众人开始见卢豫海和颜悦色，心里都像是一块石头落了地，不意他突然翻脸，竟是连珠炮似的质问起苗象林，声色俱厉，丝毫不留情面，众人不禁都是大吃一惊，汗流浃背。

杨仲安久闻卢豫海伶牙俐齿、口如刀剑，自己跟了他这么多年，还从未见过他如此手段，不由蓦地起了一身的鸡皮疙瘩。

场面一时冷清下来。苗象林吃了这一通辱骂，脸色青一阵白一阵，像是突然给人打了一闷棍，半晌说不出话。

在这死寂的场面里，韩瑞虎轻轻说了句："大东家，您骂错了。"

卢豫海钉子似的看着他，冷笑道："你把话说清楚！"

"大东家，您说苗爷不是驻外的材料，这话没错。我虽然是个小伙计，也觉得苗爷做二相公不成！"韩瑞虎鼓足勇气道："但您说苗爷在侯家后逛窑子叫局，这就是无中生有的事了。苗爷跟我朝夕相处，他根本不是那种人！再说，豫商里有规矩，责罚办事不力的相公，要么勒令辞号，要么减身股，哪儿有一撸到底去做小伙计的？这是大东家赏罚不公。何况苗爷也有他的长处，津号生意最红火的时候，往来账目多如牛毛，苗爷一个人顶十个账房伙计！大东家如果要物尽其用、人尽其才，我看苗爷应该回总号账房去！"

卢豫海愣着没说话，杨仲安怒道："瑞虎！你疯了吗？大东家自有大东家的主意，你一个小伙计插什么嘴？人事安排是你能做主的吗？给我滚！"韩瑞虎倔强地道："大东家要是执意这么罚苗爷，我也辞号得了！留在这儿干没意思！"

卢豫海忽而发出一阵大笑，眼泪都笑出来了，连声道："好一个小伙计！你今年多大了？"

"十八。"

"给你个二相公，你敢干吗？"

"有什么不敢，反正是您大东家出钱，我出力，生意砸了赔的是您的银子，大不了我卷铺盖走人。"

卢豫海打量着他，笑道："好，有点儿我当年的意思！"说着看了眼苗象林，道："你是现在就走，还是等斗败了董克良再走？"

苗象林擦泪道："我等着大东家大败董克良，跟大东家一起回去。"

卢豫海笑道："那也好，你就留下来做个账房小相公吧，以观后效！至于这个小伙计……"卢豫海大声道："擢升为津号二相公，辅佐杨大相公主持津号。"

苗象林又酸又妒地看着韩瑞虎，悄悄叹了口气。韩瑞虎跟傻了似的站在原地，道："大东家，您要提拔我？"

卢豫海并不回答，朝身后的几个伙计道："你们先下去歇着吧，让象林给你们讲讲津号的形势。我跟两个大相公说说话。"苗象林浑身无力地站起，领着伙计们下去了。待他们走远了，卢豫海扑哧一笑道："这个苗象林，真不如他哥！吓唬他几句就成这样了。老杨你不知道，总号原来的账房大相公古文乐岁数大了，眼看着身子一天不如一天，账房是机要重地，不是老人儿不敢用啊。"

杨仲安的脸色还白着，笑道："敲打敲打他也好，象林经商的确是用错了地方。当年大东家要把他召回去，是我苦留不放人，要追究起来我也难辞其咎！只是老古号称'神垕第一铁公鸡'，不知象林能不能像老古那样守好账房啊。"

"苗爷精着呢！"韩瑞虎恢复了往常的样子，嬉笑道："他跟我一块儿上街，自己从来都不带银子。"

卢豫海和杨仲安都是一愣，随即放声大笑。卢豫海道："瑞虎，你是二相公了，要论起熬资历，你师父像你这么大的时候，还在维世场烧窑做学徒呢！不过我用人不拘一格，谁有本事谁上——门口那幅招牌是你的主意吧？我看挺好！老杨老成持重，想不来这样的点子。象林在生意上更是个糊涂虫……"

韩瑞虎憋了一肚子话，忙道："大东家要是这么讲，瑞虎就更担当不起了！其实这件事是我没办法的办法，给大东家添了一个大麻烦。我怕师父担心，就没敢告诉他，一直等到大东家来，才敢向您请罪！要是大东家听了我的实话，不让我做二相公了，我一点怨言都没有！"

"你是想说袁大帅那边需要打点吧？"卢豫海微笑着。

韩瑞虎惊讶地看着他，叹道："大东家真是……我说什么好呢？我胡诌的那几句，虽然一时解了津号的危局，但也得一大笔银子才能圆下来！袁大帅是何等人物？他的名讳，哪儿是咱们商家搬来搬去利用的？稍有不慎，袁大帅一个冷脸下来，他手下的兵就敢砸了咱的铺子！大东家，我给您惹祸了，这祸还不小呢。"

杨仲安一拍大腿，急道："我怎么就没想到这个？挣了一点儿钱，还不够给袁大帅送礼呢！"

"这不怪你们。"卢豫海温和道："津号眼瞅着就完蛋了，你们能急中生智也不是过错。瑞虎，你安心做你的二相公，好好将功赎罪就是了！至于打点，这用不着你们操心，我自有主张……"

第二十七章

/ 宿 命 归 途

1 仇恨几时消

卢豫海来天津的第二天一早，便到总督衙门求见袁世凯。因为他带了河南巡抚松寿、布政使曹利成联名的书信，又塞给领班师爷一张银票，当天下午就见到了这位名震朝野的袁大帅。卢豫海被师爷领进议事房，瞅见博古架上摆了不少宋钧，董家和卢家的都有，便是微微一笑。

袁世凯还在跟上一个客人谈话，见他进来便端茶道："练兵处筹备一事，就这样办好了。庆亲王那里有我，直隶这帮官员那里就由菊人兄你去说，联名折子还是要上的！"客人笑道："慰帅好大的气魄啊！全国八百三十六万两摊派下去，南皮公怕是要坐不住了！"袁世凯唇上一撇浓胡颤了颤，道："张公自然会坐不住，可我直隶省率先认筹一百一十万两，全省官员又自愿认捐十万两，饶是他南皮公脾气再大也无话可说！"客人看见卢豫海垂手恭立一侧，便道："既然慰帅还有客人，我就先告辞了。"

"不忙不忙。"袁世凯笑着站起来，对卢豫海道："卢东家是吧？我给你引荐一下，这位是我的盟兄徐世昌，号菊人，生在河南，长在天津，也是咱半个老乡。翰林院出身，现在是新建陆军参谋营务处总办。"

卢豫海忙行礼道："草民豫海拜见徐大人！"

徐世昌扶着他，笑道："都是河南老乡，行礼不就见外了？"

袁世凯摸了摸胡子，自得道："卢东家颇有弦高之风，甘愿出资五万两以助北洋操练新军！南皮公总是说他治下的湖广如何商贾繁茂，我看他们比不上我们豫商急公好义的亮节！"

徐世昌笑道："先有这五万两垫底，再加上直隶官员的认捐，北洋新军的第一镇总算可以放炮开张了。菊人在此谢过卢东家！"

卢豫海赶忙自谦一番，送他离去。袁世凯回到座位上，粗眉一挑，慢条斯理道："卢东家，松寿是咱老家的父母官，利成兄是布政使，也是你们卢家的亲家。你慷慨解囊这五万两，怕不是被这二位老兄逼的吧？"

卢豫海忙道："慰帅此话怎讲？慰帅收复天津，津门重回大清版图，这是堪比古往圣贤之举啊！慰帅给咱们河南人争了脸，又要筹建新军保家卫国，豫海虽是一介商人，也不敢袖手旁观！"

"你这是官话。"袁世凯了然一笑："都是豫省老乡，胡同里赶猪，直来直去，你就说你打算要什么吧。"

"草民怎敢张口要赏赐？"卢豫海笑了笑，指着两旁的宋钧，道："卢家以烧窑为生，神垕卢家和董家的宋钧驰名天下，我瞅见慰帅这儿两家的都有，只愿慰帅公务闲暇之余，赏鉴一番给个评语，草民就知足了。"说着，从怀里掏出银票来，恭恭敬敬放在袁世凯手旁，道："慰帅公务繁忙至极，草民不敢久待。盼着慰帅早日练成新军，入阁拜相，给老乡们再争个大脸面回来！"

袁世凯瞅见银票上写的是十五万两，顿时明白了他的用意，不由得扑哧笑道："你们卢家一上来就打着我的旗号，说什么'项城神垕百十里，都是一个河南省'，真是无商不奸啊！不过你们知过而改，也算是有些眼色……你要的评语，我稍后自会酌情考虑的。送客。"

刚才那个师爷不知从哪儿冒了出来，卢豫海屏息退下。袁世凯缓缓铺平了那张银票，倏而冷笑道："跟董克良比起来，还是卢家的手笔大啊！"他大声道："来人，把这架子上的宋钧，凡是董家出的，一律给我从后门扔出去！"

卢豫海回到津号，早就守在门口的韩瑞虎一蹦老高，急道："大东家，您可回来了！董家又降价了！"卢豫海微微一愣，笑骂道："瞧你那出息！降到多少？总不会比出窑价还低吧。"韩瑞虎道："已经是出窑价了，大东家，董克良明摆着是要把咱们挤走啊。您得赶紧拿个主意了！"卢豫海笑而不答，两人来到后院房里，杨仲安也是急得满头是汗。卢豫海见他们急成这个样子，慢悠悠地端起茶碗，道："你们急什么？那天不都说好了吗，他降咱不降，死扛着！他有多少货，咱吞下多少货。"杨仲安摇头道："降价倾销是万不得已而为之的办法。当年卢家遭难，老太爷也使出了这一招，整整三年，行市都没恢复过来！董克良是疯了不成？区区一个津号，犯得着这么下血本吗？"

韩瑞虎一直没说话，眨巴着眼睛看着卢豫海，像是想着什么。卢豫海笑道："天津是京城的门户，也是整个华北商业繁盛之地。陆路生意有山西、蒙古、直隶，海路生意有辽东、海外，占住了天津，等于占了半个中国的行市。这一点咱们明白，董克良也明白——老杨，你见过洋人的蒸汽机吗？就咱们在烟号船上使的那种。"杨仲安莫名其妙地点点头，卢豫海道："蒸汽机一动，带着轮子一起转，人千万不能卷进去。卷进去一个手指头，手就没了，接着是胳膊，接着就是半个身子，最后要了你的命！眼下这天津就是这么个轮子，董克良是想不惜一切代价把天津的瓷器生意全占了，咱们卢家要么放弃津号，要么陪着他玩下去，把手伸进轮子里头，最后把身家性命都搭上！"

杨仲安眼前一亮，道："既然如此，咱们也就只有两条路可走：一条是放弃津号，把这么大的生意拱手让出去。另一条路是集中卢家老号所有的货源和财力，跟董克良玩儿命！"

"不能玩儿命！"韩瑞虎皱眉道："明知道是要命的事儿，傻子才会做。"他看着卢豫海，道："大东家，我就不信您要跟董克良玩儿命！"卢豫海笑道："那咱们该怎么做？"韩瑞虎挠挠脑袋，道："我有个主意，就是不知道大东家肯不肯了。"卢豫海鼓励地看着他："你说！"韩瑞虎大胆道："昨天我私下里找老焦了，他听说大东家来了，心里挺后悔的，说了不少董家的事儿。董克良这回是有备而来的！董家老窑所有的货，一半以上都供应了津号，这该是多大的量？他摊子铺得这么大，想必抱定了一口咬死咱们的意图。董克良不是降价了吗？好，咱继续买他的货！"

"还买？"杨仲安大吃一惊道："已经囤了不少了！"

卢豫海大笑道："瑞虎说得好，咱就是要继续买他的货！老杨，这点上你不如你徒弟！你想想，烧窑每天都要银子，董家老窑的产量和流动银子在那里摆着，他拿出窑价卖，咱们拿出窑价买，他卖得越多，赔得越多，不出半年流动银子一没，他在神屋的总号就吃不消了！"

杨仲安摇头道："可是大东家，咱是卖宋钧的，买来那么多宋钧，咱怎么出手啊？不然咱不也得押一大笔银子在上头，董家总号吃不消了，咱家也吃不消啊。"

韩瑞虎忍不住道："师父，咱买了他的货……"

卢豫海打断他的话，道："你这就发电报调银子！总号留十万两压库的银子，其余的全调到天津！"

韩瑞虎激动地道："大东家，我这就去！"说着，大踏步跑了出去。

杨仲安百思不得其解，纳闷道："大东家，您究竟是怎么打算的？"

卢豫海的脸色却慢慢阴冷下来，他有些发呆地坐着，一手托着下巴，一手拨弄着茶杯。他思忖了半天，忽而道："老杨，你给我往康店发个电报，给康鸿猷老太爷发，就这么写：仇人在手，是杀是留？"杨仲安一愣，道："大东家……"卢豫海摆摆手道："什么都别问了，去办吧。"

康鸿猷的电报很快就到了，只有四个字：留余，留余。

卢豫海再三玩味着电报，杨仲安和韩瑞虎坐在旁边，忐忑不安地看着他。卢豫海的眼神始终不离那四个字，猛地抬头道："瑞虎，总号的银子到了吗？"韩瑞虎忙道："到了，随时能去取。"

卢豫海站起身来，冲他们一笑，道："你们在这儿等着，我去趟锅店街，会会他董克良！"

自从董家津号降价以来，全津门的瓷器铺子都叫苦连天，哪儿有像董克良这样平进平出、不图赚钱的生意人？一个月下来，小字号倒闭了七八个，就连泰和工这样的瓷器老店都顶不住了。老掌柜马福祥亲自登门劝说董克良收手，董克良表面上恭恭敬敬，一口一个"前辈"地叫着，可就是不肯涨价。

董克良的注意力不在这些字号上面，天天都让人盯着卢家津号。而得来的消息也让董克良兴奋不已，卢家津号的生意惨淡得很，除了少数几个给袁世凯送礼的去光顾光顾，大宗生意一个都没有。但奇怪的是，卢豫海明明就在天津，为何没有任何对策？杨仲安不是应付突发局面的主儿，可那个满脑袋鬼点子的二相公韩瑞虎好像也蒙了，整个卢家津号就跟置身事外一样，既不跟风降价，也不见有别的办法，就那么死扛着。董克良精心筹划的局面终于临近收官，他坚信只要再等上一个月，卢家津号就只有关门大吉了。为了给卢豫海最后的致命一击，董克良让神屋总号把最近两个月所有的货都发到天津，继续低价倾销冲击行市。

董克良从电报局回来，把门的伙计有些慌乱地迎上道："大东家，卢家老号来人了，自称是卢豫海，就在客房等着呢！您见还是……"

董克良一怔，继而放声大笑道："他终于来了！哼，为何不见？我这番苦心就是为了今天！"说着，他大步朝客房走去，在门口定了定神，这才推开了房门。卢豫海见他进来，便起身拱手一笑："克良兄，总算等到你了！"

董克良气定神闲道："豫海兄，莫不是在你的津号坐不住了，也跟泰和工的老马一样，找我诉苦来了？"

"正是。"卢豫海轻轻一叹，坐下道："与其说是诉苦，倒不如说是求饶啊！克良兄，你真的就连本钱都不要了，也要把我们卢家的津号挤垮吗？"

董克良跟他面对面坐下，淡淡一笑道："豫海兄何出此言呢？生意嘛，有做成的，就有做砸的。今天是我做成了，你做砸了，明天的情形或许就会颠倒过来。怎么，我看豫海兄你不太高兴啊。"

"克良兄大兵压境，我高兴得起来吗？"

"如果豫海兄还是这些话，请恕克良无礼，不能奉陪了。"

"克良兄请留步！我可以不要求董家涨价，也可以现在就走，我甚至可以今天就关了卢家的津号，把华北的瓷器生意统统让给董家！但是我只想问克良兄一句话，大家都是生意人，都是豫商中人，难道不能忘掉仇怨吗？"卢豫海一脸诚挚道："你是豫商中当之无愧的英才，我虽然不敢跟康鸿猷老爷子相提并论，但也不敢过于自贬。其实你我都知道，正经的生意不是这么做的。拿出窑价冲击行市，杀敌一万，自损八千，让外人得利，难道这是聪明人的做法吗？如果我没有猜错，克良兄不是只图华北这么大的生意盘子，更多的还是忘不了两家的仇恨，非要把我卢豫海整得家破人亡不可！"

这些话句句砸在董克良心里。屋子里的气氛瞬间凝重起来，时光似乎停滞了，两人仿佛能听见彼此的心跳。

"不错！"董克良冷冷道："家父死在卢家手里，家兄也死在卢家手里。克良身为七尺男儿，这样的血海深仇怎能忘记？你也不要忘了，你大伯卢维义是怎么死的，难道你对董家就没有一丝一毫的仇恨吗？"

卢豫海怅然道："再大的仇恨，也有消散的一天。康鸿猷老爷子说得好，临事让一步，自有余地；临财放一分，自有余味——克良兄，你我是同一天出生的，我相信你我身上都有同样的气度。咱们不妨回头想想，光绪三年，董家和卢家做粮食霸盘生意，在董家濒临绝境之际，是我爹出手相救，留给了令尊情面。光绪六年，我大哥卢豫川护送禹王九鼎进京，是令兄明知马千山的阴谋诡计，却没有通知我大哥，害得卢家几乎家破人亡。光绪十二年，令尊定下了连环计，勾结梁少宁用大额订单引我大哥上钩，又一次把卢家推上了绝路。光绪二十四年，克良兄又对我兄弟卢豫江下手，买通连逢春以维新党的罪名要将卢家赶尽杀绝！"

"老天不弃卢家，数次被逼上绝境又数次起死回生，难道克良兄还不肯罢休吗？如果你今天肯放我一马，我一定会牢记克良兄的大恩大德！"卢豫海起身拱手道："克良兄，话说回来，如果你非要挤死卢家的津号，用不着你这样煞费苦心，我今天就可以带着津号所有的人离开天津，并且向你发誓永不踏入天津一步！我只求克良兄忘掉这些仇恨，平心静气地做生意，你看行不行？"

董克良高傲地仰脸看着他，一字一顿道："不行！你是落败之人，哪有你提条件的份儿？我不但要你的津号完蛋，我还要卢家老号所有的分号、连你在神垕的总号都彻底完蛋！我也不只是要你的命，我还要你娘的命、你哥的命、你弟弟妹妹的命，我要你们全家都死在我手里！"

卢豫海浑身颤抖，咬牙道："克良兄，杀人不过头点地，我卢豫海也是条汉子，可是今天，为了求你忘掉两家的仇恨，我情愿给你下跪！"他朝天朗声道："董老太爷，克温大哥，卢豫海代父亲向你们下跪了！求你们在天之灵庇佑，让克良兄放下两家的仇恨吧！"说着，他居然真的撩袍跪倒在地！

这惊天一跪，深深地震撼了董克良。他死死盯着卢豫海，骤然一阵狂笑："爹！大哥！你们听见了吗？卢家的人在向我求饶啊，他们被我逼得走投无路，终于向我跪地求饶来了！"他笑着笑着，"腾"地站了起来，身子摇晃着道："卢豫海，时至今日，我就给你说实话吧！这几十年来，我处处跟你作对，必欲置你死地而后快，你可知究竟因为什么？你也是读过书的人，应该明白一个道理：天下仇之最者，莫过于杀父之仇，恨之最者，莫过于夺妻之恨！"说到这里，他声泪俱下，状若癫狂道："你爹卢维章害死了我爹和我哥哥，这件事你知道。但你夺走了我的心上之人，你又知道吗？我今年整整四十岁了，为何至今还未娶妻？是因为我心中只有一个女人，那就是你的姨太太陈司画！"

卢豫海木雕泥塑般跪在地上一动不动，脸色霎时间变得惨白。董克良把嘴唇都咬出了血，大声道："从我十五岁那年在禹州灯会上第一次见到陈司画，我就认定了她是我董克良的女人！虽然她对我冷若冰霜，但我对她的心意从来没有变过。卢豫川进大牢那年，我求我父亲去陈家提亲，就是在那一年，我才知道她只肯嫁给你一个人……那段日子我是怎么过来的，你可知道？我大病一场，差点儿见了阎

瓷间山河②·长风振

王！从那时候开始，你就是我董克良今生今世最大的仇人，我恨不得亲手将你碎尸万段！"

他的眼中燃烧着炽烈的怒火，一字一句却是无尽哀伤，"陈司画对你情有独钟，可你是怎么做的？放着那么好的女人你不要，偏偏娶了我大姐的私生女！你去景德镇三年，陈司画为了你苦守了整整三年，我不死心，让父亲几次去求亲都被拒之门外！陈司画为了你，三年的青春年华付之东流，千辛万苦地等待！不错，她到底是如愿以偿地嫁给了你，可她是做了姨太太，是二房！你抢走了本该属于我的女人，却没有珍惜她，善待她，反而让她一生一世都生活在委屈和痛苦之中！要是我能娶她，我一定不会让她有半分的不快、半分的委屈！卢豫海，今天你冲我一跪，我的确可以忘记我爹的死，可以忘记我哥先是被弄瞎一只眼，继而被迫自尽，可是我能忘得了陈司画吗？我能忘掉这样的奇耻大辱吗？"

董克良疯了一般用力捶打着自己的胸膛，惨声咆哮道："我一想起我最爱的女人夜夜躺在你的怀里，千方百计讨你欢心，替你生儿育女，生怕你有半点移情，而你却不能给她一个应有的名分，全部的爱，我的心都要裂开了！你能在我面前下跪，你能忘掉仇恨，你能不要津号的生意，但是你能把陈司画给我吗？你能把我十五岁那年遇到的陈司画，清清白白地给我吗？你能把这二十五年蹉跎的岁月统统还给我吗？你不能！我这一生孤独寂寞，如同行尸走肉一般，这都是你卢豫海一手造成的，你说我能怎么做？"

卢豫海寂然良久，默默地站起身，勉强道："克良兄，我终于明白了……看来这样的仇恨，我就是一死，也难以化解……克良，我从来没有这样称呼过你，但是从今往后，不管你是怎么看我，怎么恨我，我都会把你当作我的兄弟。造化弄人，天意无常，我跟你同年同月同日出生，算下来相识也有快四十年了。你我交往中，你死我活也好，互有胜负也好，我从来都把你当作此生最大的对手，也是最过命的朋友。如今你我都是不惑之年，你孤独至今，而我又何尝真正享受过儿女之情？我一辈子最对不起的人，一个是司画，一个是关荷。她们俩给予我的，我却不能回报给她们。每每思绪及此，我也是彻夜不得安眠，伤心至极不逊于你啊……"

卢豫海茫然地摇了摇头，喑哑道："克良，你说你可以置我于死地，其实你错了。我今天来，固然真心想化解你的仇恨，但希望一旦落空，我就要转守为攻，把你彻底打翻在地……我现在虽然知道这个仇恨此生无法化解了，但我还是不打算那么做。"他掏出一张银票，对董克良道："这是三十万两的银票，你知道我准备拿它干什么？我打算买你的货。"

董克良身子一动，蓦地惊道："你买我的货？"

"对。我都算好了，如果这笔银子不够，我就是向票号借钱，也要把你从神垕调来的所有货都买下。接着，我就把手上的货全都卖出去，你董家老窑的分号开到哪儿，我就卖到哪儿，拿你自己的货冲你自己的生意！用不了多久，你在各地的分号就完蛋了……你的货是出窑价，赚不了钱，而你的流动银子也支撑不了十几个分号同时告急，你面临的是整个生意的崩盘！你知道津号的杨仲安、韩瑞虎现在在干什么吗？他们在联系商队，只要我一声令下，不出一个月，董家老窑各地的分号就会被自己的宋钧冲垮！看着对手一点点地倒下，败在自己手里，对于一个生意人而言，还有什么比这更开心的事情呢？"

董克良的情绪慢慢平静下来，脸色蜡白，哆嗦着嘴唇道："你，你真打算这么做？你既然告诉我了，你的苦心不就都白费了吗？"

"就是你现在明白，一切也都晚了。你知道这些日子，我手头囤了你多少的货？我带来的银子，津号目前的银子，足足有七八万两！仅此一笔，你的京号和山西、蒙古的分号，还有活路吗？"卢豫海淡淡道："不过你放心，我不会这么做的。这七八万两的货，我还会以你卖给我的价钱再卖给你。到了现在，我已经不敢奢望你我的仇恨能化解了。我只想让你记住，豫商的古训是什么？是'留余'啊！天津的生意盘子，不是一家一户能霸占的。"说了这些，他轻轻一笑，道："关荷是你的外甥女，论理我该叫你声小舅舅的。其实你我这一辈子，没有一个人能赢，你一无所有是痛苦，我不堪重负也是痛苦，你的伤心我无法体会，而我的艰难你又知道多少呢？人生苦短，你我还是……"说到这里，卢豫海怅然一叹，再也说不出话了，拱了拱手，踽踽离去。

董克良怔怔地看着他消失的地方，房门大开，盛夏耀眼的日光投射进来，恍惚之间，他已然不知身在何处。

2 关荷之死

将生意嘱托给杨仲安和韩瑞虎后，卢豫海带了苗象林悄然离开天津，回到了神垕钧兴堂。此番天津之行，尤其是董克良那番话对他的触动是那么沉重，以至于他竟然一病不起，昏昏沉沉地一躺就是几个月，期间连续吐了几次血。

卢家请遍全省名医给他治病，大夫们无一例外都是摇头说病由心起，而心悸吐血又是卢家几代人的宿疾，已非药石可救。年迈体弱的卢王氏为儿子日夜焦虑，积忧成疾，竟然撒手而去。

此时卢豫海病情刚有些起色，挣扎着从病榻上起来给母亲送葬，将母亲与已故的卢维章合葬一处。与母亲的灵柩告别时，卢豫海四十露头的人一夜之间须发皆白，跟当年卢维章闻听董振魁父子暴毙之时如出一辙。

卢豫海当众宣布庐墓三年，为母亲守孝。他连钧兴堂也不回了，就在墓地旁搭了个庐舍，独自一人住了进去，不让任何人来陪伴。只有关荷和陈司画白天来送送饭，陪他坐着聊一阵子。天色一黑，卢豫海就让她们离开，自己长夜孤灯，守在父母的陵墓之侧。这一守就是整整三年。

三年里，卢家老号总号和两堂总帮办苏茂东、总号账房大相公古文乐、信房大相公江效宇等人相继辞世，卢豫海戴孝理事，将原先提拔进老相公房的方怀英、高廷保等人补缺，苗象天和杨伯安继续担任老相公。卢豫江多年来一直远在英国，朝廷对维新一案又迟迟没有松口的迹象，在卢豫海的坚持下，神屋家中发生的一切都没有告诉他。

到了光绪三十一年，卢豫海守孝三年刚刚期满，又从景德镇传来噩耗，年近九十的许从延老夫妇前后脚离开人世。卢豫海为了实现当年的诺言，决定亲自赶赴景德镇为许从延夫妇送终。无论关荷和陈司画如何劝阻，他仍然执意前往，哭着道："我在景德镇父老面前发过誓，从此视许老爷子夫妇如同亲生父母，百年之后为他们二老送终行孝。我们父子母子一场，不能说话不算话。我一定要去。"众人拗不过他，只得为他准备好了行装。然而就在他即将起程之际，心悸之病却突然复发，接连三日吐血不止。

关荷和陈司画无奈之下，向卢豫海提出由她们两个代他去景德镇，理由是她俩一个是二少奶奶，一个是为卢家生儿育女的姨太太，又带着卢广生一起去，分量也足够了。卢豫海病得连床也下不了，苗象天和杨伯安在床边洒泪苦谏。苗象天道："大东家此去必然拖垮了身子，眼下三爷滞留国外有家不能回，大少爷卢广生还是个孩子……卢家老号上下一万多伙计，拖家带口几万人，全靠着大东家吃饭，大东家若是有个好歹，岂不是断了他们的活路？"卢豫海思忖再三，只得同意了两位夫人的提议。

八月中旬，在苗象林的护送下，关荷和陈司画由神屋起程赶奔景德镇。关荷等人走的路线，恰好是当年她和卢豫海被逐出家门、千里迢迢到景德镇落脚的那条路。一路经陈州府、信阳州，由武胜关进湖北，在武昌府乘船到了江西九江府，再辗转来到饶州府浮梁县景德镇。此刻许从延老夫妇早已入土为安，在由津号调任景号大相公韩瑞虎的陪同下，关荷和陈司画领着卢广生披麻戴孝，在许从延夫妇坟前祭扫，算是圆了卢豫海的一桩心愿。

卢广生在维世场见习烧窑两年，吃尽了苦头，又是十七八岁正值玩乐的年纪，乍一出了远门就跟小鸟脱笼一般，让苗象林领着他把江西名胜古迹转了个遍。关荷和陈司画虽然日夜担心卢豫海的病情，却也不忍让孩子失望，便在景德镇一留就是两月有余。眼看离家日久，卢广生也是玩儿得尽兴了，关荷和陈司画商议之后，决定即日起程返家。

卢王氏不在了，关荷和陈司画的明争暗斗没了围观的看客，也没了裁决者，渐渐地便冷了这份心思。虽然言辞之间还隐隐带着敌意和成见，倒也比平日多了几分和气和淡然。

这天一行人在九江府上了船，溯江而上，众人都围在船头看江景。但见江水滔滔，雾气翻涌，天色已是黄昏。两岸的山川，眼前的景色，都笼罩在昏沉阴霾的广袤天穹之下，浑黄的江水也变成了浓黑色，哗哗地发着令人心颤的湍急声，轰鸣着向东流淌。

在下人眼里，关荷和陈司画从未表露过不和，何况卢广生也在，两人更是处处加着小心。此刻，她俩携手站在船舷一侧，看着远方顺江而下的船舶呼啸而至，擦舷而过，眨眼间已经变得如同泥丸般大小，在浩瀚的江水上驶向东方。陈司画看着那东流的江水，忍不住笑着叹道："我以前读诗，总以为'江枫渔火对愁眠'把江景二字说得霸道极了，想不到真的置身于大江之上，还是'潮平两岸阔，风正一帆悬'来得贴切——姐姐，你在想什么呢？"

如果是在以前，关荷一听见陈司画这样炫耀才学，必会冷言冷语讽刺一番，可是今天，她只是轻轻摇了摇头，道："我在想光绪八年，我跟二爷去景德镇，走的就是这条路。"她从怀里摸索出个小荷包，黯然道："二十多年了……那时候二爷还是个二十岁的小伙子，如今已是白发苍苍了，他才四十四岁啊！临走的时候我帮他梳头，白头发掉了一地。他对我说，要我把这些白头发扔到长江里，他说这辈子不知道还能不能再来长江了。来的时候，我没舍得扔，现在……"她颤手打开了荷包，里面赫然是一缕白发。关荷挑起头发，分了一半递给陈司画，道："二爷现在是我们俩的，他的心愿，也该由咱们俩来完成。妹妹，你拿着吧。"

陈司画愕然看着她的脸。落日的余晖斜着打过来，罩住了远近所有的人和物，她的脸仿佛也涂上了一层暗淡的金色，宛如一张经年发黄的古画。关荷缓缓地伸出手，迎风展开了手指，几根白发被江风卷起，落在江水与船体的旋涡之中。陈司画学着她的模样，也将手里的白发撒入江里。两人久久注视着江水，像是虔诚的信徒在进行一个宗教仪式。白发落入江中声息皆无，但在她们听来却无异于开天辟地的一声巨响，震撼得两颗心再也难以平静。

许久，关荷幽幽道："妹妹，刚才我说的话，你听出来意思了吗？"

陈司画苦笑道："你说二爷是我们俩的，是不是？"

"现在还是，等我们回到神垕，就不是了。"关荷淡淡一笑，道："我跟大嫂苏文娟约好了，等我们一回神垕，我就和她一起到登封县望堵峰永泰寺去。我们拜在湛仁大师门下，按着'清净真如海，湛寂淳贞素'的辈数，大嫂的法号是寂然，我的法号是寂了。"

陈司画骇得半天没出声，好久才道："姐姐要出家吗？"

关荷的脸上波澜不惊，道："我此生罪孽深重，不敢玷污佛门，就做个带发修行的优婆夷吧。"

"姐姐此举，置妹妹我于何地？"陈司画急不可待道："知情的、不知情的，还以为我为了做二少奶奶，在这一路上逼迫你出家用了多少卑鄙龌龊的手段！你是可以'四大皆空'了，但你却狠心给我留下了一世骂名！我佛以慈悲为怀，姐姐这么做，就能心安理得吗？若是我真的还对二少奶奶的名号有什么贪念，非要去争倒也罢了，但这三年来，我对姐姐还不够忍让吗？姐姐为何非要把妹妹我逼到千夫所指的地步！"

"你说的都对，也都不对。我问你，二爷这三年为什么不肯回家？宁可住在那间四处漏风的破草庐里，也不愿回到你我身边？若是说守孝，老太爷去世之际，他也没有庐墓三年啊。妹妹，你知道为什么吗？"陈司画懵懂地摇摇头。关荷痛楚道："二爷是觉得家里太冷了，他被这二十年冷冰冰的日子弄怕了！不错，你和我都千方百计地为他好，对他照顾得无微不至，但是你我面和心不和，身边的人都能瞧得出来，二爷那么聪明的人，又怎么会不知道呢？别人看着他有你我姐妹二人，都说他艳福不浅，而他心里的苦又有谁能明白？在他心里，既怕伤了我，又怕伤了你，不敢对任何一个太好，又不忍对任何一个不好，亲近了这个又怕疏远了那个，明知道你和我争得你死我活，却一句话也不敢说，只是装作什么都不知道，拼命在两边打圆场……"

关荷轻叹道："你和我就好像两碗满满的水，他一直端着这两碗水走了二十年。天天小心，日日谨慎，唯恐家里妻妾不和，家丑外扬。妹妹，如果你是二爷，你不觉得这个家很冷吗？二爷那么暴烈的脾气，为何一进了家门，一到了你我的房里，就跟小媳妇似的唯唯诺诺，举手投足都带着小心，根本不像他在生意场上叱咤风云的模样！我一直有那么个傻念头，二爷要是跟年轻的时候那样，对我又吵又骂，甚至打我一顿，踢我两脚，我比他给我什么都开心！都说亲不过父母，近不过夫妻，我不想让他约束自己，不想让他连自己的本性都收敛起来，而且是在他最亲近的妻子面前……妹妹，你不觉得二爷活得太累了吗？活得太苦了吗？你静静想想，这二十年里他有过一天真正开心的日子吗？"

陈司画无言点头，两行泪水汹涌流出。关荷抬手帮她抚去了眼泪，道："妹妹，我这一走，二爷就不必再为难了。那种小心翼翼的日子，也就没有了。你说我狠心让你背负了骂名，不错，的确会有人这么想。但是你我为了二爷死都不怕，还怕背负什么骂名吗？"

"为什么出家的是你，而不是我呢？"陈司画沉默良久，终于喃喃道："在大连的时候，你我为了谁先陪着二爷死都争，如果非要一个人离开二爷才能开心的话，我情愿出家的是我陈司画！"

关荷摇头道："你知道我的法号为何叫寂了？寂者，无声无息也；了者，一了百了也。我出身就是孽种，而你出身是大家闺秀。我跟二爷成亲后就双双被逐出家门，而你跟二爷成亲后，二爷顺顺利利地做了大东家。我无儿无女，晚景凄凉，而你儿女双全，有享受不尽的天伦之乐。我留在二爷身边，无非是缝缝补补，伺候他饮食起居，而你不但能做这些，还能在生意上帮他出谋划策，替他分忧！如此说来，是你留在他身边好，还是我留在他身边好？妹妹，你对二爷的情分，我最清楚；而我对二爷的深情，也只有你最明白。你我斗了二十年，只有对手才更了解自己啊……说起在大连的日子，我记得那时候你问过我一句话，你问我肯不肯把我那一半给你，对不对？"

关荷深深地看着她，平静道："你不妨现在再问我一遍。"

这些话句句砸在陈司画内心深处最脆弱的地方，说得她肝肠寸断，不由得痛苦难耐道："姐姐，你……"

"我肯……二十年了，人生有几个二十年？你屈居为姨太太这么久，就是轮也该轮到你了。妹妹你记住，我是把我那一半交给你，不是让给你。这是你应得的。"

下人们就在不远处，看着江景，有说有笑。他们哪里会知道，这两位夫人正在进行着一场多么凄凉的交谈。陈司画强迫自己忍住满腔激荡的心绪，软软地靠在关荷肩头，道："姐姐，我真羡慕你。"关荷并不答话，眼泪无声地涌出。她一边抚着她的手背，一边低声道："妹妹，我最放心不下的不是二爷，而是广生。"陈司画悚然抬起头，惊道："姐姐何出此言？"关荷回头看着卢广生，他正跟几个长随一起逗丫头们玩儿，大呼小叫，不绝于耳。陈司画的脸色顿时变了。

关荷叹道："广生太娇惯了，吃不得苦，又是不服管教的少爷脾气。二爷那次背着你教训广生，你不知道吧？二爷先是打了他两板子，又跟他讲了一个故事。"关荷微微出神地看着远方，悠悠道："二爷说，'庙里有座石头神像，每天来跪拜的人络绎不绝。神像下的台阶心里不平，我们都是同一块大石头上凿下来的，为何人们都踩着我，却向你磕头呢？神像说，你从石头到石阶，只挨了十八刀，而我从石头到神像，却挨了整整十万八千刀！'"陈司画稳住心思，急切道："广生怎么回答的？"关荷苦笑了几声，道："二爷说了半天，广生却一直在哭，一句话都没有。"

陈司画身子跟跄了一下，差点儿摔倒下去。关荷回过神儿来，忙扶定了她，小声道："妹妹，我知道你心里着急，可你不能流露出来！广生性子娇纵，你越是责骂，他就越变本加厉……妹妹，这里头也有我的过错。是我从小太溺爱他了，惯得没个样子……"

"姐姐！"陈司画痛心不已，道："这是老天爷在惩罚我啊！我一直拿广生当对付你的撒手锏，只要他在老太太那儿说你一句不是，我就有求必应，放任他胡闹，我只想着对付你，却忘了他是卢家老号未来的接班人！二爷连教训儿子都背着我，看来二爷什么都知道，只是不说罢了……姐姐，我对不起卢家啊。"

关荷安慰道："好在他还小，慢慢调教就是了。广生就跟猫儿一样，得顺着毛摸，你放心，他没什么大毛病……"

陈司画失魂落魄地看着她，一时间再也说不出话来。

天色黑了下来。船老大跟苗象林一起过来，道："二位夫人，已经到了广济县了，这是鄂东门户，号称'入楚第一门'。今天咱们就在这儿停了，明天一早起程。二位看如何？"陈司画心里慌乱不堪，关荷点头同意了。

是夜，陈司画和关荷同榻而眠，关荷想起了当年和卢豫海一道南下的往事，便一件件讲给她听。陈司画听得心驰神往。就在她们俩促膝长谈之际，卢广生敲门进来，笑嘻嘻道："大娘，娘，我听船老大说广济县有'三台八景'，其中鲍照读书台、四祖正觉禅寺都是有名的去处，我想后天再起程……"

"混账！"陈司画勃然大怒，大声斥道："你来是做什么的？你是给你许爷爷许奶奶送葬来了！在江西一玩儿就是两个月，你爹在家病得半死不活，你就一点儿孝顺的心思都没有？当年你爹知道你爷爷病重，人不下马，马不解鞍，不到十天就到了神屋！可你呢？一个广济县就留住你了，到了武昌府，你怕是乐不思归了！"关荷一直给他使眼色，陈司画视而不见，继续怒道："给我滚！好好想想你的过错！"卢广生从未见过母亲如此声色俱厉，一时蒙了，竟淌泪道："娘，我哪儿做错了？不就是想玩儿一天……"陈司画见他眼窝如此之浅，更是气得浑身颤抖，冲过去一巴掌打在他脸上，骂道："你想想你爹！男子汉大丈夫，刀架脖子都不眨眼，就芝麻大小个事情，你居然号啕大哭！"卢广生本来是小声啜泣，经她这一耳光真的放声大哭起来。关荷上前瞪了他一眼，道："你还不走？"卢广生这才一路哭声不绝地跑了出去。

陈司画对关荷傍晚时的话耿耿于怀，对卢广生又怒又羞、又急又疑，不料他这么跑来一折腾，顿时如同火上浇油一般，被气得难以自持，猛地一阵眩晕，她忙用手扶住了桌子。关荷过来扶她，却被她一把推开，伏案大哭起来。关荷叹口气，坐在她身边道："孩子着实让人生气，可你也下手太重了些……"陈司画垂泪抬头道："姐姐，我怎么生了这么一个孽障？三岁看到老，他今年都十八了，怎么还是这个不成器的模样？我不敢让他跟他爹比，可，可这差得也太悬殊了……"关荷给她递过茶去，看着摇曳闪烁的烛光，悠悠万事齐齐涌上心头，竟再也找不出一句可以安慰她的话了。

卢广生挨了母亲这一耳光，以后的路上老实了许多，不敢再提停留游玩的事情。一路上倒也顺利，在武昌府下了船，卢家老号汉号的人早等在码头上，备好了车马。关荷和陈司画在武昌府片刻未留，穿城而过，直奔河南而去。过了武胜关，就是豫省的汝宁府信阳州了。

信阳州境内山峦交错，群峰环绕，加之清末社会动荡，又赶上农闲季节，此时正是土匪横行之际。一进了信阳州，苗象林的心就提到了嗓子眼儿。那年他千里奔赴景德镇向卢豫海告急，就是在这里被土匪劫了道。关荷看出了他的心思，便劝解道："你那时走的是小路，咱们如今走的是官道，一马平川的，能有什么危险？再说，咱们来的时候不也没事吗？况且还有你手下那几个家丁呢！"

苗象林苦笑道："咱来的时候是秋天，正是农忙的时候。如今天冷了，地里没活儿，老百姓出来劫个道、抢点银子过年的事也是常有的。唉！但愿老天保佑吧！"话虽这么讲，但众人听到他的担心，也都是心中惶惶不安，一个个快马加鞭，但求早点离开此地。

偏偏天不遂人愿，众人只顾着赶路，却没算计好时辰，赶到李家寨的时候刚过未时，苗象林觉得再赶一程，正好晚上在柳林落脚。谁知走到半路天色已经黑了下来，一行人夹在柳林和李家寨之间进退两难。两旁都是高山峻岭，眼瞅着在夜色之中变得越来越模糊，星光下满山的杂树灌木不安地摇晃着，似乎有数不尽的鬼魅在阴影中手舞足蹈，松涛声时紧时慢，仿佛千军万马在遥远处杀声震天。

众人下意识地聚成一团，关荷早变了脸色，大声道："苗象林，这就是你领的好路！前头还有多远？"苗象林一脸煞白道："回，回二少奶奶，天黑得这么快，我一时也辨不清了……不然咱们还是原路回李家寨吧？"

关荷对陈司画道："妹妹，你看……"陈司画是个经不住大事的人，此刻已是惶惶失措，强撑着道："都听姐姐的吩咐！"关荷又看着卢广生道："广生，你有什么主意？"卢广生连马都坐不稳了，颤声道："我，我也听大娘的！"关荷叹气道："那就回头走吧。"说着，她跳下车，匆匆在地上抓了几把土盛在衣襟里，又转身跳上了车。

一行人缓慢而慌乱地调了头，朝来时的方向赶去。陈司画放下车帘，刚想说什么，关荷抓起土来抹在她脸上，动作毫不迟疑。陈司画惊道："姐姐！你——"关荷面无表情道："万一遇见土匪，你就说你是我的丫鬟！不行，你这身衣服太显眼，把外衣脱了吧。"陈司画的心骤然狂跳起来，语不成声道："姐姐，那你怎么办？""我是半个出家人了，生死之事算什么？"关荷麻利地扯下她的衣服，从随身的包裹里拽出一件丫头穿的外衣，披在她身上，这才放心道："好了，你也别害怕，不会有事！也就是半个时辰的路……"

关荷的话刚说到这里，只听见车外震耳欲聋的呐喊声响了起来，车子前后摇晃了几下，停住了。陈司画霎时间脸色惨白，关荷一把抓住她的手，低声叫道："记住，你是我丫鬟！好好照顾二爷和广生、广绫！"说着，她拉着面如土色的陈司画跳出了车子。外边此时已是灯火通明，三十多个火把把周围照得亮如白昼。苗象林和卢广生脚步踉跄地跑过来，苗象林变了腔调道："二少奶奶，姨……"

"这是我的丫头！你没长眼吗？"关荷冷冰冰地打断他的话。苗象林咽了口唾沫，道："二少奶奶，真遇见土匪了！我跟他们说了几句，他们是要钱不要命！"关荷低声道："咱带的毛瑟枪呢？"苗象林不无怨意地看了卢广生一眼，道："大少爷在庐山打猎，把子弹打完了！"卢广生吓得站立不稳，一把抓住陈司画，浑身筛糠似的连声道："娘，怎么办？怎么办？"没等陈司画言语，关荷就厉声道："你糊涂了吗？你娘是我！"说着，她一把拉住卢广生，迎着土匪大步走过去。

匪首是个黑布蒙面的农夫，手里拿着把铡刀，正跟几个家丁对峙着。家丁们见关荷到了，让开了一面，两支毛瑟枪对着匪首。关荷不慌不忙道："几位老乡，是不是发点小财过年用的？我们是商家的女眷，回老家探亲刚走到这儿。银子也不多，象林，把咱的银子都拿过来！"苗象林从怀里掏出银票和褡裢，哆嗦着手递给她，叫了声："二少奶奶……"关荷看了看银票，笑道："这位大哥，这是我们所有的银子了，一共是五百多两，还有些散碎的银子，你们都拿去好了！"

匪首的眼睛上下打量着她，上前夺过银票和褡裢，忽而冷笑道："老子本来是劫财，可现在——嘿嘿，怕是还得劫点色了！"关荷身子微微一摇，强笑道："大哥这就没眼力了。人市上十几岁的黄花大闺女也就是十两银子，我一个四十多的老女人，你就是抢下我，敢把我弄回家？怕是你媳妇儿一顿臭骂少不了吧？"匪首淫邪的目光盯着她，放声大笑道："媳妇儿？老子还没媳妇儿呢！你是头一个！老是老点儿，跟老子更般配！"

苗象林抢过一个家丁的枪，指着匪首喊道："你再敢放屁，我一枪打死你！"匪首一愣，随即笑道："你们就两条枪，我们上百人，轮不到你上子弹就把你乱刀剁了！你们敢放一枪，我就一个不留，全送你们见阎王！"

苗象林手心冷汗迭冒，连枪都端不住了。两下里僵持了一阵，关荷突然惨笑道："你们退回些，就是要我留下，也得安排一些后事吧？"匪首哈哈大笑，挥手让手下退后，但仍团团围着他们。

关荷只觉手一空，扭头看去，卢广生吓得抱着脑袋蹲在地上，不停地战栗。四周死一般的寂寥，仿佛有一阵滴滴答答的声音。关荷低头看去，但见卢广生面如土色，身下流了一摊东西，映着月色若隐若明。关荷痛心地摇摇头，慢慢地转过身，看着身后的丫鬟、家丁和陈司画，艰难道："你们都上车吧……司画，替我照顾好这个没出息的儿子！"

众人都是一惊，家丁们拥上来，纷纷哭着嚷道："二少奶奶，跟他们拼了吧！大不了一死拉倒！"关荷咬咬牙道："你们知道什么？好好照顾大少爷！"说着，狠狠一脚踢倒了卢广生。卢广生吓得惨声大叫起来，两条腿不停地抽搐。关荷苦笑一声，对苗象林道："拿着你的枪，快走！"苗象林哭出声道："二少奶奶，我怎么跟大东家交代啊！您让我留下来，我陪您一块儿死！"关荷一耳光打在他脸上，低声道："就是死，给我回家再死！你死了，这群人怎么办？"

匪首见他们议论了半天，不耐烦道："后事说完了吗？快点！老子还等着进洞房呢！"群匪一阵哄笑。关荷急得直跺脚，大声道："快上马，车不要了！"家丁们把三个丫鬟——陈司画也在其中——扶上了马鞍，自己也翻身上马。关荷冲着匪首大声道："你让他们先走，我留下来，好不好？"

一个土匪笑道："老大，你今天可是睡了人家的少奶奶了，大伙儿都得喝你的喜酒呢！"匪首狂笑起来，挥手嚷道："弟兄们让个道，让骑马的人走！"陈司画坐在苗象林的马上，跟关荷错身之际，她惨声道："姐姐，你——"关荷拉住了马鞍，低声道："妹妹放心，我留着老太太给的护身符呢！"她晃了晃手里那个陈司画再熟悉不过的纸包，眼里涌泪道："妹妹告诉二爷，我是清白地去了！"说着，她又大声道："苗象林，你们千万要跑快些！我等会儿叫你一声，你若是听得见，千万回一句！"苗象林哭成了泪人，还想说什么，关荷一手握着鹤顶红，一手挥拳打在马身上。马儿嘶鸣一声朝前跑去。群匪让开了一条道，五六匹马飞驰而过，消失在茫茫夜色之中。一路上只有陈司画悲戚的哭声袅袅不绝，在寂静的深夜格外凄厉。

匪首扔了铡刀，连声淫笑着大步朝关荷走来。关荷的眼中冒着火光，大声道："且慢！你得让我知道他们走远了！"匪首毫无戒意，笑道："你放心，我们没牲口，追不上骑马的——咳，媳妇儿，你跟了我，有你的好日子过！"群匪爆发出一阵大笑。关荷顾不得跟他聒噪，用尽力气大叫道："苗象林！"夜阑远处，没有一丝回响。关荷雪白的脸上微微泛了潮红，她连连退回了几步，举起手里的鹤顶红，张大了嘴巴一口全吞了下去！

匪首没料到她会留了这一手，竟瞠目结舌地愣在原处。关荷的鼻孔立刻冒出了鲜血，一阵剧烈的疼痛从胸口传来，她只觉得腹中像是堆满了晒焦的木炭，沾点火星就会灼灼燃烧。她浑身的肌肉都在跳跃着，吃力地指着匪首，冷笑道："你是什么狗东西！还敢动我的主意！"

她忽然感觉一股烈火从心脏处烧起来，顷刻间五脏六腑都在熊熊烈火中化为灰烬。越来越多的血从她的鼻孔、嘴角流出，她嗓子里燥热难耐，两只眼烧得血红，竟狞笑着朝匪首走去。匪首吓得连连倒退，关荷的脚步骤然停住，她知道那个时刻到了，便用了最后一丝力量，大声叫道："二……"

这句临死之前的呼喊只说出了一个字，关荷顿觉眼前一黑，直直地倒在地上……

3 夜来幽梦忽还乡

再过几天，就是光绪三十二年的春节了。但卢家上下却依旧沉浸在二少奶奶身亡的悲恸之中。卢豫海已经彻底苍老了。他在知道关荷的死讯后，怔了半晌没有说话，仿佛听见了一个并不有趣的笑话。直到所有的人都跪倒在他面前放声痛哭的时候，两行眼泪才在他脸上肆无忌惮地蔓延开来，一口鲜血喷薄而出。

这次昏迷一直持续了三天。第四天的傍晚，他悠悠醒来，晴柔惊道："二少奶奶，二爷醒了！"陈司画守在床前整整三天多了，刚在一旁眯了一会儿，听见动静立刻跑到床前。卢豫海空洞的眼睛里满是眼泪，虚弱而凶恶道："司画，刚才谁说二少奶奶？"晴柔自觉失言，脸色立时苍白如雪。卢豫海喃喃道："对了，关荷死了，你现在是二少奶奶。"刚说完了这句话，他又是头一歪，人事不省。

深夜，卢豫海终于再次醒过来。陈司画含泪看着他，鼓足勇气道："二爷，玉婉的公公曹大人把土匪都抓住了，可是——没找到姐姐的尸首。"

卢豫海微微哆嗦，缓缓道："是啊，荒天野地的，尸首早给野兽拖走了。"

陈司画擦泪道："曹大人说朝廷准备实施新政，维新党不予追究，豫江可以回家了……曹大人还说，土匪们都说姐姐是清白自尽的，曹大人准备请示朝廷，给姐姐建个贞节牌坊……"

卢豫海闻言又是半天不语，忽而强撑着坐起道："你放心，我一时半会儿死不了。给我弄点吃的吧。"

谁都不知道是什么支撑着卢豫海的病体。五月，朝廷的旨意下来了，准许由豫省藩库出资，在神垕为关荷建贞节牌坊一座。卢豫海接了旨，又向曹利成再三确认朝廷的确不再追查维新党人，这才让陈司画给远在英国的卢豫江去信，让他回国主持卢家老号的生意，自己就一头扎进了维世场专窑。

转眼间到了七月，贞节牌坊即将落成，卢豫海也在专窑里烧出了一件血红般的如意瓶来，准备在牌坊落成之后，代替关荷的尸首下葬。

这天深夜，卢豫海和陈司画对坐在书房里，陈司画哽咽地念完了给关荷的祭文，卢豫海的双眼半闭半张，凝望着跳跃的烛火出神。桌上的如意瓶映着烛光，仿佛是一团凝固的血。他慢悠悠地吟道："十年生死两茫茫，不思量，自难忘。千里孤坟，无处话凄凉。纵使相逢应不识，尘满面，鬓如霜。夜来幽梦忽还乡，小轩窗，正梳妆。相顾无言，惟有泪千行。料得年年肠断处，明月夜，短松冈。"

陈司画知道这是苏东坡在亡妻十年忌辰之际，挥泪写下的名篇，此情此景竟真的大有思通古人的悲凉了，不禁也是泪洒前襟。就在此刻，门外忽然有人道："二爷，快开门！"

卢豫海和陈司画都是一愣，他们听出了这是苗象林的声音。自从大祸之后，苗象林自贬为下人，终日在钧兴堂伺候卢豫海。陈司画打开门，苗象林急闪进屋，身后居然还跟着一个人。苗象林压抑不住的兴奋道："二爷，你看这是谁？"

昏暗的烛光中，卢豫海和陈司画看着一个衣衫不整、面容布满伤痕的人，齐齐地站了起来，惊叫道："关荷！""姐姐！"

卢豫海颤巍巍地拿起了烛台，仔仔细细地打量着。那人苦笑低头道："二爷，是我。"说着，眼泪汹涌而出。

卢豫海扔掉烛台，死死地抱住了她，大滴的泪珠无声地流着。

这个声音太熟悉了，但那张面孔却是极为可怖而陌生的。陈司画不敢相信自己的眼睛，但泪水也是止不住地滚落下来，忙扶着她和卢豫海坐下。

卢豫海颤声道："关荷，你怎么逃过来的？"关荷抹去了脸上的眼泪，平静道："二十多年前的鹤顶红许是药力不够了。那天天快亮的时候，我醒了过来，只觉得脸上血肉模糊。腿上、身上也都是野兽咬过的样子。我不敢走远，就爬到了一个山洞里躲起来，一直躲到深夜。第二天我实在熬不住了，就趁着天黑偷偷下了山，也不知是在哪儿，好像又翻了一座山，这才找到人家……"

在关荷娓娓的述说里，那一幕幕惨绝人寰的画面犹在三人眼前。陈司画痛苦万状道："姐姐，你别说了！"她握着关荷的手道："你回来就好，回来就好！"苗象林在一旁抹着泪水，时而傻笑时而呆滞。卢豫海怔了半晌，道："关荷，现在夜深人静，你还不能马上露面。你先回房歇歇，司画陪着你。我又有些头晕了，你，你们……"说着，他手扶着头，身子陡然晃动起来。陈司画忙道："姐姐，咱俩先走，二爷这阵子身子骨差得很，经不起这么大的喜事！"

关荷深深地看了他一眼，颤抖道："二爷，你别瞒我了。我来镇上三天了，什么都知道。明天就是我的贞节牌坊落成的日子吧？关荷已经在半年前死了，朝廷都有旨意……我明白二爷的心思，你现在一定在想如何既能让我活下去，又不让卢家背上欺君的罪名，是不是？"

卢豫海身子一凛："关荷，你千万不要这么想！我明天就去找曹大人，让他对朝廷说……"

"晚了。明天，贞节牌坊就落成了，场面一定会很热闹，十里八乡的人都会来的……曹大人也没有办法，如果一个得了朝廷封赏的烈女又活过来了，不但是卢家，就连曹大人也会丢了性命。二爷，这些道理我都懂。我本想自己找个地方，偷偷死了算了，可是……"关荷一直强迫自己冷静，但说到这里，她再也无法克制自己，压抑地哭出了声："二爷，我就想见你一面……我不敢靠近钧兴堂，怕人认出我来，我就守在街口，想遥遥看你一眼，然后我就去死。可是你一直没出来，我又听人说你病得不轻，我实在放心不下……"她终于泣不成声了，慢慢拿起那篇祭文，扫了一眼，止住悲声道："妹妹真是好文采啊！我死的时候，能有这篇祭文……"

卢豫海突然低声吼道："不就是抄家吗？算个啥！关荷，你老老实实在家待着，我明天当众砸了那个牌坊！欺君就欺君好了！我不能看着你活着，非要你再死一次！咱们一家人生也好，死也好，总归在一处就是了！司画，你说呢？"陈司画毫不犹豫道："二爷，我都听你的！"卢豫海点头道："象林，你这就去把所有人叫起来，我要让他们都知道二少奶奶还活着！"

"慢着！"关荷伤痕累累的脸上突然变得苍白了，她扶着桌子缓缓站起，像是忍着强烈的痛楚："二爷，你没听我说吗？晚了，一切都晚了……我能听见你这么说，能听见妹妹这么说，我知道你们都是出于真情，我还有什么不知足的……"她苦苦一笑，嘴角流出一缕鲜血道："我能活到这个时辰，真是老天有眼哪……我知道二爷一定不会让我再死一次的，所以我来的时候，买了一包老鼠药，要饭要来的两个铜子儿，只能买一小包……二爷，我这次真的快要死了……我只恨我的尘缘太浅，不能再伺候二爷了，不过有妹妹在这儿，我也能放心而去……妹妹，广生还是个好孩子，你得耐心调教他……"

关荷的两腿猛地一软，她用力按着桌子，桌面一倾，那个如意瓶跌落在地，发出一声脆亮的声响。关荷看着地上如同鲜血的碎片，断断续续道："二爷，你听我最后一句话，董克良是咱的仇人，梁少宁也是咱的仇人，可他们……一个是我舅舅，一个是我爹，又都没后代……我求二爷能在他们死后，给他们找个地方埋了……"

卢豫海上去把她揽在怀里，痛不欲生道："关荷！你别这样，不就是老鼠药吗，吐出来就行……"关荷气若游丝道："我死过一次的人了，我知道这次真的没救了……二爷，你记得司画嫁过来那年，你要跟我一起私奔，咱俩骑马到了……"

关荷的声音慢慢弱了下去，模糊得听不清楚。卢豫海本来连走路的力气都没有，也不知从哪儿来的一股力量，他一下子抱起了关荷，对苗象林大吼道："备马！"

苗象林和陈司画都是一愣，陈司画推了他一把，失声道："二爷叫你备马！"苗象林这才明白过来，哭着冲出了房门。卢豫海抱着关荷大踏步跟上，陈司画在一旁扶着他。

时值七月末，孟秋之际，凉风渐起，夜幕深沉，薄云遮月。悲凉的秋意在钧兴堂里静静荡漾。卢豫海抱着关荷走在钧兴堂里，当年他和关荷私奔之际，走的不也是这条路吗？二十多年风雨苍黄，世事变迁，那时的卢豫海是多么意气风发，豪情满腔，可现在他已是满头华发，走出不远就坚持不得，两个人一起摔倒在地。

关荷似乎从沉睡中惊醒，喃喃道："二爷，我们这是……你带我去哪儿都好……只是别留在……"卢豫海浑身的关节都在咯咯作响，他多想像当年那样，领着关荷走出这个家门！如果那天他和关荷真的私奔了，这二十多年又该是一个什么样的岁月啊……陈司画泪流满面地看着他们，用尽全力去扶卢豫海，但他和关荷抱得那么紧，根本分开不得。就在这时，苗象林拉着两匹马过来，见状赶紧过来帮忙。卢豫海终于上了马，抱着关荷轻声道："关荷，你看见了吗，我们又要走了，这次我们走，就再也不回来了……"

马儿奔跑在神屋的大街上，一切都像二十多年前的那个样子。卢豫海纵马狂奔，关荷就那么静静地躺在他怀里。马蹄声清脆地响着，时光仿佛跨越了数千个日日夜夜，在这一刻重合了。关荷又一次感到了耳边呼呼的风，她微微睁开了眼，神屋镇的一屋一宇、一草一木都飞快地消失在身后。当年的话语也似乎穿过了时空，重新从她微弱的呼吸中呢喃道出："二爷，这是出镇的官道口，我只求二爷今后能记住这里！等我老死了，求二爷不要把我入土安葬，就把我的骨灰撒在这儿，我想一个人看着二爷外出经商，看着二爷得胜归来……"

还是在那个地方，在那个当年关荷用身躯挡住了私奔道路的地方。谁又能知道那个时候关荷拦下的，究竟是幸福还是不幸？是甘甜还是凄苦？是泪水还是笑颜？卢豫海用力勒住缰绳，马头高高地扬起，两人从马上跌落下来，滚落在路边。关荷的眼睛还睁着，满是血污的脸上，隐隐带着笑意。

卢豫海再也没有力气了，他艰难地呼唤道："关荷，你看看，这就是那个地方，你还记得吗？就是在这里，你把我拉回了家……这二十多年，你受苦了，司画也受苦了，我夹在你们中间，比你们俩活得都难哪……每到夜深人静的时候，我就后悔为何没有带你走，为何就听了父亲的意思，娶了司画……你知道吗？董克良为什么对卢家那么恨，是因为他一直对司画钟情……你、司画、董克良，还有我，谁都没有过过一天开心的日子……我今天一定要带你走，远远地离开这里，好不好？"

他用力摇晃着她的身子，却发现那副躯体已经慢慢变得冰凉僵硬，一时愣住了。陈司画遥遥地看见了他们，跳下马来，跌跌撞撞地跑到跟前，颤抖着瘫跪于地。

不远的地方，一座刚刚建好的巨大的青石牌坊，宛如一道巨闸隔开了阴阳两界，又好像一张血盆大口，吞噬着周遭的一切，显得格外的凶恶可怖。马儿不时地嘶鸣，卢豫海撕心裂肺地哀号，陈司画低婉悲戚地抽泣，和着呼呼刮过的带着腥味的夜风，是如此凄怆，如此骇然，如此惊悚，又是如此真实，如此残酷，如此不容置疑。

终章

神垕烟云

风烟数载，传奇远去。幸有佚名者编录《神垕钧瓷大事记》，流传于民间。

光绪三十二年：神垕卢氏卢豫江回国，接替其兄卢豫海执掌卢家老号。

宣统三年：卢豫江弃商从戎，赴武昌举义，卢豫海再次出山执掌家业。

1911年：卢豫海之子卢广生欠巨额赌债，逼卢家老号老相公苗象天挪用烧窑款项。卢豫海为维护卢家老号的声誉，当众砸毁价值十万两银子之宋钧，元气大伤。同年，苗象天郁郁而死。

1913年：禹州改为禹县。

1915年：神垕卢氏、董氏联手重制禹王九鼎。禹王九鼎于当年美国巴拿马万国商品博览会风光一时，与同时展出贵州省"茅台造酒公司"所出之茅台酒一并扬威海外。

1916年：陈家林场、煤场大东家陈汉章夫妇相继辞世。

1919年：卢豫海鉴于军阀混战不休，以"太平经商，乱世种地"之豫商古训为宗旨，仅保留汴号、景号、连号和烟号四处分号，其余分号一律裁撤，召回驻外相公伙计。

1922年：卢豫海鉴于宋钧烧造工本昂贵，价高难售，关闭五处窑场，以粗瓷烧造为主，偶有订单才烧造一二宋钧。

……

1930年：蒋、阎、冯各派军阀在河南大战，投入兵力逾百万，乃民国规模最大之军阀战争。中原大战历时七月，河南省内满目疮痍。十月，乱军败退之际侵占了神垕镇，大肆抢掠，焚烧窑场。卢家、董家皆未能幸免，值钱之物洗劫一空。兵灾之后，卢家十处窑场仅存维世场、在世场，董家老窑仅存理合场，其余各大窑场关门破产。同年，卢豫海夫人陈司画因惊惧过度而亡。

……

1931年：董家、卢家各地的分号难以为继，名存实亡。

1932年：董家、卢家内无烧造窑场，外无销售商号，两难齐至，神垕瓷业自此一蹶不振。

……

1939年：六月，日军占领河南省会开封。

……

1942年：全省大旱，卢家、董家倾其所有，变卖家产，救助灾民。至此，失传六百余年，复兴不足七十年之宋钧烧造，再次绝迹于世间。

……

1944年的六月，夏收夏种已经忙过去了，乾鸣山下的农田里除了拾穗的女人小孩，看不见多少人在忙碌。神垕已经没有一处像样的窑场了，大多平整成地，种粮食保命。

六月初一这天，收了新麦的神垕镇各家各户照例用新面蒸馒头、做煎饼，炊烟袅袅升起，像是冬天人吐出的哈气。

卢家祠堂的小院里，一个头发银白的老太太把馒头摆在桌上，冲着屋子里喊着："豫川，豫海，出来吃馍啦。"

一扇门开了，八十多岁的卢豫海颤巍巍地走了出来，手里拄着根粗藤拐杖，笑道："做好了？"

苏文娟白了他一眼，道："两个甩手大东家，我嫁到卢家算是倒了霉了！"

卢豫海在圆桌前坐下，深深地闻了一口馒头的香味，叹道："打1930年中原大战，这大白馍就不常见了。"

"半年前老三请你去重庆，你咋不去呢？那儿可是有吃有喝的。你倒好，驳了广强和广国俩孙子的面，什么都不要，要了一堆炸药手榴弹！"

"我那是唱戏用的行头，上个月日本人不是占了禹县吗？他们要是再来抢禹王九鼎，我就给他们来一出《刀劈三关》了！对了，董克良呢？"

"一早就托人去请他了，他说中午时过来。"

"唉，克良也不容易啊。身边没人了，连个后代都没有。"卢豫海正说着，卢豫川也蹒跚着过来。三个老人都是头发雪白。

苏文娟笑道："今天蒸馒头的时候，我忽然觉得活得太长了。就说你吧，俩媳妇都死了，儿子闺女也都死了，剩下一个孙子俩外孙女，去年重孙子也抱上了，你还想什么？"

门开处，有人笑道："豫海还有后代可以死，可我呢？老婆没有，儿子也没有，孙子更别提了，看样子我是不能死啊！"

董克良一边打趣，一边迈步走了进来，坐在了他们身边。四个老人围坐，看着冒热气的馒头，谁都没动筷子。

卢豫川自言自语道："生就是死，死就是生。死死生生永不得脱，这就是轮回了。《大佛顶首楞严经》有云，一切众生，从无始来，生死相续，皆由不知常住真心，性净明体，用诸妄想，此想不真，故有轮转……你们俩好好想想吧。"

卢豫海和董克良的脸色骤然变得阴郁起来。小院里的气氛一时静谧而沉重，仿佛有一种神秘的气息在慢慢荡漾着，蔓延着。董克良忧心道："豫海，东西还在老地方吗？"

"在。"卢豫海蹙眉道："不过我看守不住，得换换地方。那个熊二狗又来了一趟，这回没说禹王九鼎，要我去禹县当什么钧瓷商会的会长，我一口拒绝了。他找你了吗？"

董克良不以为然道："找了。我说'七十三，八十四，阎王不请自己去'，我都八十三了，你再来烦我，大不了我一死拉倒。他能怎么着我？"卢豫海一笑，而卢豫川闭目转动佛珠，看不出他的表情。

苏文娟插话道："你们别说这些了。好好的六月初一，讲点高兴的吧。"

卢豫海摇头叹道："这个世道，有高兴的事儿吗？我真后悔老三来神垕，没让他带走禹王九鼎，要不然我早跟日本人拼了！哼，我那'拼命二郎'的名号也不是吹牛吹出来的。"

苏文娟抿嘴笑道："你这就是吹牛呢！除了这根拐棍，你还拿得动什么……"

四个老人一起笑了起来。就在此时，祠堂大门被人推开，熊二狗斜挎着一把匣子枪，领着一队日本兵闯进来。四个老人似乎早有预料，都坐着没动。

熊二狗走到他们身边，讪笑道："董老爷子也在啊？这下多好，省得我多跑冤枉路了。怎么样，各位老爷子想好没有，谁去当商会会长啊？"

四个老人跟没听见似的，苏文娟冷冷地看了他一眼，抓起一个馒头掰开，分给在座的人。

熊二狗也不觉得尴尬，继续觍着脸道："今天怎么说也得有人当会长呀！明天六月初二，是钧瓷商会成立的好日子，等商会一成立，各大窑场都能重新点火烧窑了。各位都是明白人，咱神垕人不烧窑，还叫神垕人吗？"

卢豫海冷笑道："我问你，这窑是给谁烧的？"

"这——自然是给皇军烧了。"

卢豫海不无厌恶地扔了馒头，道："好好一锅馒头，泼了一堆狗屎！你让日本人开枪打死我们几个好了，我告诉你，我们几个都是人，不是当汉奸的狗！"

熊二狗脸皮再厚也顶不住了，勃然怒道："我实话告诉你们，河南一共一百一十一个县，皇军占了一百零九个！老蒋就快完蛋了，重庆也守不了几天！各位瞧见没，我今天带了皇军来了，就是抓，也得抓一个去禹县！不但是当会长，你们两家的禹王九鼎早晚也得献出来，不然统统'死啦死啦'的！"

那队日本兵大声叫起来，哗哗地拉着枪栓，场面一时杀气腾腾。卢豫川一直没说话，他突然仰头看着熊二狗，慢吞吞道："我做会长，行不行？"

熊二狗一愣，继而惊讶道："你？"

卢豫川扶着桌子站起来，不紧不慢道："我怎么了？论辈分，我是卢豫海和董克良的哥哥；论年龄，我九十多了；论资历，我烧窑那会儿，他们俩还光屁股满地乱爬呢！你说句痛快话，行，我就去，不行，你跟他们商量吧。"

"老太爷，您不是耍我吧？"熊二狗惊喜道："汽车就在外头呢，您现在就走？晚上三木大佐请您喝酒！"

事情发生的实在仓促，卢豫海、苏文娟和董克良都没来得及反应。熊二狗一使眼色，两个日本兵上来架起卢豫川就往外走。苏文娟脸色雪白，腾地站起来惨叫道："豫川！你……"

熊二狗站在门口，回头大笑道："抓不来八十多的，还抓不来九十多的？明天商会一成立，卢家可就光宗耀祖啦！"

卢豫川指着苏文娟，对熊二狗淡淡道："我们老两口这辈子都没分开过，我去当官了，不能让人家说我嫌弃糟糠之妻吧？把她也带上，你们若是信不过我，她不还是个人质吗？"熊二狗略一思索，爽快道："那就带上！"

直到汽车声消失在远处，卢豫海和董克良这才互相看了一眼。卢豫海缓缓道："走吧，咱们也别闲着了……"

禹县日军司令部里，一局围棋已经下了整整两个小时了。

卢豫川笑道："三木大佐，我说了赢你一个子，就是要赢你一个子。我这辈子一半时间烧瓷，一半时间下棋。我下棋的日子比你的岁数只多不少啊！"

三木青石虽穿着一身便装，但与生俱来的屠夫之气仍是溢于言表。他正皱眉苦思，闻言勉强一笑，道："看来我的棋艺的确不如卢老先生了。你是我们的朋友，明天就要正式为帝国服务了。我希望你能够借着今晚的兴致，好好为帝国烧出宋钧来。不管围棋胜负如何，我敬你一杯酒！"

卢豫川含笑不答，朝一旁道："我平生滴酒不沾，能给我弄点水吗？用我的茶壶。"说着，拿起茶壶递给一个穿和服的日本女子。

三木扭头说了几句日语，那女子下去了。

三木笑道："茶与棋都是雅事，何不见识一下我们日本的茶道？"

卢豫川摇头道："你们那点儿东西都是从我们中国学去的，要喝茶，还是得到中国。"

三木听出了他话中的不屑，便讥讽道："我这不是来了吗？"

说着话，几个日本女子端着全套的茶具上来，点炭火，煮开水，沏茶。

卢豫川点头道："没想到三木大佐一介武夫，还有如此雅兴。这可跟你们动刀动枪、杀人放火的勾当大相径庭啊。"

三木只是冷笑，并不答话，脸色却越来越难看。

须臾之间茶好了，卢豫川又把茶壶递给了那个女子，道："冲进我茶壶里，我用不惯你们的玩意儿。"他又放下一子，道："你还是老老实实认输吧。围棋分九品，入神、坐照、具体、通幽、用智、小巧、斗力、若愚、守拙。我研究围棋四十多年了，充其量也就是个四品，你呢？我看连七品都牵强。斗力者，'动则必战，与敌相抗，不用其智而专斗力'。你是当兵的，这么说你，也不为不敬吧？不过似乎你们日本人都是这个德行。"

三木脸色铁青，对那个女子道："好好冲洗一下卢老先生的茶壶，我要跟他一起品茶。"女子应声下去。

卢豫川淡淡道："你既然担心里头有毒，不用就是了，何必多此一举？真好笑啊，你杀我同胞是何等的冷酷，面对一个茶壶、一介老朽竟如此的怯懦！"

三木本来一直强压着心头的不悦，但被他一连串的讽刺弄得再也平静不得，语气遽然一变，狞笑道："卢老先生，你既然答应为帝国做事，又为何今天处处讥讽我？如果你不愿做钧瓷商会的会长，又何必来到这里？我看你根本不是真心服务帝国！我的情报很清楚，你的弟弟卢豫江就在重庆国民政府任职，他的两个儿子都是军人，正在湖南跟帝国的军队作战！坦白地说，我真的很难相信你对帝国的忠诚！至于你说我怯懦，这更是对我本人的极大侮辱，你会为此付出代价的！"

几个日本女子吓得颤抖起来。卢豫川哑然失笑道："怎么，你输不起吗？不过一盘围棋而已。我一大把年纪了，就算赢了你我都觉得不光彩，你输给我又算什么？我无儿无女，就一个老伴还被你们弄来当人质，可叹两个老人加起来快二百岁了，连把刀都掂不动，你们却依旧如此如临大敌！难道不是怯懦？"

三木一怔，恶狠狠道："你先回答我的问题！"

卢豫川不慌不忙道："你要我说实话，我就说。我并不是要为你们帝国服务，我是烧窑的人，神屋镇的窑场冷清了好几年了，我只是想让它重新点了火，烧出点儿东西来。这算个理由吗？"

刚才那个女子进来，手里端着冲洗好了的茶壶，见到这个剑拔弩张的场面不知如何是好。

卢豫川指着她道："给我冲壶茶，你们大佐先生不敢喝，我喝就是了。"

女子胆怯地看着三木。三木思索了一下，狞狞道："给他！"

女子把滚烫的茶水冲进茶壶，卢豫川接过来，自己倒了一杯，端在嘴边一饮而尽，讥笑道："你的水，你的茶，你的人冲出来的，我又先喝了，你还没这个胆子吗？还武士道呢！统统是狗屁！"说着，把茶壶重重地砸在桌上。

三木气得连连冷笑，抓起茶壶咚咚喝了几口，一把将茶壶摔得粉碎，目露凶光道："你今天晚上肯定要死了！我宁可不要什么会长，也不会允许一个中国人如此耻笑日本军人！"

卢豫川平静地看着他，道："一介武夫，真是一介武夫啊！你应该看出来，我进门的时候就打算死了。我也没打算活到一百岁！"

他拍案而起，一步步朝三木逼过去，朗声道："我卢豫川，父母早亡，幸得叔父婶子抚养，长大成人后却不能回报万一，此一罪也；受心魔左右，泄漏秘法，图谋独霸家业，此二罪也；逼迫婶子交出卢家秘法，此三罪也；不能报仇，反与仇家勾结，此四罪也；谋害二弟，殴打三弟，此五罪也；不从长辈教诲，与文娟私订终身，此六罪也；枉活了这么大年纪，却没有子嗣传家，此七罪也；虽为炎黄子孙，然垂垂老者不能上阵杀日本人，此八罪也！三木，你说我有这八条大罪，该不该死？"

三木狠狠地盯着他，一语不发。卢豫川笑道："其实我做了这么多孽，临死的时候，也做了件好事。你刚才不是问我，为什么既然当了汉奸，又处处对你嘲讽吗？你还问我，究竟是不是真的对你们日本人忠诚吗？我现在就告诉你，老汉就是两个字，想死！不把你惹火了，你能杀我吗？嘿嘿，我们河南有句老话'十五的斗不过二十的'，你才多大点儿，跟我这个老汉斗，你斗得过吗？"

三木身子一晃，不知是因为恼羞成怒还是因为突然感到的腹痛，他猛地大叫道："拿我的刀来！"

"你是要杀我吗？"卢豫川布满皱纹的脸舒展开来，决然笑道："只要你还能举得起刀，你就来砍我吧！你怎么不问问我，我刚才唠叨那半天是为什么？嘿嘿，我就是怕你察觉出不对，故意跟你磨蹭一会儿，你还真上当了！现在晚了，那点砒霜早化到你血管里头了，你不觉得肚子疼吗？"

三木用力捂住胸口，一手撑着桌子，失声道："哪里来的砒霜？"

卢豫川俯身捡起茶壶的盖子，笑道："小伙子，老汉今天就叫你长点学问，机关在这盖子里呢！老汉玩儿了一辈子钧瓷，在钧瓷上杀你，还不跟捻死只蚂蚁似的？唉，这么好的玩意儿，给你弄碎了……"

他从兜里摸出一个纸包，打开了对三木道："你瞅瞅，就是这点儿东西，一半给了你，这是留给我自己的！你也别指望杀我老伴解气，这边一乱，那边她就跟着我去了！"说着，他一口把所有的砒霜都吞了下去。

三木已经软软地瘫倒在地，两只眼睛兀自难以置信地圆睁着。

卢豫川脸色大变，胸口的剧痛阵阵袭来。

此刻一群日本士兵冲进了茶室，见状都是大惊失色。

卢豫川看见三木痛苦地挣扎了几下，两腿登时僵硬了，便惨笑一声道："得劲哪！"接着身子一歪……

卢豫川的魂魄慢慢飘升的时候，卢家祠堂里，两个老汉气喘吁吁地坐在地上。

卢豫海擦了擦汗，道："都弄完了？我可是搬了五个箱子呀。"

董克良喘息道："启禀卢大东家，弄完了。我搬了四个，这回算是输给你一次！"

"一次？咱俩斗了一辈子，你输得次数多了……"

两人不禁轻笑起来。几十年的岁月，像是一本厚厚的书，被一阵徐徐吹过的轻风吹开，发黄的纸页上浓墨重彩的是一个个逝去的悠悠往事。他们都不约而同地沉浸在往事之中，仿佛一坛陈酿被打开，酒香飘散在空气里，不断地挥发着，竟是越来越浓郁……

卢豫海似乎沉浸在这馥郁的岁月气息里，恍然叹道："可惜今日无酒……若是能喝上几杯酒，跟你好好畅谈一番这几十年的日子，也是人生一大快事啊。"

祠堂里一时安静下来，宛如孕妇临产前的安谧和神圣。

董克良忽而一笑，慢悠悠道："豫海，你见过衙门里审案子吗？"

"当然见过，原告和被告当堂对质，你咬我，我咬你，咬得狗毛乱飞，血肉满地！"卢豫海宛然一叹道："咱们两个人、咱们两家恶斗了数十年，你觉得到了阴曹地府里头，还会接着斗下去吗？"

董克良笑道："我只知道人死之后，先去阴间第一殿秦广王那里，善人寿终，接引超生。功过两半者，交送第十殿发放，仍投人世，男转为女，女转为男。恶多善少者，押赴殿右高台，名曰孽镜台，令之一望，照见在世之心好歹，随即批解第二殿，发狱受苦。此后还有什么初江王、宋帝王、五官王之类，一共是十殿阎王。不知你我二人到了阴间，究竟是该判个什么罪名呢？是永世不得超生，还是受尽折磨，再回到世间？"

"怎么，克良你想给自己判判这一生吗？"卢豫海失声笑道："我倒是乐意做个判官，可身边没有小鬼，没有牛头马面，没有黑白无常啊！"

董克良脸上露出了顽童般的笑容，揶揄道："怎么，拼命二郎也有胆怯露虚的时候？"说着，他大笑站起，肃然朗声道："董某鬼魂在此，请阎王爷判吧！"

卢豫海心里一动，便盘膝坐好，微微冷笑道："你就是董克良吗？"

"正是。"

"你可知罪吗？"

"董某愚昧，请阎王爷明示吧。"

"我且问你，你在阳间可犯过伤人肢体、奸盗杀生之罪吗？"

"没有。"

"没有？你买通了张大豁子，在归德府劫杀于卢豫海；买通田老大，在大海上意图害其性命；你为了遮掩罪过，不惜对求上门来的张大豁子的寡妻幼子痛下毒手，这都不是你做的？"

董克良叹道："确有此事，看来你都一清二楚啊！好吧，我都招了。可我买通张大豁子不假，他没能杀得了卢豫海，白白废了我五万两银子；买通田老大不假，可他反而为其所用。至于张大豁子的寡妻幼子，那是他们一再逼迫于我，我实在是没有办法，只为自保而已。"

"我可不管这些，你犯了这些罪过，罚你到第三殿受苦，你可有怨言？"

"没有。"

卢豫海忍不住笑道："克良，还继续审吗？"

"继续呀。"董克良一脸认真道："且不管有没有阴间，先做了这场游戏再说。"

卢豫海便正色道："我是阴曹地府第二殿初江王！且问你，你在阳间可犯过教唆兴讼、忤逆尊长之罪吗？"

他说到这里，不由扑哧一笑，道："你莫要再说没有，咱俩老伙计斗了一辈子，谁那点事儿都瞒不过去！"

董克良大笑道："有！光绪二十四年，朝廷搜捕维新党，我知道豫江是个维新党人，就花银子勾结连逢春，想以窝藏奸党、纵容奸党之罪，借朝廷之手把你们卢家赶尽杀绝。这是教唆兴讼之罪吧？可惜啊，我看错了连逢春这个窝囊废，也不知你和曹利成用了什么手段，居然把多年前的冤案都翻了出来！还有，不孝有三，无后为大，我董克良自始至终只对一个女人钟情，为情所苦、为情所困，此生未曾娶妻生子，父亲再三苦劝，我却听而不闻，视而不见，致使我董家人丁从此断绝，无以为继，这正是忤逆尊长之罪呀！"

卢豫海苦苦笑了一声，道："那你都认了？好，现在是第四殿了——我且问你，你在阳间可有交易欺诈、抗粮赖租之罪吗？"

董克良坦然道："有呀！董某是个生意人，所谓无商不奸、无商不滑，当年我在景德镇，跟白家阜安堂的段云全联手，把你们景号折腾得走投无路，这算一个吧？我在津号低价倾销宋钧，又把你们津号挤兑得濒临破产，这也算是一个；我暗中指使梁少宁承办钧兴堂，实际上是把他推上绝路，借机盗取你们卢家宋钧秘法，这算是一个；豫川初掌卢家老号之际，太后、亲王的赏赐一个个下来，我趁他一心建功立业之际，设下连环计，用一纸假订单把你们卢家害得几乎家破人亡，这算是一个；而我暗中指使你老岳父梁少宁百般怂恿豫川图谋独占家业，虽然被维章老伯慧眼识破，但也把你们卢家闹得人心惶惶，这更算是一个吧！"

说到这里，董克良索性盘膝坐下，笑道："不敢烦劳十个殿的阎王爷一个个审了，我自己招了，行不行？自克良呱呱坠地以后，深受父亲教导，兄长爱护，却只能眼睁睁看着兄长被阴谋所害，被逼自尽，这是罪过；眼睁睁看着父亲白发人送黑发人，不堪其苦伤心而亡，这也是罪过；因我孩童之时顽皮捣蛋，摔伤了脚，让梁少宁那个花花公子借看病之名趁机勾引了我大姐董定云，害得大姐生死不明，害得关荷母女离散，这人间惨剧因我而起，岂不是罪过？为父兄送葬之日，对维章老伯化解两家恩怨的好意置之不理，反而是极尽嘲弄讥讽之能事，这也是罪过；执掌董家之后，处处对卢家下手，必欲置卢家全家于死地而后快，这更是罪过；我在天津违背豫商行规，高价挖你们卢家的人，这还是罪过……"

卢豫海听得瞠目结舌，一时没有说话。

董克良仰天大笑道："这些事情是你知道的，我就是说了又何妨？阎王爷那里记载的多了！也罢，我就说点儿你不知道的……1930年中原大战，一伙儿乱军洗掠神垕，卢家和董家都未能幸免，窑场关门，分号倒闭，就连你我这样的豫商精英也只能是徒呼奈何，再无回天之力，神垕瓷业至今也没能翻身——你知道是谁引来的乱军？"

卢豫海惊道："难道是你？"

"不错，就是区区在下！我为了报仇，连自己的家都不要了，更不惜毁掉整个神垕，这是我干的。只是陈司画受惊之后不久就离开了人世，这倒是我没有想到的……可叹啊……"

卢豫海沉吟半晌，缓缓道："司画本来就有病，她的死，也赖不到你头上……何况自关荷死后，司画就跟丢了魂儿似的，郁郁不可终日，广生又不成器，人世间再没什么可让她留恋的，心早已死了……"

"你说到广生，我就再告诉你一个秘密。1911年，宣统皇帝退位，你们卢家最大的财源——每年那三十万两的朝廷宋钧供奉也随之烟消云散。广生又不思进取，流连在青楼赌场，欠下了巨额的亏空，竟逼着苗象天和杨伯安私自调用了烧窑买料的银子还债。广生此举致使你们卢家十处窑场整整一个月的烧造无一成功，件件带着瑕疵。你呢，为了维护卢家老号的声誉，当众砸碎了价值十万两银子的宋钧，致使老号元气大伤。苗象天自感惭愧难当，事情过去不久，便跟他父亲苗文乡一样积郁而死。这一招阴险吧？你可知是谁暗地里教坏了广生？还是我董克良啊！我让詹千秋找来一个貌美的妓女，把广生的魂儿都勾走了。我又偷偷借给他银子去赌场……"

"这也赖不着你。"卢豫海轻轻叹道："广生生来就是个败家子的命，就是你不去教，他自己也迟早走上这条路。至于苗象天，那也是他自己忧馋畏讥，心胸太窄了……"

董克良连连摆手道："还有呢。1919年，我买通了地方官告你们家豫江是南方革命党，害得一个连的人吃住在你们卢家钧兴堂，有好几个月吧？卢家上下鸡犬不宁，我在一旁看得兴致勃勃！"

"我花钱买了个平安，破财消灾，后来他们不都走了吗？"

董克良放声大笑道："豫海，我看你这个阎王当得够窝囊！我这个鬼魂都自己招了，你还处处替我辩护，你这不是糊涂吗？"

卢豫海艰涩地一笑，道："糊涂也好，难得糊涂嘛。克良，你只说这些，你怎么就不说1913年，豫江赶回神垕，劝我参与在旧金山举办的巴拿马万国商品博览会，为国货争光。我亲自登门拜访，邀你一起联手重制禹王九鼎。这次造鼎没有政府的补贴，所有工本必须由自家出，你们董家上下都不愿承接，可你最终还是答应了我。两家不惜倾其所有，司画连自己的首饰、积蓄都全数拿了出来。数月之后，禹王九鼎终于制成，并在次年的巴拿马万国商品博览会上大出风头，与贵州的茅台酒一并扬威海外——这不是你的功劳吗？"

董克良直直地看着他，一时说不出话来。

卢豫海慢慢地站起，在祠堂内踱步道："因头一次禹王九鼎被毁，我们卢家被你们董家逼得走投无路，不得已在建窑之际，在豫商里第一个打出了身股之制的大旗，从此身股之制风行豫商，给豫商纵横天下带来了多少好处？这不是你们董家逼出来的招儿吗？为了跟董家抗衡，我北上辽东受挫却不甘心，转而开辟了烟台分号，把神垕的宋钧销往海外，大赚洋人的银子，这难道不是你们董家逼的吗？我含辛茹苦开拓辽东商路，不惜跟朱诗槐做伏特加霸盘生意，不惜跟俄国人拼死决斗，这难道不是你们董家逼的吗？那年康鸿猷找我们两个去康店，若不是你不服我，我不服你，为豫商是不是要开票号、建银行争得昏天黑地，康鸿猷又如何会一时顿悟，罢了这个心思，让豫商又在乱世之中延续到现在？"

卢豫海淡然笑道："说来说去，卢家与董家称雄神垕数十年，若不是你来逼我，我来逼你，彼此不服，彼此斗智，又焉有神垕那些年如此红火的局面！又焉有豫商在全国商帮里的如此地位！克良，今天不是我来审判你的一生，而是你我在临死之前互相评点对方啊！你刚才说的那么多罪过，又有哪一个是你心甘情愿去做的，说到底还不是卢家逼你做的吗？你拿豫江来逼我，我就只得应战，跟曹大人一起扳倒了连逢春；我爹抱病不出推卸造禹王九鼎的皇差，逼得你家来索要秘法，这又逼得我爹生出毒计，反过来又逼死了你大哥和你爹……克良，你我同年同月同日生，你可知我临死之前，悟到了什么？"

董克良凝神看着他。卢豫海喟然叹道："我这一生都在经商，如日中天也有过，万贯家财也有过，娇妻美妾也有过，生离死别也有过，耗尽了心智，白完了头发，至今却落了个两手空空……卢家创业于草根之间，几十年里骤得富贵如昔，又骤然衰败如今。终我一生，难逃'失败'二字。我自入商界以来，对待生意以'四留余'为训，对待官场以'官之所求，商无所退'为纲，官商两界纵横捭阖，左右逢源，自以为算是个大商了。但今天你为鬼魂，我为判官，名为审你，实则是在审问我自己啊！可审来审去，我竟然发现自己是个不折不扣的小人！"他颓然地站住，仰面叹道："小人所谋者，财也；君子所谋者，道也。我这一生奔波追逐的，无非是个'财'字，距离'道'的境界还遥不可及！这么想来，我卢豫海是何等的不齿，何等的惭愧，何等的痛悔！"

"看来你的确是悟出来了。"董克良的脸上慢慢浮现出一种异样的神采，道："可是你也过于自谦。最了解自己的人，莫过于对手了。我跟你斗了整整一辈子，你审了我半天，却给自己下了个'小人'的罪名。我倒想给你做个评语。不知可否？"不待卢豫海回答，他把面前的茶碗倒满了水，端起一碗道："这第一碗，我敬你的豫商之道。你为维护卢家'瑕疵不出窑场'的宗旨，亲手砸了十万两银子带着瑕疵的宋钧，此为诚信笃实；你挣洋人银子不择手段，却对中国商号处处留情，不惜有损自己也百般扶持，从不与之争利，此为利以义制；你不计前嫌，处处对我董家忍让，数次对我手下留情，只求两家恩怨消解，此为以和为贵。豫海兄经商六十年，已深谙'诚信笃实、利以义制、以和为贵'的豫商之道了。"

卢豫海怔怔地看着他。

"这第二碗，我敬你的豫商之法。结交官场，不即不离，这是我董克良最佩服你的。'豫省有官皆墨吏'，这是多少年来的老话儿了，但都是银子，都是贪官，为何在你的手上就能为你所用，为你消灾，为你招揽生意，到我手里就只有人财两空呢？我处心积虑插手你们卢家的烟号生意，却被你买通的江洋大盗劫得干干净净，而两省的臬司衙门居然充耳不闻！这是你豫海的手段啊！此为其一；其二，身股之制，分号开花。豫商里不乏商界奇才，但能兼容并蓄，将其他商帮之优长为我所用，又全无水土不服之症的，你们卢家算一个了。而北上南下、东征西讨的豫商，前有古人，后必有来者，但将区区一个钧瓷生意做得分号遍布大江南北，商路远及海外的，正是你卢家所首创；其三，以末致富，以农守之。咱们商人为四行之末，钱财来得快，去得也快，朝廷一有风吹草动，首先遭殃的就是我们商家！军阀割据之日，你卢豫海竟然关掉五处窑场，化窑为地，分给窑工耕种，生意江河日下，可你们卢家两处堂口没有辞掉一个伙计，这一条不但救了你自己，还挽救了多少人的命哪！"

说着，董克良举起第三个碗，滔滔不绝道："我还要敬你的豫商之德。处世讲究外圆内方，持家讲究忠孝两全，品行讲究君子经商。你一生最大的几件事，在我看来，莫过于两件，一个是1914年甘愿赔上老本，也要烧出来禹王九鼎扬国威于海外。另一个，是1942年你仗义疏财，倾家荡产赈济灾民。你刚才说自己是个小人，不错，此前你我再怎么风光，再怎么豪富，无非是追逐财势的小人。但是这两件事做下来，你我虽然身无分文，穷困潦倒，但我们毕竟做了回君子！可惜啊，等你我明白过来，已是华发苍颜的老汉了。如果再年轻五十岁，你我都是三十多的年纪，还能做出多少轰轰烈烈的大事！"

这番话句句落在卢豫海的心里。他默立良久，似乎在品味着什么，终于道："克良说得过了。小人也好，君子也好，都奈何不了一个'天'字啊。有道是时也，运也，命也。你我若是生在天下一统、河清海晏的时代，再大的生意又何足道哉。但现在呢？一个中国，有日本人，有满洲国，有南京的国民政府，有重庆的国民政府，还有延安的共产党！国泰则民安，商事即人事，如今山河破碎，百业凋零，你我就是天纵英才，又能做些什么？不是我们不肯做，也不是我们做不来，而是时势不许我们去做！莫说年轻五十岁，就是转世投胎一回，如果还是这个世道，那我们依然是一事无成！"

董克良拊掌大笑道："你这是怨天尤人，该是进阴曹地府的第六殿受苦吧？"

卢豫海爽然一笑："一腔心绪倾吐已尽，就是下十八层地狱又有何惧！"

两人相视大笑起来。卢豫海笑着笑着，好像忽然想起了什么，脸色复又凄冷下来，喃喃道："此时此刻，想必大哥大嫂已经先走一步了。克良，你说日本人什么时候来？"

董克良不以为然道："管他什么时候来呢？咱有好酒好菜等着他们呢。只可惜禹王九鼎啊……"

话音刚落，门口骤然响起汽车喇叭声，继而是嘈杂的脚步和日本士兵说话的声音。卢豫海和董克良都是身子一怔。

卢豫海笑道："若真有转世投胎，奈何桥头，三生石边，孟婆庄上，你我都不要喝那碗孟婆汤，来世你我还做对手，可好啊？"

"好。"董克良脸色带了几分天真，道："不过，来世，我得要陈司画做我的夫人……"

卢豫海眼中霎时间蓄满了泪水，却也不答话，一把握住了他的手。两张核桃皮一样满是皱纹的脸上绽开了笑容。

几分钟后，伴随着巨大的爆炸声，一股烟花般绚烂的火焰在寂寥许久的神匮上空升腾而起。这声巨响惊醒了所有熟睡的人，也惊醒了这座沉睡许久的千年古镇。而连绵不绝的余响，宛如一阵传自天籁的晨钟，一下又一下悠长而战栗地撞击着，仿佛时光老人一声又一声无休无尽的叹息……